古蜀传奇 ①

梦回古蜀

黄剑华 著

成都时代出版社
CHENGDU TIMES PRESS

图书在版编目（CIP）数据

梦回古蜀 / 黄剑华著 . -- 成都：成都时代出版社，
2021.4
（古蜀传奇）
ISBN 978-7-5464-2713-3

Ⅰ.①梦… Ⅱ.①黄… Ⅲ.①长篇历史小说—中国—
当代 Ⅳ.① I247.5

中国版本图书馆 CIP 数据核字（2020）第 223523 号

梦回古蜀
MENGHUI GUSHU

黄剑华　著

出 品 人　李若锋
责任编辑　李卫平
责任校对　李　佳
责任印制　张　露
封面设计　严春艳
装帧设计　成都九天众和
出版发行　成都时代出版社
电　　话　（028）86742352（编辑部）
　　　　　（028）86615250（发行部）
网　　址　www.chengdusd.com
印　　刷　河北文盛印刷有限公司
规　　格　145mm×210mm
印　　张　17.625
字　　数　490 千
版　　次　2021 年 4 月第 1 版
印　　次　2021 年 4 月第 1 次
书　　号　ISBN 978-7-5464-2713-3
定　　价　88.00 元

内容提要

　　古蜀历史上，有蚕丛、柏灌、鱼凫、杜宇、开明等王朝。

　　由于文献记载的语焉不详，后人对古蜀的了解常常云遮雾绕，特别是对蚕丛、柏灌、鱼凫时代充满了猜测。蚕丛是如何开国的？鱼凫又是如何兴邦的？最早的古蜀先民栖居于何处？他们是如何进入成都平原的？蚕丛时代有些什么作为？关于柏灌的记载甚少的缘故究竟是什么？鱼凫是如何取代蚕丛与柏灌而建立王朝的？古蜀时代的社会生活情形如何？那个时代是否经历过迁徙与战争？古蜀国的疆域以及同周边邻国的关系怎样？廪君又是怎么创建巴国的？蚕丛、柏灌、鱼凫三代蜀王究竟发生过哪些精彩的故事？消失在历史深处的古蜀历代王朝，留下了很多疑问，都成了不解之谜。

　　古蜀的历史虽然迷茫，但考古发现却揭示了璀璨的古蜀文明，印证了传说中的古蜀国并非子虚乌有，古蜀历代王朝是确实存在的。如果从文学的角度，穿越时空走进梦幻般的古蜀时代，我们又会看到一些什么情景呢？这部作者精心构思和创作的《梦回古蜀》，便讲述了古蜀三代王朝的传奇故事。

　　蚕丛是古蜀国的创建者，是一位具有雄才大略的英雄人物。他早年曾外出游览，广交天下豪杰。在他回到岷江河谷，继位蜀山氏族酋长之后，突然遭遇了大地震。蚕丛审时度势，决定举族迁徙，率众来到了广阔的成都平原，择地筑城而居。为了谋求更好的发展，蚕丛邀请众多部族首领，举行了盛大的祭祀活动，歃血结盟，创建了蜀国。蚕丛被推崇为盟主，受到各部族拥戴，成了开国蜀王。

蚕丛王为王子蚕武娶了鱼凫的妹妹鱼雁，将公主蚕蕾许配给了斟灌族年轻首领柏灌。就在蚕丛为王子迎亲的时候，发生了濮族的叛乱。蚕丛王率兵讨伐，濮族慌乱逃走，远遁他乡。蚕丛王平定了局势，团结诸多部族，大力发展农牧，积极倡导蚕桑，蜀国日渐繁荣。这样过了很多年，蚕丛王在巡游视察时发生了意外，受伤患病，溘然仙逝。蚕丛王临终前，召集了各部族首领，将王位和象征权力的神杖传给了柏灌。

柏灌贤能聪明，胸怀坦荡，为人宽厚，性情潇洒，但过于单纯，缺少驾驭群雄的韬略和经验。柏灌成了古蜀国第二代蜀王，却忽略了暗中的王位之争，且疏于防范，从而导致了后来的变生肘腋。蚕武是蚕丛王的长子，原以为自己要继承王位的，对父亲的临终安排深感失望，内心充满了不满。精明而强悍的鱼凫，随着部族力量的增强，也在窥视王位，暗中跃跃欲试。鱼凫开始鼓动蚕武，去夺取王位，经过数次密谋，策划了一场惊心动魄的政变。蚕武经不住王位的诱惑，先是犹豫，继而狠下心来，利用狩猎的机会，突然向柏灌王痛下杀手，在林中进行了血腥的杀戮。鱼凫挑唆蚕武和柏灌王自相残杀，然后在回城途中预先设下了埋伏，凶狠地射杀了蚕武。当蚕武发现这一切都是鱼凫精心设计的阴谋陷阱时，为时已晚，终于含恨而死。柏灌王在神巫阿摩的护卫下，借用法术逃脱了林中的生死之劫，遁回了王城。鱼凫得手后，率兵迅速包围了王城。在生死存亡之际，柏灌王为了去寻找爱妃蚕蕾，又犯了幼稚的大错，分散了守城之兵，给了鱼凫可乘之机。鱼凫在深夜发动袭击，攻占了王城。柏灌王只有率众远走，后来和蚕蕾又回到了岷江河谷居住。神巫阿摩也从此隐居在了深山之中。

鱼凫使用阴谋与武力，夺取了王位，成了古蜀国第三代蜀王。鱼凫王非常强势，对内严密掌控各部族，对外大力拓展疆域。鱼凫王率兵进攻巴国，和廪君几次较量，互有胜负，后来化敌为友，又进行了联姻，鱼凫王为王子鱼雕迎娶了巴国公主。鱼凫王修建了宏大的新王都，铸造了神像，举行了盛大的祭祀。若干年之后，鱼凫王老了，王子鱼雕发动了宫闱之变，却未能得逞。鱼凫王老谋深算，却忽略了杜宇和朱利的崛起。在鱼凫王外出狩猎之时，杜宇和朱利发起袭击，杀掉鱼凫王，夺取了王城。

杜宇坐上了王位，获得神巫阿摩的辅佐，成了古蜀国的第四代蜀王……

第一章

初夏时节，山色葱郁，阳光灿烂。一条崎岖的山路，在岷江上游河谷里蜿蜒延伸。两岸的山坡上开放着星星点点的野花，茂盛的林木间传来了婉转的鸟鸣。清爽的山风从远处的峡谷里悠然而来，带着丛林中的芬芳，轻拂着敞开的襟怀，使远道归来的蚕丛油然感到了故乡的柔情和亲切。

蚕丛站在江畔山路旁的一块巨岩上，眺望着眼前的岷江河谷和远处逶迤雄峻的群山。长途跋涉，一路疾行，走得热了，此时被轻柔的山风吹拂着，感觉分外惬意。这里的一切都是那么熟悉，山川形貌，依然如故。蚕丛出去了几年，在外面的那些日子里，对故乡始终梦牵魂绕，成了心中一个最大的牵挂。故乡不仅有熟悉的山川树木，还有自己的家族和父老乡亲，有年事已高身居酋长之位的老父亲，有贤淑能干的结发之妻，还有渐渐长大的两个儿子和一个女儿。蚕丛经常挂念着他们，现在他终于回来了，又回到了熟悉的故乡，很快就要见到自己的亲人了。身材高大的蚕丛放眼远眺，思绪万千，一想到这些便有些兴奋和激动。

载负着行李的骏马喷着响鼻，啃着路边的青草，树上有喜鹊在叫。

蚕丛离乡外出时，曾和妻子西陵氏约定，多则三年，少则一年半载，他就回来。他想走出去闯荡几年，了解一下其他地方的民俗民风，看看大山外面其他部族的生活情形，以增加自己的阅历。如果一辈子只待在一个地方，守着妻子生儿育女，和族人们一起，过着在河谷里放牧牛羊，在山坡上种植庄稼采摘果实的日子，虽然很实在，但也难免会使人觉得太平淡太单调了，甚至会渐生厌倦乏味之感。蚕丛自幼就不是一个安于现状的人，心中经常萌动着很多念头和想法，行为举止总是与众不同。年轻时候的蚕丛，就因为发明了一种方法，将蚕丝成功地织成了丝绸，而引起了轰动。这种方法首先在蜀山氏族人中传播开来，然后周边其他部落也纷纷仿效。驯养野蚕这件事情，早在蚕丛的爷爷时代就开始了。正因为爷爷特别喜欢养蚕，所以给他取了个蚕丛的名字。过去蜀山氏部落的人名，大都是和蜀字联系在一起的，从蚕丛这一代开始，便和蚕字结下了不解之缘。西陵氏的姑奶奶嫘祖，也是非常喜欢养蚕的人，因为蚕养得多了，所以西陵也被人称为蚕陵。嫘祖早年随父兄外出，遇见了中原部落联盟的大首领少典之子轩辕，两人一见钟情，父兄便和少典缔结了部落联姻，将嫘祖嫁给了轩辕。后来轩辕继承了首领之位，扩大发展了部落联盟，成了有熊国君，称为"黄帝"，嫘祖也就名正言顺地成了黄帝的正妃。这对西陵氏的家族来说，也是一件很光彩的事情，常常引以为豪。想和西陵联姻的部落，随之也多了起来。蜀山氏部落的老酋长，便为蚕丛迎娶了西陵部落酋长的女儿为妻。蚕丛的妻子西陵氏也是喜欢养蚕的人，嫁到蜀山氏部落后，和蚕丛夫唱妇随，成了蚕丛的贤内助和好帮手。蚕丛准备离乡外出时，西陵氏心里虽然不愿和丈夫分别，却很赞同蚕丛的想法，支持蚕丛出去走走看看，好好地开阔一下眼界，还可以结识一些其他部落的朋友。蚕丛将养育儿女的担子交给了西陵氏，就这样离开故乡，走出了岷江河谷，走向了外面广阔的世界。光阴如箭，一晃三年就过去了，蚕丛终于从远方回来了，又回到了熟悉的故乡。

蚕丛心里有些感慨，日子过得真是快啊。他这时回来，不单纯是为了兑现和妻子的约定，更重要的还是因为父亲的老迈。他前些时做了一个梦，老父亲在梦中对他说，自己越来越老了，就像掉了牙齿的衰弱的老虎，再也不能呼啸山林，不能据山称王了，觉得自己真的太老了，已经不适合再继续掌管蜀山氏部落了。老父亲的意思很清楚，是要他回去继承家族的首领之位，要把部落酋长的位子传给他了。在他离乡外出的时候，老父亲就向他表示过这个意思。梦醒之后，蚕丛有一种预感，觉得年老体衰的父亲真的走到暮年了，很可能熬不过今年冬天了。每到天冷的时候，老父亲便会深居石屋内，穿着老羊皮袄，烤着炭炉，不停地咳嗽。冬天河谷里吹着刺骨的寒风，飘落的雪花给山林披上银装，黑熊藏在树洞内冬眠，禽鸟也都不见了踪影。父亲真的是老了，每逢天寒地冻的季节便会感到不适。蚕丛外出三年，已经有三个冬天没陪伴老父亲了，也不知老父亲是怎么熬过那些寒冷日子的。

蚕丛的预感总是特别灵验，自幼如此，百试不爽。蚕丛的听力和视力，也与众不同，他能看到很远的地方，也能听到遥远的声音。当蚕丛纵目而视的时候，他那锐利的目光仿佛有一种穿越的神力，不仅能看到正在发生的事情，还能预感到一些即将发生的东西。准确一点说，其实这也是一种超群的洞察力，是通常人们都不具备的一种了不起的本事。蚕丛天赋异禀，可能是蜀山氏家族中的特殊遗传吧，据说他爷爷也有这种本领，但蚕丛的特异功能更为显著。譬如这次梦境，蚕丛就知道自己必须回乡了，于是便启程赶了回来。

蚕丛在外的这些年，游历了很多地方，接触了一些大大小小的氏族和部落，结识了许多朋友。大山外面的天地确实很宽广，除了射猎、放牧、种植五谷的氏族，还有擅长驾舟和捕鱼的部落。在和外面那些氏族部落交往的时候，蚕丛高大伟岸的形貌、豁达潇洒的性情、深沉而又敏捷的处事能力，加上他的不苟言笑和见多识广的谈吐，很容易赢得别人的好感。一些部落首领和他成了莫逆之交，有些氏族首领甚至想和他联姻，打算将年轻貌美的女儿嫁给他。还有几位新结识的朋友，希望和他结伴而行，愿意追随他一起去更远的地方闯荡。

经过这些年游历，蚕丛获益匪浅，不仅丰富了阅历，也锻炼了与人交往的能力，还增添了许多本事。比如烧制陶器，蚕丛学会了用旋转的轮子来做陶罐和陶盆，这比单纯手工捏制的要好多了，还可以在陶器上勾绘彩色的鱼鸟等图案。又比如冶炼，可以制成铜镞，安装在羽箭上，比石头磨成的箭镞更锋利更好用，狩猎时使用起来效果好多了。还有捕鱼的方法，可以驯养鱼老鸹来捉鱼，还可以用箭来射鱼，这些都是蚕丛以前所不知道的，现在通过和其他部落的交往而看到了，也学会了。此外还有平原地区建筑的干栏式房屋，为了防备水淹而修建的堤坝，也使蚕丛长了见识。居住在岷江河谷里的蜀山氏家族，长期以来都是就地取材，垒石成墙，然后用树枝和石片搭盖房顶。其实蜀山氏家族的这种筑房方式是可以改善的，房屋可以修建得更大更高一些，可以用石块和木材搭建成楼房，可以居住得更舒适。还有种植的庄稼，也可以向平原地区学习，增加种类，这样粮食多了，吃的东西也就更为丰富了，蜀山氏族人的生活就会变得好起来。

　　蚕丛知道，自己同三年前相比，确实有了很大的不同。人是会变的，每个人一生中都会有很多变化，从少儿时的幼稚，到青春时期的躁动，再到现在的逐渐成熟，他觉得自己这几年最大的变化，就是更加明白事理了，也变得更加沉稳了。蚕丛也联想到了妻子西陵氏，她这些年一直待到家中，辛苦操劳家事，抚养儿女，三年不见，会有些什么变化呢？还有两个儿子一个女儿，肯定长高了，长大了，会变得怎样了呢？蚕丛眺望着河谷远处葱茏的山色，再往前走几十里就到家了。一想到家乡的老父亲，想到妻子和儿女，蚕丛的心情便热切起来。

　　蚕丛离开巨岩，牵着马儿走到江边饮水。自己也洗了下脸，喝了几口清澈的江水。哦，这从上游雪山融化后流下来的岷江水，真是甘美啊，仿佛还带着雪山的寒意，有一股凉爽劲儿，顿时沁人心脾。蚕丛精神抖擞，迈开大步，牵着满载行李的骏马，沿着山路继续前行。

　　蚕丛刚刚到家，整个山寨便迅速热闹起来。

　　蚕丛回来了！蚕丛回来了！有人大声喊。蜀山氏部落的人们奔走相告，纷纷涌来。作为蜀山氏部落老酋长的长子，外出三年，现在回来了，成了部落中的一件重要大事，消息瞬间便传播开来。部族中的男男女女都走来迎候蚕丛，想看看蚕丛，毕竟三年没见了，大家都一直惦念着他呢。

西陵氏也有预感，蚕丛刚走到家门口，她就带着女儿和两个儿子从宽大的宅院内迎了出来。西陵氏的目光有点热切，一看见风尘仆仆的蚕丛，眼眶便不由自主地湿润了。

你回来啦。西陵氏说。三年的盼望，使她的声音充满了亲切，也有些激动。她对身边的儿女们说：我说你们父亲要回来了吧，看，真的就回来了！

蚕丛爽朗地笑道：我回来啦！你怎么知道我今天回来啊？

西陵氏说：你说过的啊，最多三年就回来了，我算着日子呢。

西陵氏又说：我知道，你是天下最守信用的人嘛。

好啊！蚕丛哈哈一笑，心里很是感动。分别三年，西陵氏天天都惦记着，盼着他归来，而且深信他一定会在约定的时间回来，这是一份多么深厚的情义啊。蚕丛热切注视着西陵氏，从面容到穿着都还是以前的样子，头发也依然黑泽光亮，但眼角却隐约出现了皱纹。女人到了中年，操心多了，免不了就会有一些细微的变化。这几年辛苦你啦！蚕丛伸出大手，亲切地抚摸了一下西陵氏的头发和脸庞，拂去了西陵氏衣襟上沾着的一片草叶。

西陵氏心中充满柔情，脸上露出欣慰的笑容，当着儿女们的面，听了蚕丛这一句体贴的问候，觉得这三年来付出的所有辛劳都值了。

这时两个儿子和一个女儿都走到了蚕丛面前，有些亲切又有点陌生地喊着父亲。蚕丛高兴地看着他们，大儿子蚕武已经长大成小伙子了，二儿子蚕青也长高了，成了英俊少年，小女儿蚕蕾也由小姑娘变成了豆蔻年华的少女。两个儿子都继承了蚕丛的一些特征，相貌堂堂，骨骼粗壮，再过几年，就长成孔武有力的彪悍汉子了。

蚕丛豪爽地笑道：你们都长大了，好啊！以后打猎啊，放羊啊，有帮手啦。

蚕武和蚕青受到父亲的感染，也笑了。蚕蕾挨着母亲，含笑看着父亲。

蚕丛将缰绳交给蚕武，吩咐两个儿子将马牵进宅院内，将载负的行李卸下来。这时候族人和乡邻们正纷纷而来，其中有一些和蚕丛多年来关系比较亲近的伙伴，老远就喊着：蚕丛你回来啦？蚕丛转身迎了过去，朝他们挥舞着手臂，大声说：我回来啦！大伙儿都好啊！他们朝蚕丛跑过来，和蚕丛相拥在一起，大声地说笑着。有的说蚕丛瘦了，有的说蚕丛长胖了，有的说蚕丛晒黑了，有的说蚕丛你走了这些年想死我们了！还有的说蚕丛你在外面这些年看到了些什么、有什么故事，告诉我们啊！蚕丛大声地笑着，拍拍这个的肩，又捶了一下另一个伙伴的胸，风趣地夸道：你俩比以前更壮啦，像牛一样啊！引得大家都放声笑起来。

蚕丛和几位年长的族人，简短地寒暄交谈起来。大家看到蚕丛还是以前的样子，豪迈爽朗，无拘无束，谈笑风生，亲切如旧，都觉得很开心。族人们都很喜欢蚕丛，也很佩服蚕丛。这倒不仅仅由于蚕丛是老酋长的长子，将来要继承权力，成为蜀山氏家族的首领，众人自然要对他刮目相待；其实更主要的还在于蚕丛的为人处世都与众不同，显得很有气魄，非常能干，又为人和善，平易亲切，没有丝毫架子。出身权贵之家，而又能和众人打成一片，自然就赢得了大家的好感。这两年，老酋长年迈体衰，很少露面，家族里每逢遇到重大事情，便仿佛缺了主心骨似的，所以大家都盼着蚕丛归来。现在好了，蚕丛终于回来了。看到蚕丛那双锐利闪亮而又亲切随和的目光，听着蚕丛那精力充沛而又豪气十足的笑声，闻声赶来的族人们都感到说不出的高兴。

蜀山氏是一个大部落，栖居在岷江上游河谷里面已经好多代了。酋长是部落里的最高首领，很早以前，酋长是由部落里一些德高望重之人商量后推选出来的。担任了酋长，就掌握了部落里的最大权力，凡是部落里的大事和重要事情都要酋长做出决定。遇到疑难或争论，也要酋长做出裁决。酋长通常都是部落里最杰出最优秀的人来担任，酋长自然也是最能干的，有了这样的首领来领导和掌管部落，部族便会兴旺发达。蜀山氏便正是这样发展起来的，由最初的一些小聚落，逐渐发展成了一个人丁兴旺、日益强盛的大部落。在蚕丛爷爷担任酋长的时代，做出了几个很重要的决定。其中第一条重大决策是和其他部落联姻，譬如蜀山氏和西陵氏联姻，蜀山氏和有熊氏联姻等。西陵氏和有熊氏都是天下闻名的大部落，蜀山氏和他们建立姻亲关系，对双方都大有好处，会很好地促进部落之间的互利友好，给氏族带来长久的兴旺。其中第二条重大决定是将酋长之位由推选改为了继承，从此之后，蜀山氏的酋长便成了世袭制。蚕丛的爷爷非常杰出，有很多大刀阔斧的作为，在整个家族和周边的部落里都享有很高的威望，为氏族制定的新规矩，因为无人反对，很顺利就确立了下来。蚕丛的爷爷去世后，蚕丛的父亲顺理成章地继承了酋长之位。蚕丛的父亲没有什么本事，平平淡淡地几十年就过去了。一个平庸的时代，和一个杰出的时代相比，很多方面都显出了差距。因而部落里的老人经常喜欢讲述上一代的故事，便表达了对蚕丛爷爷的怀念。如今蚕丛的父亲也老迈了，已经不能主事了，眼看着又到了更换首领的关键时候，部落里的人们自然而然地把希望寄托在了蚕丛身上，所以都盼望着蚕丛归来。族人们喜欢蚕丛，不仅因为蚕丛的体格相貌很像爷爷，豪气的笑声也像极了爷爷，还有很多行事方式也和爷爷在世时一样。爷爷的威望和影响，仿佛都传授给了蚕丛，使蚕丛成了族人们心目中一个富有魅力的人物。现在，意气风发的蚕丛就站在众人面前，对年长者谦恭有礼，和伙伴们谈笑风生，犹如一阵初夏的和风，吹拂在众人的心间，大家都喜笑颜开。

蚕丛此刻的心情，倒反而要单纯得多。久别返乡，和热情洋溢的族人们在一起，本身就是一件很开心的事情。至于回来后做些什么，蚕丛还没有仔细去想。

就这样说说笑笑，和谐欢快，过了好一会儿，众人才陆续散去。

蚕丛走进自家的宽大宅院，首先去看望老父亲。

老酋长住在宅院里面的石屋内，那是用石块垒砌建成的一座正房，坐北朝南，有冬暖夏凉的好处，称得上是蜀山氏部落中最好的建筑了。老酋长年事已高，行动不便，常年深居简出。蚕丛的母亲已经去世多年，老酋长平时由两位年长的女仆陪伴伺候着。已经是初夏了，天气开始渐渐热起来，老酋长却依然穿着羊羔皮坎肩，戴着羊毛编织的绒帽，靠坐在宽大的木榻上。老酋长神色倦怠，斜垂着头，微闭着眼，脸颊上布满皱纹，胡须花白，显得很苍老，也很衰弱。

当蚕丛迈着矫健的步伐走进来的时候，老酋长听到了熟悉的脚步声，好似从沉思冥想中突然醒了，睁开了眼睛，用浑浊的目光看着走近的蚕丛，含糊地问道：哦，你回来啦，你去了哪里，怎么这么久才回来啊？

蚕丛看着老迈衰弱的父亲，心里有些感慨，也有点歉疚。感慨的是，父亲真的是老了，眼看着到了迟暮之年。歉疚的是，自己外出三年，未能陪伴老父亲，老父亲却一直挂念着自己。这两种感受交织在一起，蚕丛的眼眶便有些潮润。蚕丛走到老父亲身边，胸中情感涌动，久违的父子亲情此刻犹如潮水一般弥漫在心间。蚕丛对老父亲说：我回来啦，又回到你身边了！父亲你还好吧？

老酋长缓缓地说：我老啦，快要不行了。你回来了就好啊……

老酋长的声音有点沙哑，说话有气无力，听起来令人分外伤感。

蚕丛说：今日天气很好，我扶你到外面晒晒太阳吧。

老酋长抬头看到了门外透进来的灿烂阳光，含混地嗯了一声。

蚕丛将老父亲搀扶了起来。两位老女仆在旁边帮着，拿了羊皮坐垫和矮榻，走到外面，在靠墙的平坦地方摆好，让老酋长坐了下来。天气确实极好，阳光灿烂得晃眼。老酋长长期蛰居石屋，许久没有到室外了，微眯着眼睛，靠坐在矮榻上，低沉地叹了口气。蚕丛站在旁边陪伴着，看着老父亲那花白的胡须和满脸的皱纹，一时也不知说什么好。蚕丛三年前离家外出的时候，老父亲还是能够自己行走的，现在却扶着走路都困难了。真是岁月不饶人啊！

老酋长坐了一会儿，习惯了外面的阳光，抬头望着天上飘浮的白云和远处的山影，似乎回忆起了一些遥远的往事，对蚕丛说：你还记得吗？

蚕丛俯身问：记得什么？注视着神色沉吟的老父亲，心里有点纳闷。

老酋长喃喃地说：你爷爷说过的话啊，你难道忘了？

蚕丛回想着，爷爷那时叱咤风云，有过很多精彩的事情。譬如爷爷和中原部落有熊国建立了联姻关系，将最漂亮聪明的小女儿昌仆嫁给了黄帝和嫘祖的第二个儿子昌意。后来黄帝分封昌意为诸侯，昌意和昌仆生了个儿子叫高阳，长大后取名颛顼，成了一个很杰出的人物。爷爷做很多事情都深谋远虑，真的很了不起。蚕丛那时还小，顽皮淘气，跟着爷爷只觉得好玩。爷爷曾对他说过很多话，也教过他许多东西。爷爷比父亲还要关爱他，也许是隔代亲的缘故吧。等他长大的时候，爷爷也老了，就在确定了要给他迎娶西陵氏酋长女儿这件大事之后，爷爷就病故了。父亲继任为部落的酋长，然后就给他操办了婚事，将西陵氏酋长女儿给他娶了回来。光阴就像奔驰的野马一样，快如疾风，一眨眼很多年就过去了。对蚕丛来说，爷爷的音容笑貌，爷爷的胆略豪气，还有和爷爷平日里待在一起的很多细节，他都记忆犹新，但有些事情包括爷爷说过的话儿，却随着时光的流逝而模糊了。父亲现在也老了，就像爷爷暮年患病时一样满脸憔悴。父亲要提醒他的，究竟是爷爷说过的哪句话呢？

老酋长自语道：你爷爷说，到了你这一代，一定会兴旺起来。你爷爷眼力好，看得远啊。你不要辜负了爷爷的厚望哦……

蚕丛的心里有点热切，他记不清爷爷是否说过这样的话，但爷爷深谋远虑对他寄予厚望则是真的。蜀山氏部落在爷爷的时代有了很大的改观，由一个僻栖一隅的小聚落而发展成了一个日渐强盛的大部落，人丁多了，家畜多了，与其他氏族的交往也多了，家族的势力范围和疆域也迅速地扩大了。当时很多部落都在发展，有的还相互结成联盟，经过不断地扩张，形成了小邦，还出现了王国。譬如中原地区的有熊氏族，就建立了一个很大的王国。按照爷爷时代的发展势头，蜀山氏部落迟早也会成为王国的。但爷爷未能实现这个宏大的愿望就病故了，父亲也没有去拓展这个梦想便老了。现在，父亲在他远道归来刚见面就提到这个话题，显然另有深意。

蚕丛的预感果然很灵验，老酋长叹了口气说：你来当首领吧。我的日子不多了，就要去见你爷爷了。这也是你爷爷的愿望啊。

听了老父亲苍老低沉而又异常殷切的话，蚕丛一时也不知说什么好。这时西陵氏和蚕武、蚕青、蚕蕾也过来了，陪在旁边。老酋长强打精神，用期待的目光看着蚕丛。蚕丛沉吟了一会儿，终于朝着老父亲庄重地点了点头，用浑厚的声音说：好吧，我听父亲的，就按父亲的想法办吧。

老酋长布满皱纹的脸上，终于露出了一丝欣慰的笑意。

蚕丛继承酋长之位这件事情，就这样确定了。

按照蚕丛爷爷时代传下来的惯例，老酋长去世后，才由指定的儿子继任，成为部落新的首领。现在老酋长将这个惯例做了一点改动，在自己还未去世之前就将酋长之位传给了蚕丛。老酋长一生平庸，没有什么作为，也没有任何值得称颂的功业，但这件事情却很明智，也可能是老酋长临终之前做出的一个最英明的重要决定了。

蜀山氏家族中的人们很快都知道了这件事情，这本来也是众人的愿望，老酋长的明智之举使得大家都很高兴。遵照传统的做法，继任酋长是部落里的大事，要搞一个隆重的庆典。在庆典上要祷告天地，要祭祀山川鬼神，还要祭祀祖先。然后还要载歌载舞，宴请宾客，还要举行骑马射猎和武艺比赛等活动。这样的大事，部落中几十年才有一次，自然是要做许多精心的准备了。家族中的人们对这件事情充满了热情，蚕丛的那些伙伴们更是兴奋极了。整个山寨都沉浸在欢欣鼓舞的气氛中，众人都为举行庆典而忙碌，很快就做好了充分的准备。

西陵氏也忙着，亲手给蚕丛缝制了一件丝绸新衣。西陵氏心灵手巧，还给新衣绣上了龙马图案。龙马是传说中的神奇动物，可以上天入地，可以日行千里。当时很多部族都有各自的崇奉物，譬如有的崇虎，有的崇鸟，有的崇鱼，有的崇羊，有的崇牛，等等。中原部落的黄帝和嫘祖就崇奉龙马，蜀山氏部族对马和蚕也是情有独钟。而传说蚕和龙是可以相互变化的，蚕变大了就是龙，龙缩小了就是蚕。西陵氏很崇拜姑奶奶嫘祖和姑祖父黄帝，常将嫘祖当作效仿的榜样，觉得龙马也同样可以护佑蜀山氏部族，给部族带来强盛。蚕丛穿上龙马新衣，也就象征着以后前程远大，会率领家族走向更加兴旺发达。西陵氏就这样发挥着自己的想象，将满腔的美意和深情的祝福，化为了神奇的龙马图案，给蚕丛做好了新衣。

蚕丛这几天也分外忙碌，有很多事情都需要仔细筹划。继承酋长之位，说起来很容易，其实并非那么简单。部族中面临许多问题，包括衣食住行状况的改善，包括如何加强对部族人员力量的组织和管理，也包括和周边其他氏族部落的关系，都需要蚕丛好好地去想一想。面临的这些事情，有的要立即着手处理，有的要从长计议，还有的要和部族中的其他人商量一下，听听他们的意见，然后再做安排。老酋长在位的时候，很多年都不过问部族的事情了，所以族人们都寄希望于蚕丛来改变现状。蚕丛过去很洒脱，可以什么都不管，现在不同了，一旦继任了酋长之位，成为部族新的首领，理所当然要有所作为。

蚕丛胸有成竹，其实心里已经有了一些谋划。蚕丛做的第一件事情，是将伙伴们召集在一起，组成了一支队伍。蚕丛对他们说：你们平日里都在家里，种庄稼啊，砍柴啊，打猎啊，仍像往常一样，如果遇到事情，我发出召唤，你们就要迅速集合起来。伙伴们都觉得很新鲜，有的问：会遇到什么事情啊？蚕丛说：比如我们要搞一个大型的狩猎，自然是要大家一起，做好安排，相互配合才行。又假如山寨遇到外族欺负，我们也必须集中在一起才有力量，有了力量才能保卫我们的家园，才能赢得外族的佩服。伙伴们听了，都兴奋起来，七嘴八舌地说：对呀，本来我们就很有力量嘛。蚕丛说：十个指头要握成拳头，才有力量。伙伴们说：对啊，对啊，谁敢欺负我们，就叫他尝尝我们的拳头。蚕丛说：光有拳头不行，还要有武器。伙伴们说：我们打猎都是好手啊，使用弓箭啊，刀矛啊，我们都在行。蚕丛说：打猎比较简单，打仗就复杂了，所以要训练一下，除了武艺，最要紧的是听从指挥。蚕丛又说：我们和其他部落的关系一直都比较好，以后肯定还是友好往来，就像亲戚和朋友一样，我刚才说的打仗只是一种假设和预防，有备无患嘛，大家都明白我的意思了吗？伙伴们齐声说：明白，明白，我们都听你的！你是我们的首领啊！

　　蚕丛哈哈地笑了，伙伴们也都笑了。蚕丛这样安排，主要是出于一种长远考虑。他外出游历途中，就听说了黄帝和蚩尤打仗的事情。黄帝联合了中原的很多部落，和作乱的蚩尤打了好多年的仗。据说蚩尤有很多兄弟，个个都像野兽一样凶悍，会使用各种兵器，横行霸道，肆无忌惮，经常侵伐其他部落，犯了众怒。蚩尤的野心很大，甚至想取代黄帝，很嚣张地攻打到了有熊国的都城附近。黄帝当然不能听凭蚩尤胡作非为，于是起兵讨伐蚩尤。黄帝得道多助，经过多次激烈的争战，终于取得了胜利。传说仗打得很艰苦，黄帝运筹帷幄，不仅制订了周密的作战方案，还使用冶炼之法制作了各种兵器，又得到了天授神符，这才制伏了嚣张跋扈、不可一世的蚩尤。蚕丛听说这个故事之后，获得了一个很重要的启示：部落之争，显然是不可避免的，所以必须早作预防。

蚕丛做的第二件事情，是和部族中的长老们商量以后的宏图大略。蚕丛很虚心地听取他们的意见，向他们请教对一些问题的处理方法。长老们都是部族中的贤能人物，年纪虽然大了，却很有人生经验，看到蚕丛如此尊重他们，都大为高兴。在晤谈中，又听了蚕丛的一些宏远想法，个个都对蚕丛心悦诚服。

蚕丛做的第三件事情，是派人去同有联姻关系的其他部族联络，将继承酋长之位这件事情告知了他们首领。蚕丛有一个姐姐和一个妹妹，都出嫁给了其他部族酋长的儿子，得知蚕丛要当酋长了，都很兴奋，回话说到时候要和姐夫与妹夫一起来祝贺，同时也看望一下年迈的老父亲。还有西陵氏部族首领也回了话，准备派人来参加蚕丛继任蜀山氏部族酋长的庆典活动。其次就是其他关系比较友好的一些部落了，蚕丛也派人联络了他们的首领，邀请他们来参加庆典和祭祀。这些部落首领也都爽快而高兴地答应了。

经过这番布置和安排，大势已定，蚕丛心情从容，只等举行庆典了。

众人热切盼望的黄道吉日终于来临了。

天公作美，长空晴朗，万里无云。山寨里凌晨就宰牛杀羊，做好了举行祭祀和款待宾客的准备。在一处开阔的地方，前些天已用石块和木板建起了一座高大的祭坛。族人们都穿上了新衣服，佩戴了华丽珍贵的饰物。这是一个欢庆的日子，部族里的男女老少都笑逐颜开。年长的贤能人物和伙伴们为之兴奋的是，从今天开始终于有了新的首领，蜀山氏部族从此又会有新的气象了。年幼的孩子们高兴的是，参加这样的庆典不仅热闹好玩，还有很多好吃的东西，可以开开心心地大饱口福。

前来参加庆典的其他部落首领，路途远的昨天便陆续抵达了，相距比较近的也在上午赶来了。有的部落酋长年纪大了，不能亲临，便派了儿子或侄子前来祝贺。他们都带来了贺礼，有的是玉石之器，有的是兽皮之类，还有的带来了象牙或珠贝。蚕丛的姐姐、姐夫和妹妹、妹夫也提前到达了，他们准备了厚重的礼物，向蚕丛赠送了骏马、玉帛，并看望了年迈的老酋长，给老酋长带来了鹿茸之类很多珍贵的滋补品。蚕丛事先已经做好了妥善安排，亲自接待，和来宾们相聚甚欢。

朝阳渐渐升高的时候，山寨里吹响了牛角号，擂响了牛皮鼓。洪亮的鼓声与清越的号角声，顺着和风传向青翠的山谷，在河谷群山中悠然回荡。在喜庆与热烈的气氛中，族人们都聚集在了祭坛前，长老们位于前列，伙伴们列队相迎。蚕丛穿了新衣，率领着亲友和来宾，从人群中一路走来，健步登上了祭坛。西陵氏亲手缝制的丝绸新衣，穿在高大魁梧的蚕丛身上，那神奇靓丽的龙马图案，顿时闪亮了所有人的眼。此时的蚕丛，越发显得仪表不凡，器宇轩昂。

三通鼓声响毕，号角声也停了，全场暂时静了下来。所有人都目光热切地望着蚕丛。蚕丛巍然而立，面向大众，做了个豪迈有力的手势，大声说：老父年迈，传位于我，今日吉辰，举行庆典！祷告上苍，祭祀神山！祈福祖先，护佑蜀族，万事呈祥，世代昌盛！

蚕丛的声音雄壮有力，充满了自信和豪情，激起了族人们心中强烈的共鸣。有些人盼望这一天已经盼了很久了，有点心潮澎湃，忍不住眼中闪烁着泪光。这确实是个激动人心的时刻，西陵氏听着蚕丛面向天地族人的宣告，一时也湿润了眼睛。蚕丛的姐姐和妹妹也有点激动，从今以后，蚕丛就是蜀山氏部族的新首领了，家族如果真的因此而兴旺起来，那就好啦。蜀山氏部族毕竟是她们的娘家，娘家兴旺昌盛了，她们的身份地位自然也会更好，也就更受人尊重了。来宾都是和蜀山氏部族关系友好的部落首领，此刻目睹了蚕丛的气度与风采，心中都大为折服，同时又不免有点嫉妒。他们感觉蚕丛果然与众不同，蜀山氏部族有了这等人物做首领，从此以后很可能真的会像龙马一样腾飞呢。有了这种预感，他们的心情便又变得有些微妙和复杂。部族与部族之间的关系，历来都是如此，强者受人尊重，弱者遭人欺负，但如果一个部族过于强盛了，又会引起周边部落的戒备和担忧。

蚕丛接着又用洪亮的嗓音大声宣布，祭祀开始！

鼓点又响起来。山寨中几名彪壮的汉子，抬着宰杀好的整牛和整羊，穿过人群，走上了祭坛，将牛和羊摆放了祭坛正中的石台上。牛羊是人们日常生活中很重要的牲畜，用牛羊来祭祀，那是最隆重的礼仪了。

首先祭祀天地，感谢天公赐福，风调雨顺；感激地母滋育，万物茂盛。接着祭祀神山——神山也就是蜀山，是岷江的源头，也是蜀山氏部族的发祥之地。蜀山沟深林密，鸟兽众多，资源丰富，为栖居于此的人们提供了充裕的保障，因而在族人们的心目中，巍峨雄峻的蜀山，也就成了崇高无上的神圣象征。有了这样的崇拜象征，蜀山氏部族就有了一种精神寄托，同时也拥有了灵魂的归属。然后祭祀祖先，感激先辈们的奋发开拓，为后世子孙留下了福泽，同时也祷告祖先，希望祖先继续护佑后辈平安繁荣、壮大昌盛。在蜀山氏部族的传统祭祀活动中，这三项内容，都是缺一不可的。按照先后次序，进行了这三项祭祀，整个庆典活动随即进入了高潮。

随后的一项重要内容是载歌载舞。山寨中的一群青年男女事先已做好准备，都穿了盛装，跳起了欢快热烈的舞蹈。鼓点和号角也同时响起来，和着歌舞声，传向了远方，在青翠的山谷中随风回荡。族人们受到了热烈气氛的感染，很多人手舞足蹈，发出了欢呼，将庆典活动推向了高潮。这种气氛也感染了来宾们，一起向蚕丛表示热烈祝贺。

旁边的篝火燃起来了，开始烤羊、烤牛。还有人用石块架起了硕大的陶釜，开始烹煮洗干净了的牛羊下水。空气中渐渐地弥漫起烤肉的香味，孩子们都跑前跑后欢快地嬉闹着。盛大的庆祝宴会就要开始了。

下午，山寨里举行了骑马射箭比赛与武艺较量活动。部族中的汉子们各显其能，欢声笑语，高潮迭起。活动一直持续到晚上，又举行了隆重的晚宴，庆典才圆满结束。来宾们受到了蚕丛的盛情款待，第二天才辞别归去。

第二章

蚕丛继任酋长，举行了盛大的庆典，整个部族一派喜庆。

老酋长那几天也很开心，觉得终于达成了一桩重要的心愿。让蚕丛来当蜀山氏部族的首领，这也是蚕丛爷爷的希望啊。他现在将这副重担交给了蚕丛，自己终于轻松了。

老酋长回忆起了早年的时候，他有好几个兄弟，他们都比他能干，他属于性格最平和的一个。那几个兄弟都想继承酋长之位，个个野心勃勃，争强好胜，只有他无动于衷，对执掌部族权柄不感兴趣，表现得有点懦弱。他的大哥本来是最有希望继位的，却运气不佳，在同外族的一次激烈冲突中遇难了。二哥很有勇力，敢于独自勇斗熊罴，在一次狩猎活动中因为过于冒险而出了事。二哥原想捕获虎穴中的几只虎崽，结果遭遇了体形庞大而又异常凶猛的母老虎，在闪避时摔下了悬崖。还有他的弟弟，也很能干，奉命带着礼物去看望远嫁到外地去的妹妹，不知道途中遇到了什么事情，从此再也没有回来。于是他便成了酋长之位的继承人。最想当酋长的，却当不了；不愿当酋长的，却接任了部族首领。可见冥冥之中，自有定数。有些东西可以争取，有些事情却是争夺不来的。天意如此，只能顺其自然。

老酋长知道，他并不是接任酋长的最佳人选，所以蚕丛的爷爷才语重心长地嘱托他，将希望寄托在了蚕丛身上。蚕丛的爷爷很有眼力，看准的东西肯定不会错。蚕丛的爷爷喜欢有雄心壮志和宏图远略的人，所以从小就着力培养蚕丛，对蚕丛寄予了厚望。他担任酋长的很多年，确实比不上蚕丛爷爷的时代，没有什么作为，但也没有什么麻烦，平平淡淡地就过去了。蚕丛的爷爷是创建宏伟大业的人物，而他不过是一个守成和过渡的角色，如今蚕丛当了首领，蜀山氏部族自然又会有新的发展。他按照蚕丛爷爷的嘱咐，将酋长之位交给了蚕丛，总算完成了一个夙愿。

老酋长由于高兴，那些天精神显得特别好。但没过多久，老酋长的病便加重了。风烛残年，回光返照，老酋长知道，自己恐怕是真的不行了。

早在三年前，蚕丛刚刚离家外出行走时，老酋长的病就很重了。老酋长能够坚持等到蚕丛归来，将酋长之位亲自传给蚕丛，已纯属不易。此时心愿已了，老酋长的精神松弛下来，病魔乘虚肆虐，虚弱的身体就像快要熄灭的松明火儿一样，已经燃到了尽头。老酋长面对病魔，垂危之际，没有了牵挂也没有了遗憾，心底反而异常坦然和平静。

蚕丛亲自上山采药，为老酋长治病。

岷江河谷两岸的山沟里，林木茂盛，野花奇卉甚多。用草药治病，早在传说的神农时代就开始了。据说神农曾遍尝百草，总结了许多配制草药的秘方，用来为黎民百姓治疗疾病，常有神效。蚕丛爷爷也曾研习采药疗疾之法，掌握了许多诀窍，治愈过很多患病的族人。蚕丛自幼跟着爷爷一起去采药，耳濡目染，时间长了，渐渐地也就懂得了窍门，积累了经验，成了高手。蚕丛外出行走的时候，就曾用草药为人治过病，展示了他的医术，产生了很大的影响。蚕丛在家之时，也多次为族人们采药治病，特别是冬春之际，有几次疫病流行，就取得了很好的效果。这次蚕丛又想施展医术，为老父亲好好地治疗一下。不过老酋长的病情，与普通疾病又有所不同，年老体衰，沉疴已久，恐怕很难治愈了。真的要使老酋长摆脱病魔，除非出现奇迹。蚕丛对此，其实心里也是明白的，却又怀着孝敬之心和热切的希望，期盼能够发挥医药的作用，但愿老酋长能够活得更长久一些。

蚕丛将草药采回来后，西陵氏便帮着用陶罐熬药，然后和两位老女仆一起伺候老酋长喝药。那些天，蚕丛除了处理部族中的一些事情，便是上山采药，然后回来便守护和照料老父亲，或陪伴老父亲聊一些往事，也询问了老父亲身后遗愿。老酋长越来越衰弱了，连说话的力气都没有了。纵使蚕丛医术高明，也回天无术。又过了几天，老酋长便病逝了。

遵循蜀山氏部族的传统，蚕丛和家人为老酋长举行了一个隆重的葬礼。

蚕丛爷爷去世的时候，也举行过隆重的葬礼。那时整个部族和附近的部落都来参加了，这次也不例外。老酋长的威望虽然不能同蚕丛爷爷相比，但毕竟也是做过部族首领的人物，老酋长的身份决定了葬礼的规格。蚕丛派人告诉了姐姐和妹妹，她们接到消息，也回来参加了葬礼。附近的一些部落也得知了消息，还有和蜀山氏关系比较密切的其他部族，也纷纷派人前来哀悼。由于蜀山氏部族的势力与影响，加上蚕丛的关系和号召力，前来吊唁和参加葬礼的人员格外的多。

举行葬礼有一个过程，首先要制作葬具，其次要选择吉日，然后才举行送别与安葬仪式，将逝者隆重地葬入墓地。在当时众多的部族中，每个部族都有各自的一些习俗，从婚嫁到丧葬，都不一样。蜀山氏部族便有自己的传统，在葬具和墓穴方面就比较独特，与其他部族不同。老酋长去世后，蚕丛便按照蜀山氏部族的传统，派人制作了石棺，装殓了老酋长的遗体，停放在石室中。这样过了几天，等到了吉日，再给老酋长隆重送葬，将石棺抬至墓地，先在墓穴中用石板砌成石椁，接着将石棺葬入墓穴中的石椁内，然后掩埋并举行祭祀。这种葬法，从蚕丛爷爷时代就开始了。关于墓地，也是在蚕丛爷爷时代就确定好了的。蚕丛的爷爷那时勘察过很多地方，亲自选择了一处视野开阔的山坡作为家族墓地。这里坐北朝南，两边山峦环抱，前面江水环绕，山坡两侧长着很多高大的桢楠与松木，环境幽静，山水秀美。这里距离山寨也不是很远，站在山坡上视野非常开阔，居高远眺，可以将岷江河谷与远处的山寨部落一览无遗。将蜀山氏部族的已故首领和先辈们安葬于此，不但灵魂有了归宿，还可以永远关注和护佑部族，为后辈子孙提供心灵和精神上的庇护。可见蚕丛的爷爷真的很了不起，做什么事情都是深谋远虑，就是在家族墓地的选择上也充分显示了他的远见卓识。

蚕丛对送葬与安葬的过程做了精心安排，并亲自主持了葬礼。因为老酋长是寿终正寝，又在生前将酋长之位传给了蚕丛，所以家人亲戚和族人们对老酋长的去世并没有感到过分悲恸，但每个人的脸上依然充满了哀戚之情。葬礼在肃穆的气氛中举行，部族中的男男女女都穿着白色衣服为老酋长送葬。二十多位彪壮的汉子，用结实的木杠抬着石棺，走在送葬队伍的中间。前面又有十多位汉子扬幡先行，为老酋长招魂开路。蚕丛的家人与亲戚，以及部族中的长者和参加葬礼的来宾，随行在石棺的后面。由此而形成了一个庞大的送葬队伍，缓缓而行，浩浩荡荡地来到了墓地。因为参加的人数众多，场面盛大，越发显出了葬礼的隆重。

蚕丛按照老酋长的遗愿，将老酋长安葬在了蚕丛爷爷旁边的墓穴中。老酋长平淡的一生，至此便圆满地画上了句号。一个杰出的时代和一个平庸的时代，都变成了过去的回忆。安葬仪式完成后，蚕丛又主持举行了祭祀神山和祖先的仪式。蚕丛率领亲友和族人们，在墓地前面做了跪拜，供奉了祭品，虔诚地祈祷，希望获得神山和祖先的保佑，使蜀山氏部族更加兴旺昌盛。

隆重的葬礼和祭祀结束后，蚕丛和众人这才返回了山寨。

夏天很快就过去了，转眼便到了秋天收获的季节。
自从蚕丛继任酋长之后，风调雨顺，今年的收成格外好。

因为丰收，族人们都很高兴。有些家庭，准备给儿子娶亲，或准备嫁女的，更是喜气洋洋。今年秋天不仅庄稼的收成很好，喂养的家畜也增多了，牛羊和马匹都长得很肥壮，新添了很多小牛犊、小羊羔、小马驹儿。

山林里的野兽也增多了，有野鹿和猕猴经常在山寨附近出没，还有野猪和黑熊也常常从山沟野林里出来偷吃庄稼。有一次，一群野猪窜进了庄稼地里，竟然咬伤了山寨里的一个小孩。这件事情惹恼了小孩的家人，也激起了亲友和左邻右舍的愤慨，准备了弓箭长矛，要去捕获这群野猪。山寨里的很多人都知道了，出于义愤，也都准备参加这次捕猎。

蚕丛很快也得知了此事，审时度势，当即决定搞一个大型的狩猎活动。秋天本来就是适宜打猎的季节，此时的野兽都长肥了，捕获动物可以为族人们增添肉食。蜀山氏部族虽然早就以饲养家畜、放牧牛羊和种植庄稼为主了，但打猎仍然是很重要的一项生活内容，也是补充食物来源的一个重要手段。部族中就有一些猎户，以打猎为生，每年秋天猎户们都会相约一起进山打猎，常常满载而归。蚕丛记得，爷爷也是比较喜欢狩猎的，那个时代人们特别崇尚勇力，捕猎多的人常被视为英雄。为了捕获大型猛兽，通常需要联手行动，蚕丛爷爷就曾指挥过这样的狩猎活动。蚕丛此时的想法，并不单纯是为了仿效爷爷去猎获大量的野兽，更重要的是可以利用这样的机会，把部族里的青壮年们组织起来，变成一支听从指挥的队伍。通过大型的集体狩猎，可以让众人在使用弓箭刀矛方面获得锻炼，还可以增强部族内部的团结，这也正是蚕丛做出这项决定的深意所在。

蚕丛的号令发布下去后，山寨里的人们立即行动起来。青壮年们摩拳擦掌，擦亮了箭镞，磨快了刀矛。妇女们准备了干粮，老人们向山神祈祷。蚕丛将青壮年们召集起来，组成了三支队伍，这样在狩猎的时候可以分别从正面和左右包围猎物，可以互相配合，协同行动。

那是一个晴朗的上午，吃过早饭，队伍出发了。参加狩猎的人们还带了几只猎狗，是部族猎人专门驯养的打猎帮手。离开山寨后，队伍沿着山坡，进入了山林。这里林木茂盛，灌木丛生，是各类野兽经常出没的地方。很快就发现了野猪的踪迹，队伍散开，分别迂回前进，进行包抄。野猪通常成群觅食，虽然不如虎豹熊罴那般凶猛，但满口獠牙，生性凶狠，奔跑起来也很迅捷。猎狗的吠叫声惊动了野猪群，野猪群开始向山沟里面逃窜，遇到了迂回拦截的队伍，又折返回来，窜进了林木深处的灌木丛里。其他动物也受到惊扰，四散奔逃。

牛角号吹响了，队伍逐渐合围。猎狗朝着灌木丛勇猛地吠叫着，有几头野猪窜出来，立即被弓箭射倒了。其他的野猪躲在茂密的灌木丛深处，慌乱地哼叫着，躲避着射来的箭矢。当人们越逼越近的时候，一头体型健硕的野猪王突然狂怒地冲出了灌木丛，其他野猪紧随其后，向人群猛冲过来。

猎人用长矛朝突围的野猪刺击，人们有的射箭，有的挥刀，还有的联手张网拦截。领头的野猪王凶狠异常，身上中了几箭，似乎毫无感觉，竟然冲出了猎人的围击。野猪拼起命来也是非常可怕的，此刻的野猪王便呲着獠牙，一直朝着指挥狩猎的蚕丛冲来。眼看着幼象一般大小的野猪王就要扑到蚕丛身上了，情形瞬息突变，真的是紧张万分，旁边的人们都惊呼起来。

蚕丛镇定自若，就在间不容发之际，敏捷地闪身避开了野猪王。右手迅捷地操起长矛，从侧面插进了野猪王的颈窝。蚕丛的力量很大，长矛插得很深，一直插穿了野猪王的心脏。硕大如象的野猪王惨烈地哼叫着，挣扎着，一下栽倒在地。其他突围的野猪见状更加慌乱，失去了主心骨，很快就崩溃被围剿了。

蚕丛此时下了一个命令，吩咐将几头小野猪放了。这次狩猎的收获已经很大了，不能图一时痛快，而将野猪群赶尽杀绝。留下这些小野猪，过几年它们又会发展成野猪群，人们的狩猎才能不断地继续下去。

被放生的小野猪们也许是吓呆了的缘故，站在原地不知所措，被人们赶进林子后，才一哄而散，眨眼间便跑得没了踪影。

蚕丛见好收兵，下令凯旋。人们抬着猎获的二十多头野猪，兴高采烈地回到了山寨。当天下午，举行了欢庆，部族中的每一户人家都分到了野猪肉。

岷江下游的斟灌族，派人来向蚕丛提亲，要和蜀山氏联姻。

蚕丛外出行走的时候，曾到过斟灌族，受到了热情友好的款待。

斟灌族栖居在岷江下游的山地边缘，雄峻的群山到了这里便变成了平川。这里居高临下，地势开阔，河流纵横，湖泊众多。每当春夏之际岷江涨水的时候，遇到洪水泛滥，平川里面低洼的地方会被淹掉，有些地方就成了湿地。到了秋天，水位下落，便又恢复了正常。这里的土地特别肥沃，种植的庄稼收成极好。还有林子里的鸟兽，湖泊里的鱼儿，为捕猎打鱼提供了极大的便利。所以斟灌族的日子过得很优裕，生活也很悠闲。到了冬天，这里也不怎么寒冷，草木始终是绿的，不像岷江河谷里面经常刮风，常使人有寒风刺骨之感。三年前，斟灌族的酋长对到访的蚕丛很客气，两人一见如故，相聚甚欢。斟灌族酋长有个儿子叫柏灌，年轻英俊，豁达倜傥，给蚕丛留下了很好的印象。蚕丛当时曾对斟灌族酋长说：我们以后干脆结成儿女亲家吧！斟灌族酋长高兴地说：好啊好啊！虽然是随口说的玩笑话，斟灌族酋长却记在了心里。如今得知蚕丛继任了蜀山氏酋长，便专门派人带了礼物，前来向蚕丛提亲，要为儿子柏灌娶蚕丛的女儿蚕蕾为妻。

蚕丛很高兴，当即收下了礼物，殷勤接待了来人。蚕丛随即将此事告诉了夫人西陵氏。西陵氏觉得，蚕蕾还是少女，年龄尚小，这么早就谈婚论嫁，是否合适？因而有点犹豫。蚕丛对西陵氏说：女儿虽小，迟早是要出嫁的，再过两年就是大人了，能选一个像柏灌一样英俊优秀的人做丈夫，那是蚕蕾的福气啊。西陵氏听蚕丛这么一说，虽然没见过柏灌，觉得肯定是个出类拔萃的人才。既然蚕丛如此看重、夸奖柏灌，那柏灌自然是女婿的最佳人选了，女儿蚕蕾的婚事就这样确定了下来。

蚕蕾很快也知道了这件事情，娇羞地偎依在西陵氏的怀里说：阿妈，那是个什么模样的人啊？面都没见过，怎么能答应嫁给他呢？西陵氏搂住蚕蕾说：你要相信你阿爸啊，你阿爸看中的，说是又英俊又能干，将来也是一个首领呢。蚕蕾撒娇说：我才不嫁呢，我要和阿妈阿爸在一起。西陵氏说：傻孩子，男大当婚女大当嫁，长大了哪有不嫁人的？你阿爸替你考虑得很周全，都替你安排好了。蚕蕾红了脸，想象着柏灌的模样，憧憬着未来和夫婿在一起的情景。因为想到再过两年就要出嫁了，蚕蕾的心中便有了一些微妙的变化，仿佛一下子长大了，从一个懵懂的女孩变成了一个待嫁的少女。蚕蕾见了部族中的女伴和青年男子，也不再像以前那样顽皮贪玩了，待在家里的时间多了起来。西陵氏已经开始悄悄为蚕蕾准备嫁妆，缝制漂亮的丝绸衣服，还为蚕蕾准备舒适的新被褥，给她以后出嫁时带到夫家。

蚕武和蚕青也为妹妹高兴，觉得蚕蕾都快要嫁人了，很自然也想到了他们自己的婚姻。作为蜀山氏部族首领的儿子，通常都是要和其他部族联姻的，将来他们也都会娶一位其他部落酋长的女儿为妻。蚕丛肯定会有考虑，会做出安排，只是不知道蚕丛会选择哪个部族，也不知道那个部落首领女儿长相如何。蚕武已经长大了，对此事自然要想得多一些。有次和母亲说话，说到了此事，西陵氏问他：武儿，以后你想娶个什么样的女子啊？蚕武说：我怎么知道啊，还不是要阿爸说了算。西陵氏说：你总会有自己的想法嘛，说来听听也好。蚕武说：最好是找个漂亮能干的啊。西陵氏笑了，说：好啊，我也是这样想的。说得蚕武也露出了笑容。

蚕丛确实已经在考虑两个儿子的婚事，按照家族惯例，长子总是要先娶妻，然后才能将小女儿出嫁。现在小女儿蚕蕾已确定要嫁给斟灌族的柏灌了，那么长子蚕武的婚事也必须抓紧安排了。蜀山氏是个大部族，自然也是要找个门当户对的部族联姻才好。究竟找哪个部族呢？蚕丛想了想，可供选择的部族不少，譬如周边一些关系友好的部落，又比如外出行走时结识的一些氏族，都是可以考虑的。甚至可以派人去和远方的一些部族联络，来建立姻亲关系。蚕丛爷爷的时代，不就是将小女儿昌仆嫁给了黄帝和嫘祖的儿子昌意吗？如今是蚕丛担任蜀山氏首领了，其实也是可以仿效爷爷的这种做法的。反正事在人为，只要想到了，就应该深思熟虑做得更好。这样想着，蚕丛的心里便有了谋划。

蚕丛准备带上儿子蚕武，前往岷江下游，拜访几个部落。

蚕丛的想法，是要让儿子开开眼界，长些见识。蚕武还没有走出过岷江河谷，只有走出去了，才会知道天地的广阔。当然更主要的目的，是为了蚕武的婚事，如果遇到哪个部族首领有待嫁的女儿，双方都看中了，就可以确定婚嫁，建立起两个部族的姻亲关系。这次出行，时间不会很长，最多几个月就回来了。蚕丛将想法和儿子蚕武说了，蚕武很兴奋。西陵氏也很高兴，开始为他们做出行的准备。

就在蚕丛准备出行之际，发生了一件事情。和蜀山氏部族相邻的一个西羌部落，因为最近丢失了好几头放牧的羊，怀疑是蜀山氏部族中的人偷了，双方发生了争吵，甚至动起手来，打了架，伤了人。这事虽然是争吵引起的，算不了什么大事，但如果处理不妥，便会直接影响到部族之间的关系。蚕丛接到族人的禀报，便立即赶到了发生争吵和打架的地方。蜀山氏部族中的很多汉子也跟随着蚕丛来了，有的还携带了弓箭之类。西羌部落中的人看到蚕丛带着这么多人来了，以为是来找他们算账的，不由得大为恐慌。

蚕丛来到现场后，先问了一下情况，也注意到了西羌部落人们戒备慌乱的神情，便哈哈地笑起来。蚕丛爽朗的笑声，使得大家都有些发愣。打架斗殴、剑拔弩张的气氛，一下被蚕丛的笑声稀释了，众人都不知所以地看着蚕丛。

蚕丛大声说：蜀山与西羌，世代友好，怎么能因为区区几只羊儿，就反目了，不做朋友了，这岂不是叫人笑话吗？何况羊儿是怎么丢的，也没弄清楚啊。这样吧，丢失的羊儿，由我来赔付你们。然后我来把这事查询一下，看是否遭遇了山林里的野兽之类。如果是狼群或虎豹吃了羊儿，那我们就来联手打猎。你们大伙儿说好不好啊？

听了蚕丛这番坦诚豁达的话，西羌部落的人们都大为感动，连声说：好啊，好啊！西羌部落里有长者说：既然事情都没搞清楚，哪能叫你赔付啊？算啦，不用赔啦，有你这番心意就行啦！

蚕丛笑道：我说的话肯定是算数的，就这样说好啦！

西羌部落的人们很高兴也很感动，当即提议一起吃个饭。蚕丛很爽快地答应了。于是杀了一头羊，支起石灶，燃起篝火，烤了羊肉，煮了羊肠羊肚，两个部族的人们快快乐乐地在一起吃了饭。动手打了架的人，也相互道歉，又握手言和，成了朋友。一场很紧张很尖锐的矛盾冲突，就这样被蚕丛轻描淡写地化解了。

第二天，蚕丛便从自家的羊群中挑选了几头肥壮的大羊，派儿子牵着羊儿送到了西羌部落丢羊的人家。这事很快传播开来，西羌部落中的人们对此津津乐道，与西羌相邻的氏族，以及周边的其他部落也都知道了，都很敬佩蚕丛的豪爽与大度，一时传为美谈。西羌和氏族，都是和蜀山氏部族毗邻而居的大部落，西羌最爱羊，氏族喜欢牛，都将畜牧看得很重要。蚕丛深知西羌的传统和心理，所以送羊给他们。蚕丛看重的并不是几只羊，而是部族之间的和谐相处。

又过了几天，蚕丛派出了蜀山氏部族的猎人们进山搜寻，果然在山林里发现了狼群。那是从西北过来的一群野狼，经常偷袭牧人们的羊群。猎人在狼群活动的地方，看到了残留的羊头羊角，正如蚕丛推测的一样，真相终于大白了。

蚕丛又组织了一次狩猎，参加的不仅有蜀山氏部族的壮汉和猎人，还有西羌部落中的一些中青年汉子。狼群比野猪狡猾，遭到围捕后，被射杀了几只，其余的跃过山涧与悬崖逃脱了。没有了野狼的骚扰，羊群从此又恢复了平静。西羌部落中丢羊的人家，要把羊儿给蚕丛送回去。蚕丛说：哪有送了人的礼物又收回的啊？既然送了，就安心收下吧。丢羊的人家很感动，说：等到明年春天羊群中添了小羊羔，一定要送一些小羊羔给你啊。蚕丛说：好啊，那就争取多生一些小羊羔吧。双方就这样说好了。两个部族的关系，经过这件事情之后，变得更加友好了。

蚕丛带着儿子蚕武，骑马走出了岷江河谷。

这次外出，父子同行，对蚕丛来说是故地重游，而年轻的蚕武则倍感新奇。

离开崇山峻岭，来到平川，地势一下开阔起来。奔腾的岷江分成了很多支流，滋润着肥沃的土地。在河流的周边，分布着大片的草丛和茂盛的林木。如此宽广的地域，人烟却十分稀少，在这里生活的部落并不多。比如斟灌族，就选择了山地边缘作为栖居之地，只有打猎捕鱼的时候，才进入平川里面的林子和湖泊活动。还有一些很小的部落，有的只有几户或十几户人家，也都住在地势比较高的地方。蚕丛对此颇有些纳闷，后来明白了，如果洪水泛滥，低洼的地方会被水淹没，所以选择山地边缘和地势高处居住，是一种很明智的做法。不过也有例外，譬如濮人部落，就习惯滨河而居。还有喜欢捕鱼的一些氏族，经常驾舟在河流和湖泊中往来，也栖居在河边。可见洪水也不是那么可怕的，并不影响这些部落的居住和生活。

蚕丛这次首先要去拜访的便是濮族。蚕丛三年前外出行走，就到过濮族，和濮族的首领濮君交了朋友，结下了友谊。濮族也算得上是一个大部族了，由很多聚落组成，散布在平川与丘陵地带，分散得比较宽广。濮族饲养家畜，种植庄稼，加上捕鱼打猎，采摘果实，生活过得不错。在蚕丛的印象中，濮族人的性情较为温和，友善好客，待人接物都很淳朴。濮族的首领濮君比蚕丛年长，三年前接待蚕丛，就像对待自己的兄弟一样，两人谈天说地，相谈甚欢。蚕丛很喜欢这种无拘无束的气氛。濮君很早就听说过蚕丛爷爷的故事，因而觉得结识蚕丛是一种缘分。蚕丛记得，他和濮君谈到了很多事情，譬如黄帝与蚩尤的征战，比如有熊氏和蜀山氏的关系等等。其中关于联姻，也是他们说得比较多的一个话题。以前嫘祖嫁给了黄帝，嫘祖和黄帝的儿子又娶了蜀山氏之女，这是天下皆知的事，其实小部族之间也是经常联姻的。濮族有很多小部落，大都有着亲戚关系。这些话题，使得蚕丛和濮君有了很多共识，成了难忘的回忆。

骑马沿着河岸走了几天，蚕丛和蚕武来到了濮族的中心聚落。濮君见到蚕丛，十分高兴，哈哈地笑着说：好久不见啦，真是想你啊！听说你继任蜀山氏酋长之位啦，可是真的？可喜可贺啊！

蚕丛爽朗地一笑：是啊，当时也派人来邀请你参加庆典了啊。濮君说：可能是来人走错了路，等我得知消息，已经错过时机了，没能去参加你的盛典，很是遗憾啊。现在你再次光临，真是高兴啊！

濮君当即吩咐杀猪宰羊，举行宴会，盛情款待蚕丛父子。濮君还召集了濮族中一些小聚落的首领前来陪同，一起欢迎蚕丛父子的到来。

濮君和蚕丛欢聚数日，聊了很多话题，很自然也谈到了联姻之事。濮君看到蚕丛的儿子蚕武长得一表人才，蜀山氏又是名闻天下的大部族，如果濮族能和蜀山氏联姻，当然是大好事。可是，濮君的两个女儿早已出嫁了，其中一个嫁给了和濮族关系比较密切的小部落首领鱼凫，另一个嫁给了濮族的一个远亲部落酋长之子。濮君心想，如果再有一个女儿就好啦，就可以嫁给蚕武了，对此颇感遗憾。但濮君随即便想到了一个变通的办法，他知道鱼凫有一个英姿飒爽的妹妹鱼雁，小名叫雁儿，尚未出嫁，和高大英俊的蚕武倒是很般配的。鱼凫是濮君的女婿，鱼凫的妹妹鱼雁如果嫁给了蚕武，濮族和蜀山氏自然也是亲戚关系了。虽然这种关系略有点复杂，毕竟也是一种联姻之策啊。

蚕丛听了濮君的介绍，觉得很有意思。不过，儿子的终身大事，鱼凫是否合适，还是要亲眼看一看才能确定。便和濮君商量，巧妙地安排了一次见面。

　　濮君以看望女儿女婿之名，由蚕丛和蚕武父子陪同，来到了鱼凫部落。

　　鱼凫是一个性情活跃的年轻汉子，平日最喜欢骑马射猎，或者驾舟捕鱼。鱼凫的身材虽不像蚕丛那般高大，却孔武有力，有一身天生的蛮力气。濮君担任濮族首领以来，每年都要举行部落之间的联谊比武活动，连续几年都是鱼凫夺冠。部落之间的勇士很多，能够在众多好汉中夺冠称雄的，自然算是一个英雄人物了。濮君正是由于这个原因，通过比武招亲，而将一个女儿嫁给了鱼凫。这天，鱼凫带着部落里的几个伙伴，正在河畔捕鱼，得知濮君来了，赶快回来迎接岳父大人。

　　濮君对鱼凫说，我给你引见一个人，这是蜀山氏族的大首领蚕丛，快来拜见！

　　鱼凫知道蜀山氏是个著名的大部族，也听说过蚕丛的一些故事，此时亲眼见到蚕丛，果然高大魁梧，仪表非凡，目光炯炯，洋溢着英杰之气，使人肃然起敬，赶紧恭恭敬敬地向蚕丛施礼，揖手说：小子鱼凫，拜见蚕丛大人！

　　蚕丛已听说过鱼凫比武招亲的故事，看见鱼凫果然年轻彪悍，又谦恭有礼，心中已有了几分喜欢，朗声笑道：不必客气多礼！这是我的儿子蚕武，你们是同辈人，也相互认识一下！

　　鱼凫说：好啊！便以兄弟之礼和蚕武执手相见。蚕武比鱼凫岁数略小，见鱼凫客气，殷勤相待，心里自然很高兴。两人虽然是初次见面，却已有了一见如故的亲切之感。

　　见过面后，鱼凫随即设宴款待濮君和蚕丛父子。因为濮君是岳父，蚕丛和濮君又是极好的朋友，鱼凫的家人也都出来拜见了濮君和蚕丛。蚕丛见到了濮君的女儿，也见到了鱼凫的妹妹鱼雁。濮君所言非虚，鱼雁长相秀丽，果然飒爽英姿。因为自幼受到兄长的影响，鱼雁也喜欢射猎习武，性情开朗，随着嫂嫂出来，先拜见了濮君。蚕武看到鱼雁，眼睛便一亮。鱼凫介绍说：这是我妹妹雁儿。又对鱼雁说：这是蚕丛大人，是天下著名的蜀山氏族的大首领；这是蚕武公子，是好兄弟，雁儿快来拜见了。鱼雁走过来，大大方方地向蚕丛父子行了礼。

蚕丛见多识广，只打量了一眼，便对鱼雁有了好印象。蚕丛用眼角扫了一下儿子蚕武，注意到了蚕武那双发亮的眼，便知道蚕武对鱼雁也已有了喜欢之意。蚕丛爽朗地笑道：今日欢聚，都不是外人，不必多礼。来来，都坐下来吧！鱼雁接触到了蚕武的目光，脸颊微微一红，有点腼腆地挨着兄嫂坐在了下首。

濮君也是个聪明人，察言观色，已经看出了双方的心意，高兴地笑着说，好啊！难得一聚，不必拘谨，大家都好吃好喝啊！鱼凫为了让岳父高兴，也为了结交蚕丛父子，自然是倾其所有，将往日射猎所获得的各种野味，还有鱼鳖之类，都烹调成了美味佳肴，盛情款待来宾。宴会很丰盛，吃了几个时辰，这才尽欢而散。

濮君找了个机会，私下里和鱼凫说了要与蜀山氏联姻之事，为蚕武和鱼雁做媒。鱼凫是部落首领，父母已故，兄长做主，本来就在操心妹妹雁儿的婚事，如今遇到这么好的机会，哪有不愿意的？马上一口就答应了下来。

濮君随即也和蚕丛说了，蚕丛见鱼凫如此爽快，也很高兴。蚕丛本来打算为儿子蚕武找一个大部族首领之女娶以为妻，按理说鱼凫只是一个小部落，蜀山氏如果和鱼凫部落联姻似乎有些降格了，其实还可以多接触一下其他大部族，然后再从长计议。但蚕丛眼光睿智，是个颇有远见的人，很喜欢鱼凫身上的英雄豪杰之气，觉得现在鱼凫族虽然是个小部落，将来逐渐壮大了就会成为大部族的。还有就是蚕丛亲眼见到了鱼凫的妹妹鱼雁，印象不错，蚕武也喜欢，加上又是濮君出面做媒，几种因素凑在了一起，便促使蚕丛当即拍板做出了决定。为蚕武娶鱼雁为妻，蜀山氏和鱼凫联姻，此事就这样确定了下来。

蚕丛父子和濮君、鱼凫又相聚了数日，这才告辞离去。

蚕丛和蚕武启程返回蜀山，途中顺便来到了斟灌族。

斟灌族酋长应邀去彭族部落做客，已外出多日，还要过些日子才能回来。酋长外出之际，将家族部落里的事情交给了儿子柏灌管理。柏灌看到蚕丛和蚕武来了，非常高兴，立即热情洋溢地设宴款待。一边又准备派人去彭族部落告诉父亲，看能否提前赶回来和蚕丛父子相聚。彭族在当时也是一个颇有名气的部落，和斟灌族世代友好，两个家族经常交往，相距也不是十分遥远，不过也要走好几天的路程才能到达，如果往返一次，所需时间当然就更长了。

蚕丛此次前来斟灌族，目的主要是想见柏灌，而且不便久留，便婉言劝阻了柏灌，不必去通知在外做客的酋长了。柏灌对蚕丛很恭敬，主随客便，听从了蚕丛的意见，也就不再派人去通知父亲，尽心尽意地陪同招待蚕丛和蚕武。柏灌和蚕武年龄相仿，将来娶了蚕蕾，就是妹夫与大哥的关系了，一见面就有了亲切之感。

蚕丛自从上次来斟灌族做客，就很器重英俊聪明、年轻有为的柏灌。这次特地前来，也是想晤见这位未来的女婿，再和柏灌好好聊聊。在蚕丛交往接触的年轻人中，柏灌确实是比较出类拔萃的。这倒不仅仅是由于柏灌懂礼节、聪明、能干，更重要的还在于柏灌很有见识，谈吐与看法都与常人有别。譬如关于部落联盟，蚕丛上次来做客时曾聊过这个话题，说到了有熊氏国君黄帝和炎帝神农的一些故事，也说到了这儿诸多部落之间的关系。柏灌说：天下很大，所以有很多部落，既然黄帝可以联盟建国，将来这儿也是可以仿效的，就看由谁来倡议领头了。蚕丛当时很有感触，觉得柏灌说得很有道理。蚕丛外出游历的几年之间，随着眼界的开阔和思路的拓展，已经产生了很多想法，其中也包括了创国的念头。当然，这些想法与念头，起初还是比较朦胧和粗浅的，并未变成计划。如今，蚕丛继承了酋长之位，成了蜀山氏部族的大首领，创国的念头渐渐变得强烈起来。

蚕丛和柏灌闲聊，谈天说地，聊得投机，很是开心。两人很自然又说到了关于部落联盟的事。蚕丛说：因为结盟有利于壮大，所以部落相互结盟，自古有之。蚕丛又说：由此而联想到我们这儿，其实也是可以相互联盟的，你觉得如何？

柏灌说：好啊，肯定是一件好事情啊。

蚕丛说：如果结盟，谁来当盟主呢？

柏灌说：自然是推举有威望的首领来担任了，但威望也总是和势力结合在一起的，谁势力强大，谁肯定就成了盟主。

蚕丛笑道：是啊，有熊氏和其他部落结盟的时候，有熊氏最强大，所以黄帝就成了国君。可是我们这儿情况不同啊，部落虽然有大有小，却没有特别强大的。相对而言，我们这儿哪个部族比较适合执牛耳呢？

柏灌说：当然是蜀山族最有号召力了。

蚕丛说：如果其他部族互不服气，对谁当盟主产生了争执，又怎么办呢？

柏灌说：只要好好商量，就可以避免争执了。

蚕丛哈哈一笑，觉得柏灌想法很好。但仔细想想，又觉得柏灌毕竟年轻了，缺少人生阅历，天下有很多事情并不是靠商量能够办好的。特别是涉及一些利害关系的事情，谁会相让呢？部落联盟本是好事，但如果因此而产生矛盾，就事与愿违，适得其反了。不过，这也只是自己的一种担心而已。事情只有做了，才会知道结果。

蚕丛含蓄地向柏灌透露了自己结盟创国的想法。柏灌也委婉地对蚕丛表示了赞同和支持，这使得蚕丛分外高兴。蚕丛知道，柏灌作为未来的女婿，肯定是会追随和支持自己结盟创国计划的。如果以后还能得到濮君与鱼凫的支持，那就更容易实现自己的计划了。接下来就是等待和把握时机了。这使得蚕丛倍觉兴奋。

蚕丛父子在斟灌族待了数日，才与柏灌告别，返回了蜀山氏部族。

第三章

光阴荏苒，转眼便到了来年春天。

蚕丛这段时间加强了和周边部落的交往，常常有应酬往来。蚕丛准备了一份丰厚的彩礼，派人送到了鱼凫部落，鱼凫也派人回赠了礼物，双方对联姻这件事情都分外重视。西陵氏听了蚕丛的讲述，兴奋地开始为儿子蚕武迎娶鱼雁做准备，家族里的人们也都知道了这件事情，自然也都很兴奋。作为部族首领长子的婚礼，通常都办得比较隆重。蚕丛迎娶西陵氏的时候，就举行了一个盛大的婚礼。蚕武准备迎娶鱼凫部落首领之妹鱼雁，婚礼肯定也是要办得隆重才好。

蚕丛心里已经有了很多谋划，举行婚礼其实也是一个机会，可以增进和友邦部落的关系，扩大蜀山氏部族的影响。要实现创国的梦想，单靠一个部族的力量是不够的，必须和诸多部落结成联盟才行。周边的部落很多，如何将这些部落联合起来，和蜀山氏部族团结在一起，并不是一件简单的事情。其中可能会遇到一些问题，或许会发生矛盾，甚至会有冲突，所以必须深谋远虑才行。蚕丛想得很远，看到了前景，也预测了困难。当蚕丛思考这些的时候，不由得雄心勃勃，满腔热忱，甚至有些热血沸腾的感觉。结盟创国，这不是一个小愿望，而是一个大梦想。这也是蚕丛爷爷的梦想啊，现在就看蚕丛如何来实现了。

就在筹备婚礼的过程中，一场意想不到的灾难突然降临了。

正是中午家家户户都在吃午饭的时候，突然间山摇地动，大地在晃动，山川在颤抖，崩塌的岩石从山坡上滚下来，从两岸滚进了岷江河谷。很多房屋瞬间就倒塌了。山林里的鸟兽已经奔逃得不见踪影。家畜四散而跑，马在嘶鸣，狗在吠叫，鸡在乱飞，圈里的猪被压在了倒塌的栅栏墙壁下。人们都惊呆了，很多人从倒塌的房屋中跑了出来，面对着眼前可怕的情景，尘土满面，惊慌失措，不知如何是好。有的在大声呼喊着家人的名字，有的在祷告神山，还有的放声哭了起来。

蚕丛和两个儿子正在喂马，当地面开始颤抖摇动时，蚕丛立刻预感到了灾难的来临。蚕丛呼喊着正在做饭的西陵氏和蚕蕾，叫她们赶紧从屋里出来。但还是慢了一步，眼看着房屋就散了架，接着便垮塌了。蚕丛和儿子冲过去，扒开了垮塌的门墙，将西陵氏和蚕蕾救了出来。还算好，蚕蕾安然无恙，西陵氏为了保护女儿而被砸伤了头。那间坚固的石室也震垮了，一位老女仆被石块砸伤了腿。这一切都发生在瞬息之间，宽大的宅院一眨眼就变了样，成了垮塌的废墟。

地面平静了一会儿，接着又开始摇动。河谷里飞沙走石，房屋还在接着垮塌。蚕丛听到了山寨里的哭喊声，这场突如其来的灾难，使整个部族都处于危难之中。蚕丛吩咐蚕蕾和女仆照顾受伤的西陵氏，自己带着蚕武和蚕青前去救援其他族人。

看到蚕丛来了，惊慌失措的族人们有了主心骨，都不约而同地聚集到了蚕丛身边。蚕丛将年富力强的人们召集在一起，大声说：大家不要慌！救人要紧啊，东西不重要，先把人救出来啊！以后再收拾东西。

蚕丛将人分成了几支队伍，分头救援那些被压在垮塌房屋中的人。大家用手扒，用杠子撬，将那些来不及跑出去而被压在垮塌房屋里面的人救了出来。被救出来的人，有的受伤了，有的奄奄一息，有的已经不行了。一些族人看到这种情形，忍不住又哭起来。有些人一边哭，一边扒拉着，继续寻找被埋在废墟中的亲人。

在蚕丛的率领下，救援持续了几个时辰，大多数人都被救出来了。蚕丛吩咐将族人们安置在一处树林里，粗壮的树木可以阻挡滚落的石块，相对要安全一些。地面已经不再晃动了，山川也暂时恢复了平静。但过一段时间，突然间又会颤抖和摇动起来。族人们开始搜寻粮食和衣服，尽可能将逃散的家畜也赶到一起。劫后余生的人们，个个神情沮丧，面对着已变成废墟的家园，都不知如何是好。

蚕丛的心情，此时也非常沉重。在前一段时间，蚕丛就有了一些预感，总觉得会发生某种大事情。蚕丛天生异禀，怀有与生俱来的特异功能，每有预感，总是会应验。因为在筹备大儿子的婚事，又在谋划结盟创国的大事，所以思考的都是前景光明的喜事和好事，也没往其他不好的方面多想。哪知道竟然有一场大灾难突然降临呢？而且来得如此突兀和猛烈！

蚕丛记得，在爷爷的时代也曾发生过一次地震山崩。那时他还小，遭遇的灾难都由爷爷和那个时代的大人们去承受和克服了。转眼过去了几十年，这样的灾难又再次降临了。难道山神每隔几十年就要发威一次吗？从爷爷的时代到现在，每年都会隆重地祭祀神山啊，山神为什么还要这样不通情理地毁坏人们的家园呢？蚕丛百思不得其解，心中充满了疑惑。

这是一个黑色而又恐怖的夜晚，天色阴沉，星月无光。在突发的灾难中幸免于难的人们，个个都形态狼狈，满身尘垢，惊魂未定地聚集在树林里。那些失去了亲人的家庭，更是充满了悲痛。每过几个时辰，地面又会晃动一下，使得人们又恐慌起来。谁也不知道接下来还会发生什么，因而心里都深为担忧和慌乱。

蚕丛此时的心情也很灰暗，忧虑好似石块一样，沉甸甸地压在心上。他清点了一下聚集的人群，部族中遇难的大约有十多人，受伤的人数比较多，还有一些不见踪影，下落不明。损失的财物就更多了，因为家园都毁了，所有的东西都被埋在了倒塌的废墟下。在灾难来临之前，蚕丛还在构思着创国的宏大梦想，突然之间，一下就变了。巨大的天灾，使部族陷入了危难。难道宏大的梦想就这样破灭了吗？想到这一点，蚕丛的心情便越发沉重起来。但蚕丛并没有因此而悲观，更不会绝望。爷爷的时代，同样遭遇了大灾难，不也是安然度过了吗？关键是要积极应对啊！天无绝人之路，只要团结族人，克服危难，毁坏的家园是可以重建的。这样一想，蚕丛又有了信心，心态也就随之变得坚毅起来。

夜里，人们就在树林里席地而坐。虽然是春天了，依然很冷，人们蜷缩在一起，就这样在余震不断中提心吊胆地度过了一个无眠之夜。凌晨，天色渐渐发亮时，一些人又走到自家倒塌的房屋前，翻寻粮食、衣物、日常用具。伤者躺在树林里，死者也被抬在了一起，有些人围在死者旁边哭泣。面对着这种乱纷纷的令人悲伤的情形，蚕丛成了人们最大的主心骨。他将人们召集起来，让妇女儿童们互相照应，看护和照顾伤者，将部族中的青壮年汉子组成了几支队伍，分头在废墟中搜寻失踪的族人，后来又找到了几名死者。搜寻结束后，人们将找到的粮食集中在了一起，用石块垒砌了炉灶，吃了一顿灾后的集体饭。

当天下午，蚕丛指挥族人，先安葬了遇难的死者。

虽然是在危难之中，蚕丛按照部族传统，仍旧举行了简单的葬礼和祭祀。

蚕丛对大家说：老人们常说，天有不测风云，人有旦夕祸福，既然遇到了这场灾难，我们就只有坦然面对。家被毁了不要紧，我们还可以重建。常言说，留得青山在，不怕没柴烧啊！你们说对不对？

看到族人们纷纷点头称是，蚕丛又说：山神常年酣睡，所以平安无事。但每隔几十年，山神总会打个喷嚏，有时喷嚏打得大了，这时就会引发地震，造成山川晃动。其实也没什么大不了的，过了这几天，便一切都又正常了。

族人们听了蚕丛的这番话，沉重的心情终于变得开朗了许多。

蚕丛知道，安葬了死者之后，重要的就是灾后自救和重建了。

由于这场地震给蜀山氏部族造成的巨大危害，蚕丛联想到了周边的其他部落可能都难于幸免。特别是那些栖居于山谷里的小部落，这时最需要的就是救援了。于是蚕丛决定前往探望，他率领一支由蜀山氏部族中青壮年组成的队伍，先去了氐族聚居地，接着又去了西羌部落。

果然不出所料，氐族和西羌部落都在这场大地震中损失巨大，死伤者甚多，房屋也都垮塌了，放牧和蓄养的牛羊家畜也损失严重。看到蚕丛带着人前来帮助救援，氐族和西羌部落的人们都大为感动。蚕丛带着他们在倒塌的废墟中搜寻幸存者，然后让他们尽可能地搜集粮食，以便渡过灾后难关。蚕丛和他们一起掩埋了死者，安抚了受伤的人们，才率着队伍离去。

蚕丛又继续去周边其他一些小部落帮忙救援。这些小部落，都损失惨重，房屋毁了，伤者很多，被滚落的石块和倒塌的墙壁、树木砸死的人也不少。蚕丛尽可能地施以援手，帮助他们，鼓励他们，增强他们渡过灾难的信心。

这样的救援行动持续了好几天，蚕丛才率领队伍回到蜀山氏部族。在这几天内，一直余震不断，幸存的人们都生活在巨大的恐慌中。蚕丛的救援，因为人力有限，所起的作用也是很有限，但在精神上却给了人们极大的鼓励。蚕丛的到来，使得几乎绝望的人们犹如看见救星，顿时振奋起来。

灾难使人们蒙受伤害，但灾难也增强了人们的团结。

蚕丛的做法，主要是出于本能的思考，并不带任何功利性，就像邻居遭灾了，岂能坐视不管？所以先是自救，接着向友邻施以援手。但置身于大灾大难之中，能够统筹思考，迅速调集人力，毫不迟疑地做到这些，也正是蚕丛非同寻常与难能可贵之处。蚕丛的威信与号召力因为灾难而迅速增强了。这为蚕丛后来的决策和作为，提供了契机，也带来了好处。

余震还在持续，接着又开始下雨了。这使得失去了居所的人们处境更加困厄和艰难。蚕丛和族人们在树林里搭建了临时的草棚，安置了妇孺和伤者。其他的人们，依然露宿在树下。吃饭也有很大的困难，煮饭用的陶釜大都被倒塌的房屋砸烂了，只能利用一些残破的炊具和搜集到的粮食来烹调食物。蚕丛组织了一些人专门煮饭，使大家每天至少能够吃到一顿。除了伤者，还出现了生病的人。这个灾难还要持续多久啊？接下来怎么办呢？人们忧虑重重，备受煎熬。

部族里的长老们都集聚到了蚕丛的身边，望着因过度操劳而神情憔悴的蚕丛，希望蚕丛能拿出一个好的主意。

蚕丛这些天除了操心救援，也在不断地思考。今后怎么办，就是蚕丛想得最多的一个问题。蚕丛想得很多，也想得很远，却有点拿不定主意。经历了这次突发的灾难之后，房屋垮塌了，财富也没有了，部族里幸存的人们已经一无所有，以后较长时期内的日子会比较艰难，一切都要从头开始。要重盖房屋，重建山寨，恢复以前的生活，起码要几年的时间。如果走这种常规的重建之路，蚕丛先前的那些谋划，关于和周边诸多部落联盟建国的梦想，还能实现吗？假若换一种思路，打破常规，还有没有更好的良策呢？一是当务之急，二是长远谋划，如何才能两全其美？当然，最好的就是将两者结合起来。但纵使有了好的想法，天意又如何呢？常言不是说，谋事在人成事在天吗？当迟疑难决的时候，只有求助于神灵了。

蚕丛对长老们说：做个祭祀，祈求神灵的昭示吧！

长老们也正有此意，纷纷点头，表示赞同。

蜀山氏部族开始筹备一场盛大的祭祀，准备祭祀山神，同时也祭祀天公地母和其他诸多神灵。为了表示虔诚，族人们挑选了一头最肥壮的牛，挑选了一只肥羊和一头肥猪，准备在祭祀的时候宰杀了献给诸神。并重新搭建了祭台，整理和洒扫了祭祀的场地。同时用牛羊猪三牲来祭祀神灵，这是最隆重也是最高规格的献祭之礼了。在族人们的记忆中，只有最为重大的历史关头，才会举行这样的献祭。而现在正是蜀山氏部族遭遇大灾之后，祈求诸神护佑的关键时刻，族人们的心中都满怀虔诚，希望这次隆重的祭祀能给大家带来福祉。

就在蜀山氏部族积极筹备祭祀活动的前夕，柏灌带着斟灌族的一些青壮年，牵着几匹马，驮着食物和衣被之类，沿着岷江河谷跋涉了几天，来到了山寨，探望蚕丛及其族人。

大地震发生后，柏灌便担忧着蚕丛和蚕蕾等人的安危，此时看到大家都安然无恙，不由得舒了口气。地震中，西陵氏受了伤，经过救治，已无大碍，见到柏灌，很是高兴。蚕蕾也是第一次和柏灌见面，看到未来的夫婿果然一表人才，又欢喜，又有些害羞。柏灌看见了蚕蕾，纯真可爱，心里自然也很高兴。柏灌带来了不少救灾用的东西，还为蚕丛和蚕蕾等人带来了礼物。

蚕丛看到柏灌来了，深感欣慰。在这个关键时刻，柏灌能及时来到身边，真的是太好了。蚕丛问道：你们那里情形如何？柏灌说：也是山摇地动，有一些房屋开裂了，倒塌了，但大多数房屋还是好的。没想到你们这里会如此严重，沿途看到一些山寨，几乎全都垮塌了，路也崩裂了，行走都很困难，真是可怕啊。

蚕丛又问：不知道濮族和鱼凫族的情形如何？

柏灌说：听说他们的情况要好得多，房屋好像没有倒塌。

蚕丛哦了一声，沉吟道：我们这里的房子都垮了，他们却安然无恙，这是什么缘故呢？

柏灌想了想说：百里不同风雨，也许是地方不同的原因吧？

柏灌又推测说：就像一棵树，刮风时，树梢晃动得很厉害，树根却不动。所以，住在山川里边和住在平坝上，肯定是不一样的。

蚕丛点点头，若有所思。山神发威，群山摇晃，平地却不受影响。这油然地启发了蚕丛的思绪，使蚕丛产生了一个想法。外面的天地非常广阔，而岷江河谷却很局促。这种山摇地动，家园被毁的情形，爷爷的时候就发生过，如今又再次发生了，据说在爷爷之前很早的时候也曾发生过。每隔几十年就要发生一次灾难，家园重建了又会再次被毁，这实在太耗神费力了。如果走出岷江河谷，率领部族迁徙到外面去，以后的情形岂不要好得多吗？这样想着，蚕丛便有些兴奋，自从遭遇大灾之后，脸上第一次露出了笑意。

柏灌看到蚕丛脸上露出了意味深长的微笑，便说：我是妄加推测，可能说得不对。天地玄机，哪是我这样的凡夫俗子所能知道的。

蚕丛一笑，说：你的说法没错。天地之间是有很多玄机，只要人神沟通，参透了其中的道理，就豁然开朗啦。

柏灌见蚕丛说得如此透彻，也高兴地笑道：是啊，是啊。

蚕丛说：如果我们走出蜀山，迁居到外面去，你说如何？

柏灌兴奋地说：那当然太好啦。外面地域广阔，物产富饶，可以择地而居的地方很多啊。

蚕丛也笑道：是啊。蚕丛在外行走多年，对柏灌所说，自然是深有同感。蚕丛考虑的，还有另外一层意思。如果真的迁居到外面去，濮族等部落，会不会认为蜀山氏部族是要同他们争夺地盘呢？但也不便多问，毕竟柏灌还年轻，对濮族等部落的了解也有限。更何况蚕丛和濮君已是朋友，和鱼凫已有联姻的约定，将来联盟建国，濮族与鱼凫部落，也是要联盟的重点对象。所以，顾虑也许是多余的。

蚕丛和柏灌晤谈了很久。灾后条件困难，无法设宴，西陵氏和蚕雷还是杀了鸡，殷切款待柏灌，使得柏灌很感动。

又过了一天，是选定的黄道吉日，蜀山氏部族举行了隆重的祭祀仪式。

这次祭祀与往常不同。首先是祭祀的对象，包括了最主要的神祇，以及诸多神灵。其次是祭祀的内容，除了向神灵献祭，还进行了人神沟通。再者是祭祀的仪式，在祭坛前宰杀了三牲，举行血祭，增强了祭祀的庄严气氛。

蚕丛主持了祭祀，献祭之后，开始祷告神灵。身材高大的蚕丛站立在祭坛上，面对蜀山，仰面朝天，神态虔诚，默然祈祷。在蚕丛继承蜀山氏部族酋长之位的时候，也举行了一次盛大的祭典，那次自始至终洋溢着欢庆的气氛。而这次的隆重祭祀，则显得格外肃穆，甚至有点悲壮。大灾中，山寨被毁，人无居所，前途未卜，族人们都期盼着通过祭祀来恢复平安祥和的生活。而神灵又会如何昭示呢？

聚集在祭坛前面的族人们都目不转睛地注视着蚕丛。蚕丛举起了双手，开始了人神沟通。有清风从山林间刮过，在静谧中传来了林木摇曳之声。透迤高峻的蜀山衬托着蚕丛巍然的身影，高举的双手仿佛触及了天空中飘浮的云层。这样的情景持续了较长时间，人神沟通有一个神秘而充满悬念的过程，族人们在仰视和期盼中等待着神灵的昭示。祭坛上笼罩着肃穆而神秘的气氛，此时变得越来越浓了。突然之间，有一阵清越的鸟鸣，从悠远的群山密林中传来，犹如天籁之音，随着山风回荡在人们的耳畔。

蚕丛巍然的身躯颤动了一下，顿时手舞足蹈起来。族人们的情绪也随之受到了影响，啊，神灵真的附体了！每个人心中都交织着敬畏和虔诚，同时又倍感兴奋。参加祭祀的人群中，有人情不自禁地随着跳起了巫舞。天空中云彩飘动，鸟鸣声随风而逝，族人们都仰望着祭坛上的蚕丛，沉浸在神秘的氛围中。

蚕丛在舞蹈中，几次将手伸向了东方，目露神光，喃喃自语。族人们相信，神灵一定将一些重要的事情告诉了蚕丛。现在，蚕丛显然已经得到了神灵的昭示。蚕丛的每一个细微动作，都牵动着族人们热切的目光和期待的心情。

又过了好一会儿，蚕丛终于停止了舞蹈，仿佛从一个遥远的神秘之境回到了凡间。蚕丛步履矫健地向前走了几步，站在了祭坛前沿。经过了人神沟通的蚕丛，此时的神情变得异常坚毅，双目炯亮如电，如同天神的化身，面对着聚集在一起的族人们。所有的人都仰望着蚕丛，怀着祈求，怀着期盼，热切地等候蚕丛宣布神灵的昭示。

蚕丛用炯亮的目光将族人们扫视了一遍，这才亮开嗓门，大声说，天神昭示，在东方有一片乐土，正等候我们去居住和开垦。这是神灵的旨意，要我们走出蜀山，迁徙到东方去！天神还昭示，将来我们会在那片乐土上开国兴邦！家家户户都过上富足的好日子！

族人们顿时兴奋起来。这是世代居住在岷江河谷里的族人们从来没有想到过的，东方居然有如此美妙的一片乐土，真的是太令人惊喜了。但岁数大的族人们又免不了担忧，东方可是一个完全陌生的地方啊，要真的迁徙离开世代居住的岷江河谷，他们反倒依恋难舍、犹豫不决。听了蚕丛宣告神灵的昭示之后，族人们一时间议论纷纷、各种反应，情形变得复杂起来。有人忍不住问：我们真的要迁徙吗？真的要离开这里吗？人们再次仰望着蚕丛，希望蚕丛能解决他们心头的疑惑，期待着蚕丛来为大家拿定主意。

蚕丛对此已有所料，从容而又爽朗地说：让我们感谢天神的昭示啊！擂鼓吹号！

随着蚕丛的命令，擂响了牛皮大鼓，吹响了牛角号，族人们都大声欢呼起来。蚕丛用这种充满鼓动的方式，调动了族人们的情绪。对于个别人的疑惑，其实是用不着去做解释和说服的。只要决定了部族的行动，所有的人都会跟随。就像山谷河流里的水，流进了岷江，汇成了激流，然后就会浩浩荡荡不可阻挡地奔腾向前，离开群山，一直流向东方。蚕丛很清楚这一点，一旦形成态势，就能实现目标。

祭祀结束后，蚕丛召集了部族里的长老们来商量迁徙这件大事。

长老们虽然都相信神灵的昭示，但仍免不了有所忧虑。有的说：这么多人，迁出去住哪儿啊？又有的说：听说山外地势低洼，经常被水所淹，怎么会是乐土呢？还有的说：我们祖祖辈辈都住在这儿，房屋倒塌了，可以重新搭建，有树木，有石头，就可以建新房子，外面的情况我们一点都不熟悉啊。

蚕丛说：天神昭示，定有道理，我们肯定是要遵行的。这里为什么要山摇地动，毁坏房屋？神灵的旨意就是要我们迁徙到外面去啊。如果我们不听从神灵的指示，依然眷恋故土，仍在这里重建房屋，不愿搬迁，以后可能又会发生这样的情况。每隔几十年就如此折腾一次，多可怕啊！所以，我们只有遵照神灵的昭示，迁徙到蜀山外面去，才能过安定的日子。

长老们联想到蚕丛爷爷时代也发生过这样的灾难，知道蚕丛说的有道理，也知道天神的昭示是不能违抗的，但眷恋故乡、安土重迁的心情，一时也颇难改变。

蚕丛又说：外面天地广阔，我们按照神灵的旨意迁徙到东方去，可以择地筑城而居，家家户户从此都可以安居乐业，何乐而不为啊？我去过东方，那儿真的有很多很多好地方，我知道神灵的昭示是为了我们部族的兴旺。我向你们保证，只要遵行神灵的旨意，将来肯定会比现在好！

长老们见蚕丛说得如此坚决和肯定，岂能不信？自然不再犹豫。

整个部族的迁徙，就此确定了下来。于是，开始了迁徙前的准备。

柏灌在蜀山氏部族搭建的临时草棚里住了好几天，目睹了隆重的祭祀活动，也聆听了蚕丛那充满鼓动力的号召，对蚕丛深为敬佩。

斟灌族每年也要举行祭祀活动，但没有蜀山氏部族如此隆重。能够人神沟通，传达神灵的旨意，那是一项很了不起的本事，只有大巫师才具有如此超凡的能力。蚕丛就有这种超凡的能力，当然要令人肃然起敬了。

柏灌要告辞了，准备返回斟灌族，先行做一些安排，来配合和迎候蚕丛的迁徙。

蚕丛领着儿子蚕武和蚕青为柏灌送行，西陵氏和蚕蕾也送了一段，大家都有些恋恋不舍。在路口分手的时候，柏灌将马匹全都留了下来，率领几名族人徒步而行。部族迁徙的时候，马匹是很重要的运载工具，多一些马匹就可以多运载一些东西。蚕丛对此很感动，也很高兴。

柏灌说：我回去后，先搭建一些房屋，这样你们出来就有住的了。

蚕丛说：好啊，一言为定。大约一个月左右吧，我们就要迁徙出来了。

蚕丛和柏灌在路口揖手而别。看着柏灌和几名族人沿着岷江河谷中的崎岖小道走远了，蚕丛和两个儿子才返回了灾后山寨中的临时栖居地。

西陵氏对蚕丛说：柏灌真是个好小伙，你看，将马都留下了，想得多周到啊。

蚕丛说：是啊，难得他这么有心。有了柏灌的配合，这次迁徙就好办多了。

西陵氏说：我们真的要从此迁出去吗？

蚕丛说：当然是真的，整个部族都要迁出去。我还要联络一下其他部落，也希望他们跟着我们一起迁移。

西陵氏说：一个家搬迁都很麻烦，何况是整个部族呢。

蚕丛说：搬迁肯定会有很多麻烦的，但可以从此远离灾难。为了长远利益，也是非这样做不可啊。你的伤现在怎么样？

西陵氏说：一点小伤，已经好多了，你不用担心我。

蚕丛说：那就好，家里的事就交给你和蕾儿了。我和武儿、青儿要为部族的事忙碌，可能顾不上家里。

西陵氏说：你放心啊，家里的事我和蕾儿会弄好的。

蚕丛相信西陵氏的理家能力，哪有什么不放心呢。但准备迁徙确实有很多麻烦事情，牵涉整个部族的搬迁，更是千头万绪。每个家都有很多东西要携带，尽管是大地震之后，房屋和日常生活用具都毁了，仍有这样那样无法舍弃的物品。要经过长途跋涉，运载的畜力就成了一个问题。目前能使用的主要是马匹和牛群，数量有限，显然是不够的。还有就是每家每户的人员组成情形很复杂，有的老弱病残之家，需要帮助才能完成搬迁。这就需要调配部族中的青壮年和运载畜力，相互帮忙，协同行动。蚕丛对此不厌其烦，尽可能地做出了合情合理的安排。

在整个部族都紧锣密鼓准备迁徙的时候，蚕丛抽出时间，再次去了周边部落。蚕丛将天神的旨意告诉他们，希望这些部落也能一起迁徙出去，到东方平川地区重建家园。一些遭灾严重的部落，当即答应要追随蚕丛，一起搬迁。也有一些部落比较犹豫，舍不得离开这个住惯了的地方。

蚕丛又相继来到了西羌和氏族的住地，和他们部落中的首领与长者们晤面，洽谈灾后迁徙之事。西羌和氏族也很兴奋，对蚕丛的气魄和作为深为钦佩。但他们对是否迁徙，却犹豫难决。西羌和氏族都是典型的山地部落，眷恋山谷，积习难改。特别是在西羌人的心目中，那些高峻的青山，每年冬天白雪皑皑的山峰，既是他们崇拜的象征，也是部族的保护神。在他们的祖先逃避敌人的追袭时，天上的女神丢下三颗白石子化为了三座雪峰，阻挡了追敌，才使祖先转危为安，西羌才得以兴旺起来。这个传说，从很古老的时候开始就在西羌部落中代代相传，家喻户晓。西羌人怎么会舍得离开这些他们崇尚的山谷与雪峰呢？氏族也一样，习惯了山地，对平川有一种天生的畏惧。虽然住在这儿的山谷中遭遇了地震，但听说平川常遭水淹，所以，他们宁愿守着故土重建，都不愿去新的地方冒险。西羌和氏族不愿随同迁徙的另一个重要原因，是想保持各自的独立，不愿听从蚕丛的指挥。西羌和氏族都是很古老的部族，和蜀山氏的关系颇为久远。随着蜀山氏的崛起和日渐强盛，很快发展成了一个大部族，大有后来居上之势，从而使得西羌和氏族都感到了某种压力。虽然这几个大部族之间关系一直比较友好，没有发生过大的摩擦与战争，但相互的戒备之心却也早已存在了。所以西羌和氏族不愿迁徙，也是很正常的事情。

蚕丛见难以说服西羌和氏族一起协同行动，无法勉强，也只有罢了。

迁徙是一件非常重要的大事，关系着整个部族的前途命运。当整个部族都准备得差不多时，蚕丛又再次祷告神灵，选择了一个黄道吉日，去蜀山墓地郑重地祭祀，告别祖先，然后率领族人，正式开始了迁徙行动。

蜀山氏部族人数众多，加上追随蚕丛的周边小部落，人数就更多了。由蜀山氏部族和周边小部落组成的迁徙队伍，男男女女，浩浩荡荡，沿着岷江河谷中的蜿蜒小路，由西向东，开始了走出蜀山的长途跋涉。那些眷恋故土，犹豫不决的族人，看到大队伍都走了，难免有孤单之感，从众心理逐渐占据了上风，于是也改变主意，追随众人开始了迁徙。这样，就使得迁徙队伍前后延续了很长的距离。加上山路崎岖，行进的速度也比较缓慢，沿途全都是迁徙的人。

蚕丛将部族中的青壮年组织成了几支队伍，一支作为前导，一支在队伍中间照顾那些有老弱病残的家庭，一支殿后，负责收容和帮助掉队的族人。蚕丛的考虑比较周全，但每天都有这样那样的问题需要他随时处理。为了将整个部族都带出去，完成这次意义深远的大迁徙，蚕丛事无巨细都亲自过问，统筹调派，殚精竭虑，操劳不已。

队伍缓慢行进的第四天，遇到了阻碍，地震崩塌的山石将山路给毁坏了。蚕丛带着一些人，来到了队伍前面，察看了情况。如果只是行走，身强力壮的人可以攀登而过，但驮载着东西的马匹和牛群就无法过去了。此处河谷狭窄，也无法绕道而行。唯一的办法，只有清除山石，开通道路了。蚕丛指挥青壮年，调集了工具，开始清障开路。经过一天多的轮流挖掘和搬运，将山石推进河谷，将堵塞的山路一点一点地疏通了。最后，只剩下了一块崩塌的巨石横亘在崖畔江侧，必须移开，才能通过。可是巨石的体量实在太庞大了，岂是人力可以移动的！众人望石兴叹，束手无策，一时间都不知怎么办才好。

蚕丛纵目而视，喃喃自语道：看来只有借助神灵的力量了。

族人们听了蚕丛的话，都将信将疑。既然神灵昭示大家迁徙，那么神灵也真的会移开这块阻碍行进的巨石吗？

傍晚时分，蚕丛站在河谷江畔的高处，面对巨石，仰首朝天，开始祷告诸神。蚕丛祈祷说：我族迁徙，遇此障碍，难以远行。如果天意如此，特地阻挡我族，那也就罢了。如果诸神赞同我们迁徙，那就不应阻拦啊！恭请天公地母和诸神，施展神力，移开巨石吧！

蚕丛祷告了几次，天色渐渐地暗了下来，见天地间并无动静，蚕丛不由得浩然长叹。蚕丛又再次祈祷祖先和蜀山山神，希望能赐以神力，并指挥众人，用木杠等物，向江侧撬动巨石。突然之间，巨石竟然被撬动了。蚕丛一声大喊，众人一起发力，巨石轰然滚进了江中。族人们十分惊喜，兴奋不已，齐声欢呼起来。

消息迅速在迁徙的队伍中传播开来，所有人都相信这是天意。迁徙是天神的旨意，现在祖先和山神又赐以神力，帮助大家移开了巨石，从而更坚定了跟随蚕丛迁居东方的信念。那些追随蚕丛的周边部落，也一传十、十传百，消除了犹豫，增添了随同迁徙的信心。

众人对蚕丛拥有沟通诸神的超凡能力，全都深信不疑。关于蚕丛的神奇传说，从此不胫而走，人们争相传颂，并加以各自的形容和夸张描述，蚕丛的威望由此而大增。蚕丛作为受人尊敬的蜀山氏部族大首领，不仅掌握着酋长的权力，同时也执掌了神权。蚕丛能够沟通诸神，代表诸神宣旨，还能运用神力，排除艰险，这都是其他部落首领做不到的，因而蚕丛也就成了众望所归、令人景仰的领袖。

就这样，蚕丛率领着整个部族和追随他的诸多部落，经过漫长的跋涉，克服了沿途各种各样的艰难困苦，一个月之后，终于走出了岷江河谷，迁居到了群山之外的平川地带。还有一些散居的小部落，也陆续地跟随着迁徙了出来。

大迁徙改变了原先的山寨生活，人们开始逐渐适应新的环境。

蚕丛运筹谋划，意气风发，统率着诸多部落，由此而进入了一个新的时代。

第四章

　　蚕丛率领部族，走出岷江河谷后，首先见到的是前来迎接的柏灌。

　　柏灌按照事先约定，已经在斟灌族附近搭建了一些临时住处，为迁徙出来的人们提供了暂时的住所。但大迁徙出来的部落很多，这些临时住处是远远不够的。蚕丛对此早有谋划，及时召集了诸部落的首领，率领他们骑马踏勘平川地带的地貌状况，然后商量确定了今后的栖居之策。其中最重要的决策，是选择依山傍水的地方来作为各个部落的聚居地，各个部落都有自由选择的权利，同时又约定了加强联络、相互帮助、共谋发展。这是一个宽松友好的约定，也是建立部族联盟的前奏。蚕丛的深谋远虑，妥善兼顾各个部落利益的做法，赢得了各部落首领们的敬佩，对蚕丛的吩咐和指挥，都心悦诚服地表示了赞同和服从。

　　因为刚刚迁徙出来，看到大片丰腴的土地，还有茂密的树林和众多的湖泊湿地，各个部落都深感兴奋。由于对原先山地生活的怀恋，以及对新环境的陌生和尚未适应，所以，大多数部落都选择了盆地边缘地带，建立了新的栖居地。只有蜀山氏部族，在蚕丛的亲自率领下，进入了平川的腹心地带，在江流交汇之畔的高地上停留下来，选择高地作为了部族的定居之地。蚕丛有意要走得远一点，为诸多部落树立一个表率作用。

　　柏灌自从蚕丛率领族人和诸多部落迁徙出来后，便一直陪伴着蚕丛。

柏灌的父亲上次去彭族做客，不知什么原因，回来就病倒了。柏灌请巫师们作法，给父亲驱魔祛灾，却没有任何效果，父亲的病情反而愈加沉重了。在父亲卧病于榻的这个时期，柏灌实际上成了斟灌族的首领，族中大小事情都要由柏灌来处理。

　　蚕丛去看望了柏灌的父亲，毕竟是故人老友，又有联姻的约定，见面时自然分外热切，同时又不免伤感。柏灌的父亲说：我的病怕是好不了了，儿子年轻，性情直率，没有经历过沧桑风雨，生怕以后会遭人算计啊，我就将儿子托付给你了，你要好好提携他啊，拜托啦！说着，竟流下了热泪。蚕丛很感动，安慰说：你放心，柏灌以后是我的女婿，本来就是一家人嘛，不仅仅是提携，我也需要柏灌的协助，今后有很多大事要我们一起努力去做呢。你也安心养病，尽快好起来啊！

　　柏灌的父亲病容憔悴，已经非常虚弱，此时听了蚕丛的许诺，不由地露出了欣慰的笑容，无力地叹了口气说：好啊，可惜我不能帮你去做那些大事了，就让柏灌协助你吧。柏灌侍立于侧，聆听了蚕丛的谈吐和父亲的嘱托，心里也是分外感动。蚕丛又安慰了几句，嘱咐柏灌好好照顾，告辞而去。

　　蚕丛率领族人，在新的定居点开始修筑房屋。

　　岷江流出群山后，分为了很多支流，流经平川，分别向南向东，然后又在下游汇合，汇入大江，形成巨流，浩浩荡荡地一直流向遥远的东方。蚕丛选择的部族栖息地，在平川腹心地带的岷江之畔，有支流于此交汇，周边散布着树林和湿地。部族的房屋，就建在江畔的高地上。这里地势开阔，四通八达，有肥沃的土地可以种植五谷，也可以饲养家畜，还可以射猎打鱼。对于部族的长远发展，显然是个很理想的地方。

　　蜀山氏部族原先的房屋，大都是用石块和树木构建而成。如今到了平川地带，可供利用的树木很多，但没有石块，只能就地取材，所以房屋也就随之发生了很大的变化。过去有石室，现在用泥土夯筑墙壁，用树木和茅草搭建房顶，并竖起栅栏，圈养家畜。这样的修建，持续了较长时间，房屋陆陆续续地建了起来，族人们都有了住处，有的已开始在住处周边除草垦田，种植谷物。

当部族安居下来之后，蚕丛做出了一个筑城的决定。这是蚕丛踏勘地形之后，经过深思熟虑而做出的决策。蚕丛知道，和蜀山氏联姻的有熊氏很早就筑城而居了。黄帝成为有熊国的国君之后，修建了规模宏大的都城。在黄帝和蚩尤的战争中，黄帝就利用坚固的都城阻挡了蚩尤的进攻，然后调集了联盟集团中各方诸侯的兵力，与蚩尤决战于逐鹿之野，才打败了蚩尤，取得了胜利。蚕丛早在爷爷的时代，就知道了黄帝的很多故事，对黄帝修建的都城一直心存好奇。蜀山氏在岷江河谷里住的是山寨和石屋，而黄帝修筑了都城，为什么不一样呢？如今蚕丛率领整个部族离开岷江河谷，迁徙到了平川地带之后，才豁然省悟了其中的奥秘。住在山地与河谷里，山寨自然是最适合的一种聚集与居住方式，而住在平原或者平川地带，筑城而居当然就是一种最高明的做法。现在，迁居到了平川地带的蜀山氏部族，为什么不能仿而效之，也修建都城，进而联盟其他部落，也创建一个王国呢？正是这个想法，激励了蚕丛，由此而做出了深远的谋划，并开始去逐步实施。

蚕丛决定筑城，依然是就地取材，就在部族住地的四周，用泥土夯筑的办法，建起了高大的城墙。这是一座很大的土城，布局呈四方形，城墙很宽，高达丈余，犹如堤坝。部族就居住在土城里面，可以充分利用土城的很多功效，既可以防备野兽，也可以预防洪水。更重要的是，筑城而居比散居更有利于形成凝聚力，使整个部族犹如握紧的拳头，这对将来要做的许多大事都会发挥很重要的作用。

蚕丛的谋划当然是很有道理的，不久后发生的事情，就充分显示了他的远见卓识。

蜀山氏部族人口众多，在蚕丛做出筑城的决定之后，就开始修筑这座宏大的土城。虽然很多人不明白为什么要花费大力气来修建城墙，但蚕丛的威望很高，族人们都心甘情愿听从他的指挥，家家户户都抽出人力，积极参加土城的修建。当时要建房，要筑城，要垦田种植谷物，还要烧制陶器和制作日常用具，所有人都忙得不可开交，不过谁也没有怨言，族人们都为创业的兴奋所激励，情绪比任何时候都高涨。经过数月的努力，一座宏大土城的雏形终于形成了。在这段时间内，其他迁徙出来的部落也都在各个定居点修建房屋，适应环境。小部落人力有限，没有筑城，大都采取了散居的形式。蚕丛派人去了解这些部落的安置情况，和他们声息相通，保持着密切联系。

转眼又到了夏天，雨水开始多起来。岷江涨水了，很多支流也随之变成了宽阔的河流。蚕丛调派人力，抓紧时间，继续加高城墙，又派人通知其他部落注意防范洪水。土城外面挖掘取土的地方已变成了人工河流，下雨的时候，河水还在上涨。蚕丛有一种预感，觉得今年雨水特别多，很可能真的要发洪水了。

果然不出所料，连着下了几天大雨，岷江上游因为大地震堰塞的积水随着上涨的江水突然溃决而下，沿着河谷咆哮奔泻，冲向了平川地带。由此而形成的洪水冲毁了很多房屋，特别是低洼地带，全被水淹了。位于河畔的蜀山氏部族居住地也遭到了洪水的冲袭，幸亏修筑了高大的城墙，挡住了泛滥的洪水，才得以安然无恙。那些没有修筑土城的部落，情形就糟糕了，散居的房屋遭到了洪水的围困，使得日常生活都成了问题。

天气晴朗之后十余天，洪水才逐渐消退。蚕丛率着部族中的一些人，走访了其他部落，察看了水灾后的情况。随着迁徙出来的一些部落，有了这次遭遇水灾的教训，对蚕丛愈加钦佩，也开始仿照蜀山氏部族筑城而居的做法，在各自的聚集地修筑起了大小不一的土城。有的为了防备以后的洪水侵害，甚至修筑了两圈城墙。这些土城，大都散布在平川的边缘地带。相比较而言，蜀山氏部族修建的土城，依然是规模最大的，显示了一种宏伟壮观的气象。

蚕丛在部族大体安定下来后，派儿子蚕武前往濮族，邀请濮君前来做客，同时也邀请了鱼凫。这是蚕丛特意安排的一次很重要的会晤，不单纯是为了礼尚往来，也不仅仅是为了进一步加强友好关系，更重要的是要商量一些事情，为以后的重大谋划做个铺垫。濮族是一个大部族，濮君是蚕丛的老朋友了，鱼凫是有联姻约定的部落，蚕丛现在迁徙到了平川地带，和他们毗邻而居，自然要加强联络。

　　濮君骑着马，带着几名随从，应邀而至。见到蚕丛，非常高兴。濮君说：听说你率众迁居至此，早就想来看你啦！蚕丛笑道：我也一直惦念着你呢！这次迁居，困难很多，今后还要多多仰仗你的帮助啊！濮君说：你我如同兄弟，有什么困难，尽管说啊，不必客气。蚕丛说：遭遇灾难，山川摇动，房屋都垮塌了，东西全毁坏了，最缺的是粮食。如果兄长能借给我们一些谷种就好了。濮君说：这有何难？我回去后就派人给你们送来。你们人多，好像还有其他部落呢，先给你五匹马驮载的谷种，再给你五匹马驮载的其他粮食，帮你们渡过困难，你看如何？蚕丛说：这太好了，多谢啦！濮君说：兄弟之间相互帮忙，这是应该的嘛！蚕丛说：这可是及时雨啊，有了你的帮助，什么都好办啦！濮君和蚕丛都笑起来。

　　正说着，鱼凫也骑着马来了。鱼凫看到新建的土城，很是好奇，向蜀山氏族人询问了筑城的方法，又特地登上城墙瞭望一番。鱼凫了解到土城阻挡了泛滥的洪水，使得整个部族安然渡过了水灾，心中大为赞叹。鱼凫部落多年来滨江而居，所住房屋这次也遭到了洪水的侵袭。现在看到了蚕丛修筑的土城，给了他一个很大的启发，由此也萌发了筑城的想法。

　　鱼凫走进土城，见到了迎接的蚕丛。鱼凫谦恭地施礼说：小子鱼凫，前来拜见蚕丛大人！蚕丛上前拉了鱼凫的手，豪爽地笑道：不必多礼，你来了就好啊！

鱼凫看到岳父濮君已先到了，也向濮君施了礼。鱼凫的谦恭，对长辈的尊敬，使得蚕丛和濮君都很高兴。

蚕丛备好了宴席，热情地款待濮君和鱼凫。因为条件所限，菜肴并不丰盛，但灾后重聚，蚕丛对他们真诚相待，促膝畅谈，气氛甚是融洽。

蚕丛和他们说了这次大地震中的经历，也询问了濮族和鱼凫部落受灾的情况。柏灌先前说的果然不错，平川地区的房屋大都没有垮塌。蚕丛感叹说：天意如此啊，所以我们来和你们做邻居啦。

濮君说：你来了好啊，这里本来地旷人稀，冷清得很，你来了以后就热闹了。

鱼凫也说：是啊，相聚本是缘分，又是天神的旨意，以后往来就方便了。

蚕丛笑道：有你们这份热忱欢迎之情，真的是太好了。我原来还担心，我们部族中这么多人，加上其他很多部落，一起迁徙出来，会不会骚扰了你们。看来我真的是多虑了。

濮君也笑道：邻居遭灾，也不能袖手旁观，何况我们还是朋友和亲戚呢。我本来还想邀请你出来呢，你现在迁居至此，正合吾意，哪是骚扰，是好事啊！

鱼凫说：蚕丛大人放心，我们都欢迎你啊。人多了，这里就兴旺起来啦。

蚕丛哈哈地笑道：说得好啊！我们遭遇了灾难，本来是件坏事，现在遵照天神旨意迁居出来，如果从今以后大家都兴旺起来，那就真正的是变成好事啦！

濮君和鱼凫也都随之笑起来，附和说：是啊，是啊！

蚕丛顺着话题，渐渐地和他们说到了联盟创国的想法。

蚕丛说：我们这里部落众多，就像一盘散沙，如果大家团结起来，对今后的繁荣兴旺，会不会更好啊？

濮君问道：你说的团结，是指何而言？愿闻其详。

蚕丛说：我们都知道黄帝，在北方联盟了很多部落，创建了有熊国。我们这里地域广阔，也是可以建国的啊。这样，我们相互就拧成了一股绳，力量就强大了，可以做很多大事情。

濮君听了，频频点头，但神色却有点微妙。鱼凫则显得异常兴奋，双眼发亮，一副摩拳擦掌、跃跃欲试的样子。

蚕丛一边说，一边观察着濮君和鱼凫的神态。蚕丛说：你们意下如何？

鱼凫有点按捺不住，兴奋地说：好啊，我听你们的！

濮君沉吟道：此事关系重大，不着急，我们从长计议吧。

蚕丛推测着濮君的心思，既不反对，也不赞成，可能是有所顾虑吧。进而分析，濮君顾虑的究竟是什么呢？也许是涉及谁担任盟主的事吧？现在，大家都是部族首领或部落酋长，都是地位平等的朋友。一旦结盟了，创建了王国，就有了君主和王臣，也就有了等级之分。参加结盟的部族，在很多方面都会受到一定的约束，就不会再像以前那样自由自在、无拘无束了。濮君担心的会不会就是这个呢？

蚕丛想到这里，不由得一笑，颔首说：好啊，先说到这儿，以后再商量吧！

濮君的心思，正如蚕丛所推测的那样，对此有很多顾虑。濮君早就知道黄帝的故事，也知道黄帝和蚩尤的战争，黄帝取得胜利后成为北方诸多部落的领袖。对于这里是否也联盟建国，濮君之前还从未想过这个问题，现在听了蚕丛所说，一下明白了蚕丛的谋划。联盟建国，从长远来说，当然是一件好事情。如果真的联盟起来，谁来当盟主呢？虽然濮族和蜀山氏都是大部族，在年龄上濮君比蚕丛年长，是兄长，但蚕丛的威望和影响很明显超过濮君，盟主之位自然是非蚕丛莫属。这样，蚕丛就成了领袖，濮君和其他诸多部落酋长就成了王臣。年轻的成了大哥，年长的成了属下，濮君的心理上难免会有障碍。还有一点，濮族是平川与丘陵地带的土著，蚕丛率领蜀山氏部族刚刚从岷江河谷迁居于此，就反客为主，通过结盟而成为掌控大局的盟主，这也是濮君难于接受的。不过，濮君和蚕丛毕竟是相知颇深的好友，相识以来，只有友谊，没有利害冲突，对蚕丛的谋划既有顾虑也有赞许，所以要从长计议了。

相比较而言，鱼凫的想法就简单多了。联盟建国，能为部落带来兴旺，那就值得一干。至于谁当盟主，其实并不重要。无论是蚕丛成为领袖，或是濮君担任盟主，对鱼凫来讲都一样。反正都是亲戚，鱼凫的地位一定会名列前茅，排列在其他诸多部落之前。因为没有什么顾虑，所以鱼凫只觉得兴奋，很明确地对蚕丛表示了赞同。

宴会之后，蚕丛陪同濮君和鱼凫登上了土城的城墙，登高望远，指点着周边的平川田野，又聊到了渔猎和种植五谷等话题。此外，还商量了部族之间的婚嫁安排，准备到了明年，收获稻谷之后，蚕武就要迎娶鱼雁了。

蚕丛殷勤款待濮君和鱼凫，相聚了两天，这才尽欢而散。

濮君回去后，很快就派人送来了谷种和粮食。鱼凫也派人送来了一些粮食和家畜。这为蜀山氏部族定居之后渡过困难，无疑是一个很大的帮助。

这次相聚，蚕丛和濮君在结盟建国方面虽然没能达成共识，但鱼凫却是赞同的。这使蚕丛觉得，收获还是很大。蚕丛知道，要做大事，就得有大的魄力。有了鱼凫态度明确的赞同，还有柏灌积极有力的支持，加上追随他迁徙出来的诸多部落，结盟就有了一个很好的基础。至于濮君，以后还可以继续商量沟通，想方设法来打消他的顾虑。更何况，谋划大事，开始的时候有人坚决，有人犹豫，有人观望，也很正常。只要大多数人态度一致，基本上就有了成功的把握。蚕丛将很多事情又仔细地思考了一遍，进一步梳理了自己的思路，由此而更加坚定了结盟创国的谋划。

柏灌的父亲病情日渐沉重，熬到秋天，去世了。

斟灌族举行了隆重的葬礼。蚕丛派人通知了迁徙出来的各部落首领，一起去参加了吊唁和葬礼。斟灌族的丧葬与蜀山氏略有不同，也用石棺，但不用石椁，墓地选择在傍山高坡上，施行土葬。这与斟灌族长期居住在平川边缘地带有很大关系。每个部落和氏族都有各自的习俗与传统，环境往往决定生存方式，在丧葬礼仪方面也不例外。

又过了些日子，斟灌族经过一番周详的准备，又举行了一场祭祀典礼，祷告天地诸神，柏灌正式继承了酋长之位，从此成为斟灌族新的首领。周边的很多部落，都应邀前来参加了典礼，向柏灌表示了祝贺。在柏灌父亲的时代，斟灌族和这些部落一直相安无事，保持着比较友好的关系。相比较而言，平川地带的大部族首先是濮族，其次便是斟灌族，还有彭族也是一个比较大的氏族，除此之外大都是小部落。这些小部落，有的实在太小了，部落只有头人，而无酋长。因为地旷人稀的缘故，部落之间各行其是，平常来往较少，只有遇到婚丧和祭祀典礼的时候，才会应邀相聚。这次接到斟灌族的邀请，周边的小部落差不多都来了，酋长和头人们都穿了新衣，带来了祝贺的礼品，相互寒暄问候，情形很是热闹。

蚕丛也参加了柏灌继承酋长之位的典礼，和诸多部落的酋长或头人见了面。

这些大小部落的酋长或头人久闻蚕丛的大名，大都知道蚕丛率众迁徙的故事，听说了蚕丛有沟通诸神的能力，也都得知以后蚕丛要将女儿蚕蕾嫁给柏灌。现在见到了高大英武、仪表堂堂的蚕丛，真的是百闻不如一见。蚕丛举手投足，都非同凡响，令人瞩目，使得部落头人们一个个都肃然起敬。蚕丛是大部族首领，和这些小部落的头人们说话聊天，一点架子都没有。蚕丛亲切的笑容，爽朗的笑声，蚕丛的风采和魅力，给他们留下了极其深刻的印象。这次相聚，扩大了蚕丛的影响，使蚕丛自然而然地成了这些部落景仰的人物。

　　柏灌继承了酋长之位，由此而真正掌握了斟灌族的权力。作为一个部族首领，平常总是有这样那样的事情需要他做出决定或者处理。柏灌毕竟年轻，缺少阅历和经验，遇到问题或者处理事情，通常都凭直觉做出判断。但柏灌很有见识，也很有办事能力，无论多么复杂的事情，柏灌都能化繁就简，采用最简洁的方式来加以处理，而且通常效果甚佳。但也有比较麻烦的时候，比如氏族中的邻里纠纷、兄弟吵架、婆媳矛盾，都要酋长来评理和裁决。此类鸡毛一般的杂事，一旦多了，就使柏灌觉得不胜其烦。柏灌青春年少，天性率真，喜欢悠闲，喜欢洒脱，不喜欢没完没了地纠缠在这些烦琐的杂事里面。

　　转眼过了秋收，柏灌抛开杂事，腾出身来，骑着马去看望蚕丛。

　　蚕丛看到柏灌来了，非常高兴。蚕丛很喜欢和柏灌在一起聊天或者商量事情。柏灌也很喜欢和蚕丛谈论天下之事，两人待在一起的时候，总有说不完的话题。其中谈论最多的，依然是关于联盟与建国的大事。蚕丛在这方面已经有了一些宏观的想法，开始的时候，这些想法还是比较笼统的，随着部族的迁徙和形势的变化，蚕丛的目标逐渐清晰，决心也就变得坚定起来。在这段时期内，蚕丛不仅增多了和诸多部落的接触，同时也加深了对部落之间关系的了解，有计划地和诸多部落建立了良好的关系。蚕丛和柏灌的谈论，有时比较空泛，有时非常实际，涉及了一些大的谋划，也涉及了计划中的很多细节。实际上，蚕丛已经胸有成竹。蚕丛喜欢和柏灌聊天畅谈，主要是为了通过谈论，使得他的计划变得更加周密和完善。

　　西陵氏也很喜欢柏灌，热情地款待了这位未来的女婿。蚕蕾见到柏灌，依然有点害羞。随着见面次数的增多，加深了相互间的爱慕，并增添了亲近感。柏灌和蚕武、蚕青相处得也很融洽，一块儿骑马，还一起去射猎，成了关系亲密的好伙伴。

秋天是射猎的季节，蚕丛决定进行一次大型的狩猎行动。

部族经历了地震灾难，从岷江河谷迁徙到平川地带之后，百废待兴，最缺乏的仍是粮食。狩猎可以为部族增添食物，以补充粮食与饲养家畜的不足。通过狩猎，还可以将部族中青壮年组织成队伍，加强部署和指挥。这也正是蚕丛要举行大型狩猎的真正目的。

蚕丛组织了人手，开始制作弓箭，打造箭镞。原来部族中各家打猎用的武器，大都在地震中毁坏了，所以需要制作新的。而狩猎使用最多的，就是弓箭了。好在可供选择的材料较多，制作起来并不困难。箭镞的打造，要稍微麻烦一些，先要冶炼，用陶质的坩埚将矿石炼成溶液，然后浇铸在事先刻好的泥范上，冷却后就成了箭镞。接着还要做一些打磨加工，安装在箭杆的前端，这才完成了制作。这种箭镞非常锋利，使用强弓，可以射穿好几张牛皮，甚至可以射穿薄的木板。以前使用石片磨制的箭矢，效果就没有这个好。有了强弓羽箭，再配上这样的箭镞，就成了狩猎的利器。此外，还制作了很多新的长矛，用坚韧的细木杆安装上锋利的矛头，使用起来得心应手。有了这些重要武器，狩猎就好办了。

听说要狩猎了，部族中所有人都很兴奋。一些猎户先被蚕丛派出去，开始侦察周边树林里的野兽分布情形。青壮年们在蚕丛的指挥下，很快组成了几支队伍。经过数日准备，各支队伍都配备了新的弓箭和长矛。侦察的猎户也回来了，向蚕丛报告了情况，周边有很多茂盛的树林，各种野兽都有，而最多的就是野猪和野鹿了。这些大型动物，可以提供丰富的肉食，正是部族最需要的。

狩猎很快就开始了。

蚕丛指挥队伍，选择了距离驻地稍远的一片密林，采用了包抄之法，先分头而进，然后围而歼之。林中的野兽被惊动了，向四处惊慌逃窜。猎人说的不错，果然有许多野猪和野鹿。它们奔跑的速度很快，在林木与灌木丛中狂奔逃匿。队伍中有人用利箭射倒了几头，发出了欢呼。野猪群钻进了荆棘丛生的灌木丛中，逃避狩猎队伍的利箭和长矛。

野鹿在纵横交错的林木之间跳跃奔逃，一些中箭倒下了，一些逃进了湿地。几支队伍都各有收获，最后合围的时候，进入了狩猎的高潮。人们兴奋地呐喊着，用强劲的箭矢射向那些肥壮的野兽，或者用锋利的长矛将逃窜的野兽刺倒在地。这次大型狩猎活动，收获甚大，猎获了好多头野鹿、野猪，还有其他一些小型动物，比如野兔、野鸡之类。像以往一样，蚕丛吩咐将幼小的动物全部放生。虽然采取了围剿的狩猎方法，却并不赶尽杀绝。蚕丛这样做，主要是为了以后的狩猎，当然是很有道理的。

柏灌也参加了这次狩猎，和蚕武、蚕青一起骑马射箭，亲手猎获了一只大野鹿。当野鹿中箭倒下的时候，柏灌看到旁边有一只小鹿，躲在草丛中瑟瑟发抖。那只硕大的野鹿也许是可以逃生的，可能是为了保护小鹿的缘故，才没有飞奔而去。当蚕武拉弓搭箭，瞄向那头小鹿时，柏灌赶紧制止了蚕武。说不清是什么缘故，柏灌对那头弱小的小鹿产生了爱怜之心。柏灌并非第一次射猎，但看到一次就射杀了这么多野兽，对这种残暴而又血腥的场面仍有些不忍，甚至有点伤感。幸好后来蚕丛吩咐放生了那些幼小的动物，这才使得柏灌缓解了心理上的压力，有了一些如释重负的感觉。柏灌对蚕丛也由此而增添了敬重，知道蚕丛是一位做什么事都深谋远虑，同时又是具有大爱之心的非凡人物。

柏灌这些微妙的举动和神态，都被旁边的蚕丛瞧见了。蚕丛赞许地点了点头，觉得柏灌内心深处有许多东西，竟然和自己都是不谋而合的，蚕丛顿感欣慰，也由此而增加了对柏灌的信任和倚重。

狩猎结束后，蚕丛指挥众人抬着猎物，满载而归。

部族中的男女老少都像过节一样，为狩猎的丰收而欢欣鼓舞。

狩猎消耗了大量的箭矢，需要继续制作弓箭，打造箭镞。

蚕丛除了添置武器，还准备铸造一些其他用途的器具。蚕丛在部族中专门设置了冶炼和铸造的作坊，并安排了专门的人手。

将矿石冶炼后制作成器具，真的是一个很了不起的发明。蚕丛是在外行走的时候看到的，觉得很新奇，于是便学习掌握了这一技术。石头竟然能炼成液体，然后使用泥范模块可以制成各种坚固耐用的器物工具，真的太神奇了。当然也不是所有的石头都能冶炼，需要找到那种有颜色的矿石才行。还有那些晶莹细腻的石头，经过磨制加工，就成了玉器。这样的玉石，在一些深山河谷中就有。而有颜色的矿石，则要到稍远一些的地方才能找到。陶器是用泥巴和沙子制作的，经过烧制，就成了生活中经常使用的重要用具。通过火，能制造出各种器具，其中有很多匪夷所思的奥秘。究竟是什么道理？也许只有诸神才能说清楚。凡间的人们，只是逐渐懂得了使用而已。而最先懂得使用的，仍是那些具有沟通诸神能力的人物。譬如冶炼矿石和制作器具，传说就是从黄帝的时候开始的。黄帝就是一位能够沟通诸神的伟大人物，战胜蚩尤的过程中获得了诸神的帮助。黄帝统一了北方诸多部落之后，用冶炼矿石之法，铸造了九只叫作鼎的器物，用以象征权力，号召诸侯。传说黄帝在鼎上还铸造了神奇的纹饰图像，这些图像包含了很多含义，显示了丰富的内容，使得人们可以明白什么是神明，什么是奸佞。

　　关于黄帝的这些传说，流传很广，蚕丛听说之后倍感兴奋。蚕丛虽然没有见过这些神奇的九鼎，却相信黄帝具有这样的能力。这些传说使得蚕丛产生了联想，既然可以仿照黄帝那样筑城，当然也能像黄帝那样铸造器物啊。至于铸造什么样的器物，蚕丛已经有了一些想法，只是不太成熟，还需要仔细琢磨一下。因为地方不同，部族也不同，大家都有各自的习俗和传统，所以使用的东西并不一样，器物也各有特色。而那些好的方法则是可以学习的，譬如筑城而居、铸造器具，都可以仿而效之。而在仿照的过程中，也可以加以发挥，按照自己的想法进行创新。反正很多事情都不是一成不变的，天下很大，各自为政，自然不必千篇一律。

　　蚕丛由联想而产生的这些思考，成了他下决心去做的一件重要事情。

　　当蚕丛指挥作坊，开始冶炼矿石铸造器具的时候，发现可供冶炼使用的矿石用光了。此类有颜色的矿石，平川地带没有，岷江河谷也少见，必须要到其他地方寻找采集。蚕丛派人向周边的土著打听，同时也派人向其他部落了解情况，究竟在什么地方才能找到这样的矿石呢？过了一些日子，派出去的人陆续回来了，带来了很多打听到的消息。据说在南面和西南方向的一些山里，就有这样的矿石。但这些消息是否准确，却不得而知，有的可能只是传闻而已。蚕丛第二次派人出去，要求一定要了解真实情况，找到那些真正产矿石的地方。这次派人寻找，花费的时间比较长。过了很多天，派出去的人员才回来，带回了一小块有颜色的矿石，向蚕丛禀报说，是在西山的一处山沟里发现的，都是很大的石块，无法搬运，只好用坚石砸碎，带了一小块碎片回来。蚕丛仔细辨认，果然是可供冶炼的矿石，心中大为高兴。

　　蚕丛召集了部族中几十名青壮年，组成了一支队伍，将部族中的马匹集中起来，准备了很多绳索与藤筐，亲自率领，前往西山的山沟里采集和搬运矿石。因为地形复杂，行程较远，蚕丛率领的这支队伍克服了很多艰难险阻，才满载矿石，回到了住地。

　　有了这些矿石，又可以开炉冶炼了。作坊里开始继续铸造箭镞。有的将矿石砸碎，有的准备坩埚，有的整理炉膛，有的劈柴，有的刻制泥范，还有的在忙碌其他杂事。当炉火点燃，熊熊燃烧，矿石在坩埚中渐渐地熔化成溶液，人们的情绪也随之高涨起来。蚕丛这时也来到了作坊，随着蚕丛前来的，还有柏灌和蚕武等人。

　　蚕丛对作坊里的人们说：我们今天铸造一个新的东西吧。

　　铸造新的什么啊？人们感到兴奋，也感到好奇。

　　蚕丛说：我们要铸造一柄神杖。

　　神杖？人们有些不解。

　　蚕丛爽朗地一笑，说：这是神灵的昭示。铸造了神杖，我们就可以拥有法力，更好地沟通诸神，更清楚地了解诸神的旨意。将来，我们也就会更加兴旺了！

人们都热切地望着蚕丛，心中虽然有点将信将疑，但出于对蚕丛的钦佩，相信蚕丛所言一定是真的得到了神灵的指示。既然是诸神的旨意，那当然是要执行的。人们附和道：好啊，好啊！你说怎么做吧，我们都听你的！

蚕丛亲自动手，制作神杖的泥范。杖身比较简单，为直条状，只需刻上图案纹饰就可以了。关键是杖首，稍为复杂，要雕刻成神龙之形。在泥范的制作上，箭镞的泥范是单个就可以了，而神杖的泥范就复杂多了，必须雕制成上下两个，先将两个都雕刻制好，包括形状和纹饰，仔细检查无误，然后加以合范，并在杖首和杖身都留下浇注的口子。最后就是将冶炼好的铜液注入泥范，进行铸造了。因为这次铸造的是非同一般的神杖，蚕丛对所有的细节都严格要求，对整个过程都亲自把关。泥范雕制了很久才完成，合范后将其烘干定型。矿石的冶炼也分外讲究，特别挑选了那些色泽较深的暗红暗绿的石块，用了好几个坩埚，反复冶炼了几次，全都变成了通红沸腾的溶液，这才进行浇注。在蚕丛的指挥下，将几只坩埚中炽热的溶液同时注入了泥范，直至注满。溶液不多也不少，一切都恰到好处。人们听到了铜液注入泥范时发出的响声，仿佛是天籁之音，显得是如此神秘而又美妙。接下来就是等候拆范了。

作坊里的人们都屏息以待。这是一个庄严而又肃穆的时刻，人们怀着热切期盼的心情，等待着泥范一点一点冷却下来。秋天的艳阳，照耀在人们脸上，灿烂而又温暖。宏大的土城和远处茂盛的树林、浅黛色的山影，以及波光闪动的河流湖泊，都沉浸在秋天的阳光里，犹如色彩斑斓的图画。蚕丛古铜色的脸膛上，浮起了从容的微笑。那双炯炯的目光，充满了穿透力，显得那么坚毅自信。众人热烈的期盼之心，使得气氛愈加神秘而又庄重。

泥范被打开了。一柄精心铸造而成的神杖，终于非同凡响地出现在了人们面前。

　　蚕丛迈步向前，双手握住神杖，高高地举了起来。那栩栩如生的龙形杖首，配上杖身奇妙的纹饰图案，展现在秋天灿烂的阳光下，吸引了所有目光，真的是匪夷所思，神奇无比。蚕丛大声宣布说：神杖铸成啦，感谢诸神赐我法力！人们随之欢呼起来。有一群色彩缤纷的鸟儿，突然出现了空中，从人们的头上飞过，欢鸣着飞向了远方的山林。那是吉祥的征兆啊！诸神真的显灵了。人们都相信，蚕丛从此拥有了更大的法力，而这一切真的都是天意啊！消息迅速传遍了全城，整个部族都兴高采烈。消息很快也传向了周边其他部落，那些追随蚕丛迁徙出来的人们，也都为之而欢欣鼓舞。

　　在随后的几天，蚕丛对神杖做了仔细的打磨加工。神杖打磨后闪耀着晶亮的光泽，龙首和杖身图案更加神奇夺目。这柄铜铸的神杖，硕大而又沉重，普通人都难于使用。只有身材高大的蚕丛持握在手中，挥洒自如，得心应手。神杖从此成了蚕丛专门使用的一件神圣法器，也成为蚕丛拥有通神法力的一个特殊象征。蚕丛掌握了神杖，也就掌握了神权。这为蚕丛号召诸多部落，拉开了宏丽壮阔的序幕。

第五章

　　蚕丛开始筹备，要举行一次盛大的祭祀活动。

　　各个部族都有祭祀的习俗，蜀山氏部族的祭祀活动也由来已久。早在蚕丛爷爷的时代，祭祀就已经很兴盛了。祭祀有很多内容，也有很多形式。最主要的祭祀活动，首先是祭祀天公地母和诸神，其次就是祭祀祖先了。在部族每逢重大庆典的时候，或遇到其他重要大事，都要举行大型祭祀。蚕丛继承酋长之位，就举行了隆重而盛大的祭祀与庆祝活动。那次，邀请了很多部族首领前来参加，气氛热烈，盛况空前。在遭遇地震大灾，准备率领部族迁徙之前，也举行了一次很重要的祭祀。就在那次祭祀中，蚕丛庄重地宣布了诸神的旨意，做出了迁徙的决定。部族中的人们和周边的一些小部落，都相信这是天意，坚定不移地跟随着蚕丛走出了岷江河谷，离开了崇山峻岭，迁徙到了东方的平川地带。如今，大家筑城而居，都已定居下来，开始逐渐适应了新的环境。随着生存环境的改变，人们生活的模式也在发生着变化，但部族的习俗和传统是不会丢的。按照蚕丛的想法，祭祀不仅是感谢诸神的一个仪式，也是团聚人心的一种方式。通过祭祀，还可以进一步加强人神沟通，为实现开国立邦的梦想而祈求诸神的护佑。蚕丛深谋远虑，正是由于这些思考，因此要在秋冬之际举行一次大型祭祀。这次祭祀，事关大局，意义重大，所以蚕丛调动了部族所有人员，全力以赴，进行了周密的策划和准备。

首先是祭祀场地。为了举行这次盛大的祭祀活动，蚕丛在土城外面专门筑建了一座宏大的祭台。开始也曾想过在城内举行，但考虑到要邀请诸多部落一起参加祭祀，场地必须宽敞才好，因而选择了城外一处平坦开阔的地方，来作为祭祀之地。

　　其次是参加祭祀的部落。蚕丛派人先通知了一起迁徙出来的诸多部落，同时也邀请了周边的其他友邻部族和土著居民一起来参加祭祀活动。斟灌族、濮族、鱼凫族等重要部族，也都在邀请之列，肯定要来参加。还有一些小的土著部落，也接到了蚕丛的邀请，为之而感到荣幸，全都答应要来参加这次非同寻常的祭祀。

　　为了迎接这次重大祭祀，西陵氏为蚕丛找出了上次缝制的丝绸新衣，洗去了灰尘，给龙马图案的下方又添绣了云纹，使得这件华服越发亮丽夺目。自从迁徙出来之后，西陵氏带领部族中的妇女们开始大量地植桑养蚕。平川土地肥沃，气候温润，桑树插栽即活。嫩绿的桑叶将蚕宝宝喂得异常肥硕，结的蚕茧也特别饱满。经过加工、纺织后的丝绸也就格外绚丽有光泽。养蚕纺织丝绸这项技术，令周边的那些小部落都倍感新奇，前来向蜀山氏部族请教学习的人日渐增多，纷纷仿而效之，很快在平川地区传播开来。人们都相信，这是蚕丛的发明。联系到蚕丛能够通神和拥有法力的传闻，大家都觉得蚕丛很了不起，进一步增添了蚕丛的影响力和号召力。

　　蚕丛在筹备盛大祭祀的过程中，对部族中青壮年组成的队伍也做了调整和扩充，以五人为一组，五组为一队，五队为一部，在部族中编组了五支这样的队伍。各支队伍都配备了长矛和弓箭，任命了头目。这样指挥和调动起来就方便多了。队伍经过这种严格而又合理的编制，就像人的手一样，伸开是五指，握紧了是拳头，伸缩自如，灵活便捷，不仅便于狩猎，而且具有了军事作战能力。拥有了这些经过编制的队伍，蚕丛的力量也就更加强大了，可以率领整个部族放心大胆地去做很多事情。因为前来参加祭祀活动的部落甚多，虽然蚕丛预测一切都会顺利进行，但也担心难免会发生一些意想不到的事情，所以必须预做防范。蚕丛也正是考虑到了这一点，及时编组了五支强有力的队伍，做了深谋远虑的精心筹划。

各项安排，都已准备妥当。吉日也选择好了。

天公作美，那是一个艳阳高照的灿烂日子。

应邀参加祭祀活动的各部落首领络绎而至。蚕丛事先已安排了吹鼓手，此时吹响了牛角号，擂响了牛皮鼓。气氛热烈的盛大祭祀，就要开始了。

濮君带着两个儿子和一些随从，骑马前来参加祭祀。

濮君接到蚕丛邀请后，有点犹豫不决，一时拿不定主意。经过一番思考，最后决定还是要来参加。

濮君上次应邀去蚕丛新建的土城做客，和蚕丛畅谈，知道了蚕丛结盟建国的计划。蚕丛的这个想法很宏大，很新奇，也很诱人，濮君当时却并不赞同。濮族和蜀山氏，都是大部族，如果结盟建国，谁当盟主呢？按年龄而论，濮君是兄长，而从影响来说，蚕丛显然占上风。一旦蚕丛成了盟主，也就理所当然成为国君，其他部落首领就都成了王臣。正是这个缘故，濮君不愿结盟，觉得还是当各自的部族首领为好。所以濮君对蚕丛说，此事要从长计议，当时蚕丛也不勉强，欢聚之后，快快乐乐地分手了。此次蚕丛邀请众多部落举行盛大祭祀，是否又和结盟建国有关呢？这正是濮君心存犹豫的原因。但既然被邀请了，还是应该参加，否则就失礼了。反正结盟是要自愿的，不管怎样，仍是朋友。

濮君上次回去后，召来了两个儿子濮山、濮岭，和他们说到了此事。濮山和濮岭都已成家，分别拥有了各自的小部落，居于两处，每逢有事，才回中心聚落。大儿子濮山说：这儿的丛岭平川本来都是我们濮族的地盘，蚕丛率族从蜀山迁徙而来，等于是抢占了我们的领域。他竟然又要结盟建国，是不是太过分啦？二儿子濮岭也说：是啊，父亲也真是太宽容了，竟然还要赠送谷种和粮食给蚕丛！濮君说：话不能这么说，蜀山遭遇了大灾，蚕丛不得已率族迁徙至此，没什么错，也是天意如此。濮君又说：蚕丛为人还是很不错的，是一个很有影响的人物，也是我的好友，在最困难的时候帮他一下，也是应该的。关键是结盟，此事关系重大，哎！

濮山问：父亲担心什么呢？濮君沉吟道：如果蚕丛当了盟主，其他部族首领就都成了臣属。而如果不参加结盟呢，他们会强大起来，我们就成了弱小的氏族。濮岭说：如果结盟，也应该是父亲当盟主啊！濮山说：是啊，我们是大族，这儿的平川地带都是我们的地盘，父亲又比蚕丛年长，推选盟主，自然是非父亲莫属了！

濮君一笑，摇摇头说：你们有所不知，蜀山氏是和黄帝联姻的大族，天下皆知，比我们族更有名，还有蚕丛的威望和影响，也超过我。如果结盟，盟主肯定是蚕丛无疑。濮山说：盟主是要推选的，我们可以联络其他大小部落，先达成协议，大家一致推选父亲，父亲自然就是盟主了。濮岭说：和我们关系亲密的大大小小部落很多，只要我们向他们多施恩惠，联络他们推选父亲担任盟主，肯定没什么问题啊。

濮君听了两个儿子的想法，略作沉吟，依然摇头，笑笑说：我有自知之明，世事难料，不要有非分之想。濮山和濮岭同声说：难道我们就束手听命于蚕丛吗？濮君说：当然不会。濮山和濮岭又说：那我们应该怎么办呢？而这也正是濮君想和两个儿子商量的。但父子三人议论了很久，却也想不出什么良策。

濮君想，既然和蚕丛是朋友，又不愿赞同蚕丛的结盟，那只有静观其变了。

接到蚕丛要举行盛大祭祀的邀请后，濮君犹豫了一下，随后便又召集了两个儿子，一起前去参加。濮君父子骑着快马，带了一些护卫与随从，从濮族的中心聚落出发，很快来到了蚕丛新建的宏大土城。濮君已经来过一次，两个儿子濮山和濮岭则是第一次前来，看到平川地带的江畔建起了规模如此巨大的一座土城，都大为惊讶。觉得蚕丛名不虚传，果然非同凡响。此时应邀参加祭祀的其他部落首领也纷纷到来，有的熟悉，有的陌生，见面之后，相互寒暄，十分热闹。

有这么多部落首领相聚在一起，一块儿参加一个宏大的祭祀，在这天地辽阔的平川丘陵地带还是第一次。大家都倍感新奇，怀着期盼和猜测，情绪兴奋，议论纷纷。众人谈论着这种祭祀方式和祭祀内容，也谈论着关于蚕丛的传闻。蚕丛的迁徙和许多与众不同的作为，都使人津津乐道。特别是蚕丛最近铸造了神杖拥有了神奇的法力，更成了众人谈论最多的话题。濮君听了，感到蚕丛的影响正在迅速扩张，心理上便有了明显的压力。濮君虽然表面上谈笑自若，内心却不免忧虑，觉得蚕丛真的很厉害，不知不觉就在诸多部落中树立了威望。蚕丛做的很多事情都出手不凡，这次盛大祭祀也显然大有深意。看来蚕丛真的是要一步一步实现他结盟建国的计划了，蜀山氏执掌牛耳之后，将成为号令众人的显赫部族，这对濮族无疑是一种威胁。蚕丛会允许濮族保持独立吗？如果濮族坚持不结盟，最终结果会如何呢？想到这些，濮君顾虑重重，不由得低声叹了口气。

此时，鱼凫骑着马，带了几个人，也到了。

鱼凫看到了濮君和两位妻兄，赶紧过来，恭敬问好。鱼凫和岳父濮君倒是经常晤面的，和两位妻兄濮山、濮岭却难得相聚。这时相见，因为亲戚关系的缘故，都觉得高兴。郎舅之间寒暄了几句，便说到了关键话题。

濮山对鱼凫说：父亲说前些时蚕丛曾宴请过你们，蚕丛曾和你们商量结盟建国之事，你觉得此事如何？

鱼凫注意地看了一眼濮山，不知道濮山为什么突然问起这件事情来，便笑笑说：这是一件大事情啊，所以蚕丛大人要和岳父大人商量。

濮山说：你对这件事情是怎么看的？

鱼凫说：就看岳父大人和蚕丛大人怎么决定了。

鱼凫说得很含糊，没有表明自己的态度。这也是鱼凫的精明之处，他不知道濮山突然询问此事的意图是什么。因为濮君和蚕丛是长辈，自己当然是要听从他们的决定了。这样回答，滴水不漏，肯定没错。

濮山却没有深想，开门见山地问道：如果结盟，你觉得谁当盟主好啊？

鱼凫此时已经有点明白濮山询问此事的用意了，顺水推舟地说：自然是德高望重的人来担任了。你说对不对啊？

濮山的脸上露出了笑意，说：那是自然。父亲年长嘛，对那些小部落，一直是很有号召力的。如果推选盟主，当然是父亲来担当最合适了。

鱼凫见濮山说得如此直白，便知道岳父濮君已经和两个儿子商量过此事了。进而推测，岳父濮君显然萌生了当盟主之心，然后借濮山之口来告诉他。濮山直截了当说到此事，显然并非为了征询他的意见，而是要取得他的支持。但事情明摆着，蚕丛的威望和影响都超过濮君。真的推选盟主，濮君恐怕很难有胜算。何况此时此地，谈起此事，人多口杂，隔墙有耳，大为不宜。这样一想，鱼凫便含糊其辞地笑道：好啊好啊！又附耳对濮山说：这儿人太多了，我们下来再细说。

濮山的心思与鱼凫不同，此时却想多联络一些人，争取其他部落首领都来支持濮君担任盟主，因此并没有压低声音，有意让旁边的人也听到他和鱼凫交谈的内容。果然有不少人都凑近了，好奇地听着他们的交谈。

鱼凫见濮山如此，有招摇惹事之嫌，担心很快就会传入蚕丛的耳中。

鱼凫的担心，主要是不愿惹麻烦。如果结盟，无论是蚕丛或濮君担当盟主，对他都一样，一位是岳父，一位是姻亲，反正都是亲戚关系。但情况明摆着，蚕丛的能力和影响都明显占优，肯定胜出。而濮君也想当盟主，如果相争，势必产生纠纷，引发矛盾。这样，情况就复杂了。鱼凫通过几次交往接触，已经深知蚕丛是个很有本事的非凡人物，并知道蚕丛正在策划结盟建国，要做一番大事业。现在，结盟中遇到了竞争对手，蚕丛会怎样对付呢？两虎相争，必有一伤。蚕丛肯定会有措施的。正是因为想到了这些，所以鱼凫才会有此担心。

濮君这时也听到了儿子与女婿的交谈，上前打断了濮山的话。濮君可能也是有所顾忌吧，不愿儿子当众谈论此事。濮君却又很想知道鱼凫的态度，低声问鱼凫：怎么样啊？鱼凫迅速看了濮君一眼，见濮君问得含糊，意思却是清楚的，便笑着说：我当然是听岳父大人的。濮君听了，脸上也露出了笑容。

鱼凫看见蚕丛率众从土城里面走了出来，便随着各部落首领一起迎了上去。

蚕丛热情欢迎应邀前来参加祭祀的各部落首领。

蚕丛爽朗地笑着，对大家说：诸位好啊！一些小部落首领纷纷说：蚕丛大人好！蚕丛特地向濮君问候道：许久没见，今日又相聚了！濮君说：是啊，今天来的人多，真是盛会啊！蚕丛笑道：遵从诸神的旨意，托众位之福，举行这次祭祀，所谓恭逢其时，天人合一嘛。蚕丛又向鱼凫说：很高兴又见面啦。鱼凫揖手施礼，恭敬地说：我们也很高兴参加这样的盛会啊。随侍在蚕丛身边的蚕武、蚕青，也向濮君和鱼凫问候寒暄。柏灌也同鱼凫见了面。众人跟随蚕丛，一起向城外的祭台走去。

当吹响了牛角号，擂响了牛皮鼓，祭祀正式开始时，已经临近中午了。艳阳高照，晴空万里，宏大的祭台巍然耸立。蚕丛穿上了龙马绸衣，手持神杖，步履矫健，登上了祭台。灿烂的阳光照射在晶亮的神杖上，闪烁着奇异的光彩。那丝绸衣服上的龙马图案，亮丽夺目，洋溢着腾飞之感，给人以神奇的联想。那些小部落首领第一次目睹这样的情景，都深感惊奇，仰望着蚕丛，充满了敬佩。

经过预先组织和训练过的蜀山氏族青壮年队伍，此时都全副武装，分列在祭台的前后两侧，个个精神抖擞，威武雄壮，更为今天这个特殊的祭祀场面增添了一种威严的气氛。蜀山氏族的长老们和蚕丛的亲属也都来了，站在祭台的台阶两边。接着便是应邀前来参加祭祀的部族首领们，以及跟随他们的侍从，分站在祭台的前面。还有很多蜀山氏族中的男女老少，也都穿戴着鲜艳的服装，就像欢度节日一般，前来参加祭祀活动。在灿烂的阳光下，宏大耸立的祭台显得如此巍然。祭台周围一下聚集了这么多人，真的是人气旺盛，非同寻常。祭祀尚未开始，蚕丛的非凡气概，那亮丽的王服和奇异的神杖，以及精心营构的盛大气氛，便已先声夺人，吸引了所有人的目光，给了众人一个极深的印象。

　　对于蜀山氏族中的人们来说，早年栖居于岷江上游河谷的时候，每年都要举行各种祭祀活动，对此已经习以为常。在蚕丛继承酋长之位和率众迁徙之前，就曾举行过两次重大祭祀活动。但今日的祭祀又有所不同，这是迁入平原筑城而居之后的第一次盛大祭祀，而且众多的部落首领也都应邀前来参加，所以意义也就非同一般了。对于应邀前来的其他诸多部落首领来讲，虽然每年也要在各自的部落中举行许多祭祀活动，却很少经历类似的浩大场面，大多感觉很新奇，也很兴奋。特别是他们都已知道了蚕丛准备和各部落结盟的消息，如果结盟了，从此之后就会形成一个王国，大家便都成了王国中的诸侯，身份、地位，以及部族关系都会发生新的变化，这可是有史以来从未有过的大事情啊。这些部落首领还听说了蚕丛具有沟通天地与神灵的法力，听说了蚕丛很多神奇的故事。在这样一个伟大而又神秘的时刻，参加这样的盛大祭祀，各部落首领内心的兴奋之情就像点燃的火焰，随着热烈的号角之声而越发炽热。蚕丛亲自主持今天的盛大祭祀，会怎样展现他拥有的神奇法力呢？蚕丛会宣布结盟吗？真的会建立一个王国吗？想到这些，各部落首领心中又充满了悬念与期盼，希望接下来便会有个结果。

　　由蚕丛主持的盛大祭祀，便在这样的热烈气氛中开始了。三通鼓罢，蚕丛站在高大的祭台上，面朝万里晴空，举起了手中的神杖，神态虔诚，开始向上天和诸神祈祷。参加祭祀的人们都热切地注视着，整个场面顿时静了下来，显得肃穆而又神秘。微风拂动着祭台四周的旗幡，不远处便是宏大的土城，可以望见远处黛灰色的山影和青翠的森林。在祭台的后面，有侍从点燃了香料。一股清芬而又奇妙的香味，袅袅升起，弥漫在灿烂的阳光下，在空中随着和风向四处飘散。

临近中午，灿烂的艳阳照耀在蚕丛高举的神杖上，反射出了耀眼的光芒。蚕丛巍然肃立，纵目远视，屏息凝神，仿佛在同诸神交谈。蚕丛这样祈祷了很久，然后"嗨"的一声，向后撤步，轻移身躯，转动手臂，将神杖反射出的耀眼亮光投向了众人。蚕丛居高临下，使神杖之光从人们热切而惊讶的视线中缓缓滑过。祭台前面仰望着蚕丛的人们，顿时都有了一份很难形容的非常奇妙的感觉。伴随着沁人心脾的清芬的香味，那缓缓滑过的耀眼的神杖之光，仿佛化为了一种神秘的力量，自天而降，悠然而来，刹那间渗进了人们的心灵。哦，这就是非同凡响的神杖啊，真的是太奇妙了！耀眼的亮光还产生了一种幻象，在人们仰望的目光中，蚕丛手持神杖，以蓝天和艳阳为背景，犹如天神一样，是那么的威武而又雄壮。

就在这个时候，从远处的山林里飞来了一群彩鸟，那正是蜀山所在，以及岷江流向平川的地方。鸟群五彩缤纷，在灿烂的阳光下振翅而翔，很快飞越了附近的森林，飞过了宏大的土城，飞到了祭台的上空。彩色的鸟群就在人群的上空，绕着祭台和蚕丛盘旋飞翔，还发出了欢快的鸣叫声。人们仰望着这些不请而至的神奇彩鸟，为之而深感惊讶和好奇。山林中鸟儿很多，但像这么多彩色的鸟群联袂而至，又是在这样一个重大时刻，却是从未遇见过的情景。这些彩鸟仿佛是专门朝贺而来，飞翔的姿态好似舞蹈，缤纷的色彩与欢快的鸣声洋溢着喜庆。当蚕丛再次挥动神杖，将耀眼的亮光投向远处的时候，彩色的鸟群这才欢鸣着离开了祭台，朝着远处的山林飞走了。又过了一会儿，彩色的鸟群宛如来无影去无踪的神秘精灵，悄然消失在了远处的灰黛色山影中。祭台香烟缭绕，气氛肃然，人们都沉浸在神秘的氛围中。

蚕丛将高举的神杖缓缓地放了下来，在祭台上用力顿了一下，发出了一声低沉有力的震动，将人们的注意力，从远处拉回到了眼前的祭祀中。在人们仰望的目光中，蚕丛再次祷告天地诸神，在祭台上手舞足蹈地走了一个来回，表现了神灵附体的情景，然后又站在了祭台的中央。仿佛一切都是天意，刚才彩色鸟群的出现，已经非常巧合而又绝妙地展示了天人的沟通。众人都为之深感神奇，也许冥冥之中真的具有某种神秘的力量吧，将天地诸神和人们，以及自然万物都紧密联系在了一起。如今给了蚕丛一个绝好的机会，或许这真的就是天神的旨意吧。蚕丛手持神杖，往前走了两步，面朝台下参加祭祀活动的各部族首领，用洪亮的嗓门大声说：今年是红运之年，今天更是吉祥之日！刚才，诸位都看到了，天神派了使者告诉我们，指示我们要结盟建国，从今以后我们就会兴旺发达！我们各个部落不能一盘散沙，必须团结起来互相帮助，力量才会强大，我们的日子也就会越来越好！

蚕丛又用更响亮的声音说：这是天神的旨意啊！我们都要遵从！

刚才目睹蚕丛祷告诸神，看到了神杖放光与彩鸟群集景象的人们，对蚕丛具有沟通诸神的法力敬佩不已，对蚕丛所言自然也是深信不疑的。这时有人大声喊道：既然是天神的旨意，那就结盟吧！又有人喊道：好啊，好啊！结盟吧！天神怎么说，我们就照天神的旨意办啊！蚕丛大人，我们都听你的！今天就结盟吧！

蚕丛目光炯炯地望着众人说：既然大家都赞同了，那就让我们奉天而行，遵照天神旨意，从此结盟建国，兴邦立业，大展宏图，诸位说好不好啊？

参加祭祀活动的各部落首领们情绪高涨，齐声欢呼道：好啊，结盟吧！

蚕丛又大声说：刚才天神派遣的神鸟使者是从蜀山飞来的，天神昭示我们，从此结盟建立之国，就叫蜀国了，诸位同意吗？

各部落首领又纷纷欢呼道：好啊，就叫蜀国吧！对啊！就叫蜀国啦！

蚕丛大声说：既然诸位都同意结盟建立蜀国，等一会儿我们就歃血结盟啦！还要推举一位盟主，诸位看谁来担任好啊？

各部落首领纷纷喊道：当然是蚕丛大人啦，我们都推举你啦！

又有人喊道：蚕丛大人，你当盟主吧！你本来就是蜀山氏族的大首领啊，当然是你来当盟主了，你就是蜀国之主啦！

因为大家都在欢呼，情绪高涨，气氛分外热烈。蜀山氏族人们也都倍感兴奋，情不自禁地大声欢呼起来。结盟建国，这不仅受到了各个部落首领的拥护，更是蜀山氏族的一件大事情啊。结盟之后，蚕丛就成了蜀国的盟主和国王，今后蜀山氏族自然就会更加强盛起来。这真的是从未有过的一件了不起的大事情啊！早在蚕丛的爷爷时代就开始谋划创立蜀国了，这个梦寐以求的重大愿望，现在终于就要实现了，在场的族人们怎么能不感到兴奋和高兴呢？牛角号又吹响了，牛皮鼓也擂响了，那雄壮有力的鼓点与号角声，使得祭祀中的整个气氛变得更加慷慨激昂。

此时，只有濮君父子对此颇感意外，没想到结盟建国这件大事突然之间就得到了众人的响应，而且将蚕丛推举成了盟主。这一切发生得实在是太快了，似乎一切都在蚕丛的预谋和掌控之中，容不得从长计议，便已变成了事实。濮君此刻终于明白了蚕丛邀请诸多部落首领一起参加盛大祭祀的目的，原来就是为了宣布结盟，并由蚕丛自己担任盟主啊。蚕丛做得很巧妙，很神奇，也很霸气。濮君的心中很有些不快，又不便当众表现出来，只能沉默不语。濮君感到不解的是，那些从蜀山方向飞来的彩色鸟群绕台欢鸣，怎么会如此巧合呢？难道蚕丛真的具有沟通诸神、召唤灵禽的非凡能力吗？这真的有点不可思议，濮君的情绪立刻变得有些低落，又有些困惑，还有些担忧起来。濮君的两个儿子濮山、濮岭此时也深为疑讶，根本没料到事情会这样发展，左右环顾，看着那些欢呼雀跃的各部落首领们，心中不免有些气愤，又看到了那些情绪热烈的蜀山氏族人们和祭台两侧全副武装的青壮年队伍，一时却又不知如何是好，只有不语。和他们站在一起的鱼凫，此时却大为兴奋，虽然没有像其他部落首领那样欢呼雀跃，却也是一副赞同的神态。濮君父子注意到了鱼凫的表情，觉得连鱼凫都变成了蚕丛的支持者与追随者，心中自然是更加不快了。

但像濮君父子这样感到不快的毕竟是少数，赞同结盟建国和追随蚕丛已经是大势所趋，难以阻挡了。在现场热烈的气氛中，柏灌此时也很兴奋。关于结盟创建王国这件大事，蚕丛曾多次和柏灌商谈过，柏灌当然是深为赞成和大力支持这件事情的，但又觉得不能操之过急，应该先和诸多部落商量沟通才好。柏灌没想到事情的发展竟会如此顺利，蚕丛利用这次盛大的祭祀活动，将结盟建国的谋划一下子就变成了现实，所有的担心和顾虑顿时都消失在了众人热烈的欢呼中。蚕丛真的了不起啊，不仅深谋远虑，而且善于把握时机。柏灌仰望着蚕丛，心中充满了敬佩之情。和柏灌站在一起的蚕武、蚕青此时也备感兴奋，高兴地笑着，和族人们一起大声欢呼。还有站在族人中间的西陵氏和蚕蕾，也抑制不住地喜悦和兴奋。蚕蕾因为高兴而满面红润，西陵氏因为替夫君感到欣慰，眼中情不自禁噙满了泪水。

按照蚕丛的吩咐，牵来了青牛、白马，准备歃血结盟。

歃血结盟是一个非常古老的习俗，早在黄帝和蚕丛爷爷的时代就已有了。如果是民间结拜为异姓兄弟，通常用鸡血就可以了。部族首领的规格自然要高些，要用羊血或狗血。现在因为是诸多部族结盟，而且是要创建蜀国，当然就是最高的规格了，所以要用青牛、白马之血。

蚕丛首先宣布盟辞，面向众人，朗声说：奉天承运，遵照神旨，今天结盟，创建蜀国！我为盟主，众为诸侯，兴邦立业，共展宏图！开国为公，世代兴旺，将来盟主之位，有德居之！歃血盟誓，以表虔诚，同遵此约，万世恒昌！

蚕丛声音洪亮，豪情洋溢，盟辞言简意赅，振聋发聩，一字一句，都好似金石之音，掷地有声。这使得诸多部落首领听了大受激励，个个意气风发、豪情满怀，也都大声附和道：今天结盟，创建蜀国！同遵此约，万世恒昌！整个场面中的热烈气氛因此而分外高涨。

蚕丛接着手持利刃，取了青牛、白马之血，涂在了嘴唇上。然后，蚕丛朝着祭台下面各部族首领做了一个有力的手势，大声说：来啊，歃血结盟了！柏灌和蚕武、蚕青先行登台，各部族首领们个个踊跃，也相继登上了祭台，他们都仿照蚕丛的做法，取了青牛、白马之血，涂在了各自的嘴唇上。鱼凫走在了前面，此时将嘴唇涂满了血，觉得格外兴奋。落在后面的濮君则迟疑着，不知道究竟是参加结盟好呢还是不参加好，看着那些踊跃登上祭台的各部落首领们，如果此时自己不结盟，或者悄然离去，那就成了结盟的反对者，彼时自己势单力薄，弄不好还可能触犯了众怒，显然是不明智的。在蚕丛宣布的结盟誓词中，濮君特别注意到了"将来盟主之位，有德居之"这句话，觉得蚕丛能够这样表白，代表盟主之位以后并不是世代相袭，还是很有公心的，也足见蚕丛的坦荡与磊落。濮君这样一想，便减轻和消除了一些不快，也随着众人登上了祭台。看到父亲随了大流，濮山和濮岭也就相随而上，将嘴唇涂上了鲜血。举行了这个重要的仪式，歃血结盟便大功告成了。这意味着，蚕丛创建蜀国的谋划终于变成了现实。从这天开始，蚕丛便成了蜀国的盟主，诸多部落首领也就成了蜀国的诸侯。

歃血结盟后的庆祝物品也早已准备好了，蜀山氏族中的几名青壮年抬来了硕大的陶罐，里面装满了新酿之酒。当陶罐的封盖被打开的时候，一股清芬的酒香便飘散开来。蚕丛捧了酒罐，亲自将酒分斟在陶盏中，然后由侍从将酒盏分递给了各部族首领们。蚕丛举起酒盏，高声说：同饮此盏开国之酒！各部族首领也纷纷喊道：好啊！好啊！开国啦！于是一起举盏，兴高采烈地将盏中之酒一饮而尽。

蚕丛站在祭台正中，对簇拥在身边的各部族首领们说：我们今天宣誓结盟，正式创建了蜀国，从今以后将有很多大事要做。第一是确立王城，这里地势开阔，位居平川中心，就把这里作为蜀国的都城，等以后我们强大了再做扩建，诸位说好不好？众人异口同声赞同说：好啊！好啊！蚕丛又说：第二是明确称呼，以前作为部族，我们可以称酋长或首领，现在结盟建国了，也得有个恰当的称号，诸位认为以后如何称呼才好呢？各部族首领顿时议论纷纷，有人说：你是盟主，你就是老大，你说了算啊！又有人说：既然建立了蜀国，又确立了王城，盟主就是蜀国的君王，也就是蜀王啊！于是众人纷纷附和道：对啊，就叫蜀王啊！就叫蚕丛王好啦！蚕丛额首道：好，就按诸位所言，以后我称蜀王，或直呼我蚕丛王也可以，诸位皆是蜀国的诸侯，此事就这样定了！蚕丛接着又说：第三是确立规矩，今后从王城向各部族传达号令，都要遵行，不得有误。诸位都同意吗？众人齐声响应道：同意啊！蚕丛王你是一国之君，你的号令，谁敢不遵啊？蚕丛大声说：好！第四是开疆拓土，一起来拓展我们蜀国的疆域，等我们强大起来，我们还要和远方的其他王国建立友好关系！此外还有很多大事，都要仰仗诸位，同心协力，一起大展宏图！

此时的蚕丛王，显得很亲切，也很威严。蚕丛说的几件大事，都是结盟建国的当务之急。现在确立了王城，明确了蜀王称号，定好了有令必遵的规矩，并宣布了开疆拓土的计划，以后就好办了。众人又齐声赞同，一起欢呼起来。

蜀山氏族中的青壮年们此时又擂响了牛皮大鼓，号角也吹响了。

接着还要举办盛大宴会，对结盟创国进行热烈欢庆。

从此以后，雄才大略的蚕丛，就成了名正言顺的首位蜀王。

第六章

　　蚕丛结盟创国，称为蜀王，深受拥戴，蜀山氏族的景象从此焕然一新。

　　消息传播出去后，周边一些没有来得及参加祭祀与结盟的部落，也纷纷派人前来，向蚕丛王表示臣服。有些远方的部落首领，还亲自前来拜见蚕丛王，一睹蜀国君主的风采。参加结盟的部族，在数量上陆续增多。蚕丛王对各个部族首领都坦诚相待，一视同仁。各部族首领早已听说了蚕丛王的神奇故事，拜见之后，又目睹了蚕丛王的豁达、大度与亲切、威严，个个都心悦诚服，从此都成了蚕丛王的拥护者和追随者。

　　新创建的蜀国如日东升，加入的部族不断增多，疆域在逐渐扩大，拥有的力量也迅速强大起来。这就像岷江之水一样，从崇山峻岭中奔泻而出，流入了宽阔的平川，汇纳了众多的小溪小河，一下就变成了巨流，浩浩荡荡，流向东方，气象万千。一旦形成了这种态势，蜀国的崛起和发展壮大，也就成了一种必然的趋势。雄才大略的蚕丛王面临着这种大好形势，踌躇满志。但蚕丛王并未陶醉在这种兴奋的情绪中，而是抓紧时机，开始了新的谋划，有很多大事需要逐个去做。蚕丛王高瞻远瞩，大刀阔斧，在一些大事的谋划与处理上，充分展示了他的非凡与杰出。

　　蚕丛王在结盟之后，便调动了蜀山氏族中的人力，对王城进行了加固和完善，在城中修建了一座宏大的王宫。有了这座王宫，蜀国就有了正式的权力中心。这里既是蚕丛王和家人居住之处，也是蚕丛王行使蜀王权力、向诸多部族发号施令的地方。所以王宫不仅是君王身份的标志，也是国家权力的象征。可见创建蜀国之后，立即确立王城、修建王宫，确实是一件非常重要的事。蚕丛王办好了这件大事，就为蜀国的权力运作奠定了一个至关重要的基础。接着，蚕丛王还准备任命几位大臣。现在有了王城，有了王宫，蚕丛王身居王位，身边自然要有几位大臣，来辅佐他治理王国，并忠实地执行他的旨意，这也是顺理成章的事情。

因为蜀国是通过结盟方式建立的王国，蜀山氏族自然就成了执掌权力的王族，而其他诸多部族就成了臣属。在大臣的人选上，当然首先是要用王族中的人了，所以蚕武、蚕青都成了蚕丛王身边的大臣。还有蜀山氏族中的长老们，自然也都成了蜀国的开国老臣。蚕丛王同时将柏灌、鱼凫等人，也任命为大臣，他们身为各部族年轻首领，平常不必跟随在蚕丛王身边，若有重大事情，就要召集他们了。还有濮君，蚕丛王想任为首辅，却遭到了濮君的婉拒。蚕丛王考虑到濮君的年长与友情，不便勉强，于是便改为任命濮君之子濮山、濮岭两人为大臣。此外，还任命了其他一些较大部族的首领为大臣，共谋国事，以示荣耀。蚕丛王的这些做法，既强化了统治，又密切了部族之间的关系，将各部族有效地凝聚在了一起。

接下来，蚕丛王准备号召各部族都来种桑养蚕，把利用蚕丝纺织丝绸的技术传授给各个部族。等大家都种桑养蚕了，就可以号召各部族妇女来向西陵氏学习制作绸衣的技术了，这样各部族的生活就会变得好起来。丝绸以后还可以作为贵重物品，同远方的部族进行交换，互通有无，各取所需。这样长期发展下去，蜀国就会强盛起来。种桑养蚕是一件很实际的事情，而蚕丛王想得非常深远。正是在这个想法的主导下，结盟创国之后不久，随着蚕丛王的大力倡导，种桑养蚕很快就在蜀国各部族中推广了。蜀国从此成了桑蚕兴盛之国，种桑养蚕不仅改善了各部族的生活，而且带来了财富，促使了远程交易，也扩大了蜀国与远方的往来联系。

蚕丛王为了加强和各部族之间的往来，开始派人造船。平川地带河流众多，船是水上的重要运载工具。滨水而居的一些部落，很早就使用独木舟或小船了，譬如鱼凫部落就擅长乘舟捕鱼，濮族和彭族等部落也都是经常用舟渡河或捕鱼的。蚕丛王造的船，既有小舟，也有大船，这些舟船可以载人，也可以载物，为交通往来提供了很大的便利。有了大船，可在大江上航行，就可以走得更远，去和远方的邦国进行联系。而这也正是蚕丛王制造大船的用意，自有其深远的目的。

蚕丛王对很多事情都深谋远虑，很多想法在实施之前，都曾掂量再三，然后才安排进行。关于制造大船之事，蚕丛王就和柏灌商谈了好几次才做出决定，开始动工建造。在结盟之前，柏灌和蚕丛王的关系就已非常密切，创建蜀国之后，蚕丛王召见柏灌的次数就更多了，经常在一起商谈事情，柏灌也喜欢追随蚕丛王，所以两人时常相聚，可谓无话不谈。在蚕丛王的诸多大臣中，蚕丛王最欣赏的就是柏灌了，这倒不单纯是翁婿关系的缘故——以后柏灌娶了蚕蕾就是名正言顺的女婿了，更主要的还是由于柏灌的见识与才能都强于常人，在才略方面也与蚕丛王最为投缘，所以蚕丛王喜欢柏灌也就是情理之中的事了。

那天蚕丛王和柏灌骑着马沿河而行，带着一些随从，巡视王城周边的聚落。已经到了秋收时节，田里的庄稼都长得很茂盛，丰收在望。新栽的桑树，饲养的家畜，使散布的聚落充满了生机。宽阔的河中有人驾舟捕鱼，在王城附近，有人正奉命制作新的舟船。蚕丛王骑马来到岷江的众流交汇处，站在堤岸高处，放眼眺望，这里河宽水深，清澈的岷江在这里变得更加浩荡了，向着东方奔腾流淌。

蚕丛王扬鞭指着远方，对柏灌说：天地如此广阔，远方一定还有很多邦国，可惜我们现在还所知甚少。蚕丛王又扬鞭指着王城附近制作舟船的人们，对柏灌说：因此我想造几条大船，以后顺江而东，可与友邦往来，你觉得如何？

柏灌赞同说：好啊！有了船，以后往来交通，当然就方便了！

蚕丛王说：我想将此事就交给你督办，如何？

柏灌略作沉吟说：可是我并没有造船的经验啊，何况是要制作大船，其实鱼凫对舟船应该比较熟悉，因为他们经常驾舟捕鱼。

蚕丛王说：鱼凫捕鱼，使用的都是小舟，其实对大船也是没有经验的。蚕丛王又说：此事关系重大，还是交给你督办比较妥当，凡是总有个开头嘛，你就不必推辞了。

柏灌见蚕丛王已经做出了决定，不愿将此事交给鱼凫去办，自然有蚕丛王的道理。柏灌想了想，只好接受任务，点头说：那我只有勉为其难了。

蚕丛王笑道：好，就这样定了！相信你的本事，一定会成功！

柏灌听了蚕丛王充满自信的笑声，见蚕丛王如此信任他和鼓励他，脸上不由自主也露出了笑容。

蚕丛王将督办制造大船的任务交给了柏灌，一是出于对柏灌的信任，二是为了锻炼培养柏灌。这也是蚕丛王的深谋远虑，在这件大事的安排上，自有他的深意。

蚕丛王通过结盟创建蜀国之后，各部族之间的往来明显增多了。

扩建后的王城，不仅成为蜀国的权力中心，也成了商贸日渐增多的兴旺繁华之城。各个部族的人们都经常到王城来进行各种物产与生活用品方面的交换，或者互通有无，或者相互买卖。平常交换或买卖的物产与用品种类是相当丰富的，有五谷，有家畜，有禽蛋，有蔬果，有猎物，有鱼鳖，有各类陶器，有竹编藤筐，有木制用具，有各种工具，有穿戴饰品等等。交换或买卖的地方，分布在王城的几条街道或空旷处，交换或买卖的方式没有定规，全凭双方意愿，有的挑选一番，略作讲价或商量，然后便成交了。这种自发形成的交换贸易，渐渐地成了人们日常生活中的一项重要内容，三天一小市，五天一大市，为各部族都带来了方便，也为王城增添了繁荣。在迁徙出来后筑城而居的其他部落里，也有类似的小型交换或买卖，但规模都很小，物品类型也较少。宏大的王城就不同了，毕竟是蜀国的都城，各部族的人们都喜欢到王城来做交换与买卖，人气也就特别旺盛。

王城里每隔五天，便会有一个热闹的大型交易日，从各个部族来王城赶大市的人特别多。有的走路，有的骑马，都带着准备交换或买卖的东西，有的还牵着牲畜，一派熙熙攘攘的景象。平常每三天，还有一个小型的交易，来的都是王城附近聚落的人们。遇到大型交易日就不同了，有些较远部族的人们也来了，甚至走路或骑马要几个时辰，也在所不辞。这种大型集市的诱惑，实在是太大了，众多部族的人们都感到好奇和新鲜，都想来看看，希望通过集市交易换取各自想要的物品。这样的定期集市交易，也为各部族人们提供了往来交流的机会，使相互之间不同的生产方式与制作技艺也得到了交流和传授。过去各个氏族或部落都是相对独立的，大多各为政，自给自足，生存与活动的范围比较狭小，现在参加了结盟建国，情况就大不同了。如今各部族的人们，通过王城的大型集市交易，认识的人多了，部族之间的关系也在无形中发生了变化，犹如水乳交融，都成了蜀国的民众。

蚕丛王对这种交易的逐渐兴旺感到很高兴。在修筑王城的时候，他就预留了很大的空间，预测到以后王城中的人口会有较大的发展。情况果然如此，而且比他预想的发展还要快。这当然与结盟创国有很大的关系，由众多大大小小的部族，联合创建了一个统一的庞大蜀国，促使了民众来往的频繁与集市交易的兴旺，也是理所当然的现象。照这种发展趋势，将来王城会变得更加繁荣，也是显而易见的。

蚕丛王有时也会到集市上去，带着随从，看看那些交换的物品，体察一下交易的情景。每逢此时，来自各部族的民众看到蚕丛王，都会恭敬致礼。蚕丛王也会向众人亲切致意，有时还要和众人交谈片刻，向他们询问各种情况。蚕丛王很喜欢利用这种机会多接触各部族的人，这样可以使他对各部族的生活与生产情形有更多的了解。蚕丛王的平易近人和不耻下问，不仅丰富了他的见闻、掌握了民情，也增添了民众对他的敬仰。

蜀国王城逐渐兴旺的交易，主要以原始的农副产品为主。当时种桑养蚕才刚刚开始，等到蚕丛王将纺织丝绸的方法传授给了众多部族，西陵氏也把缝制丝质衣服的技艺传授给蜀国广大妇女的时候，集市交易就会发生显著的变化了。王城中的手工作坊也开始增多了，以前已有了制作各类陶器的作坊，现在又增添了制作玉石器的作坊。陶器是生活用具，主要为民众所用，所以经常在集市上出售，或与其他物品进行交换。玉石器主要是祭祀用的，是蜀国举行祭祀活动的必需品，因为工艺与制作程序比较复杂，从采集玉石料，到琢磨成器，有一个过程，需要多人合作，所以就形成了玉石器作坊。制作好的玉石器都会交给蚕丛王，等到以后举行祭祀活动时献祭给神灵，不会像陶器那样进入集市。新近出现的还有冶炼作坊，主要负责将矿石冶炼后铸造成箭镞、刀矛之类的兵器，这也是由蚕丛王亲自掌控的，主要提供给蜀山氏族中的青壮年队伍使用。冶炼作坊也铸造一些斧、削、凿之类的工具，由蚕丛王交给柏灌使用，因为要督造大船，没有工具是不行的。

集市上还出现了几个小饭铺，有些远道前来王城交易的民众如果忘记了带干粮，到中午饿了渴了，就可以去小饭铺吃饭喝水，然后用一些物品作为饭资。这类小饭铺很受远道而来的人们的欢迎，渐渐地便成了一种兴旺的生意。还有酿酒，也出现了小型作坊。酿酒起源很早，早在黄帝和蚕丛爷爷的时代就有了酒。蜀山氏族人们还在岷江上游河谷居住的时候就已开始酿酒，据说这是蜀山氏和黄帝部落联姻之后才学会的，可能是从黄帝和嫘祖那儿传来的，总之蜀山氏族人也掌握了酿酒的方法。因为酿酒要用粮食，所以只有每年秋天收成比较好的时候，才会酿酒。在结盟建国的前夕，蚕丛王特意酿造了几罐好酒，和各部族首领们共饮庆贺。蜀山氏酿酒的美妙，使各部族首领们大为陶醉，由此对酒产生了浓厚的兴趣。后来很多部落都纷纷向蜀山氏族请教酿酒之法，蜀山氏族人对此当然不会保守，于是很多部落也都学会了酿酒。再后来，随着集市的兴旺，一些家庭式的小型酿酒作坊也就应运而生了。

蚕丛王豁达大度，对很多事情都采取了与众共享的态度，使得创建后的蜀国有了一个非常宽松的发展环境。由蜀山氏族传授给蜀国诸多部族的植桑养蚕、玉石器制作、采矿冶炼与铸造器物、酿酒之法等等，以及修建王城和随之出现的集市交易，对后来蜀国的发展和广大民众的生活产生了至为重要的影响。还有部族之间的联姻，随着各部族交往的增多，也明显增加了。蜀国民众不再受部落的局限，可以自由通婚，蚕丛王对此也给予了鼓励与倡导。联姻可以密切部族关系，通婚可以使民众融和，大家都和谐相处，其意义显然是非常深远的。蜀国由此而进入了兴旺发展之境，王城日渐繁荣，蜀山氏族更加强盛了，其他部族也不断壮大。

按照蚕丛王的谋划，创建蜀国后要做的很多事情都在按部就班地进行，一切都在蚕丛王的计划与掌控之中。但蚕丛王没有料到的是，这只是表面的风平浪静，部族之间的矛盾和阴谋，也正在暗中酝酿，窥测时机，一旦情形有变，就会突然爆发。后来发生的几件事情，便是蚕丛王始料未及的。

王城附近的江畔码头，也变得热闹起来。

自从蚕丛王在这里修筑王城之后，江畔就形成了码头。后来集市兴旺了，乘舟渡河前来集市的民众也增多了。现在这里又是修建大船的地方，蚕丛王调集了很多人手，交给柏灌指挥，建造大船。造船先要砍伐树木，要将树木搬运到河边，然后分工合作，进行建造。做这些活儿的都是蜀山氏族和斟灌族的青壮年男子，前来帮忙或看热闹的人也很多，还有送饭送水的妇女儿童，每天都往来不绝，熙熙攘攘，一幅分外热闹的景象。

柏灌受命于蚕丛王，负责督造大船，深知这是一件很重要的大事，因而全力以赴。柏灌可供调用的人力物力都没有问题，但柏灌没有造船的经验，对于准备建造的大船究竟是什么样子，如何去建造，并无先例可循。对于蜀山氏族和斟灌族的人们来说，都是第一次做这样的事情，不知如何着手才好。万事开头难，因为没有经验，所以只能凭想象，一边琢磨，一边进行。

柏灌很聪明，也很有见识，由滨水而居部族制作的独木舟，联想到了几种方法。第一个想法是寻找巨大的树木，砍伐后就可以制作成大舟了。但用一棵大树制成的大舟，虽然体型稍微大一些，但依然是舟，与蚕丛王希望做的大船还是有区别的。第二个想法是将两只或多只独木舟连接起来，做成并排连接的舟船，不就可以在大江航行了吗？第三个想法是将很多细长的圆木捆绑在一起，做成巨筏，在上面搭建船舱，是否也可以远航呢？这些想法使柏灌感到兴奋，柏灌先找了蚕武、蚕青商量此事，蚕武、蚕青对此也毫无经验，觉得可以试试。柏灌又找了几位部族中的年长者征询意见，也都认为不妨一试。柏灌经过一番斟酌，于是便将这几个想法都付诸实施。那段时间，蚕丛王正在忙其他一些大事，柏灌想把几种设想的舟船和巨筏制造出来后，再请蚕丛王指导。

制造舟船与巨筏有一个较长的过程，这个时候柏灌想到了擅长驾舟捕鱼的鱼凫，觉得应该去拜访和咨询一下鱼凫，看看鱼凫对造船有没有更好的主意。柏灌骑了马，带了几名随从，离开王城码头，前往鱼凫部落。这是柏灌第一次拜访鱼凫，走了很久，绕了一段路，这才来到了鱼凫部落。

鱼凫自从参加结盟后，看到了蚕丛王在众多部落首领心目中的威望，心中很是感慨。鱼凫觉得，濮君想和蚕丛王争夺盟主之位，显然是很不明智的。幸好自己没有听从濮山、濮岭两位妻兄的鼓动，没有拥戴濮君，而是选择了追随蚕丛王。这是大势所趋，如果选择错了，那就被动了。鱼凫当时略作权衡，就做出了正确的选择。鱼凫回到自己的部落不久便被蚕丛王选作了大臣，觉得很庆幸，也很高兴。鱼凫知道，蚕丛王接下来就要为长子蚕武娶亲了，于是开始为妹妹鱼雁出嫁做准备。鱼凫同时还准备仿照王城和蜀国其他部族的样子，也在江畔修筑一座土城，这样既可以防备水患，又可以改善部落的居住环境，何乐而不为呢？鱼凫自从结识和追随了蚕丛王，便学到了很多东西，真的是受益匪浅。关于蚕丛王要造船的事情，鱼凫也听说了。这时柏灌前来拜访，鱼凫得知后，立即出来迎接，给予了盛情款待。

鱼凫对柏灌说：欢迎你啊，大驾光临，真是高兴！

柏灌说：以前我们来往较少，现在结盟了，都是蜀国部属，自然是要多走动才好。

鱼凫客气地说：是啊，是啊，多走动，关系才亲密嘛。

柏灌说：这次特地前来拜望，主要是有事要向兄长请教。

鱼凫说：请教不敢当，有什么事需要我出力帮忙的，尽管说！

柏灌见鱼凫态度如此诚恳，心里很是高兴，便把蚕丛王委派他督造大船的事说了。柏灌揖手说：鱼凫兄擅长驾舟捕鱼，深识水性，经验丰富，多年来名闻江湖，还望多多指教！

鱼凫略作沉吟，面露笑容说：柏灌兄过奖了，驾舟捕鱼何足挂齿，对于造船我也是没有经验的。鱼凫这样说，当然也是实话。鱼凫的另一层深意，则是因为不明白蚕丛王造船的真正目的是什么，故而要以退为进，想通过柏灌来打探和了解蚕丛王的计划与意图。

柏灌心地单纯，对鱼凫的复杂心思毫无觉察，只看到鱼凫的谦虚，便推诚相见说：兄长不必客气，一定要多赐教才好。

鱼凫笑道：你我如同兄弟，哪里用得着客气！只是不知道究竟要造什么样的船，才能达到蚕丛王的要求？柏灌如实说：蚕丛王下令要造大船，但究竟是什么样的大船，蚕丛王也没有详说，反正是要能够顺江远航，应该是能够乘坐多人和运载较多东西的大船吧。

鱼凫说：远航的目的是什么啊？

柏灌说：自然是为了和远方的邦国交往了。

鱼凫哦了一声，笑道：原来是这样啊，好啊，好啊！

柏灌见鱼凫对蚕丛王的计划赞赏有加，也笑道：是啊！蚕丛王远见卓识，谋划深远，造船这件事情我们一定要做好才行。

鱼凫点头说：那是当然，受命于王，当然是要忠于王事了，这是我们做臣属应该效力的嘛。柏灌见鱼凫说得诚恳，对鱼凫也就更为信任了。

鱼凫设宴款待柏灌，菜肴很丰盛，有多种河鲜和野味。每年秋天，都是捕鱼和打猎的好季节。鱼凫长于射猎，又喜欢驾舟捕鱼，近来收获甚丰，所以筵席也就格外丰盛。鱼凫让两位弟弟鱼鹊、鱼鸦也来陪同柏灌，又拿出了新酿造的酒，与柏灌共饮。酒在当时，尚是稀有之物。这是鱼凫向蚕丛氏族人学习了酿酒之法后，在自己部落里尝试着酿造的酒，虽然酒味不如蚕丛王结盟时和诸多部族首领共饮的酒那么醇美，但毕竟是鱼凫自己酿造的酒，自我感觉特好。鱼凫自从学会酿酒之后，就喜欢上了酒，经常饮用，为之陶醉。每逢宴会之类，当然更要以酒助兴了。鱼凫用酒相待，表达了对柏灌的热情，对柏灌的几名随从也招待得很周到，柏灌对鱼凫的好客倍有好感，关系一下亲近了许多。

饮了酒，吃着丰盛的筵席，话语也就随之多了起来。在聊天中，柏灌将自己督造大船的几种想法都告诉了鱼凫。柏灌虽然聪明过人，却阅历尚浅，毫无城府，因为出于对鱼凫的信任，所以毫无保留地坦诚相告。

鱼凫听了，一边连连点头表示赞同，一边却由此事联想到了蚕丛王对柏灌的倚重，心中的感受随之变得有点复杂。鱼凫觉得，蚕丛王结盟建国之后，任命的大臣有好几位，最信任和最为倚重的要数柏灌了。将来柏灌部族很可能会因之而更加强大起来，这对鱼凫部族虽然不会构成什么威胁，但鱼凫内心深处却隐隐地感到了一种压力。鱼凫的性格，历来争强好胜，不愿落人之后，故而有此感受，也是自然。不过鱼凫比较老到，决不会将内心的复杂思绪表露出来，满脸仍是热情的笑容。相对单纯的柏灌，对此自然毫无觉察。

　　鱼凫也没有造过大船，对建大船提不出什么建议，只是说了驾船离不开桨和橹，将来如何使用驾船工具也是非常重要的。柏灌听了，觉得很有收获，因而分外高兴。两人饮酒聊天，气氛融洽，相聚甚欢。筵席一直到夜里才散，柏灌当夜便留住在了鱼凫的部落中。

　　第二天，鱼凫又邀请柏灌一起前往河畔，让柏灌体验了一番驾舟捕鱼的乐趣。驾舟果然是要技巧的，同样是桨，柏灌划动时显得很笨拙，鱼凫使用起来就得心应手。柏灌还看到了鱼凫用箭射鱼，百发百中，令人叹为观止。捕鱼可以用网，可以用钓钩，也可以用箭。柏灌先前只知道鱼凫善于驾舟捕鱼，现在目睹了，才知道鱼凫还是一位射箭高手。

　　从河畔返回鱼凫部落后，柏灌还得知了鱼凫正在为妹妹鱼雁出嫁做准备。很可能秋收之后，蚕丛王就要为蚕武举行婚礼，迎娶鱼雁了。将来柏灌迎娶了蚕蕾，这样三个部族通过联姻便都成了亲戚。从酒宴晤谈，到驾舟射鱼，到鱼凫部落正在筹备的嫁妆，这些都给柏灌留下了深刻印象。

　　当天下午，柏灌带着随从，向鱼凫告辞，返回了王城。

　　鱼凫送走柏灌后，很想去拜见一下蚕丛王。理由当然很多，譬如和蚕丛王商量一下为蚕武与鱼雁举行婚礼的事，又比如当面向蚕丛王征询一下如何修筑土城，听听蚕丛王的意见。而不便言明的一个更重要的原因，则是想以此来增进和蚕丛王的接触，获得蚕丛王更多的信任和倚重。如果真正达到了这个目的，鱼凫将来在蜀国的地位就会名列前茅、非同一般了。但鱼凫又有点犹豫，因为蚕丛王是一位很有谋略和眼光的非凡人物，而且蚕丛王能够沟通诸神、洞察一切，一旦让蚕丛王看穿了自己的心思，岂不弄巧成拙吗？这样一想，鱼凫便暂时放弃了这个想法。

　　这时濮山派人来见鱼凫，邀请鱼凫前去做客，说是有要事相商。鱼凫问来者，是什么要事？来人并不清楚，说只有见了濮山才知道。鱼凫与濮山和濮岭两位妻兄平常来往较少，这时突然派人来请，定有原因。鱼凫暗自猜想，濮山一定是有什么目的才会请客，联想到了蚕丛王邀请诸多部族首领参加盛大祭祀活动、结盟建国时候的情景，濮山和濮岭曾想推举濮君做盟主，结果却是愿望落空了。濮君与濮山、濮岭父子虽然在结盟中从众随了大流，但神态透露，他们是于心不甘的。濮山所谓的要事是否与此有关呢？不过，此事已经过去一段时间了，结盟建国大局已定，也许濮山要谈的是其他什么事情吧。

　　鱼凫琢磨了一番，一时也猜不透濮山请客的用意，不知这位妻兄究竟要商谈什么。因为是亲戚，请客当然是要去的，鱼凫便答应来者，接受了邀请。

　　鱼凫挑选了几位随从，准备了礼物，准备赴会。出发前，鱼凫特地嘱咐两位弟弟鱼鹊、鱼鸦负责部族中的一些事情。其中很重要的一件事情，就是在部族中组织一批青壮年，仿照蜀山氏部族的做法建立起一支队伍，配备了弓箭等武器，利用空闲时间进行训练。这在鱼凫参加结盟大会回来之后就开始进行了。自从结识和追随蚕丛王以来，鱼凫学会了很多东西，比如结盟、练兵、酿酒，又比如植桑养蚕、筑城而居，等等。这些都是新鲜事物，使部族生活增添了很多新的内容，为部族带来了活力。鱼凫觉得，蚕丛王真是一位了不起的人物，对蚕丛王不能不生敬佩。特别是蚕丛王通过结盟创建了蜀国，鱼凫越来越觉得是个了不起的谋划，蚕丛王作为蜀国的开创者，身居盟主与蜀王之位，确实是众望所归、顺理成章的事情。因为有了这些体会，鱼凫的很多想法都和以前不同了，发生了明显的变化。

　　鱼凫带着随从，骑马来到了濮山的部落。濮岭已经先来了，和濮山一起迎接鱼凫。鱼凫向两位妻兄赠送了礼物，濮山和濮岭都很高兴。

　　濮山设了筵席，款待鱼凫。鱼凫还带来了部落酿造的酒，和两位妻兄共饮。酒过三巡，濮山屏退了侍从，房里只剩下他们三人。濮山对鱼凫说：有一件大事，要和你一起商量。

鱼凫哦了一声，有点好奇地问：是什么大事？请兄长明示。

濮山注视着鱼凫说：上次蚕丛邀请我们去参加祭祀，结果都中了他的圈套。他凭什么要当盟主呢？凭资历，凭影响，都应该是我们濮族执掌牛耳，由我们父亲来担当盟主才对。

濮岭接话说：是啊，蜀山氏迁徙至此，如果不是我们接济他们粮食和谷种，他们恐怕全都饿死了！他们凭什么喧宾夺主啊？

鱼凫看着两位妻兄，见他们如此牢骚满腹，不能赞同，也不便劝说，只有故作不解，沉默不语。

濮山接着说：我们濮族人多势众，岂能听凭他们外来的人发号施令？！

濮岭也有点愤然地说：是啊，凭什么让蚕丛来指手画脚？！

鱼凫心想，因为濮君没有当到盟主，两位妻兄如果仅仅是发发牢骚也就罢了，但敏感到事情恐怕不会这么简单。果不其然，濮山这时注视着鱼凫，话锋一转，直言不讳地说：我们想联合起来，夺回盟主之位，你以为如何？濮岭也是一副直截了当的样子，眼睛盯着鱼凫。

鱼凫有点惊讶，觉得两位妻兄的胆子真是太大了。凭他们的才干与力量，想从蚕丛王手中夺取盟主之位，谈何容易。更何况结盟建国，已成定局，蚕丛王已赢得了诸多部族的拥戴。濮族当时也参加了结盟，如果发难，就是反叛了，蚕丛王可以联合各部族的力量来讨伐，那就真的麻烦大了。

濮山催促道：你意下如何？请坦言吧。濮岭也说：是啊，说说你的意见。

鱼凫想了想说：我从没有想过此事，真不知说什么好。

濮岭说：就说说你的想法和态度。濮山说：找你来，就是要和你一起筹划嘛。

鱼凫不动声色地看着两位妻兄，坦然一笑说：此事关系重大，岳父大人是怎么说的？有没有什么谋划？

濮山说：这事要我们先商量好了，再禀告父亲。濮岭说：父亲担当盟主，那是再合适不过了，定会赞同。

鱼凫说：对于这样大的一件事情，还是要先听听岳父大人怎么说才好。

濮山说：我知道父亲的想法，当然是要我们先商量好了再说。现在我们就想知道你的意见。

鱼凫笑笑说：我这个人比较笨，除了打猎射鱼，做不了什么大事。前些日子去参加蚕丛王的结盟建国，大家都歃血盟誓了。如果要重新推举岳父大人担当盟主，当然是一件大好事，但也必须要有充足的理由和把握才行。蚕丛王是个能够通神的很不简单的人物，和岳父大人又是朋友，所以此事一定要从长计议才好。

鱼凫说得很委婉，但意思还是比较明确的。

濮山听出了鱼凫话中的劝阻之意，略作沉吟，对鱼凫质问道：你是因为要将妹妹鱼雁嫁给蚕丛的儿子，才这样说的吧？蚕丛算什么？不过是一个从岷江河谷里迁徙出来的部落酋长罢了，怎么能和我们濮族相比！如果他让我们父亲担任盟主也就罢了，否则我们就要将他赶回岷江河谷去！

濮岭也火上浇油地说：是啊，这里本来就是我们濮族的地盘嘛，当然是应该我们说了算！又挤兑鱼凫说：你是我们濮族的女婿，总不会去追随蚕丛吧？

鱼凫哈哈一笑，端起陶杯说：言重了，言重了，喝酒，喝酒！

濮山和濮岭邀请鱼凫前来聚会，就是想联合鱼凫的力量一起对付蚕丛王，下一步就是继续联络其他小部落，形成一个以濮族为首的阵营，与蚕丛王相抗衡，并夺取盟主之位。濮族是个大部族，人口多，分布广，过去很多小部落都是附属于濮族，唯濮君马首是瞻的。自从蚕丛王迁徙出来，又联合诸多部族结盟建国，情形才发生了根本性的变化。濮山和濮岭对此愤愤不已，参加结盟回来后就开始暗中谋划，觉得只要联合了鱼凫和其他小部落，事情就好办了。一旦力量强大了，必要的时候，就攻取王城，将蚕丛王与蜀山氏部族赶回岷江上游河谷去。这些都是濮山与濮岭一厢情愿的想法，对其中的要害环节与可能导致的结果都设想得比较简单。此时对鱼凫的话也未做深究，只要鱼凫能和他们站在一起，相互联合就好了。所以他们很在意鱼凫的态度，见鱼凫笑着劝酒，也就端起陶杯，和鱼凫碰杯痛饮。

经过交谈，鱼凫已经明白了两位妻兄的意图。

鱼凫对此没有表示赞同，也没有明确反对。鱼凫知道，这两位莽撞的妻兄都野心勃勃，很可能是要将他们的企图付诸行动的。但要从蚕丛王手中夺取盟主之位，岂是一件容易的事情！且不说蚕丛王的智谋与才干，就是蜀山氏族的力量也明显要比濮族强大，再加上诸多部族对蚕丛王的敬佩与追随，两位妻兄哪里有一点胜算呢？鱼凫出于本能和直觉，很自然地预感到了此事的危险性。事情明摆着，两位妻兄的图谋一旦公开了，濮族与蚕丛王的关系就会发生变化，甚至会发生争战，那就会由原先的朋友而变成敌人了。就凭两位妻兄的本事，怎么能战胜蚕丛王呢？要知道，蚕丛王可是一位非同凡俗的英雄啊！

鱼凫这样想着，心中不免暗自担忧，却又碍于情面，不便继续劝阻两位妻兄。鱼凫一边饮酒，一边又想，世事难料，谋事在人成事在天，只有先顺应着，且看以后的变化再说吧。鱼凫态度暧昧，模棱两可，不断热情劝酒。这也正是鱼凫的机敏之处，酒饮多了，渐渐地大家便都有了醉意，也就换了话题。

濮山和濮岭并不了解鱼凫的真实心思，却以为和鱼凫达成了共识，组成了一个反对蚕丛王的阵营。濮山和濮岭以为，只要濮族与鱼凫族联合起来，再联合一些其他小部族，要击败蚕丛王就不在话下了。这当然是很幼稚的想法，但濮山和濮岭却为之而充满了激情和信心。

宴会一直进行到深夜，三人都醉卧于榻。

第二天，鱼凫告辞，带了随从，骑马返回了自己的部落。

第七章

蚕丛王来到王城附近的河畔码头，视察柏灌督造大船的进展。

柏灌陪侍着蚕丛王，看了一些已经造好的舟船与巨筏。这些巨筏与舟船虽然与想象中的大船有出入，但蚕丛王还是深感高兴。因为没有先例，柏灌能够督造出多种形态的船筏，已足以说明柏灌的能干，也充分显示了柏灌的聪明。巨筏采用长木与坚韧的藤条绳索捆绑而成，并在多处用横木做了加固，巨筏上已安置了长橹，正在搭建船舱。用两只或两只以上的巨型独木舟并联而成的舟船，也已督造了几艘，配备了船桨、长篙、纤绳。这些舟船便于驾驶，无论顺流而下或逆流而上都比较快捷，即使遇到较大的风浪，也不会颠覆。不足之处是船舱较小，载人较少，也运载不了多少东西。

蚕丛王一边观看，一边频频颔首，连声称赞。蚕丛王对柏灌说：有了这些舟船，以后就可以驾船远行了！但还要多造一些才行，要弄成一个队伍。柏灌听了，很是兴奋，觉得蚕丛王所言，使人眼界大开，舟船虽小，数量多了，载人也就多了，这样就真的可以实现驾船远行和其他邦国交往的宏大目标了。柏灌问道：要造多少才好呢？蚕丛王说：当然是多多益善了，先造他几十艘再说吧。柏灌说：好啊，现在人手多，树木也多，多造舟船不成问题！蚕丛王高兴地说：好，有劳你啦！

柏灌向蚕丛王说起了去拜访鱼凫的情形，说听取了鱼凫的建议，对如何驾驶舟船很有用处。蚕丛王点头说：你能多方请教，集思广益，确实很好。随即问起了鱼凫部落的近况。柏灌说了鱼凫的热情好客，说到了鱼凫的驾舟射鱼，也说到了鱼凫正在为妹妹鱼雁准备嫁妆。

蚕丛王哦了一声，有点兴奋地说：好啊，这场婚礼早该办啦，因为一些大事情而拖了下来。如今大局已定，诸事顺利，原想秋收之后，就要为蚕武举行婚礼的，现在鱼凫也在准备，可谓不谋而合啊，好啊！蚕丛王又微笑着对柏灌说：等蚕武娶了鱼雁，再过一年，就要操办你和蚕蕾的婚事了。

柏灌知道蚕丛王早晚都惦记着这件事情，心中很是欢喜，便也笑着嗯了一声。

蚕丛王视察了造好的舟船，还和柏灌一起登上一艘，在河中航行了一下，利用摇橹或划桨，行驶起来还是比较灵活和快捷的。但巨筏就比较笨重了，需要多人协同驾驭，在宽阔的河道中还好办，如果遇到狭窄的江湾与险滩，就比较麻烦了，可能会有较大的风险。蚕丛心想，还是多造一些舟船吧，如果有了几十艘，就可以组成一个真正的船队，然后就可以正式派人远航了。按照现在柏灌督造舟船的速度，蚕丛预计明年就能实行这个计划了。而目前正好着手办理其他几件重要事情，其中最重要的一件当然就是大儿子蚕武的婚事了。

蚕丛王骑马回到王城，在王宫中见了西陵氏，说到了蚕武的婚事。

西陵氏自从结盟建国之后，便成了蜀国的王后。蜀国的大事，都由蚕丛王操心，但西陵氏也并未闲着，除了操持王宫中的事务，还有很多事情也尽力而为，为蚕丛王分担了很多忧劳。譬如蜀国的植桑养蚕，就是由蚕丛王和西陵氏一起来大力倡导的。后来，西陵氏还向蜀国很多部族的妇女传授了纺织丝绸的技艺。对两个儿子与女儿的婚嫁，也是西陵氏最为关心的大事情。

西陵氏此时见蚕丛王和她商量大儿子蚕武的婚事，心中大为高兴，面露喜色，微笑着说：好啊！儿子大了，是该成家立业啦。当初我们尚未迁徙出来的时候，就在准备了，现在是真的到了为儿子操办婚礼的时候了。想了想，又问道：你准备怎样来办这场婚事呢？

蚕丛王说：这正是我要和你商量的，现在鱼凫是蜀国的大臣，蚕武要迎娶鱼凫的妹妹鱼雁为妻，这场婚事当然是要操办得热闹体面才好。这不单纯是儿子的终身大事，也与我们王族的身份地位有关，也要使鱼凫族人感到荣耀。所以，我们一定要好好筹划准备一下。

西陵氏说：要将婚礼办得热闹体面，当然是要大宴宾客了。好在今年丰收了，牛羊的数量也增加了，宴客是不成问题的，只需多酿制些美酒就好了。还有对迎亲的队伍，也要好好安排一下，弄得隆重一点。

蚕丛王点头说：所言甚是，就按你说的准备吧。还要为蚕武准备一下新房。

西陵氏说：此外还要为蚕武缝制新衣呢，这些都很重要，我们抓紧准备吧。

蚕丛王和西陵氏又商量了一下其中的一些环节和细节，比如典礼如何进行，筵席在王宫中如何摆设，迎亲队伍要多少人组成比较合适，等等。为长子蚕武娶亲，是蜀山氏族的一件重要喜事，族人们都为之高兴。此事也是蜀国的一件大事，消息很快传了出去，很多部族都知道了，准备为之庆贺。

蚕武因为就要娶妻成家了，本人也是格外兴奋。氏族中那些自小一起长大的伙伴，见到蚕武便向他祝贺，有的同伴还向他询问即将迎娶过门的新娘漂亮不漂亮，问得蚕武很不好意思，伙伴们便哈哈地笑起来。弟弟蚕青和妹妹蚕蕾也特别操心蚕武的婚事，届时蚕青要陪伴蚕武带着队伍一起去迎亲。蚕蕾和母亲西陵氏已经开始为蚕武缝制新衣，选用了最好的丝绸，准备缝制几套，等新衣做好了还要绣上喜庆的图案。蚕蕾在为哥哥缝制新衣的时候，自然而然地联想到了自己和柏灌的婚事，再过一年或两年，自己也要成婚了，心跳便有些加快，满面春色。西陵氏看出了女儿的心事，随口说：蕾儿啊，等武儿成亲了，明年就要为你出嫁做准备啦。蚕蕾瞟了母亲一样，脸上红润得像初春的桃花，不好意思地说，阿妈，我还小呢。西陵氏微笑道，你已经是大姑娘啦，和柏灌定亲已久，也应该完婚了。等到明年吧，你父王会为你们做出安排的。蚕蕾听母亲这么说，嘴上虽然含含糊糊地说自己还小，内心却很高兴。母女两人就这样亲热地聊着，王宫中喜气洋洋，充满了欢快。

蚕丛王一边为长子蚕武的婚事做精心准备，一边继续为蜀国的一些长远大事进行谋划。蚕丛王派出了使者，前往鱼凫部落，向鱼凫通报了迎娶鱼雁的筹备与大概日期。鱼凫盛情款待使者，对蚕丛王的一切安排都深表赞同。使者回到王城，向蚕丛王做了禀报。蚕丛王很高兴，既然鱼凫同意了，娶亲的日期也就定了下来。此后，紧接着就是婚礼的操办了。为了排场热闹，蚕丛王准备届时邀请诸多部落首领都到王城来参加蚕武迎娶鱼雁的盛大婚礼。

消息很快传播出去，诸多部族很快都知道了这一喜讯。

蜀王长子大婚在即，蜀国的民众都为之而喜气洋洋。

濮君与两个儿子濮山、濮岭也都得知了这一消息。

濮山与濮岭认为这是一个绝好的机会，可以利用蚕丛王在王城为儿子大摆婚宴的机会，联合一些部落，出其不意，抢先发难，逼迫蚕丛王让出盟主之位。如果蚕丛王不答应，那就使用武力夺取王城。濮山与濮岭为之蓄谋已久，曾联络鱼凫商量过此事。现在有了一个难得的可以充分利用的机会，两人更是为之感到兴奋，暗中紧锣密鼓地准备。

濮君毕竟年长，作为濮族的老酋长，阅历丰富，见多识广，与两个儿子的见识与想法都有很大的不同。濮君对于蚕丛王倡导的结盟建国，从心里来讲是并不怎么赞成的，却又有点无可奈何。当初濮君应蚕丛王邀请，约了两个儿子一起参加蚕丛王主持的盛大祭祀活动时，正是迫于无奈，而随大流参与了歃血结盟。那次从王城回来之后，两个儿子就大发牢骚，认为不该推举蚕丛王为盟主。濮君的情绪自然也大受影响，感到这次结盟建国，蚕丛王和蜀山氏族成了最大的受益者，人数众多占地广阔的濮族反而屈居于后，心里就大为不快，有点憋屈，甚至有些愤怒。正因为有了这种闷闷不乐与愤愤的心态，所以当两个儿子暗中谋划要反对蚕丛王，重新夺取盟主与蜀王之位的时候，濮君虽然没有明确表态支持，却也没有反对，而是采取了放任的态度。不过，濮君对于蚕丛王的才略还是有所了解的，因而深知此事的难度，要反对蚕丛王绝不是一件好事情，要夺取盟主与蜀王之位又谈何容易，弄不好会两败俱伤，带来很严重的后果。总之结局如何，难以说清，也无法预料。这也正是濮君有所顾忌的地方，并因之而有了一些担忧。

濮山与濮岭一心要夺取盟主与蜀王之位，为此又让濮岭面见了鱼凫一次，濮山则暗中联络了彭族。濮山和彭族首领彭公做了一次密谈，许诺如果彭公支持濮族获取盟主之位，待事成之后，将挑选十名濮族的美女赠送彭公为侍妾，同时还要赠送彭公牛羊和美玉。在现在蜀国的范围内，彭族和斟灌族等，都是较大的部族。濮山和濮岭在密谋过程中，曾对暗中要联络哪些部族进行过策划。因为斟灌族现在的年轻首领柏灌与蚕丛王关系密切，是蚕丛王的心腹，不便联系。而彭族与濮族的关系，历来友好，算是世交了，自然成了重要的联络对象。

濮山对彭公说：你知道，我们濮族的美女，可是天下闻名的。

彭公笑道：是啊，早有所闻，可惜无此艳福，不得享用。

濮山说：你若喜欢，我想挑选十位绝色美女送你，意下如何？

彭公喜笑颜开地说：你开玩笑吗，为何要用美色诱惑我？

濮山说：我是当真的。当然也是有交换条件的，你要和我们濮族结成同盟才行。

彭公含笑说：好啊，结成同盟，这有何难！有福同享嘛！

濮山又说：只要你支持濮族，和我们结盟，我们还要送你美玉与牛羊呢。

彭公高兴地笑着说：有这样的好事，何乐而不为呢？多谢美意，一言为定！

濮山也笑道：好，一言为定！

濮山知道彭公喜欢女色与财宝，因而开门见山，投其所好，用美女与财富诱惑、拉拢彭公结成同盟。不出所料，彭公果然大为心动。彭公心想，反正谁当盟主与蜀王都一样，关键是要自己从中获得实惠与好处。更何况，彭族和濮族历来友好，濮山的提议实在是太诱人了。至于彭族与蚕丛王的关系，过去往来较少，属于泛泛而交，在彭公的心目中并未给予足够的重视，故而也就懒得去考虑其中的利害关系。于是彭公和濮山一拍即合，一口答应了支持濮族的行动。晤面之后，濮山回到部落，很快给彭公送去了几位妙龄美女，赢得了彭公的欢心，由此而结成了相互利用的死党。

濮岭出面和鱼凫也再次做了密谈。因为郎舅之亲的关系，濮岭竭力拉拢鱼凫，希望鱼凫一定要站在岳父这边。

鱼凫说：我好久没去看岳父大人了，我一定要抽空去看望才好。

濮岭说：父亲倒是一直挂念着你呢，希望你与我们患难与共。

鱼凫微笑着说：岳父大人的事，当然也就是我们晚辈的事嘛。

濮岭说：那我们就约定啦，听从父亲命令，到时一起行动啊。

鱼凫含糊其辞地嗯了一声。鱼凫不傻，当然知道濮岭的意图与所谓行动的含义，而且深知此事可能会带来的许多严重后果。但鱼凫对此并未表示反对，当然也没有答应或表示赞同，仍然是虚与应酬，一副模棱两可的态度。

濮岭却误以为获得了鱼凫的默许。女婿哪有不支持岳父的？这本来就是天经地义的事。尽管鱼凫要将妹妹嫁给蚕丛王的儿子，但鱼凫毕竟是濮君的女婿啊。常言道，女婿是娇客，不管怎么说，鱼凫也算是濮君的半个儿子了，鱼凫的几个儿子身上都流淌着濮族的一半血缘呢。更何况，濮君历来待鱼凫不薄，如今关键时刻，鱼凫岂会不站在濮君这边？

濮山和濮岭碰头后，说了相互密谈的情况，觉得只要濮族与彭族、鱼凫部落联手行动，要推翻蚕丛王易如反掌。濮山与濮岭为之信心倍增，摩拳擦掌，在各自的部落中挑选了一批心腹之士，配备了刀矛弓箭，组成了武装队伍，只等时机来临，就要举事了。

当濮君得知濮山与濮岭的密谋之后，觉得两个儿子的想法未免太简单太幼稚了。要反对已成为蜀国君主的蚕丛王，甚至不惜采用武力夺取盟主与蜀王之位，究竟有多少胜算呢？濮君虽然觉得两个儿子的做法过于冒险，感到大为不妥，但濮君的性格比较优柔，遇事迟疑不决，因为心态比较矛盾，所以并未及时阻止濮山与濮岭的暗中策划与联络准备。

一方面是濮君的犹豫，一方面是濮山与濮岭迅速膨胀的野心，终于导致了事变的发生。但其结果，却完全出乎了濮君父子的预料。

鱼凫面临着一个极其重要的难关，必须做出抉择。

鱼凫为此反复掂量，独自斟酌。一边是岳父为首的濮族，一边是即将联姻的蚕丛王与蜀族，暗中已形成两个阵营，如果发生争战，究竟站在哪边才好呢？

妹妹鱼雁出嫁的日子越来越临近了。鱼凫有点彷徨，届时妻兄濮山和濮岭如果真的要借机发难的话，自己应该站在哪边？究竟怎么办才好啊？鱼凫想来想去，仍然迟疑难决。如果反对岳父，有违人伦，那是大逆不道。但若要反对蚕丛王，那就违背了歃血结盟时的誓言，属于反叛行为，就成了蚕丛王的敌人。如果支持岳父呢，这不仅毁了妹妹鱼雁与蚕武的婚姻，一旦失手，还将遭到蚕丛王的讨伐，结果如何，吉凶难卜。鱼凫思量了许久，对此深感为难，难以决断，只有每天饮酒，将自己喝得醉醺醺的，然后拿着弓箭，去河边射鱼，或去林中射鸟，或者坐在岸边望着奔泻的河水沉思发呆。

这天中午，突然从王城来了一位使者到部落，面见鱼凫，说蚕丛王请他去王城有要事相商。鱼凫听了，心中有点惊讶，难道蚕丛王已察觉了濮山兄弟的密谋吗？否则为什么要突然召唤他去王城呢？鱼凫一下联想到了蚕丛王天生异禀的传说，蚕丛王能纵目远视千里，能耳听八方，还能够沟通天地诸神，无论什么事情都瞒不过蚕丛王。鱼凫揣测，蚕丛王一定是有所察觉了，所以才派人召他啊，这么一想，鱼凫心中便隐隐地感到不安，甚至有点害怕起来。

鱼凫毕竟是一位善于随机应变之人，略一思索，便做出了决定。既然蚕丛王派人来请了，必须立即赴召。反正目前阴谋尚未暴露，等见了蚕丛王再拿主意吧。鱼凫当即骑了马，带了几位彪悍敏捷的心腹侍从，随同使者去了王城。

蚕丛王正在王宫中和柏灌商谈一些事情，得知鱼凫来了，立即传令召见。柏灌因为还有事情需要去办理，便先告辞了。

鱼凫随着使者，匆匆走进王宫，去面见蚕丛王。鱼凫看到王宫中布置一新，有许多侍卫，都是蜀山氏族中的精壮汉子，正在忙碌。这使得鱼凫有点紧张，心理上立刻有了一种无形的压力。

蚕丛王此时坐在王宫大殿的王座上，正在等他。在王座下首，还摆放了几个座位，那是为大臣们前来议事准备的。鱼凫进了王宫大殿，因为心中有事，一接触到蚕丛王那双睿智而富有穿透力的目光，便有点紧张起来。鱼凫掩饰着心中的忐忑不安，赶紧走到王座前，向蚕丛王躬身揖手施礼。

蚕丛王看着走进来的鱼凫，一边挥手让座，一边说：你这么快就到了，好啊。

鱼凫小心翼翼地说：大王召见，小子鱼凫立即就赶来了。

蚕丛王注意到了鱼凫的微妙神态，微笑道：再有几天，就要给武儿和鱼雁举办婚礼了，特地请你来，有些事情，要当面商量一下。

鱼凫嗯了一声，抬起眼来，小心地观察着蚕丛王的神情，觉得蚕丛王说话很客气，笑容也很亲切，表面和颜悦色，但锐利而又深邃的目光中却含着威严。鱼凫赶紧点了点头，又谦恭地说：大王有什么事情，尽管吩咐，我都听大王的。

蚕丛王加重语气说：婚礼举办在即，请的客人很多，你看有什么要注意的吗？

鱼凫心中不由一凛，心想蚕丛王果然厉害，一下就问在了要害上。鱼凫心跳顿时加速，不由得有点发慌。鱼凫转而又想，蚕丛王问得如此含蓄，难道是在有意考验他吗？自己又应该怎样回答才好呢？是和盘托出，还是有所保留？鱼凫克制着心中的紧张，又试探地问道：大王说的注意，是指什么？

蚕丛王郑重地说：到时候，客人多，场面大，婚礼会很热闹。我已经做好了妥善的安排，但总会有考虑不周之处，所以想听听你的意见。

鱼凫琢磨着蚕丛王刚才的话，觉得蚕丛王所谓妥善安排，显然是已有防备。刚才看到那些进进出出的彪壮侍卫们，就给了鱼凫一个明显的警示。鱼凫揣测，蚕丛王肯定是有所察觉了，所以才这样问他吧。但蚕丛王说得依然很含蓄，并未指责鱼凫，而要鱼凫自己讲出来。这正是蚕丛王的厉害之处啊！

鱼凫暗自掂量着蚕丛王的话，自己在心里这么一分析，就觉得不说不行了。既然蚕丛王给自己留了面子，还要继续和自己联姻，隆重举办蚕武和鱼雁的婚礼，自己怎么能不站在蚕丛王一边呢？更何况，无论从大局权衡，或是从双方实力、本事能耐、天时地利等诸多方面考虑，蚕丛王都是稳操胜券的，濮氏父子岂是蚕丛王的对手？假如发生争战，蚕丛王可以号召各部族群起而讨伐之，濮氏必败无疑，弄不好还会招致灭门之祸呢。

这时有一名王宫侍卫进来，快步走到蚕丛王身边，低声禀报了几句什么。蚕丛王点头示意，侍卫又匆匆而去。这一细节，也是巧合，与蚕丛王和鱼凫的晤谈并无关联，却使得坐在侧面的鱼凫越发感到了紧张。

鱼凫此时越想越怕，权衡利害，知道自己除了追随和忠于蚕丛王，已别无选择。鱼凫拿定了主意，便不再犹豫了，当即离座拜伏在蚕丛王面前说：有一件事情，在下要禀报大王。

蚕丛王早已注意到了鱼凫的微妙神态，此时见鱼凫有点举止失常，突然拜伏于地，颇为疑讶。蚕丛王猜想，鱼凫必有什么重要大事，才会这样吧？便不动声色地问道：是什么事情，你且说来。蚕丛王的神态亲切如常，但目光和声音中都透着威严，双目利剑一般注视着鱼凫。

鱼凫低声说：在下两位妻兄，可能有所图谋，所以要禀告大王。

蚕丛王哦了一声，立即敏感到了此事的非同寻常。

蚕丛王目光炯炯地看着鱼凫说：你先请起来，坐下说话。待鱼凫起来在侧面座位上重新坐下了，蚕丛王又从容问道：是何图谋？把你所知，都告诉我吧。

鱼凫在蚕丛王那双威严犀利的目光注视下，不敢隐瞒，将濮山与濮岭的暗中谋划，都告诉了蚕丛王。

蚕丛王听了，越发感到了事态的严重，问道：他们谋划有多久了？

鱼凫小心翼翼地说：都是最近的事，就在不久之前，我也是才获悉。

蚕丛王又问：濮君也参与此事的谋划了吗？

鱼凫说：岳父大人好像并未参与，这都是两位妻兄的主意。

蚕丛王哦了一声，双目如剑，逼视着鱼凫，问道：这么说，濮君并不知情？

鱼凫小心地说：我最近没见过岳父大人，很可能他们是瞒着岳父大人的。

蚕丛王略作沉吟，觉得濮君岂能不知道两个儿子的谋划。

蚕丛王又问道：他们如此谋划，是想得到什么呢？

鱼凫说：他们对盟主之位可能有非分之想吧，故而两人不自量力，有此图谋。

蚕丛王听了，昂首笑道：结盟建国，本来是一件堂堂正正的大事情。前些时大家歃血结盟，他们和诸多部族也都一起参加了的嘛，众人都饮了血酒，立下了盟誓。当时我已经向诸位首领推诚坦言，把话说得很清楚，盟主与蜀王之位，天下有德者居之，哪里是能靠阴谋来争夺的呢？你不觉得，此事有点好笑吗？

鱼凫附和道：是有点好笑，我也劝阻过他们，不要这样。

蚕丛王颔首道：你懂得大局，做得很好。他们听你的劝阻了吗？

鱼凫摇了摇头说：如果听了就好了。

蚕丛王哈哈一笑说：是啊，听人劝，免祸患嘛。你劝得对！

鱼凫揣摩不透蚕丛王的真实心态，不知道蚕丛王会如何处理此事，但分明感到了蚕丛王的威严，又感到了蚕丛王对此事的高度重视，却未见蚕丛王为之而愤怒与生气。鱼凫觉得，蚕丛王豁达大度，真的是与众不同啊！当然，所谓王者的喜怒，声色不露，那也是常人很难猜透的吧。也许蚕丛王早就布置好了一切，只是不告诉他罢了。这使得鱼凫对蚕丛王越发敬畏。

其实蚕丛王在此之前，并不知道此事。是蚕丛王的突然召见与威严难测的神情让鱼凫慌乱不已，迫使鱼凫揭发了这个阴谋。所谓谋事在人，成事在天，这也可以说是天意使然吧。

此时对蚕丛王来说，遇到了这样一件意想不到的惊天大事，心中难免波涛翻滚，但神态依然平静如常。这些年，蚕丛王经历了很多大事情，早已磨砺出了冷静坚韧的性情。包括之前的大地震、大迁徙，山崩地裂，择地重建，麻烦一个接着一个，现在又遇上了大阴谋，真是风险不断啊。但蚕丛王觉得，这些都不可怕，任何困难与危险，无论天灾人祸，只要应对得当，就能化险为夷。

蚕丛王又向鱼凫询问了一些细节，洞悉了此事的来龙去脉。刚刚结盟建国就遇到这样一件非同小可的阴谋，幸好鱼凫如实禀报了，否则后果不堪设想。现在掌握了内情，知己知彼，事情就好办了。至于如何应对和处理此事，蚕丛王还要好好想一想再说。反正不着急，还有比较充裕的时间来做好防范准备，可以从容不迫地对付面临的阴谋。

蚕丛王接下来，又和鱼凫谈到了婚礼的筹备。两人经过商谈，约定了婚礼如期进行。并约定了届时双方都派兵护卫，以确保迎娶途中与举行婚礼过程中不发生意外。蚕丛王又叮嘱鱼凫，今日密谈，务必保密，不得泄露。届时如何应对濮氏兄弟的阴谋行为，蚕丛王自有妙策。鱼凫一一答应了，当夜便留宿在了王城中。第二天，鱼凫才骑马返回了自己的部落。

蚕丛王调动队伍，悄然加强了对王城的护卫。

蜀山氏族中青壮年组成的队伍，经过蚕丛王的精心挑选和编组，共有五支，都配备了长矛和弓箭，任命了头目。这五支队伍，犹如灵巧有力的五指与拳头，具有很强的灵活性和战斗力，都听命于蚕丛王的指挥。当初蚕丛王组建这五支队伍时，主要是为了举行盛大祭祀活动和结盟建国做准备，以防不测。现在面临着濮氏兄弟的阴谋，五支队伍真的就要发挥作用了。蚕丛王从部族中又挑选了一些人，以增强五支队伍的力量，并加紧了训练，为应对阴谋和很可能发生的战斗做了充分准备。

蚕丛王对整个情形做了综合分析，深知诸多部族都是赞成结盟建国的，像濮氏兄弟这样心存异念的只是极少数。既然结盟建国是大势所趋，蚕丛王已稳居蜀王之位，濮氏兄弟纵有非分之想，也不足以改变大局。所以蚕丛王胸有成竹，毫不担忧。但蚕丛王也并未掉以轻心，觉得面对此事，还是必须全力以赴，认真对待才行。

蚕丛王对鱼凫所说的情况，相信基本上都是实情。但对濮君在此事中扮演的究竟是什么角色，却颇为怀疑。从常理分析，濮君是濮族的大首领，濮山与濮岭的资历与影响都太浅，对盟主之位抱有非分之想的，应该是濮君才对呀。濮君怎么会不参与此事呢？当然也有一种可能，是濮氏兄弟心怀野心，濮君则被两个儿子蒙蔽了。蚕丛王根据自己这几年与濮君的交往，对濮君的性格与为人还是比较了解的。濮君好客仗义，绝非恶人，纵使对结盟有其想法，也不至于与蚕丛王为敌吧？这样想来，濮君并未参与阴谋策划也许是真的。不过，人是会变的，一旦野心勃发，贪欲膨胀，善良之辈也会变成邪恶之徒。濮君难道就没有野心？难道就会不变吗？如果濮君不搞阴谋，濮氏兄弟怎会如此胆大妄为呢？可见濮君在这场阴谋中不管是否主动策划或者被动参与，都是大有干系的，难辞其咎。

蚕丛王把整个事情仔细想过之后，心里便有了主意。

如何对付面临的这场阴谋，蚕丛王想到了好几种方案。第一种是先发制人，调集兵力，向濮氏父子兴师问罪；第二种是后发制人，先不动声色地做好充分准备，等到濮氏父子发难时，再给予迎头痛击，彻底粉碎其阴谋；第三种是和平谈判，约濮君与两个儿子好好商谈一下，争取化干戈为玉帛。经过权衡掂量，蚕丛王觉得，第一种方案似有不妥，在濮氏父子的阴谋尚未暴露之前，讨伐的理由显然不足。第三种方案成功的可能性似乎也比较小，既然濮氏父子要搞阴谋，岂能轻易化解？所以最好的选择，就是后发制人了。只有等到事情爆发了，再来处置和反击了。

为了不打草惊蛇，蚕丛王开始悄然进行准备。

蚕丛王将蜀山氏族中的骨干队伍重新编组之后，又召集了随同迁徙出来的各部落首领，抽调了一批精干人员，加入到队伍中，进一步充实兵力。蚕丛王又吩咐柏灌，在斟灌族中也组建了一支队伍，配备了武装，作为后备力量，以应对不虞之需。这样，蚕丛王拥有的兵力就进一步加强了。

蚕丛王还挑选了一些人，组成了一支侍卫队伍，配备了马匹与精良的武器。侍卫们主要负责守卫王宫、护卫王室成员。以前蚕丛王的爷爷担任蜀山氏部族首领的时候，身边就有一支亲信队伍，在部族争斗中曾发挥过很重要的作用。现在蚕丛王结盟建国，成了盟主和蜀王，组建的队伍比起爷爷时代不仅人数多了，编制也更为完善了。蚕丛王觉得，面临着复杂的形势，身边有了侍卫队伍，可以增加王朝的威严，并确保王室的安全，当然是非常必要的。而且，侍卫队伍具有很大的机动性和很强的战斗力，用以对付阴谋与反叛，也是一种很好的防范。

当蚕丛王做好了这些安排之后，又挑选了几名心腹之士，装扮成猎户、渔民、小贩、采药者等不同身份，对濮氏父子的动静暗中加以监视，将看到的情况随时禀报蚕丛王，便于蚕丛王及时掌握动向。这一切都进行得很隐秘，蚕丛王叮嘱了身边的人，谁都不得向外面透露王宫中的消息，必须守口如瓶，严防走漏风声。

王城依然像往常一样风平浪静，洋溢着婚礼前夕的喜庆气氛。略有不同的只是在城门前增设了护卫人员，城墙上也增派了巡查的侍卫。进出王城的百姓们，对此并未感到诧异，很快就习以为常了。自从蚕丛王创建蜀国之后，采取了很多利国利民的措施，社会生活发生了很大的变化。民众都相信蚕丛王，为了王城的繁荣与秩序的维持，当然要增设护卫啦，这也是一种新气象吧。

现在，蚕丛王已经有条不紊、紧锣密鼓地做好了布置，聚集了足够的力量，只等事变发生，就给予迎头痛击。而濮氏兄弟，对这一切却毫不知情。

濮君这天夜里做了一个噩梦，梦见自己被箭射中了，流着血，骑马狂逃。

梦境很奇怪，也很缥缈。濮君骑马越过一座荒草丛生的丘陵，慌不择路，逃进了树林，撞到了一根横生的树枝，栽倒在马下。濮君啊的一声，从梦中惊醒过来，发觉自己出了很多虚汗。尚是凌晨时分，外面星光暗淡，听得见隐隐的狗吠声。濮君不明白为什么做了这样一个噩梦，回想起来，自己在梦中骑马逃命的情景真是狼狈到了极点，险象环生，令人心惊肉跳。这个噩梦，使濮君失去了睡意，躺在睡榻上，辗转难眠。

天亮之后，濮君仍然在回想着这个噩梦。中箭、流血、狂逃……这些都使人难解。在濮君的人生经历中，从他担任濮族的大首领以来，一直过着优裕的日子，平常连狩猎与捕鱼都很少参加，与远近诸多部落的关系也比较融洽，大家都相安无事，从来没有发生像梦中那般可怕的事情。突然做了这样一个梦，真的是太奇怪了。但做梦肯定是有原因的。这个梦会不会是一个警告，或是某种暗示呢？但噩梦要警告与暗示的又是什么呢？濮君在心里琢磨着，因为想不通其中的原因，也猜不透其中的玄机，而终日闷闷不乐。

濮君一整天都在想着此事，连食欲都受到了影响，吃什么都感到不香。

后来，濮君派人找来了濮族中的一位老巫师，请巫师来帮着解梦。老巫师满脸皱纹，步履蹒跚，走路晃晃悠悠，真的是很老了。老巫师能为酋长解梦，这是做巫师的荣耀，自然是格外用心。

老巫师听了濮君对梦境的讲述，沉吟了好一会儿，这才慢条斯理地说：日有所思，夜有所梦，幻象难解，或许是个征兆。

濮君问道：那么是一个什么征兆呢？

老巫师说：或许与一个血光之灾有关。

濮君问道：会是什么血光之灾啊？能否说得详细些？

老巫师又想了一会儿，含糊地说：可能是场争斗吧。

濮君又问道：是什么争斗呢？

老巫师摇头说：梦境虚幻，在下就不得而知了。

濮君又问道：那吉凶如何呢？

老巫师沉吟道：世事难料，吉凶难卜。

濮君听了，心绪不佳，胸中郁闷，脸色顿时阴沉下来。若按老巫师所言，这可是个很不好的预兆啊。

老巫师看了濮君一眼，又补充说：此梦虽恶，但梦中所见，也可能是相反的。

濮君注视着老巫师那副高深莫测的样子，若有所思地问道：这么说，此梦不一定是真的？我所梦见的不过是相反的情景？果真如此吗？

老巫师含糊其辞地嗯了一声，祈祷说：相信苍天有眼，但愿逢凶化吉。然后向濮君告辞，起身离开，颤颤巍巍地走了。

濮君听了老巫师后面的说法，低沉的情绪才有所缓和。但仔细想想，又觉得老巫师说得太含糊了，而且有点模棱两可，似乎有好几种可能性，凶的成分也许更多一些。如此噩梦，究竟是何征兆呢？如果是凶兆，又如何是好呢？这么一想，濮君的心情便变得很复杂，胸中充满了阴霾。

过了一天，闷闷不乐的濮君突然联想起了一件事情。濮君油然想到了两个儿子正在暗中进行的谋划，濮山与濮岭要发动事变，反对蚕丛王，企图夺取盟主与蜀王之位，这可是一件非同小可的大事情啊！噩梦会不会就与这件事情有关啊？濮君深知，蚕丛王雄才大略，本领高强，是当今数一数二的英雄豪杰人物，两个儿子濮山与濮岭怎么能够击败蚕丛王呢？只要冷静想想，两相比较，简直是以卵击石啊。也许这就是老巫师所言，胜负难料，吉凶难卜之意吧？总之，如果真的和蚕丛王发生了争斗，遭到蚕丛王严厉反击的话，后果不堪设想啊。

濮君一想到这些，便有些心惊肉跳。如果噩梦与此有关，那就真的糟糕透了！

濮君越想越怕，随即派人去召唤两个儿子，让濮山与濮岭前来商谈要事。

第八章

濮山和濮岭听到父亲召见，当即便骑马赶来了。

濮氏兄弟并不知道濮君做过的噩梦，都以为父亲要亲自指挥即将发动的事变了，因而分外兴奋，兴冲冲地前来面见濮君。为了筹划这次夺取盟主与蜀王之位的行动，濮山与濮岭已绞尽脑汁，联络了彭族、鱼凫族，以及一些小部落，打造了武器，组建了兵力，只等时机来临，就可以动手了。

濮君看到两个儿子来了，立刻将两人叫进内室，屏退左右，坐下密谈。

濮君问道：你们两个，近来做了些什么？

濮山和濮岭便如实禀报了最近所进行的谋划与联络等事情。濮山有些得意地说：我已经和彭公谈好了，彭族会坚决支持我们濮族的。还有几个小部落，也都说定了，要追随我们，和我们一起行动。濮岭也高兴地说：我和鱼凫也说好了，鱼凫亲口对我说，岳父大人的事也就是他的事，肯定是和我们站在一起了。濮山又说：现在万事俱备，我们稳操胜券，看来蚕丛不让出盟主与蜀王之位也不行了。濮岭也说：是啊，我们人多势众，蚕丛如果识时务，就应该知趣退让啊。濮山和濮岭都有点眉飞色舞的样子，把各自所为与想法都告诉了濮君。

濮君听了两个儿子说的这些情况，脸上没有一点喜色，反而更加忧心忡忡了。

濮山和濮岭此时也注意到了父亲阴郁的神色。濮山问道：父亲怎么不说话？

濮君沉吟道：我说什么才好呢？你们所为，风险太大，实在不妥，就此住手吧！

濮山本以为会得到父亲夸奖的，没想到却被泼了一头冷水。濮山大为不解道：父亲你担忧什么啊？我们谋划此事已非一日，现在已经做好了充分准备，必胜无疑啊！父亲大可不必担心！

濮岭也说：如今已箭在弦上不得不发了，父亲不必忧虑！

濮君摇头说：你们把事情想得太简单了。蚕丛不是那么好对付的。

濮山说：蚕丛就算有点本事，也是凡人，不是神，用不着怕他。我们人多势众，出其不意，攻其不备，他不让出盟主与蜀王之位也不行啊。

濮岭说：我们所为，都是为了父亲你做盟主啊。

濮君摇头说：我做濮族的大首领就够了，并无其他奢望。你们不要惹祸，也不要找麻烦。此事太危险，你们就此罢手吧。

濮山和濮岭热衷此事，已非一日，岂会就此罢手？两人便反复鼓动濮君，不能泄气，一定要从蚕丛王手中夺得盟主与蜀王之位才行。濮君见两个儿子情绪高涨，根本不听自己的劝阻，一时又没有其他良策，因而很无奈。而濮山与濮岭则觉得，父亲虽然犹豫和担忧，只要他们两兄弟坚持去做这件事情，父亲最终还是要听他们的。也许是因为父亲岁数大了，胆子小了，才有此顾虑吧。但他们执意要做成此事，还不是为了父亲来做盟主啊。所以他们相信，父亲会明白的，肯定会赞同此事的。濮氏父子之间的想法不同，自然也就很难统一意见。

濮君与两个儿子密谈了很久，仍各执己见。濮君无法，便让他们回了各自部落。

接下来怎么办呢？濮君为此深感头疼。两个儿子如今都是部落首领，都有各自的主见，已经不怎么听他的话了。以前濮君统领着整个濮族，令出必行，濮族中无论男女老少，都很崇敬他。现在他老了，依然是濮族的大首领，但濮族已分成了许多小部落，他只是濮族中心聚落的老酋长，他的命令，无形中便打了折扣。当初让两个儿子都建立各自的部落，也是濮君决定的，觉得这样做有利于儿孙们自立门户，是个深谋远虑的好事情。现在看来，任何事情都是有利有弊。譬如将人口众多的濮族分了若干个小部落，就有其弊端，使得濮族大首领也难于统一号令与指挥了。当然，涉及濮族的很多大事情，还是濮君说了算，濮族下属的各部落还是会听他的。不过两个儿子是个例外，有时候儿子的主意比他多，常有利用他或迫使他听从他们意见的趋势。

濮君又想到了那个噩梦，心中惴惴不安，充满了阴霾。在与两个儿子密谈时，濮君并未将所做的噩梦以及大巫师的解梦告诉他们，因为此梦实在太恐怖了，还是不说为好。当两个儿子走了之后，濮君又有点后悔，其实是应该告诉他们的，让他们也知道这是个吉凶难卜的征兆，也好引起他们的警觉，免得他们固执己见。但是，两个儿子会因此而改变主意吗？如果依然不听，那又怎么办呢？

濮君想来想去，担忧不已，却想不出一个好办法。

时光匆匆，转眼又过了几天，事变很快就要发生了。

蜀王长子大婚在即，蜀国各部族首领都接到了蚕丛王的邀请，准备参加婚礼。

这是蜀国开国以来的一件大喜事，蚕丛王准备将婚礼办得热热闹闹，为此已做好了充分准备。王宫张灯结彩，王城内外洒扫一新，举国上下都是一派喜庆气象。应邀参加婚礼的各部族首领们，都准备了礼物，届时要带到王城，向蜀王和王子表示庆贺。

在蚕丛王的精心筹划下，迎亲的队伍也安排好了，挑选了几十名精壮汉子组成了一支马队，将由蚕武亲自率领，前往鱼凫部落迎娶鱼雁。迎亲的路线，也做好了布置，在途中经过的树林里预先安排了接应的队伍，在渡口安排了接应的巨筏与舟船。按照商量好的计划，鱼凫也要亲自率人护送出嫁的妹妹，一直将鱼雁送到王城。

蚕丛王已经接到密报，知道了濮氏父子最近的晤面与密谈。蚕丛王对此不动声色，一切都照常进行。派出的监视人员，继续在暗中密切注视着濮氏父子的动向。

举办婚礼的日子终于来临了。这是一个晴朗的好日子，艳阳高照，金风送爽。在万里无云的长空中，有列队南飞的大雁，时而可以听到悠远的雁鸣声。深秋时节的岷江变得清澈了，在宽阔的河床中欢快地流淌着。码头停泊的巨筏与舟船都插上了旌旗，王城的城墙上面也彩旗飘扬，举目望去，一派喜气洋洋的气氛。

蚕武穿上了母亲西陵氏为他缝制的新衣，骑着高头骏马，率领迎亲队伍，一早就从王城出发了。由几十名精壮汉子组成的迎亲队伍，也都穿了新衣，骑着快马，并随身佩带了弓箭与武器。这些精壮汉子，都是蚕丛王从蜀山氏族中挑选出来的精英，个个高大剽悍，足以营造一种迎亲时的雄壮气氛，同时也负责护卫新郎新娘的安全。蚕青原来是要陪伴蚕武前去迎亲的，根据蚕丛王的周密部署而做了改变，蚕青率领了一支接应队伍，也都是英勇善战的精壮汉子，个个都携带了弓箭，全副武装，预先悄悄地埋伏在了迎亲途中的一处密林里。如果发生什么意外情况，蚕青率领的这支队伍便会迅速出现，出其不意地反击敌手，发挥其重要作用。舟船与巨筏上则安排了斟灌族的一些人，也都做好了接应与配合的准备。

迎亲的路线是沿河而行，道路比较好走，视野也格外开阔。由王城前往鱼凫部落，有好几条道路可以选择，除了沿河而行的大道，还有小路可行，虽然距离要近一些，却要穿过树林，途中还要经过一片湿地，隐藏着许多不可预见的风险。沿河而行的大道，因为河道弯曲，要多走一些路，但相对要安全得多。而且河岸上可以纵马疾驰，往来快捷，对调动人马和应对不测都有利。所以蚕丛王安排的这条迎亲路线，是深思熟虑的结果。

蚕武率领着迎亲队伍，一路疾行，不久便抵达了鱼凫部落。

此时的鱼凫部落，为了这场婚礼也早已做好了准备，披红挂彩，喜气洋洋，好不热闹。鱼雁很早就起来了，梳妆打扮，穿上了新衣，戴上了华贵的首饰，脸色红润，心头充满了喜悦。自从上次见过蚕武，鱼雁就深深喜欢上了这位英俊高大的蜀山氏族首领的儿子。蚕丛王结盟建国之后，蚕武也就成了蜀国的王子，那是多么荣耀和高贵的身份啊。鱼雁正值青春年华，对婚礼充满了期盼。今日就要出嫁了，从今以后就要和心爱的王子快乐地生活在一起了，鱼雁那份兴奋欢喜的心情，真是难以形容。

鱼凫为妹妹准备了很多陪嫁礼物，从穿戴到日常用品，考虑得非常周全。由于父母去世早，鱼凫身为长兄和部落首领，自然是担起了家长之责。更何况妹妹要嫁给蜀王长子，将来子承父业，蚕武成了第二代蜀王，鱼雁也就成了王后。鱼凫在妹妹陪嫁这件事情上，因为考虑到了这些，所以一定要尽力做得丰厚些才好。这样可以讨取妹妹和妹夫的欢心，也可以讨好蚕丛王。鱼凫还组建了一支送亲的队伍，都是部落里的青壮汉子，也都配备了马匹，携带了弓箭之类，负责护送鱼雁前往王城，此时也已整装待发。

鱼凫与家人在部落外面隆重迎接蚕武。蚕武敏捷地下了马，迎亲队伍里吹响了号角，奏响了鼓乐，在欢快的旋律和热烈的气氛中，向鱼凫送上了彩礼。这是男方迎娶时的礼节。鱼凫满面喜色，高兴地接受了彩礼。部落里的孩子们都围着看热闹，发出了阵阵欢声笑语。蚕武随着鱼凫走进了部落，来到鱼雁的闺房前。陪侍的人们喊道：新郎到了，请新娘出门！盛装打扮的鱼雁在两位嫂嫂的陪伴下，款款地走出了闺房。一看到高大英武、满面春色的蚕武，鱼雁的脸上便情不自禁地飞上了娇羞的红云。蚕武看到装扮一新、秀色可餐的鱼雁，心中也是说不出的欢喜。旁观的侍从与家人都看到了两人的眼神与脸色，知道两人有缘，也都为之高兴。陪侍的人们这时又喊道：上马了，新郎请新娘上马啦！

蚕武让侍从牵来了特地准备好的骏马，亲自扶着鱼雁，骑上了骏马。接着，蚕武也上了马，和鱼雁并辔而行，率领迎亲队伍，启程返回王城。鱼凫率领送亲队伍，用马匹驮载了陪嫁礼物，紧随于后。迎亲与送亲的两支队伍，加起来约有百十人之多，都骑着马，簇拥着新郎新娘，行走在江畔的大道上，沐浴着金秋的灿烂阳光，浩浩荡荡，颇为壮观。沿途有一些散居的民众，纷纷出门观看，第一次目睹如此排场和热闹的迎亲场面，禁不住啧啧称奇。

迎亲出发前，蚕丛王曾叮嘱过蚕武，途中要多加小心，如果遇到意外，会有人接应。蚕武不知道会发生什么意外，一路上都比较紧张。负责护送的鱼凫此时也比较紧张，担心两位妻兄要利用蜀王长子的这次娶亲机而突然发难，会不会在送亲途中制造麻烦呢？假如真的遭到伏击与围攻，应该怎么办呢？鱼凫知道，蚕丛王肯定早已有所布置，自己届时也只有全力保护妹妹和妹夫的安全，将他们平安护送到王城，等见过蚕丛王，才算完成任务。值得庆幸的是，一路上风平浪静，渐渐地走近了王城，这才松了口气。鱼凫心想，难道两位妻兄改变了主意，或者是岳父阻止了两位妻兄？鱼凫对此不得而知。但不管如何，只要不与蚕丛王为敌，那就好了。

蚕丛王此时正站在王城高大宽敞的城墙上，手持神杖，眺望着远方的动静。按照时间计算，迎亲队伍正在返回王城的路上。蚕丛已经知道了濮氏父子的阴谋，要利用这次婚礼突然发难，来夺取盟主之位，却不知濮氏父子会在什么时候动手。他们会在迎亲途中故意制造麻烦吗？为了预防不测，蚕丛王已做了好几种应对的准备。当太阳渐渐升高的时候，蚕丛王纵目而视，终于看到了骑马疾行、气势雄壮的迎亲队伍。担心的事情并未发生，蚕丛王悬着的心这才有所放松，但内心深处依然保持着高度警惕。如果濮氏父子要在王城举行婚礼时寻事，蚕丛王当然是不怕的。要知道，这里毕竟是戒备森严的王城，一切都在蚕丛王的严密掌控之中。濮氏父子若不知趣，寻衅闹事，那就是自讨苦吃，蚕丛王对他们当然也就不会客气了。

这时候来的客人渐渐多起来，很多部族首领都带着随从和礼物来了，王城内外，熙熙攘攘，分外热闹。蚕丛王带了侍卫，走下城墙，前来迎接各部族首领。

濮君打算称病，不去参加蜀王长子的婚礼了。

濮君劝阻不了两个儿子的谋划，故而出此下策，觉得只有这样，才能明哲保身，免得惹祸。对于蚕丛王的邀请，如果不去王城参加王子隆重的婚礼，当然是非常失礼的。不过，即使失礼，也比惹祸好啊。这是濮君的考虑，两个儿子却不这样想。濮山与濮岭觉得，此事谋划已久，如果放弃这个大好机会，那就是半途而废。两人决心已定，不管濮君参不参加，都要坚持依计而行。

濮山与濮岭率领了各自人数众多的侍从，骑着马，驮载了贺礼，启程离开部落，经由小路，前往王城。在此之前，他们已将准备发动事变的队伍化妆成了民众，三三两两，提前潜入了王城。他们约好了濮族与其他一些小部落的人马，也将由小道汇集，屯扎在王城郊外，一旦举事，便会迅速接应。濮山与濮岭相信，已经做了如此周密的部署，届时振臂一呼，出其不意，肯定能迫使蚕丛王就范，乖乖地让出盟主与蜀王之位。

走在途中，濮山和濮岭又商量关于父亲对待此事的态度问题，盟主是要父亲来担任的，如果父亲不出面，事变成功之后又怎么办呢？濮山也是急中生智，突然有了一个主意。他派了一名口齿伶俐的心腹侍从，骑快马去见濮君，就说蚕丛王已同意让濮君担任盟主，此事已成定局了；已经无须动干戈，所以请濮君立即前往王城，面见各部族首领，就任盟主之位。濮岭有点疑虑，此事尚未成功，父亲难道会信以为真吗？濮山说：事已至此，也只有使用这个办法让父亲前来参加了。濮山又说，只要父亲出面，什么事情都好办了。濮岭想了想，也只有这样了。

于是，濮山派出的心腹侍从便遵命而行，由岔路折返，快马加鞭，赶往濮族的中心聚落去见濮君。

临近中午时分，就要接近王城了。濮山和濮岭看到很多部族首领已经先他们而到了。王城大门口人来人往，有蜀王派出的护卫，有各地前来参加婚礼的客人，有看热闹的民众，欢声笑语不断，一派熙熙攘攘的情景。

按照濮山和濮岭的预谋，王城门口是最佳的动手地点。因为这里是进入王城的入口，蚕丛王可能会疏于防范，在这里迎接客人。这当然就是最好的动手机会了，濮山和濮岭身边的侍从可以围住蚕丛王，预先潜入王城的队伍可以堵住城门，阻断蚕丛王和王宫侍卫们的联系，这样就能出其不意地拿住蚕丛王，迫使他让出盟主与蜀王之位，就达到了举事的目的。如果在这里失去机会，一旦进了城，王城内到处都是蚕丛王的人，动起手来就会比较麻烦。眼看着机会就在面前，濮山与濮岭不由得兴奋起来，同时心里也不免有点紧张。

不出所料，蚕丛王果然站在王城门口，正在迎候前来参加婚礼的各部族首领。

蚕丛王手持神杖，带了几名侍卫，已经迎接了许多部族首领。此时看到濮山与濮岭带着一些随从人员也到了，因为是由小路而来，故而出现得有点突然。蚕丛王锐利的目光迅速扫视了一下，没有看到濮君的身影，而且注意到濮氏兄弟的随从人员并不多，还带了贺礼，心中便有些纳闷。濮君不来，其中定有缘故。濮氏兄弟不会这么轻易就改变初衷吧？

濮山与濮岭一看到蚕丛王，便感到了蚕丛王身上焕发出的王者气势，从容的举止中透着威严，仿佛有一种无形的巨大压力迫面而来。两人习惯性地赶紧向蚕丛王揖手施礼道：今日王子大婚，特来恭贺道喜！

蚕丛王笑迎道：欢迎二位啊！濮君大人怎么没来呢？

濮山与濮岭走上前来，对蚕丛王说：家父让我们先行，等一会儿就来。

蚕丛王哦了一声，爽朗地笑道：好啊！请二位先进城吧！

濮山说：有一件事情，我们要向你讨个说法！

濮岭接着说：先将此事说清了，我们再进城不迟！

自从结盟建国之后，蚕丛王成为蜀王，通常臣民和蚕丛王说话，都会恭敬地尊称大王。此时濮氏兄弟的称呼与语气，却分外生硬，毫无尊敬之意，直截了当开始问询。蚕丛王对此并不感到意外，知道濮氏兄弟就要闹事了。蚕丛王心想，这濮氏兄弟不知好歹，目无尊长，竟敢在王城门口猖狂，胆子也真是太大了！且看二人如何表演吧，等彻底暴露了阴谋嘴脸，我再收拾你们也不迟！

蚕丛王注视着濮氏兄弟的眼睛与神态，冷笑道：请问是什么事情？

濮氏兄弟的随从们已经紧跟着，上前围住了蚕丛王。城门里面很多看热闹的人们，也围了上来，其中就有濮氏兄弟预先潜入王城的队伍。蚕丛王身边只有几名侍卫，此时已被围困在了人群中间，蚕丛王与王城里面的联络顿时被阻断了。一切都正如预先谋划的那样在进行，濮氏兄弟见状，胆气随之壮了许多。

濮山狠声说：上次结盟，大家都很有看法。

蚕丛王冷冷地问道：什么看法？

濮山说：你提议结盟，却自当盟主，又自称蜀王，这妥当吗？

蚕丛王反问道：你们觉得有何不妥？

濮岭插言说：当然不妥！

蚕丛王说：有何不妥？不妨直言！

濮岭质问道：你为何不推举别人当盟主呢？！

蚕丛王哈哈一笑道：如果我不当盟主，谁当盟主合适呢？

濮山说：当然是我们的父亲大人了！

濮岭说：我们濮族世居于此，我们父亲大人濮君是濮族的大首领，各部落历来都听命于濮君。所以盟主之位，当然是应该推举濮君来担当了！

蚕丛王问道：这就是你们要讨的说法吗？

濮山与濮岭同声说：是啊！濮君来当盟主，这才公道！

蚕丛王问道：这也是濮君的意思吗？

濮山说：这当然也是父亲大人的意思了！

蚕丛王说：当初歃血结盟之时，濮君为何不说出来呢？

濮山说：当初被你掌控了局势，现在纠正也不晚啊！

濮岭说：是啊，因为不妥，所以你应该让出盟主之位才对！

蚕丛王冷冷地看着二人，义正词严地说：结盟建国，祷告天地，诸神显灵，那是多么庄严的大事！岂能随意妄改，那不成了儿戏？

濮山说：难道我们说的没有道理吗？

濮岭说：只要你让出盟主之位，一切都好说！

蚕丛王目光如剑，冷声说：歃血结盟的时候，濮君和你们二人也都喝了血酒，立下了郑重的誓言。而此刻你们所言，却出尔反尔，那可是背叛的行为！

濮山与濮岭一听就急了，齐声说：既然错了，就应纠正！

蚕丛王说：天理昭昭，大道坦荡，我劝你们就此悬崖勒马吧！

濮山与濮岭交换了一下眼神，发狠说：既然你不愿让出盟主之位，那就不客气了！说着，便示意手下人向前，要将蚕丛王拿下。

蚕丛王早有准备，冷笑一声，对二人说：今天是蜀国的喜庆之日，本来不该发生此事，既然你们要背叛盟誓，寻衅闹事，图谋不轨，那也休怪我不客气了！

蚕丛王说罢，挥动神杖，朝袭击者扫去。在中午灿烂阳光的照射下，神杖发出一道耀眼的光芒，与各种兵器碰撞的响声犹如龙吟，瞬息之间，便将扑到身边的袭击者打翻在地。

濮山呐喊一声，预先潜伏的队伍此时也都涌向前来，朝蚕丛王发起了攻击。

蚕丛王高大魁梧，手持神杖，犹如天神。由青铜精炼铸造而成的神杖，本来是为了重大祭祀活动使用的神圣法器，此刻在蚕丛王手中挥洒自如，成了一柄得心应手的神奇武器。那些濮族的袭击者，哪里抵挡得住蚕丛王的神力，纷纷被扫翻于地。蚕丛王身边的侍卫们，也都彪悍威猛，拔出刀剑，开始反击。

濮氏兄弟没想到情况竟然会如此棘手，原来以为只要拿下蚕丛王，大功就算告成了。此刻却被蚕丛王以少胜多，占了上风。濮氏兄弟苦心组建的队伍，根本不是蚕丛王的对手，刚一交锋，便溃乱不堪，如同秋天被割倒的谷子，横七竖八地倒在了地上。濮氏兄弟顿时慌乱起来，事已至此，生死攸关，也只有拼命一搏了。于是带着手下人，又不顾一切地朝着蚕丛王扑了上去。

双方混战成一团，王城门口的情景变得十分混乱。观看热闹的民众，看到突然之间发生了变故，双方真刀真枪地打了起来，有的大声惊呼，有的开始奔逃。蚕丛王布置在王城内的侍卫与两支队伍这时已被惊动，迅速赶了过来。还有布置在王城外的人马，此时也闻声而至。形势瞬间就发生了极大的变化。

濮氏兄弟见状大惊，率领一些手下人员，骑马冲出包围，夺路而逃。

预先屯扎在郊外准备接引濮氏兄弟的彭族和一些小部落人马，看到濮氏兄弟溃败了，立刻乱了阵脚，也都随之四散奔逃。因为逃命要紧，濮氏兄弟和溃败的人马慌不择路，遇上了蚕青率领的一支蜀国人马，正埋伏在树林里等着他们经过。号角突然吹响，众人高声呐喊，箭矢齐发，使得濮氏兄弟更成了惊弓之鸟。双方在树林与荒野里又发生了一场混战，濮氏兄弟的乌合之众不堪一击，落荒而逃。这时鱼凫带着送亲的护送队伍也恰巧赶到了，鱼凫执弓于手，连发数箭，射倒了几名负隅顽抗者。濮氏兄弟也负了箭伤，在手下心腹的拼死救护下，利用树木掩护，终于逃出了围困，骑马狂奔而去。

蚕丛王没想到事情会这么简单，轻而易举就获得了胜利。此时，蚕丛王手持神杖站在王城大门外的开阔处，蜀国的几支队伍相继汇集在了蚕丛王的身边，只要蚕丛王下令追击，要乘胜擒拿濮氏兄弟是不在话下的。但蚕丛王很冷静，并未发令追击，似乎有意要放濮氏兄弟一条生路。按照蚕丛王此时的想法，对待濮氏兄弟寻衅闹事、图谋不轨的叛乱行为，当然不会轻易放过，就此作罢。不过，来日方长，留待日后严肃处置也不迟。蚕丛王还考虑到了另一个缘故，因为濮君今日没有露面，也许濮君真的没有参与此事，故而也还要给濮君留个面子。且先让两个狂妄不懂事的濮氏兄弟逃回去，以后看濮君对此事的态度，再做定夺吧。蚕丛王正是出于这些考虑，所以格外地从容冷静。更重要的是，今天毕竟是蚕武的大婚之日，来宾甚多，要先热热闹闹地操办了这件大事再说。

蚕丛王随即吩咐，将抓获的一些濮族人员先关押起来，留待日后审问。又指挥队伍，迅速打扫了混战后的现场。接着，重新布置了几支队伍，在王城外面增强了守卫。刚才惊心动魄的场面转眼就过去了，就像刮了一场风，来得快，去得也快。民众很快恢复了平静，仿佛什么事情都没有发生过。

这时蚕武带着的娶亲队伍已经从大路来到了王城门口，蚕丛王看到娶亲队伍平安无事、顺利抵达，心中分外高兴。蚕丛王率领侍卫，也都骑了马，上前迎接，在鼓乐声中，进了王城，朝王宫走去。沿途都是看热闹的民众，前来参加婚礼的来宾也甚多，喜气洋洋，气氛热烈。

在这阳光灿灿的日子，蜀国王子的盛大婚礼，就要在王宫举行了。

此时在濮族的中心聚落，却是另一番惶惶不可终日的情景。

濮君早已知道两个儿子要利用蜀国王子婚礼的机会向蚕丛王发难，企图逼迫蚕丛王让出盟主之位。濮君担心此事毫无胜算，劝阻不听，为了避祸，只有称病不出。但是有祸躲不过，注定要发生的事情，想躲也是躲不掉的。

当濮山派出的心腹随从骑着快马来拜见濮君，向濮君转述濮山杜撰的谎话时，濮君听了，将信将疑。按常理推测，此事哪有这么简单呢？就算蚕丛王豁达大度、胸襟宽广，也不会这么轻易就让出盟主之位啊！但是濮山的随从又说得煞有介事，督促濮君一定要前往王城。濮君迟疑不决，踌躇了一会儿，心想那就去看看吧，了解一下究竟是怎么回事吧。濮君又拖延了一会儿，这才起身。

濮君骑了马，带着一些随从人员，不慌不忙，向王城而来。

就在濮君犹豫不定的这段时间内，王城门口的变故已经发生了。濮君走到半路上，恰好遇见了身负箭伤溃逃回来的濮山与濮岭。濮山这时已筋疲力尽，血流不止，喊了一声父亲救我，便从马上栽倒下来。濮岭一路狂奔，也负了伤，气喘吁吁，面如土色，伏在马背上，连话都说不出来了。

濮君见状，大惊失色。噩梦中的可怕情景，竟然这么快就应验了！只不过中箭骑马狂逃的不是自己，而是两个儿子。老巫师说的血光之灾，吉凶难卜，果真不假啊。濮君此时顾不得细问，先救人和逃命要紧，赶紧吩咐手下人将濮山搀扶上马，折返马首，一路奔跑着，回到了濮族中心聚落。

濮君喘息未定，先张罗着给两个儿子拔出了箭矢，包扎起来。濮山的箭伤比较重，腿上和背上都中了箭，流了很多血，衣衫和裤子、鞋履上全是血迹，气息奄奄，样子看起来已经快不行了。濮岭的胳膊上中了箭，伤势较轻，但遭此骤变，夺路狂逃，虽然死里逃生，捡了一条命，却极度惊慌，精神临近崩溃了。还有一些跟随着濮氏兄弟逃回来的随从人员，也都不同程度地负了伤。濮氏兄弟受伤败逃的消息很快传播开来，濮族中心聚落的人们都知道了，众人都为之而惶惶不安，一种不祥的气氛随之而笼罩在了人们的心头。

濮君询问了随从人员，了解到了整个事情的发生过程。对待两个儿子的鲁莽行为，濮君气恼得不行，同时又深为担忧。濮山与濮岭岁数也不小了，各自都当了部落首领，却像小儿一样幼稚任性。在毫无胜算的情况下，竟然草率地向蚕丛王挑衅发难，岂不是自讨没趣吗！结果也正如濮君担心的那样，濮山与濮岭哪里是蚕丛王的对手啊，蚕丛王不费吹灰之力就击败了二人，濮山与濮岭能够侥幸逃走，没被当场斩首或射杀，也算是命大了。幸好濮君当时没有随着两个儿子一起去，如果濮君当时在场，也难逃此劫，可能会更加狼狈不堪。

濮君深深叹了口气，都怪两个儿子不听劝阻啊。

家有不肖子孙，难免祸患无穷啊，濮君对两个儿子真是又气又恨。但光是气、恨是不行的，如今仅仅是埋怨两个儿子，也已经没有什么用了。现在，不该发生的事情已经发生了，濮族与蚕丛王的友好关系当然也就随之完结了，与女婿鱼凫的关系也同样大受影响，接下来应该怎么办呢？蚕丛王如果追究此事，又该如何应对才好呢？濮君一想到这一点，心中便充满了焦虑。

濮君琢磨，蚕丛王显然是不会轻易放过此事的。蚕丛王对于濮山与濮岭有意挑起事端的行为，肯定会杀一儆百，借此立威。与其等蚕丛王率兵前来捉拿，还不如负荆请罪呢，也许能够化解此事。但如果化解不了呢？两个儿子的性命也就堪忧了。除此之外，还有没有其他良策呢？譬如联合一些部族，出面和蚕丛王谈判，或者请人去劝解蚕丛王，以达到讲和的目的。仔细想想，濮君觉得这种可能性也很小。蚕丛王倡议结盟建国，现在是蜀国的君王，诸多部族都成了他的臣民，他岂会容忍反叛，还来和你友好谈判？蚕丛王可不是一位简单的人物啊，天威难测，哪里会如此轻易放过他们呢！看来不仅是两个儿子难逃此劫，整个濮族都会因此而前途堪忧啊。这么办呢？

濮君思量再三，也想不出一个好办法。心中忧虑重重，进而更是感到害怕。

濮君派人请来了老巫师。既然自己束手无策，只有请老巫师帮他拿个主意了。老巫师颤颤巍巍地来了，了解到发生的情况后，沉吟了很久，深深地叹了口气，对濮君说：惹恼了蚕丛王，不是好事情啊。

濮君说：事已至此，你说怎么办才好呢？

老巫师摇头说：蚕丛王不久就会找上门来，不好办啊。

濮君听了，更是忧心如焚，自语道：难道一点办法都没有吗？

老巫师叹息道：蜀国崛起，日渐强盛，蚕丛王似有天助，我们濮族是难以抗争的。我孤陋寡闻，想不出什么好办法，可能只有退让自保了……

濮君看着年迈的老巫师，那满脸的皱纹，刻画了太多的沧桑。老巫师不仅是濮族中目前最年长的巫师，也是一位很有见识的人物，在濮族诸多部落中皆享有名望。老巫师所言，虽然不是什么好办法，却言简意赅，指出了要害。仔细想想，确实有道理啊。除了退让，除了自保，难道还有其他什么好办法吗？为了濮族的安定，那就退让自保吧。

濮君心想，看来也只有按照老巫师说的去做了。

第九章

    蜀国的王宫内张灯结彩，洋溢着欢声笑语，热闹非凡。

    蚕丛王在王宫内亲自主持，为蚕武和鱼雁举行了盛大的婚礼。应邀前来观赏婚礼的各部族首领们，相聚一堂，纷纷向蜀王和王子表示热烈的庆贺。

    举行了婚礼，接着是场面盛大的宴会。来宾们都集聚在王宫，受到了蚕丛王的盛情款待。蚕丛王拿出了精心酿造的美酒，与各部族首领们畅饮。菜肴也美味纷呈，王宫中杀鸡宰羊，早已准备了丰盛的筵席。这是歃血结盟之后，蚕丛王和各部族首领们第二次欢聚。因为是举行王子婚礼的喜庆日子，大家都穿了新衣，又饮了美酒，自然是格外兴奋和高兴。蜀山氏的族人们也都相聚欢庆，载歌载舞，将欢欣热闹的气氛推向了高潮。

    蚕丛王有意将这场婚礼举办得隆重而又热闹，安排了一个宏大壮观的仪式，营造了一种繁华兴旺的氛围，其目的就是要通过和各部族首领们的欢聚，进一步增强和这些部族首领们的臣属关系，赢得他们的敬仰与追随。其客观效果也确实是如此，前来参加婚礼的各部族首领们，目睹了蚕丛王的威严和亲切，对蚕丛王充满了敬佩之情。特别是婚礼之前在王城门口发生的那一幕，也使各部族首领们充分领略了蚕丛王的从容与强悍，对蚕丛王越发敬畏。

    欢庆的宴会持续到傍晚才结束。各部族首领们，路远的就留宿在了王城，路近的便陆续散去了。鱼凫是女方主宾，宴会上向他敬酒的人很多，他来者不拒，饮多了便有了醉意，当晚也就留了下来。柏灌在宴会上也饮了不少酒，自从负责督造舟船以来便在王城内安排了住处，自然也是不走了。蚕丛王还邀请了几位重要部族首领也留住下来，便于明天商量事情。

晚上，客人们陆续散去，新郎新娘也进了洞房。

热闹的王城，在夜幕中逐渐恢复了平静。城门和城墙上都布置了守卫人员，王宫也增设了护卫，都遵照蚕丛王的命令，恪尽职守，严防再有不测的事情发生。

蚕丛王此时腾出身来，在王宫中开始着手处理几件紧要的事情。

蚕丛王吩咐侍卫，将白天擒获的一些濮族人员从关押的地方带出来，依次进行了审问。这些濮族人员，都是濮氏兄弟的心腹随从，经历了白天的挫败之后，锐气全消。因为是反叛作乱之罪，随时都有被杀头的可能，一个个都惶恐不安。蚕丛王对他们说，只要如实交代，就可以宽大处理，如果抗拒不说实话，那就要严惩了。这些濮族人员，哪里还敢顽抗，为了活命，每个人都坦白交代，把知道的情况全都说了。

蚕丛王通过审问，对濮氏兄弟的阴谋与策划事变的整个过程有了一个全面的了解。濮氏兄弟为了夺取盟主与蜀王之位，处心积虑，为此谋划已非一日，竟然还联络了彭族和其他一些部落。濮氏兄弟还联络了鱼凫，幸好鱼凫及时告发了这一阴谋，否则蚕丛王被蒙在鼓里，事情就真的麻烦了。濮氏兄弟真是胆大妄为，不知天高地厚，竟然敢在蜀国王子大婚之日挑起事端，而且敢在王城门口动手，可谓丧心病狂啊！蚕丛王此时才真正感到了气愤，胸中对濮氏兄弟滋生了憎恨。

蚕丛王结束了审问，吩咐将这些濮族的被擒人员继续关押起来，然后骑了马，带了一群侍卫，亲自去察看了王城的护卫情况。虽然中午轻而易举就击败了濮氏兄弟的阴谋与叛乱，但仍不能掉以轻心，要严防濮氏兄弟与参与阴谋活动者的反扑。这是蚕丛王谨慎持重的性格使然，决定了他对很多事情的深谋远虑。

这件事情尚未完结，接下来怎么处理呢？蚕丛王开始思考处置之法。当初得知濮氏兄弟的阴谋后，蚕丛王权衡局势，采取了后发制人。现在情形不同了，濮氏兄弟的阴谋已经彻底暴露，遭到挫败后已狼狈溃逃回巢，各部族首领与蜀国民众都已知道了这件事情。蚕丛王现在已有了充足的理由，可以大张声势、名正言顺地讨伐濮氏兄弟的反叛行为了。蚕丛王知道，根据自己目前拥有的兵力，加上可以调集各部族的力量统一行动，要讨伐濮族、抓捕濮氏兄弟并加以严惩，都是很容易就能够办到的。关键是，这件事情也牵涉了濮君，而濮君昨天并未露面，也未直接参与此事，如何对待濮君，便成了一个非常微妙的问题。从情感上讲，濮君曾是蚕丛王的朋友，蚕丛王率领蜀山氏族人们刚从岷江河谷迁徙出来时，曾得到濮君的帮助——不仅赠送了谷种之类急需的物品，还撮合和促成了蚕武与鱼雁的婚姻，蚕丛王当然是不会忘记这些的。而从道义上讲，为了蜀国的长治久安，为了强化统治手段，对待濮氏兄弟的叛乱行为，也是决不能姑息的。权衡其中的利弊轻重，首先肯定是严加处置，其次才是酌情分别对待。蚕丛王这么一想，心中便有了主见。

第二天，蚕丛王在王宫中召集了柏灌、鱼凫、蚕武、蚕青，以及其他几位部族首领，一起商谈关于如何处置濮氏兄弟的反叛之事。蚕丛王想听听他们的意见，然后确定后面的行动步骤。几位部族首领首先表态，认为濮氏兄弟破坏了歃血结盟的誓言，必须讨伐，他们都愿意追随蚕丛王，听从蚕丛王的调遣和指挥。在蜀国参加歃血结盟的诸多部族中，这几位部族首领都是比较有代表性的人物，蚕丛王需要的正是他们的忠心耿耿和统一行动，以确保蜀国局势的稳定。

蚕丛王听了，领首说：好啊！对他们的忠诚深表赞赏。

蚕丛王又将目光投向了柏灌与鱼凫，这两位年轻的大部族首领，都是蜀国王朝中的大臣，也是蚕丛王格外倚重的人物。又因为联姻，关系更是非同一般。在这次濮氏兄弟事件中，鱼凫有揭发之功，在护送迎亲队伍到达王城时还用箭射倒了濮氏随从中的负隅顽抗者。柏灌也率众参加了接应和平叛，在昨天反击濮氏兄弟的行动中发挥了重要作用。蚕丛王此刻看着他们，目光睿智而又犀利，既有对他们的信任，又有王者的威严。

鱼凫在濮氏兄弟事件中基本上是反对濮氏兄弟，而站在蚕丛王这一边的。不过，由于鱼凫与濮族的关系比较特殊，所以鱼凫自始至终都扮演着一个比较微妙的角色。当初对于是否揭发濮氏兄弟的阴谋，鱼凫就犹豫了很久，因为对蚕丛王的敬畏，才使得他做出了明智的抉择。现在真相已大白于天下，已无须多虑，自然一切都是蚕丛王说了算。鱼凫接触到了蚕丛王的目光，心中仍不敢大意，暗自琢磨了一会儿，这才小心地说：大王创建了蜀国，号令天下，我们都听从大王的吩咐。

蚕丛王从容问道：你觉得是否应该讨伐濮氏？

鱼凫说：濮山、濮岭犯上作乱，罪行严重，当然是要讨伐了。

蚕丛王听出了鱼凫的话中之意，说的是要讨伐濮山与濮岭，而未说濮君。

蚕丛王又问道：濮君与此事也有干系，你觉得如何对待才好？

鱼凫说：濮君没有阻止此事，有纵容之过，如何处置，全凭大王裁决。

蚕丛王说：濮氏兄弟是谋反，濮君是纵容，二者性质不同，如何待之，当然是有区别的。但决不能姑息，必须惩处，以正视听。

鱼凫附和道：大王说得对，我们都听大王的！

蚕丛王问柏灌道：对待这件事情，你觉得如何处置才最好？

柏灌说：这是结盟建国以来第一桩谋反作乱之事，濮氏兄弟利令智昏，犯此大错，必须惩处。对待濮君，责问可也，不宜过度追究。此事关系大局，恩威并用，方为上上之策。在下浅陋之见，是否如此，还是大王定夺吧。

蚕丛王微微点头，嗯了一声。觉得柏灌所言，显得有点仁厚，但仔细想想，还是很有道理的。濮君是濮族的大首领，既然没有直接参与谋反，对待濮君还是应该宽容团结才好。在蜀国的诸多部族中，濮族人口众多，是数一数二的大部族，所以一定要处置得当，不能掉以轻心。当然，团结也是有原则的，首先是要维持歃血结盟定下的规矩，对破坏者加以严惩，其次才是区别对待与宽容团结。没有宽容不行，但过度仁厚，也不一定就是好事情。

蚕丛王又说：昨夜我审问了被抓者，彭族首领彭公也参与了此事。你们觉得怎样对待才好？

几位部族首领说：当然也要追究讨伐了！

鱼凫说：彭公贪财好色，参与谋反，不能宽恕。

柏灌说：在谋反作乱这件事上，濮氏兄弟是主犯，彭公是从犯，性质不同，所以还是有所区别的。先讨伐濮氏兄弟，然后再对付彭公。如果彭公能知错而改，也还是以团结为好。

蚕丛王询问蚕武道：你觉得呢？

蚕武说：濮氏犯上作乱，我赞成严惩。对于其他胁从，也不能姑息！

蚕丛王结盟建国之后，凡是朝中大事，都要召集大臣商议，并让两个儿子参与。蚕丛王的目的，主要是培养蚕武和蚕青，使他们增加阅历，增进对问题的分析思考与处理能力。现在蚕武已娶亲，成了大人，再过几年，就可以独当一面了。对于蚕武的主张，蚕丛王还是比较满意的，便点点头，表示了赞同。

蚕丛王经过征询和商议，统一了对待此事的意见，然后制定了征讨的方略。蚕丛王决定亲自率领人马，讨伐濮氏兄弟。届时如何对待濮君，蚕丛王自有分寸。

蚕丛王没有让鱼凫参加讨伐濮氏的行动，专门委派鱼凫负责对付彭公。蚕丛王做出这样的安排，主要是考虑到了鱼凫是濮君的女婿，免得鱼凫在这件事情上尴尬。蚕丛王相信鱼凫的能力，对付彭公是足够的。因为彭族也是一个较大的部族，为了增强鱼凫的力量，蚕丛王又派蚕青率领一支蜀山氏族的人马，协助鱼凫行动。蚕丛王在出兵之前，又特地嘱咐鱼凫，只要彭公认错归顺，就将彭公带来面见蚕丛王，任务就算完成了。又嘱咐蚕青，至于另外一些参与了濮氏兄弟阴谋的小部落，皆以招抚为主，不做过多追究。鱼凫很恭敬地答应了，蚕青也记住了蚕丛王的话。

讨伐濮氏是结盟建国以来极其重要的一件大事，如何使用兵力则是此次行动的关键。为了壮大声势，确保讨伐成功，蚕丛王调集来了斟灌族的队伍，从其他部族也征调了人马，和蜀山氏族中的五支部队会合在一起，组成了强大的兵力。蚕丛王又吩咐王城中的作坊赶制了很多兵器与箭矢，增强了装备。经过这样一番精心筹划和充分准备，蚕丛王拥有了足够的力量，自然是胜券在握，无论怎样惩处濮氏，都可任意为之。

过了几天，蚕丛王率领人马，开始讨伐濮氏。

柏灌也带兵参加了讨伐。蚕武因为新婚宴尔，留在了王城，负责驻守。

在蚕丛王的指挥下，几路人马如期会合，从三面逼近了濮族的中心聚落。

这次随同蚕丛王前来参加讨伐的各部族队伍甚多，各支队伍都有不同的旗帜作为标识，旗帜上绘织了不同的鸟兽图案，有鱼鸟、猛禽、山羊、公牛、虎豹熊罴之类，这些动物图案与各部族的崇尚习俗有关。此时汇聚在了一起，人马众多，旗帜招展，声势浩大，十分壮观。尚未开战，已经先声夺人。

蚕丛王派了一位使者，前去聚落传话给濮君，请濮君出来面见蚕丛王。说是请，当然是一种比较客气的态度，实际上和命令是差不多的。

濮君这些天一直在思考如何退守自保之策，最好的办法就是率众南迁，避开蚕丛王的锋芒，迁徙到南边广袤的丘陵与山区去，这样就可以保持濮族的独立，脱离蚕丛王的统治了。但想到要彻底放弃世居于此的中心聚落和周边的平原沃野，心中又极度舍不得。怎么办呢？濮君犹豫不决，绞尽脑汁，也想不出更好的办法来。情形明摆着，或者退守南撤，或者坚守于此，只有两种选择。主动退守，可以避祸，但从此平原沃野都给了蚕丛王，濮族的生存状况将大不如前，这当然是极不情愿的事情。如果坚守，一旦发生争战，濮族肯定不是蚕丛王的对手，最终还是要败亡而逃，那又如何是好呢？不过，除了这种最坏的结果，还有没有其他可能？事情会不会发生转机呢？濮君就这样反复掂量，于心不甘，忧虑重重，迟疑了好几天，都未做出决定。

　　当蚕丛王率领众多人马大张声势而来，濮君这才真正感到了恐慌。正如老巫师所言，不出所料，蚕丛王果然率兵讨伐来了。濮君接到手下人禀报，赶紧来到中心聚落高处眺望，看到来了那么多支队伍，都带着武器，从三面包抄过来，旗帜招展，气势逼人，顿时大惊失色。聚落里的濮族民众，见状也都慌乱不已。

　　濮族中心聚落前面的栅门早已紧闭，守卫聚落的濮族人员都操持了武器，聚集起来，守住了栅门与一些要害地方。虽然濮族中心聚落也有武装队伍，但与蚕丛王率领的人马相比，无论是兵力或武器，蚕丛王都占据着绝对的优势。情况明摆着，只要蚕丛王下令发起攻击，濮族肯定抵挡不住，聚落很快就会土崩瓦解。

　　濮君觉得情形万分危急，这次是真的完蛋了。因为两个儿子图谋夺取盟主之位，结果却适得其反，不仅濮氏兄弟大败溃逃，还导致了今日整个聚落都岌岌可危的严重后果。正在濮君仰天长叹、一筹莫展之时，蚕丛王派出的使者来了，向濮君传话，请濮君去面见蚕丛王。濮君见蚕丛王勒兵以待，并未立即发起进攻，心中除了恐慌，又多了一些疑惑。蚕丛王请他去，用意何在？既然率兵而来，自然是兴师问罪了，恐怕是再也不会将他当作朋友与兄长了，自己难道就这样去束手就擒吗？但如果拒绝去见蚕丛王，接下来又怎么办呢？

濮君在这关键时刻，仍然犹豫不决。濮君对蚕丛王的使者说他要准备一下。使者走了，去向蚕丛王回话。濮君赶紧召来了老巫师，叫了负伤之后躲在聚落里休养的两个儿子，一起商量此事。濮山伤势较重，仍躺在病榻上，由几名随从搀扶着，显得有气无力。濮岭伤势较轻，敷了药，休养了几天，已不影响行走。现在，他们聚在一起，都知道了蚕丛王率兵而来，正屯扎于外。濮山与濮岭顿时为之惊慌不安起来，犹如热锅上的蚂蚁一般。老巫师的神态也变得有些暗淡，沉默无语。

濮君看到他们的样子，知道他们也拿不出什么主意来，心中更是一筹莫展。濮君叹了口气说：看来我只有遵命去见蚕丛王了，在劫难逃啊。

濮岭慌忙说：父亲大人你不能去，蚕丛王不会放过我们的。

濮山也挣扎着说：你去了就回不来了，我们也完了……

濮君说：蚕丛王带来了那么多兵马，难道等着他们攻进来吗？

濮岭说：我们可以拼死抵抗啊，不让他们攻进来。

濮君说：力量悬殊，抵抗不了，一旦开战，那就玉石俱焚了。

濮山断断续续地说：我们坚守待援吧……

濮君说：此时哪里还有援兵？谁会来帮我们与蚕丛王作对啊？

濮山说：彭公答应过，和我们联手的，派人向彭公求救吧……

濮君摇头说：彭公恐怕也自顾不暇，早已吓跑了。

濮岭想了想说：还有鱼凫呢，总不会坐视不救吧？

濮君叹息说：鱼凫已将妹妹嫁给蚕丛王的儿子了，只会和蚕丛王联手。哎，你们啊，这些都是无用的幻想啊。

老巫师也无声地叹了口气，看着忧心忡忡的濮君，几天前已劝说濮君退守自保，此时确实再也想不出更好的办法了。濮族几十年都平安无事，现在遇到了如此巨大的麻烦，起因就在于濮君两个儿子的争强好胜与胡作非为。如今惹恼了蚕丛王，率兵而来，肯定不会善罢甘休。解铃还须系铃人，只有等濮君自己拿主意了。

濮君向老巫师问道：你有没有什么好办法啊？

老巫师沉吟了一会儿，说：蚕丛王锐气正盛，不可阻挡啊。

濮君听出了老巫师话中之意，自己也知道抵抗蚕丛王是无用的。形势如此，胜负已定。两个儿子刚才所言，显然毫无用处。但如果自己束手就擒，任凭蚕丛王宰割，濮君也于心不甘。怎么办呢？濮君心中不由得浩然长叹：老天为什么如此眷顾蚕丛王，而不帮帮濮族呢？

濮君在此焦头烂额、万般无奈之际，突然想到了一件事情。蚕丛王曾多次举行盛大祭祀活动，蜀山氏族的昌盛，是否与此有关啊？既然祭祀能获得天助，濮族也可以仿而效之啊。濮君灵光一动，随即对老巫师说：我们很久没有祭祀了，我们也搞个祭祀吧！祈求天神，祈求祖先，保佑我们渡过这一难关。你看好不好？

老巫师颔首道：好啊，是应该祭祀啦。

濮君顿时有了主意，头脑也变得好用起来，立即吩咐手下人准备举行祭祀活动。濮君又挑选了一位心腹随从，派他去见蚕丛王，就说濮君要先祭祀了天神和祖先之后，再去面见蚕丛王，请蚕丛王宽限一些时间，耐心等候。随从出了聚落，去拜见了蚕丛王，禀报了濮君的请求。蚕丛王很爽快地答应了，让随从传话给濮君，祭祀天神和祖先是天经地义之事，那就从容举行吧，等到祭祀结束了，再来面见也不迟。但无论如何，明天一定是要见面的。随从回到聚落，将蚕丛王的话一五一十都告诉了濮君。濮君感觉到了蚕丛王的通情达理，同时也知道，蚕丛王说的明天，那是最后通牒了。

此时已经是下午时分，祭祀还要再准备一下才能举行，可能会延续到晚上。过了今夜，濮君就要面临束手就擒的局面了。届时，两个惹下祸患的儿子显然也难逃蚕丛王的惩罚。也许蚕丛王会杀一儆百，砍了濮山与濮岭的脑袋吧？一想到这个可怕的结果，濮君就心中发怵，身上禁不住冒出了冷汗。现在只有一个下午和夜晚的时间可以供自己利用了，如果能借此脱身就好了。形势紧迫啊，已经容不得濮君再有任何犹豫了。在此生死存亡之际，为了两个儿子能够继续活下去，也为了族人不因为争战被杀，濮君终于做出了逃亡的决定。

濮君随即吩咐手下人，借着筹备祭祀，悄悄收拾了财宝与细软物品，调集了部族中的马匹，做好了连夜出逃的准备。濮君做得很隐秘，除了家人与随从人员，没有告知族人，免得泄露了消息，影响他和两个儿子的顺利逃亡。危急关头，最要紧的当然是先顾自己逃命了。濮君现在已顾不得整个部族了，至于以后怎么办，濮君也有考虑，特地安排了两位能干心腹，吩咐他们留下负责善后。濮君打算，当务之急是他和两个儿子以及家人要尽快逃离此地，脱离危险，获得安全。因为推测蚕丛王要惩罚的主要是濮君和两个儿子，所以应该不会伤害濮族的普通民众。过些日子，等到此事风平浪静之后，留下的这两名心腹自然会遵照濮君的吩咐，带着族人们分散向南迁徙，然后同濮君会合。到了那时，濮君就可以重新率领部族，再择地另居了。

濮君虽然很不情愿离开祖居之地，但除了逃亡已别无他法。这也是他在目前百般无奈之下，自认为唯一明智的选择了。

蚕丛王答应了濮君先举行祭祀然后再来相见的请求，将各路人马屯扎下来，从北面和东北与西北方向，对濮族中心聚落形成了一个月牙形的包围圈。

蚕丛王这次率兵前来，讨伐濮氏兄弟的叛乱行为，人多势众，对濮族形成了一种强大的压力。蚕丛王并不急于攻打濮族，面前的这座大聚落，前面是栅门，周围是树木围栏，里面是大大小小很多座干栏式的房屋，虽然居住在里面的濮族民众很多，防御却相当薄弱。要攻破这样的聚落，那是很容易做到的事情。但蚕丛王的目的，主要是为了惩罚濮氏兄弟，而不是为了打仗。他派使者去请濮君出来见面晤谈，用意也正在于此。只要濮君认错道歉了，将寻衅闹事的两个儿子交给他处置，负荆请罪，表示悔过，蚕丛王自会酌情责罚，从轻发落。蚕丛王并不想因这件事情而大动干戈，也不想因此而伤害濮族。如果能不动手，通过和平商谈而解决问题，取得归顺与和解的效果，当然是最好不过的了。蚕丛王同时也考虑到了和濮君过去的友谊，想通过晤谈，给濮君一个台阶，来妥善解决这件叛乱事件。

随同蚕丛王前来讨伐的各部族首领，见蚕丛王按兵不动，便有些按捺不住，纷纷向蚕丛王请战。有的说：濮氏不投降，就攻进去啊，打他个落花流水！有的说：大王下令吧，去擒拿了濮氏兄弟再说！还有的说：濮君老奸巨猾，濮氏兄弟胆大妄为，不能相信他们，非得好好教训他们一下不可啊！

蚕丛王面对着这种群情激奋的情形，哈哈一笑说：要攻打他们很简单，但现在不必着急。诸位少安毋躁，且等濮君做完祭祀，出来见了面再说吧。

各部族首领知道蚕丛王已有谋划，便都遵命而行。

很快到了傍晚，天色渐渐暗下来。可以看到濮族的聚落里面仍在进行祭祀，人员在来来往往地走动。远近都有炊烟袅袅地冒起来，与暮霭融合在了一起。蚕丛王因为答应了濮君，要等到祭祀完了才出来面见。现在看来，濮君今天晚上是不会出来了，只有等到明天才能见面了。蚕丛王并不着急，既然决定要给濮君一个台阶，那就从容等待吧。各支队伍此时也开始生火煮饭，准备于此露宿过夜。

柏灌来见蚕丛王，问道：濮君是否会另有所谋？

蚕丛王说：你说的另有所谋，是指什么？

柏灌说：我是猜测，濮君为何要在出来相见之前先做祭祀呢？

蚕丛王说：也许是想借此获得神灵与祖先的护佑吧。

柏灌说：在此关头，临时祭祀，还是有点可疑。

蚕丛王笑笑说：就是可疑也不怕，难道濮君还想借祭祀鼓动族人，乘夜来偷袭我们吗？那就是以卵击石了。我估计他没有这个胆量，也不会这么干。

柏灌也笑了，说：那是当然，濮氏已入穷途之境，难有作为了。

蚕丛王虽然说得轻松，但由于柏灌的提醒，还是加强了防范，在驻扎的地方增设了岗哨，以严防濮族夜里的偷袭。

濮族的祭祀，夜色已深的时候仍在进行。不时有人群走动和一些嘈杂的声音传来，但很显然都与祭祀有关，而并非兵戈之声。濮族的祭祀怎么会如此复杂呢？这使得蚕丛王真的有点怀疑了，不知道濮君葫芦里究竟卖的什么药，难道濮君真的另有所图吗？但这些也只是蚕丛王心中的猜测而已，除了加强防范，并未深究与追查。

一个充满了玄机和不安的夜晚就这样过去了。

第二天，蚕丛王继续勒兵以待。已经日上三竿了，濮君仍未出来面见蚕丛王。蚕丛王有点纳闷，也有点不快，又派了使者，进入聚落去见濮君，请濮君尽快出来见面。此时濮族的中心聚落里哪里还有濮君的踪影呢？昨天深夜，濮君和两个儿子由一些随从护卫着，偕同家人，骑了快马，携带了财宝细软，已从聚落的另一边悄然出逃，早已不知去向。使者立刻回来将实情禀报了蚕丛王。

蚕丛王有点惊讶，濮君果然耍了花招，竟然在夜里逃走了。

蚕丛王吩咐众人原地待命，自己率领了一支精悍队伍，与柏灌和几位部族首领一起，没有遇到任何抵抗，便进入了濮族的大聚落。濮君出逃时，除了随从，将族中的一些武装人员也带走了，这样做主要是为了确保逃亡途中的安全。此时濮族已群龙无首，聚落里面弥漫着慌乱的气氛，濮族的男女老少都有大祸临头之感，一个个显得茫然不安。蚕丛王找了几位濮族的人询问濮君的去向，濮族的这些人只听到夜里有一群人骑着马走了，都不知道濮君去了哪里。蚕丛王从情况分析，前来讨伐的队伍呈月牙形驻扎在聚落的北面，濮君显然是向南面逃走了，也可能逃向了西南或者东南。根据蚕丛王的了解，南面的地域非常广袤，到处是连绵的丘陵，然后是崇山峻岭、野林沟壑，地形复杂，属于典型的蛮荒之地。濮君半夜出逃，此时已近中午，估计早已逃远了，再想寻踪追击，也来不及了。

蚕丛王的队伍对聚落进行了搜查，抓获了一些携带了衣物也准备逃走的濮族民众，带到了蚕丛王的面前。蚕丛王扫了一眼，就看出这些都是濮族的普通百姓，当即吩咐放了。濮氏兄弟的叛乱，以及濮君的过错，与这些濮族民众是没有什么干系的。蚕丛王不会为难濮族的这些族人，更不会虐待他们，他们毕竟也是蜀国的民众啊。偌大的聚落，由于濮君的出逃，仿佛经历了一场翻天覆地的变故，使得情形变得混乱不堪。

蚕丛王来到了濮君的居所，以前蚕丛王来濮族聚落做客的时候，曾和濮君在这里欢叙相聚，受到过濮君的盛情款待。此刻看到里面的凌乱状况，可以想见濮君与两个儿子仓皇出逃时的情景，蚕丛王心里很是感慨。本来是好友，由于濮氏兄弟的野心，企图争夺蜀国的权力，而导致了分道扬镳，莫逆之交竟然成了对手。世上的事情真的是变化太快了，世道变了，人也变了，友情也随之变了。原来做朋友多好啊！这些本来是不该发生的啊！当然，目前的这种状况，只能怪濮氏兄弟太狂妄，自惹麻烦。也要怪濮君的过分慌张，选择了逃跑。其实蚕丛王是要惩处一下濮氏兄弟，然后准备宽宏大量对待他们的。一切都是为了蜀国的安定与兴旺，蚕丛王心中是有分寸的。看来濮君还是并不真正了解蚕丛王啊。

蚕丛王走出来，在聚落里巡视了一下，对濮族的族人们大声说：你们不要害怕，也不用担心，仍像往常一样过日子吧！如果濮君回来，仍请他来见我！你们把我的话传给他吧！

濮族的族人们似信非信、唯唯诺诺，都慌乱地点头答应了。面对着威严似天神的蚕丛王，这些濮族民众心中都充满了敬畏。他们对之前发生的一切感到茫然，并不清楚濮君与蚕丛王之间究竟发生了什么，也不明白濮君为何要半夜突然逃走。这在濮族的历史上，还是从来没有出现过的事情。

濮族本来是一个人口众多的部族，没有了酋长与首领，便成了一盘散沙。因为蚕丛王的宽抚，濮族的族人们都暂时留居在了远处。又由于濮君预先留下了心腹随从，过了一些日子之后鼓动族人们南迁，从而开始了陆陆续续的迁徙。这也是导致濮族后来日渐分散的重要缘故。濮族原来是一个比较完整的族群，后来便成了散居西南各地的濮人。濮君仓皇出逃时自顾不暇，根本没有料到会造成这样一种后果。

蚕丛王率领各支队伍，离开了濮族聚落，返回王城。

蚕丛王骑着马和柏灌走在一起，对柏灌说：被你说对了，濮君借口祭祀，果然是另有所谋啊。

柏灌说：我当时有点疑惑，也只是猜测而已。

蚕丛王说：你很敏锐，猜测是有道理的。

柏灌说：就这样让濮氏父子逃走了，真的有点遗憾，为何不追捕呢？

蚕丛王说：他们已逃走一天，恐怕难以追上了。这样也好，濮君与濮氏兄弟逃亡了，也就用不着再兴师动众了。就让他们去吧。

柏灌说：我是担心，濮氏父子以后会不会卷土重来？

蚕丛王说：濮氏父子遭此挫败，元气大伤，哪里还有能力反扑呢？以后即使濮氏父子又有图谋，也不怕啊。那时蜀国肯定更强大了，百姓的日子也过得更好了，谁还会响应他们呢？濮氏父子所为不得人心，注定是要败亡的。

柏灌钦佩地说：大王说得对，得道多助，失道寡助，得人心才能兴天下啊。

蚕丛王高兴地点头说：所言极是，有了百姓的拥戴，蜀国自然强盛！

柏灌知道蚕丛王对蜀国的局势和发展，已经考虑得非常长远，而且充分把握了主动权，对大局的掌控早已心中有数。柏灌又一次领悟到了蚕丛王的豁达与英明，由此深信，在蚕丛王的统治下，蜀国的将来，一定会强大和繁荣起来的。

　　蚕丛王率众回到王城之后，设宴款待了各部族首领，对他们的追随表示了称赞与勉励。这次出兵讨伐濮氏父子，是歃血结盟创建蜀国以来的一件大事，虽然濮氏父子逃走了，但各部族能听从蚕丛王指挥，协调一致，统一行动，兑现了歃血结盟时的誓言，也是大成功，足以使人备感欣慰。所以蚕丛王很高兴，各部族首领也很开心，大家相聚甚欢。

　　宴会之后，诸位首领率领队伍，回了各自的部族。

第十章

　　鱼凫遵照蚕丛王的命令，率领队伍，前去征讨彭公。

　　鱼凫率领的队伍，主要是自己部落中的人马，加上蚕青带来的一支蜀山氏族人组成的队伍，联合在一起，形成了一支混编的讨伐兵马。鱼凫的几个弟弟也参加了这次讨伐行动。对于鱼凫部落来讲，举族参加这样的重大军事行动，还是有史以来第一次。以前虽然多次举族狩猎，也曾和其他部落发生过矛盾与争斗，但像这样真刀实枪地去征讨一个部族，确实是从未有过的事情。因为是蚕丛王的命令，又有蜀国主力队伍的配合，因而参加这次讨伐行动的鱼凫族人都很踊跃，都为之而感到兴奋，同时也禁不住有些紧张。

　　鱼凫没有想到最近竟然会发生这么多的重大变化，濮氏父子眼看着就失败了，彭公肯定也是必败无疑。鱼凫心中有点庆幸，幸好自己选择了追随蚕丛王，如果自己跟随濮氏父子，后果则不堪设想。有时得失与成败，就在一念之间啊。彭公就是贪图美色与财宝，而跟错了人，做了错误的选择，如今就要为之付出沉重的代价。想到这些，鱼凫便有点感慨，既为彭公感到惋惜，又觉得彭公真是活该。

　　鱼凫对彭公还是比较熟悉的，以前曾见过几次面，狩猎或捕鱼的时候也偶然遇见过。鱼凫还曾打算为弟弟娶一个彭族的姑娘为妻，双方建立联姻关系，由于某种原因，此事最终未能成功。鱼凫知道，彭公比较好色，因而妻妾较多。据传彭公的好色，与常人颇有不同。彭公有一套御女之法，认为只要运用得法，就能使人长寿。通常情况下，一个男人如果过分好色而不知节制，房事过度就会伤身费神，脸色憔悴。而彭公日御数女，身体却更加健硕，满脸红光，故而乐此不疲。当然，这一切都是传闻，真假究竟如何，外人不得而知。鱼凫对于这些，也是略有所闻而已，一直将信将疑，曾想找个机会向彭公当面求证一下，却始终没有合适之机。但这一切都是旧话了，现在已经分道扬镳，成了兵戎相见的对手。

鱼凫率领兵马来到了彭族的大寨外面，派人向彭公传话，要求彭公出来见面。

彭公自从濮氏兄弟大败溃逃之后，也慌忙率众逃回了自己的大寨。此时听说蚕丛王派鱼凫率兵前来讨伐，带来的兵马很多，心中大为惊慌。彭公赶紧带了心腹随从与护卫人员，登上寨楼，眺望外面的情形。

在当时的诸多部落中，彭族也算得上是一个较大的部族了。在生活习俗上，濮族喜欢居住干栏式房屋，彭族喜欢选择地势较高的地方建寨而居。彭公的大寨，如同濮君的中心聚落，前有栅门，周围有树木围栏，防卫也同样比较薄弱。那时濮族与彭族都不知道筑城之法，故而都保持着各自不同的建筑特点。

彭公为人随意性很大，曾与当时的很多部落都有交往，保持着友好关系。彭公与斟灌族的老首领以前就常有往来。彭公与濮君以及濮氏兄弟，过去也交往较多，时常相聚。在蚕丛王举行盛大祭祀活动，邀请诸多部族首领歃血结盟的时候，彭公也应邀前往，参加了仪式，饮了血酒，与大家一起立下了誓言。彭公对蚕丛王还是比较敬佩的，知道蚕丛王是一位非同凡俗的很了不起的人物。但彭公与蚕丛王相识尚浅，交往不多，缺少更多的了解与相知，也仅仅是一般的佩服而已。当濮山私下拜访彭公，用美女与财宝拉拢彭公的时候，彭公禁不住诱惑，很草率地与濮氏兄弟结成了同盟，企图反对蚕丛王，为濮氏夺取盟主之位效力。彭公原以为此事很简单，结果却出人意料，与计划大相径庭。濮氏兄弟的阴谋，犹如春天阳光下的雪人，看起来漂亮诱人，却经不得风吹日晒，遭到蚕丛王强有力的反击与扫荡，转眼就崩溃了，成了被消融掉的残雪。这件事情变化如此之快，就像做了一场荒唐的残破之梦。等彭公明白过来的时候，已经陷入了一个很尴尬的境地。除了濮山最初送来的几位濮族美女，彭公其实什么好处都没有捞到，却成了被蚕丛王讨伐的对象。彭公此刻真的有些懊悔，但懊悔又有何用呢？面对目前既尴尬又狼狈的境况，究竟怎么办才好呢？

彭公看到了骑在马上耀武扬威的鱼凫，看到了手持兵器与弓箭围住大寨的众多兵马，心中慌乱不已。彭公知道，彭族的武装兵力很有限，恐怕很难抵挡面临的进攻。如果开战，彭族必败无疑。但彭公也绝不愿意束手就擒，不管怎么说，自己也是一个大部族的首领啊，哪能这么轻易地就输了呢？

鱼凫此时也看到了寨楼上的彭公，策马上前几步，大声喊道：彭公听着，我奉命前来，你还不快快下来见我！

彭公强打精神，也大声说：我就站在这里，你有话就直接说吧！

鱼凫说：你为何要和蚕丛王作对啊？犯下了图谋不轨之罪！

彭公苦笑道：我并不想和蚕丛王为敌，都是濮山骗的。

鱼凫说：你既然参与了阴谋，岂能推卸责任？

彭公说：我是上当受骗啊，请鱼凫兄鉴谅！

鱼凫说：我鉴谅没有用，你只有自己去向蚕丛王说清才行！

彭公迟疑道：我现在不能去，就请你帮我转达吧。

鱼凫说：我奉蚕丛王之命前来，就是要带你去见蚕丛王，你岂能不去？

彭公说：我身体不适，行走不便，现在真的不能去啊。

鱼凫说：听你声音，又没患病，可以骑马而行啊。

彭公说：等过些日子，我再去拜见蚕丛王吧。

鱼凫说：蚕丛王的命令，岂能违抗？你不必再推脱！

彭公不愿意去见蚕丛王,主要是担心遭到蚕丛王的严惩。现在待在彭族的大寨里,自己仍是自由自在的首领,若随同鱼凫去了王城,就成了束手就擒的囚徒,生死也就由不得自己了。虽然自己并未当面与蚕丛王为敌,却毕竟参与了濮氏兄弟的阴谋啊。蚕丛王无论怎样惩罚他,都是有理由的。正因为有此担心,彭公当然是一千个不愿意去王城了。但彭公又不敢得罪鱼凫,只能寻找各种借口,希望能说服鱼凫,帮他向蚕丛王转述降服与归顺之意。

彭公沉吟着说:鱼凫兄啊,我就是要去见蚕丛王,也要筹集一些孝敬的礼物才行哪。我准备向蚕丛王献牛、献马、献羊、献猪,还要献上我们彭族的美女,向蚕丛王表示我的诚挚之心。这要费些工夫才能办好啊。故而,务请鱼凫兄鉴谅啊。

鱼凫见彭公如此表态,知道彭公已经不敢顽抗。但彭公究竟是真心归顺蚕丛王呢,还是故意玩弄花招,鱼凫对此颇有疑问。鱼凫大声说:彭公,既然你是识时务的,就随同我去王城吧,你准备献给蚕丛王的礼物,随后办理也不迟啊!

彭公说:何必急于一时啊,我相信蚕丛王会明白我的心意的,也请鱼凫兄体谅我的苦衷啊。

鱼凫见彭公一味推脱,不愿听命,心中已大为不快。鱼凫这次奉命率兵而来,无论如何,一定要将彭公带去面见蚕丛王,才算完成任务。如果要迁就彭公,岂不无功而返吗?蚕丛王的命令,以及此次讨伐行动,岂不成了儿戏?这么一想,鱼凫便有些恼怒了,高声责问道:彭公,你为何如此啰唆啊?我只问你一句话,蚕丛王的命令,你究竟服不服从?

彭公赶忙说:当然服从,肯定服从。

鱼凫说:蚕丛王命令我这次一定要带你去王城见他,那你为何抗命不从?

彭公辩解道:我只是请求宽延几天而已,并非抗命啊。

鱼凫说：多言无益，我再问你，现在是你说了算，还是我说了算？

　　彭公苦笑一下，一时竟不知如何回答才好，迟疑着说：这……

　　鱼凫发怒道：如果你拒不遵命，那就休怪我不客气了！

　　彭公见鱼凫如此说话，心中也很不高兴。彭公心想：鱼凫你应该通情达理才对啊，却如此威胁我，难道我就真的怕你啦？为什么一定要买你的账啊？彭公又想：我现在先不搭理你，又看你能怎么样？彭公这么想着，便转身，准备离开寨楼。

　　鱼凫此时已经执弓在手，从箭袋里拔出了羽箭。这是鱼凫打猎时遇到猛兽才使用的强弓利箭，力道甚大，能百步射倒野猪与虎豹熊罴。说时迟那时快，就在彭公转身要走下寨楼之际，鱼凫已射出一箭，正中彭公左膀，当即将彭公射翻在地。寨楼上下，顿时一片慌乱。

　　鱼凫大声呐喊，指挥队伍迅速发起了攻击。彭族大寨的栅门，眨眼工夫就被攻破了。前来讨伐的队伍舞刀挥戈，奋勇争先，就像决堤的洪水一般，汹涌而入，彭族的人哪里抵挡得住。鱼凫纵马而进，鱼凫的几个兄弟和一些得力随从紧跟其后，很快就冲到了寨楼下面，擒拿住了彭公。旁边的一些侍从人员抢上前来救援彭公，被鱼凫的人马逼退了。彭族的人在大寨中四散奔逃，有的呼喊，有的准备相拼，有的慌乱逃匿，就像被捣破了蜂巢的蜂群，顿时乱成一片。

　　鱼凫呵斥彭公说：你是敬酒不吃吃罚酒啊！快快叫你手下人都放下武器，抵抗无益！免遭杀戮！

　　彭公左膀中了箭，幸好不是要害部位，尚无大碍。此时挣扎着吩咐随从，传令整个部族，不做抵抗，表示降服。随同鱼凫攻进彭族大寨的蚕青，此时也传令部下，不得伤害彭族的民众。鱼凫的几个兄弟则乘胜进入了彭公的居所，搜罗了彭公的一些珠宝财物，匆匆用袋囊装了，放于马背上，之后悄然带回了鱼凫部落。当时彭公的妻妾与家人看到彭公负伤被擒，犹如大难临头，一个个都惊慌失措，除了保命，其他什么都顾不得了。

鱼凫与蚕青控制了形势，大寨中的混乱渐渐平息下来。

鱼凫吩咐给彭公包扎了箭伤，找来了马匹，准备带去王城面见蚕丛王。

彭公同妻妾与家人分别时，妻妾们都哭了。彭公吩咐说：如果蚕丛王将我砍了头，你们就派族人去把我的尸体运回来埋了，然后你们就自己过日子吧。妻妾们哭泣道：你向蚕丛王认罪求饶啊，求得蚕丛王的宽恕吧，我们都盼你回来啊。彭公感念妻妾们的情义，生死关头，尚能如此恋恋不舍，不由得也流下了热泪。

鱼凫见状，也颇有些感叹。对彭公说：你有何法，能赢得女人如此欢心？

彭公叹息道：说来话长，纵有妙法，此时又有何用啊？

鱼凫说：你本应好好享乐，何必去和濮山一起蹚浑水呢？

彭公懊恼不已地说：是啊，现在后悔也晚了。

鱼凫说：虽然后悔已迟，但只要能悔改也还不晚。

彭公试探地问道：难道蚕丛王会宽宏大量放过我吗？

鱼凫说：这要看你是否真心归顺啊。

彭公忙说：我是真心归顺的，上天可以作证。

鱼凫嘲笑道：如果我不射你一箭，将你擒拿了，你会随我去王城吗？

彭公黯然神伤道：哎……

鱼凫说：如果我要你的命，本来可以一箭射穿你要害的。

彭公此时成了鱼凫的俘虏，一切任凭鱼凫说了算。彭公已经明白了鱼凫的神力与箭术的高明，心中除了懊悔，又多了一些怅惘与畏惧，一时也不知说什么才好。

鱼凫又说：蚕丛王派我率兵而来，曾嘱咐过我，我是遵命而行。现在我将你带去王城，就完成了使命。此后，你的荣辱与生死，都由蚕丛王决定，就看蚕丛王怎么来处置你了。

鱼凫这样说话，既是谴责彭公，也是要让彭公明白，今天擒拿他不过是奉命而行，并非鱼凫不讲情面。是彭公自己害了自己，怨不得别人。现在生杀大权，都掌握在蚕丛王手中。而蚕丛王会如何处置他，则是一个极大的悬念。

彭公生死难测，不由得浩然长叹：事至如今，也只有听天由命了。

蚕丛王在王宫大殿内召见了凯旋的鱼凫，询问了征讨的经过，鱼凫如实做了禀报。对于鱼凫的当机立断，蚕丛王表示了称赞。鱼凫能如此果断地擒获彭公，这使蚕丛王感到高兴。蚕丛先前就已判定彭公绝非鱼凫对手，情况发展也确实如此，一切都在蚕丛王的意料之中。蚕丛王派人召集了几位部族首领，一起来提审彭公。部族首领们得悉擒获了彭公，当即骑马赶来王城，汇集了王宫中。

蚕丛王随即吩咐，将擒拿后押解到王城的彭公带上了大殿。

彭公被反缚了双手，左肩膀包扎了麻布绷带，神色灰暗，精神沮丧，衣冠不整，步履踉跄，在两名侍卫的夹持下，来到了蚕丛王的面前。

蚕丛王用威严锐利的目光注视着彭公。面前这位参与了濮氏兄弟阴谋的彭族首领，是如此的狼狈不堪。濮氏父子逃走了，彭公被擒了，这场反叛阴谋也就彻底完结了。至于如何处置彭公，蚕丛王心中有数，对此早已做过考虑。大殿里面，还有柏灌、鱼凫、蚕武、蚕青等人，以及应邀而来的一些部族首领，陪侍在蚕丛王左右，也都冷冷地看着彭公。他们都等候着蚕丛王发话，就看蚕丛王如何发落与处置彭公了。大殿内外，分列站立着佩刀执矛的侍卫。自从发生了濮氏阴谋反叛事件之后，王城就加强了警戒，王宫也增添了护卫。这些护卫人员，都是蜀山氏部族中精悍的青壮年，由蚕丛王亲自挑选出来，经过训练，配备了精良的武器，组成了王宫侍卫队伍。有了这些忠诚而骁勇的侍卫，王宫的安全也就获得了很好的保障，同时也充分彰显了蜀王的权威。

片刻之间，谁都没有说话。王宫大殿里静静的，充满了威严冷峻的气氛。彭公被彪悍的侍卫带进大殿，一看到这样的场面，便禁不住瑟瑟发抖。彭公平日都过着潇洒威风的日子，哪里经历过此等情景啊。彭公低着头，自知难逃严惩，不敢看蚕丛王，也不敢看陪侍在蚕丛王左右的那些部族首领们。大殿里的沉默气氛，给彭公造成了一种极大的心理压力，使得他几乎喘不过气来。彭公心想：当初自己怎么糊里糊涂就中了濮氏兄弟的圈套呢？千不该万不该，也不能反对蚕丛王啊，这是自己有生以来犯下的最愚蠢的一个错误了。现在，蚕丛王就要当着各部族首领的面，下令砍掉他的脑袋了，哎！彭公绝望地长叹一声，想到从此再也不能和妻妾们在一起过快乐日子了，不由得泪流满面。

蚕丛王注意到了彭公的神情变化，喝问道：彭公！你哭什么？

彭公声音发颤，流着泪说：小人该死，罪不容诛，请大王严惩吧。

蚕丛王说：你自己说说，你犯下了什么罪啊？

彭公说：小人被濮山蛊惑，答应支持濮族，小人糊涂啊。

蚕丛王喝问：濮山向你许诺什么好处，使你答应了濮山？

彭公说：濮山许诺给我十位濮族美女，还有珠宝，小人好色，又贪财，也没有多想，就糊里糊涂地答应了。

陪侍在蚕丛王左右的各部族首领，见彭公一开口就承认了自己的好色贪财，导致自己误入歧途，如此坦然供述，不由得暗自窃笑。

蚕丛王也觉得有点好笑，知道彭公说的都是实话，并未隐瞒实情。又问道：依你所言，你并非真心参加濮氏阴谋，事情真的这么简单吗？

彭公说：小人一时糊涂，铸下大错，现在懊悔也晚了。

蚕丛王问道：你懊悔什么？

彭公说：大王结盟创国，号令天下，濮氏想夺盟主之位，那是逆天而行啊。我本来是追随大王的，却禁不住濮山诱惑，犯下大错。我真是糊涂啊。

蚕丛王问：你既然已经知错，又为何不改？

彭公忙说：我改呀，我正在筹集族中的牛马猪羊，要献给大王，痛改前非。

蚕丛王又问：你为何不愿随鱼凫前来见我？

彭公说：我是害怕呀，又想等到筹集好了东西，再来拜见大王。

蚕丛王说：你害怕什么？你知道我会怎样对待你吗？

彭公说：我担心大王要砍了小人的头，所以我害怕呀。但小人已经犯下大罪，只有听天由命，任凭大王处罚了。

蚕丛王见彭公句句说的都是实话，不由哈哈一笑道：知错能改，善莫大焉！我为什么要砍你的头啊？当即挥手吩咐侍卫，给彭公松了绑。

彭公立刻明白，蚕丛王是不会杀他了，当即便扑通一声跪在了蚕丛王的面前，叩首说：多谢大王宽恕之恩！小人从此跟着大王，听从大王调遣，忠心耿耿！苍天作证，决无二心！

蚕丛王见状，上前两步，将彭公搀扶起来，宽洪地安慰道：好啊！你若有此忠心，也就既往不咎了。

彭公见蚕丛王赦免了自己的参与谋反之罪，而且如此宽宏大量，不做任何惩罚，真的是感激涕零，又再次叩首谢恩。然后才起身，站在了一边。

蚕丛王神情豪迈，环顾左右，对各位首领们说：我们结盟创建蜀国，这是奉了诸神的旨意，也是民心所向。得道多助，失道寡助啊！逆天而行，肯定是没有好结果的！濮氏是自取其咎，所以败亡了。彭公能知错认错，痛改前非，犹如悬崖勒马，重归坦途。这也是坏事变了好事，但前事之鉴，是不能忘记的，以后一定要牢记教训啊。

彭公连声说：小人记住了，大王再生之恩，没齿难忘。

各部族首领们听了，也都频频点头，对蚕丛王充满了敬佩。

蚕丛王又语重心长地说：我遵照神旨，与诸君结盟，创建蜀国，本是奉天承运之举。你们要知道，我身为盟主与蜀王，又奉了神旨，所以号令天下，你们一定要遵循！同时你们也要明白，蜀国并不是盟主与蜀王一人之国，而是天下百姓之国，必须万众一心，才会繁荣昌盛。现在，蜀国如日初升，来日方长，有很多事情今后都要仰仗诸位共同努力啊！

部族首领们齐声道：大王号令，天下共遵！谁若抗拒，群起诛之！

蚕丛王笑道：好啊，盟誓如山，同心协力，我与诸君共勉之！

蚕丛王当着各部族首领的面，宽宥了彭公，再次重申和强调了盟誓的重要性，自有其深意。从此之后，盟主与蜀王之位，自然是更加稳固了，与各部族首领之间的君臣关系，也更为融洽了。蚕丛王的宽仁之名，也在蜀国境内广为传播。一些非常偏远的小部落，风闻了有关蚕丛王的种种神奇传说，滋生了向往之情，纷纷投奔而来，也都归顺了蜀国。正如蚕丛王所言，濮氏谋反作乱，本来是一件很严重的坏事情，经过蚕丛王宽严结合的处置，反而变成了一件促进蜀国团结和谐发展的好事。这也真的是谋事在人成事在天，所谓天意如此吧。

鱼凫与各部族首领离去后，彭公也向蚕丛王辞别，返回了自己的部族。

蚕丛王叫来了蚕青，再次询问了讨伐彭公的经过，进一步了解了其中的详情。蚕青说道：鱼凫的两个兄弟曾进入彭公的住所搜罗，至于搜罗了些什么，则不得其详。关于此事，鱼凫却没有向蚕丛王提及。蚕丛王想了想，也许是当时情形混乱，鱼凫没有留意吧。从大局来看，委派鱼凫讨伐彭公，办理得还是出色的。至于一些小事与细节，也就不必过多追问与细查了。

彭公为了向蚕丛王的宽恕之恩表示感谢，同时也为了表达自己对蚕丛王的忠心，回到部族之后，便筹集了许多牛马猪羊，又特地挑选了几位美貌少女，过了几天，就亲自送到王城，贡献给蚕丛王。蚕丛王看重彭公的悔过与归顺，却并不想要彭公的礼物，便婉言推谢。彭公坚持再三，一定要将这些供奉给蜀国王朝。蚕丛王考虑，王朝以后向蜀国民众与各部族征收贡赋也是应该的，就算是一个开头吧，便接受了彭公的供奉。对于几位彭族少女，蚕丛王交付给西陵氏，跟着西陵氏学习缲丝织锦，便成了王宫中的侍女。蚕丛王对此奖勉了彭公，彭公的心情这才彻底变得轻松起来。从此之后，彭公又逐渐恢复了往昔的快乐生活，这已是后话了。

蚕丛王妥善处理了此事，空闲之际，又和蚕青聊过几次。蚕丛王关心的主要是蚕青在此事中发挥的作用。蚕青年纪尚轻，这次能带兵协助鱼凫出征，擒拿彭公后还能约束队伍，已经难能可贵，确实做得很不错了。蚕丛王的目的，就是要让两个儿子多参与蜀国的各种大事，让他们多经受锻炼与磨砺，培养他们应对与处理各类事务的能力，希望将来他们都能够独当一面，担当重任，发挥各自的重要作用。

对于自己的两个儿子，蚕丛王父爱如山，考虑得非常长远。现在，蚕武已经娶妻成婚，再过两年，蚕青也要成家了。蚕武的性格比较要强，但心地单纯，遇到事情，通常不够细心，考虑问题也比较简单。蚕青要细致一点，遇事比较沉得住气，但不够威猛，缺少霸气，有时甚至显得有点软弱。知子莫如父，两个儿子的长处与短处，蚕丛王都了如指掌，深知只有通过磨砺才能使他们变得成熟起来。如果是以前的部族生活，对儿子尚可以放任不管。自从离开岷江上游河谷，迁徙出来之后，筑城而居，整个情形已发生极大的变化。通过结盟创国，蚕丛王现在已是号令天下、深受各部族拥戴的盟主与蜀王了，蚕武与蚕青也成了显贵的王子。儿子的身份变了，蚕丛王对他们的要求自然也就更为严格，也更全面了。蜀国将来要长治久安，王位要代代延续，宏图伟业能否兴旺繁荣，与继承者是否英明杰出，是大有关系的。正是出于这些深远的考虑，所以蚕丛王对两个儿子也就有了许多相应的安排，刻意培养蚕武、蚕青的大气与能干，希望他们能成为蜀国的顶梁柱。这样，蜀国的将来，就后继有人了。

蚕丛王特别关心的还有一个人，就是即将成为女婿的柏灌。蚕丛王真的是很喜欢柏灌，这倒并不仅仅是因为柏灌聪明能干，更主要的是柏灌很有见识，有很好的大局观，与蚕丛王在精神上与情感上都相契合，对治国兴邦方面有很多想法都非常一致。同两个儿子相比，柏灌不像蚕武和蚕青那么高大雄壮，但才干与见识却明显地要强出许多。还有就是柏灌的诚挚与追随，也是蚕丛王格外信任和倚重的原因之一。在这次反击濮氏阴谋叛乱的过程中，柏灌率着斟灌族的队伍迅速赶到，给了濮氏兄弟迎头痛击，发挥了很关键的作用。现在，濮氏的事件已告一段落，处置了这件棘手的事情，蚕丛王就可以腾出手来，考虑其他的重要大事了。

蚕丛王召来了柏灌，共商准备要做的几件事情。

蚕丛王说：舟船造得差不多了，我们可以去远方看看了。

柏灌说：大王要亲自乘船远行吗？

蚕丛王说：我是很想亲自远行啊，但蜀国初创，还有很多事情不能脱身啊。所以呢，只有派你来担此重任了。

柏灌说：我没有驾船远行的经验啊，怕有负重托。

蚕丛王面露微笑道：这有什么关系？你只要率队远行，就行了。

柏灌说：大王说的率队远行，准备派遣一支多少人的队伍？计划远行多久呢？

蚕丛王说：远方有很多邦国，我们所知甚少，只有走出去，与之建立联系，以后才好相互往来。委派你作为蜀国使臣，代我出行，所以队伍人数也不能太少了。究竟多少合适，就由你来确定吧。至于远行时间，短则数月，长则一年，也由你决定。你看如何？

柏灌见蚕丛王将如此重大的任务交付给自己，心中既为之兴奋，又感到了压力。率队驾船远行，去和远方的邦国打交道，可不是一件闹着玩的小事情啊。且不说时间漫长，旅途遥远，一定会遇到许许多多艰难险阻，更何况人世间与江湖中的险恶，也难以意料啊。肯定会有数不清的困难等着他们去克服。想到这些，既有担忧，又有诱惑，柏灌的思绪便有些复杂。

蚕丛王用睿智而亲切的目光看着他，又说：你意下如何？

柏灌说：大王考虑得已经很周全了，我还没有想过此事。

蚕丛王说：我也只是有些初步想法而已，具体筹划，还要和你商量，然后才定。

柏灌说：大王深谋远虑，高瞻远瞩，我听大王的。

蚕丛王笑道：这件事情还是由你来谋划吧，不必谦让。

柏灌想了想，点头说：好吧，那我就开始筹备了，就怕有不周之处，还请大王及时提点。

蚕丛王鼓励道：千里之行，始于足下，万事只要开了头，就好办了。这件事情，对蜀国关系重大，晚做不如早做，你就放开手脚，大胆筹划吧。

蚕丛王对此决心已定，柏灌当然是要遵命而行。此事就这样确定了。

柏灌奉命筹划这件大事，开始为率队远行做准备。

经过数月努力，柏灌督造的舟船与巨筏已经有数十艘，都停泊在江畔码头附近。造船还在继续，人员往来，络绎不绝。有了舟船，还需要熟练驾驭，这项训练活动也随之开始了。站在王城的城墙上放眼望去，场面热闹，很是壮观。

柏灌从斟灌族中挑选了一百多人，组建了一支准备远行的骨干队伍。这些都是本族中精悍能干的青壮年，体力强健，能够吃苦耐劳，具有很强的战斗力，对柏灌唯命是从。柏灌给他们配备了刀剑弓矢，全副武装，并进行了训练。以后柏灌率领这支队伍远行，途中的安全就有了保障。柏灌又从各部族中征调了一批熟悉水性、善于驾船之人，专门负责远行途中驾驶舟船。对于远行需要携带的物品，柏灌也开始筹集，队伍途中要吃的粮食，以及与远方邦国交往时要赠送的礼物之类，都考虑在内了，尽可能地齐备。柏灌有条不紊地准备着，并向蚕丛王做了禀报。蚕丛王觉得柏灌考虑得很周详，对此深表赞赏。

柏灌尚未率队远行，消息已渐渐传播出去，蜀国王城内外的民众都知道了这件事情。身居王宫内的蚕蕾也得知了此事，想到柏灌此行，要冒很多风险，又不知何时才能回来，心情便有些复杂。自从大哥蚕武娶了鱼雁之后，蚕蕾也时常想到自己的婚事，对以后与柏灌的成婚充满了憧憬。现在，眼看着柏灌就要远行了，自己又怎么办呢？蚕蕾觉得有点担忧，有点舍不得，又有点无奈，便来到了西陵氏身边，想把自己的想法告诉母亲。母女自然是最亲近的人，母女两人无所不谈，尤其是感情方面的私房话。

西陵氏忙完了儿子蚕武的婚事，但也并未清闲，王宫中的很多事情都要她操心忙碌。自从迁徙以来，西陵氏看到部族不断兴旺，虽然诸事忙碌，难得享受清闲之福，心里却是分外高兴的。对于女儿蚕蕾的婚事，西陵氏也早已考虑，并开始着手准备了。因为柏灌是蚕丛王的心腹大臣，又是斟灌族的大首领，与蚕蕾的婚事当然也是要办得隆重热闹才好。最近柏灌就要遵照蚕丛王的命令率队远行了，西陵氏得知后也很关心此事，准备亲手为柏灌缝制几套衣服，让柏灌带在途中，季节变换时便于换洗。就在西陵氏抓紧缝制衣服的时候，蚕蕾来到了身边。

西陵氏看到女儿满腹心事的样子，便放下手中正在缝制的衣服，关切地问道：看你闷闷不乐的，什么事儿使你不开心呀？

蚕蕾偎依在母亲身旁，小声说：孩儿听说父王要派柏灌去很远的地方，是不是真的呀？

西陵氏说：是啊，柏灌要率领一支队伍，不久便会奉命远行了。

蚕蕾问：为什么要去那么远的地方啊？

西陵氏说：你父王派他去联系远方的邦国嘛，为了以后相互往来啊。

蚕蕾说：父王为什么不派其他人啊，偏偏要让柏灌去呢？

西陵氏微笑道：因为柏灌能干呀，你父王信赖柏灌嘛。

蚕蕾说：可是我不放心，能不能让父王派其他人去呢？

西陵氏将蚕蕾搂在怀里，亲切地笑道：有什么不放心的？这是好事啊。

蚕蕾说：路途遥远，去的时间又长，能不担心吗？

西陵氏说：柏灌又不是独自远行，要带一支队伍，还有很多船，途中不会有事的。你父王派他去，也是为了让他多磨炼，以后才能担当大任。

蚕蕾听了，了解了父王的用意，但情感上还是有点舍不得让柏灌离开王城率队远行。如果分别很久，见面不易，想念了怎么办呢？蚕蕾娇嗔地请求说：可是，我担心嘛，你向父王说说，让柏灌留在王城，派其他人去不好吗？

西陵氏笑道：好女儿，我知道你的心意，你父王已经决定了，哪能轻易改变呢？就让柏灌远行一次吧，你在王城耐心等他归来。你父王说了，长则一年，短则数月，柏灌就回来了。那时，就要为你和柏灌举行婚礼啦。

蚕蕾的脸颊上浮起了红晕，娇声说：阿妈，这也是父王的意思吗？

西陵氏说：当然啦，你父王把很多事情都考虑好了。

蚕蕾见父母把所有的事情都考虑得十分周详，自己还能说什么呢，只有遵循了。

西陵氏知道女儿大了，有了自己的情感牵挂，已经开始挂念和心疼未来的丈夫了，这也是一件好事啊，脸上不由得挂满了笑容。蚕蕾与柏灌自从订婚以来，经历了许多事情，包括大地震、大迁徙、修筑王城、结盟建国，柏灌成了蚕丛王倚重的蜀国大臣，蚕蕾也长成了大姑娘，两人经常见面，感情很自然地加深了，增添了依恋，看来得加紧为他们筹办婚事了。

西陵氏笑着说：你看，我正在为柏灌缝制远行的衣服呢，你也来为心上人动动手吧。

蚕蕾娇羞地笑笑：说，嗯，还是阿妈想得周到。便偎依在母亲身边，一起缝起了衣服。

蚕蕾知道，母亲为柏灌准备行装，主要是出于关心和体贴。而自己怎么没有想到这些呢？既然蚕丛王已经确定了，柏灌是一定要率队远行的，那就只有祈祷天神保佑他一路平安，早日归来了。蚕蕾协助母亲缝制衣服，想到正是深秋时节，冬天就要来临了，便专门为柏灌做了贴身穿的裹肚，还用羊羔皮缝制了短袄，有利于柏灌在远行途中抵御风寒，把自己对柏灌的满腔真情，都倾注在了一针一线之中。

西陵氏对许多小事考虑得确实比较周全，除了亲自为柏灌准备行装，还提醒蚕丛王为柏灌多配备些得力助手，在物品方面也尽量筹集得充裕些为好。蚕丛王对此其实早有考虑，为柏灌提供了充足的装备，还去冶炼作坊精心锻造了一柄利剑，配以精致的剑鞘，作为蜀国使臣的权柄象征，授予柏灌，以号令随行队伍。此剑形状特别，如同柳叶，双边开刃，极其锋利，让柏灌随身佩带，沿途也可以充分发挥宝剑防身的作用。此外，准备更多的则是礼品。柏灌远行的目的，是为了和其他邦国友好往来，所以玉帛自然是比干戈更重要了。

当这些都逐渐筹备齐全之时，柏灌出发的日子也就临近了。

第十一章

　　蚕丛王在王城郊外的河畔码头上，为柏灌举行了送行仪式。

　　宽阔的河面停泊着数十艘舟船，已做好了出发的准备。岸上，还有一支数十人组成的马队，也已整装待发。这样，水陆兼顾，远行途中就有了相互照应，可以行船，可以登岸，有利于远行队伍的安全保障，也便于与远方友邦的交往。这是蚕丛王和柏灌商量后，做出的一项决定，比原来的计划显然是更为细致和缜密了。

　　王城内外的很多民众都热切地集聚在了河畔，来观看这次非同寻常的出行。

　　蚕丛王骑马而来，在河畔下了马。跟随着蚕丛王的一大群侍卫，也都下了马，在堤岸上列队而立。蜀国的很多大臣都随同而来，一些部族首领也特地骑马赶来送行。王宫中的很多人也来到了码头，西陵氏和蚕武、蚕青、蚕蕾也来了。西陵氏带来了一包衣物，都是她和蚕蕾特地为柏灌缝制的。

　　柏灌早已到了，这个时候正等候到码头上。

　　蚕丛王走到柏灌面前，从侍从手上取了精心铸造的宝剑，语重心长地对柏灌说：我将此剑授你，命你为蜀国特使，你可以此号令部众，并全权代表蜀王与友邦交往。希望你马到成功，不辱使命！

　　柏灌上前一步，双手接了宝剑，郑重地说：谨遵王命！

　　蚕丛王给陶盏斟满了佳酿美酒，亲自递给柏灌，郑重地说：饮此美酒，给你壮行！

柏灌双手接了，说：谢大王！然后一饮而尽。

西陵氏此时上前，将衣物递给了柏灌，亲切地说：带着路上穿吧。都是我和蕾儿为你缝制的。

柏灌接了衣物，心中很感动，连声说：多谢了！

西陵氏叮嘱说：你奉命为蜀国远行，路上多加小心，我们都等你平安归来。

柏灌看到了陪伴在西陵氏身边的蚕蕾，蚕蕾正脉脉含情、恋恋不舍地看着他。柏灌的眼睛也有些发热，想到此次奉命远行，要很久才能回来，心中便油然地多了许多牵挂。柏灌注视着蚕蕾，过了一会儿才将目光收回来，对西陵氏说：请王后放心，我记住了，我会小心的。预计一年左右吧，我一定完成使命，顺利而归！

柏灌向蚕丛王辞行，然后揖手向前来送行的各部族首领与大臣们告别，又向西陵氏和蚕武、蚕青、蚕蕾揖手而辞，这才登上了舟船。堤岸上的蜀国王宫侍卫们吹响了牛角号，擂响了牛皮鼓。几十艘舟船就在热切的鼓角声中启程了。岸上的马队也随同出发。水陆两途相互呼应，渐渐地驶向了远方。

蚕丛王和送行的人们眺望着，一直到舟船与马队看不见了，这才返回王城。

柏灌率队远行，这是蜀国创建以来的第一次。

从跟随柏灌的族人，到驾船的部众，先前都没有远行的经历，对途中的地形地貌和土著部落、民俗风情一无所知。谁都不知道沿途会遇到一些什么，更不清楚远方究竟有哪些邦国，因而此行犹如探险，对前面未知的一切都满怀着新鲜和好奇。

柏灌乘船而行，有时也会随马队行动。因为此次远行主要是利用舟船，必须沿着江河向东，所以大方向是明确无误的。不过河道常有弯曲，河道两岸的地形也多有变化，遇到峻岭悬崖，舟船与马队有时会失去联络一段时间，有时会长达数天，然后在下游某个开阔的地方又会重新会合。舟船在河中航行，通常顺流而下，会比较顺利，但如果遇到险滩或激流，风险就比较大了，一不小心舟船就会撞坏或者颠覆。马队沿江而行，因为江边的地形变化复杂，也常会遇到各种难以预测的艰险与困难。柏灌和部众几乎天天都行走在风险与坎坷之中，那种艰苦备尝的滋味，真的是很难形容，也很难描述的。但肩负的王命，使他们充满了使命感，也给了他们极大的信心与勇气。所以，纵使有再多的困难与风险，他们都能乐观地、坦然地面对。

柏灌率领的队伍中间，有一位叫阿摩的族人。阿摩的父亲曾是斟灌族里的巫师，阿摩小的时候就开始跟随父亲修炼，其父去世后，阿摩也就子承父业，成了年轻的巫师。柏灌与阿摩自幼一起长大，关系甚好，情同手足。柏灌奉命远行，阿摩也自告奋勇，主动陪伴柏灌同行。柏灌对此当然很高兴，这倒不仅因为两人无话不谈，感情甚好，更重要的是阿摩懂得巫术，也具有一些通神的能力，还会驱邪治病，自然就成了柏灌这次远行途中最好的伙伴和帮手。

柏灌和阿摩经常在一起聊天，商量事情。两人有时会谈到巫术，谈到部族的兴衰，谈到蜀国的现在和将来。柏灌不太相信巫术，而阿摩对此却是深信不疑。阿摩可能真的具有某些特异功能，有时竟能像蚕丛王一样凝目远视，能预见一些即将发生的事情。有些征兆，别人也许会忽略不见，阿摩的感受却异常敏锐，能据此而做出预测与判断。阿摩称之为法力，说自己现在法力尚浅，所以预见的都是一些小事情，如果将来自己的法力增强了，通神的能力更加深厚了，就会无所不知。柏灌对此，将信将疑，只能姑妄言之姑妄听之。不过，阿摩能用巫术治病，在很多方面都与众不同，柏灌则是相信的。柏灌曾目睹阿摩施展巫术驱除邪祟，还能用法力驭使鸟兽虎豹。柏灌觉得很神奇，究竟是怎么回事？柏灌琢磨了许久，询问阿摩，阿摩也说不清其中的道理。阿摩会施法，主要出于家传。巫师的家族常有一些秘不外传的法术，大都依靠口授和从小训练，使之代代相传。有些部族，由于巫师能通神，受到族人的尊崇，通常也就成了酋长。所以古老部族中的很多大首领，也就是大巫师。掌握了神权，通常也就掌握了族权。但斟灌族是个例外，酋长与巫师是分而任之的，也可能是传统习惯使然吧。

柏灌年轻俊秀，见识超群，遇事敏捷，待人友善。阿摩在很多方面都自叹不如，因而对柏灌深为敬佩。其实阿摩在一些事情上还是颇有见解的，譬如关于蜀国的前景，和柏灌的看法就非常相同，因而两人就有了许许多多的共同语言。聊到蜀国，就会说到蚕丛王，柏灌对蚕丛王太熟悉太亲近了，心中怀有浓厚的崇拜之情；阿摩也认为蚕丛王是一位伟大杰出的人物，结盟建国确实是一件非常了不起的大事情，给各部族带来了兴旺，也给广大民众带来了福祉。对于这次远行，阿摩也觉得是一个很重要的谋划，对于蜀国将来肯定是很有意义的。虽然他们都不清楚远方有哪些邦国，也不知道会遇到什么情况，却相信一定会有收获。

天下确实太大了。以前长期待在一个地方，看到的只是自己部族周围的山水田野，一旦走了出去，才发现天地竟是如此广阔。途中，他们看到了那么多壮丽的山河，也经过了许多穷乡僻壤。离开王城之后大约过了一个月，他们沿江进入了峡谷地区，两岸都是崇山峻岭，山势连绵，地形险峻。这是此次远行途中最为艰险的一段行程，舟船小心翼翼地顺流航行，竭力避开险滩与礁石，但还是撞坏了几艘。马队在陆路要绕道而行，很多地方要披荆斩棘才能通过，也是险象环生。后来，马队与舟船终于又在下游开阔处会合了。他们在这里休整了数日，一边寻找土著居民了解情况，一边进行狩猎，以补充食物。

柏灌率领的队伍人数众多，时间长了，粮食供应就成了大问题。为了节省用粮，他们沿途经常打猎，有时也捕鱼。好在荒山野岭中鸟兽甚多，他们携带的弓矢在狩猎中发挥了大作用，每次都有收获，基本上解决了食物的来源。他们在江畔选择了一处树林，搭建了棚屋，暂时住下来，度过了寒冷的季节。大江中下游冬季的天气，真的是比蜀国冷多了。有一些随行人员因为水土不服而生了病，休息了好些日子才渐渐地调整过来。在休整的时候，他们除了打猎筹集食物，还砍伐了一些树木，对撞坏的舟船做了修复。

等到天气转暖的时候，柏灌率领队伍又整装出发，开始了后面的行程。他们顺江继续往东方航行，江面渐渐地变得更加宽阔了。以前在峡谷中航行，除了鸟兽猿猴，难得见到人影，大都是蛮荒之地。现在随着地势的平缓，人烟也逐渐多了。柏灌率领舟船，首尾衔接，顺江航行，颇为壮观，引起了沿途土著部落的好奇，常有一些部落居民跑到江边观看。

这样航行了一些日子，柏灌又停泊下来，和陆路马队会合，找了一些土著居民询问远方的情况。有年长者说：如果顺着大江一直向东，很多很多天之后，就是一望无涯的大海了。柏灌又向他们询问，如果向北，或向南，又是什么情况呢？当地的土著居民说：北方有一个很大的邦国，南方有很多的部落。了解到这些情况，使得柏灌产生了思考，是继续乘船航行，还是改由陆路而行呢？柏灌找来阿摩，经过商量，柏灌决定将船队留在江边休整，他和阿摩率领马队前往北方，去看看那个很大的邦国究竟是什么样子？

柏灌率领队伍向北方行进，走了很多天，经过了几座土寨，然后来到了一座很大的土城。已经是春天了，正是播种和庄稼生长的季节，北方正在闹旱灾，沿途土地干裂，一片荒芜，他们看到很多地方都有巫师在做祭祀。那座很大的土城，是北方邦国的王城，城墙修筑得特别高大，城门口有士兵守卫。柏灌他们走近土城的时候，有一支队伍从埋伏的地方突然涌出，阻挡了他们的去路，然后将他们包围起来。柏灌向领队的将军说明了此行的目的，是受蜀王之命特来拜访友邦的。将军早已接到探报，知道有一群武装的不速之客要来，故而率兵埋伏在这儿迎候他们。将军一副冷漠而戒备的态度，对他们的到来没有丝毫欢迎之意，当即便押解着柏灌与阿摩数人，进了王城，去见国王。柏灌看到国王坐在华贵的王位上，是一位上了年纪的人，头发已经花白，留着胡须，身穿王服，戴着王冠，穿着与说话都与众不同。国王的两侧站着很多佩剑执戈的卫士，戒备森严地注视着来人。

国王咳嗽了一声，然后很威严地问道：你们从何处而来？柏灌恭敬地回答：我们是奉命从蜀国而来。国王用阴鸷的目光打量着他们，问道：你们是来归降的吗？柏灌摇头说：不是。国王又问：那么你们就是前来打探消息，企图侵犯我国的了？柏灌说：也不是。国王有些不快，皱着眉头，喝问道：那你们是干什么的？柏灌说：我们来自遥远的蜀国，我们是来和你们交往做朋友的。国王摇了摇头说：天下莫非王土，万民都归我统治！如果你们不归顺，我就把你们关押起来！国王的声音听起来有点严厉，又有些古怪，与蜀国人说话的语调不同，而且很生硬。柏灌平心静气，终于听懂了。柏灌觉得面前这位国王是不是因为年迈而昏聩了？说起话来怎么如此霸道？对远道而来的客人为什么一点也不友好呢？柏灌这时拿出了带来的礼物，恭敬地呈送给了国王。礼物很贵重，其中有玉器，还有丝绸。国王的眼睛有点发亮，让身边的侍者收下了这些礼物，神态这才变得和善了一些。但国王还是不相信柏灌所言，不容商量地将柏灌与阿摩等人扣押了起来。

柏灌和阿摩，以及几名随员被关押在王城内的一所院子里，门口有很多执戈持矛的士兵看守。跟随柏灌而来的马队也被关押在了附近的一个地方。柏灌没有料到北方的王国竟然是这样接待远方客人的，接下来国王又会怎样对待他们呢？柏灌和阿摩商量，如何应对面临的处境。阿摩琢磨着，这位国王的权欲太重了，企图统治整个天下，要和这样的统治者讲道理是不行的，只有行使权宜之策，设法摆脱困境。柏灌也是这样想的，反正天无绝人之路，见机行事吧。

关押了几天之后，国王又派人将他们招来，询问他们那里是否也闹旱灾，又问他们是怎样求雨的。柏灌说：蜀国水多，水灾多，旱灾少，所以很少求雨。国王说：先王也治过水，现在反而不下雨了，刚刚长出来的庄稼都要干枯死了，因此必须求雨。国王又说：因为灾情严重，所以要焚烧一位巫师，祈求天神降雨。国王让他们也一起参加这个非同寻常的祭祀仪式。柏灌和阿摩有点纳闷，又有点惊讶，把巫师烧死了，难道天上就会降雨了吗？他们被士兵看押着，随同国王去王城郊外观看了求雨的祭祀仪式。那确实是一个从未见过的很残酷的情景，一位老巫师穿戴齐整，被放在柴草堆上，然后将柴草堆点燃了，烈火熊熊燃烧，很多人围着火堆舞蹈，向上天祈求呐喊。老巫师就这样很惨烈地被活活烧死了，连同柴草堆变成了一堆灰烬。天空依然烈日炎炎，一丝云彩都没有，毫无下雨的迹象。据说，这已经是第三次焚烧巫师了，前两次焚烧的是两位年轻巫师，这次将老巫师都焚烧了，却仍旧不起作用。国王很无奈，有点沮丧地率众回到了城内。

因为旱灾严重，田里的庄稼都要枯死了，河里的水也浅得快要见底了。有人向国王建议，焚烧本国的巫师已经不起作用，只有焚烧外来的巫师了。于是，国王又在王宫中召见了柏灌与阿摩，询问他们哪位是巫师。柏灌一下就紧张起来，很敏锐地感觉到了国王的不怀好意。国王见他们不吭声，指着柏灌说：你一定是巫师了。阿摩这时挺身而出，说：他是蜀王的使臣，我才是巫师。国王说：你真的是巫师吗？好啊，你帮我们求雨吧！阿摩说：我帮你们求雨不难，只要你将我们蜀王的使臣和随从人员放了，你要我做什么都行！国王放声笑道：好啊！如果求雨成功，我还要重赏你们呢！

国王立即传令在王城郊外又举行了一次盛大的求雨祭祀。阿摩换上了新的衣裳，就要被放上柴草堆了。阿摩向柏灌告辞说：渡过此劫，你们就平安了。柏灌流泪道：没想到会这样啊。阿摩说：用不着难过，天下事，自有定数。这时国王将柏灌所有的随同人员都放了出来，一起来观看这场祭祀仪式。阿摩按照斟灌族的习俗，在祭台上手舞足蹈，做了一番祷告。阿摩的巫觋之舞，热烈而又怪诞，吸引了国王与所有观看者的眼球。这是蜀国的祭祀方式，接下来就要遵循这儿的习俗，将阿摩放上柴堆去焚烧了。阿摩对国王说：你现在就把我们蜀王的使臣和随从们放了吧！国王说：等求雨成功，再放不迟！阿摩说：你可以烧掉我，但你一定要兑现诺言！国王说：只要下雨，我说过的话一定算数！

阿摩被国王的卫兵们抬起来，放到了柴堆上。柴堆很大，堆满了干枯的树枝与茅草。烈日炎炎，无风无云，现场一片寂静。眼看着阿摩就要被烧死了，柏灌的心里说不出的难过。随着国王一声令下，火焰被点燃了，干枯的柴草堆很快就燃烧起来，先是从四面燃烧，然后火焰向中间集中，形成了一片很大的烈焰。这时火堆上腾起了烟雾，笼罩了火焰中的阿摩，烟雾越来越多，向着天空升腾。天空这时也突然有了阴云，当烟雾与阴云连接的时候，轰然一声雷鸣，接着便突然下起了雨点。现场的人们都惊喜万分地欢呼起来。这真是前所未有的奇观啊！国王也没有料到祭祀求雨真的成功了，苍老的脸上顿时喜笑颜开。雨下了一会儿就停了，但毕竟是下雨了啊。

柏灌向国王辞行，国王不愿意让他们走，却又不能不兑现诺言。国王对柏灌说：我有很多王女，都很漂亮，我让你挑选一个，再给你建造一所大房子，以后你就住在我们王城吧！柏灌说：我出来很久了，王命在身，要回去禀报，以后还会再来的。国王说：以后的事情，谁说得清楚啊？柏灌害怕国王变卦，便投其所好说：我回去禀报蜀王，如果能说服归顺，你的国土就会更加宽广啦！国王一听，果然十分高兴，点头赞许说：好啊，如果愿意归顺，你就是大功臣啦！

国王终于同意让柏灌率领随行人马走了，却又坚持要嫁一位漂亮的王女给柏灌为妻。柏灌见到了那位王女，果然美艳非常。柏灌只能委婉地推谢说：等我准备了彩礼，再来迎娶啊！国王见柏灌说得有理，也就同意了。

柏灌被获准释放，事不迟疑，当天就率众离开了王城。在离开之际，柏灌又看了祭祀场所焚烧柴草堆的地方，那里除了一堆灰烬，什么也没有了。他们虽然获得了自由，却牺牲了阿摩的生命。想到同族的巫师阿摩就这样烟消云散了，柏灌心里很是伤感。柏灌和随行人员一离开王城，就快马加鞭，兼程而行。他们就像一群脱离了樊笼的鸟儿一样，要尽快和船队会合，然后撤离这个危险莫测的地方。

　　撤离途中，看到沿途的旱情依然严重，柏灌担心国王改变主意，所以每天都不停地赶路。国王因为灾情未解，对放走他们果然后悔了，派了一队士兵随后追寻，想将他们押解回王城。但柏灌他们骑马走得快，国王派出的士兵步行走得慢，距离自然越拉越远，始终未能追上。

　　柏灌终于回到了大江边船队停泊的地方，当他和船工们会合的时候，看到阿摩也从棚屋里走了出来。柏灌又惊又喜，跳下马，拉住阿摩的手，忙问阿摩是怎么脱离险境回到这里的。阿摩淡然一笑说：自小修炼巫术，上辈巫师曾传授过一些很高深的法术，其中有一项法术叫作遁法。阿摩在生死危急之际，也是急中生智，想起了这一法术，先是手舞足蹈，祷告了前辈巫师，然后借助烟雾，施展法术，没想到真的起了作用。就在大火升腾雷声响起之际，阿摩悄无声息地遁走了。

　　柏灌听了，很是高兴。柏灌原来对巫术了解不多，一直将信将疑，现在看到阿摩竟然能用巫术中的遁法逃离险境，堪称是从未有过的奇迹，真的是太神奇了！看来阿摩已经修炼成了一位法术高明的大巫师啦！柏灌想到，这次奉命而行，能有阿摩随行相助，逢凶化吉，安然无恙，确实很幸运啊。对斟灌族来说，有了阿摩这样的大巫师，能为部族消灾弭难，也是一件了不起的大好事情啊。

　　柏灌和阿摩脱险重逢，喜出望外，两人都分外兴奋。因为此地不宜久留，他们商量了一下，出来已经数月，快到约定回复王命的时候了，于是当天便离开了船队临时驻扎之地，启程返航。

蚕丛王在这年冬天，感到身体有点不适，也许是这几年过于劳累的缘故吧。从继任蜀山氏族酋长开始，经历了大地震、大迁徙，然后是修筑王城、结盟创国、平息濮氏叛乱，都是从未有过的大事情，蚕丛王为此殚精竭虑。如此劳累，身心疲乏，也是正常现象。

　　蚕丛王尽量使自己休息，一边服用草药，一边静坐修炼，借以调理身体。

　　蚕丛王天生异禀，具有很多特异功能。他能纵目而视，看到很远的地方，还能看穿人的心思，预测即将发生的一些事情。他的听力也出奇的好，能遥听人们说话，甚至能听懂鸟啼兽鸣中的含意，并能借此驱使祥禽瑞兽。这次在王宫中静坐修炼，使得蚕丛王的禀赋获得了增强，他的视听感觉似乎更加敏锐了。为了强健体能，蚕丛王有时会手持铜杖，独自翩然而舞。铜杖很重，一般人能双手持握或扛着行走就不错了，而在蚕丛王手里却挥洒自如，成了一柄得心应手的权杖与法器。在结盟创国之日，蚕丛王高举铜杖祷告天神，铜杖在阳光下闪烁出耀眼的光彩，曾使得诸多部族首领神迷心醉，为凝聚众心、响应号召发挥了神奇的作用。在蚕武大婚之日，濮氏兄弟在王城门口突然发难，蚕丛王挥舞铜杖抵抗那些叛乱者，这柄铜杖又成了一件威力无穷的武器。蚕丛王非常喜爱这柄亲手铸造的铜杖，随着使用次数的增多，这柄铜杖已经被赋予了巨大的法力。因为只有蚕丛王才能使用这柄铜杖，而且通常是在举行盛大祭祀或其他重要活动时使用，所以铜杖又成了王权与神权的象征。

　　当蚕丛王挥舞铜杖的时候，内心常会有愉悦之感，会油然感到兴奋与快慰。但有时的感受也会比较复杂，交织着一些悠长的沉甸甸的东西。出现这种感受，主要是蚕丛王考虑到了以后这柄神奇的铜杖交给谁来执掌的问题。蚕丛王以前很少考虑到这样的问题，当他身体不适的时候，脑海中便自然而然地冒出了这些想法。蚕丛王知道，他不可能永远都坐在蜀王与盟主的位置上，每个人都会生老病死，将来等到他衰老卧床之时，由谁来继承王位与权杖呢？从感情方面来说，蚕丛王最爱的，当然是自己的两个儿子和一个女儿了，但蚕武与蚕青的能力都过于平庸，若将权杖与王位交予他们，似乎并不妥当。其次就是即将成为女婿的柏灌了，见识与作为都在同辈人之上，是位难得的人才。每逢蚕丛王想到这里，心中便又有了一些欣慰。不管怎么说，儿子也好，女婿也好，都是这个世界上最亲近的人，也是自己最信任的人，无论将来自己何时病亡，总归是后继有人的。

蚕丛王在修炼的时候，经常沉思冥想，有时会联想到很多事情。其中有一些是将来的事，包括部族，包括王国，以后会如何发展，以及发生什么，蚕丛王对此想得比较多，而且因此而有了一些朦胧而奇妙的预感。蚕丛王的这些想法，可能与他的身体状况大有关系。身体好的时候，蚕丛王很少想这些，在感到身体不适的时候，这些想法便多了起来。当蚕丛王逐渐恢复了往常一样健硕的体魄时，他的想法也就随之变得务实了。蚕丛王觉得，其实最重要的依然是做好眼前的事，只要现在好了，未来就会更好。这是一个很重要的大道理，蚕丛王对此早有感悟，现在的感觉似乎更明确也更强烈了，所以对很多要做的大事都做了周详的策划。

日子就像流水一般过去了。转眼到了来年春天，又是播种的季节了。今年似乎有些反常，雨水特别少，田野里显得有些干枯。河里的水位也降低了，一些湿地也渐渐地变成了干地。蚕丛王骑着马，带着侍卫们，出去视察，看到很多地方都是这种情形。蚕丛王召集了部族首领们，了解情况，商量应对之策。

各个部族对面临的这种情况反应不一。有的感到苦恼，有的则无所谓。感到苦恼的大都是住在坡地上以栽种五谷为主的部族，无所谓的则是滨水以捕鱼打猎为生的部落。相比较而言，洪涝水灾对蜀国的民众危害更大，每当洪水泛滥之时，会淹掉房屋、田野，危及生存。而旱灾只是减低了收成，对一些部落民众生活有所影响，却并不是十分严重，所以大都较为淡漠。蚕丛王针对这种比较复杂的情形，只能因势利导，号召各部落尽量做好防灾准备，遇到困难尽量互相帮助。蚕丛王还特别强调了种植桑树，大旱之时可以到河边挑水灌溉，一定要保证桑树的成活与生长。只有桑树长得茂盛了，蚕才能喂得好，才会结出好的蚕茧，才能纺织出更多的丝绸。

蚕丛王倡导植桑养蚕，从迁徙定居于此就开始了。结盟建国之后，蚕丛王对此更为重视，将植桑养蚕作为蜀国的一件重要事情。各个部族也都踊跃响应，开始大量种植桑树，饲养家蚕。西陵氏也出面，召集了很多部族的年轻妇女，亲自传授缫丝与纺织丝绸的技艺。由于蚕丛王和西陵氏的亲力亲为，很快就取得了显著的效果，王城周围的很多民众都学会了纺织，每年出产的丝绸亮泽而又美丽，虽然数量不多，却带来了积极的影响。这种影响正由蜀国的王城向着周围扩散，很多边远地区的部落也纷纷效仿，开始了植桑养蚕。蚕丛王为了鼓励养蚕，还颁布了奖励的办法，这对扩大蜀国的养蚕范围，起到了很大的推动作用。

蚕丛王采取了很多措施应对旱灾，新栽的桑树都成活了，补种的庄稼也长出了枝芽。为了便于民众用水，蚕丛王还指挥调动了一些人员，在王城内开挖了水井，取得了很好的效果。天气虽然干旱，地下水却很丰富，挖到一定的深度就有水了。消息传播出去，其他部族在修筑的土城内也纷纷仿而效之，也都使用了挖井取水之法，为城内居民用水提供了便利。

在春末夏初之时，蚕丛王接到禀报，柏灌率领船队正在返回的途中，就要回到王城了。蚕丛王很高兴，率领了一些大臣和王宫侍卫们，来到江畔码头迎接。西陵氏和蚕蕾也得知了消息，非常兴奋，在王宫中准备了宴席，要给柏灌接风洗尘。

蚕丛王站在河岸高处，眺望了一会儿，就看到了驶近的船队。这时王城内外的很多民众也都闻讯而至，自发地集聚到了岸边，一起迎候从远方回来的队伍。船队越来越近了，人们不约而同地欢呼起来。

柏灌率领船队，风尘仆仆，终于又回到了熟悉的王城，看到了欢迎的人群，心中的那份热切之情，真是难以形容。船队很快驶近了码头，柏灌站在船首，见到蚕丛王亲自迎接，更是大为感动。

　　柏灌走下船，快步登岸，向蚕丛王揖手施礼。

　　蚕丛王说：你们回来啦，好啊！收获很大吧？

　　柏灌说：这次出使，碌碌无为，还有劳大王迎接，真是惭愧！

　　蚕丛王笑道：只要你们平安回来就好啊！

　　柏灌说：等一会儿我再向大王详细禀报这次奉命出使的经历。

　　蚕丛王说：不急，我们现在先回王宫啊。

　　柏灌吩咐阿摩和随行人员将船泊好，登岸休息。然后上了马，随同蚕丛王进了王城，去了王宫。

　　西陵氏和蚕武、蚕青、蚕蕾在王宫中迎候柏灌的归来。他们看到柏灌，久别重逢，都分外高兴。西陵氏关心地对柏灌说：这几个月你辛苦啦，看你都瘦了。蚕武、蚕青上前拉着柏灌的手，亲热地问这问那，柏灌不知怎么回答才好。蚕蕾含情脉脉地在旁边看着，虽然没有上前问候，关心之情却从眼中流露出来，显得娇羞而又热切。蚕丛王说：别光顾着说话啦，把宴席摆上吧！西陵氏笑道：早准备好啦！

　　蚕丛王和西陵氏在王宫中设宴为柏灌接风洗尘。菜肴颇为丰盛，还拿出了王宫中珍藏的美酒。柏灌在外面行走数月，饱经颠沛之苦，现在回到蜀国，受到了蚕丛王和西陵氏的亲切款待，内心充满了感动。宴席上，柏灌讲述了出行后的经历，讲到了沿途遇到的各种风险，讲述了在江边树林里过冬的情景。对那些荒无人烟和野兽出没之处，对舟船在险滩湍流中被撞坏以及后来的修复，大家都啧啧称奇。当柏灌讲述了取道陆路前往北方王国，被国王的士兵囚禁起来的时候，大家都分外担心和紧张。柏灌接着讲述了北方严重旱灾，国王焚烧巫师求雨，后来将阿摩也烧了，幸好阿摩运用遁术逃脱了险境，柏灌和随从人员也得以离开，最终安然脱险。大家如释重负，这才松了口气。大家觉得，柏灌之行，真的是非常传奇的一段经历。

宴席结束之后，蚕丛王和柏灌又单独做了晤谈。蚕丛王想多了解一些此行的细节，特别是对北方王国的情况，询问了很多。柏灌都如实地一一做了回答。从经历的情况分析，北方的王国建国已久，地域也很广阔，拥有较为强大的兵力，修筑了高大坚固的王城，国中的一切事情都是年迈而霸道的国王说了算。国王的权力很大，想统治整个天下，但这位国王并不了解蜀国，也不打算和蜀国友好往来。因为柏灌一进入北方王国，就被关押起来，所以对这个北方王国的了解很有限，甚至连这个王国的国王叫什么名字都不清楚。不过有些情况还是比较清楚的，比如这个北方王国的统治方法，很明显与蜀国不同，蜀国是结盟创国，北方王国可能是血缘继承。蜀国的统治比较温和，北方王国的统治则相对残酷。在语言和行为方式上，在祭祀活动方面，以及民俗民风，也有很多不同。

蚕丛王觉得，柏灌此次行走的地方不算很多，遇到了很多意想不到的困难，但收获还是不小。最重要的是扩大了对外界的了解，特别是知道了北方有一个很大的王国，获悉了这个王国对待友邦的态度与做法。黄帝之后，已经过了很多年，早已改朝换代了。黄帝曾和蜀山氏联姻，现在的这个北方王国，不仅不与蜀国来往，还想让蜀国归降，使人觉得有点可笑。这是目前的状况，以后和这个北方王国的关系，又会怎样呢？毕竟相距遥远，用不着担心他们出兵侵犯。其实，只有经常遣使交往，才是明智之举。此外，除了这个强势的北方王国，在更加遥远的东方与南方，是否还有其他邦国呢？目前还不得而知。蚕丛王想，凡事总有个开头，这是第一次遣使出行，以后当然还会继续派遣，对外界的了解也就会越来越多。

蚕丛王对柏灌此行中的处事与当机立断，深表赞赏，对柏灌脱险后及时返航也大为夸奖。蚕丛王还特地询问了阿摩使用遁术的情况。蚕丛王也懂得巫术，而且修炼有道，但巫术中竟然还有这样的法术，却使得蚕丛王颇感新奇。巫术从远古时代就有了，各个部族的巫术由于传承和修炼方法的不同，各有所长。蚕丛王能够通神，可以召唤灵禽，而斟灌族的阿摩能够运用巫术求雨，还会使用遁术，足见巫术这个领域实在是太神奇也太深奥了。因为柏灌不会巫术，所以遁术究竟是怎么修炼的就说不清楚了。蚕丛王沉吟了一会儿，心想只有等以后空闲之时，再找阿摩当面询问一下吧，对此事总会有深入了解的。

第十二章

转眼又到了夏秋之际，蚕丛王开始筹办柏灌与蚕蕾的婚事了。

早在柏灌奉命出使远行的时候，蚕丛王就考虑过，等柏灌回来，就要为柏灌和蚕蕾办理婚事了。西陵氏也向蚕蕾做过承诺，要为蚕蕾办一场热闹的婚礼。现在柏灌已经回来，蚕蕾也对柏灌情深义重，且两人订婚已久，男大当婚女大当嫁，这事显然是不能再拖延了。

春季的旱灾也已度过，因为蚕丛王处置得比较妥当，减轻了灾情的危害，今年的收成还算不错。这也为筹办这场热闹的婚礼提供了较好的条件。将婚礼安排在初秋进行，当然是最佳的时间了。柏灌是斟灌族首领，又是蚕丛王最信任和倚重的蜀国大臣，蚕蕾是蚕丛王和西陵氏最喜爱的女儿，又是蜀国身份尊贵的公主，这场婚礼自然是要操办得隆重体面、热热闹闹才好。西陵氏亲手为蚕蕾准备嫁衣，蚕武的夫人鱼雁也协助西陵氏，还有一些王宫中的侍女，也都跟着西陵氏一起动手，缝制了许多精美的衣服。西陵氏还在王宫中酿制了很多美酒，准备婚礼上给嘉宾们饮用。此外还有许多嫁妆，西陵氏都细心而又周到地做好了准备。

柏灌回到斟灌族后，也为婚事进行着准备。他在部族首领居住地新盖了一所大房子，布置得焕然一新，作为以后的婚房。他还组织了一支迎亲队伍，调集了族中的马匹，安排了鼓手与乐器，在迎娶蚕蕾的时候，从蜀国王城到斟灌族住地，可以增添欢乐喜庆的气氛。斟灌族的人，知道部族首领就要大婚了，人人都兴高采烈，欢欣鼓舞，整个部族都洋溢着欢快的气氛。

蚕丛王要为柏灌和公主蚕蕾举办婚礼的喜讯传了出去，蜀国的很多部族首领都知道了这件事情。这是蜀国很重要的一件大事，各部族首领自然是都要参加这场盛大婚礼的，于是纷纷备好了贺礼，准备到时候前来恭贺。

鱼凫也得知了这件事情，特地准备了一份厚礼。

鱼凫将妹妹鱼雁嫁给蚕武，和蜀王建立了联姻关系。等到柏灌迎娶了蚕蕾，斟灌族和蜀王也成了联姻部族，鱼凫和柏灌也就成了亲戚。正是考虑到这种特殊的关系，鱼凫准备的这份彩礼，自然是要特别丰厚一些。这样，既可以讨好了蚕丛王，也可以加深和柏灌的友好关系。

鱼凫更深层的考虑，是要借此来巩固自己的地位。只有这样，才能让自己的部落迅速壮大起来。濮氏兄弟的覆败，给了鱼凫一个很重要的启发，使得鱼凫明白了蚕丛王的威望和巨大的号召力，反对蚕丛王是肯定没有好结果的。濮氏兄弟不懂得审时度势，只凭一时的冲动，行为草率，意气用事，很轻易地便吃了败仗，并导致了濮族的四散逃亡。鱼凫在这个重大事件中，也算立下了大功，可是他一点也不敢表功，甚至有点担心，因为鱼凫毕竟是濮君的女婿，与濮族有着很深的渊源，蚕丛王对他很可能是会加以提防的。比如蚕丛王对柏灌的分外重用，就使鱼凫隐隐约约地感觉到了其中的奥妙。蚕丛王派遣鱼凫去讨伐彭公的时候，也派了蚕青率兵随行，其中很明显也有监督的意味。此外，还有一些事情和言谈细节，也使鱼凫觉得自己并非是蚕丛王最信赖的人。当然，这些都是鱼凫内心的感受，对此他只能更加谨慎，凡事都处处小心，有机会便讨好蚕丛王，以便解除蚕丛王对自己的提防，进一步获得蚕丛王的信赖和重用。

最近还发生了其他一些事情，濮君与濮氏兄弟逃亡之后，过了几个月，濮族中心聚落和附属的一些部落悄然地开始了迁徙。其中有一些眷恋旧土不愿迁徙他乡的濮人，悄悄地投奔到了鱼凫部落。他们通过鱼凫的妻子，向鱼凫进言，希望鱼凫收留他们。鱼凫之妻是濮君的女儿，当然要为自己家族的亲属们说话了。鱼凫对待此事，开始颇有点犹豫，因为此事比较犯忌，万一蚕丛王知道了会如何想呢？但收留濮人，可以壮大自己的部落，而且都是妻子的亲属，在关键时候收留了他们，将来会对自己唯命是从。这么一想，鱼凫便答应了妻子的请求，将这些濮人悄悄地收留了。鱼凫部落的人数由此而增多了，渐渐变成了一个大部族。部落原先的住地，很快就扩大成了一个中心聚落。鱼凫和家人的房屋，也扩建成了深宅大院。因为人力增多了，鱼凫仿照王城的做法，在聚落周围修建土城的事情，也开始了。

由于春天遭遇了旱灾，鱼凫组织部落中的猎手，扩大了狩猎的范围。捕鱼已经满足不了整个部落的日常所需，只有通过狩猎来补充食物需求了。鱼凫部落也种植庄稼，但在农业方面并不擅长，遇到了天灾就不知怎么才好，收成也就大减。而狩猎则是鱼凫部落的拿手好戏，部落中的猎手们个个都擅长使用弓箭，都是打猎的好手。鱼凫本人更是百发百中，能在很远的距离使用强弓利箭，将猛兽或大型动物一箭射倒。

其他一些部落，这个时期也在四处搜寻动物，扩大了狩猎的区域。

因为猎物成了诸多部落争夺的目标，在狩猎的时候，有时会相互遭遇，矛盾也就产生了。

鱼凫部落的猎手和另一个部落打猎的人发生了争执。有一次在山林里狩猎的时候，有一头被射倒的大鹿，身上中了几支箭，既有鱼凫部落猎手的箭，也有另一个部落人射的箭，于是双方争吵起来。吵到后面，互不相让，便动了手。鱼凫部落的猎手很强悍，用箭射倒了对方的两个领头人，其他人眼看抵挡不了，只有落荒而逃。鱼凫部落的猎手抬着大鹿凯旋，另一个部落的人这才将中箭的两个人抬了回去，其中一位因为伤重，回去就死了。这一下激起了部落的仇恨，个个义愤填膺，要为死者报仇。消息传播出去，很多部落都知道了这件事情。

消息也传到了王城，蚕丛王很快也知道了这件事情。这事如果闹大了，会产生连锁反应，引发部族之间的争斗。蚕丛王对此是绝不会坐视不管的，当即召来了那个部落的首领，询问了情况，安慰他说，一定会妥善处理此事，千万不能因此而火上浇油，如果引起了部族之间更多的矛盾，那就不好了。这位部落首领表态说，鱼凫部落因为抢夺大鹿而射杀了人，真的是太蛮横霸道了，所以都很气愤，想找鱼凫部落算账，现在全凭蚕丛王说了算，相信蚕丛王一定会秉公处理的。蚕丛王接着又单独召见了鱼凫，询问鱼凫究竟是怎么回事。

鱼凫骑马来到王城，见到蚕丛王那威严的神情与锐利的目光，便忙说自己也是才知道此事。鱼凫说：部落猎手在山林里打猎的时候，猎获了一头大鹿，是对方先挑衅，要争夺那头大鹿，而且出言不逊还先动手，结果才造成了这个状况。

蚕丛王听了，觉得双方各执一词，那个部落首领说的是一种情况，鱼凫说的可能也是实情。反正事情已经发生了，现在追究此事发生时的真相已不重要，关键是如何善后才是最要紧的。蚕丛王便开门见山，征询鱼凫，如何处理此事。

鱼凫本来是理直气壮的，但看到蚕丛王并没有纠缠谁对谁错，就知道要害是在善后处理上了。蚕丛王问他的意见，表面是尊重他，实际上是要他表态啊。他此时如果说错了，蚕丛王会不高兴，那就不好了。蚕丛王是蜀国君主，亲自出面来调停此事，肯定有蚕丛王的考虑，显然不会偏袒哪一方。鱼凫经历了许多事情，自从濮氏兄弟叛乱以来，鱼凫对蚕丛王就有了敬畏心理。此时如何表态才好呢？与其争个对错，还不如高姿态下个矮桩，吃点亏，顺从蚕丛王的意思，了结此事算了。这也是以退为进啊，可以博得蚕丛王对自己的信赖吧。

鱼凫揣摩着蚕丛王的态度与想法，想了一会儿，这才说：禀报大王，双方打猎时发生的这件事情，虽然错在对方，但我们部落的猎手射倒了他们的人，也是大错。我们愿意赔偿，来平息此事。鱼凫又态度恭敬地问道：小人幼稚，处事常有不当，不知大王意下如何？

蚕丛王看到鱼凫的态度如此恭敬，便点了点头，表示赞赏，并宽慰了鱼凫几句。蚕丛王对待此事已有想法，此时斟酌了一番，决定就按鱼凫的表态来办，由鱼凫部落向对方赔偿了一头水牛和一头家猪。如果对方愿意，还可以由鱼凫部落抚养对方死者的遗孤。蚕丛王随即又召来了对方的部落首领，当面做了调停，并宣布了决定。对方是小部落，对于此事虽然心有不甘，也只能这样了。鱼凫部落里的人，对此也有点不甘心，打猎时争抢了一头大鹿，结果却赔偿了一头水牛与一头家猪，可谓得不偿失。但伤害了对方部落的人，只有通过赔偿来了结此事。

蚕丛王亲自出面，妥善处理了此事，消息很快传遍了蜀国。

从此之后，各个部落之间的矛盾明显减少了。因为有了先例，谁也不愿意遭到处罚，遇到争执之类双方都有了顾忌，所以自然也就少了许多争端。蜀国的民众从此相安无事，各自捕鱼打猎，种植庄稼，饲养家畜，过上了虽不富足却也安居乐业的日子。度过了春夏之际的旱灾，庄稼与蚕桑都有了新的起色，一度使人焦虑的灾情终于开始好转了。

蚕丛王在空闲的时候，传来了阿摩，做了一次私下晤谈。

柏灌向蚕丛王报告远行经历，曾说到了阿摩被迫为北方王国祭祀求雨时用遁术脱身的故事。此事引起了蚕丛王极大的好奇，所以要召唤阿摩来王宫当面了解一下详情。在当时的各个部族中都有巫师，巫师的职责主要是主持祭祀活动，通过巫术消灾弭难，祛除邪祟，驱赶鬼魅，化解疫病。高明的巫师还可以沟通神灵，祈求祥瑞，通过祭祀获得神灵与祖先的护佑。蚕丛王自己就是一位大巫师，曾亲自主持过许多重大祭祀活动。蚕丛王不仅能沟通神灵，还能驱使瑞兽灵禽，还能够远视与遥听，可谓本领超群。像蚕丛王这样，能够拥有如此非凡的法术，真的堪称是巫师中的翘楚，真的是一位非常了不起的大巫师。但人外有人，天外有天，斟灌族的巫师阿摩竟然会使用遁术，这项法术就是蚕丛王所没有掌握的。

阿摩接到传唤，便骑了马，从斟灌族的住地来到王城，跟随着蚕丛王的侍从走进了王宫。蚕丛王此时正坐在王宫大殿内的王座上，等待着阿摩的到来。阿摩走到王座前，恭敬地向蚕丛王行了礼，小心地说：大王召唤，小人特来拜见大王！

蚕丛王用睿智而犀利的目光打量着阿摩，看到站在面前的这位斟灌族年轻的巫师彬彬有礼，神态谦恭，相貌与举止都和常人相似，并无什么特别之处。蚕丛王心想，这样的一位普通年轻巫师，竟然身怀绝技，懂得一些非凡的法术，真的是点匪夷所思啊。蚕丛王不敢轻慢，便微笑着颔首说：听柏灌多次说到你，特召你前来一晤。请坐啊！一边示意侍者赐座。

阿摩道谢后，才小心地坐在了旁边的侧座上。

蚕丛王说：你这次陪同柏灌远行，历尽艰辛，安然而返，功劳甚大，辛苦你啦！

阿摩说：小人无才，碌碌无为，此行都是柏灌首领的功劳，大王过奖了。

蚕丛王觉得阿摩挺会说话，又打量了阿摩一番，脸上和眼中都含了笑意，很随意地问道：听说你是斟灌族的巫师，做巫师有多少年了？

阿摩说：回禀大王，小人的爷爷和父亲都是斟灌族的巫师，所以小人自幼就随着父亲学习巫术，父亲病逝后，小人就成了族中的巫师。

蚕丛王说：原来你是子承父业啊，令尊都传授过你一些什么巫术？

阿摩说：都是一些普通巫术，诸如祭祀之法，驱邪除灾之类。

蚕丛王说：柏灌说你会遁术，求雨之后得以悄然脱身，可是真的？

阿摩说：小人当时也是急中生智，想起小时曾跟随父亲学过此术，一试之下，竟然有效。真的有点侥幸，脱险之后，还是有点后怕。

蚕丛王问道：如何才能练成这项法术呢？

阿摩说：记得家父曾说过，修炼遁术，要从童子功开始练起，而且要修炼很多年，要虔诚如一，全神贯注，偶尔才会有效。

蚕丛王说：这么说，修炼此术很难吗？

阿摩说：据家父所言，很多巫师修炼此术都未成功，不是一件容易做到的事。

蚕丛王说：你父亲曾使用过这项法术吗？

阿摩说：好像从未看见家父用过此术，他是否练成了此术，我就不得而知了。

蚕丛王说：可是你却成功地使用了这项法术。

阿摩说：小人是在万分危急的关头，万般无奈，求助此术，竟然成功，真的有点出乎意料。连我自己都觉得有点庆幸，多亏了神灵的护佑啊！

蚕丛王从阿摩的眼神与语气中看出，阿摩说的都是实话，并无丝毫隐瞒。蚕丛王心想：也许正是极端危急状态下，才激发了阿摩的潜能，使其多年苦心修炼的这项法术，终于发生了作用。不管怎么说，能够成功使用遁术，也可以说是巫师中的一个奇迹吧。

蚕丛王又问道：除了此术，你父亲还传授过你其他什么高明的法术吗？

阿摩看着蚕丛王那双锐利的目光，想了想，坦然说：家父还教过飞翔之术。

蚕丛王惊奇地哦了一声：那是什么法术？

阿摩答道：据家父说，修炼成功了，就能像鸟儿一样飞翔。但此术很难练成，也可能是我的悟性太低，领悟不到其中的奥秘，所以一直没有练成。

蚕丛王听了，觉得斟灌族的巫师真的有些与众不同，修炼的巫术居然如此神奇。遁术已经很了不起了，竟然还有飞翔之术。如果人也真的能像鸟儿一样自由飞翔，在天地之间来去自如，那就如同神仙一般了！不过，要真的修炼成功，又确实很难。这就如同一个梦想，梦中的情景很美好，醒来却是一场虚幻。蚕丛王为此不由得又有些感慨。

蚕丛王又向阿摩询问了一些与巫术有关的问题，阿摩都一一做了回答。蚕丛王还问到了遁术与飞翔之术的修炼之法，阿摩也毫无隐瞒，坦然相告。蚕丛王通过晤谈不仅了解到了巫术中一些先前所不知道的奥秘，还观察和感觉到了阿摩的坦诚，对于柏灌身边有这样一位巫师相助，觉得是一件好事情，因此而感到高兴。

阿摩对蚕丛王的英明睿智与和善可亲，也留下了深刻印象。

这次晤谈，气氛融洽，到了傍晚，阿摩才离开王宫。

鱼凫自从向另一个部落做了赔偿之后，便约束族人，处处小心，不准惹是生非，以免再发生类似之事。

鱼凫的两个弟弟鱼鹊与鱼鸦对此却很不以为然，觉得兄长太软弱了，没有必要如此退让。有次兄弟聚会，饮了酒，聊着家常闲话，说到部族关系，又提起了此事。

鱼鹊说：明明是我们有理，干吗要赔偿人家？

鱼鸦也说：是啊，这不公平啊，好像我们怕了他们似的。

鱼凫听了两个兄弟的说法，笑笑说：你们有牢骚，也很正常。但这是蚕丛王的旨意，我们只能遵循。

鱼鹊说：蚕丛王袒护别人，我们为何非得听他的呀？

鱼鸦说：是啊，在这件事上，蚕丛王有偏袒，明显不公平嘛。

鱼凫笑道：你们知其一，不知其二。如论关系，鱼雁嫁给了蚕武，我们和蚕丛王是亲戚，蚕丛王应该向着我们才对。但蚕丛王要我们赔偿对方，就是为了向各个部族表示他不袒护私情，是在秉公处理。所以我们必须遵从蚕丛王的旨意，只有赔偿对方了。

鱼鹊说：为什么一定要按蚕丛王说的做？这真的不公平啊！

鱼鸦说：是啊，蚕丛王连亲戚都不照顾，干吗要听他的？

鱼凫训导说：蚕丛王是蜀国君王，是各部族的盟主，做出的决定都要遵循，谁敢违抗他？违背了蚕丛王的旨意，是没有好结果的。濮氏兄弟就是教训，还有彭公也是一个例证。所以我们一定要小心才好。你们以后说话也要小心点，不许你们发牢骚，更不许招惹是非，万一传出去，被蚕丛王听到了就不好了。

鱼鹊与鱼鸦嘟囔道：我们私下说话，他那里会听到？

鱼凫说：你们不知，蚕丛王有通神的本领，能遥视千里，耳听八方，无所不知，千万小心啊，大意不得！

鱼鹊和鱼鸦将信将疑，议论道：都是传言，哪有如此神奇？

鱼凫说：与其信其无，不如信其有。对蚕丛王一定要小心尊崇才行。

鱼氏兄弟本来都是性格强悍之人，遇事总要争个高低。现在，鱼鹊与鱼鸦见兄长如此反复强调叮嘱，自然是要听从的，只能收敛了心性，按照鱼凫说的去做。

鱼凫本性也是一个争强好胜之人，自从经历了这些大事之后，对蚕丛王心生敬畏，这才处处都顺从着蚕丛王的旨意。倒不是鱼凫胆小怕事，主要是出于前事之鉴，时时提醒自己要以濮氏兄弟为教训，保全部族才是关键。所以鱼凫才要如此叮嘱兄弟，强调小心总是没错，这也正是鱼凫的精明之处。

不过，鱼凫有些事情却瞒着蚕丛王，比如他接纳了投奔的濮人，使得自己的部族不断壮大，就是悄然进行的。因为鱼凫之妻本来就是濮君的女儿，所以一些濮族的部落前来归顺鱼凫，也是情理之中。此事做得比较隐秘，整个过程风平浪静，并未引起外人注意。

平日里，鱼凫依然捕鱼打猎，并悄悄地训练部众。鱼凫从部落中挑选了一批青壮年，组成了一支精壮的队伍，配备了刀矛弓箭。这是鱼凫参加结盟大会之后学到的一个做法，他看到了蚕丛王麾下有好几支全副武装的队伍，回来后便仿而效之，也在自己的部族里组建了一支自己的队伍。后来又看到蚕丛王在王宫里布置了许多精悍的侍卫，鱼凫回到部落之后，也为自己挑选了一些心腹之士作为侍从。鱼凫在空闲的时候，经常训练他们的射技，有时还要训练他们相互之间的拼斗格杀，以此来提高部族队伍的战斗力。鱼凫不动声色地做着这些，目的很明确，就是想使自己的部族尽快强大起来。只要部族人数增多了，力量强大了，家族就会更加兴旺，自己在蜀国才会真正地名列前茅。

打猎也成了鱼凫训练和检验队伍的一个重要方法。因为经常打猎，获得的猎物自然也就多了，从而为部族提供了充足的肉食。为了讨好蚕丛王，鱼凫有时会将猎获的野猪、麋鹿之类，派人送到王城，献给西陵氏，有时则送给蚕武和鱼雁。西陵氏当然很高兴，鱼雁也高兴，觉得鱼凫很讲亲情。蚕丛王得知后，也觉得鱼凫不错，和鱼凫的关系也比以前亲近了。但蚕丛王最信任的依然是柏灌，对待鱼凫仍有戒备之心。不仅因为鱼凫是濮君的女婿，与濮氏之间的关系甚为复杂，更主要的还是鱼凫的强悍蛮横性格，这种人一旦本性发作，在利害关系上常常会走极端，从而伤及他人。蚕丛王阅历丰富，看问题总是入木三分，对鱼凫的性情和为人当然心知肚明，所以自有分寸，既要用其所长，又要防范其弊端。鱼凫对蚕丛王的这些真实想法并不清楚，只觉得讨好蚕丛王的做法取得了明显的效果，自以为聪明，心中不由得暗自庆幸。

这样过了些日子，鱼雁从王城派人来传话，要回来探望兄长和家人。

鱼雁和蚕武成亲之后，就一直生活在王宫中。时间长了，免不了想念家人，便想回来看看。最近鱼凫经常送野味到王宫，西陵氏和鱼雁说到此事，也赞成鱼雁去看看兄长，并叮嘱鱼雁要当面表示谢意。鱼雁要回娘家探亲，蚕武自然是要陪同的。于是选了一个晴朗的日子，蚕武和鱼雁都骑了马，带了一群侍卫，一早离开王城，于午后来到了鱼凫部落。

鱼凫早已做好了接待的准备，从中午开始，便站在部族中心聚落的大门外面，亲自迎候蚕武与鱼雁的到来。此时的鱼凫部落，比起前些时有了很大的不同。不仅住房增多了，还在住地外围新修了坚固的栅栏与大门。在靠近江畔的地段，还仿照王城开始修筑土墙，等到其他三面也筑起土墙，就成了土城。当时的很多部族都筑城而居，鱼凫部落也仿而效之，聚落的景象因此而大为改观。

蚕武一到住地，看到这种变化，便对鱼凫说：你这儿气象更新啦！鱼雁也惊喜地说：大哥，我觉得变化好大啊，和我在家时不一样了，我都认不出这儿的寨门了，就像到了一个新地方。

鱼凫笑道：蜀国万象更新，各个部族都在兴旺，我们自然也不例外。

鱼凫又说：不过，住在这儿的还是这个部族，还是这些人。变化最大的，是我们当兄长的不知不觉就变老了。

蚕武和鱼雁都笑起来，连声说：大哥年富力强，哪儿老嘛？

鱼凫也大声地笑了，故意摇头说：老了，真的老了。

鱼凫和妹妹、妹夫就这样说笑着，走进了聚落大门。宽敞的大宅内，早已摆好了丰盛的宴席。有家禽、鱼虾、各种野味，菜肴很丰盛。还摆上了新近酿制的美酒，从打开的陶罐里飘出了醉人的酒香。鱼凫和几位兄弟都喜欢饮酒，在酿酒技术方面已有了明显的提高，酿出的酒比以前更为醇美了。

鱼凫的家人这时也都出来了，同鱼雁和蚕武见面。鱼雁和娘家人很久没见了，久别重逢，自然是分外亲切。大家说了些家常话，然后陪同着，宴会便开始了。也给王城来的侍卫们在大堂外面也安排了丰富的饭菜。

鱼凫盛情款待蚕武夫妇，使得蚕武颇为感动。蚕武饮了几杯酒，脸色有点红润，举起酒杯回敬鱼凫说：这次我们来看望大哥，有劳大哥费心了！

鱼凫笑道：你们难得回来一次，我们高兴还来不及呢。

鱼雁也微笑着说：那我们以后经常回来啊。

鱼凫说：好啊，亲戚就是要经常来往，走动得越多越亲嘛。

鱼雁说：我们这次回来，王后让我们带话，感谢大哥多次送猎物到王宫。

鱼凫说：应该的啊。有时猎获了珍稀野味，马上想到你们，就给你们送去了。

鱼雁说：大哥费心了，王后每次都很高兴，大家都很开心。

鱼凫说：这些都是小事情。以后捕到了大鱼，也给你们送过去。

蚕武说：听说大哥用箭射鱼，百发百中。

鱼雁说：当然啦，大哥是捕鱼的高手嘛。

鱼凫一笑说：偶尔为之，有时用箭射鱼，也是好玩，大多时候还是用网捕鱼的。

鱼凫又说：我其实没有什么本事，射箭也常有落空的时候。听说蚕丛王才是射箭的真正高手，每次率众狩猎，都是满载而归。我们还要向蚕丛王多多请教才是。

蚕武说：以前父王倒是经常狩猎，现在已经很少出猎了。

鱼凫好奇地问道：这是为何？

蚕武说：父王现在有很多大事要操心，正大力倡导农桑，把种桑养蚕和播种五谷作为了蜀国的大事，所以出猎自然就少了。

鱼凫说：原来是这样啊，蚕丛王真的是太了不起了。我们部族以前只懂得射猎和捕鱼，以后也要重视种桑养蚕和播种五谷才是。

蚕武说：大哥能响应父王的号召，父王肯定会大为赞赏的。

鱼凫说：我们是真心追随蚕丛王啊。以前很多事情我们都不懂，自从结盟建国以来，我们跟着蚕丛王学会了很多，变得不像从前那么蠢笨了，部族也兴旺了。

蚕武听到鱼凫如此说话，心里十分高兴。觉得妻兄对父王忠心追随，真是难得，对蜀国对民众都是好事情。心中对鱼凫不由得多了一份信赖和倚重。

他们就这样随意地聊着，从琐事说到大事，从家事聊到国事。酒喝得多了，话也就多了。蚕武无意中说到前些时蚕丛王身体有点欠佳，调理了很久，才逐渐得以康复了。说者无心，听者有意。鱼凫听了，大为重视。

鱼凫关心地说：是不是因为蚕丛王太操劳的原因啊？那你要多替蚕丛王分担一些才好。

蚕武点头说：是啊，这些年，发生的事情太多，父王是有些劳累，操不完的心，我们都要替父王多分担才好。

鱼凫的神态显得异常的诚恳与谦恭，举杯说：我们郎舅之亲，天下除了兄弟姐妹，就是我们这种关系最亲了。以后我会全力协助你，多为蚕丛王分担忧劳。

蚕武高兴地说：好啊，有你协助，什么事都好办了。

鱼凫说：那我们就以此酒为誓，一言为定！

蚕武爽快地说：好，我们就这样说定了！

于是两人举杯一饮而尽。鱼凫又斟上酒，与蚕武连饮了三杯。这才放下杯，哈哈地大笑。鱼凫的兄弟也向蚕武劝酒，家人则向鱼雁劝酒，这样喝着酒，说着话，气氛欢快而热烈。

后来又说起了柏灌和蚕蕾的婚事。鱼凫说已准备了一份厚礼，等举办婚礼的时候，便隆重相赠。蚕蕾出嫁，也是王宫中的一件大事，蜀王和王后都在精心准备。蚕武与鱼雁作为兄嫂，对妹妹的婚事也是格外重视的，此时见鱼凫如此慷慨豪爽，事事都礼节周到，心里很是高兴。

宴会从午后一直进行到傍晚，大家都醉意酩酊，方才休息。

蚕武和鱼雁在鱼凫部族的中心聚落里住了两天，每天都是丰盛的宴席，畅怀饮酒，把盏聊天，尽欢而散。临别的那天，鱼凫又送了一些珍稀野味给妹妹和妹夫。蚕武和鱼雁骑了马，带着侍卫们，高高兴兴地返回了王城。

鱼凫这次倾心接待蚕武和鱼雁，加深了相互之间的感情与关系。鱼凫主要出于一些比较实际同时又比较深远的考虑，所以有意为之，特地将招待弄得很隆重很亲切。不出所料，果然达到了鱼凫想要的效果。此外，鱼凫无意之中还知道了王宫中的一些私密之事。这些对鱼凫来说，也使他觉得收获甚大。鱼凫知道，蚕武是蚕丛王的长子，以后接替蚕丛王，自然就成了蜀王，鱼雁也就成了王后，所以先要把郎舅之间的关系搞好。无论是现在或将来，有了这层重要而密切的关系，鱼凫部族的什么事情都好办，自然也就会更加强盛和兴旺。

又过了些日子，一天下午，一位远方客人，前来拜访鱼凫。

来人骑着马，带着简单的行囊，长途跋涉，风尘仆仆，来到了鱼凫部族的中心聚落。经过禀报和询问，守卫大门的侍从将其带进了大宅，来见鱼凫。

来人开口就说明了自己的身份，他是濮君的使者，走了很远的路，特地奉命来见鱼凫，有要事相求。

鱼凫认识此人，原是濮君身边的一名心腹随从，鱼凫曾在濮君家中多次见过，此人跟随濮君多年，后来保护濮君逃往远方。现在突然来访，一定是有什么重要事情吧？鱼凫没有想到会有这样一位不速之客，顿生警觉，戒备地打量着来人。

鱼凫问道：濮君大人现在何处？

来人说：离这里很远，有十多天的路程。

鱼凫又问：濮君大人现在一切都好吗？

来人说：还好吧，自从远走他乡，择地而居，诸事都又渐渐正常起来。

鱼凫又问：濮山和濮岭两位大人呢？

来人说：也还好，现在陪伴濮君大人，新建了大寨，住在一起。

鱼凫说：能够平安无事，安居乐业，就好啊。

鱼凫又说：你这次来，一定是有什么事情吧？

来人说：小人奉濮君之命，特地前来拜见大人，确实有一件重要事情。

鱼凫说：是什么事情？直言无妨。

来人说：濮族有很多部落，这次有一些南迁了，有一些据说投奔到了你这里。濮君派我来，就是要求你让这些部落也南迁。濮君说，请你倾力相助，促成此事。

鱼凫怔了一下，没想到一些濮族人投奔他的事，濮君都已知道了。濮君如今派人来见他，要求他促使这些濮人南迁，真的是太出乎他的意料了。他应该怎么办呢？鱼凫转着脑筋，迅速地思考着怎样来应对和处理这件事情。因为涉及了很多问题，此事确实太复杂了，鱼凫一时也拿不定主意。

鱼凫随即浮出了笑意，客气地说：你远道而来，先住下吧。

来人说：听说蚕丛王的耳目甚多，我不能在此久留，还请大人抓紧办理此事。

鱼凫虚与委蛇地说：没有事，我这里很安全的。不着急，你先住下。

鱼凫随即吩咐侍从给来人在大宅内院安排了一个住处，好酒好菜款待，并派了几名心腹侍从加以保护。实际上是将濮君派来的这名使者给软禁起来了，限制了他的行动自由，不让他和已经归顺了鱼凫部族的濮人接触。

鱼凫的几位兄弟很快也知道了这件事情，一起来见鱼凫，问他如何处理此事。鱼凫正在思考此事，便问几位兄弟有何想法。几位兄弟纷纷说：濮人既然已经投奔了我们，岂能又让他们去远道归顺濮君！何况濮君与儿子们反叛蚕丛王，如果我们帮濮君，蚕丛王知道了怎么办？

鱼凫何尝不是这样想的呢，对这些利弊考虑得比几个兄弟还要更多一些。鱼凫深知，他虽然是濮君的女婿，但已经不是一个阵营的人，濮氏是蜀国的反叛者，而他是蜀国的重要大臣，相互之间的关系从他向蚕丛王告密那天起，就已发生了极大的变化。因为立场不同，于公于私他都不能帮濮君了。最要紧的是，那些投奔到他麾下的濮人，使他的部族获得了壮大，他哪能又让这些濮人离去呢？更何况那些濮人不愿背井离乡，才归顺了他，岂能又让他们远徙他乡！还有一个更重要的因素，是对蚕丛王的忌惮，如果让蚕丛王得知了他暗中帮助濮君，那就真的糟糕了。

鱼凫想到这些，心中便拿定了主意，同时又有点犹豫。拿定的主意是绝不帮濮君办事，犹豫的是不知道如何打发来人。

濮君派来的使者，在鱼凫侍从的保护下住了几天，不能随意外出走动，见不到濮人，也见不到原先熟悉的人，又见鱼凫拖着不办，便有些度日如年的感觉。来人通过侍从请求，说要拜见鱼凫的夫人。鱼凫担心来人会向妻子告知此事，妻子毕竟是濮君的女儿，心里总是挂念着父亲的，如果妻子要帮来人，事情就会变得很复杂，所以鱼凫拖延着，婉拒了来人的请求。来人又几次要求，想和鱼凫再好好谈谈，鱼凫也以忙碌为借口，总是避而不见。但这样拖着也是不行的，总要有个妥善的解决办法。一天晚上，来人趁着侍从们的懈怠，悄悄地溜了出去，四处乱走。幸亏被鱼凫的兄弟发现了，又将其带回了内院住处。鱼凫对此引起了警觉，促使他下了决心，无毒不丈夫，干脆一不做二不休吧。

鱼凫叫上鱼鸦和鱼鹊两位兄弟，召集了几名心腹侍从，在翌日黄昏时分，对濮君派来的使者说，要陪他去附近的部落看看那些尚未迁徙的濮人。来人很高兴，随同鱼凫，都骑了马，走出大宅，离开了中心聚落。他们顺着江边而行，来到了人烟稀少的荒野之处。暮霭渐渐地变浓了，看不到哪里有村落或住户，四处都是旷野，没有什么人烟。来人感到疑惑，觉得方向不对，询问鱼凫是否走错了？

鱼凫冷笑一声，狠声说：没走错，我们要带你来的就是这儿！

来人看到了鱼凫眼中露出的凶光，知道糟了，顿时慌了神，策马夺路而逃。

鱼凫执弓在手，从箭袋中拔出一支长杆羽箭，无须瞄准，只听见弓弦声响，瞬间来人便倒在地上。鱼凫射出的这一支利箭，从来人后背射穿了心窝。来人中箭后只扬了下手，便栽下马去，没有叫喊，没有挣扎，当时就毙命了。

鱼凫和两位兄弟下了马，走近查看了，确定了来人已被射杀。鱼凫随即吩咐侍从们将死者装进一个带来的草袋里，又往草袋里装了些石头，用草绳扎住了袋口。几名侍从将草袋抬到河岸高处，朝着深水区，将其抛入了河中。装了尸体与石头的草袋，很快就沉没了，不见了踪影。

鱼凫在河岸上站了一会儿，望着夜色中流淌不息的河水，终于如释重负地叹了口气。鱼鸦和鱼鹊陪在旁边，对兄长的心狠手辣，先是有点不解，继而又大为佩服。他们先是以为鱼凫要将来人礼送出境的，或者找个借口与理由将来人送走，没料到鱼凫如此果断，竟然采取了斩草除根的做法。这样也好，就此断了濮君召集旧部的念头，也避免了蚕丛王得知此事，同时又保全了部族新增加的势力，可谓一举数得啊。鱼凫与两位兄弟心灵相通，毫不声张地办妥了此事，没有了数日来的忧虑，心情顿时变得轻松了。

夜色已深，鱼凫和两位兄弟带着随从，骑马悄然返回了聚落。

第十三章

柏灌和蚕蕾的婚礼，经过精心筹备，终于隆重地举行了。

正是金秋时节，天气晴朗，阳光灿烂。蓝天上飘浮着白云，鸟儿在山林间飞翔。山岭里的果子熟了，田野里的庄稼也开始收割了。由于春天的旱灾原因，今年的收成不如往年，但在蚕丛王的号召下，蜀国的民众挖井抗旱，应对有方，顺利渡过了难关。秋天仍有庄稼可以收割，也足以令人欣慰。现在又遇到了蜀国公主出嫁的喜事，百姓们都为之庆贺，脸上都露出了欢欣的笑容。

柏灌清晨就从斟灌族住地出发，率领着迎亲队伍，赶往王城，前去迎娶蚕蕾。斟灌族的住地经过整修与布置，各处都张灯结彩，面貌为之焕然一新。在酋长原先的住处，新建了一处宅院，作为柏灌和蚕蕾的婚房，也早已完工，还在周围栽种了花木，在房内做了华丽而舒适的布置。等柏灌将蚕蕾迎娶回来，这里便是他们的洞房，以后小两口儿就要在这里快快乐乐地生活了。

蚕蕾在王宫中沐浴梳妆，盛装打扮，满心喜悦，等候着柏灌的到来。今天是蚕蕾和柏灌的大喜日子，她为之朝思夜盼，终于等来了这一天。蚕蕾正值青春妙龄，想到今天就要做新娘了，从此就要和英俊倜傥的柏灌天天生活在一起了，心中便充满了爱意，感到自己的心跳动得有点快，既高兴，又快乐，还有点激动。西陵氏和蚕蕾单独在一起时，已经私下把男女房事中关于鱼水之欢的一些经验传授给了蚕蕾，叮嘱她出嫁后要敬重和爱护丈夫，希望他们夫妻恩爱，从此过上幸福美满的好日子。蚕蕾在西陵氏面前羞涩地点着头，把母后的话记在了心中。因为联想到了自己和柏灌成婚后的房事，说不出是渴望还是羞怯，脸上顿时浮上了红晕。蚕蕾对即将开始的夫妻生活充满了憧憬，换上了新衣，穿戴了首饰，容光焕发，显得更加光彩照人。

蚕丛王今天也穿上了王服，要亲自主持柏灌和蚕蕾的婚礼，接待前来参加婚礼的各部族首领。蚕丛王非常重视这场婚礼，将其视为蜀国很重要的一件大事。这不仅因为蚕蕾是自己的爱女，更重要的还是由于蚕丛王对柏灌的器重。在蚕丛王的心目中，要说蜀国的青年才俊，柏灌是最出类拔萃的，而且是堪当大任的。蚕丛王深知，人总是要老的，随着年岁的增长，自己也要成为老朽，老死的那一天终将会不可避免地到来。将来的盟主之位，由谁来继承呢？蚕丛王已经不止一次地想到了这个问题。从亲情上来说，可以考虑蚕武，毕竟蚕武是自己的长子，将来终要接替自己成为蜀山氏族的酋长。但居于盟主之位，与担任部族酋长又有所不同，盟主要领导整个蜀国，还要驾驭群雄，统筹指挥各个部族，情形自然是要复杂得多。蚕武比较单纯，性格有点粗放，目前还缺少驾驭全局的才干与能力。相比较而言，柏灌就优秀多了，聪慧而又沉稳，不仅见识远，能力强，而且胸襟开阔，是个可以放心给予重任的人。蚕丛王正因为有了这层心思，为了王国与家族的长远谋划，所以对待柏灌和蚕蕾的婚事，也就格外地重视和用心了。

为了迎接这场婚礼，王宫中早已布置一新。王城今日也是格外热闹，居民们一早就洒扫了街道，个个喜气洋洋。整个上午，王城内外人来人往，熙熙攘攘，一派喜庆景象。前来参加婚礼的各部族首领，已经陆续抵达了王城。他们都带了随从，骑着马，携带了贺礼。鱼凫也骑着快马赶来了，身边跟随着二十余名心腹侍从，将准备好的丰厚贺礼用几匹马驮载着，进了王城，来到了王宫门口。

蚕丛王接到禀报，亲自到王宫门口，接见鱼凫和各部族首领。

蚕丛王满面笑容，和诸位首领一一见过，欢迎他们前来参加公主的婚礼。各部族首领纷纷向蚕丛王表示恭贺，众人不时发出爽朗的笑声。按照婚礼的安排，蚕丛王接见了诸位首领之后，便返回了大殿。委派了蚕武和蚕青陪着诸位首领，等候新郎的到来。

这时柏灌率领着迎亲队伍到了，王城门口响起了迎婚的号角声。柏灌骑着高大的骏马，披红挂彩，英姿飒爽，身后簇拥着数十名斟灌族的英武侍从，一到王城，便吸引了所有人的目光，引得倾城围观。城中的许多儿童都随在了马队后面，一路上欢声笑语，热闹异常，来到了王宫门口。聚集在这里的各部族首领看到新郎来了，都大声祝贺。柏灌敏捷地下了马，满面喜色，向他们揖手施礼，表示感谢。

蚕武和蚕青首先迎了出来，陪着柏灌，进了王宫。

蚕丛王和西陵氏满面喜色，这时正坐在王宫大殿内，等候着柏灌的到来。蜀山氏部族中的长老们，此时也都聚集在了大殿内。参加婚礼的各部族首领们，也紧随在蚕武、蚕青和新郎后面，走进了大殿。

柏灌快步上前，向蚕丛王和西陵氏行了参拜礼，朗声说：小婿柏灌，今天吉日良辰，前来迎娶公主。请大王和王后恩准小婿和公主成婚，并恳请大王主持婚礼！

蚕丛王欢欣地笑道：好啊，爱婿和小女蚕蕾早有婚约，今日成婚，实乃天作之合。吉辰已到，请蕾儿出阁！

随着蚕丛王的一声吩咐，盛装打扮的蚕蕾由嫂嫂鱼雁和几位侍女伴随着，从自家闺房来到大殿，和柏灌相见。蚕蕾含情脉脉，透过蒙在头上的薄纱丝巾，一接触到柏灌那双热烈的目光，春光明媚的脸上便飞起了两朵娇羞的红云。柏灌上前，执着蚕蕾的手，并排站在了一起。蚕蕾的脸色更加红润了，柏灌此时也是说不出的兴奋和激动。

大殿内，嘉宾如云，婚礼开始了。在蜀山氏族的司仪指引下，两人先拜天地，然后参拜父母。柏灌和蚕蕾并肩而立，朝着坐在上面的蚕丛王和西陵氏恭敬地行了叩拜大礼，接着是夫妻互拜，两人相互躬身，也行了大礼。看着这对婚礼中的新人，西陵氏洋溢着笑意的眼睛，竟湿润了，那是喜悦的泪。做母亲的，看到女儿长大出嫁，总是有点舍不得，同时又为女儿嫁了一位好夫婿而感到由衷的高兴。蚕丛王今天也是分外开心，看着柏灌和蚕蕾顺利举行了婚礼，心中充满了欣慰。

这场在蜀国王宫大殿内举行的婚礼，无论是规格与场面，都极为隆重。按常规来说，婚礼都是新郎迎娶新娘之后，到男方家中举行的。但蚕蕾身份不同，是蜀国的公主，加之柏灌的父亲已病故，所以蚕丛王特意安排在王宫大殿举行了这场婚礼。在蚕丛王的授意与邀请下，各部族首领都来参加了这次婚礼。这不仅是对柏灌的特殊恩遇，也是有意抬高柏灌的身份与地位。蚕丛王现在已经向各部族首领表明了自己对柏灌的器重，柏灌虽是女婿，却和儿子一样。这也是蚕丛王特意要如此举办这场婚礼的原因之一，其良苦用心也正在于此。

婚礼之后，蚕丛王在王宫中设宴款待了来宾们。

宴席很热闹，欢声笑语不断。到了下午，宴席才结束。

柏灌和蚕蕾要动身去斟灌族的洞房了，一起向蚕丛王和西陵氏辞行。蚕丛王和西陵氏将新郎新娘送出了大殿，柏灌在大殿外面将蚕蕾扶上了马，率领迎亲队伍，前呼后拥，出了王宫，离开王城，前往斟灌族住地。蚕丛王特意委派蚕青率了一支蜀山氏族的送亲人马，带着嫁妆，一路相伴护送。这样安排，既保证了沿途的安全，也壮大了声势和场面。因为从王城前往斟灌族住地，路程较远，各部族首领参加婚礼之后，就不再前往了。各部族首领赠送的贺礼，也由送亲队伍带上，一起送到了柏灌的家中。

斟灌族的人们也早已做好了欢庆的准备。今日是部族酋长的大婚之喜，迎娶的又是蜀王之女，部族中的男女老幼都欢欣鼓舞。还有许多前来贺喜的亲友们，也都从各地赶来了，聚集在了一起。临近傍晚，柏灌率领的迎亲队伍和蚕青率领的送亲人马，浩浩荡荡，到达了斟灌族的住地。族人们张灯结彩，载歌载舞，在这里举行了隆重而热闹的欢迎与庆贺仪式。接着又是宴会，热情地款待了蚕青和送亲队伍，款待了前来贺喜的亲友们。

夜色渐深，柏灌和蚕蕾在欢乐的浓烈气氛中进了崭新的洞房。

那是两人终生难忘的新婚之夜，相亲相爱，共享鱼水之欢。

柏灌和蚕蕾新婚宴尔，在斟灌族住了一些日子，然后应诏，一起到了王城。

蚕丛王为他们安排了一套住宅，在王宫旁边，是特地为柏灌和蚕蕾修建的。因为此宅是蜀王所建，住在里面的蚕蕾是公主，所以被人们称之为王宅，也有叫其为公主屋的。蚕丛王的用意，是为了便于召见柏灌，蜀国有很多大事，要经常和柏灌见面商谈，住在王城内，当然就方便多了。

柏灌也习惯了王城的生活，早在督造舟船准备远行的时候，柏灌就住在了王城内，对王城的繁华、集市的热闹、水陆交通的便利等诸多方面，都感受甚深，觉得很好。在斟灌族住地，族人们居住在一起，过着自然和谐的日子，虽然轻松悠闲，却难以和王城相比。王城毕竟是蜀国的中心，关于诸多部族的信息，日常都汇聚于此，各部族的人们每逢集市也都要到王城来交易，显现出一派欣欣向荣的景象。相比较而言，部族住地就有点偏僻了，只能自给自足，难以兴旺繁华。

蚕蕾也比较喜欢王城的生活，住在王宅内，既有自己和柏灌的相对独立的天地，又可以经常和母后与嫂嫂见面，来去十分方便。在斟灌族新房内度过的那些日子，是她最快乐的，柏灌对她是那么的体贴，朝夕相伴，使她真正体会到了什么才是恩爱的夫妻生活，懂得了和心上人在一起时是多么的开心和幸福。现在又回到王城了，柏灌渐渐地忙碌起来，经常要去王宫和父王商量蜀国的事情。蚕蕾知道，这些都是柏灌应该做的，心里已经明白了父王对柏灌的倚重。蚕蕾为之而感到高兴，为了让柏灌尽心辅佐父王，她将家里的琐事都包揽了，用心侍奉柏灌。

柏灌能干，蚕蕾聪慧，两人真的是天作之合，配合得分外默契。妻子贤淑，丈夫自然会更加喜欢，小夫妻之间如胶似漆，百般恩爱，使得蚕丛王和西陵氏都大为欣慰。

又过了些日子，柏灌奉命继续督造舟船。随着部族之间交往的增多，舟船的作用越发重要了。按照蚕丛王的筹划，蜀国应该拥有一支船队。将来，不论是和远方的邦国建立联系，还是加强蜀国各部族的联系，舟船都能发挥大作用。所以，利用冬闲，继续造船，便成了一件很重要的事。

这天有人来向蚕丛王禀报，在河边发现了一具尸体。蚕丛王和柏灌带着一群侍卫，前往探查。尸体是装在草袋里和石块一块沉到河中的，因冬天河水变浅了，露出了水面。有人在河边放牧，看见了，感到好奇，用竹竿捅开草袋，看到已开始腐烂的死者，吓了一跳，消息于是很快传到了王城。蚕丛王一行骑马来到河边，看到了草袋中的尸体。一名侍卫用刀割开草袋，看到死者是个中年男性，面目已非，背上还插着一支羽箭。此人显然是被人从背后射杀的，然后装在了草袋中抛进了河里。这是一个什么人呢？为何遭此毒手？是仇家暗杀？还是其他什么缘故，都不得而知。但如此杀人抛尸，结盟建国以来还是比较少见的。蚕丛王联想到前些时刚刚平息的部族矛盾，心中顿生警觉，对此自然不敢掉以轻心。

蚕丛王下马，仔细查看了，觉得很蹊跷，产生了很多疑问。

柏灌也随着看了，拔出了那支羽箭，仔细看了箭镞与箭杆，又看了死者的穿着。

蚕丛王问道：你有什么发现吗？

柏灌略作思索，推测道：从死者穿的衣服看，像是濮人。

蚕丛王说：衣服质地不差，应该是有身份的濮人吧。

蚕丛王和柏灌对濮族的穿着都是比较熟悉的。以前他们和濮君便常有来往，在濮氏兄弟叛乱之后，柏灌曾随同蚕丛王率兵征讨濮族。后来，濮氏父子率着家人在夜里悄悄地逃走了。没想到，此时在河边的竟然是被射杀的濮人。

柏灌说：父王说得对，穿着不俗，有可能是濮族酋长身边的人呢。

蚕丛王说：濮君已经远走他方，难道是濮君派回来的人吗？蚕丛王想了想，又说：可是为什么被射杀在这里呢？还被装在袋中抛进了河里，其中必有缘故！

柏灌说：答案可能就在这支长杆羽箭上了。

蚕丛王哦了一声，拿过这支从死者身上拔出的羽箭，仔细地看了，沉吟道：使用此箭的人，一定是善射者。难道是鱼凫部落的人所为吗？

柏灌也觉得有这种可能，此类长杆羽箭，只有鱼凫部落使用得比较多。但使用弓箭的部落很多，究竟是不是鱼凫部落所为，一时还难于肯定。

蚕丛王也想到了这一点，虽然不能断定就是鱼凫部落的人射杀了这位濮人，但可能性却是最大的。其中的隐情，尚不得而知。自从濮氏父子反叛以来，鱼凫部落与濮氏已形同陌路。会不会是濮氏父子又派人回来，企图拉拢鱼凫部落，继续图谋不轨，结果被鱼凫部落的人射杀了呢？

蚕丛王一时联想到了很多种可能，很想派人将鱼凫传来问问，但又觉得不妥。如果鱼凫不知此事，岂不让鱼凫难堪吗？当然也有可能是鱼凫暗地里射杀了濮氏父子派来的人，却不愿使别人知道，所以将死者悄然抛在了河里？当面询问鱼凫，鱼凫会承认吗？如果鱼凫难于回答或不愿回答，岂不尴尬？不管怎么说，鱼凫在这件事情上的嫌疑甚大。目前可以不必声张，以后总会弄清楚的。不过，死者毕竟是反叛的濮人，如果真是鱼凫射杀了此人，也说明鱼凫同濮氏父子已经水火不容，与反叛者是彻底划清了界限。蚕丛王这样一想，心里也就明白该如何处理此事了。

蚕丛王吩咐侍卫在河岸旁荒僻处挖了墓坑，将死者埋了。然后带走了那支长杆羽箭，一行人骑着马，返回了王城。

柏灌住在王城，督造舟船，有时也会和蚕蕾带着侍从回斟灌族住地，小住几天。柏灌作为斟灌族的首领，部族内总有一些事情，需要他来处理和定夺。其中有一件比较重要的事情，就是部族中又要举行祭祀活动了。每年入冬，都要祭祀祖先，祈祷诸神，保佑部族平安。部族的祭祀活动，现在都由巫师阿摩主持。但阿摩从不专擅，每次都要事先禀报柏灌，征询柏灌的意见，然后再来决定祭品的数量、祭祀的规模、祭祀的日期、参加祭祀的人数，等等。这表现了阿摩对柏灌的敬重和追随，柏灌也因此对阿摩格外信任和倚重。

柏灌作为斟灌族首领，掌握着整个部族的大权，却将祭祀的权力交给了阿摩。祭祀通常是要由巫师主持举行的，巫师通过祭祀沟通神灵，宣示诸神的旨意，实际上也就掌握了神权。有些部族，酋长就是巫师。斟灌族却是个例外，酋长与巫师由部族兄弟分别担任，各司其职，传承已久。部族的这个传统，在前几代就已形成，到了柏灌这一代，依然如此。柏灌对此觉得挺好，不管或少管巫师的事，使得自己省了很多心。这与柏灌潇洒豁达的性格，当然也有很大的关系。

柏灌和阿摩见面后，在一起聊天，说到了在河边发现了被射杀的濮人一事。

阿摩对此也觉得有点蹊跷，认为此事藏着很大的隐情，可能隐藏着某个秘密，说不定又涉及了什么阴谋。蚕丛王对此肯定不会掉以轻心。

柏灌听了一笑说：不必这么过虑吧？父王对此并未做什么表示。

阿摩说：蚕丛王虑事周详，必定有他的主见。

柏灌点头说：当然，父王与常人不同嘛。

两人聊到蚕丛王，阿摩想起了上次蚕丛王召见之事，便向柏灌说了当时晤谈的内容，说到蚕丛王特别仔细地询问了关于遁术与飞翔之术的修炼，显得兴趣甚浓。

柏灌笑道：难道父王也要修炼此术吗？

阿摩说：蚕丛王是蜀山氏族的大巫师，具有通神的本领。我们会的这一点小本事，哪里值得蚕丛王修炼，他也只是好奇罢了，所以就多问了几句吧。

柏灌说：父王豁达豪迈，喜欢多问兼听。蜀国的部族很多，各个部族巫师的本事可能都不一样。譬如你修炼的这些本事，就与众不同，所以父王要向你了解详情。

阿摩笑笑说：我会的不过是些小本事，修炼的也是小巫术而已。蚕丛王才是真正的经天纬地之才，驾驭群雄，创建蜀国，泽惠后世，令人敬仰啊。

柏灌听阿摩这样称誉蚕丛王，自然很高兴。阿摩说的当然也是心里话，对蚕丛王是发自内心的敬佩。两人对一些话题，有一致的见解，心灵相通，很是投缘。

柏灌和阿摩是斟灌族中的堂兄弟，他们曾祖一辈是亲兄弟，一个继任了酋长，一个继任了巫师，关系自是非同一般。两人年龄相近，自幼一起长大，相互敬重，情同手足。柏灌在老父去世，继任酋长，成为斟灌族首领之后，获得了阿摩的倾力支持，无论大事小事，两人都常在一起商量，可谓亲密无间。如今，柏灌成了蚕丛王的女婿和蜀国大臣，对阿摩亲近如昔，阿摩对此感受颇深，对两人的兄弟之情与密切关系也是倍加珍惜。最难忘的仍是两人一起结伴外出远行的时候，柏灌得到了阿摩的鼎力帮助，阿摩为了掩护柏灌脱险，几乎连命都不要了，又多了一层情谊，可谓患难之交。

柏灌在斟灌族住地待了几天，由阿摩主持仪式，祭祀了祖先与神灵。蚕蕾也参加了祭祀，陪着柏灌拜祭了已经去世的父母与历代先祖，接着又拜祭了山神、河神、猎神、农神，以及日神、月神等神祇。蚕蕾是第一次参加这样的祭祀活动，觉得与蜀山氏族的祭祀颇有不同。相比较而言，由蚕丛王主持的祭祀，通常规模更大，场面与气势也更为宏大壮观。斟灌族的祭祀场面就小了许多，但内容却很丰富，而且使人觉得有点好玩。这种差别，其实也很正常，毕竟部族不同，大小有别，环境相异，习俗与传统也就不一样了。

祭祀结束之后，柏灌和蚕蕾便又回到了王城。

蚕丛王感到身体有些不适，又开始通过修炼来调理自己。

蚕丛王的修炼，主要是静下心来，聚精会神，通过沉思冥想，逐渐进入人神沟通的境界。按照祖辈相传的说法，这个世界上不仅住着人，有鸟兽鱼虫，还有神灵，还有鬼魂，此外还有恶魔之类。总之，这个世界是很复杂的。先民们通常都认为，人是住在凡间的，神灵则高高在上，住在神界，鬼魂之类则埋入地下，待在了幽冥之界。恶魔与鬼魂之类常会为非作歹，给凡人造成灾难与伤害。神灵则常常会护佑人们，给凡人带来平安和福祉。为了获得神灵的护佑，就要经常祈祷神灵，加强和神灵的沟通。因为神灵很多，最大的神灵是天神，此外日月星辰山川河流等世间万物都有对应的神灵，所以，各种巫术也就因之而出现了。要善于使用巫术，就需要修炼。那些本领很大的巫师，就是通过修炼自己的精气神，提升与诸神沟通的能力，成了超越常人的非凡之人，有的还成了先知先觉者。

蚕丛王就是一位非凡之人，可谓是巫师中最杰出的能者，但天下的事物都不可能完美，最伟大的巫师也不会是万能的，本领再大也有不足之处，蚕丛王也不例外。譬如蚕丛王不会遁术，也不懂飞翔之术，自从和阿摩晤谈后，蚕丛王就明白了自己的本事仍是有限的。提升自己的通神本领，就需要继续修炼。这也正是蚕丛王静心修炼的动机之一。而另一个重要的原因，则是蚕丛王的身体状况，他觉得自己明显不如以前强壮了，常有力不从心之感，所以也需要通过修炼来改善自己的状态。

蚕丛王回想起了早先在岷江上游河谷居住的时候，每次修炼都能汇聚天地山川之灵气，令人精神旺盛，体魄强健，有如神助。那时年轻，修炼巫术，一半认真，一半好玩，有意无意之间，便掌握了许多诀窍。更重要的是，那时精力充沛，修炼之后，浑身有着用不完的力气，心灵感知说不出的敏锐，那种状态真的是绝妙无比。如今情况却大不一样了，待在王宫中，独自静心修炼，无论自己如何努力，也达不到那种境界了。难道是因为环境变了？还是由于自己真的老了？或者是遇到了邪魔作祟？其中缘故，是否与此有关呢？蚕丛王对此产生了怀疑与思考，有时会陷入回忆与反省之中，开始重新思考自己的修炼之法。

蚕丛王决定制作面具，来加强自己的修炼。戴上面具，举行祭祀，其实早已有之。早在蚕丛的爷爷之时，就已使用面具了。蚕丛王记得，那时候凡是祛除邪魔鬼怪的祭祀，都要戴上面具，在鼓角声中载歌载舞，气氛极其欢快热烈，以达到以正驱邪的目的。面具有用牛皮或羊皮制作的，有用猎获的野猪虎豹之类头骨毛皮加工制成的，还有用树皮雕刻成人面之形，用黑炭粉拌上鸟兽血绘上毛发、五官与獠牙的。这些面具，大都面容狰狞，神情威严，给人以震慑与恐惧之感。对那些邪魔鬼怪，也就具有了威慑之力，加上鼓角震撼，自然要逃之夭夭了。住在岷江上游河谷的时候，蜀山氏族中就多次举行过这样的祭祀。其他一些部族也曾仿而效之。后来，发生了大地震，促成了大迁徙。蚕丛王秉承神旨，率领蜀山氏族和诸多部落，走出了岷江河谷，来到了平川，筑城而居，定居于此。迁徙中丢掉了很多东西，那些祭祀用的面具也不见了，可能被埋在了震塌的房屋中，也可能遗失在了艰难跋涉的迁徙途中。

蚕丛王特地制作了熊皮、虎皮面具，在王宫中用以祛除邪祟。熊皮与虎皮难得，要靠大型狩猎活动猎获，只有王者才能使用了。此类面具，是要通过祭祀来发挥其作用的。王宫中不可能经常举行此类祭祀，于是蚕丛王又想到了另一个重要办法，亲自去冶炼作坊，指挥工匠们，铸造了一些铜质面具，挂在了王宫大殿的四面。这些面具，既有人的五官，又有兽的特征，经过打磨擦拭，锃亮闪光，看起来很有震撼之力。有了这些面具，蚕丛王在修炼的时候，确实获得了一些新的感受。特别是面具营造了一种神秘的气氛，每当蚕丛王修炼时，王宫中的侍卫与侍女都屏息静气，闲杂人等更不得轻易走动进入大殿，使得蚕丛王的沉思冥想减少了干扰，保证了精气神的集中，很容易便进入了通神的状态。

初冬时节，经过一些日子的修炼，蚕丛王感觉身体状况好了许多。困扰自己的邪魔，似乎也暂时消逝了。但是比起从前，精神已不再健旺，挥舞铜杖时候的神力也大不如前了，坐在大殿料理事务也常有疲顿之感。蚕丛王由此想到了时光的流逝，岁月变化，人之易老，真是无可奈何的事情。纵使有气吞山河的胸怀，有经天纬地的才能，有结盟创国的伟业，也总是有衰老的时候，不知不觉便进入了心有余而力不足的日子。蚕丛王想得多了，想得深了，便逐渐明白了其中的道理，心中很是无奈，也很是感慨。

鱼凫得知了蚕丛王制作面具的消息，心中甚是好奇。

鱼凫回想起当初蚕丛王制作铜杖的事情，接着便邀请各部族举行重大祭祀活动，然后便结盟建国，从此成了盟主和蜀王。这次蚕丛王又制作了面具，是否又有什么重大的事情即将发生呢？

鱼凫由此而产生了猜测，但想了很久，也弄不明白其中的奥秘。鱼凫经常派人去王城，从打探得来的消息看，王宫中平静如常，似乎并没有什么重大事情即将发生的迹象。鱼凫对此更加纳闷了，王宫越是平静，他越发好奇。根据他对蚕丛王的了解，蚕丛王做每一件事情，都是经过深思熟虑的，譬如修筑王城，制作铜杖，都是如此，这次制作面具显然也不会例外。蚕丛王秘而不宣，但其中必定隐藏着巨大的奥秘。强烈的好奇心，使得鱼凫坐卧难安，驱使他产生了前往王宫一探究竟的想法。

鱼凫准备了一些珍稀猎物，打算亲自送进王宫。这样，就可以和蚕武、鱼雁见面了，也可以见到蚕丛王和西陵氏了。

　　这天一早，鱼凫就带着几名侍从，由马匹驮载着已准备好的猎物，离开了部落住地。一路疾行，临近中午，来到了王城。蚕武和鱼雁得知鱼凫亲自送来了野味，有点惊喜，赶紧出来迎接，陪着鱼凫走进了王宫。

　　鱼凫说：入冬了，又猎获了一些野味，特地给你们送来了。

　　鱼雁说：大哥你怎么亲自来了？这么远走一趟。

　　鱼凫说：我想顺便来看看你们嘛。所以就自己来了。

　　蚕武说：难得大哥这么费心，辛苦大哥了。

　　鱼凫说：又有一些日子没见面了，你们都好吧？

　　蚕武和鱼雁同声说：好啊，我们都挺好的。父王和母后也都很好。

　　鱼凫说：听说大王打造了一些奇异的面具，那是做什么用的？

　　蚕武说：那是父王特地制作的，可能有父王的特殊用意吧。

　　鱼凫用询问的目光看着蚕武，眼中充满了好奇。

　　蚕武见鱼凫对面具好奇，也没有往其他方面多想，只觉得鱼凫可能是关心父王吧。蚕武其实也并不明白那些面具的真实用途，想了想，这才说：据说面具可以驱邪逐魔啊。

　　鱼凫听了，琢磨着蚕武话中的意思，仍然不明白蚕丛王制作这些面具的用意。蚕丛王为什么要制作面具来驱除邪魔呢？难道又要举行什么重大的祭祀了吗？鱼凫除了好奇，又多了几分疑惑。鱼凫心想，蚕丛王此举，可能另有奥秘吧。

　　鱼凫和蚕武、鱼雁见面后，聊着家常，很是亲切。这时，蚕丛王得知鱼凫来到了王宫，当即派人过来传话，在大殿召见了鱼凫。

　　鱼凫走进大殿，恭恭敬敬地向蚕丛王揖手施礼，俯首说：小人向大王请安！

　　蚕丛王注视着态度谦恭的鱼凫，问道：听说你又送野味来了？

鱼凫恭敬地说：是的，顺便来看望鱼雁，并向大王和王后请安。

蚕丛王脸上露出了笑容，问道：你最近常去射猎吗？

鱼凫说：有时会去射猎，初冬是打猎的好时机。

蚕丛王说：你射猎喜欢用什么样的羽箭？

鱼凫说：就是普通的羽箭。

蚕丛王拿出了那支从江边死者身上带回来的长杆羽箭，问道：是这样的羽箭吗？

鱼凫心中有点惊讶，蚕丛王怎么会有这支羽箭呢？立刻联想到前些日在江边亲手射杀的濮人，难道此事已被蚕丛王发现了？这么一想，便不由得恐慌起来。鱼凫掩饰着自己的神态，先是点了点头，接着又摇了摇头，模棱两可地说：有点像是我们用过的羽箭，不过其他很多部落也使用这种羽箭。

蚕丛王不动声色地观察着鱼凫神色变化，心中已经有数。蚕丛王豁达地一笑说：是吗？但这种长杆羽箭，善射者才用，其他部落可不多见啊。

蚕丛王这样说，虽然没有点破，却已有了些旁敲侧击的意味。鱼凫当然听得出蚕丛王话中的意思，心中越发紧张。不过，鱼凫不相信蚕丛王真的会知道此事。射杀濮君的使者做得十分隐秘，而且将死者沉入了河底，蚕丛王怎么会知道呢？鱼凫回想当时的每一个细节，都毫无破绽，知道此事的也就是两个弟弟和身边的几名心腹侍从，他们是绝不会告密的。所以，即使蚕丛王直接询问，鱼凫也是不会承认的。更何况，蚕丛王的话说得很含糊，也许是其他什么意思也未可知。鱼凫一边琢磨，一边猜测，心中也就有了含糊应对的主意。

鱼凫避开了蚕丛王那犀利而睿智的目光，避实就虚地说：据小人所见，大王才是真正的善射者，天下没有人能和大王比。大王最近也要去狩猎吗？

蚕丛王听了鱼凫拍马屁的话，哈哈一笑说：非也！

鱼凫也陪同着笑笑说：大王要举行祭祀了吗？

蚕丛王说：每逢新年来临，总是要祭祀的。等到明年春天吧。

鱼凫说：大王准备在春天召集各部落举行祭祀吗？

蚕丛王说：到时候再说吧。

鱼凫一心想弄明白蚕丛王最近的部署，便试探着问道：小人刚才走进王宫，看到大殿外面悬挂着一些面具，好不威风！这些都是大王亲自制作的吗？

蚕丛王哦了一声，问道：你觉得如何？

鱼凫赞颂道：很了不起！小人愚钝，只是不知道这些面具作何用途？

蚕丛王爽朗地笑道：面具可以通灵，当然有其妙用！

鱼凫也笑道：原来如此啊！小人回部落，以后也要向大王学习。

蚕丛王笑笑，不置可否。随即换了话题，向鱼凫询问了一些其他方面的事情。已经中午了，西陵氏和鱼雁做好了菜肴，蚕丛王便邀请鱼凫在王宫中一起吃了午饭。到了下午，鱼凫告辞，带着侍从，离开王城，骑马返回了部落。

蚕丛王没想到鱼凫会亲自到王宫来，主动赠送野味与请安。这给了蚕丛王一个当面询问的机会，通过晤谈，蚕丛王已经明白了江边发现的那名濮人死者，必定是鱼凫所为。很可能就是鱼凫亲手射杀的。蚕丛王察言观色，知道鱼凫不会承认，也就不便点破。毕竟鱼凫是蜀国的一个重要部族首领，其妹妹鱼雁又嫁给了蚕武，因为这种重要的联姻关系，当然要给鱼凫留面子。但此事也使得蚕丛王对鱼凫多了几分戒备。蚕丛王觉得，鱼凫除了豪爽强悍，其实还是颇有心机的，而且懂得时务，还很有图谋。对于这样的部族首领，显然就不能掉以轻心了。驾驭得好，就会为蜀国的兴旺出力，如果发生变故，失去驾驭控制，后果就难以意料。从此之后，蚕丛王对待鱼凫，一方面加强了笼络与团结，另一方面也增添了警惕。蚕丛王的这些想法与顾虑，当然都是其他人所不知道的。

鱼凫这次王宫之行，并未弄清蚕丛王制作面具的真正用意，却得知蚕丛王很可能已经发现了江边射杀濮君使者之事。这使得鱼凫很是惊讶，觉得蚕丛王真是神人，什么事情都瞒不过他啊。鱼凫明白，蚕丛王没有当面道破此事，显然是给自己留了面子。鱼凫回去后，越想越有点后怕，越发增加了对蚕丛王的敬畏之心。鱼凫由此而收敛了自己，在很多事情方面，都变得更加小心了。

第十四章

蚕丛王决定在蜀国各地做一次巡视。

时光易逝，不知不觉结盟创国已经过去好多个年头了。蚕丛王平常待在王城里，通过使者与各部族保持着密切联络。有时也召集各部族首领来王宫大殿议事。蚕丛王非凡的通神本事，加上杰出的人格魅力，使他赢得了各部族首领们的由衷拥戴。蚕丛王的英明睿智，处理各种事物的秉公豁达，也早已为蜀国民众称颂。蚕丛王倡导植桑养蚕，鼓励种植五谷粮食，也开始在蜀国各处大见成效。这次蚕丛王要走出王城，前往各地巡视，就是要亲自看看各处的情况，多了解一些真实的民情，便于为蜀国以后的发展做谋划。只有多了解具体情况，才好做出正确的决定。蚕丛王巡视的另一个目的，是要加强和各部族的联络。以前都是召唤各部族首领到王城来，这次则是蚕丛王亲自去各部族，和首领们面见晤谈。蚕丛王相信，采取这种巡视的做法，对结盟后进一步密切君臣关系，肯定是大有好处的。

西陵氏为蚕丛王这次外出巡视做了很多准备，特地缝制了青色的新衣，置办了在外的行装。因为这次出行的时间较长，西陵氏考虑到蚕丛王岁数大了，怕有闪失，所以筹备得很仔细，又叮嘱随行人员务必小心服侍。

蚕丛王让柏灌与蚕青陪同自己一起出行，安排了蚕武留守土城。

蚕丛王这次出行，随行人员很多，除了柏灌和蚕青，还有几位大臣和王宫中的一些侍从，还挑选了数十名侍卫，携带了弓箭和刀矛武器，以保障沿途的安全。蜀王出行，这是蜀国的一件大事，很多部族都知道了，做好了迎接的准备。民众平常难得见到蚕丛王，这次大好机会来了，都很想一睹蚕丛王的风采。

蚕丛王身材高大，骑在雄壮的骏马上，手持神杖，穿着崭新的青衣，在众多侍卫的伴随下，一路行来，真的是威风凛凛，犹如天神下凡。有些民众看到了这个景象，不由得赞誉道：蚕丛王就像青衣神啊！于是，青衣神的称号，从此便盛传开来。因为蚕丛王大力倡导养蚕，蜀国的百姓学会了纺织丝绸，受益无穷，有人认为青衣神就是蚕神。这些传说，在民间口口相传，时间久了，便融入了民俗，成了百姓由衷的尊崇与信仰。

蚕丛王在巡视中，晤见了很多部族首领，对各种事情都详加询问，了解到了许多重要情况。其中有些情况，对于蜀国至关重要，以前却忽略了，或是疏忽了。譬如百姓的税赋，部族的贡品，每年究竟缴纳多少？每年分几次缴纳？是按人口还是按户头缴纳？或是按每个部落的不同情况缴纳？这些都需要制定规矩，然后颁布执行。又比如各部族的领地，除了住地，还有附近的山林河流，部族之间并无明确的界限，有时会因为狩猎与物产发生争执。这种情形，也需要有个大致规定。随着各部族的繁衍发展，有的部族人口多了，势力强了，就会扩张地界，矛盾就会不可避免地变得尖锐起来。蚕丛王作为各部族统一拥戴的盟主与蜀王，对这些情形当然是决不能掉以轻心的。蚕丛王通过晤谈，征询了各部族首领的意见，对很多问题当即就做了处理，规定了蜀国境内的山川河流皆为王都统辖，同时也在大体上划分了各部族的领地。蚕丛王的决定很具体也很宽容，划分后其实是扩大了各部族现有的地界，既考虑到了各部族之间的现状与关系，也为他们以后的繁衍兴旺留足了余地，各部族首领们对此都分外高兴，大都心悦诚服地接受了蚕丛王的决策。

蚕丛王沿途巡视，还会见了很多民众。一路行走，有时就在百姓家中饮水吃饭，交谈聊天。百姓见蚕丛王如此平易亲切，一点架子都没有，每到一处，都扶老携幼前来拜见蚕丛王。蚕丛王很喜欢和百姓接触，尤其喜欢这种无拘无束的交谈。有时百姓围着蚕丛王，说得高兴了，大家会一起发出哈哈的笑声。蚕丛王从百姓中间也了解到很多真实的情况，譬如种桑养蚕，有些地方还没有推广开来，主要是百姓担心养不好。蚕丛王便鼓励他们，凡是养蚕者，都给予奖励，每户赏赐一只金蚕。那时黄金与青铜都是极其珍贵的稀罕物，只有王者与一些重要部族首领才会拥有。现在蚕丛王用来奖赏养蚕的百姓，那当然是莫大的荣耀了。百姓一传十，十传百，都欢呼雀跃，为之激动。养蚕的人家很快就多了起来。这件事情，影响深远，后世的人们对此仍津津乐道。还有种植五谷，蚕丛王也大加鼓励，告诉百姓们，只要五谷种好了，特别是稻谷丰收了，蜀国境内就会成为天赐粮仓，家家户户都会丰衣足食。百姓们遵循蚕丛王的旨意，明白了种植五谷的重要性，开始垦田蓄水，很多地方开垦了新的田地，扩大了种植的范围。蜀国的农业，虽然还很落后，但也由此发展起来了。蚕丛王倡导的农业兴国，也特别体现了他的深谋远虑，由此而为蜀国带来了长远的繁荣和兴旺。

就在巡视即将结束，临近返回的时候，发生了意外。

蚕丛王骑马经过一处沼泽湿地时，遭遇了巨鳄的袭击。沼泽临近大江之畔，有鳄鱼群常年栖息于此。当地百姓将这种体型怪异而又生性凶残的两栖爬行动物称之为鳄龙或爬龙，也有称为夔龙的。因为鳄鱼以其他动物为食，经常攻击人畜，也有土著之民将其视为精怪的，以讹传讹，夔龙也就成了令人生畏的怪兽。相传黄帝曾猎获过夔龙，也就是巨鳄，将其皮制作成了夔鼓，用力击打，可以声闻五百里。大江沿岸的有些地方由于多鳄，由此而与夔结缘，取了夔的地名。又传说后来黄帝铸鼎，将很多动物图像刻画在了鼎上，通过铸物像鼎，使民知神奸，其中最重要的便是形态凶恶的巨鳄了，后人将其称之为夔龙纹。

巨鳄的攻击极其突然，咬伤了蚕丛王的坐骑。那匹高大雄骏的良骥发出一声悲烈的嘶鸣，竭力挣扎，纵身跳跃，将咬住马腿不放的巨鳄拖出了沼泽。这一切发生得实在是太突然了，事先毫无防备的蚕丛王，出其不意地从马背上摔落下来。相随于后的柏灌和蚕青见状大惊失色，侍卫们也看到了这惊心动魄的一幕，惊呼着拥上来，赶紧护卫和救援。蚕丛王的反应还算敏捷，当即用铜杖拄地，击退了朝他攻击的另一条鳄鱼。柏灌和蚕青指挥侍卫们用弓箭射杀了几条鳄鱼，那条巨鳄也中了几箭，这才松口转身，和其他鳄鱼退入了沼泽深处。

蚕丛王终于脱险了，但还是受了伤。

柏灌和蚕青给蚕丛王包扎了伤口，让蚕丛王换了坐骑，率领着侍卫们离开了江畔，绕过湿地沼泽，改走大路，当天便兼程返回。第二天下午，蚕丛王和随行人员回到了王城。

蚕丛王躺在榻上，让西陵氏熬了草药，用汤水洗浴伤口。蚕丛王早年狩猎的时候也曾负过伤，按照常规经验，治疗一下就好了。但这次有些异常，伤口化了脓，过了好多天，都不愈合。蚕丛王行走不便，饮食大减，身体明显消瘦了。这个时候，原先的种种不适，也再次发作。蚕丛王无法再坐在大殿上办事，在蜀国的很多重大事务正需要处理之时，自己却遭遇了不测，蚕丛王对此一筹莫展，心中免不了焦虑。蚕丛王的心情不佳，使得他不能集中精神修炼以排除不适，伤势随之恶化了，导致了蚕丛王的虚弱，有时甚至陷入了昏沉状态。

西陵氏不分昼夜地守护着蚕丛王，不解衣带，嘘寒问暖，亲自煎药，侍奉蚕丛王。这样过了数日，不见起色，西陵氏心中忧虑，脸色一下就变得憔悴了。柏灌和蚕蕾也来到王宫，终日陪伴着蚕丛王。蚕武和蚕青住在王宫中，轮流守护，听候蚕丛王的吩咐和派遣。蜀山氏族中的长老们也都知道了蚕丛王负伤与患病之事，都相继到王宫里来看望他。消息慢慢地流传了出去，一些部族首领也知道了，有的亲自来到王城探望，有的派人给蚕丛王送来了滋补与营养的物品。

鱼凫也得悉了消息，骑马来到王宫，先见了蚕武和鱼雁。鱼凫关心地问道：听说大王有恙，近来如何？蚕武面带忧色说：情况不太好。鱼雁也担心地说：父王的病，好多天了，不知什么时候才能好起来。鱼凫哦了一声，由蚕武和鱼雁陪着，去宫内看望了蚕丛王。鱼凫揖手施礼道：大王可好？小人特来拜见大王，向大王请安！

蚕丛王从病榻上坐起来，对鱼凫说：偶患小恙，不碍事，过几天就好了。

鱼凫小心地说：大王有神灵护佑，相信静养几天，就能恢复了。

蚕丛王笑道：但愿如此，希望天遂人愿。

鱼凫说：大王若有事情要办，尽管吩咐，小人愿意为大王分担忧劳。

蚕丛王注意地看了鱼凫一眼，沉吟道：你们都各司其职吧。

鱼凫恭敬地说：谨遵大王旨意。大王所言，小人一定铭记在心。

蚕丛王点了点头，表示赞许。看到蚕丛王面露倦色，鱼凫和西陵氏又说了几句话，便告辞走了。蚕武和鱼雁将鱼凫送出了王宫，又返回宫内，来到了蚕丛王的身边。这时，蚕青、柏灌和蚕蕾也来了，聚集在了病榻前。蚕青向蚕武询问了刚才鱼凫前来探望的情形，蚕武将经过说了。西陵氏对鱼雁和子女们说：鱼凫是有心人，难得他这么有情。鱼雁见母后夸奖大哥，听了自然是分外高兴。蚕武、蚕青、柏灌和蚕蕾也都颔首点头，对西陵氏所言，表示赞同。只有蚕丛王神色沉吟，不置可否。

西陵氏要去为蚕丛王煎药，蚕武和鱼雁也有事要办，便相继走了。

蚕丛王这时若有所思，低声对柏灌和蚕青说：将来你们最要提防的，很可能就是鱼凫了。

蚕青一时没有反应过来，不知父王何出此言，便疑惑地看向柏灌。柏灌也有点诧异，不过心里明白，蚕丛王是绝不会乱说的。蚕丛王刚才所言，肯定大有深意。柏灌斟酌着蚕丛王话中的意思，想了想，趋前两步，轻声问道：父王说的提防，是指哪些方面？

蚕丛王语重心长地说：蜀国创建以来，日渐兴旺，但还有很多大事要办。将来蜀国的兴盛，就要托付给你们了。蜀国是结盟之国，最重要的大事，就是要驾驭群雄，上下同心，和衷共济。最令人担忧的事情，就是发生反叛。濮氏父子就是例子，幸好发现得早，将其平息了。以后会不会再发生此类事情，也很难说。

蚕丛王叹口气，歇了一下，又说：蜀国部族众多，结盟之后，首领们都归心于我，效忠王朝。其中大多数首领都无野心，皆是良善之辈。只有鱼凫不同，此人目露精光，桀骜不驯，有豪杰之气，又很精明，有狡黠之心，此外似乎还有点心狠手辣。驾驭得好，可以为国出力。驾驭得不好，就可能犯上作乱。所以，将来你们掌控蜀国大局之时，切记吾言，务必小心提防才是。

柏灌听了，心中颇为惊讶，同时又有点感慨。他觉得，蚕丛王虑事真是深远啊，看人又是多么深刻。对于鱼凫，柏灌并未想到那么多，平常友善相处，但也不算深交。现在蚕丛王提醒了，自然是要将这番话铭记在心的。

蚕青也有点感叹，觉得父王所言，大有深意。同时又有些担心起来，父王说这番话，很有点托付后事的意味。难道父王已经意识到自己的病治不好了吗？蜀国创建之后的大好时代才刚刚开头啊！万一父王病重不治，谁来继承王位？谁来掌控大局？蜀国有那么多复杂的大事还没有办好，那该怎么办啊？想到这些，蚕青的神色不由自主地变得沉重了，眼眶也变得湿润了。

蚕丛王对蚕青问道：你怎么掉泪了？

蚕青掩饰着说：但愿父王早点康复啊，蜀国离不开你啊。

蚕丛王说：天下的事情，自有定数。谋事在人，成事在天。生死也是一样啊。

柏灌说：相信父王很快就会好起来的。其他事情，以后再说啊。

蚕丛王脸上露出了微笑，轻声说：我知道你们的心意，顺其自然吧。

蚕丛王说话久了，显得很虚弱，也很倦怠。柏灌和蚕青服侍蚕丛王在病榻上躺下休息，让几名女仆守护伺候着，看到蚕丛王睡着了，这才离开。

蚕丛王的病情越发严重了。煎熬了很多种草药治疗，都不见成效。

柏灌将阿摩召唤到王城，向阿摩征询，能否使用巫术驱逐病魔邪祟，借此来减轻蚕丛王的病情，以使蚕丛王能够恢复？阿摩对此毫无把握，不过觉得可以一试。

柏灌于是将阿摩带进了王宫，向西陵氏说了自己的想法。西陵氏因为蚕丛王重病难愈，心中担忧不已，却又束手无策，神色分外憔悴，此时也觉得不妨一试。阿摩获得了西陵氏的允许，做了一番准备，在王宫中举行祭祀，祈祷诸神，开始施展巫术，为蚕丛王驱除邪魔。阿摩虽然年轻，却也堪称是年轻巫师中的佼佼者。阿摩以前在斟灌族中使用巫术，每次都有神效。但这次在王宫中施展巫术，接连数日，都没有什么明显的效果。毕竟蚕丛王是蜀国的君王，又是蜀国第一大巫，连蚕丛王自己都做不到的事情，年轻的阿摩纵使巫术精湛，也是无计可施。西陵氏看到巫术也不起作用，无法挽救蚕丛王，除了忧心如焚，真的是一点办法都没有了。由于过度担忧，西陵氏也快要病倒了。

又过了些日子，蚕丛王病体日重，知道自己将不久人世，必须对最重要的大事做出决定了。蚕丛王对此考虑已久，现在真的到了实施的时候。蚕丛王于是强打精神，派遣使者召集各部族首领，准备在王宫大殿内最后一次接见他们。蚕丛王要按照自己的意愿，对蜀国的大局和未来，当众颁布旨意，做好安排。

这天中午，天色有点阴沉，各部族首领们应诏来到了王城。鱼凫来了，彭公也来了，还有一些小部落的酋长们，也被召唤而来。众人都已知道蚕丛王病重之事，一个个都脸色凝重，心情忐忑，相继走进了王宫。蚕丛王此时已坐在大殿的王座上，身穿王服，手持铜杖，等候他们的到来。蚕武、蚕青、柏灌陪侍在蚕丛王的两侧，大殿内外布置着众多侍卫。各部族首领们上前施礼，拜见了蚕丛王，然后分列站立，听候蚕丛王的指示。他们以往在王宫大殿内面见蚕丛王的时候，蚕丛王每次都是精神抖擞，红光满面，目光炯炯，声若洪钟。可是这次看到蚕丛王却面露病容，神色憔悴，真的是大不一样了。但蚕丛王的目光依然锐利，穿着和坐姿充满王者的威仪，气度和举止仍旧是那么威严。众人都不知道蚕丛王在这种情况下特意召见他们，究竟要说什么，一定是有格外重要的大事情吧？大家都屏息以待，大殿内静静的，气氛格外肃穆。

蚕丛王这天因为重病而消失的精气神仿佛恢复了，他那双倦怠的眼中，又露出了炯炯的神采。他扫视着分列于两侧的各部族首领们，注意到了他们关切、敬仰、疑惑、猜测、忧虑、不安、期盼的复杂神态，不由暗自叹了口气。此时站在大殿内的这些人，都是蜀国的重臣，团结在一起，蜀国自然就兴旺发达了。以前的众多部族曾是一盘散沙，结盟之后，才汇聚统一成了蜀国。蚕丛王深知，驾驭这些部族首领们，就是继任者最重要的事情。如果驾驭不当，就会发生难以预测之变，而这也正是蚕丛王最为放心不下的一件大事。这次召集他们前来，就是为了当面托付，也是为了重申盟约，让蜀国的群雄们信守诺言，给王朝发展夯实基础，力求避免以后发生变故。

蚕丛王调匀了呼吸，从容说：我和诸位结盟已有数年，蜀国日益兴旺，也是仰仗了诸位的同心协力。所以今日我要向诸位表示称赞和奖勉！

各部族首领们纷纷说：蜀国的兴旺，都是因为大王的英明啊！我们都忠心追随大王，对大王心悦诚服，感谢大王给我们带来的福祉啊！

彭公大声说：我特别感激大王的宽宏大量！大王有什么吩咐，小人赴汤蹈火，在所不辞！

鱼凫见到诸位首领都向蚕丛王大表忠心，也恭敬地说：大王就像天上的太阳，光芒万丈，照耀万民，我们都感激大王，带领我们结盟建国，走上了康庄之路！

蚕丛王不易觉察地露出了一丝笑容，继续说：诸位拥戴我，我很高兴，也倍感欣慰。刚才鱼凫说我是太阳，其实蜀国正如日中天，而我已经老了，到了日薄西山的时候。

各部族首领们都望着蚕丛王。蚕丛王说得很轻松，而语气却分外严肃。大家知道蚕丛王一定有更重要的话儿要说，一时都不再出声，静候着蚕丛王做出吩咐。

蚕丛王歇了一下，又说：今日我要和诸位重申盟约，我们都遵循神旨，恪守誓言，不得违约！今后若发生反叛，天下共诛之！

各部族首领们齐声说：谨遵大王旨意！谁敢叛乱，我们就追随大王一起消灭他！

蚕丛王说：诸位忠诚有加，我刚才所言，也是为了强调和防范而已。

鱼凫说：大王深谋远虑，所言极是。我们都会铭记大王的嘱咐！

蚕丛王说：当初结盟，我曾说，盟主之位，有德者居之。现在我老了，也病了，沉疴在身，必须预作筹划。如果我病故了，蜀国不可无君，盟主之位必须有人继承。今天我召集诸位，就是要确定此事。我想先问问诸位，你们对此可有什么想法？

各部族首领们听了，这才知道，竟然是这么重大的一件事情。大家对这件事情的反应不一，有的猜测，有的琢磨，有的兴奋，有的担心，有的期盼，脸上也就显出了不同的神情。他们都不知道将会由谁来成为蚕丛王的继任者，蚕丛王给了大家一个极大的悬念，一时谁也说不出有什么想法。

鱼凫此刻的感觉颇为复杂，他没想到蜀国这么快就要换盟主了，心中七上八下的，思绪有点杂乱。鱼凫觉得，继承者必定是蚕武。蚕武是蚕丛王的长子，蚕丛王一直在着力培养蚕武，自然是要将王位交给蚕武了。将来蚕武做了蜀王，鱼凫成了国舅，地位就更不一样了。鱼凫这样一想，便又有点兴奋，忍不住去看蚕武。此时蚕武也正是这样揣测的，不由自主地便有点心跳加速。蚕武想到自己如果做了盟主，继承了王位，以后就要号令天下，那将是多么威风和显赫啊，心中便有一种难以形容的兴奋和激动。

　　这个时候，只有随侍在蚕丛王身边的柏灌平静如常，心中只企盼蚕丛王早点康复，不相信蚕丛王的病已经难以治愈了。柏灌觉得，蚕丛王今天能在大殿召见各部族首领们，就说明蚕丛王精神好转了，很显然是蚕丛王康复的前兆。至于蚕丛王对盟主继任者即将做出的安排，柏灌也觉得是一件好事情，相信蚕丛王一定会有很英明的决策。柏灌从容平淡的性情，决定了他的思路，此刻的这些想法，与此当然是大有关系的。

　　蚕丛王又用目光扫视了一遍，观察着众人的反应。各部族首领们齐声说：大王啊，说出你的英明安排吧，我们都听从大王的旨意啊！

　　蚕丛王的目光特别落在了鱼凫身上。鱼凫赶紧说：小人听大王的！

　　蚕丛王又环顾身边的蚕武和蚕青，并看了看柏灌。三人也都说：我们都听从父王的旨意！

　　蚕丛王征询了大家的意见，大殿内顿时静了下来。所有的目光都充满期盼地注视着蚕丛王，等候蚕丛王说出至关重要的决定。蚕丛王就要指定盟主的继承者了，这毕竟是蜀国的一件重大事情，也可以说是结盟建国以来的头等大事了，所以大家都格外关切，每个人都目不转睛地望着蚕丛王。

　　蚕丛王注意到了众人热切的目光，一字一句地说，既然你们都信赖于我，那我也就要遵照神旨，颁布我的决定了。蚕丛王顿了一下，接着说：盟主与蜀王之位，有德者居之，这是神旨，也是盟约。在蜀国年轻的一代人才中，既有仁德之心，又有出类拔萃才干，还能秉公无私为众效力的，我认为，首先就是柏灌了。所以，现在我郑重宣布，我要将盟主之位，正式传授于柏灌！在我辞世之后，即由柏灌继任蜀王！今日与诸君相约，将来各位都要拥戴柏灌，不得负约！

蚕丛王的宣布，有点出人意料。大殿里一时鸦雀无声。

各部族首领们对于柏灌还是很有好感的，非常赞同蚕丛王对柏灌的评价和推许。只有鱼凫和蚕武对此深感意外，原先的预测全都落空了，心情十分复杂，蚕武更是感到了沮丧和失落。鱼凫没有料到蚕丛王会做出这样的决定，竟然将盟主之位与蜀王的权柄传授给了柏灌。不传儿子，而传女婿，可谓别出心裁啊。蚕丛王的考虑，真的是与众不同。不过仔细想想，柏灌显然要比蚕武能干了许多，各方面都比蚕武优秀，蚕丛王这样决定，可能主要是为了示天下为公吧，当然还是很有道理的。但鱼凫要当国舅，以及其他种种想法，全都泡汤了，鱼凫的心里颇为不爽。更为不爽的则是蚕武，本来以为父王要传位于自己的，现在听了父王的决定，真的是分外失望。此时的柏灌，心情也有点复杂，既感激蚕丛王对自己的器重和信任，又有点意外。柏灌还没想过自己有一天也会成为盟主和蜀王，这并不单纯是执掌权柄，也是一副千斤重担哪。自己能够胜任吗？柏灌一时也不知道应该欣然接受，还是婉言推谢，总之心中很是矛盾，不知怎么才好。

蚕丛王注意到了众人复杂的神态，目光顿时变得威严起来。

众多首领这才纷纷表态：我们都听大王的！拥戴柏灌，决不负约！

蚕丛王舒了口气，如释重负地说：将来这柄神杖，我也要传授给柏灌。你们看到神杖，就如同看到了我一样。贤者在位，能者在职，上下同心，和衷共济，天下就平安了，蜀国也就兴旺了。诸位切记吾言，务必以天下百姓为重，不能以部族之利，妨碍大局。若有违背者，天下共同讨伐之！

各部族首领们齐声应道：谨遵大王旨意！我们一定按大王说的办！

蚕丛王吩咐拿酒来，与部族首领们共饮。这次没有歃血，但重申盟约的含意则是非常清楚的。

蚕丛王办好了这件继承大事，已经精疲力竭，当即退朝。

众人辞别了蚕丛王，离开王城，返回了各自的部族。

这次朝会之后，消息传了出去，天下民众大都知道了这件事情。

民众对谁来继承盟主与蜀王并不怎么关心，但对蚕丛王身患重病却分外担忧。百姓都敬仰蚕丛王，盼望着蚕丛王能够早一点好起来。各部族首领们也都担忧着蚕丛王的病情，希望蚕丛王早日康复。对于蚕丛王预先安排继承人，大家觉得比较正常，未雨绸缪，说明了蚕丛王的深谋远虑，同时也显示了蚕丛王的公心。蚕丛王决定不将王位传给儿子，而让德才兼备的柏灌继承盟主与蜀王，如此以天下为公，真的太了不起了，各部族首领对此都由衷敬佩，都铭记了蚕丛王的嘱托。

王宫内对此事的反应与外界有很大的不同，还有蜀山氏族中的长老们对此事也有不同的看法。有的觉得蚕丛王很高明，有的却觉得蚕丛王此举欠妥。西陵氏是赞同蚕丛王的，一些长老则觉得蜀山氏族是结盟与建国的首创者，盟主与蜀王怎能让其他部族之人来继承呢？但蚕丛王既然做出了决定，谁也不好再说什么。一些不同的想法，只好闷在了心里。蚕武对此也是格外的郁闷，既不能反对父王，又大为不爽。只有蚕青很超脱，觉得父王这样决策，肯定有父王的道理。蚕青相信，父王有通神的本领，父王说这是秉承了神旨，那当然只有遵照神旨来做了。王宫中还有蚕蕾和鱼雁两位身份尊贵的年轻女性，对此也有各自的看法。蚕蕾关心着父王的健康，而对权位的功利心则很淡，觉得柏灌继承大任并不重要，最要紧的乃是父王要尽快好起来。鱼雁从蚕武口中得知了蚕丛王的决定，也有点不爽，如果蚕武继承了盟主与蜀王，鱼雁就是王后了，这个身份以后显然是再也无法实现了，心情便同蚕武一样，免不了有点郁闷。因为众人心态不同，王宫内的气氛也就格外微妙。

蚕丛王的病情日益沉重。那天在大殿召见各部族首领，重申盟誓，宣布旨意，蚕丛王说了太多的话，几乎耗尽了精力。蚕丛王回到内宫之后，躺倒在病榻上，不久便虚脱了，陷入了昏睡。又过了几天，蚕丛王即将走到生命的尽头，快不行了。这天上午，蚕丛王回光返照，从昏迷中睁开眼睛，看到了守候在身边的家人。蚕丛王让西陵氏扶着，坐了起来，吩咐取来神杖，对柏灌说：来，我将此杖授予你，以后蜀国的事，都托付你了。

柏灌知道，这是蚕丛王的临终托付了，不由得流了泪，跪接了神杖。

蚕丛王又对蚕武说：以后，你是蜀山氏族的酋长，要好自为之。

蚕武也跪拜在蚕丛王的病榻前，神色复杂地点了点头。

蚕丛王对蚕青说：兄弟同心，其利断金，切记吾言。

蚕青跪在旁边，流泪道：父王旨意，孩儿记住了。

蚕丛王长叹一声，倒在病榻上，如释重负，再次陷入昏迷。

到了下午，蚕丛王溘然而逝。西陵氏哭喊着，呼天抢地，悲伤过度，也昏倒在病榻旁。鱼雁和蚕蕾赶紧扶持，侍女们忙乱着，王宫里一片哭声。

虽然这些天大家已有心理准备，但蚕丛王真的逝世了，在亲人们的心中依然难以接受。真像天塌了一样，日月黯淡无光，整个世界仿佛都失去了主心骨，悲恸与惶惑犹如浓重的阴影，笼罩在亲人们的心中。蜀山氏族的长老们闻讯来到了王宫，守护在蚕丛王的遗体前。消息很快传遍了王城，族人们都知道了这个噩耗，很多人失声恸哭。

柏灌和蚕武、蚕青商量，要给蚕丛王操办一个隆重的葬礼。

蚕丛王逝世之后，柏灌也同样伤心欲绝，但这个时候他必须执掌权柄，主持大局。这个时候，摆在柏灌面前的有几件重要的事。首先是要继承盟主与蜀国的王位，自然要举行一个即位的仪式。天下不可无君，结盟之国不能没有盟主，所以继位无疑是一件最重要的大事。其次是隆重安葬蚕丛王，这也是必须要着手进行的重大事情。柏灌考虑，按照惯例，还是先办葬礼吧，然后再举行即位的典礼也不迟。这样，于情于理都比较妥当。先举行葬礼，才能告别悲伤，然后迎接新朝，才好普天同庆。

操办葬礼，这是柏灌要做的第一件大事。柏灌按照自己的思路，决定以国君之礼来安葬蚕丛王，因为蚕丛王是蜀国的开国之君，所以蚕丛王的葬礼理所当然是有史以来的最高规格了。柏灌为了将这件大事做好，先是征询了蚕武和蚕青的意见，接着又请教了西陵氏，并咨询了蜀山氏族的长老们。长老们全都赞同柏灌的决定，同时又要求柏灌，不仅要为蚕丛王举办隆重的葬礼，还要将蚕丛王归葬于岷江上游河谷，用石棺石椁葬入石室内，那是祖茔所在，也是蜀山氏族中最重要的习俗。柏灌知道这个习俗，从蚕丛王爷爷时代沿袭至今，对蜀山氏族人们来说，确实是一个至关紧要的传统，当即便答应了长老们的请求。

但说起来容易，真的要做到，还是有很大难度的。由于路途很远，道路崎岖，要安排送葬队伍，往返要行走很多天，沿途的吃住都是大问题，必须预作部署。柏灌觉得，为了报答蚕丛王的信任和恩情，纵使有天大的困难，也要克服，立即开始进行认真的准备。因为其中还有很多细节问题，譬如石棺石椁的制作、送葬队伍由哪些人员组成、入葬的礼仪怎样才好，等等，柏灌并不熟悉，于是去请教西陵氏。

西陵氏得知后，颇为吃惊。蚕丛王当初率领蜀山氏族毅然东迁，在这里修筑了王城，创建了蜀国，如今蚕丛王逝世了，为什么要归葬祖茔呢？既然走出了岷江河谷，为何还要恋旧归去呢？西陵氏觉得长老们的要求违背了蚕丛王的遗愿，而且劳民伤财，大为不妥，随即表示了反对。

西陵氏那些天极度悲伤，但头脑还是很清醒的。西陵氏对柏灌说：

你不能听他们的，更不能按他们说的办。蚕丛王临终将蜀国托付于你，是一心为了蜀国的兴旺。就将蚕丛王安葬在王城附近吧，这样他才可以永远护佑王城啊。

柏灌听了，觉得西陵氏所言很有道理。西陵氏当然是最了解蚕丛王的，蚕丛王临终遗言也没有说过归葬啊。可见西陵氏不同意长老们的归葬要求，显然是正确的。长老们要求归葬，并不仅仅是恋旧情结，还显示了一种倒退的倾向，其中似乎还有故意为难柏灌的含意。柏灌略作权衡，便决定按照西陵氏说的来操办。为了不引发矛盾，柏灌又特地召见了蜀山氏族中的长老们，将西陵氏的意见告诉了他们，委婉地宣布了新的决定。长老们心中颇为不乐，他们本来是坚持归葬的，但西陵氏的旨意谁也不好反对。长老们犹豫着，终于接受了新的决定，同意将蚕丛王葬在王城附近，同时又坚持一定要用石棺石椁来安葬蚕丛王。柏灌对此欣然采纳，觉得能够如此折中办理，当然也是两全其美了。柏灌于是亲自率人在王城北面选了一处墓地，这里地势高，可以远望蜀山，四周树林拥抱，岷江于侧面环绕流过，风水甚佳，堪称是王者墓葬的宝地。柏灌又派遣了一些人，去距离最近的山中开采运输石块，抓紧制作石棺石椁。过了几天，一切都准备妥当了。

柏灌派出使者，将举办葬礼的时间告知了各部族首领。

举办葬礼的这天，各部族首领们都来到了王城。王宫内设立了灵堂，西陵氏和儿女们都守护在蚕丛王的遗体旁。在肃穆的气氛中，各部族首领们依次走进灵堂，向蚕丛王的遗体做最后的告别。当众人看到头戴王冠、身穿王服的蚕丛王躺在灵榻上，遗容如昔，联想到蚕丛王以往的恩威，顿时满腔悲怆。鱼凫走在前面，神色有些沉重，心情则分外复杂。彭公进入灵堂后，想到蚕丛王对自己的宽宏大量，更是拜倒在灵榻前，流泪道：大王啊，小人还没来得及报答你的大恩大德呢，真是遗憾哪……相随于后的一些首领，也不由得湿润了眼眶。蜀山氏族中的亲属们，也来到灵堂告别，面对蚕丛王的遗体，个个泪流满面。还有追随蚕丛王从岷江河谷迁徙出来的那些小部落头人们，都痛哭失声，向蚕丛王的遗体行了跪拜礼。最后是王宫中的侍从人员，也都来到灵榻前，不胜悲戚地向蚕丛王遗体叩拜告别。

柏灌事先已安排好了葬礼的程序，告别之后，蚕丛王的遗体被装殓进了石棺。然后是抬棺送葬，前往墓地。抬棺的队伍由蜀山氏族中的青壮年们组成，三十几个彪壮汉子，用组合的木杠抬起了石棺，走出了王宫。队伍前面又有数十名扬幡先行的汉子，为蚕丛王引魂开道。蚕武和蚕青扶持着西陵氏，随在石棺后面。柏灌和蚕蕾、鱼雁，紧随于后。接着是蜀山氏族中的长老和亲属们，全都身穿素服，护棺而行。还有各部族首领们，都随行在后面，由此而组成了庞大的送葬队伍。走出王城时，很多民众也都自发地跟随在了后面，为他们心中敬仰的蚕丛王送行。

这支规模庞大的送葬队伍，气氛悲壮，缓缓而行，走了很久，终于来到了王城北面已建好的墓地。墓穴已筑好，用石板构成的石椁也已在墓穴中砌好。装殓了蚕丛王遗体的石棺，隆重地葬入了石椁。亲属们往石椁中放入了陪葬品，给石椁盖上了石板，然后覆土于上。安葬的仪式完成后，所有参加葬礼的人，在蚕丛王的墓前做了跪拜，供奉了祭品，并在墓地举行了一场大型祭祀活动。

柏灌吩咐阿摩来主持这场重要的祭祀。为了彰显权威，便于沟通神灵，柏灌手持神杖，当着众人之面，将神杖交给阿摩在祭祀中使用。各部族首领们都熟悉这柄神杖，这是蚕丛王亲手铸造和使用过的神奇法器，曾在结盟创国时闪烁出璀璨的光泽，又在荡平濮氏叛乱时发挥过奇效。如今，这柄神杖已由蚕丛王传授给了柏灌，而柏灌因为自己不是巫师，便交付给了斟灌族的年轻巫师阿摩使用，这使得参加葬礼的各部族首领们都有点惊讶。但柏灌是蚕丛王指定的盟主与蜀王继承人，柏灌的做法，当然也是有道理的，众人虽有不解，也只能听从。

阿摩手持神杖，手舞足蹈，祈祷神灵，举行了一场独特的祭祀。

在这场重要的祭祀中，首先隆重送别了蚕丛王，祷告蚕丛王英灵不朽，永远护佑蜀国的江山和民众。其次郑重宣布神旨，拥戴柏灌成为新一代盟主与蜀王。

阿摩的祷告与祭祀舞蹈，声情并茂，别开生面，给送葬的人们留下了极其深刻的印象。在场的蜀山氏族长老和各部族首领们感到，仿佛有一股神秘的力量自天而降，侵染了他们的心间，使得他们个个都神情虔诚，肃然起敬。

隆重的葬礼和祭祀结束之后，送葬的队伍陆续返回了王城。各部族首领们向柏灌辞别，也都相继回去了。

这是古蜀历史上非常重要的一天，伟大的蚕丛王朝结束了，蜀国从此进入了柏灌王的时代。新旧交替之际，依靠着蚕丛王的强大影响，柏灌顺理成章地成为盟主与蜀王的继承者。葬礼虽有争执，最终遵从了西陵氏的意愿，也操办得很顺利。但新朝刚刚开始，柏灌王缺少处世经验，还不懂如何驾驭群雄，正面临着一个风云变幻、吉凶难测的局面。

第十五章

鱼凫待在自己的部落里，终日操练部众，并打造了很多兵器。

自从蚕丛王去世之后，鱼凫没有了敬畏之人，也不再有畏惧心理，从心情到想法都发生了很大的变化。鱼凫自幼争强好胜，自从成为部落首领以来，更是性情强悍，又不乏精明，连岳父濮君与两位妻兄濮山、濮岭都不放在眼里，唯一敬佩与害怕的就是蚕丛王了。鱼凫因为畏惧蚕丛王，所以处处小心，并想着法儿讨好王后与王宫里的人，对蚕丛王指派的任务也格外尽心。现在没有了蚕丛王，鱼凫顿时又回归到了先前桀骜不驯的状态，认为谁都不如自己。特别是对柏灌王，鱼凫也有些瞧不起，觉得柏灌王不过是一个小部族首领，年纪轻轻，没有什么本事，也没有什么功劳，凭什么就当了盟主和蜀王呢？

鱼凫觉得，如果要凭势力与影响，自己比柏灌王显然要强多了。鱼凫由此而滋生了霸气，也萌生了野心。但柏灌王毕竟是蚕丛王临终前指定的继承人，蚕丛王曾与各部族首领们重申盟约，要求大家都支持柏灌王，接受柏灌王的统辖和领导。鱼凫当时也是承诺了的，但心里却不以为然。如果是蚕武继承盟主与蜀王，鱼凫一定会支持，对于柏灌王那就另当别论了。不过这些都是鱼凫暗藏在心中的想法，别人是毫不知情的。

鱼凫依然密切关注着王城里的情况，特别是对王宫里的举动，尤为重视。鱼凫暗中派遣了一些办事机灵的心腹，经常前往王城，将打探到的消息迅速禀报于他。这些心腹都装扮成普通民众，每逢王城集市交易之日，便去出售猎物或交换农副产品，混迹在众人之中，自然不会引起别人的注意，而打听与了解到的情况却又很多。譬如西陵氏自从蚕丛王逝世之后便病倒了，病情似乎还比较严重。又比如蚕武终日待在王宫中，闷闷不乐，与柏灌王貌合神离。柏灌王和蚕蕾经常去侍奉西陵氏，继位之后尚无任何新的作为。鱼凫通过这些情况分析，觉得大好机会就摆在眼前，就看他如何去做了。

鱼凫派人给王宫中送去了新捕获的猎物和鱼虾，并特地邀请蚕武和鱼雁到部落小住数日，饮酒散心，聊天休息，也好调节一下心情。鱼雁早就想回娘家看看了，和蚕武很爽快地接受了鱼凫的邀请，答应抽空前来，并商定了日子。

这天，蚕武和鱼雁骑着马，带了一些侍卫，来到了鱼凫部落。鱼凫早已做好了接待的准备，亲自迎接，将蚕武和鱼雁迎入了华丽的内室。很快就摆上了丰盛的宴席，拿出了酿制的美酒。鱼凫的两位弟弟和家人都前来陪同，众人互叙亲情，相聚甚欢。这是蚕武迎娶鱼雁之后，第二次陪同鱼雁回娘家省亲，在鱼凫的殷勤款待下，真的是放松了自己，开怀畅饮，不知不觉就有了醉意。酒喝多了，话也就多了。

鱼凫说：蚕武兄弟，看你的神色，有点闷闷不乐，是我的酒不好吗？

蚕武说：大哥的酒很好啊，我已经饮了许多杯。

鱼凫问：那你为何显得有些不快呢？

蚕武叹了口气说：父王去世之后，心情难免郁闷，如此而已吧。

鱼凫说：蚕丛王英雄盖世，一旦逝世，天下悲戚，这也是难免的。我们参加葬礼之后，也是伤心了很久，这才渐渐恢复了常态。你是蚕丛王的嫡长子，眷念父王的恩情，难免伤感，可以理解。

鱼凫又说：蚕武兄弟，你现在是蜀山氏族的首领，其实，应该由你来担任盟主和蜀王才好啊。

蚕武听了鱼凫此言，正好触及了自己的心病，一时竟有些怅然若失之感。过了一会儿，蚕武注意到宴席上的众人都看着自己，发觉自己似乎有些失态，于是举起酒杯，掩饰道，不好意思，大哥言重了！

鱼凫笑道：好，不说此事，喝酒！喝酒！

夜阑更深，宴席终于散了，家人都各自回房休息，仆人们开始收拾杯盏。

鱼凫陪同蚕武，来到了内堂密室。蚕武已经有了明显的醉意，走路的脚步都有些踉跄，但神志还是清醒的。蚕武知道，鱼凫肯定是有重要的话要同他说。鱼凫屏退了左右，掩上了房门，室内只有他们两人。

鱼凫说：蚕武兄弟，我们关系密切，情同手足，有些话，很想和你坦诚一叙。

蚕武说：大哥有话，但言无妨。我天性愚钝，还望大哥多开导呢。

鱼凫说：适才酒席上说到了继承盟主与蜀王之位的事情，因人多口杂，不便多言。但此事纠结于心，总想和兄弟好好谈谈。兄弟对此事，有没有什么想法？

蚕武很认真地看了鱼凫一眼，沉吟道：此事是父王所定，我还能说什么？

鱼凫察言观色，摇头说：蚕丛王英明一世，但此事未免草率啊。

鱼凫顿了一下，又说：盟主与蜀王之位，理应由你继承的。你是蚕丛王的嫡长子，英武能干，卓尔不群，当然是非你莫属啊！柏灌不过是女婿，况且斟灌族只是一个小部落，怎么能同蜀山氏族的影响比呢？不知道究竟是何原因，蚕丛王竟然让柏灌来继承盟主与王位。难道你做错了什么事，得罪了父王吗？

蚕武摇头说：我没做错过什么啊，怎么会得罪父王？

鱼凫说：那就是蚕丛王重病在身，犯了糊涂，做了一个错误的决定。

蚕武听了，觉得鱼凫的推测也不无道理，一时也不知说什么好。

鱼凫说：好兄弟，你说我的看法有没有道理？总之，蚕丛王的这个决定很不妥。本来是应该由你继承的盟主与王位，却让柏灌给拿走了。

鱼凫又加重语气说：对这件事情，我觉得不公平，不知道你有没有同感？

蚕武叹口气说：父王的决定，已无法更改。

鱼凫不以为然地说：那也未必，事在人为啊！

蚕武说：父王在大殿上召见各部族首领，已经重申盟誓，要天下共遵。

鱼凫说：天下的事情哪有一成不变的？盟誓可以遵从，也可以改变嘛。

蚕武说：盟誓是国之大事，岂能轻易改变？

鱼凫一笑说：改变也很正常，可以订立新的盟誓，就看你愿不愿意。

蚕武问道：大哥此言，是何意思？

鱼凫说：如果你心甘情愿让柏灌做盟主与蜀王，那就算了。假如你自己想做盟主与蜀王，当然是有办法的，我们可以从长计议。

蚕武心中若有所动，看着鱼凫说：请大哥坦言，愿闻其详。

鱼凫说：就像一件珍宝，原本是属于你的，被别人暂时拿在了手中，你当然是可以拿回来的。这样做，理所当然，名正言顺。关键就看你想不想做了。

蚕武略作沉吟，问道：想做又怎样？

鱼凫凑近了说：办法很多，譬如除掉柏灌王，盟主与王位自然就是你的了。

蚕武一惊，睁大了眼睛看着鱼凫，自语道：这怎么可以？太狠了吧？！

鱼凫说：不狠一点，怎么能成功呢？

鱼凫又说：如果不用非常手段，难道柏灌会主动将盟主与王位拱手让给你吗？

蚕武摇头说：此事关系重大，总觉得这样做很不妥。

鱼凫笑笑说：你若觉得不妥，那就算了。总之，我是在为你谋划啊。

蚕武沉吟道：我明白大哥的心意，让我再好好儿想想吧。

鱼凫说：好，多住几天，我们还可以继续商量，从长计议。

鱼凫知道，谋划此事，也不能过于着急，反正话已挑明，就看蚕武能否决断。此时夜色已深，鱼凫将蚕武送到客房，自己也回了内室，各自休息。

蚕武躺在榻上，辗转反侧。

鱼雁睡在蚕武的身边，关心地问道：你今天怎么了？老是翻身。

蚕武说：可能多饮了几杯，没什么关系，你睡吧。

鱼雁翻了个身，睡意蒙眬地嗯了一声，很快就睡着了。

蚕武却怎么也睡不着。回想着鱼凫在密室里对自己说过的话，心里不由得波浪翻滚，哪里还有一点睡意？蚕武想到，如果自己做了盟主与蜀王，那将何等风光！自己可以扩建王城，将王宫修建得更加富丽堂皇；可以经常在大殿上召见各部族首领，向他们发号施令；还可以率领大队侍卫和随员巡游天下，所到之处，都会受到百姓们的欢迎；还可以扩大疆域，派人与友邦通商，接受周边大小部落的贡赋，蜀国从此会更加繁荣，蜀山氏族也会越发兴旺。想到这些，蚕武心中便说不出的兴奋，甚至有些激动。但转而一想，要除掉柏灌王，才能夺取盟主与王位，心中觉得这样做未免太残酷了。这不仅要牺牲柏灌王，也伤害了蚕蕾。蚕蕾毕竟是自己的同胞亲妹妹啊，柏灌王和自己这些年也相处得很融洽，自己怎么能狠下心来做出这等残暴之事呢？蚕武还想到了蚕丛王的临终嘱托，蚕丛王安排好了一切，才溘然长逝。如果自己按照鱼凫的谋划，去夺取盟主与王位，显然是违背了父王的旨意与遗愿。这样思量着，蚕武的心情便异常复杂起来。

蚕武又想到了蚕丛王临终前的安排和嘱托，为什么父王一定要将盟主与王位交给柏灌继承呢？柏灌只是父王的女婿啊，不过是一个小部族首领，凭什么轻而易举就获得了盟主与蜀王的继承权呢？这使得蚕武深感不解，大为困惑。蚕武为此已反复琢磨过很久，始终不得要领。会不会正如鱼凫所言，是蚕丛王身患重病，临终前犯了糊涂，做出了一个错误决定呢？如果是错误的，加以纠正，也是理所当然的了。但蚕丛王已经和各部族首领们重申盟约，在大殿上郑重宣布，要求天下共遵。自己如果采取行动，冒天下之大不韪，岂不犯了大忌吗？唉，此事真的是太复杂了。

蚕武越想越感到头疼，思路也变得混淆不清了。快到凌晨，才睡去。

蚕武和鱼雁睡到第二天中午才起来。

鱼凫已备好午宴。依然是家人陪同，小饮了几杯酒。因为昨夜喝多了，蚕武不愿多饮，鱼凫也不多劝。下午，鱼雁留在部落里和家人们叙旧，鱼凫陪同蚕武，骑了马，带着一些侍卫与随从，去附近林中射猎游玩。

冬末春初，林中的树木已开始萌发嫩芽，满地的枯叶中长出了新草。听得见远处鸟雀的鸣声，偶尔有野雉从林木中飞过。马蹄声惊动了野兔，从灌木丛中窜进了洞窟。自从去年春旱以来，诸多部落狩猎频繁，一些大型动物都逃进了远处的深山。以前经常见到的野猪、麋鹿、虎豹之类，现在也不容易看到了。

鱼凫和蚕武并骑而行，侍卫们紧随其后。蚕武回想起了从前跟随蚕丛王狩猎的情形，那时他和蚕青、柏灌都紧随在蚕丛王身边，率领着大队武士，猎获了好多只野猪，然后凯旋。当时的情景依然历历在目，山河依旧，可是人世间的事情却发生了极大的变化。蚕丛王病逝了，柏灌王继承了盟主与王位，而他与柏灌王之间却产生了微妙的矛盾。蚕武联想到这些，不由得感慨地叹了口气。

鱼凫和蚕武骑马来到了一处高地，这里视野比较开阔，可以眺望远处的山林和河流。鱼凫扬鞭指点着远方的山川说：如此大好河山，蚕丛王开创的蜀国，岂能由他人染指，理所当然应该是你的天下啊！

蚕武纵目远眺，神色有点怅然，心绪复杂，一时也不知说什么好。

鱼凫说：好兄弟啊，我是真心想助你一臂之力。

蚕武若有所思地说：父王说过，天下大事，有德者居之，不可妄求。

鱼凫笑道：蚕丛王说的是大道理，但谋事在人，成事在天，良机岂能错失？

蚕武问：大哥说的良机，是指什么？

鱼凫说：良机就是上天给了你一个机会，让你接任盟主与王位。

蚕武摇头说：哪有那么容易。

鱼凫说：其实一点都不难，射猎就是一个可以利用的大好机会。

蚕武有点疑惑地看着鱼凫，想了一会儿，一下明白了鱼凫话中的含意。鱼凫显然是想利用射猎，出其不意地除掉柏灌王，然后蚕武就可以接任盟主与王位了。这确实是一个好计划，但也太狠毒了。柏灌王并无什么过错，凭什么就对柏灌王痛下杀手呢？杀了柏灌王，岂不也就害了蚕蕾？还有，就算用此残酷手段除掉柏灌王，夺取了盟主与王位，诸多部族首领们对此又会如何看待？如果群起反对，又怎样收拾残局呢？

蚕武越想越觉得不妥，便连连摇头说：不好，不好！

鱼凫笑笑说：我是姑妄言之，由你定夺。你再想想，以后再说吧。

两人都打住了话题，相随着进入了林间，开始射猎。接下来，鱼凫射获了两只野兔，蚕武则一无所获。临近傍晚，他们骑马返回了部落。

晚上又是盛宴款待，鱼凫和两位弟弟对蚕武殷勤劝酒，盛情难却，蚕武又多饮了几杯，有了醉意。鱼鹊与鱼鸦举杯对蚕武说：以后你当了盟主与蜀王，我们就称你大王了。大王啊，饮了此杯吧，祝你心想事成，早登大位！蚕武推辞道：言重了，不要妄言！但有人奉承，心里仍是受用的，半推半就地仍将杯中的酒喝了。鱼凫察言观色，知道蚕武已经心有所动，也趁热添油，说了一些怂恿的话。到了夜里，鱼凫和蚕武在内堂密室中又做了深谈，围绕着如何夺取盟主与王位，给蚕武出谋划策，设想了几种办法，甚至连其中的一些细节都谈到了。但蚕武一直心存犹豫，情绪十分复杂，不知道自己究竟应该怎么办才好。

蚕武和鱼雁又住了两天，准备告辞鱼凫，返回王城。鱼凫给他们准备好了礼物，和两位弟弟将他们送出部落，送到了大路口，这才挥手而别。

看着蚕武和鱼雁率着侍卫们走远了，两位弟弟问鱼凫道：大哥啊，蚕武会按你说的那样去做吗？

鱼凫说：他还有顾虑，不过迟早会做的。我有办法，能促使他早下决心。

鱼鹊和鱼鸦看着神色阴鸷的鱼凫，问道：大哥有什么办法？

鱼凫沉吟道：不必多问，到时候自见分晓。

鱼鹊和鱼鸦也都盼望着蚕武能成为盟主与蜀王，这样鱼凫部族的地位就不一样了，就会获得更大的利益。所以他们都赞同鱼凫的谋划，竭力鼓动和怂恿蚕武去除掉柏灌王，夺取盟主与王位。他们的性情，同鱼凫一样，也都凶狠强悍，喜欢争强好胜。但在出谋划策方面，就不如鱼凫了。现在看到鱼凫说得很有把握，也就不再细问，陪着鱼凫，扬鞭纵马，驰回了部落。

蚕武回到王城之后，终日待在王宫内，心里老是想着鱼凫的谋划。这件事情，就像一个顽固的阴影，徘徊在心中，挥之不去。蚕武本来就因没能继承王位而深感不快，现在又添了一块巨大的心病，心情也就更加郁闷了。鱼雁觉察到了蚕武的反常，关切地询问他：这些天究竟怎么了？蚕武不愿将这些告诉鱼雁，便含糊其辞地说：没什么，父王去世，母后又病重，心情不佳，等到春暖花开，调整一下就好了。鱼雁觉得也是，便宽慰了蚕武几句，也没有往其他方面去想。

蚕武不愿将鱼凫的话告诉鱼雁，主要是怕走漏了风声，引起不测，那就麻烦了。鱼凫的谋划，虽然是为了他夺取盟主执掌大权，但毕竟是一场阴谋，何况涉及了要除掉柏灌王。如果柏灌王知道了，会束手待毙吗？柏灌王肯定不会善罢甘休的，那就变成了生死之争。随之发生的，那将是许多非同寻常的变故。如果成功，当然一切都好了，他就成了盟主与蜀王。假如不成功呢？那又会是什么后果呢？

蚕武觉得，自己对这件事情并没有什么把握。如果要按鱼凫谋划的那样去做，最终结果如何，其实是很难预料的。想到这些，蚕武心中的犹豫便占了上风。但夺取盟主与王位，依然是个巨大的诱惑，实实在在地引诱着蚕武。犹豫与诱惑，纠结在蚕武心中，使得蚕武心绪复杂，寝食难安。

蚕武还从来没有遇到过如此复杂的事情，因为一时难以决断，便很想找个贴心的人商量一下。蚕武很自然地想到了蚕青，觉得应该找个机会和蚕青谈一谈，听听蚕青的看法。毕竟是同胞兄弟，自小一起长大，共同经历过大地震、大迁徙等一系列重大事件，两人的手足之情，一直是很深厚的。蚕武心想，如果真的要做此事，那就首先要获得蚕青的赞同和支持。

这天下午，蚕武和蚕青单独在一起时，蚕武终于谈到了此事。

蚕武试探着说：小弟，有件很重要的大事情，一直想和你商量。

蚕青好奇地问道：大哥有什么事？告诉我就是了。

蚕武说：父王开创的宏伟大业，理所当然是应该由我们兄弟继承的，对不对？可是现在，却由柏灌接任了盟主与王位，你觉得合理吗？

蚕青说：这是父王的决定啊。父王为此还特地召见各部族首领，重申盟誓，大家都赞同的，我们也只有遵从啊。

蚕武说：但也有人对此持不同看法的，鱼凫就认为，其实是应该由我们兄弟继承盟主与王位的。鱼凫觉得，父王临终前的这个安排，有点草率，会不会是因为身患重病而犯了糊涂呢？

蚕青说：父王英明过人，从来都是远见卓识，怎么会糊涂呢？

蚕武说：再伟大英明的人，也难免不出差错。鱼凫所言，也有道理。

蚕青摇头说：那不过是鱼凫的推测而已。就算有这种出差错的可能，我们也只能遵照父王的遗训。

蚕武说：有差错难道不能纠正吗？

蚕青问道：大哥的意思，想怎么纠正啊？

蚕武说：这正是我想和你商量的。鱼凫对我说，希望我们夺回盟主与王位。

蚕青有点惊讶地说：那不是要挑起我们与柏灌王之间的矛盾与战争吗？

蚕武说：鱼凫说，他会全力支持我们的。

蚕青说：大哥啊，难道你忘了父王的告诫吗？要我们提防鱼凫。

蚕武疑惑地问：父王说过这样的话吗？我怎么没有印象？

蚕青回忆了一下说：哦，那是父王病重之时，那天你和嫂嫂有事先走了，我和柏灌王守在父王身边，父王对我们叮嘱说，将来最要提防的，就是鱼凫了。我还记得父王说过的原话。父王说，鱼凫此人，目露精光，桀骜不驯，有豪杰之气，又很精明，有狡黠之心，此外似乎还有点心狠手辣，驾驭得好，可以为国出力；驾驭得不好，就可能犯上作乱。父王的话，大有深意，我记得非常清楚。大哥啊，你不要听鱼凫的，小心为好。

蚕武听了，愣了片刻，自嘲地一笑说：鱼凫和我们蜀山氏联姻，肯定是向着我们的。鱼凫所言，也是为了维护我们蜀山氏的利益，没有什么不好。

蚕青说：父王考虑的是蜀国大局，不是单纯为了一个部族利益。只有大家都好了，各部族才会全都兴旺起来。父王很重视团结和安定，生前曾多次强调。大哥啊，你不能听鱼凫的，要提防才好。

蚕武有点不快地说：我又不是三岁小孩，对是非难道没有判断？

蚕青说：我是提醒大哥，千万不能忘记了父王的话。

蚕武说：假如我与柏灌王发生了争战，你究竟站在哪边？

蚕青摇头说：大哥不要开这样的玩笑，我和大哥是同胞手足啊。

蚕武沉吟道：好吧，就当说着玩的，此事就此搁下，不要透漏。

蚕青说：好。大哥以后也不要再想此事了，以大局为重吧。

蚕武和蚕青的这次谈话，使得蚕武对鱼凫的提议更加犹豫不决了。蚕武虽然心里无法杜绝夺取盟主与王位的巨大诱惑，但由于没有获得亲兄弟的赞同，其他条件也都不成熟，顾虑重重，从此便真的将鱼凫的鼓动与怂恿暂时搁置到一边。

光阴如流水，转眼过去了一个多月。

鱼凫一直监视着王城内的变化，见蚕武没有什么动静，便开始实施他的第二个计划。这是鱼凫精心谋划的一个连环计，他要利用柏灌王，制造假象，促使蚕武动手，从而一石二鸟，从中获利。

这天上午，鱼凫派遣了一名心腹，前往王宫，秘密拜见了蚕武。鱼凫的心腹对蚕武说，柏灌王不放心蚕武，担心蚕武对他不利，很可能会对蚕武采取某些手段，蚕武如果不能先下手为强，以后的处境就会很被动。

蚕武对此将信将疑，虽然并不十分相信鱼凫心腹的话，但也在心里犯了嘀咕，不知道柏灌王会对自己怎样？送走鱼凫心腹后，蚕武又琢磨着这件事情，如果柏灌王为了稳固盟主与王位，将他视为潜在的最大威胁，自然就会对他采取手段了。想到这一层，蚕武的心情不由自主地便变得复杂起来，现在自己究竟怎么办才好呢？

果不其然，第二天柏灌王便在大殿召见了蚕武。柏灌王现在仍和蚕雷住在王宫外面的大宅内，继任盟主与蜀王后，理所当然要到大殿内坐在王位上主持政务。因为住处不在宫内，就显得很不方便。已经有人向柏灌王献策，建议柏灌王在王宫外面另建两所大宅，让蚕武和蚕青搬出王宫，去新建的大宅居住。然后柏灌王就可以入住王宫了，既有利于处理朝政，也名正言顺地调整了关系，是个很好的两便之策。献策者有王城内关心此事的热心人，也有来自某个部族的小首领。柏灌王听了之后觉得有一定的道理，对此斟酌了一些日子，特地暗见蚕武，就是为了商谈此事，想征询一下蚕武的意见，看怎么办才好。柏灌王这样做，主要还是尊重蚕武。

　　蚕武来到大殿，看见柏灌王已坐在王座上等他了。那是蚕丛王以前常坐的王位，而现在坐在王位上的已是年轻的柏灌王了。蚕武和柏灌王因为守护生病的西陵氏而常要碰面，但郑重其事在大殿相见却并不多。蚕武一看见父王生前常坐的王座，便顿生感慨，心绪复杂，胸中的那份感觉真是复杂到了极点。出于习惯，蚕武上前揖手施礼，柏灌王也还了礼，吩咐侍卫赐座。

　　柏灌王坦诚地说：有件事情，想和兄长商量。

　　蚕武警惕地问道：是什么事情？敬请赐教。

　　柏灌王说：有人献策，要在王城内为两位兄长新建两座大宅，你觉得如何？

　　蚕武一愣，心想：那是要我们搬出王宫了。便说：你的意思呢？

　　柏灌王说：如果两位兄长同意，我就下令修建了。

　　蚕武见柏灌王如此说话，还能怎样呢？只有含糊其辞地哦了一声。

　　柏灌王说：有兄长的赞同，那就太好了。

　　蚕武心想：现在你坐在王位上，当然是你说了算。

　　柏灌王又说：最近传言颇多，使人难以清净。我没想到，坐在这个位置上，事情真的很多，要一件一件来办。我们继承父王的遗愿，希望兄长多辅佐我才好!

蚕武含糊地嗯了一声,随即告辞,离开了大殿。

蚕武回到住处后,在心里反复琢磨着柏灌王召见时说过的话,觉得柏灌王很可能察觉了他与鱼凫的谋划,否则为什么要特别向他强调听到的传言呢?其实柏灌王说的都是实情,而心怀异志的蚕武却想到了另一种可能。蚕武油然联想到了鱼凫派出心腹之人告诉他的话,说柏灌王不放心他,就要对他采取手段了,看来确实如此,鱼凫所言非虚啊。蚕武想到这些,郁闷的心情便越发纠结起来,接下来,自己该怎么办呢?

蚕武在晚上又单独会见了蚕青。两人待在内室中,蚕武向蚕青谈到了白天柏灌王的召见。蚕武说:柏灌王不放心我们,要将我们驱出王宫了。

蚕青听了,想了想说:柏灌王成了新王,理当住在王宫内,我们搬到外面去住,也没有什么不好。大哥不必多疑,不要想偏了。

蚕武说:小弟,你这是幼稚啊,事情哪有你说的那么简单。

蚕武又说:父业子承,天经地义,现在柏灌王成了盟主与蜀王,自然不放心我们,将我们视为最大的威胁。他先将我们驱出王宫,以后迟早会收拾我们。

蚕青说:大哥啊,你有点多虑了吧?

蚕武说:小弟,你要听我的。我们若不提防,后悔就晚了。

经过蚕武的分析说服,蚕青先是将信将疑,慢慢地就有点相信蚕武的话了。毕竟是亲兄弟,在生死危难的关键时刻,手足之情肯定是会占据上风的。

但是两人的想法与态度,还是有着明显的区别。蚕武不仅要防备柏灌王,而且想夺取盟主与王位。蚕青则觉得,大哥不放心柏灌王,柏灌王也不放心大哥,自己站在大哥一边,做些提防,也没有什么不好。蚕青认为,大家都是姻亲,又不是敌人,等以后消除了误会,调整了关系,自然一切都好了。蚕武则认为,有了亲兄弟的支持,加上鱼凫的谋划，内外联手来对付柏灌王，夺取盟主与王位，就容易多了。蚕武原来还是犹豫不决的，现在胆气壮了，欲望也随之变得强烈起来。

过了几天，鱼凫又派人到王宫，给西陵氏和鱼雁送来了一些礼物。来人顺便拜见了蚕武，请蚕武前往江边，说鱼凫有要事相商。蚕武骑了马，带了几名侍卫，出了王城，来到江畔。鱼凫果然已在船上恭候。蚕武弃马登船，和鱼凫在船上见面。

鱼凫说：我听到风声，柏灌王要将你们驱赶出宫了。

蚕武点头嗯了一声，觉得鱼凫的消息真是灵通，什么都知道。

鱼凫说：我还听说，如果你们兄弟不遵从旨意，柏灌王就要以抗旨论处了。

蚕武想起柏灌王在大殿上召见自己的情形，心里有些不是滋味。

鱼凫又说：就是你们搬出了王宫，柏灌王还会继续为难你的。因为柏灌王最不放心的，就是你。假如你对柏灌王不恭顺，或稍有不慎，柏灌王就会借题发挥，就会处罚你。唉，兄弟啊，我真的为你担心。

蚕武有点发愣，觉得鱼凫说的都是实情，叹气道：如何是好？

鱼凫说：情况明摆着，如果你不愿意动手，只有束手待毙了。

蚕武沉吟了一会儿，狠声道：我当然不会任人宰割。

鱼凫看到蚕武真的动了心，不由得暗喜。一切果然如他所料，柏灌王为了坐稳盟主与王位，当然要入住王宫；要蚕武迁出王宫，蚕武自然于心不甘。这件事情表面看起来简单，实际上却很复杂，一下扩大了蚕武与柏灌王之间出现的裂痕与矛盾。鱼凫挑动和利用了这个机会，终于促使蚕武下了动手的决心，要向柏灌王夺取盟主与王位了。

鱼凫和蚕武在船上密谈了很久，准备策划一次狩猎，借机除掉柏灌王。

两人随即商议了谋划中的一些步骤，方略确定之后，就等着实施了。

柏灌王继承王位之后，顺利操办了蚕丛王的葬礼，并成功地执掌了蜀国的王权。但过了不久，柏灌王就发现，要真正地成为一位掌控大局的蜀王，其实并不容易。有些事情，说起来简单，做起来却比较难。其中最重要的，便是如何真正赢得各部族的拥戴。回想蚕丛王的时代，大大小小诸多部族对蚕丛王都心悦诚服，这当然与蚕丛王杰出的作为有关。蚕丛王的率众迁徙、修筑王城、结盟创国、平息濮氏叛乱、巡游天下，这些事情都非同凡响，从而奠定了蚕丛王的崇高威望，使得蚕丛王赢取了民心，也获得了各部族的敬仰。如今，柏灌王成了新的盟主与蜀王，又如何仿效蚕丛王，继续稳坐江山呢？这里面当然大有学问，这也正是柏灌王继承王位后经常思考的一个重大问题。

柏灌王觉得，蚕丛王真的是太了不起了，在很多方面都树立了典范，成了难以逾越的榜样。蚕丛王利用他巨大的威望，使柏灌很顺利地成了新的盟主与蜀王。但蚕丛王的英明伟大，也如同巨大的光环和阴影，笼罩了柏灌王，使得柏灌王很难迅速展示自己的光彩。任何事情都有两面，天地有阴阳，事物有正反，概莫能外。柏灌王继承了王位，却并不能继承威望，那是要靠他自己去争取和建立的。柏灌王心想，自己今后肯定要努力很多年，可能才会有所成就，才不会辜负蚕丛王的殷切希望，才会成为蜀国历史上的第二代英明之王。这个思考，既鼓励了柏灌王，也使柏灌王体会到了身居王位和执掌王权的难度。

柏灌王开始感觉到了各部族首领们表面都支持自己，但实际上却不一定买他的账。柏灌王有时发号施令，响应并不热烈。对柏灌王唯命是从的，仍旧是斟灌族的队伍和人马。柏灌王有时想要调动蜀山氏族的队伍，或派遣其他部族的人马，常会遇到阻碍。还有就是和自己有亲戚关系的一些重要人物，对待他的态度有时也有点微妙。譬如蚕武和蚕青，对他仍有点像以前那样，以妹婿待之，并没有给予他足够的尊崇。还有鱼凫，表面对他逢迎，骨子里却似乎另有盘算。柏灌王已经渐渐地体察到了这些，却拿不定主意，究竟应该如何应对呢？一时也没有更好的办法。对于将来的治国方略，以及发展谋划，柏灌王也在思考之中，暂时还没有形成明确的思路。譬如蜀国各部族的疆域划分，蜀国的贡赋与征调，都存在着诸多问题。蜀国的农业与商贸，蜀国的对外拓展与交往，也有很多事情，都需要他谋划与思考。而最要紧的，其实仍是如何赢得各部族的拥戴。

柏灌王继承王位后，面对目前的复杂形势，尽管发现了诸多问题，也察觉了一些不好的苗头，却没有引起足够的警惕，也没有采取必要的手段及时加以处置。客观地看，柏灌王虽然聪明睿智，但也有相对粗疏和虑事不周的一面。这倒不仅仅是因为柏灌王还年轻，阅历尚浅，对人世间的各种复杂情形缺少洞悉，也缺少应对复杂局面的经验，同时也由于他天性潇洒，喜欢闲适，又过于善良，不像蚕丛王那样富有魄力和韬略，也不如蚕丛王那样性情坚韧而又豁达细致、虑事周密，因此疏于防范，从而给了别人以可乘之机。

正是因为柏灌王过于从容了，缺少了紧迫感，忽略了迫在眉睫的危险，于是后来的事变便不可避免地发生了。

时间不知不觉就过去了数月。这天，柏灌王接到了蚕武举行狩猎的邀请。

柏灌王很久没有骑马狩猎了。对于蜀山氏族的狩猎活动，柏灌王以前曾随同蚕丛王参加过一次。现在蚕武又要率众狩猎，并郑重邀请柏灌王参加。柏灌王没有拒绝，但也没有马上答应。柏灌王觉得，狩猎是很多部族谋生的重要手段，通过狩猎可以锻炼部众，凝聚人心，通常都是一件好事情，不过现在并非狩猎的好季节，所以有点犹豫，没有立即答应是否参加。

柏灌王在王宫大殿处理了政务，回到大宅，和蚕蕾谈起了此事。

蚕蕾说：骑马狩猎，很好玩的，我也和你们一起参加吧。

柏灌王笑了，说：你只想到好玩，现在正值春天繁育时节，通常不狩猎的。我们要猎获野兽，但也要给百兽以孕育繁衍种群的机会，这样才能代代延续。如果将野兽赶尽杀绝，以后就不能再狩猎了。

蚕蕾说：我记得父王以前也说过的，你真是仁者心怀啊。

柏灌王说：我以前陪同父王狩猎，父王曾下令将幼兽都放归山林，当时很令我感动。

蚕蕾说：你和父王灵犀相通，所以父王要让你继任盟主与蜀王。

柏灌王感叹道：父王的殷切希望，是要我将他开创的事业做得更加辉煌。这真的是一副很重的担子啊。

蚕蕾说：父王相信你能做到，所以寄希望于你。

柏灌王说：要同心协力才行，我只有勉为其难。

蚕蕾说：两位哥哥会协助你啊，还有各部族首领都会支持你啊。

柏灌王说：但愿如此。但世事确实比较复杂，很多事情都难以预测。

蚕蕾关心地问：看你的眼神，好像有忧虑，你担心什么呢？

柏灌王沉吟道：我隐隐约约的有种不太好的预感。

蚕蕾问：你预感到了什么？

柏灌王说：我一时也说不清楚，总觉得会有什么事情要发生。

蚕蕾又问：有什么事情不顺吗？

柏灌王说：暂时好像没有什么不顺，但忧思却又藏在暗处，挥之不去。

蚕蕾说：也许是你这段时间太操劳了，思考问题太多，才会如此吧。放松一下，休息几天，也许就好了。

柏灌王想想，觉得蚕蕾所言，也有道理。自己现在面临的事情，千头万绪，放松一下也未尝不好。联想到蚕武邀请他参加蜀山氏族的狩猎，本来还心存犹豫，现在想法变了，那就答应参加吧。对于蚕蕾想骑马陪同一起游玩，柏灌王也同意了。蚕蕾听了，当然很高兴。柏灌王于是便吩咐侍卫，张罗着检查行装与鞍马弓箭，又挑选了一些能骑马的侍女，届时陪伴蚕蕾，做好了参加狩猎的准备。

消息传到蚕武那里，蚕武加紧了暗中的布置，并告知了鱼凫。

鱼凫闻讯大喜，一边派遣心腹继续密切监视王城内的动静，一边调遣了部族中经过训练的几支队伍，派遣两个弟弟在要害处相继设下埋伏，悄悄地做好了更为周密的安排。一场巨大的阴谋，在鱼凫的精心策划与怂恿下，就要上演了。

第十六章

　　蜀山氏族的一场大型狩猎活动就要开始了。

　　由于是春季狩猎，有违常情，使得这次狩猎有点非同寻常。又因为邀请了柏灌王参加，所以狩猎的场面比较大，参加的人员也比较多。今年的春天仍然少雨，长空中没有什么云彩，但山林与旷野里似乎有薄薄的雾，天色也因之显得有点阴沉。

　　蚕武是率众狩猎的主角，骑着骏马，携带了弓箭，身后跟随了一群侍卫，显得很威武。蚕青也骑着马带了弓箭，随同蚕武，率领了蜀山氏部族中的一些猎人，来到了狩猎的地方。这里临近西山，树林茂密，附近有湿地与河流，地形较为复杂，栖息的鸟兽较多，历来都是猎人比较喜欢光顾的场所。蚕武选择在这里狩猎，主要是听取了鱼凫的意见。鱼凫常来这里射猎，对周围的地形特别熟悉，这里不仅动物众多，而且小路交错，便于布置。在蚕武和蚕青到达后不久，鱼凫带着人也到了。

　　柏灌王和蚕蕾换了打猎的行装，也准备出发了。两人骑马刚刚离开王城大宅，便看到王宫中的一名侍女匆匆前来禀报，说西陵氏的病情突然变重了。柏灌王和蚕蕾当即来到了王宫，走进后宫看望西陵氏。西陵氏已经病了很久，今天的神情果然十分疲顿，脸色分外憔悴，呼吸已经有些困难。鱼雁和一些侍女正守护在病榻前，有些焦急地伺候着西陵氏。蚕蕾上前，俯在西陵氏身边，轻声喊道：母后，你怎么啦？西陵氏这时睁开眼睛，看到了柏灌王和蚕蕾，西陵氏喘息着说：刚才我做了一个梦，我见到了蚕丛王。蚕蕾说：母后，你不要紧吧？西陵氏对柏灌王说：蚕丛王托梦于我，要你小心啊，有坏人……西陵氏的眼中闪出了泪光。蚕蕾和鱼雁赶紧替西陵氏擦去了眼角溢出的泪水。柏灌王说：母后不要担忧，我会小心的。西陵氏闭了眼，又昏沉沉地睡去。

这时候蚕武安排的人催促柏灌王动身，说众人都在狩猎的地方等候柏灌王的光临呢。柏灌王有点不想去参加狩猎了，但答应了又不好食言。柏灌王看着病重于榻的西陵氏，用商量的口吻对蚕蕾说：怎么办呢？你是否留下照顾母后？蚕蕾也有些犹豫，母后病重，是应该守护，但又想陪伴柏灌王同行，这本是说好了的。鱼雁这时说：母后有我守护照顾就行了，你们一起去吧，蚕武他们正等着你们去参加狩猎呢。蚕蕾用征询的眼光看着柏灌王，柏灌王想了想，点头说：那好吧，我们出发。又对鱼雁说：辛苦你了，我们会尽快回来。鱼雁说：王宫中有我照顾着呢，你们一定要尽兴才好。

柏灌王和蚕蕾骑了马，离开了王宫，率领着一些侍卫，走出了王城。在通往各处的大路口，阿摩手持铜杖，骑着快马，匆匆赶来了。大王留步！阿摩一边催骑疾驰，一边大声喊。

柏灌王勒住了坐骑，对着赶来的阿摩说：你来了正好，陪我们去狩猎吧。

阿摩说：我想劝阻大王，放弃这次狩猎。

柏灌王问道：为什么？

阿摩说：我夜观天象，发现西南杀气弥漫，恐不利出行，特来告知吾王。

柏灌王说：因为是狩猎嘛，自然会有杀气，怎么会不利出行呢？

阿摩说：今晨我又观察，看到星云暗淡，似有不测之变，所以要劝阻大王。

柏灌王想了想说：我已答应蚕武，要参加这次蜀山氏族的狩猎。还有几位部族首领也要参加，他们都已出发，可能已到达山林，正等候我前往。如果我不去，就是失信于人了，肯定不好。王者之言，岂能言而无信？你说我能不去吗？

阿摩沉吟道：大王的意思，还是要去参加这次狩猎吗？

柏灌王说：也就是一次狩猎而已。我们可以早去早回。

阿摩有点犹豫，明知天象示警，却又不能让柏灌王失信于人，感到很为难，也很无奈。

柏灌王豁达一笑说：你陪我同行吧。有你在身边，我还担心什么。

阿摩知道柏灌王心意已定，多劝无益，便说：好吧，此行有风险，务必小心。

蚕蕾在旁边听了柏灌王和阿摩的对话，只觉得好奇，骑马狩猎，会有什么风险呢？但蚕蕾知道，阿摩是一位法术高明的巫师，阿摩所言，一定有缘故，却又不好多问。蚕蕾毕竟年轻，因为很久没有像这样骑着马在旷野和山林里走动了，好玩的心思占了上风，渐渐地也就不再去想那些无法猜透的问题了。

柏灌王对于阿摩的劝阻与提醒，在心里认真掂量了一番。觉得阿摩所言，当然不会空穴来风，但也可能有点多虑了。柏灌王不太相信神旨，也不太重视巫术，总觉得有点缥缈虚无。不过，人世间的事情，真的是太复杂了。老人们常说，天有不测风云，人有旦夕祸福，也许就是这个道理。联想到出发前去王宫看望西陵氏，西陵氏说蚕丛王托梦于她，要她转告他，小心坏人。这两件事情，相继凑在了一起，怎么会如此巧合呢？难道真的会发生什么意想不到的情况吗？柏灌王想了一会儿，仍然琢磨不透，觉得如果有事要发生，也没有什么可怕，反正天又不会塌下来。柏灌王又想，即使真的要发生什么，也只有到时候随机应变了。

阿摩此时，却真的比较担心。阿摩修炼多年，法术日渐高深，相信自己的观测不会有错。虽然阿摩也不清楚究竟将会发生什么，但天象示警，预示此行暗藏着某种不测，则是比较明显的。所谓不测之变，当然有多种可能，比如遇到凶猛的野兽，或遭遇巨鳄、毒蛇之类。又譬如恶人捣乱，变生肘腋，这就更可怕了。他想劝阻柏灌王，规避风险，但柏灌王却有点不以为然。阿摩觉得，作为王者，诚信固然重要，但安危其实更为要紧啊。阿摩深知柏灌王聪明睿智很有主见，一时也无法细说其中的道理，不能劝阻柏灌王，对此有点无可奈何，只有冒险陪同柏灌王走一趟了。阿摩在心中默默祷告神灵，但愿吉人天相，逢凶化吉吧。

阿摩伴随在柏灌王和蚕蕾的旁边，侍卫们紧随于后，纵骑而行。

远远地听到了牛角号的响声，前面就是狩猎的山林了。

蚕武看到柏灌王和蚕蕾带着侍卫们到了，心情立即紧张起来。

蚕武虽然谋划已定，做好了动手的安排。但看到柏灌王带着众多侍卫，妹妹蚕蕾骑马同行，还有巫师阿摩手持铜杖紧随于侧，一时又有点犹豫。原因主要有两个，一是能否狠下心来痛下杀手？二是真的动手能否确保获胜？想到这两个方面，蚕武便有点动摇起来。

鱼凫骑马陪在蚕武旁边，仿佛猜到了蚕武的心思，悄声说：今日之举，关系着生死存亡，你只有放手去做。有我全力支持你呢，你不必担心。等一会儿，射猎时，就看你的了！

蚕武咬着牙，嗯了一声，只觉得一颗心咚咚乱跳。

这时柏灌王骑马来到了蚕武面前，说：刚才有事，来迟了一会儿，让你们久等了。

蚕武骑在马上说：来得正好，狩猎已布置妥当，就要开始了。

鱼凫揖手施礼道：这次狩猎，有大王参加，真是太好了。

蚕青也施礼道：我们都陪伴大王，一起狩猎。

柏灌王施礼说：好啊，有劳诸位了。

蚕蕾这时骑马上前，对从蚕武和蚕青说：母后病重了。

蚕武和蚕青愣了一下，忙问：要紧吗？

蚕蕾说：嫂嫂在照顾。我们今天要早点回宫。

蚕武和蚕青相视一眼，含糊地嗯了一声。

还有几位参加狩猎的小部落首领，也都上前面见柏灌王，揖手施礼。

柏灌王环顾四周，问道：这次狩猎，究竟有多少人参加？

蚕武说：主要是我们蜀山氏族的人，另外还邀请了一些亲戚。

柏灌王哦了一声，看到蚕武和蚕青身边的猎手，确实都是蜀山氏族的人。参加狩猎的鱼凫，是蜀山氏族的姻亲。还有一些小部落首领，也大都和蜀山氏族有亲戚关系。早在很多年前，他们就追随蚕丛王，一起从岷江上游河谷迁徙出来。所以蜀山氏族的大型狩猎，邀请他们参加，也是很正常的事情。

这时，阿摩也打量着周边的地形与人员，目光炯炯，紧握铜杖，陪伴在柏灌王身边，寸步不离。阿摩很警觉，身处这些聚集起来准备狩猎的人群中，已经敏感到了某种隐藏的敌意。这使得阿摩提升了内心的戒备，暗自做了应变的准备。阿摩的神态与表现，也使得蚕武和鱼凫感到了压力。

鱼凫用眼色示意蚕武。蚕武对柏灌王说：那我们就开始吧。

柏灌王点头说：好啊。开始吧！

蚕武做了个手势，部族中的猎人再次吹响了牛角号，狩猎开始了。

参加狩猎的人们分为几路，进入了树林。按照当时打猎的惯例，几路要迂回包抄，然后合围。一些野猪在林中奔逃，有不少野兔逃进了灌木丛。林中的鸟雀也被牛角号和嘈杂的人声惊飞了，在空中盘旋鸣叫着，飞向了远处的山林。有几头大鹿，在空疏的林木间飞奔，逃向了附近的湿地。

蚕武和鱼凫陪同柏灌王，由开阔处进入了林间。蚕青率领了一些蜀山氏族的猎人，由侧面迂回，去包抄逃匿的野兽。动身的时候，蚕武特意吩咐蚕蕾留在后面，并让柏灌王身边的一些侍卫留下护卫蚕蕾。蚕武的理由很充分，因为林中野兽多，蚕蕾并不经常骑马，怕有闪失，留在后面有人保护，有利于安全。蚕蕾不想离开柏灌王，但由于是大哥的吩咐，也就听从了。这样一来，护卫柏灌王的侍卫们就被分散了，蚕武等一会儿要动手就要方便许多。这本是蚕武的心计，蚕蕾当然不会明白，柏灌王也没有引起警惕。只有阿摩依然紧随在柏灌王身后，还有数名斟灌族的侍卫，一起护卫着柏灌王的安全。

此时蚕武率猎手开道，骑马走在柏灌王的前面。在柏灌王的后面，是率众而行的鱼凫。蚕武的左右，都是预先安排好的精锐猎手，执弓于手，佩带了刀剑，有的还拿了长矛。这些猎手都是蜀山氏族中的精英，在蚕丛王的时候就经过训练，如今成了蚕武的心腹之士。跟随鱼凫的也都是族人中的心腹精锐，一个个都携带了强弓利箭，事先也经过了多日操练，对鱼凫唯命是从。蚕武和鱼凫率领着这些全副武装的心腹之士，一前一后，将柏灌王一行数人夹在了中间，只等时机成熟，便要动手。

这样在林中开阔处行走了一会儿，林木渐渐变得密集了。一头大鹿，遭到其他猎人的迂回驱赶，从湿地折返而逃，从林木间疾速地奔逃过来。蚕武身边的猎手发出一声呐喊，开始围捕。鱼凫身边的人也呼喊起来，有人拉开强弓，朝着大鹿射出了利箭。但这些箭并未要立即射杀大鹿，而是迫使大鹿改变了逃离的方向。大鹿惊慌奔逃，左右都遭到了拦截，后有追击，便朝着中间柏灌王一行奔来。

鱼凫这时朝着蚕武，语义双关地大喊了一声：动手啊！

蚕武当然明白鱼凫的意思，知道机会来了，此时若不动手，还等何时呢？为了夺取盟主与王位，必须除掉柏灌王。蚕武知道，这时已经容不得任何犹豫了，咬了咬牙，张弓搭箭，跃马而前，狠下心来，朝着中间射出了利箭。

蚕武此箭力道甚大，却不是射向大鹿，而是瞄准了柏灌王的心窝。如果射中，一箭就会取了柏灌王的性命。也是凑巧，柏灌王的坐骑面对着直奔而来的大鹿，突然嘶鸣着跃起了前蹄，蚕武此箭便恰好射在了柏灌王坐骑的前腿上。中箭后的坐骑，狂嘶一声，一个趔趄，栽倒于地。

柏灌王也随之翻倒在了地上。蚕武此时只能一不做二不休，看到第一箭没有射中，便又朝着柏灌王射出了第二箭。这一箭仍然没有射中。柏灌王的坐骑又挣扎着跃了起来，使得蚕武的第二箭又射在了马身上。这匹雄骏的坐骑，再次栽倒了，成了蚕武利箭下的牺牲品。柏灌王这时已翻身滚到了一边，靠着大树站了起来。

阿摩一直陪伴在柏灌王身边，看到突然发生了变故，惊呼一声，对侍卫们喊道：保护大王！挥舞铜杖，纵身上前，护住了柏灌王。几名斟灌族的侍卫，也拥上前来，将柏灌王护卫在了中间。这一切都发生得极快，瞬息之间，一场精心安排的狩猎活动就变成了亲友之间的生死搏杀。

蚕武没有想到，两箭竟然都射空了。身边的猎手们刚才也随着他射出了箭矢，那头大鹿已被射翻在地，柏灌王虽然无恙，但他的坐骑却被射杀了，有两名侍卫也中箭负了伤。此时，鱼凫的人也围了上来，和蚕武的人一起，将柏灌王一行数人围在了林木间。

柏灌王没有料到果真发生了不测之变，更没有想到发动事变的竟然是妻兄蚕武。因为事情发生得太突然了，柏灌王免不了有点慌乱，但他很快就镇定下来。柏灌王朝着蚕武，大声喝问道：今天不是狩猎吗？你怎么能用箭射我的坐骑？意欲何为？

蚕武语塞，面对柏灌王的责问，一时不知如何回答才好。

柏灌王缓和了一下语气，又说：你是大哥，蚕丛王要我们和衷共济，兄弟同心，大局为重。今日之事，算是偶然，我不会计较，就此结束。我们回宫吧！

蚕武此时，如果良心发现，收敛了野心，后面的血腥之变也就真的到此为止而不会发生了。但蚕武已经欲罢不能，既然已经动了手，一旦半途而废，回去遭殃的就是自己。想到这点，蚕武便又狠下心来，对柏灌王说：这都是你逼迫的，休怪我啊！

柏灌王此时已经明白了蚕武的野心，义正词严地喝问道：你这样做，对得起父王的在天之灵吗？

蚕武说：父王创建宏伟大业，本该子承父业，岂能让你外姓之人坐享其成？

柏灌王说：蚕丛王临终嘱托，当众重申盟誓，我们都在场，言犹在耳，大家都庄重承诺，岂能违背？蚕丛王是你的父王，也是我和蚕蕾的父王啊！

蚕武说：那不一样！我是长子，你是妹婿而已。是你蛊惑了父王，才会如此！

柏灌王说：蚕丛王英明过人，远见卓识，历来深谋远虑，做出的安排自有他的道理，谁能蛊惑蚕丛王呢？

蚕武说：再英明也有犯糊涂的时候，父王是被你钻了空子！

柏灌王说：更何况蚕丛王能沟通诸神，当众宣布，这也是神的旨意啊！

蚕武说：那是借口，托词而已，谁会相信？

这时蚕武身边的猎手与鱼凫的心腹之士，都张弓搭箭，瞄准了柏灌王一行。箭在弦上，一触即发，情形已危急万分，难以逆转。

柏灌王面对着生死难卜的巨大危险，仍然保持着镇定，对蚕武说：如果你想要做盟主与蜀王，我可以让你啊，何必兵戎相向？

蚕武心想：不是兵戎相向，难道你会将盟主与王位拱手相让吗？便冷笑了一声，也不答话。

柏灌王转向鱼凫，喝问道：鱼凫兄长，你也是承诺了蚕丛王盟誓的！你是明白事理的两朝大臣，今日欲何为？难道你也要与我为难吗？

鱼凫冷笑道：今日之事，怪不得我！

柏灌王顿时明白了蚕武与鱼凫的险恶用心，知道已经无法用言词说服和阻止他们的阴谋了。柏灌王不由得长叹一声，真是人心难测，由于自己疏于防范，而导致了这场不测之变。如果这也是天意，那也只有听天由命了。

柏灌王对挺身护卫自己的阿摩说：悔不该不听君言，真是不该来参加这次狩猎的。现在如何是好？

阿摩说：我会竭力护卫大王的。事情还没到山穷水尽的地步。

阿摩手持铜杖，面对杀气腾腾的蚕武与鱼凫，毫无畏惧，大声呵斥道：尔等企图谋反吗？蚕丛王的神杖在此！见此神杖，如见蚕丛王，还不快快退去！

林木间有天光照射在铜杖上，仿佛犹如神助，铜杖发出了耀眼的亮光，真的就像是蚕丛王显灵了一样。阿摩说罢，便挥舞铜杖，手舞足蹈，开始施展他高深的法术了。神奇的铜杖不仅发出了亮光，还在阿摩挥舞时发出了悠远低沉的啸鸣之音。

鱼凫和蚕武见状大惊，他们都知道阿摩是一位非同凡响的大巫师，连蚕丛王在世的时候都向阿摩请教过修炼的巫术，阿摩的本领肯定是非同小可、不可轻视的。万一阿摩施展出了什么厉害的法术，那还了得吗？此时他们只有先下手为强了。

鱼凫用阴鸷强悍的目光扫了蚕武一眼，低声喝道：还不动手，等到何时？

蚕武此时已欲罢不能，顾不得多想，喊了一声：射啊！便朝着柏灌王射出了利箭。蚕武身边的猎手听从命令，也都射出了利箭。阿摩挥舞铜杖，挡住了射向柏灌王的箭矢，而几名护卫柏灌王的侍卫却中箭负伤了。他们拼死相护，保卫着柏灌王朝着林木深处撤退，准备寻找机会突围出去。

鱼凫也未袖手旁观，手下的人也动了手，朝着柏灌王一行乱箭齐发。

转眼之间，柏灌王身边的几名侍卫都已身中数箭，有的壮烈牺牲了，有的负伤后仍坚持行走，紧随在柏灌王的身边。

阿摩的本领果然了得，一柄沉重的铜杖在他手中挥舞自如，挡住了射来的乱箭，保护着柏灌王向着地形复杂的山林撤退。如果没有阿摩，柏灌王此时可能早已命丧箭下。但敌方人多势众，柏灌王势单力薄，能否逃离险境，成了很大的悬念。

这个时候，蚕青率着一队迂回驱赶野兽的队伍也从侧面赶来了。有人在呐喊，野兽在奔逃，鸟雀在林中纷飞。这边的血腥围追和乱箭射击仍在继续，柏灌王和阿摩以及几名负伤的侍卫仍在顽强地坚持，利用树木做掩护，继续撤退。情形变得更加危急，场面分外混乱。

在林子外面的蚕蕾和几名侍卫听到了嘈杂的声音，感觉到了情形的异常。蚕蕾不放心，担忧柏灌王发生了意外，带着身边的侍卫们策骑朝着林中驰去。

蚕蕾很快就看到了血腥追杀的场面，大吃一惊，朝着蚕武喊道：大哥！你们这是干什么啊？！

蚕武此时一心想除掉柏灌王，哪里顾得上其他。

蚕蕾策马上前，大喊道：住手！你们为什么要自相残杀啊？！

蚕武叫道：不关你事！休要过来！免得连你也伤害了！

蚕蕾已看到了陷于围困之中处境危急的柏灌王，心中焦急如焚，眼泪一下涌了出来，哭喊道：大哥啊！你忘了父王的嘱托了吗？为什么要加害柏灌王啊？怎么能做这种伤天害理之事啊？！

年轻单纯的蚕蕾当然不会明白野心与阴谋的可怕，所有的亲情与理智这时都被蚕武抛到了脑后。蚕武为了夺取盟主与王位，这个时候哪里还会听蚕蕾的劝阻？不仅要杀害柏灌王，甚至连牺牲蚕蕾的性命都在所不惜了。眼看着蚕蕾骑马闯了过来，蚕武与手下人并未停止射箭。蚕蕾就这样闯入了乱箭之中，坐骑连中数箭，顿时栽倒在地。蚕蕾滚倒在了树木间的草丛中，一时生死不明。

这时蚕青已赶到，目睹眼前发生的情景，惊讶地喊了一声：怎么会这样啊？

蚕青在之前虽然赞同了蚕武的谋划，却没想到事情竟会如此残酷与血腥。如果说除掉柏灌王是形势所逼，迫不得已，为什么连同胞亲妹妹都不放过，而要痛下杀手呢？这实在是太凶狠太残忍了吧？！蚕青自幼和蚕蕾一起长大，兄妹感情很深。面对眼前的血腥场面，蚕青突然有些懊悔，觉得这场事变毫无道理，其实是不应该发生的。妹妹被害，回去怎么向母后交代呢？还有那些被射杀的斟灌族卫士，也都很无辜。事情尚未结束，现在自己该怎么办呢？蚕青心绪复杂，犹豫万端，勒骑率众待在一侧，不知如何是好。

这时负责护卫蚕蕾的一群侍卫骑着马赶到了，看到柏灌王身陷绝境，又看到蚕蕾被射倒了，不由得又惊又怒。这些侍卫都是斟灌族的壮士，在这生死关头，个个都像发怒的虎豹一般，毫无畏惧地冲了上去。侍卫们明白，此时最需要保护的就是柏灌王了。侍卫们呼喊着，挥刀舞剑，朝着蚕武和手下的猎手们冲了过去，开始了格斗与搏杀。柏灌王身边负伤的侍卫，看到来了增援，也都呐喊起来，开始反击。双方发生了混战，每个人都以死相拼，喊杀声与刀剑的碰撞声搅在一起，场面惨烈，情形混乱。

鱼凫这时并未参与厮杀，他知道柏灌王的人少，蚕武的人多，柏灌王肯定是在劫难逃了。鱼凫现在要袖手旁观，等待双方拼个鱼死网破，杀得两败俱伤之时，他再伺机出手。这样，他就可以坐收渔翁之利了。鱼凫知道，这场事变目前才开始，好戏还在后面。按照鱼凫的精心谋划，他的两个弟弟率领着另外两支队伍，已埋伏在外面的要害之地。纵使柏灌王能够杀出重围，也插翅难飞。而且，鱼凫不仅仅是要借蚕武之力除掉柏灌王，还有更为阴险的谋划，这是蚕武完全没有意料到的，也是其他人所不知道的。

蚕武此时野心膨胀，已陷入疯狂，形同走火入魔，狠了心，红了眼，只想尽快除掉柏灌王，然后就可以班师回宫，接着就可以继任盟主，荣登蜀王之位了。在膨胀的野心与强烈的欲念驱使下，蚕武仿佛变成了嗜血的恶狼，亲手砍倒了好几名斟灌族的侍卫，在厮杀中很快占据了上风。

阿摩保护着柏灌王，虽然情形危急万分，但突然发生的混战也为他们提供了一个机会。阿摩急中生智，趁着混乱，让柏灌王与一名牺牲的侍卫换了服装，将那名侍卫易妆成了柏灌王血污满面的形态与模样。然后阿摩施展法力，使用遁术，带着柏灌王与几名心腹侍卫，如同金蝉脱壳一般，从林中神秘地消失了。

厮杀与搏击很快结束了。蚕武的人大获全胜，开始打扫战场。

他们很快就找到了那名牺牲后被易妆了的侍卫，以为就是柏灌王。

在周边的林中地上，横躺着许多牺牲的斟灌族侍卫，空气中弥漫着血腥味，场面显得十分惨烈。几匹中箭负伤的骏马，还在嘶鸣挣扎，但阿摩等人却不见了。蚕武在刚才的厮杀中，手上和身上也都沾染了血迹，此时跨过尸体，来到跟前，看着这位被射杀的柏灌王，庆幸自己终于获胜了，不由得发出了一阵兴奋的笑声。蚕武笑得有点得意，也有些残忍，铁青色的脸上被溅了几滴鲜血，看起来就像一只刚刚咬死了猎物而得意扬扬的凶恶头狼。

蚕武收起了佩刀与弓箭，吩咐手下人将尸体都集中起来，然后挖坑埋了。想到等一会儿就要凯旋了，等自己回到王宫，就可以做盟主和蜀王了，蚕武深感兴奋，很有些意气风发、踌躇满志。

鱼凫策骑而至，也来到了这位被射杀的柏灌王跟前。一群彪悍的心腹之士紧随于后。鱼凫勒骑站在死者前面，仔细察看，心中颇为疑惑。眼前的柏灌王身中数箭，满面血污，还沾上了泥草的痕迹，看来真的是被蚕武他们射杀的。但死者的面容形态，与熟悉的柏灌王似乎有些微妙的差别，会不会是假冒的呀？不过死者身上的穿着，却又确确实实是柏灌王今日来参加狩猎时的装扮。鱼凫看了一会儿，仍然疑惑不已。今日之变，最关键的就是除掉柏灌王。这一步成功了，才好继续实施他的第二步计划。还有那位斟灌族的巫师阿摩，此时也不见了踪影。预先布置好的包围圈，本来是插翅难逃的，那位阿摩怎么会神秘地消失了呢？

难道阿摩真的具有神奇法力吗？这也使鱼凫感到诧异和不解。联想到关于阿摩的各种神奇传说，如果不除掉法术高强的阿摩，也终将是一个很大的隐患。

蚕武看了一眼沉吟不语的鱼凫，问道：怎么了？

鱼凫问道：你觉得这位被射杀的真的是柏灌王吗？

蚕武反问道：是啊，难道有假？不是他，又会是谁呀？

鱼凫一想，也是这个道理。柏灌王又不会分身之术，当时乱箭齐发，在劫难逃，被射杀的不是柏灌王，难道还会是其他人吗？鱼凫的心中顿时有点释然了，冷冷一笑道：但愿如此吧。恭喜蚕武兄弟，今日如愿以偿，终于除掉了对手！

蚕武也一笑，说：多谢大哥相助！我当了蜀王，一定重谢大哥！

鱼凫哈哈地笑道：好啊，要当蜀王，还需要各部族拥戴！

蚕武隐约地听出了鱼凫话中似乎另有深意，有点不解地问道：大哥此话何意？

鱼凫冷笑道：此地不宜久留，等一会儿再说啊。

蚕武也没有多想，点头说了声好啊，便准备班师回城了。

这时蚕青搜寻战场，找到了蚕蕾。坐骑被射倒后，蚕蕾被摔倒在地，负了伤，当时便昏了过去。蚕青将蚕蕾扶了起来。蚕蕾从昏迷中醒来，问道：柏灌王呢？柏灌王怎样了？蚕青有些伤感，沉默不语。蚕蕾哭道：你们杀害了柏灌王吗？你们为什么要这样做啊？！都是亲人，为何自相残杀？天理难容啊！蚕青被蚕蕾的痛哭感染，心绪极其复杂，感觉分外沉重。对于今日发生的血腥之变，蚕青已经深感不妥，但后悔已迟，手足相残的残酷场面已经发生，想要阻止和改变也来不及了。蚕青无语，只能扶着蚕蕾换了坐骑，准备将蚕蕾护送回王城。

蚕蕾这时看到了身穿柏灌王服装的死者，被蚕武的人拖到了坑边，正要埋葬。蚕蕾一时伤心欲绝，拔了短刀，准备自刎。蚕青眼疾手快，赶紧制止，夺去了蚕蕾手中的短刀。蚕蕾哭道：柏灌王被害了，我还活着干什么？说着，又去抢夺短刀，决意自杀。蚕青说：妹妹不要这样！如果死了，以后谁来照顾母后啊？正是这句话，使得蚕蕾想到了身患重病的西陵氏，便放弃了自杀的念头。蚕青终于劝住了蚕蕾，勒转坐骑，离开了那些即将掩埋的死者。蚕蕾随同蚕青，骑在马上，神情悲痛，泪流不止。

蚕武的手下人已挖了一个大坑，将被射杀的死者一起草草地埋葬了。

终于到了班师回城的时候。蚕武骑马率众走在前面，蚕青陪伴着蚕蕾骑马走在中间。鱼凫率领着一群彪悍的心腹之士走在队伍的后面。他们离开了这个发生过残酷围剿与血腥厮杀的地方，沿着另一条较为开阔的林中之路，准备绕过湿地，穿越浅丘地带，朝着远处的王城方向而回。

鱼凫的两个弟弟，率领着两支强悍的队伍，早已埋伏在队伍回城的必经之处，刀已出鞘，箭已上弦。这一切都是鱼凫的精心谋划，另一场更为血腥和残酷的事变就要开始了。巨大的危险已迫在眉睫，而蚕武对此却毫无觉察。

当蚕武骑马临近湿地，就要经过浅丘地带的时候，突然号角响起，从两边林中涌出了一群埋伏的人马。为首的几个人，头戴面具，身穿异服，青面獠牙，犹如鬼神。他们个个手持强弓利箭，挥舞长矛快刀，挡住了蚕武的去路。

蚕武大吃一惊，坐骑也受了惊吓，嘶鸣着连退数步。

蚕武喝问道：你们是何人？阻挡我路，意欲何为？

为首戴面具者呵斥道：你谋害了柏灌王，我们奉了神旨，要拿你问罪！

蚕武听了，大惊失色，刚刚发生的事情，怎么就会让人知道了？面前的这些不速之客，究竟是何方神圣？竟然对他的阴谋与逆行了如指掌，难道真是神灵派来的吗？蚕武越想越怕，惊恐地喝道：休要胡说！
快快让开！不要挡道！

另一位戴面具者叫道，你犯下谋反之罪，快快下马受擒吧！

蚕武心中慌乱，恼怒不已，喝道：胡说八道！再不让开，就不客
气了！

戴面具者哈哈冷笑道，那也就怪不得我们无情了！

随着一声呼哨，两边乱箭齐发，朝着为首的蚕武与其身边的人群射
来。伏击者使用的都是强弓，射出的利箭力道甚大。蚕武身边的几个人
身中数箭，当即便栽倒在地。其他人见状纷纷后退，引起了整个队伍的
骚乱，情形顿时变得混乱不已。

蚕武慌乱中躲避不及，身上也中了一箭。生死存亡之际，蚕武忍
着伤痛，一边派人呼喊队伍中间的蚕青和队伍后面的鱼凫，赶快前来救
援，一边率众拼死抵挡，准备杀出一条血路，冲出包围。伏击者执意要
取他性命，呐喊攻击，乱箭如蝗。蚕武身边的人，又被射倒了几个。蚕
武一行虽然也带着弓，由于在前面围追柏灌王的时候，射箭如雨，箭已
用光，无法回射，只有挥舞刀剑，拼死抵挡，竭力突围。有一些冲到前
面的蜀山氏族猎手，与戴面具者厮杀，但寡不敌众，被伏击者的长矛快
刀杀翻在地。蚕武的坐骑也中了箭，将蚕武掀翻在地。一名蜀山氏族侍
卫，挺身上前，护住了蚕武，将自己的坐骑让给了蚕武。

伏击的人马不断涌出，越来越多。蚕武面临的情形越发严峻，已经
无法从前面突围，只有向中间和后面撤退了。伏击者似乎早已料到了他
的意图，也开始向中间迂回攻击，阻挡住了蚕武的退路。

走在队伍中间的蚕青也被突然发生的袭击弄懵了，听到前面的喊杀
声与呼救声，愣在那里，不知如何是好。因为林中路窄，队伍排成了一
字型行走，此时乱成了一团。前面的人正慌乱地向后面撤退，中间和后
面的人也开始溃逃，乱糟糟地拥堵在了一起。蚕青想上前救援蚕武，却
力不从心，无法纵马而驰，身边的队伍也都散乱了，眼睁睁地看着蚕武

陷入了重围。伏击者已经迂回而至，蚕青只能随着溃逃的人群，护卫着悲伤过度的蚕蕾，向后面退去。

此时鱼凫率着一群彪悍的心腹之士，从后面迎了上来。

蚕青见状，大喊道：鱼凫大哥，前面遇袭，快救救我的兄长！

鱼凫冷冷地笑了一声，手执强弓，纵骑而前。一大群如狼似虎的心腹之士，紧随在鱼凫的身边，穿过溃逃的人群，来到了前面。在先前蚕武围追射杀柏灌王的时候，鱼凫和手下人只在外围配合，并未大动干戈，一直做袖手旁观状，养精蓄锐。蚕武一行早已因激烈厮杀而精疲力竭，鱼凫和手下人则精力充沛，蓄势以待。螳螂捕蝉，黄雀在后，现在才真正到了鱼凫和手下人动手表演的时候。

伏击者正在攻击蚕武，将蚕武与一些蜀山氏族的猎手围在了一片林中。蚕武也非等闲之辈，虽然中箭负了伤，身处绝境，仍然率着几名蜀山氏族猎手，与伏击者拼死搏斗，厮杀得异常顽强。蚕武自幼在岷江河谷山林中长大，体力强健，混战中接连砍倒了好几名攻击者。一名为首戴面具者，与蚕武当面厮杀，也差点被蚕武砍翻在地。蚕武此时听到骏马嘶鸣，看到鱼凫骑马率领着一群武士赶来了，以为来了救兵，精神陡增，一边大喊大哥快来救我！一边舞刀奋击，拼杀得更加顽强了。一群伏击者难挡其锋，连连后退。

鱼凫看到这种情形，本来不愿亲自动手的，却也不能旁观了，便张弓搭箭，嗖的一声，射出了一支长杆羽箭。此箭专为射猎猛兽所制，力道迅猛，带着呼啸，没有射向伏击者，却不偏不倚射中了蚕武的胸口。鱼凫箭术精湛，又是有备而发，此箭当即射穿了蚕武的胸腔。

蚕武中箭，回首望着鱼凫，惊问道：大哥，你为何射我？

鱼凫神色阴鸷，冷冷一笑道：咎由自取，天意如此，不能怪我！

蚕武终于明白了，恨声曰：大哥，原来都是你设计，害我啊……

但蚕武此时明白也晚矣，话未说完，便栽倒在地，气绝身亡了。

伏击者看到蚕武已死，一拥而上，将几名顽强抵抗的蜀山氏族猎手也刺杀在地。

　　远处的蚕青随在鱼凫后面，本来是想帮忙救援兄长蚕武的，此时目睹了这惨烈的一幕，不由得大惊失色。蚕青顿时明白了，原来这一切都是鱼凫的阴谋啊。想到刚刚发生的血腥事变，蚕武蠢笨无谋，自残手足，掉进了鱼凫设下的陷阱，害了妹婿也害了自己，真是后悔不及啊。蚕青又气又恨，心中充满了愤怒。但此时，蜀山氏族与斟灌族已两败俱伤，柏灌王与蚕武都遭了毒手，遇害身亡了，纵使愤恨，又有何用？原来真正要夺取盟主与王位的，不是别人，而是鱼凫啊。阴险的鱼凫既然设下了圈套，害死了兄长蚕武，很显然也不会放过蚕青的。蚕青随即敏感到了自己面临的危险，接下来，鱼凫恐怕就要来收拾他了。

　　蚕青顾不得多想了，召集了一些跟随自己的蜀山氏族侍卫，护卫着伤心欲绝的蚕蕾，勒转马首，迅速驰入了密林之中，朝着远处落荒而逃。

　　鱼凫查看了被射杀的蚕武，证明确死无疑，然后回头来找蚕青，此时早已不见了踪影。鱼凫没有派人去追，只要除掉了柏灌王与蚕武，剩下一个年轻的蚕青不足为虑。鱼凫思量，谁还能阻挡他来执掌盟主与蜀王呢？想到自己的精心谋划，终于大功告成了，鱼凫倍感欣喜。他吩咐摘下面具的弟弟，就地挖坑将死者都掩埋了，随即集合队伍，离开树林，绕过湿地，朝着王城而去。

　　鱼凫现在要做的，就是迅速占领王城，然后入主王宫，只等称王了。

第十七章

阿摩施展法力，使用遁术，协同柏灌王和一些心腹侍卫，回到了王城。

柏灌王遭此剧变，深为感慨，没有想到最亲近的人，竟然会变成最凶残的敌人。如果没有阿摩，柏灌王难逃厄运。柏灌王对阿摩说：今天多亏了你啊！

阿摩说：事变尚未结束，等一会儿谋反者就要回城了，大王要抓紧应对啊。

柏灌王说：蚕武和鱼凫联手谋反，如何对付才好？

阿摩说：蚕丛王有盟约在先，只有召集各部族首领来共同平叛了。大王赶紧下令，派遣使者，前往各部族，汇集人马吧！

柏灌王说：我也正有此意。还有本族人马，先守住了城门吧！

柏灌王当即调集了斟灌族的队伍，把守了城门，加强了王城的守卫。又迅速派遣使者，前往各部族，以盟主与蜀王的名义，号召他们勤王平叛。

柏灌王先前虽然疏于防范，没有能够及时发现和阻止阴谋，还贸然前往险境，差一点死于非命，但在遭遇了不测之变，在阿摩协助下脱险之后，此时做出的这些调配与安排，却非常迅速，也非常有效。

当鱼凫率领队伍，来到王城前面，看到柏灌王和手持铜杖的阿摩正站在高大坚固的城墙上，城门紧闭，勒兵严阵以待，不由大吃了一惊。

鱼凫不敢相信自己的眼睛，柏灌王不是在林中被蚕武射杀了吗，怎么又会器宇轩昂地出现在城墙上呢？这究竟是怎么回事啊？难道柏灌王有神灵相助吗？

鱼凫一时想不通其中的缘故，但有一点却是清楚的，只要柏灌王还活着，他要夺取盟主与王位的企图就成了泡影。而且，鱼凫还要背上谋反者的罪名，成为被讨伐的对象。回想到蚕丛王时代，率领着众多部族声势浩大讨伐平息濮氏父子叛乱的情形，鱼凫大为紧张，背上不由自主地冒出了冷汗。接下来怎么办呢？是率众先逃回部落再做谋划，还是如同濮氏父子一样远徙他方呢？这样想着，鱼凫便有点慌乱了。真是人算不如天算啊，自己的精心谋划，难道就这样以失败告终了吗？

鱼凫毕竟是一位非同凡响的枭雄，当然不会甘心这种失败的结局。更何况自己还拥有一支强悍的队伍，经过多日训练，使用的都是强弓利箭，具有很强的战斗力。再说，柏灌王也不是蚕丛王，不具备蚕丛王那样的威望与号召力，年轻而且文弱，又有什么可怕呢？纵使柏灌王要讨伐他，双方发生较量，柏灌王也很难占据上风，鱼凫获胜的可能性显然更大。这样一想，鱼凫的胆气一下壮了许多。

鱼凫同时还想到，现在蚕武已死，唯一的对手就是柏灌王了。反正这件事情都已做了，事势至此，已无退路，目前的选择也只有使用武力了。只要攻占了王城，除掉柏灌王，盟主与王位自然就是属于他的了。鱼凫当即指挥部众从两面逼近城门，开始准备抢攻王城。

守卫王城的队伍，此时也做好了迎战的准备。柏灌王居高临下，呵斥道：鱼凫，你率众而来，气势汹汹，意欲何为？

鱼凫策骑上前，持弓在手，指着城墙上的柏灌王，喝问道：你是何人？胆子不小，竟敢冒充柏灌王？

柏灌王大声说：我就是柏灌王！鱼凫，你看清楚了！

鱼凫说：柏灌王已被谋害，乃我亲眼所见！你是假冒的！

柏灌王说：我有天神护佑，谁能害我？现在我就站在这里，众目睽睽，何须假冒？柏灌王又呵斥道：鱼凫，你见了我，不下马拜见，还口出妄言，如此无礼，想干什么？

鱼凫说：蚕武谋反，已将柏灌王杀害了，你肯定是假冒的！

柏灌王喝问道：蚕武呢？其人现在何处？

鱼凫说：蚕武已被诛，你胆敢假冒柏灌王，也不能放过！

柏灌王怔了一下，不知道鱼凫所言蚕武被诛，究竟是真是假。对于鱼凫说他是假冒的，也觉得不可理喻。便又大声呵斥道：鱼凫，你满口胡言！好大的胆子！

鱼凫冷笑道：真的柏灌王已死，被埋在了林中！你必然是假冒之徒，休要骗我！

鱼凫此时强词夺理，坚持宣称站在城墙上的柏灌王是假冒者，当然有其险恶用意。只有这样，混淆是非，一口咬死，鱼凫才有充足的理由发起攻击啊。只要认定柏灌王已被害，目前的柏灌王是假冒者，鱼凫就有了将其拿下的借口，也就可以不顾一切地进行攻城与抢占王宫了。

鱼凫说罢，不愿再给柏灌王答话的机会，便指挥手下人放箭，开始呐喊攻城。阿摩见状，立即护卫着柏灌王退后两步，避开了射来的乱箭。柏灌王当即传令，守卫王城的蜀山氏族队伍和斟灌族人马，联合防守，居高临下，也朝着鱼凫族的人射箭反击。双方箭矢纷飞，互有负伤。王城内的百姓们，这时也主动加入了防守，增加了柏灌王的力量，使得柏灌王一方明显占据了上风。

鱼凫看到王城坚固，一时难于攻取，便将队伍扎在了城门外，对王城形成了包围，准备另谋机会，再做打算。柏灌王目前能够指挥的人马较少，只有率众坚守待援，不敢轻易出城对鱼凫的队伍展开反击。双方于是形成了一种僵持状态。

这样过了一天，一些接到柏灌王使者传令的部族首领，纷纷率众而来，准备参加勤王平叛。各部族首领率领的人马越来越多，各支队伍汇集在一起，在外围对鱼凫的人马形成了包围。鱼凫置身于坚守的王城与闻讯而至的各部族队伍之间，变成了遭遇前后夹击的状态，情形一下变得微妙起来。

鱼凫本来是精心谋划，稳操胜券的，此时的形势却明显转变，开始对他不利了。鱼凫知道，目前胜负难料，如果别无良策，稍有不慎，弄不好就会重蹈濮氏父子的覆辙。蚕丛王临终前曾召集各部族首领重申盟誓，约定了要对叛逆者合力讨伐之。蚕丛王的威望与影响真的是太强大了，各部族首领闻讯有变，便蜂拥而至。柏灌王获得了这些外援，便会如虎添翼，鱼凫也就失去了优势，没有了胜算。怎么办才好呢？鱼凫顿时有点焦急起来。

鱼凫与两个弟弟聚在一起，商议后面的步骤。

鱼鸦说：大哥呀，柏灌王如今人多势众，我们只有撤退了吧。

鱼凫说：怎么撤退？柏灌王会率众追讨，我们又退往何处？

鱼鸦说：如不撤退，又不能一下攻取王城，那我们怎么办啊？

鱼凫皱眉说：只有多想想，看有没有什么其他更好的办法。

鱼鹊说：这也怪蚕武，当时怎么没有射杀柏灌王呢？

鱼鸦说：大哥不是说了吗，当时亲眼看到柏灌王是被射杀了的。

鱼鹊说：可是柏灌王并没有死啊，其中必有蹊跷。

鱼鸦摇头说：我都被弄糊涂了，柏灌王究竟被射杀了，还是逃脱了？

鱼鹊推测说：可能是那位巫师阿摩，据说法力很高，会是他帮柏灌王逃脱的吗？

鱼凫听了两个弟弟的争论，沉吟道：办法也就在这里了！

鱼鹊与鱼鸦忙问：大哥有什么好办法了吗？

鱼鸦阴鸷地笑笑说：柏灌王已死无疑！现在这个柏灌王当然是假冒的！

按照鱼凫的谋划，他们必须坚称柏灌王已死，目前的柏灌王是假冒者，这样就能使得各部族首领们疑窦丛生，真假难辨，产生疑惑。鱼凫曾是蚕丛王时代的重要大臣，这次又是事变现场的亲历者，反正鱼凫这样说了，即使是谎言，但只要反复强调，多说几遍，就会有人相信。只要各部族首领们犹豫不决，不知道究竟站在哪一边才好，就相对削弱了柏灌王的力量，鱼凫也就有机可乘了。鱼凫的这个计谋，本是无中生有的一个做法，很简单，很无赖，却很阴险，也很毒辣。鱼鹈与鱼鸦对此将信将疑，因为目前实在没有其他什么好办法了，便都赞同了鱼凫的主意。

于是鱼凫派出了几名能言善辩的心腹之士，立即分头去见各部族首领，将鱼凫的说法告诉了他们。不出所料，各部族首领果然对柏灌王的真假产生了怀疑。究竟是谁策划了阴谋发动了事变？又是谁杀害了柏灌王？还有蚕武的遇害又是怎么回事？鱼凫究竟是好人还是坏人？一下子都成了疑团与悬念。面对众说纷纭，在没有弄清真相之前，大家只有按兵不动，静观其变了。

鱼凫因此而获得了一个喘息的机会，得以继续实施他的谋划。

柏灌王坚守王城，和阿摩等人也在商量应对之策。

正是傍晚时分，有侍卫来到王宫大殿向柏灌王禀报，说蚕青回来了。阿摩等人顿时紧张起来，因为在发生的狩猎事变中，蚕青是站在蚕武一边的。阿摩对柏灌王说：来者不善，先把蚕青抓起来再说吧。柏灌王说：不必，蚕青此时回来，定有缘故。随即传令，请蚕青来见。

蚕青在林中经历了血腥事变，逃离了鱼凫的伏击现场之后，纵骑疾驰，落荒狂奔，途中又遭遇了几次惊险场面，终于绕道辗转回到了王城。蚕青的身上沾染了很多血迹，脸上和手上也有被荆棘刮伤的痕迹。跟随蚕青逃脱险境的一些蜀山氏族侍卫，也都挂彩负伤，狼狈不堪。蚕青此时走进王宫大殿，一看到柏灌王，便趋步上前，赶紧跪伏在了柏灌王的面前。

蚕青流泪道：大王啊，我们犯了大错！请宽恕我们的罪过！

柏灌王让蚕青起来说话，问道：蚕武呢？现在何处？

蚕青哭道：蚕武兄长被鱼凫一箭射死了……

柏灌王觉得有点难以置信，吩咐蚕青细说详情。

蚕青流着泪，将途中遇到袭击，以及林中发生的事情如实说了。蚕青又说了之前的几件事情，说到蚕武曾向他透露过鱼凫的谋划，蚕武因为听从了鱼凫的蛊惑而利令智昏，策划了这场荒唐而又血腥的事变，结果害人不成却害了自己。蚕青虽然劝说过蚕武，却没有坚决阻止，还碍于兄弟之情而参与了蚕武的狩猎行动，为此深感歉疚与懊悔。这场事变，因为权力之争，导致手足相残，本来是绝不该发生的啊！现在兄长已死，后悔也迟了。蚕青说到伤心之处，便大哭起来。

柏灌王的心情也很沉重，听了蚕青的叙述，终于明白了真相。原来这一切都是鱼凫的阴谋啊！显而易见，真正想夺取盟主与王位的，其实就是鱼凫啊！鱼凫先是蛊惑蚕武，利用蚕武发动事变除掉妹婿，然后又设下埋伏袭击蚕武，并亲自动手将蚕武射死，这真的是太可怕了。蚕武因为萌生了野心，鬼迷心窍，丧失了良知和理性，钻进了鱼凫的圈套，结果中箭身亡，落得如此下场，也太令人愤然和感慨了。

柏灌王想到以前曾和鱼凫称兄道弟，蚕武是鱼凫的妹婿，而自己又是蚕武的妹婿，大家都是关系密切的姻亲。可是，姻亲却变成了最可怕的敌人，冷酷无情，相互杀戮，发生的这些情形是多么血腥啊！真的使人有点不寒而栗。人性是多么的复杂与可怕啊！柏灌王一时心绪复杂，感叹不已。

蚕青流泪道：父王临终嘱咐，告诫我们要小心鱼凫，真的说准了啊。

柏灌王点了点头，感慨道：是啊，父王语重心长，我们却忽略了。

柏灌王不仅想到了蚕丛王临终之前的嘱托，还想到了参加这次狩猎之前，蚕丛王又托梦西陵氏告诫他小心坏人，不由得湿润了眼眶。蚕丛王对此早有预见，病逝后还惦念着此事，真的是恩重如山啊。事变发生后，自己能够逃脱险厄，安然脱险，一定也有蚕丛王在天之灵的护佑啊。柏灌王思量至此，情不自禁地涌出了泪水。

柏灌王此时想到了另一件重要事情，在他和阿摩使用遁术逃脱险境时，情形紧急，顾不上蚕蕾，将蚕蕾与一些侍卫留在了林中。柏灌王回到王城后，最挂念的就是蚕蕾了，便向蚕青询问蚕蕾的下落。

蚕青叙说了蚕蕾要自杀殉情被他劝阻的经过，讲述了护卫着蚕蕾逃离林中的情形。当时鱼凫射杀蚕武时，蚕蕾随在蚕青身后，也看到了那惨烈的一幕。连续发生的血腥情景，使得蚕蕾心中大为惊恐，精神受到了极大的刺激，一路上都泪流不止。在途经丛林深处，骑马越过一条沟溪时，蚕蕾从马上摔了下来。蚕蕾精神恍惚，腿脚被摔伤了，无法继续骑马行走。蚕青找了附近的一家猎户棚舍，将蚕蕾和两名跟随着的侍女留下，让她们暂时躲避，等他脱险后，再召集队伍，带人前去接她们回王城。

柏灌王关切地问道：蚕蕾的伤，是不是很重？

蚕青说：蚕蕾伤得不重，暂无大碍，大王不必担心。

柏灌王颔首道：那就好。话虽然说得轻松，心里却很担忧。

蚕青看到了柏灌王凝重的脸色，又自责道：我犯了大错，难脱干系，请大王重惩，以儆效尤！

柏灌王宽慰道：罪在鱼凫，与你无关。你我情同手足，本是一家人，正要同心合力，携手对敌，共渡难关，这样才好。

蚕青拜谢道：大王宽宏大量，我一定忠心追随大王！

经过晤谈，柏灌王对这场事变的内幕，以及后来发生的事情，终于有了一个通盘的了解。蚕青在这场事变中虽然也附和了蚕武，但在本质上却有着显著的区别。蚕武因野心膨胀而受蛊惑，蚕青是不明真相几乎上当。事变发生后，蚕武成了鱼凫阴谋的牺牲品，蚕青也差点成为受害者。现在，蚕青已幡然醒悟，向柏灌王请罪认错，而且表达了忠诚之心，柏灌王自然也就原谅了蚕青。而在为人方面，蚕青的心眼比较单纯，柏灌王与蚕青的关系一直比较密切，情谊也比较深厚。经历了这场事变，对双方其实都是一个巨大的考验，自然而然就有了患难与共的感觉。

柏灌王要蚕青先回宫休息。蚕青说要先去看望病重的母后。柏灌王也有此意，便和蚕青一起去后宫看望了睡在病榻上的西陵氏。

西陵氏的病情已经相当沉重，双目紧闭，呼吸衰微，仿佛已走到了生命的尽头。蚕青看到母亲生命垂危，又看到嫂嫂鱼雁守候在病榻旁边，一副神情疲顿的样子，想到兄长蚕武的遇害，眼泪一下子便涌了出来。蚕青跪倒在病榻前，小声喊道：母后，儿子来看你了！

西陵氏睁开了眼睛，泪眼婆娑，喃喃自语道：小心坏人啊……

柏灌王又听到了这句话，一下湿润了眼眶。蚕青伤心欲绝，泪流满面。

鱼雁在旁边问道：你们都回来了，蚕武呢？怎么不见他的人影？

蚕青欲言又止：蚕武他……

鱼雁追问：蚕武他怎么了？他人呢？去了何处？

蚕青沉吟着，流着泪，是否将蚕武被鱼凫射死的真相告诉嫂嫂鱼雁呢？蚕青有点犹豫不决。先前鱼雁曾和蚕武一起回部落去省亲，在鱼凫策划的这场阴谋中，鱼雁难道一点都不知情吗？蚕武搞的这次狩猎，难道鱼雁会是局外人吗？想到这些疑问，蚕青话到口边，忍住了没说，只是含糊地嗯了一声。

鱼雁尚不知发生的事情，又不好继续追问，心中充满了疑惑。

这时西陵氏回光返照，拉住了柏灌王与蚕青的手，嘱咐说：蚕丛王的天下，托付你们，能否守住，他放心不下啊！他几次托梦于我，说诸神有旨，要上顺天意，下顺民心，才能国运昌盛。记住啊，天意不可违，民心不可逆。你们要好自为之啊。西陵氏喘息了一口气，又低声喃喃自语道：蚕丛王说他有很多遗憾，心愿未了，叹息不已。唉，只有我去安慰和陪伴他了……

柏灌王流泪道：母后放心，我记住了。

蚕青哭道：母后啊……

西陵氏耗尽了气力，长叹一声，声音微弱，闭了眼睛。

看到西陵氏又昏迷了过去，陪侍在旁边的人都哭了起来。

柏灌王离开后宫，回到大殿，心情分外忧伤。

守城的斟灌族队伍，此时派人前来禀报，说很多部族首领都应诏率众而来，在外面对鱼凫的人马形成了包围圈，将鱼凫的人马夹在了王城与各部族队伍之间，形成了一种合击之势。众人听了，都很兴奋。来了外援，柏灌王的力量就强大了，对平息这场叛乱就有了保障。

柏灌王知道，这个时候，最要紧的是抓紧和各部族首领们见面，立刻对平叛做出部署。但鱼凫的人马挡住了城门，阻断了各部族首领们的入城之路，直接影响了柏灌王对各部族队伍的统一指挥。接下来怎么办呢？

柏灌王和阿摩等人商量，只有再派使者，从后面出城，绕过鱼凫的人马，和各部族首领们联系，约好时间，然后一起向鱼凫发起进攻。当务之急，首先是要解除鱼凫对王城的威胁。获胜之后，就可以乘胜追击了。谋划已定，柏灌王当即便选派了几名得力的心腹之人，让他们连夜出城，分头去和外面的各部族队伍联络。

傍晚时分，柏灌王又率人在城墙上又巡视了一遍，加强了城门的防守。并在几处要害的地方，增设了站岗放哨的人，假若遇到情况，便立即禀报。

做好了这些部署安排之后，柏灌王才回到王城内的大宅休息。平常这个时候，身边有蚕蕾陪伴，总是准备好了饭菜等他，笑脸相迎，夫妻和谐，气氛融洽，充满欢欣。现在偌大的宅院内，却冷冷清清，声息全无。柏灌王刚才有许多重大事务缠身，无暇分心，此时独自一人，很自然地便想到了蚕蕾，心中无比挂念。蚕蕾现在尚在林中，不知道伤势究竟如何？也不清楚有没有危险？大宅中的侍女们，也都随同蚕蕾外出参加狩猎，据蚕青所言，她们有的遇害了，有的在奔逃中走散了，只有两名侍女和负伤的蚕蕾一起留在了林中。因为牵挂着蚕蕾的生死安危，柏灌王心中担忧不已。护卫柏灌王的几名侍卫，送来了饭菜，柏灌王情绪不佳，毫无胃口，吃了两口就放下了。柏灌王和蚕蕾平日相亲相爱，感情极深，此时对蚕蕾的那份牵挂与担忧，纠结于心，真是难以形容。

柏灌王又回想起了准备参加狩猎时的情景，为什么自己没有坚持让蚕蕾留在家中呢？或者让蚕蕾留在宫中陪伴西陵氏也好啊，就不至于去冒风险了。唉！当时迁就了蚕蕾，只想到骑马同行，如同踏春郊游，哪里料到竟会发生这样一场惊心动魄的剧变呢？真是祸福难测，世事难料啊。事变发生之后，自己在阿摩的护卫下逃脱了险境，却顾不上蚕蕾，连她的生死存亡都不管了。唉！柏灌王有点懊恼，又有点自责。柏灌王想到了蚕蕾的贤淑，想到了迎娶蚕蕾后的恩爱之情，想到了蚕蕾误以为他遇害了竟然要拔刀自刎以殉情，想到了山林中的种种危险。如果蚕蕾在林中有个三长两短，可如何是好？自己没有尽到保护的责任，以后永远都会歉疚于心的。夜色已深，柏灌王却辗转反侧。

第二天，鱼凫的人马仍驻扎在城门外，柏灌王在王城内继续闭门坚守，各部族的队伍在外围按兵不动，依然是一种僵持不下的局面。派出去的几名使者，陆续回到了王城，向柏灌王禀报说，他们已向各部族首领们传达了旨意，要求他们联手行动，一起平息叛乱。使者又禀报说，据了解，鱼凫也派了人去见各部族首领，胡说柏灌王已在林中遇害，现在王城被假冒的柏灌王窃据了，要求各部族首领和他一起攻打王城，为遇害的柏灌王报仇。各部族首领们被弄糊涂了，一时真假难辨，搞不清究竟谁是这场事变的罪魁祸首，也不知道究竟听谁的是好，只有按兵不动，静观其变。柏灌王听了禀报，有点发愣，没想到鱼凫如此阴险，竟然无中生有，而将不明就里的各部族首领们都给欺骗了。

柏灌王这才发现鱼凫诡计多端，原先对鱼凫的了解实在是太肤浅了。面对着这样一个狡诈而又凶狠的叛逆者，自己怎样才能击败鱼凫，来彻底平息这场叛乱呢？柏灌王感到了事态的严重，不由得皱起了眉头。目前的形势，本来是柏灌王得道多助，占据上风的，而如果各部族首领们袖手旁观，鱼凫趁机作乱，情形就会变得复杂起来。现在的关键，仍是要联合各部族首领，来壮大自己的阵营。斟灌族和蜀山氏族的队伍，在事变中伤了元气，虽然足以坚守王城，但要彻底击败鱼凫，力量还是略显单薄了，必须要获得各部族的支持才行。怎样才能解除各部族首领们的疑惑呢？

柏灌王反复思量，一时也没想出好的办法。便招来了阿摩，谈了自己的忧虑。阿摩想了一会儿，突然有了一个主意。阿摩说：我们有蚕丛王的神杖啊！蚕丛王和各部族首领们重申盟誓的时候，曾庄严宣告，看到神杖，就如同看到了蚕丛王。现在，我们神杖在手，足以号令众人，还担心什么？

柏灌王顿然省悟，兴奋地点头道：是啊！你不说，我倒差点忘了。

柏灌王和阿摩商量了一番，又派出了使者，再次分头去见各部族首领们，相约以神杖为号令，共同出兵，夹击鱼凫，联合行动，平息叛乱。各部族首领们都记得当时蚕丛王的旨意与庄严的盟誓，深知神杖的权威性。既然有神杖作为凭信，那当然是无可置疑的了，便都答应了使者，约好了隔日出击的时间。柏灌王得到回信，知道事情有了转机，形势又变得分外有利了。柏灌王当即调动部众，秣马厉兵，为即将发生的战斗进行准备。

转眼又到了傍晚，柏灌王巡视了城墙，看到暮色苍茫，城外燃起了篝火，鱼凫的人马似乎也在做攻防的准备。远处炊烟袅袅，各部族队伍可能也在做准备，暂时还看不清有什么动静。正是月圆时候，东方升起了一轮明月。柏灌王眺望着，思绪万千，他现在面对的依然是一种僵持的局面，表面上静悄悄的，望过去风平浪静，实际上却剑拔弩张，正在酝酿着一场战争。再过一天，柏灌王的部众和各部族的队伍，就要联手向鱼凫发起攻击了。鱼凫当然不会束手就擒，双方一定会发生激烈的争战。柏灌王还从未经历过这样的大型战争，免不了有些紧张和担心。但想到有神杖可以号令各部族，可以指挥各支队伍一起协力平叛，心中便又充满了信心。

柏灌王踏着月色回到大宅，又开始挂念蚕蕾。想到又过了一天，蚕蕾负伤后尚在林中，情形危险，生死不明，柏灌王便再也待不住了。柏灌王当即派人传来了蚕青与阿摩，对他们说，他要亲自带人去林中寻找蚕蕾，将蚕蕾接回王城。柏灌王准备当晚就率人出发，乘着月色明朗，预计在第二天早晨之前就可以回来。柏灌王要蚕青和阿摩暂时负责王城的防卫，叮嘱他们加强防卫，等候他回来。

蚕青说：大王留在城内，还是我去将蚕蕾接回来吧。

柏灌王说：你负了伤，行走不便，当然是我去了。

蚕青说：一点小伤，不要紧的，还是我去吧。

柏灌王说：我决定了要去，你不必再争了。

阿摩说：大王啊，你是主帅，目前大战在即，胜负未定，你怎么能离开王城呢？

柏灌王说：我挂念蚕蕾，岂能不管？今夜月色甚好，我速去速回，接了蚕蕾，当夜就回来了，无须担心。

阿摩又劝阻道：大王啊，目前情形复杂，随时会有变化，你要主持大局，还是留在王城吧，派些得力的人去接蚕蕾就可以了。

柏灌王说：蚕蕾为我遇险，情深义重，我一定要亲自去接才好。

阿摩和蚕青看到柏灌王如此坚持己见，一意孤行，无法劝阻，也只有听从了。柏灌王原先的侍卫人员有些已在事变中牺牲了，阿摩当即又从部众中挑了一些彪悍忠勇之士，配备了最好的骏马与武器，重新组成了一支队伍，负责护卫柏灌王，随同出行。又从蚕青的随从中挑了两人，负责带路。

柏灌王很快就出发了，避开鱼凫，从另一面悄然出了王城，乘着明朗的月色，前往山林去寻找蚕蕾。虽然有这些精悍的侍卫保护柏灌王，阿摩仍然不放心，又安排了一支斟灌族的队伍，部署在王城的后面，准备接应柏灌王。阿摩的这种安排部署，尽管很周到，却也削弱了王城的正面防守。

　　柏灌王和阿摩都疏忽了鱼凫的狡诈。他们都没有料到，鱼凫正密切地注视着王城的动静。正是这种疏忽，又给了鱼凫一个机会，导致了局面的颠覆。

　　鱼凫此时处于王城与各部族队伍之间，深知免不了会有一场激战。鱼凫觉得，若要获胜，只有先发制人，否则落了下风，就会被动挨打，结局如何就难以预料了。当柏灌王第二次派人联络各部族首领，约定以神杖为凭信时，鱼凫很快就获得了消息，也加紧了进攻与迎战的准备。

　　鱼凫心里很清楚，如今只有一不做二不休了，要夺取盟主与王位，关键是要除掉柏灌王和拿下王城。目前柏灌王坚守王城，而这座蚕丛王修筑的王城又异常的宏伟高大，易守难攻。现在各支队伍都按兵不动，双方僵持不下，假如继续拖延下去，柏灌王一旦利用神杖号令各部族，形势就会变得对鱼凫非常不利。怎么办呢？只有速战速决，先攻占了王城才好。鱼凫绞尽脑汁，揣摩良久，想到了偷袭。只要得手，擒获了柏灌王，夺取了神杖，这天下自然就是鱼凫的了。鱼凫一边在正面布置兵马准备进攻王城，一边悄悄派出了密探，绕到了王城后面寻找防守薄弱之处。

　　当柏灌王带着卫队出城而去，恰好被鱼凫的密探看到了。密探藏在暗处，看清了月色中骑马而去的柏灌王，接着又看到了一支随后接应的队伍，也去了城外。密探立即悄悄地赶回去，向鱼凫做了禀报。

　　鱼凫有点纳闷，这个时候，柏灌王带人要去哪里呢？想了一会儿，鱼凫便突然明白了。鱼凫觉得机会来了，兴奋地对两个弟弟说：这真是天赐良机啊！

　　鱼凫派鱼鸦率领一支队伍，绕到王城后面伏击柏灌王，切断王城与柏灌王之间的联络。派鱼鹊领着另一支队伍，去侧面佯攻王城，制造声势，吸引注意，扰乱守城队伍，使之分散兵力，形成混乱。鱼凫自己率领部族中的主力，趁机从正面进攻王城。并约定了在拂晓时分动手，那时正是守城者最为疲惫与松懈的时刻。部署已定，几支人马便悄然开始了行动。

　　拂晓时分，鱼凫的攻击开始了。守城者从睡梦中被突然响起的号角声与呐喊声惊醒了，慌忙应战。阿摩和蚕青果然中了鱼凫的诡计，听到了王城侧面与后面的喊杀声，决定由阿摩率人前去增援，留下蚕青继续防守正面。守城的队伍本来就人数有限，此时又分散到几面防守，正面的力量就更加薄弱了。

　　鱼凫亲自率领一批心腹勇士，使用竹竿捆扎成的长梯，攀上了高大的城墙，与守城者展开了激烈厮杀。鱼凫率领的族人，个个都凶悍异常，争先恐后地攀登上来，挥舞着快刀长矛疯狂砍杀，仓促应战的守城者怎么抵挡得住？有几名鱼凫族人，趁着混乱越墙而过，溜进城内打开了城门。外面的鱼凫族人马，犹如潮水一般，蜂拥而入。

　　蚕青率领一支蜀山氏族的守城队伍，与偷袭的鱼凫族人展开了殊死拼杀。双方混战成一团，外面涌进来的鱼凫人马越来越多，蚕青眼看大势已去，寡不敌众，只有带着心腹侍卫杀开一条血路，边战边退，撤退到了王城后面，最后弃城而去。

　　阿摩发现上当后，率领斟灌族队伍，回头奋勇迎战。这时鱼凫的两个弟弟也率人攻进城来，鱼凫的人马骤然大增，占尽了上风。阿摩抵挡不了，纵使法力高强，也无法克敌取胜，只有败退而走。

　　鱼凫亲自率人追杀阿摩，一心要夺取阿摩手中的神杖。阿摩不会射箭，也不会使用刀剑长矛。那柄沉重的铜杖，在阿摩手中却挥舞自如，所向披靡，威力无穷。不断涌来的鱼凫族人一边放箭，一边迂回包抄，将阿摩与残部包围了起来。鱼凫对于神杖志在必得，命令收缩包围圈，一定要将阿摩擒获。这时突然起雾了，大雾越来越浓，天地迷茫，眼前一片混沌。阿摩若有神助，冲进雾中的鱼凫族人皆被神杖击倒。鱼凫包围了阿摩，勒兵以待。这个情形持续了一个时辰左右，等到曙光大亮，雾气才渐渐散去。此时阿摩等人早已不见了踪影，神杖自然也是不知去向。鱼凫对此深感诧异，却也无可奈何。

鱼凫虽然夺取神杖的欲望落空了，却获得了偷袭的成功，顺利攻占了王城。

鱼凫接着又率人占领了王宫。鱼凫走进大殿，终于坐在了王位上。

蚕丛王创建的蜀国，就这样落入了鱼凫的手中。

柏灌王的朝代被鱼凫篡夺了，柏灌王从此成了逃亡者。

第十八章

　　鱼凫夜袭得手，占领王城之后，立即调兵遣将，守住城门，控制了形势。

　　当时各部族首领率众分散驻扎在城外，拂晓时分听到了激烈而又混乱的喊杀声，全都被惊动了。因为情况不明，又缺少统一指挥，各部族队伍都相互观望，不敢贸然行动。到了上午，王城已经易帜，整个局势都发生了极大的变化。

　　鱼凫从王城派遣心腹之人，前往城外，去见各部族首领，说假冒的柏灌王已经弃城逃走了。又说鱼凫率领族人英勇作战，终于击败了谋反者，现在邀请各部族首领进城，共商王朝大事。

　　各部族首领听了，将信将疑，不知道鱼凫所言，究竟是真是假。柏灌王之前号令各部族出兵勤王，他们都是奉了柏灌王的命令而来的。柏灌王在前天又派遣使者去见他们，宣布鱼凫是叛乱者，相约以神杖为号令，要求各部族共同出兵，夹击鱼凫，联合行动，平息叛乱。但他们还没有来得及行动，鱼凫就占领了王城。局面的变化真的是太快了，一夜之间，王城易主，结果完全出人意料。现在柏灌王虽然去向不明，但形势尚不明朗，也许柏灌王只是暂时退却呢？柏灌王毕竟是蚕丛王指定的盟主与蜀王啊，只有盟主才有权力号令各部族首领，鱼凫凭什么来约见他们呢？面临着这种复杂多变的情况，各部族首领难于判断，一时也不知如何是好，只有按兵不动，静观其变。

鱼凫见各部族首领并不应邀入城，略一沉思，便明白了其中的缘故。鱼凫发起袭击，攻占王城，他的通盘谋划已经获取了巨大的成功。但要使自己真正成为盟主和蜀王，还要得到各部族首领的拥戴才行。鱼凫知道，这也是一件极端重要的大事，必须全力以赴，认真对待。现在，柏灌王逃走了，但影响尚在，如果各部族首领仍然站在柏灌王一边，那么鱼凫就依旧是个篡权者而已，随时都有被讨伐与推翻的可能。一旦发生颠覆，那就前功尽弃了。鱼凫想，接下来自己怎么办呢？

　　鱼凫坐在大殿王位上，这本来是他渴望已久的事情，如今终于实现了，按理说应该兴奋和高兴，此时却毫无得意之感。鱼凫因为各部族首领不听从他的号令，锁了眉头，反复思量，心绪分外复杂。身边的心腹侍卫，这时都分列两侧，大殿内静静的，煊赫的气氛显得有点肃穆和怪异。鱼凫油然地想到了以前在这里拜见蚕丛王的情景，那时蚕丛王多么威严啊。可是仿佛眨眼之间，一切就全都变了，现在大殿里全都是鱼凫的人了。啊，王位啊！坐过这个王位的人，首先是蚕丛王，称王有数年之久，没料到被病魔夺走了生命。其次是柏灌王，即位不久便被颠覆了，现在已成了逃亡在外的失败品。蚕武也一心想坐王位，却中了圈套，命丧箭下，成了篡权夺位阴谋的牺牲品。如今鱼凫也坐上了这个梦寐以求的王位，但是，还名不正言不顺，尚未得到各部族的承认和拥护。如果不能及时改变这种状况，这个王位，他又能坐多久呢？这样一想，鱼凫的心中便多了一些忧虑和紧迫感。

　　鱼鹊和鱼鸦此时也侍立于侧，看到鱼凫眉头紧锁的样子，有些不解，问道：大哥今天坐了王位，却为何不高兴？大哥有什么心事吗？

　　鱼凫一脸沉思，未做回答。

　　鱼鹊揣摩着鱼凫的心思，问道：大哥是担心柏灌王与蚕青吗？

　　鱼鸦说：他们已大败逃走，如同丧家之犬，还有什么好担心的？

　　鱼凫依然沉吟不语。

　　鱼鹊说：如果大哥担心他们会反扑回来，我们可以乘胜追击，把他们全都消灭了，斩草除根，这样就再也不会有后患了！

鱼凫也说：是啊，只要我们出兵，他们那些溃逃之众，必定不堪一击。

鱼凫此时摇了摇头说：柏灌溃逃，蚕青负伤，他们失去了依托，跟着逃走的只有少量残众，已不足为虑。出兵追击，并非当务之急。

鱼鹊问道：那么，大哥的意思，当务之急又是什么？

鱼凫说：当然是和各部族首领们的结盟了。

鱼鹊和鱼鸦听了，恍然大悟，都点着头，连声说：是啊，是啊，结盟这件事真的太重要了！只要和他们结了盟，大哥就是盟主，就是真正的蜀王了！我们就更加人多势众了，天下就都是我们的了！

鱼凫说：可是他们并不应邀而来，怎么办呢？

鱼鹊说：我们可以强权立威啊，谁不听话，就征伐之！

鱼鸦也说：是啊，杀一儆百，不怕他们不听话！

鱼凫沉吟道：你们所言，也不是没有道理。对待那些大大小小的酋长们，立威是必要的，但也不能蛮横待之。特别是现在，如果处理不当，引起众怒，事情就不好办了。如今的关键，还是要先赢得他们的支持，要先稳定局势。

鱼鹊和鱼鸦说：大哥，那怎么办才好啊？

鱼凫实际上已经想好了主意，同两位弟弟的对话，主要想听听他们的想法，看有没有什么更好的办法。但两位弟弟的脑筋都比较简单，凡是遇到事情都是要靠他定夺的。鱼凫此时又掂量了一番，这才说：不用着急，听我安排吧！他们不愿进城，那我们就出城去见他们！只要将他们聚在了一起，就可以说重新结盟的事了！

鱼鹊和鱼鸦齐声说：大哥你说了算！我们都听你的！

鱼凫当即调动部众，对两位弟弟密授机宜，做好了周密布置。

鱼凫准备妥当后，便率领心腹人马，出了王城，主动去见各部族首领。

柏灌王夜里悄然出了王城，率领一些侍卫，乘着明朗的月色，前往山林去寻找蚕蕾。本来这是一件比较简单的事情，如果柏灌王听从阿摩的劝告，后面的情况也许就不至于变得如此复杂和糟糕。但柏灌王惦念蚕蕾，思念心切，执意要亲自去寻找接回蚕蕾，根本没有料到形势会骤然发生变化。

　　山林里地形复杂，月光透过林木飘洒下来，使得远近的景物都仿佛披上了朦胧的轻纱。柏灌王率领侍卫出发前，蚕青派了两名跟随自己的蜀山氏族卫士给柏灌王做向导。这两名随从卫士走在前面，沿着原路寻找，进入山林后不久便走错了方向，找不到原来的小径了。这也难怪，当时慌忙奔逃，哪里会记得清楚呢？更何况山林里有很多岔路，纵横交错的林木又遮挡了视野，他们绕了很大的一个圈子，也没有找到那间猎户棚舍。柏灌王心中焦急，已经两天多了啊，生怕蚕蕾发生意外。他吩咐那两名蜀山氏族卫士再好好想想，附近有什么显著的地形特征？两名随从卫士回忆着，想起了那条沟溪，当时骑马越过沟溪时，蚕蕾摔了下来，蚕青扶起了蚕蕾，然后在附近找到了一间猎户棚舍，将蚕蕾和两名侍女留在了那里。于是柏灌王率人又继续寻找那条沟溪，临近后半夜的时候，终于发现了那条沟溪，并沿着沟溪找到了那间猎户棚舍。可是，蚕蕾和两名侍女却不在那里。柏灌王又带人搜索了周围的山林与可能藏身的地方，并分头寻找了一个多时辰，也毫无踪影。

　　柏灌王询问随从卫士，是不是确定在这里？卫士回答，确实无误。

　　他们又仔细查看了那间猎户棚舍，在棚舍外发现了杂乱的马蹄印，棚舍内的东西很简陋，虽然很久没有入住了，里面却有生火烧煮食物的痕迹，余烬尚存，表明前两天这里是有人待过的，可见随从卫士所言非虚。一名斟灌族的侍卫还在棚舍附件的地上捡到了一件饰物，那是蚕蕾身边侍女遗落的。这些迹象都充分说明，蚕蕾和两名侍女确实在这里待过，后来离开了这里。从时间推算，也许就是昨天才从这里去了别处。蚕青当时曾叮嘱她们留在这里，等候队伍来接她们回王城，难道她们又遇到了意外，或者是发生了什么事情吗？蚕蕾和两名侍女一定是有什么原因，才离开了这里，她们会去哪里呢？

柏灌王分析着情况，心中忧虑重重。他挂念蚕蕾，亲自来接，却扑了空，这使得他更为担心了。他又想到，蚕青说蚕蕾从马上摔了下来，虽无大碍，但也摔伤了腿脚，行走不便，在这种情形下，蚕蕾却又离开了这里，究竟发生了什么情况，全都不得而知。柏灌王又想到了蚕蕾纯朴的性格，突然陷入了这种复杂险恶的局面，她会怎么应对呢？柏灌王越是推测，就越是担忧。山林中除了鸟兽，人迹稀少，一时也找不到人来询问。对于蚕蕾的去向，也就越发成了一个解不开的谜。

按照出发的约定，柏灌王要在清晨返归王城，回去主持大局。此时已临近黎明了，柏灌王不能在此处久待，只有率领侍卫们穿越山林，启程返回。但柏灌王没有料到，王城在拂晓时分已经发生了天翻地覆的变化，鱼凫已经袭击得手攻占了王城，蚕青负伤而逃，阿摩也抵挡不住，利用大雾掩护而遁走了。

柏灌王在即将走出山林的时候，遇见了从王城逃离出来的几名部众。他们向柏灌王禀报了发生的情况，叙述了王城陷落的经过。柏灌王大为惊讶，形势骤然剧变，使他倍感震惊。蚕蕾失踪了，王城也失守了，原先的部众也大都牺牲了，这可能是柏灌王继承王位以来心情最为灰暗的时刻。柏灌王想起了阿摩的忠告，真是后悔也迟啊。如今已经不能再回王城，阿摩和蚕青也不知逃往了何处，柏灌王懊恼不已，此时此刻，究竟怎么办才好啊？

就在柏灌王心绪懊丧之际，阿摩预先安排的一支接应人马，赶来和柏灌王会合了，这使得柏灌王在彷徨之中又看到了希望，灰暗的心情又有了光亮。

柏灌王毕竟是一位聪明睿智之人，虽然不谙世故，吃了粗疏与草率的大亏，但此时他还是比较清醒地意识到了自己的连续失误。他很懊悔，如果听从了阿摩的建议，情况就决不至于如此不可收拾了。柏灌王还想到了蚕丛王在世时的叮咛和嘱托，要他务必小心和提防鱼凫，他当时也记住了蚕丛王的话，却没有给予足够的重视，此后也没有做好必要的防备。办完蚕丛王的丧礼之后，他也掉以轻心了，没有采取什么措施。至于射猎，其实他也可以不去参加的，可他却贸然前往了。结果遭到了鱼凫的暗算，中了鱼凫的圈套，使得鱼凫的阴谋诡计得逞，唉！鱼凫真的是太阴险了！但也要怪自己太大意了啊，由于自己虑事不周，才遭此大败。唉！天下注定要发生的事情，恐怕总归是要发生的，只是迟早而已。鱼凫存了心要搞阴谋，防得了一时也防不了永远啊。也许，这一切都是天意吧？

柏灌王想到这些，不由得长叹一声。他知道，目前自己遭此挫败，丧众失城，若要指挥身边的这些人马去夺回王城，显然是不现实的。鱼凫凶狠，且骁勇善战，现在又人多势众，如果去拼杀，自己肯定没有胜算。但眼睁睁地看着鱼凫占领了王城，柏灌王又真的是心不甘。唉！怎么办呢？柏灌王权衡利弊，决定还是走为上计，先保全自己身边的这支队伍，等以后聚蓄了力量，再同鱼凫较量也不迟。

柏灌王眺望着王城，想到了王城内还有病重的西陵氏，此时也只有听天由命，任凭鱼凫去照顾了。柏灌王很无奈，在心中向王城做了告别，然后率众折返山林，由小路撤退，绕道而行，于当天回到了斟灌族住地。

族人们很快都知道了发生的剧变，痛恨鱼凫的凶残，人人都义愤填膺。

为了防备鱼凫的进攻，斟灌族中的青壮年都汇集在了柏灌王的身边，秣马厉兵，同仇敌忾，为可能发生的激战做准备。族人们几乎全都行动了起来，有的准备干粮，有的准备武器，在住地的周围也增设了栅栏，布置了鹿角与蒺藜。有人已去告知附近散居的亲友和关系密切的小部落，让他们也都赶紧做好防备。如果鱼凫率众而来，斟灌族的壮士们一定会拼死相搏，让鱼凫付出沉重的代价。这里毕竟是斟灌族的世居之地，为了保卫自己的家园，族人们会同来犯者血战到底。

柏灌王此时已不再担心鱼凫的进攻，虽然局势复杂，胜负难料，但鱼凫在这里是绝对讨不到什么便宜的。柏灌王最担心的，依然是蚕蕾的安危。蚕蕾在山林里失踪了，现在去向不明，总不能不管啊。唉，究竟如何是好呢？

鱼凫骑着马，率众出了王城，来见各部族首领。

各部族首领不愿应邀入城，这时鱼凫主动来了，也不能不见。毕竟还没有相互为敌，更何况疑云丛生，情况未明。当初柏灌王传令各部族勤王平叛，鱼凫却派人说柏灌王是假冒的，把大家都弄糊涂了，使得各部族首领难以做出准确判断。现在鱼凫率众而来，各部族首领自然也是分外戒备，各自都带了大队侍卫，相聚在一起，列队相待，同鱼凫兵戎相见。

正是中午时分，春天的阳光照耀着王城与远处的山林。鱼凫率众来到了各部族首领们的面前，除了刀剑的亮光与戒备的目光，整个场面鸦雀无声，气氛分外紧张。鱼凫知道，这是一次非同寻常的见面，各种可能都会发生，现在就看他如何掌控局势了。

鱼凫骑在马上，目光炯炯地扫视了众人一眼，朗声笑道：你们今天怎么全都虎视眈眈地看着我啊？我来见诸位，是为了告诉你们一件很重要的大事情，然后和诸君饮酒相庆！你们应该高兴才是啊！

各部族首领相互观望，交换着疑惑的目光。

鱼凫观察着众人的神态反应，收敛了笑容，换了一副严肃的神色说：这两天发生了一件大事情，柏灌王在射猎的时候被人谋害了，蚕武兄弟也同时遇害了。然后出现了一位假冒的柏灌王，趁机占领了王城，并设下诡计，要加害于我，然后再加害诸位。幸亏有蚕丛王在天之灵护佑我们，使我识破了诡计，与之针锋相对，做了英勇抵抗。假冒的柏灌王见阴谋难以得逞，这才弃城而逃。发生这样可怕的大事情，既是蜀国的不幸，也是我们的万幸啊！

各部族首领听了鱼凫所言，觉得实在难以相信，不由得面面相觑。柏灌王和蚕武怎么会突然同时遇害？策划这个惊天阴谋的究竟是谁？那个假冒的柏灌王又究竟是怎么回事？这些突然发生的事情，真的是太匪夷所思了吧？其中的疑问也实在太大了啊！鱼凫说的这些，蹊跷太多，破绽百出，除了白痴，谁会信以为真呢？

鱼凫似乎早已料到了众人的疑惑，又神情肃然地加重了语气说：我和诸位一样，都是第一次遇到这样的大事情，真的是难以置信啊！当时我奉命陪同柏灌王和蚕武兄弟去林中射猎，就在号角响起，大伙纵骑追逐野兽之时，林中出现了迷雾和乌云，有一个魔影率着一些鬼魅似的妖兵，突然阻挡了去路，然后柏灌王和蚕武便被害了。这一切发生得实在太快了，我们上前救援都来不及啊。接着魔影发出一阵狂笑，带了妖兵，乘着乌云，呼啸着去了王城。等我们赶回来的时候，妖魔已变幻成了假的柏灌王，占据了王城。唉，真的是不可思议啊！

各部族首领听了，都有点目瞪口呆，鱼凫讲的也太玄乎了吧？

鱼凫长叹了一口气，又说：就在当晚，蚕丛王托梦于我，说蜀国注定要遭此大劫难。蚕丛王告诉我，诸神在天上最近也发生了一些事情，将一位邪魔放逐出了天庭，降落在了人间。这位邪魔看到蜀国山清水美物产丰盈，便来夺取蜀国的王位，要在蜀国称王称霸为非作歹。邪魔要坐王位，所以首先杀害了柏灌王，又担心蚕武要同他争抢王位，所以将蚕武也杀害了。蚕丛王很伤心，对我说，现在柏灌王和蚕武都被害了，蜀国的元老大臣之中，只有我能对付邪魔了，一定要奋勇打败邪魔啊。蚕丛王说，如果邪魔得逞，蜀国的百姓和各部族民众，就都要遭殃了啊。蚕丛王还对我密授了击败邪魔的诀窍，我遵旨而行，这才得以获胜，夺回了王城。诸位啊！这不是我有什么能耐，而是依仗了蚕丛王的显灵，授予了我超凡的威力，才终于打败了可怕的邪魔啊！让我们都感谢蚕丛王的在天之灵吧！

各部族首领这时已经开始有点相信了，鱼凫讲的这些就像一个神话故事，虽然很玄乎，却有了逻辑。而且其中有一个很关键的因素，就是鱼凫充分利用了蚕丛王的巨大影响。各部族首领对伟大的蚕丛王都心怀敬仰、奉若神明，对于蚕丛王具有沟通诸神的非凡本领也曾目睹，而且是无比敬佩的。既然是蚕丛王托梦于鱼凫，众人怎么能不信呢？更何况关于邪魔的传说，也并非鱼凫的独创，各个部落中都有类似传说，虽然谁也没有见过真正的邪魔，却都流行有驱魔的巫术。还有关于众神与天庭的说法，也是由来已久，众人也是深信不疑。这些诸多因素掺杂在一起，就使得鱼凫编造的说法有了一种能够使众人接受的合理性。

鱼凫看到各部族首领都随同他祷告了蚕丛王在天之灵，更增添了信心。鱼凫停顿了一会儿，这才神色虔诚地继续说：蚕丛王在梦中还对我说，蜀国不可没有盟主，否则就又成了一盘散沙。蚕丛王要我和诸君见面，要我坦诚相告，希望我厚待诸君，获得诸君的拥戴。哦，这都是蚕丛王语重心长的嘱托啊！我现在是全都如实告诉了诸位。让我们再次祈祷和感激蚕丛王在天之灵护佑我们吧！

各部族首领又纷纷做了祷告。因为是祈祷蚕丛王，众人也就随同了。

其实鱼凫刚才的话已说得很露骨，借用蚕丛王托梦之语，表明了他要做新的盟主，而且很明确地要求各部族首领必须拥戴他，这才是鱼凫说出这番话的关键目的。但各部族首领对此却没有什么表示，因为这样一件大事情，对于蜀国和对于他们来说，都实在是太重大了，他们还没有来得及去想呢，怎么能马上表态呢？更何况有人对鱼凫所言是否真实，仍然心存怀疑。关于邪魔降凡，以及蚕丛王托梦，都是无法证实的事情，岂能听了鱼凫一个人的说法，就信以为真呢？

鱼凫却不愿意给他们冷静思考的时间，他要一气呵成，容不得他们多想便要他们做出拥戴的决定。这个时候，就需要有其他人出面了。只要有人倡议，那么就可以顺水推舟，一切就都好办了。鱼凫也是福至心灵，眉头一皱，便有了主意。

鱼凫看到了队列中的彭公，便策骑上前，目光炯炯地注视着彭公说：彭公啊，蚕丛王对你有大恩哪，你先表个态吧！是否拥戴蚕丛王的嘱托啊？

彭公不敢接触鱼凫那双精光四射、锋利如剑的眼睛，他知道鱼凫是在撒谎，编造了一个天大的谎言，自己却不能当众戳穿。彭公还记得，当初他听信了濮氏兄弟的忽悠，参与了濮氏父子的反叛，鱼凫奉蚕丛王之命率众前去讨伐他，一箭射中了他的臂膀，差点要了他的命。鱼凫破寨而入，将他擒拿了，就像老鹰捉小鸡一样，带回王城去见蚕丛王。当时彭公与众妾生离死别，心境绝望，好不凄惨。从那以后，彭公对鱼凫是一直心存余悸的。后来因为蚕丛王的宽宏大量，才使得彭公死里逃生。经历了这些之后，彭公对蚕丛王深怀感恩，对鱼凫也有了相当深刻的了解。这两天发生的事情，彭公知道都是鱼凫谋划所为，根本不是什么邪魔下凡。彭公深知鱼凫的为人，在此之前彭公就已获得了一些关于鱼凫暗中策划阴谋的消息。彭公当时犹豫不决，没有及时禀报柏灌王，然后便发生了这件可怕的大事情。刚才鱼凫说到邪魔，其实鱼凫才是真正的邪魔化身啊。彭公对此虽然心知肚明，却又决不能说破，他深知，如果戳穿了鱼凫的谎言，那自己招致的很可能就是粉身碎骨的下场。柏灌王和蚕武都被害了，凶狠的鱼凫岂会放过其他反对他的人？一想到这些，彭公心中便充满了畏惧。看到鱼凫正等着他答话呢，彭公赶紧在脸上浮起了笑意，含糊其辞地连连点头说：好啊，好啊！

鱼凫深谙彭公的心理，知道他在耍滑头，便威严地责问道，你说清楚点，对待蚕丛王的嘱托，究竟是拥戴，还是反对啊？

彭公已没有退路，只有大声说：当然是拥戴了！蚕丛王的嘱托，谁敢不遵啊？

鱼凫绷紧的脸上，这才露出了笑意，锋利如剑的目光也收敛了一些锋芒，面对各部族首领朗声说：诸位都听到了吧，彭公已带头表示拥戴了！你们也都表个态吧！

彭公成了领头羊，一些小部落首领也随之说：我们当然也拥戴了！一些大部族首领，虽然没有当即表态赞同，却也没有表示反对。

鱼凫朗声大笑道：好啊，常言说众志成城，既然诸位意见一致，那我们今天就要饮酒相庆！来人啊，抬酒来！

随着鱼凫一声呼唤，鱼鹊和鱼鸦带了队伍，抬了美酒，牵了青牛、白马，出了王城，来到了队列前面。鱼鹊和鱼鸦的两支队伍都是部族中的精锐，携带了强弓利箭，佩带着刀剑长矛，分列两边，对各部族首领形成了夹击之势，顿时便增添了一种威慑的气氛。几名侍卫将美酒摆在了众人的面前，青牛与白马也牵了过来。

鱼凫跳下马，大步走了过来，面对各部族首领，大声说：既然诸位都赞同了蚕丛王的嘱托，那我们就要仿效当初蚕丛王歃血结盟的做法！只有这样，才能表示我们的虔诚，才能告慰蚕丛王的在天之灵，也才能获得诸神的护佑啊！

各部族首领见鱼凫所言有理，又被鱼凫族的两支精锐人马所胁迫，此时谁还能表示不同意见呢？便只有按照鱼凫的安排去做了。

鱼凫手持利刃，取了青牛白马之血，涂在了嘴唇上。然后，朝着各部族首领做了一个有力的手势，大声说：来啊，歃血结盟了！鱼凫此时的做法，同蚕丛王当初的结盟方式几乎完全一样，只是省略了祭祀，也没有任何誓言，抛开了所有的繁文缛节，而变得更加直截了当。蚕丛王当时是在热烈拥护的气氛中进行这个仪式的，鱼凫却采用了强行威逼的方式来实现自己的目的。当初蚕丛王的英明与非凡，激发了各部族首领们的豪情，赢得了各部族首领们的由衷敬佩与倾心追随；此时鱼凫的强悍与哄骗，使得各部族首领们很犹豫也很无奈，虽然有些不情愿，却也不由自主地参加了这次歃血结盟仪式。当初，蚕丛王通过歃血结盟，成了盟主与蜀国的开国之君。现在，鱼凫也要通过歃血结盟，成为新的盟主与蜀王了。

随着鱼凫的号令，鱼鹊和鱼鸦也立即仿而效之，将青牛白马之血涂在了嘴唇上。鱼凫用锋利的目光扫视着彭公与那些小部落首领，彭公感觉到了鱼凫目光中的威逼，心生畏惧，赶紧上前两步，也取了青牛白马之血，涂在了自己的嘴唇上。那些小部落首领们，也都相继照样做了。形势已经如此，其他一些大部族首领，也只有随大流，相随而上，将嘴唇涂上了鲜血。

鱼凫身边的侍卫们将美酒倒在了陶碗里，递给了众人。鱼凫举起酒碗说：来啊，我们一起喝了这碗美酒！说罢，一饮而尽。众人神态各异，也都饮了碗中的酒。

鱼凫放开嗓门，大声说：感谢诸位的拥戴！从今之后，我就是盟主！我要与诸位一起大展宏图！我一定遵照蚕丛王的嘱托，厚待诸位，保证让你们所有的部族和民众都过上更好的日子！我也希望诸位以后全都要听从我的号令！

鱼凫豪气万丈，终于开怀大笑。原先以为歃血结盟是很复杂很难办的一件事情，竟然这么简单就实现了。这使得鱼凫大为惊喜，也分外兴奋。

鱼凫的表态与许诺，使得各部族首领们都暗自松了一口气。但谁也没有欢呼，并未因之而消除各自心中的惶惑与无奈，所以谁也没有为之感到兴奋和高兴。尽管气氛并不热烈，场面甚至有点冷落，但这毫不影响鱼凫的喜悦。歃血结盟是最为关键的一件大事情，只要顺利实现了，其他的也就可以忽略不计了。

鱼凫就这样使用阴谋诡计，不择手段，终于使自己成了新的盟主和蜀王。人世间常常有很多悖论，就像丑陋的东西往往比美好的东西更为强悍一样，谎言有时也能掩盖真相，取得蛊惑人心的大成功。柏灌很善良，很正直，很聪明，也很纯朴，甚至有点天真，所以失败了。鱼凫却利用了阴谋与谎言，加上他与生俱来的强悍和凶狠，而夺取了王位，又胁迫各部族首领参与了结盟，成了名正言顺的盟主。鱼凫就这样很强势也很侥幸地赢得了胜利，从此成为执掌蜀国神权与王权的最高统治者。

鱼凫称王后便住进了王宫，重新布置了对王城的防守。

王城是蜀国的中心，而王宫大殿是蜀国大权的核心，现在都在鱼凫王的严密掌控之中。原来的鱼凫部落驻地，依然有很多族人居住。而鱼凫族的精锐人马，现在都分驻在王城内外，形成了犄角呼应之势。鱼凫王天生强悍好战，对于用兵和攻防也早就领悟了其中的诀窍。蚕丛王开国后，首先考虑的是如何开拓事业，将发展农业与改善民众生活放在了首位。鱼凫王现在考虑的，首先是扩张兵力，其次是清除异己，与蚕丛王时代可谓截然不同。鱼凫王在策划阴谋的时候，就已经将部族中的青壮年都组织了起来，训练成了善于攻杀的战士。但鱼凫王觉得，仅有这几支队伍远远不够，还要继续扩招人马才行。于是鱼凫王从归顺的濮人中挑选了一些人，同原来的部众混编起来，又增添了一支队伍。鱼凫王还准备征召其他部落的人员来充实自己的力量。等到有了足够的兵力，鱼凫王就要率兵去追寻逃亡的柏灌王与蚕青了，以达到斩草除根的目的。对于鱼凫王来说，虽然失败逃走的柏灌王与蚕青已不足为虑，但若不彻底除之，却总归是个放不下的心病。鱼凫王现在的心思与精力，基本上就放在了这样两件事情上。

鱼凫王如今做了盟主和蜀王，还有一件很要紧的大事，就是物色人才，作为身边陪伴的大臣。这是王者所需，也是形势使然，只有这样，才真正像个王朝的样子，否则就成了孤家寡人。但鱼凫王除了自己家族的人，对于其他人都不信任，所以鱼凫王首先重用了两个弟弟，分别委以重任，鱼鹊和鱼鸦从此成了鱼凫王执掌大权的左膀右臂。还有部族中跟随他的一些心腹，鱼凫王也召集在了身边，随时听候他的调用。此外就是住在王宫中的鱼雁了，也离他最近。当初鱼雁嫁入王宫成为蚕丛王长子蚕武之妻，那是鱼凫深感荣耀的事情。鱼凫族和蜀山氏族的联姻，就是从这桩婚姻开始的。后来，鱼凫王又充分利用了鱼雁的关系，方使他得以左右逢源。但现在情况已大变，鱼雁永远也不可能成为王妃了。鱼凫王已不需要再利用鱼雁了，自从除掉了蚕武，鱼凫王便将鱼雁置之度外，成了被遗弃的人物。

鱼雁这些天一直在王宫中照顾着病重的西陵氏，心中却挂念着数日未归的蚕武。鱼雁已经隐约地知道了发生的惊天剧变，柏灌王和蚕蕾，还有蚕青，都已不知去向，而鱼凫王却入住王宫，夺取了王位，成了新的蜀王。这样的剧变，使得鱼雁倍感惊讶，觉得真的是太不可思议了。鱼雁很担心蚕武的安危，却不相信蚕武会遇害。为了弄清蚕武的下落，鱼雁来到大殿，去见坐在王位上的鱼凫王。

鱼雁说：大哥啊，你告诉我蚕武在哪里？

鱼凫王愣了一下，看着神情忧虑的鱼雁，没有回答。当时在林中，鱼凫王心狠手辣、毫不犹豫地射杀了蚕武，但此时面对自己的亲妹妹，鱼凫王的心却有点发软，觉得实在是太对不起鱼雁了。自己夺取了王位，而妹妹却成了寡妇，鱼凫王暗自感叹，不由自主地感到了一丝歉疚。

鱼雁说：当初都是你鼓动蚕武，要他设法替代柏灌王。可是现在却是你坐了王位！大哥你说，这究竟是怎么回事啊？！

鱼雁噙了泪说：我听到传闻，蚕武是不是遇害了？大哥你告诉我啊！

鱼凫王摇了摇头，哦了一声，觉得事到如今，已经不能再瞒着鱼雁了。可是话到口边，又觉得还是不说为好。如果鱼雁知道了真相，一定会伤心欲绝，而且要恨死他了，自己又怎么来劝解和安慰鱼雁呢？毕竟是自己的亲妹妹，还是先瞒着她吧。

鱼雁见鱼凫王一直不说话，心中已经明白蚕武肯定是凶多吉少了，眼泪忍不住便滚落下来。鱼雁说：大哥你也太狠了！你为何不愿告诉我啊？蚕武就是死了，也要让我去祭拜他啊！说着，鱼雁便放声哭起来。

鱼凫王挥手示意，让侍女将鱼雁搀扶着，送回了后宫。

鱼雁推测，蚕武肯定是被鱼凫王害了。虽然鱼凫王不愿告诉她，但她一定会弄清真相的。鱼雁想到兄长的凶残，想到丈夫的遇难，想到了自己的不幸，不由得悲愤满怀，伤心欲绝，哭成了泪人。

第十九章

西陵氏生命垂危，病情越发沉重了。

自从蚕丛王病故，西陵氏便也被病魔击倒了。这主要是西陵氏伤心过度的缘故，突如其来的巨大悲伤击垮了她的意志，也摧毁了她的健康。西陵氏年轻时嫁入蜀山氏族，和蚕丛王夫妻恩爱，生儿育女，从此便成了一位专为蚕丛王活着的女人。早年的那些日子，生活在山清水秀的岷江上游河谷之中，男耕女织，射猎采摘，无忧无虑，那是一段多么温馨而又幸福的时光啊。蚕丛王离家外出行走的几年，西陵氏独自操劳，虽然辛苦，却满怀希望，有一个光明而远大的盼头，就像春天的太阳一样温暖着她的心，使她焕发了坚韧的力量。过了三年，儿女一天天长大了，蚕丛王也从远方回来了。然后，蚕丛王便继任了酋长之位，成了蜀山氏族的大首领。接着，岷江上游河谷发生了大地震，蚕丛王做出了一个英明的决定，率领族人撤离了祖居之地，走出了岷江河谷，迁徙到了水土丰美的平原地区。紧接着，蚕丛王修筑了王城，联合了诸多部族，歃血结盟，创建了蜀国。蚕丛王做的这些大事情，都是千古伟业啊！可是就在大业初创，方兴未艾，很多宏图大略尚未实施的时候，蚕丛王却患了大病。西陵氏那些天一直守护在蚕丛王身边，不断地祈祷苍天和诸神，期盼诸神能护佑蚕丛王转危为安。可是，上苍和诸神却没有回应。雄才大略的蚕丛王没能战胜病魔，不久便病逝了。一代英主，英年早逝，怎不令人热泪满襟、伤心肠断啊！诸神为什么不给蚕丛王更多的时间和机会，去为蜀国的民众做更多的大事和好事啊？巨大的哀伤，就像无情的地震与可怕的洪水一样，一下就震垮和淹没了西陵氏。病倒了的西陵氏，失去了情感的支柱和心理上的依托，头发瞬间就白了，眼中的神采也没了，渐渐走向了生命的尽头。

由于儿女们的精心照顾，西陵氏卧病于榻，又坚持了数月。当柏灌王和蚕蕾那天告别她离开王宫的时候，西陵氏似是回光返照，有了一种巨大的不祥之感。她先是将蚕丛王的托梦告诫了他们，随后她又对守候在身边的王宫侍女们喃喃自语，不断地吩咐着：快去叫柏灌和蕾儿回来！快去喊他们回来啊！凶险之地，刀光之灾，千万不要去了！西陵氏就这样不停地呼喊着和命令着。王宫侍女们都以为西陵氏是病情太重了，在说胡话。这些侍女平常都是在后宫活动，通常是不允许随便去外面的，而西陵氏身边当时又没有男性侍者，所以谁也没有将西陵氏的吩咐当真，也无人执行西陵氏的命令去追回柏灌王和蚕蕾。世界上的很多事情就是这样阴差阳错发生的，西陵氏没能阻止事变的发生，柏灌王和蚕蕾就这样冒险去了狩猎之地，然后刀光剑影便降落在了他们的头上。

也许真的是天意如此吧，紧接着王城陷落，王宫易主，一场剧变就这样不可避免地发生了。西陵氏病魔缠身，生命垂危，有时神志昏迷，有时又回光返照般的分外清醒。当鱼凫王占领王宫后，后宫的侍女们惊慌失措，秩序大乱，西陵氏便知道一切都变了。天塌了，人没了，蚕丛王开创的宏伟大业也落入了他人之手。恐慌笼罩着王宫，极度的忧愤如同阴风弥漫，一点一点地熄灭了西陵氏的生命之火。

西陵氏病危之际，神情悲戚的鱼雁回到后宫，来到了西陵氏身边。

昏迷中的西陵氏睁开了眼睛，又回光返照恢复了短暂的清醒。西陵氏断断续续地对鱼雁说：没想到会是这样，诸神有时也会很不公平，恶人当道，好人遭殃啊。也许哪一天，恶人也难免遭此下场，天道循环，在劫难逃啊。不该发生的，和难免要发生的，都已发生了，以后还有很多事情要发生啊，蚕丛王和我们都无能为力，管不了啊。做人难啊，遗憾太多，真的是太多了。武儿、青儿、蕾儿，还有柏灌，他们现在都在哪儿啊……我就要去陪伴蚕丛王了，把我安葬在蚕丛王的身边吧。唉，这是我嘱托你的最后一件事情了……

西陵氏叹了口气，耗尽了最后一丝力气，说完这些，便闭上了眼睛。

鱼雁流着泪，泣道：母后所言，我都记住了。

西陵氏仿佛嗯了一声，然后便去世了。

守候在旁边的王宫侍女们看到西陵氏已逝，都悲伤不已，有些忍不住放声哭了起来。

鱼雁也泪流满面，伤心到了极点。鱼雁知道，西陵氏在生命的最后时刻，是很想和儿子、女儿、女婿再见上一面的，但此愿难遂，故曰遗憾太多。而最大的遗憾，则是发生了王国易主的剧变。西陵氏还说了一些很有深意的话，鱼雁一时也琢磨不透。毕竟婆媳一场，鱼雁想到西陵氏这几年对她的种种恩情，心头更是充满了悲戚，声音哽塞，泪水流淌不止。

后宫传出的哭声，立刻惊动了鱼凫王。鱼凫王得知西陵氏去世了，也不由得有点伤感。鱼凫王虽然篡夺了蜀国的王位，甚至不惜杀害了蚕武，但他对结盟建国开创王业的蚕丛王和西陵氏还是心怀敬畏的。没有蚕丛王和西陵氏，就没有蜀国啊。鱼凫王现在拥有的这些，包括王城、王宫、王位，以及通过歃血结盟号令诸多部族的做法，实际上都是蚕丛王留给他的。想到柏灌王即位后给蚕丛王举办了一个盛大而隆重的葬礼，鱼凫王便觉得西陵氏的去世也给了他一个机会，他如今已继任了盟主与蜀王，也要给西陵氏举办一个盛大的葬礼。

鱼凫王带着侍卫走进后宫，凭吊了西陵氏，然后便宣布了举办葬礼的决定。

鱼凫王派出使者，传令各部族首领们，约定了举办葬礼的日子，届时请他们全都前来参加。接着便派人前往蚕丛王的墓地，修筑陵园，雕造石棺石椁，为安葬西陵氏做准备。鱼凫王知道，他颁布的这道王令，各部族首领们肯定都会遵照而行。到时候，各部族首领们都会如约前来参加西陵氏的葬礼，鱼凫王正好借此来增强他的威信与号召力。鱼凫王还有一个考虑，就是他利用蚕丛王的巨大威望达到了和各部族首领们歃血结盟的目的，如今要坐稳蜀国的王位，就要继续尊崇蚕丛王，从而进一步利用蚕丛王的影响来巩固他的统治。而举办这个葬礼，正是表达尊崇蚕丛王的大好机会啊。这既是鱼凫王的狡狯想法，也是鱼凫王的精明之处。

举办葬礼的日子很快就临近了，鱼凫王召来了两位弟弟。

鱼凫王对他们说：举办这样的大型葬礼，众多酋长都会前来参加，我们千万不能大意。鱼鹊你要守卫王城，加强布防。鱼鸦你率兵在墓地护卫，并在附近预做埋伏。万一柏灌王的残众余孽趁机前来闹事，那就正好将他们斩草除根！

鱼鹊应声说：大哥虑事周密，我们兵强马壮，一定守好王城！

鱼鸦也大声说：好啊，我也按大哥说的办，设下伏兵，张开口袋，等他们来钻好了！就怕他们没有这个胆子！

鱼凫王叮嘱说：我们现在占尽优势，但也决不能掉以轻心！柏灌王就是由于太轻心了才招致败亡的。所以你们都要小心为上，切记吾言！

鱼鹊和鱼鸦点头说：我们记住了，大哥放心！

鱼凫王此时想到了一件事情，看着两位意气张扬的弟弟，又吩咐说：我现在已是蜀国的盟主与蜀王，你们都是蜀国的股肱大臣，以后你们还是喊我大王吧，不能像以前那样叫我大哥了。我们虽是亲兄弟，也要遵循王朝的规矩才好！

鱼鹊和鱼鸦同声说：好啊，大哥说的对！以后我们都喊你大王好了！

鱼凫王对跟随自己的心腹们也做了同样的吩咐。从这天开始，所有的臣属，包括家人和族人，对鱼凫王便都称大王了。因为称呼变了，王朝的礼仪也随之增添了。这使得鱼凫王开始真正体会到了身居王位的尊荣，毕竟是王国之君啊，与当初仅仅是一个部族首领是大不相同的。王者的煊赫，真的是比酋长强了百倍千倍啊！

鱼凫王为了预防不测，还悄悄地派出了一些心腹之士，乔装打扮成乡民模样，分赴各处，打探有关柏灌王和蚕青的消息，并监控各部族的动静。鱼凫王这样做，也是他的老谋深算，可以有备无患。鱼凫王调兵遣将，暗派密探，做好了这些周密布置之后，心中才踏实了，觉得即使举办葬礼时发生了什么难以预料的事情，他也稳操胜券，不用害怕。

为西陵氏举办葬礼的这天，各部族首领们如约而至。

蚕丛王开国之后，大力倡导农桑，西陵氏曾向蜀国的民众传授植桑养蚕与纺织丝绸之法，蜀国的各个部族都因之而受益。对于蚕丛王和西陵氏的浩大恩惠，各部族首领们都是铭记在心的，都将蚕丛王视为开国之父，而将西陵氏视为开国之母，深怀崇敬之情。现在，西陵氏也病故了，要与蚕丛王安葬在一起，各部族首领当然都要赶来参加葬礼。

鱼凫王看到各部族首领们都到齐了，觉得自己传达的王令得到了执行，心情便有些振奋。他明白，蚕丛王的影响真的是太强大了！只要借用蚕丛王的名义，蜀国的民众便都会响应，各部族首领也都会听从。鱼凫王兴奋地想，他要为西陵氏举办盛大葬礼，看来这个决定真的是做对了！感激蚕丛王的在天之灵啊！

前些天，鱼凫王在王城外面与各部族首领们见面时，编造了蚕丛王托梦的谎言，不过是灵机一动想到的点子，而现在，鱼凫王才真正体会到了蚕丛王的巨大影响，他对蚕丛王也油然增强了尊崇之情。蚕丛王在世的时候，鱼凫对蚕丛王是怀有敬畏之心的，其中最大的原因是鱼凫也牵涉了濮氏父子的叛乱，虽然由于他的机敏反而成了平叛的功臣，但经历过的事情却也留下了隐患。他对蚕丛王的敬畏，主要是因为蚕丛实在太英明了，他很害怕蚕丛王追究他参与过的反叛密谋以及曾做过的一些坏事。蚕丛王病故后，他的敬畏之心随之消逝了，成了毫无顾忌之人，不久便策划了更大的阴谋，发动了这场惊天剧变。但搞阴谋是一回事，要巩固统治则是另一回事。他可以用阴谋诡计颠覆柏灌王而夺取王位，却不能继续用这种手段来获取各部族首领们的衷心拥戴。要使得各部族首领们对他心悦诚服，只有充分利用蚕丛王的巨大影响才行啊。当鱼凫王明白了这个道理之后，对蚕丛王的尊崇之情便变得强烈了，他的一些想法也随之变得深刻了。

葬礼举办得很隆重，也很顺利，并没有发生什么意外的事情。鱼凫王的顾忌，显然是多虑了。给西陵氏送葬的人很多，除了各部族首领们，很多民众也自发参与了这次非同寻常的葬礼。其中有一些是王城内的居民，他们自从王城被鱼凫王攻占之后，除了那些逃亡的蜀山氏族人，留下来的只有放弃抵抗，无奈地接受了被鱼凫王统治的现状。他们虽然痛恨鱼凫王的凶狠，但对于鱼凫王能够为西陵氏举办隆重的葬礼，还是很感欣慰。参加了这次葬礼之后，他们对鱼凫王的怨恨一下就淡化了，仅有的一点反抗之心也就消失了。王城因此很快恢复了秩序，蜀国的社会生活也随之恢复了正常。

在安葬西陵氏的时候，鱼雁再次哭成了泪人。葬礼的场面虽然盛大，给西陵氏送葬的人数也甚多，却没有亲人在场。西陵氏的儿女都是惊天剧变的受害者，哪里还能来参加葬礼呢？此时的唯一亲人就是长媳鱼雁了。鱼雁想到丈夫蚕武可能遇害了，蚕青、蚕蕾和柏灌王也都逃亡了，西陵氏临终前想最后见儿女们一面都无法如愿，心头便充满了悲恸。

鱼雁的悲伤是发自内心的，热泪长流，哭得昏倒在了墓侧。

很多送葬的人，见状也都情不自禁地哭了。

葬礼之后，鱼雁在后宫休息了几天，然后便外出了。

鱼雁找了几位族人，向他们询问那天狩猎的情况。他们说的都是一些片段，对那天发生的事情说得很含糊，都不愿也不敢将真实情形告诉鱼雁。那天的厮杀与伏击过程，真的是太血腥了，他们无法向鱼雁讲述当时发生的一切。

鱼雁将打听到的情节碎片串在一起，终于有了一些大致而朦胧的了解。原来这一切都是大哥策划的啊！鱼凫王为了篡夺王位，精心谋划，利用了蚕武，布置了这次狩猎。接着便发生了事变，在狩猎的过程中互相厮杀，然后鱼凫王便获胜了，而蚕武却遇害了。再接着，鱼凫王便攻占了王城，占领了王宫，坐上了王位。

鱼雁回想起了和蚕武几次回娘家省亲的情形，当初大哥对她和蚕武是多么殷勤啊，盛情款待，呵护备至，还赠送了很多礼物。她和蚕武当时深为感动，同兄弟姐妹家人相聚在一起，是多么亲热啊。那时自己还傻乎乎地以为大哥待人厚道，真的是手足情深呢，哪知道这些都是假象，都是大哥使用的狡猾手段，所做的一切都是另有所图啊。蚕武当时也很傻，上了大哥的当。大哥策划的这次狩猎，就是一个巨大的阴谋，可是蚕武还以为是大哥在帮他呢。当蚕武和柏灌王都掉进陷阱的时候，大哥便露出了狰狞的面孔，进行了凶狠而血腥的杀戮。那天遇难的人很多，斟灌族和蜀山氏族的很多人都成了大哥强弓劲矢与快刀长矛下的牺牲品。大哥为了自己做盟主与蜀王，对亲人都要痛下杀手，真的是太凶残，也太可怕了啊。

鱼雁想到这些，便有点不寒而栗。大哥在她心目中，原来一直是值得尊敬和信赖的兄长，现在却成了杀害她丈夫的凶手，成了屠戮无辜、双手沾满鲜血的恶魔。这都是因为大哥要篡夺王位啊，竟然变成了这样一个凶狠残暴之人。遭了鱼凫王毒手的，不仅有斟灌族和蜀山氏族的人，鱼雁实际上也成了一个受害者。蚕武死了，鱼雁也就丧失了一切。就像做了一场可怕的噩梦，终于醒了！鱼雁现在对鱼凫王已经失去了信赖，威望变成了失望，敬意也变成了畏惧，同时也使她滋生了悲伤与痛恨。

鱼雁凭着自己的打探和推测，大致了解了事变的真相。她很愤慨，也很伤心。现在她还不清楚的是，蚕武被害后，可能是被埋在了林中，但究竟被埋在了哪里，却不得而知。蚕武的葬地成了一个谜，也使得鱼雁心中产生了疑惑。鱼雁决心去林中寻找，一定要揭开这个谜。她对自己说，无论如何也要找到蚕武的遗体，只有这样才能彻底解除自己的疑惑，也才能完全证实自己的推测。而且，蚕武死了，她也要去祭拜啊！蚕武是蜀山氏族的大首领，也不能这样不明不白地随便就埋了啊！

　　鱼雁带了两名心腹侍女，都骑了马，来到了那天狩猎的林子里。经过那天血腥的厮杀之后，林中的鸟兽都逃遁而去，林子内依然笼罩着一片死寂的气氛。鱼雁看到了树木之间和空旷处残留着的血迹，还看到了一些折断的箭矢与兵器散落在荒草中。鱼雁与侍女徘徊在林中，感受到了当时激烈而残酷的气氛，却找不到掩埋死者的地方。鱼雁很悲伤，也很绝望，流着泪，不停地呼喊着蚕武的名字。看到鱼雁神思恍惚、疯疯癫癫的样子，陪伴在旁边的两个侍女也伤心不已。

　　就在这时，蚕青来了，遇见了鱼雁。蚕青也是来寻找蚕武遗体的。

　　蚕青从王城逃亡后，便暂时躲藏在了山林里。这些天，蚕青陆续召集了一些逃亡出来的蜀山氏族人，准备避开鱼凫王的追寻和围剿，迁徙到更远的地方去，然后徐图发展，重新恢复部族的元气。在远徙之前，蚕青打算去蚕丛王陵墓前面做一次祭拜，由此而想到了蚕武的遇害，应该将兄长的遗体也葬在父王身边啊。于是蚕青便带了几名蜀山氏族壮士，悄然地来到了林子里，没想到在这里遇见了大嫂鱼雁。

　　鱼雁看到蚕青，神志一下清醒了，有点意外，又有点惊喜，眼中噙着泪花，喊道：蚕青兄弟啊！你怎么在这里？

　　蚕青也很意外，机警地扫视了一下周围，除了鱼雁和两名侍女，没有看到其他人影。蚕青下了马，走到鱼雁面前，问道：大嫂，王城陷落已经好多天了，你一直在后宫照顾母后的，母后现在还好吧？

　　鱼雁流泪道：母后病故了，已举行了葬礼，陪葬在父王的陵园里。

蚕青愣了一下，热泪便涌了出来。听到这个噩耗，蚕青的心中顿时充满了悲恸。

鱼雁将西陵氏病故的情况和临终时说的话都告诉了蚕青，蚕青也将那天狩猎时发生的事情告诉了鱼雁。两人都很伤心，泪流满面。

鱼雁问道：你真的看见是大哥射杀了蚕武吗？

蚕青说：我就在后面啊，看得很清楚，千真万确啊。

鱼雁说：他会不会是误射呢？

蚕青说：大嫂啊，你还不明白吗，这都是鱼凫预先就设计好的。狩猎本来就是一场阴谋啊。他先唆使蚕武与柏灌王自相残杀，等到蚕武和柏灌王两败俱伤的时候，他就开始袭击蚕武了，埋伏的那些人，就是鱼鹊和鱼鸦率领的队伍啊。

鱼雁哭道：没想到，大哥竟然如此残忍！蚕武啊，你死得好悲惨哪……

蚕青想到当时惨烈的情景，眼泪再次涌了出来。这都是王位的诱惑，使鱼凫泯灭了人性啊。鱼凫为了篡夺王位，手段何其狡狯和残忍，变成了凶恶的魔鬼。蚕武也是为了王位，不惜对妹夫痛下杀手，最终却使自己成了惨烈的牺牲品。

蚕青陪同鱼雁来到了那天遭遇伏击的丘陵地带，他还记得当时蚕武被射杀的地方，蚕武死后很可能就被埋在了附近某处。他们在附近的林子里寻找着，有几只啄食尸体的乌鸦被惊动了，飞了起来。他们循声而至，终于找到了掩埋之处。他们用刀挖，用手刨，看到了那些被鱼凫族人匆匆掩埋的尸体。初春时节，尚有寒意，虽然过了好多天了，尸体还未腐烂。那些死于刀箭之下的蜀山氏族人，每一个都是遍体伤痕，惨不忍睹。蚕武就被埋在这些尸体中间，那支穿透胸腔的长杆羽箭还留在身上。蚕武死了，眼睛却未闭上，真的是死不瞑目啊。

鱼雁一看到那支与众不同的长杆羽箭，就知道确实是大哥鱼凫王亲手射杀了蚕武。鱼雁悲从中来，失声痛哭。两名侍女看到死了那么多亲人，也陪着大哭。蚕青和几名蜀山氏族壮士站在一边，心中充满了悲愤。鱼雁哭了一会儿，用手抹了抹蚕武的面孔，蚕武这才终于闭上了眼睛。

蚕青和鱼雁商量，要将蚕武的遗体运往蚕丛王的陵园，同父王和母后安葬在一起。其他那些牺牲了的蜀山氏族人，只有入土为安，仍然就地安葬了。

鱼雁担心凶残的鱼凫王不会放过蚕青，便对蚕青说：兄弟啊，我得知鱼凫称王之后，就派人四处打听你和柏灌王的下落，你务必小心啊，不要轻易露面。安葬蚕武的事情，就由我来办吧。

蚕青说：大嫂费心了！但我也必须去祭拜父王和母后啊。

鱼雁说：你等我安葬好了蚕武，再悄然前去祭拜吧。

蚕青点头说：也好，就按大嫂说的办吧。

鱼雁说：蚕青兄弟啊，以后你们怎么办呢？

蚕青说：我们要迁徙到其他地方去，天无绝人之路，过几年，我们蜀山氏族又会壮大起来的。

鱼雁说：我也跟随你们一起走吧。

蚕青说：大嫂你还是留下来，住在王宫里吧。

鱼雁说：我自从嫁给蚕武，就是蜀山氏族的人了。现在蚕武死了，你们又都走了，我独自留下干什么？

蚕青说：迁徙他处，会遇到很多不测之险，我是怕大嫂受苦啊。再说，父王和母后的墓地，也要有人守护和经常祭拜。所以，大嫂你还是留住在王宫吧。

鱼雁沉吟道：那你让我再好好想一想吧。

鱼雁和两名侍女用马驮运了蚕武的遗体，来到了蚕丛王的陵园。

鱼凫王很快接到了禀报，得知鱼雁找到了蚕武的遗体，安葬在了蚕丛王和西陵氏的旁边，对此大为惊讶。鱼凫王没有阻止鱼雁所为，既然隆重安葬了西陵氏，对蚕武的安葬当然也就听之任之了。鱼凫王本来是不愿意让鱼雁知道真相的，也不知道鱼雁是怎么打听和找到的。鱼凫王对此提高了警觉，派出了密探，对蚕丛王的陵园也布置了监视。

鱼雁亲自安葬了蚕武之后，按照部族习俗，也举行了一个简单的葬礼。参加蚕武葬礼的，除了鱼雁，也就是几名侍女了。按理讲，蚕武在蚕丛王之后继任了蜀山氏族的大首领，葬礼无论如何也不能如此寒碜，应该隆重才对。可是遭遇如此，也只能这样了。鱼雁虽然了却了祭拜蚕武的心愿，却无法排除心中的悲伤与寂苦。接下来，自己究竟是留在王宫，还是随同蚕青他们远徙他乡呢？鱼雁反复掂量，有点拿不定主意。鱼雁想，不管是留，或是走，她都要再见蚕青一面，再和蚕青好好商量一下。于是那几天，鱼雁天天都要去蚕丛王的陵园，等候着再次遇见蚕青。

过了几天，蚕青果然来了。正是暮色苍茫之际，蚕青带着几名蜀山氏族壮士，带着祭品，悄然而至。蚕青跪在蚕丛王和西陵氏的陵墓前，摆放了祭品，磕了头，向已故的父王和母后做了辞别。蚕青祈祷诸神，希望父王和母后能在天国享福，也祈祷诸神和蚕丛王、西陵氏的在天之灵护佑蜀山氏族人从今以后能够走出困境，重振大业。蚕青想到自己没能给母后送葬，又想到从此就要远走他方了，今后也不知何时再回来祭拜，眼泪便抑制不住地涌了出来。几名蜀山氏族壮士也跪在陵墓前，给蚕丛王和西陵氏磕了头。接着，蚕青又祭拜了蚕武，祈祷兄长的亡灵也能升入天国。

鱼雁在临近傍晚时离开了陵园，这时心有所动，带着几名侍女又折返回来，恰好与准备离去的蚕青不期而遇。就在两人说话的时候，附近突然响起了号角之声，鱼凫王率领着一支人马，带了强弓利箭，手持长矛快刀，从远处包抄而来。那是鱼凫王接到了密探紧急禀报，亲自率人前来抓捕蚕青了。

鱼雁见状大惊，对蚕青说：鱼凫王追来了，你快走啊！越快越好！

蚕青说：大嫂你怎么办？

鱼雁说：你不要管我，我来阻挡他们！

蚕青说：大嫂，你多保重啊，我们走了！

蚕青和几名蜀山氏族壮士跳上马，朝着远处的山林疾驰而去。

等到鱼凫王率领人马包围了陵园，蚕青他们已经遁入山林不见了踪影。鱼凫王看到了鱼雁，用马鞭指点着问道：刚才蚕青是不是在这里？他们去了哪里？

鱼雁反问道：你为了称王，射杀了蚕武，难道连蚕青也不放过吗？

鱼凫王注视着鱼雁，不悦道：你此话何意？

鱼雁心中悲愤与怨恨交集，流泪道：大哥啊，你为什么要对蜀山氏族的人赶尽杀绝啊？如果你必欲除之而后快，那把我也杀了吧！

鱼凫王有点不快，也有点尴尬，冷笑道：我为何要杀你啊？

鱼雁说：我嫁给了蚕武，也就是蜀山族的人了。你为了夺取王位，什么不敢做啊？你既然杀了蚕武，那就干脆连我也杀了吧！这样你就斩草除根了，免留后患啊！

鱼凫王斥责道：胡说八道，蚕武死了，你依然是我鱼凫族人！

鱼雁流着泪，摇头说：我已经不是鱼凫族的人了……

鱼凫王琢磨着鱼雁的话意，突然联想到一件事情，难道鱼雁怀上了蚕武的孩子？那倒真的是留下后患了。不过，鱼雁毕竟是同胞妹妹，鱼凫王不喜欢鱼雁的顶撞，却也不想责罚和为难鱼雁，就是将来鱼雁生下蚕武的遗腹子，也不要紧啊。等到孩子长大，时间也过去几十年了，他早坐稳了江山，天下都在他的掌握之中，人们也早淡忘了以前的恩怨了。鱼凫王随即解嘲地哈哈一笑，挥了挥马鞭，让手下人护持着鱼雁与几名侍女，先回了王宫。

鱼凫王率领着队伍，在陵园内外和周围搜寻了一遍。鱼凫王看到了摆放在陵园里的祭品，说明蚕青确实来过，但此时哪里还有蚕青等人的踪影呢？鱼凫王虽然密探遍布，消息灵通，还是来迟了一步，使得这次抓捕扑了空。鱼凫王派出一支人马，向着蚕青逃走的方向追击了一段路程，也毫无所获。看来真的是让蚕青逃脱了，鱼凫王觉得有点遗憾，但也并不焦急。反正大局已定，一个乳臭未干的蚕青，是翻不了船的。而且来日方长，总有一天，要让蚕青落入他的手中。

这样一想，鱼凫王也就释然了，率着队伍回了王城。

蚕青逃离陵园之后，纵骑疾驰，很快逃进了山林。

蚕青的马跑得快，几名蜀山氏族壮士骑马紧随其后。暮色渐渐浓了，他们终于摆脱了鱼凫王人马的追击。因为鱼凫王凶狠狡猾，鱼凫族的人又强悍好战，蚕青人少势孤，现在只有远遁他乡了。

自从蚕武被鱼凫王射杀，接着王城又陷落之后，一些蜀山氏族人便开始逃亡。当时有几个方向可以选择，一个很重要的方向是逃回岷江上游河谷去，那里是蜀山氏族的发祥与祖居之地，有熟悉的山林可供狩猎和采摘，恢复以前的生活是没有什么问题的。另一个方向是逃向西南或南方的丘陵山区，那里地域广袤，林木茂盛，河流众多，虽然不熟悉，却有着很广阔的发展空间。个别有眷恋故土情结的蜀山氏族人，选择了重返岷江河谷。而蚕青和更多的蜀山氏族人，则选择了第二个方向，决定逃亡他乡。蚕青做出这个决策，有几个比较重要的原因，一是遵循了蚕丛王的意愿，自从大迁徙之后，就没打算过重回故地。二是对鱼凫王的顾忌，万一以后鱼凫王出兵围剿岷江上游河谷，在狭窄而又窘迫的河谷里面逃亡起来就比较麻烦了。三是为了尽快恢复元气，然后重新崛起，只有广阔的地域才能提供更多的机会。正因为综合了这些因素，蚕青经过考虑，在隐藏的山林中休整了一些日子，便启程，率众绕道西南，去了南方。

蚕青在逃亡与远徙的途中，又会聚了一些蜀山氏族人，跟随他的人数渐渐多了起来。蚕武遇难了，蚕青自然也就成了蜀山氏族的酋长和大首领。在蚕丛王的两个儿子中，长子蚕武高大英武，在身材与相貌上和蚕丛王很相似；次子蚕青眉清目秀，英气勃勃，长相很像西陵氏。兄弟两人在性格与为人处世方面也有差别，蚕武莽撞粗疏，蚕青却平和细致。两人的结局不同，除了运气与天意，与各自的性格也有一定的关系。蚕丛王英明一世，睿智过人，对两个儿子的性情与才干肯定是很清楚的。蚕丛王可能正是担心蚕武的鲁莽与粗疏，所以才将盟主与蜀王之位托付给了聪明豁达的柏灌王，而让蚕武继承了蜀山氏族的酋长。蚕丛王的远见卓识，做出的英明决策，都是很有道理的，却没有料到后来发生了可怕的剧变。而导致这场剧变的，除了鱼凫王的阴险毒辣，也是由于蚕武的蠢笨与野心，不仅害了自己，也害了族人。经过这场血腥剧变，不仅使得柏灌王失去了王位，蜀山氏族也元气大伤，遭遇了前所未有的大劫难，陷入了窘迫之境。蚕丛王也曾着力培养过蚕青，对蚕青也是寄予了厚望的。现在蚕青成了蜀山氏族的酋长，重振家族大业的重担便落在了蚕青的肩上。

有些随同蚕丛王大迁徙时一起走出来的小部落，得知鱼凫王篡夺了王位，这时也对遭遇劫难的蜀山氏族人给予了援助。他们私下里派人联络蚕青，悄悄地送去了衣物、食物、马匹，以及很多生活必需品。他们掩护了蚕青的逃亡，有的还派人护送和追随蚕青，一起迁徙去了远方。

后来，蜀山氏族人就散居在了西南和南方的广阔区域，同其他大大小小的部落混居在了一起。若干年之后，蚕青成了一位很有威望的首领，娶妻生子，有了很多子女。他像蚕丛王一样，有时穿了青色的衣服，骑着雄壮的骏马，带着一群壮士，在部落之间巡游，有时也在江湖上或山林里行走。人们自然而然地联想到了蚕丛王，联想到了青衣神的传说。

蚕青继承了蚕丛王的遗风，深得民心。蚕青的势力开始逐渐壮大，但他却消解了复国的愿望，也没有打算去寻找鱼凫王为遇害的蚕武复仇。蚕青不愿意再因此而发生战争，不愿意部族之间再相互仇杀。蚕青希望从此再也不要发生血腥的事情，退后一步自然海阔天空，平静而又安宁的生活，不是比什么都好吗？

蚕青和他的部众，就这样隐居在了西南广阔的天地之间，远离了蜀国，淡出了人们的视野。

第二十章

　　鱼凫王住在王宫中，进出都带着大批心腹侍卫，防范严密，戒备森严。

　　鱼凫王这样做，主要是担心柏灌王尚在，万一派人前来刺杀他呢，所以他不得不防。他夺取了王位，柏灌王岂会就此善罢甘休？还有蜀山氏族的人，也随时可能为蚕武复仇，他也要倍加小心。鱼凫知道，蜀山氏族自古以来就是一个非同寻常的大部族，藏龙卧虎者甚多，决不能等闲视之。他把蜀山氏族的大首领蚕武射杀了，从此便与蜀山氏族结下了血海深仇。当时鱼凫的人马伏击得手后，虽然痛下杀手，但仍有一些蜀山氏族的壮士突围逃走了，真相自然就会传播出去，蜀山氏族人会一传十，十传百，很快就全都知道了。酋长被射杀了，那是部族的奇耻大辱，蜀山氏族人肯定恨死他了，岂能不报仇雪恨？现在，他在明处，蜀山氏族人和斟灌族人躲在暗处，说不准什么时候就会动手的。所以鱼凫处处提防，倍加小心。

　　鱼凫王派遣出去的密探，乔装打扮，分布各处，随时都会向他禀报情况。鱼凫王特别重视对各部族的监控，因为有了这些密探的监视与观察，他对各部族的动静就了解得比较清楚。其次就是对柏灌王的打探了，这是鱼凫王的心腹大患，他派了很多人分头去了解情况，一是为了防范柏灌王卷土重来，二是为了伺机进剿，找机会将柏灌王彻底消灭掉。鱼凫王要稳坐王位，决心清除一切障碍，对于剿灭异己是绝不会心慈手软的。鱼凫王现在最大的心病，就是逃亡在外的柏灌王了，必欲除之而后快。

这几天，派出的密探向他禀报了斟灌族备战的情况。这使得鱼凫王顿生警觉，感到了事态的严重。既然柏灌王已经将斟灌族人凝聚起来，做好了拼死激战的准备，那就绝不能掉以轻心了。鱼凫王觉得，柏灌王大败逃走之后，很快又召集了大批族人，说明柏灌王仍然是他最大的劲敌，也是他坐稳王位的最大威胁，看来他与柏灌王之间势必还要进行一场生死决战。鱼凫王天生强悍骁勇，当然不怕决战，但也不会轻易去打没有把握之仗。鱼凫王知道，斟灌族人也是顽强善战的一个部族，有很多精锐壮士，曾跟随柏灌王出使远行，个个都效忠于柏灌王，因此绝不可轻视他们的战斗力。鱼凫王又想到，柏灌王聪明善谋，又有法术高深的巫师阿摩辅佐，当初蚕丛王如此看重柏灌王，连王位都传授给了柏灌王，足以说明柏灌王绝非等闲之辈，他若要消灭柏灌王，除了调集大量兵力，还必须好好地想个计谋才行。

鱼凫王传来了两位弟弟，商量出兵围剿柏灌王之事。

鱼鹊和鱼鸦得知要出兵了，都很兴奋，摩拳擦掌，跃跃欲试。

鱼鹊说：我们早该主动出击了，不能给柏灌王以喘息之机！

鱼鸦说：我们兵力强盛，此番前去，不费吹灰之力，就能将他给踏平！

鱼凫王说：你们勇气可嘉，但也不要轻敌！

鱼鹊说：柏灌王现在身边不过是些残众，已不足为虑！

鱼鸦说：是啊，他已不堪一击！我们出兵打他，必定大获全胜。

鱼凫王说：兔子急了还会咬人呢，柏灌王和斟灌族的人不会束手就擒的。所以出兵之前，我们要仔细谋划一番，不能掉以轻心！

鱼鹊和鱼鸦听鱼凫王这么说，便同声道：大王说的对！接着便将各自的想法说了出来。鱼鹊认为应该围而歼之，先将斟灌族包围起来，然后攻进去将柏灌王和残众消灭掉，这样才能连锅端，一个都不容逃脱。

鱼凫则认为直接攻打就行了，出其不意就攻进去，然后砍瓜切菜，一个不剩，然后凯旋，事情就办好了！

鱼凫王笑道：如果真像你们说的那样简单就好了！

鱼鹊和鱼凫见鱼凫王不以为然，忙问道：大王你说吧，我们听你的！

鱼凫王说：我要先调集其他部族的人，让他们都要出人出力，然后再剿灭柏灌王和他的残众。王城也仍然要加强防守，不能只想着攻击而疏于防范。这样才能稳操胜算，确保无虞。

鱼鹊和鱼凫连连点头说：大王深谋远虑！当然是稳操胜算了！

鱼凫王见两个弟弟都赞同自己的谋划，于是便开始了部署。当天，鱼凫王便派出了使者，前去彭族大寨传令，请彭公到王城来见面。按照鱼凫王的谋划，这次又要让彭公发挥带头羊的作用。只要彭公派队伍跟随自己，其他部族也都会仿而效之，后面的事情就好办了。那时，鱼凫王人多势众，要剿灭柏灌王和残众就是举手之劳。更重要的是，无论是围剿或攻击都会发生厮杀，刀剑无情，一旦拼搏与厮杀起来双方都会有伤亡，鱼凫王要让各部族的队伍冲杀在前，自己的人马督阵于后，这样就可以确保获胜，又能尽量减少自己人马的损失。也只有这样，自己的队伍才能越来越壮大。这是鱼凫王的一石两鸟之计，再次显示了鱼凫王的精明与狡狯。

彭公见鱼凫王派人来请，心想肯定不会有什么好事。因为对鱼凫王心存畏惧，虽然这次突然召见吉凶难卜，彭公却不敢怠慢，便立即答应了，当天就骑了马，带了几名随从，同使者来到了王城，走进了王宫。

鱼凫王坐在王宫大殿的王位上，看到彭公接到传令就迅速赶来了，便高兴地笑道：彭公啊，这些日子过得好啊？

彭公趋前两步，向鱼凫王恭敬施礼，俯首道：托大王的福，平安无事。

鱼凫王哈哈笑道：平安就好啊，你在大寨中又可以和妻妾们快活了！

彭公陪着笑脸，应道：那是，那是。

彭公在心里揣摩，鱼凫王说这句话的用意是什么呢？心里又想，鱼凫王召见他，绝不会只是为了同他寒暄，或是为了想了解他的私生活吧？彭公满脸恭敬，心里却很疑惑。彭公也是聪明人，深知鱼凫王奸诈，一时猜不透鱼凫王的真实心机，便只有装糊涂，做出一副奴颜婢膝和真诚效忠的样子。彭公觉得，现在蜀国已归鱼凫王所有，自己除了归顺鱼凫王，已别无选择，反正明哲保身为上吧。

鱼凫王看到彭公俯首帖耳的样子，心里很受用，觉得彭公是一个懂事的人，也是一个可以充分利用的部族酋长。鱼凫王很高兴，也很欣慰，甚至有些喜欢彭公了。

鱼凫王又笑了笑说：彭公啊，你知道我为什么要召见你吗？

彭公小心翼翼地答道：大王天威难测，小人愚笨，请大王明示。

鱼凫王说：这次有一件大事，彭公啊，你带头立功的机会来啦！

彭公有些疑讶，不解道：小人还是不明白，是什么机会？

鱼凫王哈哈一笑，刚才绕了一个大圈，这才终于说到了正题上。鱼凫王收敛了笑容，正色说：那个假冒柏灌王的恶魔潜逃之后，近日混入了斟灌族，又在蛊惑人心，意欲兴风作浪。我等对此岂能坐视不管？我已决意出兵讨伐之！彭公啊，你说这是不是立功的机会来了？

彭公心中一愣，原来是这样啊，鱼凫王是要出兵去剿灭柏灌王了，而且要他也带头来参加这次行动。这可如何是好呢？彭公略一琢磨，试探着问道：大王，这事是真的，还是传闻啊？

鱼凫王目光炯炯地注视着彭公说：此事关系重大，我岂会乱说？

彭公在鱼凫王的逼视下，赶紧点头说：是，是，就按大王说的办。

鱼凫王见彭公答应了，这才收敛了目光中的锋芒，赞赏说：好啊！希望你不负众望！随即吩咐彭公，要他回去就组织队伍，前来王城会合。并许诺，等凯旋之日，彭公就是王朝的第一大功臣，定要重赏彭公。

彭公接受了鱼凫王的命令，离开王宫，返回了部族大寨。彭公一路上都在琢磨着鱼凫王的意图，觉得鱼凫王实在是太狡诈了。鱼凫王要利用他的部族去同斟灌族作战，明明是借刀杀人，还花言巧语说这是为王朝立功的大好机会，等到他与斟灌族两败俱伤，鱼凫王则坐收其利，那个时候重赏又有何用？彭公这样一想，就觉得这件事情很可怕。自己当然不能上鱼凫王的当，可是，却又不能违抗鱼凫王的命令。自己如果不出兵，鱼凫王是不会善罢甘休的。怎么办呢？

彭公还回想起了同斟灌族的多年交往，柏灌王父亲在世的时候，和他经常来往，一起吃喝玩乐，曾是知己好友。他若听从鱼凫王，出兵去打斟灌族，那也是对不起已故老友啊。想到这一点，彭公的心里就更加为难了。这是自己绝不愿意做的一件事情，可是慑于鱼凫王的凶狠，自己又不能不做。如何是好啊？彭公皱了眉头，绞尽脑汁，反复思索，寝食难安。后来，彭公终于想到了一个主意。

彭公在众妾中挑选了一位姿色出众的年轻小妾，让其沐浴更衣，熏香描眉，梳妆打扮，准备献给鱼凫王。彭公同这位名叫春兰的漂亮小妾做了一番谈话，春兰不想离开彭公，彭公也有点舍不得，可是权衡利弊，又不得不用这条美人计。彭公说：你进了王宫，好好伺候鱼凫王，从此就成了王妃，鱼凫王比我年轻体壮，你会快乐享福，鱼凫王也会宠爱你，以后生了王子，你还可能成为王后。彭公又说：有你在宫内，我们彭族就转危为安了，拜托你了！春兰听了，眼中噙了泪光，答应了彭公的嘱托。彭公又为春兰准备了一些精美衣服，备好了赠送鱼凫王的一些珍贵礼物。

彭公委派了一位能言善辩的心腹侍从，带了一队卫士，护送漂亮小妾春兰，带了礼物，第二天便去了王城，来到王宫，将美人和礼物一起献给了鱼凫王。

彭公的心腹侍从先走进大殿，叩见了鱼凫王，恭敬地说：大王啊，彭公上次来拜见大王，见大王辛劳，终日操心国事，经常鞍马劳顿，回去后心中十分挂念，特地派小人前来，给大王献上一位天姿国色的美女，好好伺候大王。还有些许薄礼，聊表彭公的敬意，恭请大王笑纳！

鱼凫王听了，哈哈一笑，吩咐将所献美女传进大殿面见。

盛装打扮的春兰，果然分外美艳，袅袅婷婷地走进了大殿，向鱼凫王施了礼，柔声道：小女子兰儿叩见大王。

鱼凫王一看，果然是位绝色美女。春兰的美艳，轻柔的嗓音，飘逸的衣裙，淡雅的香味，形成了一种难以抵挡的诱惑，一下就吸引了鱼凫王，使得鱼凫王眼睛发亮，心情大悦。

鱼凫王高兴地说：好啊，这么好的事情，彭公为何不亲自来啊？

彭公的心腹侍从赶紧说：禀报大王，彭公遵照大王旨意，正在组织人马呢，无暇脱身，所以特地派了小人前来。

鱼凫王面露微笑，点头说：好啊，美人与礼物，我都收下了啊！回去告诉彭公，谢谢他的美意！也请他抓紧行动，不能误了大事！

彭公的心腹侍从连声答应道：请大王放心，小人立刻回去禀告彭公！

彭公的心腹侍从随即辞别了鱼凫王，出了王宫，带着卫士们返回了部族大寨，向彭公做了如实禀报。

彭公得知鱼凫王接纳了小妾春兰，不由暗自松了口气。彭公使用这条美人计，主要是想让小妾耗散鱼凫王的精力与注意，使得鱼凫王陷入情色，可以暂时拖延行动的时间。但这也不过是一条缓兵之策而已，鱼凫王是凶狠狡狯的奸雄，迟早仍是要召集他出兵，向斟灌族动手的。但能够拖延一下，就有了借用的机会。

彭公当即又委派了一位心腹，乔装打扮成乡民模样，连夜前往斟灌族驻地，去面见柏灌王，转告形势的危急。彭公希望柏灌王能够率领族人，悄然撤退，避免遭到鱼凫王的围剿。只要避开了正面作战，柏灌王和斟灌族就安全了，彭公率领族人参加鱼凫王的进剿行动，也就不会发生流血牺牲的事情了。彭公再三叮嘱心腹，一定要说服柏灌王，尽快撤退，避免战争，才是上策。目前鱼凫王占尽了优势，而柏灌王势孤力薄，不能硬拼。彭公是小心之人，又叮嘱心腹，这些话只能单独对柏灌王说，免得人多嘴杂，万一传出去被鱼凫王的耳线得知了，就会对自己不利，故而务必谨慎。这位心腹跟随彭公多年，也是见过斟灌族老酋长和柏灌王的，深知此事的重要，把彭公的话记在了心中，当夜便骑马出发了。

不出彭公所料，鱼凫王接纳了彭公献上的美姜春兰之后，当天便将春兰带进了寝宫。美艳的春兰使用彭公传授的房中术，将鱼凫王伺候得心花怒放，欲仙欲死。鱼凫王以前尚未享受过如此的快乐，果然乐此不疲，连日贪欢纵欲，沉溺在了情色与肉欲之中。好多天就这样过去了，鱼凫王又喜欢饮酒，越发迷恋床笫之乐，忘乎所以，果然暂时将进剿的计划搁置在了一边。这为彭公使用计谋提供了机会，也为柏灌王和斟灌族的转危为安赢取了时间。

柏灌王召集族人，做好了迎战鱼凫王的准备。而柏灌王心中最为挂念的，仍是失踪的蚕蕾。柏灌王派出了一些斟灌族的壮士，前往山林河谷，四处打探寻找，千方百计要找到蚕蕾。柏灌王根据情况分析，蚕蕾很可能是暂时隐居在了某个地方，但也无法排除遭遇危险发生不测的可能。沿着那天蚕蕾待过的山林河谷，可以通向许多地方，现在谁也不知道蚕蕾究竟去了哪里？在没有弄清真实情况之前，柏灌王是决不会放弃这种寻找的。

过了两天，阿摩突然手持神杖回到了斟灌族住地，这使得柏灌王焦虑之中又感到了一阵惊喜。阿摩对柏灌王说，他从王城遁走之后，在西山找到一处修炼之地，打算从此远离纷争，不问世事，就此隐居算了。但阿摩还是挂念着柏灌王与斟灌族的安危，始终放心不下，特别是每当手持神杖的时候，阿摩便想到了蚕丛王的嘱托，想到了柏灌王的信赖，也想到了自己肩负的责任，所以又从西山辗转回来了。

柏灌王兴奋地说：你回来就好啊！我和族人都需要你啊！

阿摩感动道：多谢大王眷念！我会为大王和族人效力，万死不辞！

柏灌王说：有你辅佐，我们自然就转危为安了啊！

阿摩说：大王吉言！要转危为安，还是要靠大王英明决策啊！

柏灌王知道阿摩说的并非奉承之语，而是真心话，便点头称是，深感欣慰。随即将备战之事，以及寻找蚕蕾仍不知去向的近况，全都告诉了阿摩。阿摩安慰柏灌王说：蚕蕾自幼在岷江上游河谷长大，不怕在山林中行走，又经历过大地震、大迁徙等很多事情，对复杂环境和艰难境况有很强的应变能力，所以不会有生命危险，即使遭遇什么不测，也有蚕丛王在天之灵护佑，会逢凶化吉的。柏灌王听了，对蚕蕾的安危仍然担忧，却也不再那么忧心忡忡了。阿摩又分析，当前的备战确实很必要，但自从王城陷落之后，鱼凫篡夺了王位，又胁迫各部族重新结盟，推举鱼凫成了盟主与蜀王，形势因此而发生了天翻地覆的巨变。斟灌族现在面临的情形，可谓险恶到了极点。蜀国不可能同时有两个王朝并存于世的，鱼凫王一定会竭尽全力来剿灭柏灌王，如果开战，那就是生死之争了。而目前柏灌王势单力薄，明显居于劣势，一旦开战，很难有胜算。柏灌王听了，觉得阿摩的分析确实很有道理。

柏灌王问道：阿摩啊，依汝所言，怎样才好呢？

阿摩沉吟道：大王啊，我现在也无良策。再过一两天，也许就有办法了。

阿摩说很快会有办法，也许是出于大巫师的一种天生预感。果不其然，只过了一天，彭公派出的心腹便兼程而行，赶到了斟灌族住地。心腹面见了柏灌王，叩拜施礼，说是彭公派来的，有重要大事相告，请大王屏退左右。柏灌王还记得此人，早年就曾见过，知道是彭公的贴身心腹之人，也知道彭公是父亲生前的老友，此番前来，定有嘱托，便让侍从都退出了，只留下了手持神杖的阿摩在场。来人知道阿摩是斟灌族的大巫师，曾主持过蚕丛王的葬礼，本来彭公叮嘱是只能告诉柏灌王一个人的，既然阿摩神杖在手，当然也是信得过的人了，便将彭公派他前来的目的细说了一遍。

柏灌王和阿摩都感到了事态的严重。鱼凫王正紧锣密鼓调集兵力，就要进剿斟灌族了，彭公能在如此急迫的情况下派人前来通风报信，也是冒了很大风险，真的是难能可贵。柏灌王当即向来人表示了感谢，看到来人连夜赶路，已疲惫不堪，便安排来人先休息，他和阿摩要好好商量一下，然后再决定怎么办。

阿摩觉得，当前敌众我寡，撤退可能是唯一的好办法了。

柏灌王有点犹豫，如果撤退，就要举族而走，等于是放弃了斟灌族的世居之地，从此远徙他乡。说者容易，办者难。关键是，撤往何处呢？

阿摩说：大王啊，留得青山在，不愁没柴烧。先避其锋芒吧，只有脱离了险境，以后我们才可以东山再起。

柏灌王说：难道我们也躲进山林里去吗？

阿摩说：天地很广阔，先撤进山林，再徐图他策，也是一个办法。

柏灌王思考了一番，仍有些犹豫。想到蚕丛王当初从岷江上游河谷迁徙出来，开创了宏伟大业；而他却要率领族人撤进山林里去，以躲避鱼凫王的围剿，心里便深为感慨。柏灌王想到了面临的困境，想到了自己的无奈，不由得长叹一声。

也是无巧不成书，柏灌王派出去的一些斟灌族壮士回来了，仍然没有找到蚕蕾，却打听到了一个很重要的信息。他们了解到四散逃亡的蜀山氏族人，有些又逃回了岷江上游河谷，还有一些逃到其他地方去了。蚕蕾会不会去了岷江上游的祖居之地呢？这虽然只是一种推测，却也有很大的可能性，在柏灌王心中点亮了希望之光。

柏灌王和阿摩商量，他先率领一些人，前往岷江上游河谷，一方面寻找蚕蕾，一方面联络羌族和氐族，以求获得氐羌的支持，并争取结成新的联盟。率领族人撤退的事情，就委托阿摩操办了。阿摩是斟灌族的大巫师，祖辈世袭，在族中的地位仅次于酋长，同大首领一样具有很大的号召力。而且阿摩法术高深，又有蚕丛王的神杖，对于其他部族也有威慑力。所以将撤退之事托付阿摩来办，应该是游刃有余。这也是柏灌王知人善任，终于做出的一个重要决定。

阿摩见柏灌王做出了决策，是个两全之法，便答应了。

柏灌王召见了彭公派来的心腹，说已决定撤退，让他回去禀告彭公，对彭公的及时相助，再次深表感激。来人见顺利完成了任务，当即辞别了柏灌王，骑马而返，迅速赶了回去，将情况对彭公做了禀报。彭公见计谋得以实施，这才暗自松了口气。

柏灌王挑选了一批斟灌族的壮士，加上自己的侍卫，组建了一支精悍的队伍，携带了弓箭刀矛武器，配备了马匹、衣物和干粮，做好了长途远行的准备。柏灌王临行前又召见了斟灌族中的长老们，嘱托他们协助阿摩，抓紧撤退，保全部族，以后再徐图发展。做好了这些布置安排，第二天一早，柏灌王便率领队伍出发了，走进了岷江上游河谷。数年前，柏灌王就曾走过这条路。那时老酋长决定和蜀山氏族联姻，派人向蚕丛王送上彩礼，确定了柏灌王和蚕蕾的婚姻，接着就发生了大地震。柏灌王带着人，跋涉了好几天，前去援助蚕丛王。后来蚕丛王率众迁徙，走出了岷江谷。没有想到的是，柏灌王如今又走进了岷江河谷，要到蜀山氏族的祖居之地去寻找蚕蕾了。真是往事如烟啊，柏灌王为之而感慨不已。

阿摩也立即开始安排族人撤退。阿摩考虑到整个部族人数众多，为了抓紧时机，只有分散撤入山林了。其中有一部分人，也撤往了岷江上游河谷，准备以后和柏灌王会合。更多的族人，则化整为零，撤进了周边的山林。好在斟灌族历代都居住在山地边缘，背靠群山，面对平川，要利用周边的河谷走廊躲进地形复杂的群山中去，也是一件比较好办的事情。但要真的离开居住惯了的家园，很多族人还是恋恋不舍。在这生死存亡之际，纵使舍不得，也只有走了。族人们带走了衣物、粮食、牲畜、农具等东西，而房屋和许多无法携带的东西只有留下了。

过了几天，斟灌族人陆续撤走了，住地成了遗弃的空寨。

鱼凫王沉溺美色，终日贪欢，耽搁了好多天。

这天下午，鱼凫王接到密探禀报，说斟灌族人行动异常，不知道意欲何为。鱼凫王这才想起自己的谋划，因为和彭公献上的美妾寻欢作乐，竟然忘了进剿之事。鱼凫王来到王宫大殿，一边派出密探继续探查消息，一边派使者催促彭公率兵前来王城会合。鱼凫又召见了两位弟弟，对固守王城与出兵进剿再次进行了部署。

彭公对鱼凫王的使者说，队伍已快组织好了，尚需配备武器，很快就会到王城和鱼凫王会合，听从鱼凫王的调遣指挥。使者回到王宫，禀报了鱼凫王。

鱼凫王很高兴，随即分派使者，前往各部族，将彭公遵令出兵广而告知，传令各部族也要仿而效之，调集人马到王城听候指挥，一起参加进剿行动。一些小部族酋长，也像彭公一样，对鱼凫王心怀畏惧，当即便答应了出兵。个别大部族首领有些犹豫，但亦不敢抗拒，也都答应了。

又过了两天，彭公与各部族首领都率领各自的队伍来到了王城，同鱼凫王的人马会合在了一起。鱼凫王的力量一下就壮大起来，形成了一种声势浩大的情景。

鱼凫王率领着诸多人马，从王城出发，开始了进剿行动。大队人马分道而进，从两边包围了斟灌族住地。这里早就成了空寨，哪里还有人影呢？鱼凫王感到有点意外，原先准备让各部族冲锋于前、自己督阵于后的想法，竟然彻底落空了。这样就只能无功而返了，这使得鱼凫王有点失望。转而一想，柏灌王与斟灌族人怎么知道他要进剿呢？难道是走漏了风声，柏灌王这才率领部众提前遁走了？鱼凫王的心中因此又产生了一些疑惑。

鱼凫王勒马伫立，用马鞭指着空寨，对彭公与各部族首领说：邪魔残众，怎么会逃遁得这么快啊？连个影子都没有了！

彭公说：大王啊，你威风八面，他们当然要闻风而遁了！

鱼凫王听了，心里很受用，哈哈笑道：有诸位协助，威力所致，当然是先声夺人了！诸位都是有功之臣啊！

彭公说：多谢大王奖勉！这都是大王的功勋啊！

鱼凫王笑笑，又说：不能剿灭邪魔，总是有点遗憾！如果早一点出兵，邪魔就难以逃脱了。

彭公说：他们逃走了，大王是不战而胜啊。

鱼凫王觉得彭公所言有理，没有发生厮杀，就大获全胜，总是一件令人高兴的事情。既然胜了，那就凯旋吧。随即下令班师而回，率领大队人马又回到了王城。

彭公的计谋获得了成功，避免了流血牺牲，也是暗自欢喜。各部族首领也是不希望打仗的，迫于无奈，加上从众心理，参加了这次行动，现在平安而返，也都松了口气。他们不像彭公，喜欢见风使舵；他们虽然听从了鱼凫王的指挥，却并不想奉承和巴结鱼凫王。这些部族首领，以前曾跟随蚕丛王，参加过平定濮氏父子叛乱的军事行动，迄今记忆犹新。从心理上说，他们以前对蚕丛王是满怀尊崇，现在对鱼凫王则是出于胁迫与无奈。前后两次军事行动，有着明显区别，各部族首领们的感受当然是大不相同的。

鱼凫王在王宫设了宴席，款待各部族首领。这是鱼凫成为盟主与蜀王之后，首次在王宫与各部族首领们相聚。鱼凫王夺取王城后，曾邀请他们进宫议事，各部族首领们当初心存观望，谁也不敢贸然进宫。现在情况不同了，蜀山氏族和斟灌族的失败已成定局，鱼凫王已和各部族重新歃血结盟并掌控了蜀国，局势如此，各部族首领也就只能听命于鱼凫王了。但在心态上，此时却依然是分外的复杂和微妙。

鱼凫王也知道，要让各部族首领们完全归顺和追随他，还得多花些工功夫才行。鱼凫王这次兴师动众，最大的收获就是调动了各个部族的人马，虽然进剿行动扑空了，结果是无功而返，心里还是倍感欣慰的。鱼凫王觉得，这次行动就像一块试刀石，证明了诸多部族都不敢违抗他的旨意，有了这个开头，以后的事情也就好办了。鱼凫王同时也明白了自己应该怎么做，对待这些部族首领们，他要恩威并施，将他们彻底掌控在自己手中。这样，自己的力量就会越来越壮大，就可以成为无敌的巨人，而称霸于天下了。

鱼凫王和各部族首领们饮酒相聚，谈笑风生，尽欢而散。

喝得醉醺醺的首领们于第二天才率众返回了各自的住地。

蚕蕾那天由两名侍女陪伴，在山林深处的猎户棚舍度过了一夜。

山林里春寒料峭，时而有山风刮过，传来了远处野兽的叫声。在空寂的深夜里，待在这种危险的环境里，使她们提心吊胆，彻夜难眠。

蚕蕾的心情很悲伤，想到和柏灌王的生离死别，便泪流不止。她从来没有经历过如此凶险的事情，目睹了血腥残暴的杀戮场面，真的是惊心动魄啊！大哥蚕武鬼迷心窍，一定是疯了，才如此丧心病狂，竟然利用狩猎加害柏灌王。但大哥也没有好下场，遭了鱼凫的毒手，丢掉了性命。这些骤然之间发生的血腥剧变，使得蚕蕾感到惊恐，也感到绝望。蚕蕾从昏迷中醒来后，伤心到了极点，要拔刀自刎，幸而被蚕青制止了。蚕蕾随着蚕青逃亡，从马上摔伤后，行走不便，只有留待救援。因为极度惊恐与悲伤，蚕蕾变得有点精神恍惚，夜里席地而坐又受了春寒，当夜便病倒了，在梦中说起了胡话。

两名侍女守护着蚕蕾，在此等了一天，也不知道蚕青何时来接。她们看到蚕蕾病情加重，不由得焦急万分，这儿没有吃的东西，也没有药物，觉得无论如何也不能继续等待下去了，便商量着，只有自己走出去。她们将蚕蕾扶上了马，左右护持着，离开了此处，朝着山林外面走去。

　　两名侍女都是蜀山氏族人，小时候也在岷江上游河谷生活过，惯于跋涉行走，当天她们便走了很多路。没有想到的是，这里的山林地形比较复杂，树林连绵，沟溪众多，小道纵横，路径交错，她们迷了路，走到了另一处荒无人烟的山林里。她们坚持跋涉了两天，来到了平川边缘，终于看到了炊烟。有几家散居于此的农户，客气而好心地接待了她们，给她们煮了吃的，让她们在房内休息。

　　过了两天，她们缓过劲来，准备离去。蚕蕾的病情仍然很重，两名侍女护持着，就在上马欲行的时候，遇见了几名逃亡而来的蜀山氏族人。他们是在王城陷落之后，连夜逃出来的。他们看到蚕蕾，当即拜伏于地，将鱼凫攻进王城、占领王宫、大开杀戒的经过述说了一遍。他们痛恨鱼凫，心情悲伤，说到很多族人都牺牲了，不由得泪流满面。蚕蕾和两名侍女也很震惊，真是天翻地覆的变化啊！当他们说到柏灌王曾在王城布置防守，又使得蚕蕾和侍女更为惊讶了。蚕蕾在山林里目睹了柏灌王被害的血腥场面，柏灌王怎么能又回到王城呢？难道柏灌王并没有遇难吗？一定是蚕丛王的在天之灵保护了柏灌王啊！蚕蕾很激动，一颗心都要跳出来了。

　　蚕蕾赶紧问道：你们说的可是真的？柏灌王回到王城了吗？

　　他们回答说：是啊！柏灌王和阿摩巫师，一起回到王城，立刻就调兵设防。后来蚕青也回来了，一起在城墙上巡视。柏灌王还派人去召集各部族人马，准备反击鱼凫。可是，谁也没有料到会发生那么可怕的变化啊。

　　蚕蕾又追问：后来呢？又发生了什么？

　　他们说：柏灌王率人去山林找你，鱼凫在后半夜趁机攻进了王城。

　　蚕蕾忙问：王城被攻破后，柏灌王现在怎样啊？

　　他们说：现在蜀山氏族和斟灌族人都四散逃亡，蚕青和阿摩巫师也都逃离了王城，柏灌王也撤退了，不知道去了哪里。

　　蚕蕾眼噙泪花，惊喜交集，得知柏灌王没有遇难，顿时燃起了希望。了解到王城陷落，死了很多族人，又使她悲愤不已。蚕蕾的神智此时已恢复了清醒，病情也随之减轻了许多。她询问这几位逃亡的蜀山氏族人接下来打算怎么办？他们告诉她，目前鱼凫已称王，正在搜寻和追剿逃亡者，他们要返回岷江上游河谷的祖居之地，等安定下来，以后再设法和柏灌王、蚕青首领会合。他们说，王城附近已无法再待，其他地方都充满了不测之险，只有祖居之地比较安全。他们恳请蚕蕾也一起同行，他们会竭力保护蚕蕾。只要蚕蕾和他们在一起，回归故土的蜀山氏族人便有了信心，会增添凝聚力。

蚕蕾思量，柏灌王和蚕青都去向不明，现在除了重返祖居之地，又能去哪里呢？于是便答应了一起同行。蚕蕾又想到病重的母后尚在王宫中，自己却又无法再去照顾，眼泪便又涌了出来。

那几家纯朴的农户，此时得知蚕蕾是蚕丛王之女，又是柏灌王的夫人，而蚕丛王和柏灌王都是他们深为敬仰的蜀王，于是又挽留蚕蕾多住了几天，尽心调理她的伤，努力缓解她的病情。几名逃亡的蜀山氏族人也暂时住了下来，准备等到蚕蕾康复后再动身。

这样又过了几天，传来了西陵氏病故、鱼凫王为西陵氏举行隆重葬礼的消息。蚕蕾闻讯大哭，打算前去陵园祭拜蚕丛王和西陵氏。几位蜀山氏族人竭力劝阻，他们都知道鱼凫王凶狠狡诈，一定会派人暗中监控陵园，万一蚕蕾去祭拜时被鱼凫王抓住了，鱼凫王就会用她做诱饵，迫使柏灌王和蚕青前去营救，然后一网打尽，那就糟糕了。蚕蕾是聪慧之人，知道他们说得有理，为了避免不测之险，只有以大局为重，放弃了前去陵园祭拜的打算。临行之前，蚕蕾向着蚕丛王陵园的方向，立石为祀，放了祭品，遥祭了父王与母后，又大哭了一场。两名侍女陪伴于侧，也泪流不止。几名蜀山氏族人，也都流下了眼泪。

他们告辞了那几家农户，让蚕蕾骑了马，前后护卫着，再次穿越山林，辗转走进了岷江上游河谷。

第二十一章

　　鱼凫王如今大权在握，踌躇满志，得意非凡。

　　有时候站在高大的城墙上，眺望着王城外面辽阔的山川旷野，鱼凫王的胸中便充满了豪气。想到蚕丛王当初结盟创国的情形，谁会料到这一切原来都是为鱼凫王准备的呢？蜀山氏族败了，斟灌族逃亡了，王城和王宫都成了鱼凫王的囊中之物，发生的这些恍若做梦，世事变化真的是太快了！回想当时蚕丛王如同天神，站在祭坛上，各部族首领们都仰而望之，而现在鱼凫王也成了居高临下的蜀国大王了，鱼凫王有些感叹，又有些兴奋，脸上不由自主地浮起了得意的笑容。

　　鱼凫王虽然志得意满，却未被骤然获取的胜利冲昏头脑。自从坐上王位，鱼凫王的性情和想法也随之发生了一些变化。鱼凫王以前想的都是部族之事，现在要考虑的则是整个蜀国的事情了。以前只是部落酋长，现在是掌管诸多部族结盟的蜀国之君，那份感觉是大不一样的。而面临的情形，当然也是复杂多了。鱼凫王重用了两位弟弟，身边却缺少贤能大臣。鱼鹊和鱼鸦都是武夫，可以帮他率兵作战，依靠他们加强王城的防守，却很难让他们独当一面，他们也很难帮鱼凫出谋划策。所以无论大事小事，都要鱼凫王自己拿主意。

　　鱼凫王天生强悍，野心勃勃，但智谋一般，并非是蚕丛王那样雄才大略的人物。他能够篡夺王位，主要是靠了他的狡狯和凶狠，利用了蚕武的鲁莽和蠢笨，也钻了柏灌王疏于防范的空子，很有些侥幸的意味。

紧接着，鱼凫王采用了哄骗与欺诈之术，胁迫各部族首领们重新歃血结盟，也是侥幸获得了成功。鱼凫王回想起这些经过，便有些庆幸。他觉得，这其中当然也有天意，否则，怎么能如此顺利就让他获取了王位，成了蜀国的盟主与国君呢？

这天夜里，鱼凫王做了一个很奇特的梦。梦见蚕丛王骑着雄壮的骏马，身穿王服，威风凛凛，满面怒气，对他呵斥道：你胆大包天，竟敢窃夺吾国！手持神杖，朝他当胸袭来。蚕武也骑着马，紧随在蚕丛王身后，满身血污，对他愤恨地喊道：还我命来！张弓搭箭，朝他射来。鱼凫王大惊失色，躲避不及，惊呼一声，从王座上滚落下来。鱼凫王从梦中惊醒，发觉自己出了一身冷汗，翻身坐在王榻上，心中惊恐不已。陪睡在他身边的春兰也吓坏了，惊讶地看着他。怎么会做这样可怕的梦啊？鱼凫王百思不得其解。

此后数日，鱼凫王一想到梦中的情景，便心有余悸。

鱼凫王知道，自己确实对不起蚕丛王。他为了篡夺王位，不仅设计陷害了柏灌王，还亲手射杀了蚕武，攻占王城又杀了很多蜀山氏族人，这些确实都是罪恶滔天的事情，如果蚕丛王在世，肯定是不会饶过他的。不过，王位之争，岂能不流血？他如果不是胆大妄为，又怎么能够坐上王位呢？这也是时势使然啊！

鱼凫王想了很多理由，力求从心理上替自己开脱。他想，杀人夺位，反正不做也做了，他不会为此懊悔，纵使在梦中遭到了蚕丛王的训斥和蚕武的复仇，那又能怎样呢？这样一想，鱼凫王心中的霸气便又冒了出来，抵挡了对梦中情景的畏惧。毕竟蚕丛王和蚕武都已不在人世了，又奈他何？不过，鱼凫王还是很担心以后又做类似的噩梦，所以第二天便带着祭祀物品去了蚕丛王陵园，给蚕丛王和西陵氏做了一个隆重的祭拜，并顺便也祭拜了安葬于侧的蚕武。

鱼凫王由梦中情景，想到了蚕丛王铸造的神杖，那是执掌蜀国神权的象征啊。蚕丛王病逝之前，将神杖授予了柏灌王，柏灌王将神杖交给了大巫师阿摩掌管，如今柏灌王和阿摩都逃走了，神杖也不知去向。鱼凫王夺取了王位，却未能获取神杖，这无疑成了一个很大的遗憾。鱼凫王由此而联想，自己是否也可以仿效蚕丛王，铸造一柄新的神杖呢？既然歃血结盟可以重新举行，神杖当然也可以重新铸造啊！有了神杖，也就掌握了沟通诸神的能力，自己就如虎添翼了。这个想法使得鱼凫王大为兴奋。鱼凫王随即派人开采矿石，开炉冶炼，进行铸造。但几次铸造神杖都失败了，后来继续铸造时，炉膛与坩埚竟然发生了爆裂。有人告诉鱼凫王说，蚕丛王在世时说过，神杖只能有一柄，多了天下就乱了，所以另外铸造不会成功。蚕丛王的预言竟然如此灵验吗？鱼凫王将信将疑，因为铸造屡遭失败，最终只有放弃。

鱼凫王虽然铸造神杖不成，却开采了很多矿石，积累了开炉冶炼和制模浇铸的经验。后来，鱼凫王又做了一个梦，梦见蚕丛王骑着马，威风八面，纵目而视，还有诸多神灵和各部族已故酋长伴随于后，全都目不转睛地看着他。他们威严的神态，凌厉的目光，形成了一种巨大的气场，就像魏峨的蜀山一样朝他压了过来。鱼凫王从梦中惊醒，又出了一身冷汗。鱼凫王琢磨着梦中情景，突然产生了一个想法。鱼凫王联想到了蚕丛王在世的时候，不仅铸造了神杖，还铸造了面具，悬挂在大殿的四周，用来通神与辟邪，这也是一个可以仿效的好办法啊。他如果将蚕丛王和已故酋长们铸造成神像，供奉在祭坛上，以表达对他们的由衷敬意，同时也表示蚕丛王倡导的结盟和创建的蜀国得到了继承和延续，是否就可以取得蚕丛王的谅解呢？蚕丛王的在天之灵由此而得到了充分的尊崇，以后也许就不会再为难他了吧？这个想法如同一道闪电，在鱼凫王的脑海中划过，闪烁出了耀眼的光彩。

鱼凫王觉得，这简直就是诸神的旨意啊！他为之兴奋，也为之激动。

鱼凫王随即挑选了一大批工匠，按照他梦中看到的情景，根据他的想象与描述，开始铸造神像。鱼凫王要求工匠们要将蚕丛王和诸多已故酋长的形象全都铸造出来，组成一个神像群体。这是一个浩大的工程，也是旷古未有的事情。因为首先铸造的是蚕丛王神像，这是蜀国广大民众心目中最受尊崇的君王与偶像，所以工匠们都很兴奋，也很热切，为之充满了激情。铸造的过程有很多工序，第一个大环节是材料的准备，从采矿、运输、冶炼，到浇铸，必须按部就班地进行。第二个大环节是制作模型和泥范，要先将神像的形态做出雕塑，接着制作内外泥范，然后才能进行铸造。最后一个环节，就是修补和打磨成型了。做这些事情，不仅需要大批的能工巧匠，还需要大量的杂务人员，从后勤等方面给予保障。因为鱼凫王下了决心要做成此事，所以又调集了很多人手，不惜成本，花费了庞大的物力和人力，让他们全力以赴，抓紧完成这项非同寻常的任务。王命如山，谁也不敢违背。蜀国的工匠们，在兴奋而又热切的状态下，发挥了丰富的想象力，分工合作，废寝忘食，不久便创作出了蚕丛王高大巍峨、身穿王服、头戴王冠、祭祀诸神的雕像，接着又创作了蚕丛王纵目而视的形象。然后，工匠们又精心构思了各部族已故酋长们的形貌，有的戴帽，有的梳辫，有的插笄，塑成了一群容貌各异、千姿百态、栩栩如生的神像。这个创作与铸造的过程，持续数月之久，才大致完成。

鱼凫王又派人在王城外面重新修筑了祭坛。当初蚕丛王曾于此举行盛大的祭祀活动，很多年过去了，祭坛经历日晒雨淋与风霜侵蚀，有一边已经倾塌了。经过整修和加固，祭坛的面貌焕然一新，变得更为宏大壮观，显示了一种新的气势。

秋收之后，神像铸造好了，祭坛已修筑完工，新酿的美酒也飘溢出了酒香。在这秋高气爽的时节，鱼凫王决定要举行一个盛大的祭祀活动。这个做法，很有点仿效蚕丛王时代所为，但也并非完全相同。如果说蚕丛王当初举行祭祀是为了开创蜀国，那么鱼凫王如今举行祭祀则是为了继承王业加强统治，在祭祀的目的与做法方面都掺入了新的想法，对祭祀的形式与内容也都做了相应的革新。鱼凫王觉得，蚕丛王有很多英明之举，都是他学习的榜样，譬如通过祭祀来团聚各个部族以笼络人心，就是一个极好的创举。蚕丛王通过祭祀赢得了各部族首领们的拥戴，现在鱼凫王也要举行一个更为盛大的祭祀活动，来加强对各个部族的驾驭和掌控，以达到凝聚人心的目的。鱼凫王相信，举行盛大的祭祀使蚕丛王获得了尊崇，这样的大型祭祀当然也会为他的新王朝带来好运。

鱼凫王随即派出使者，传令各部族，准备举行一次规模宏大的祭祀活动。

到了举行祭祀的那天，各部族首领如约而至。

王城一下热闹起来。鱼凫王早已布置好了一切，委派了弟弟鱼鹊在王城大门外迎接各部族首领的到来，弟弟鱼鸦则依然率兵防守，在祭坛四周也提前安排了护卫的队伍。鱼凫王虽然知道各部族首领都已归顺了自己，却并未放松警惕，对这种大型集会也绝不敢掉以轻心，预先就做好了严密的防范。故而祭祀之日，表面气氛热烈，暗中戒备森严，这也再次显示了鱼凫王的老谋深算。

彭公率着一些随从骑马而来，和各部族首领相互寒暄，又和迎接的鱼鹊施礼相见，说了很多应酬的话。彭公和各部族首领以前曾参加过蚕丛王时代的盛大祭祀，这次奉命前来参加鱼凫王举行的祭祀活动，预感着可能又有什么重要大事要发生了。蚕丛王那次站在高大的祭坛上，颁布了结盟创国的神旨，这次鱼凫王又会有什么举措呢？他们都有些好奇，对此做出了种种猜测。

时近中午，艳阳高照，各部族首领差不多已经到齐了。鱼凫王率着一大群心腹侍卫，穿了崭新的王服，骑着骏马，前呼后拥，出了王宫，来到王城外面，和各部族首领见面。鱼凫王的穿着使他显得威风凛凛，簇拥在他身边的大队护卫更衬托出了一种凌驾于众人之上的气势。各部族首领都恭顺地看着他，纷纷向他揖手施礼。鱼凫王目光炯炯地扫视了众人一眼，注意到了这些首领们的神态表情，和以前对他的疑虑、观望态度相比，已经大为不同，现在很明显已成为听命于他的部属了。鱼凫王为此而有些高兴，这种微妙的变化正是他所需要的啊。

鱼凫王爽朗地笑笑，很豪迈地做了一个手势，纵骑朝着祭坛驰去。各部族首领也都策骑而行，跟随于后。祭坛距离王城不远，很快就到了。面前的情景，一下就吸引了各部族首领的眼球。

经过重新修筑的祭坛，焕然一新，气势宏伟。遵照鱼凫王的吩咐，铸好的神像已经预先摆放在了祭坛上，前面又特地放置了一个丝绸做的宽大屏风，将这些神像暂时屏蔽起来。祭坛的四周插了很多旗帜，上面绘绣了奇异的鱼鸟图像，这些图像很容易使人联想到山林中的猛隼与江中的游鱼，为何将两者联系在一起，颇有些匪夷所思。秋风猎猎，旗帜招展，天高云淡，阳光灿烂。宏伟的祭坛就耸立在王城外面的空旷之处，附近有江水流过，远处有山林陪衬。宽大的丝绸屏风在灿烂阳光的照耀下，竟是如此的鲜亮而又晃眼。鱼凫王特地做出这种别出心裁的布置，就是为了有意设置一个巨大的悬念，使得整个祭坛都笼罩在了一片神秘的氛围之中。

这时牛角号吹响了，牛皮鼓也擂响了，祭祀场地的气氛骤然变得热烈起来。

鱼凫王下了马，健步登上了祭坛。一大群彪悍的侍卫分列在台阶的两边。鱼凫王站在屏风前，面向众人，神情威严，昂首而立。各部族首领们都仰望着他，灿烂的阳光照在崭新的王服上，仿佛给鱼凫王笼罩了一身光彩。宽大的丝绸屏风如同一个神秘而又鲜亮的背景，给鱼凫王起了奇异的烘托作用，使他的一举一动都显得非同寻常。这时，预先安排好的侍从点燃了香料，有一股奇妙的香味儿，从宽大的丝绸屏风后面散发出来，随着秋天的和风飘溢四处。香味儿带来的奇异感觉，使得众人记忆犹新，立刻联想到了蚕丛王手持神杖祈祷诸神的情景，那时候仿佛有一种神秘的力量自天而降，随着阳光和香味儿渗入了众人的心灵。

鱼凫王此时手中没有神杖，身材也没有蚕丛王那样伟岸，但炯炯的目光与强悍的神态，却透露出了一种咄咄逼人的枭雄气势。鱼凫王就那样站着，没有祈祷天神，也没有其他什么举动，仿佛有意在加深众人心中的悬念。各部族首领们站在秋天的艳阳下，仰望着祭坛上的鱼凫王，心存疑惑，屏息以待。谁也不知道接下来会发生什么，神秘的气氛这时变得更浓了。

鱼凫王扫视着众人，过了好一会儿，终于做了个有力的手势，鼓角之声停了，祭坛上下一片寂静。鱼凫王大声说：诸位首领！你们知道今日为何要聚会吗？各部族首领们好奇地望着鱼凫王，猜测着鱼凫王如此问话的用意，都不敢贸然回答。鱼凫王可能料到了会是这样，随即爽朗地笑道：我知道诸君一定会想到好多年前在这儿举行的盛大祭祀！那是伟大的蚕丛王主持的一次祭典！今天，我们再次相聚于此，我身为蜀王，你们都是蜀国诸侯，都要感激蚕丛王啊！因为是蚕丛王开创了蜀国，为我们各部族带来了福祉！我们要饮水思源，才能兴旺富强，上天和诸神才会永远护佑我们！诸君啊，这是我的肺腑之言，不知道你们有没有同感？

各部族首领们没想到鱼凫王会说出这样一番话来，顿时在心中引起了共鸣，纷纷应道：是啊，大王说的对啊！站在众人前面的彭公奉承道：大王所言，洞悉民情，都是至理名言啊！众人都点头附和，赞誉道：是啊，是啊！

鱼凫王见群情如此，心中大悦，兴奋地说：好啊！诸位都是蜀国的豪杰，所谓英雄所见略同，诸位首领啊，为了表达我们对蚕丛王的尊崇，我们应该虔诚地供奉蚕丛王才对。为此我做了一件大事情，花了数月，雕造了蚕丛王的神像。现在，就让我们恭请神像吧！

随着鱼凫王的一声命令，侍从人员撤走了宽大的丝绸屏风。

高大巍峨的蚕丛王神像顿时现身，还有伴随于侧的诸多神像，形貌各异，千姿百态，栩栩如生，一起闪亮登场，展现在了众人面前。有些神像只是头像或面具，以木桩为身，以丝绸为衣，微风拂动，仿佛具有了生命活力。这一幕骤然出现的情景，实在是太神奇、太令人惊叹了。各部族首领们都有点目瞪口呆，睁大了眼睛，望着那些奇妙而又精美的神像。谁也没有想到在丝绸屏风后面，竟然隐藏着如此精彩神奇的内容。其实在此之前，他们也听到过一些传闻，听说了鱼凫王在王城铸造东西，但鱼凫王做了保密，使得他们并不知晓详情。此时，灿烂的阳光照耀在众多的神像上，反射出一片神奇的光泽。秋天的和风拂动着诸神像身上的丝绸之衣，使得它们产生了动感。它们仿佛具有了一种神秘的力量，展示了难以形容的魅力，绚丽多姿，璀璨夺目，动人心魄。

人们仰望着这些精心铸造并经过仔细打磨而光彩照人的神像，有一种敬畏与崇拜之情，在心中油然而生。看到神像，他们便想到了蚕丛王，想到了那些已故的先辈首领，他们都有非凡作为，都是了不起的人物啊。

鱼凫王大声宣布：我们今天的祭祀，首先就是祭拜蚕丛王！其次是祭拜我们的先祖！祈祷他们的在天之灵，永远护佑我们蜀国昌盛！万民幸甚！

一队侍从人员抬着祭祀用的供品，拾阶而上，恭敬地摆放在了神像之前。

鱼凫王向着神像行了祭拜之礼。各部族首领们也都随之祭拜神像，行了大礼。

鱼凫王又神情庄严地大声说：现在，让我们祭祀上天，祭祀日月，祭祀诸神！让我们祭祀蜀国的山神、猎神、河神、农神、草木之神、飞翔之神和潜水之神！我们要祭祀万物之神，还有生育之神！祈祷上天和诸神，保佑我们，部族和睦，人丁兴旺，王朝发达，蜀国昌盛，四季平安，千年繁荣！

各部族首领们随同鱼凫王，又再次行了祭拜之礼。侍从人员又吹响了牛角号，擂响了牛皮鼓。热烈的鼓角声，将祭祀活动的气氛推向了高潮。参加祭祀的人们，心怀虔诚，情绪高涨，同时发出了欢呼，祈祷诸神，护佑我们啊！鼓角声和欢呼声传向了远方，有鸟群从附近的山林里飞出，绕过王城，向着远处浅黛色的群山飞去了。那里正是通向蜀山的方向，是岷江的源头，也是蚕丛王的发祥之地。在众人的心目中，祭祀的目的就是为了祭神、娱神和通神，这次虽然没有彩色的鸟群飞临祭坛上空，像蚕丛王举行盛大祭祀时那样传达诸神的旨意，但人们看到了飞翔的鸟群，依然相信这是一个吉兆，相信这次祭祀已经沟通了诸神，得到了蚕丛王在天之灵的护佑。

鱼凫王主持的这次大型祭祀，没有巫觋之舞，没有当众杀牲，也没有宣布神旨，却用精心铸造的神像震撼了众人的心灵。鱼凫王不是巫师，不懂巫术，也不懂得如何沟通神灵，在这方面远比不上蚕丛王，但却别出心裁，充分利用了人们崇拜蚕丛王的心理，取得了极好的效果。从此以后，蜀国的祭祀便开启了一个新的传统，以蚕丛王为首的诸多神像，成了各部族团聚一心的象征，也成了鱼凫王朝驾驭诸多部族的法宝。神像的作用，显然超越了神杖。

宏大的祭祀活动结束了。各部族首领们相继登上祭坛，怀着虔诚和敬畏的心情，仔细瞻仰了那些光泽照人的神像。有些人又再次叩拜了蚕丛王神像，这才离去。

就在鱼凫王举行宏大祭祀的这天，鱼雁临产了，在王宫中生下了蚕武的遗腹子。在侍女们的照顾与伺候下，从临产到接生都很顺利。鱼雁嫁给蚕武好几年了，一直很想生个儿子。在蚕武遇害之后，鱼雁才发现自己怀上了蚕武的孩子。鱼雁现在终于生了儿子，当了母亲，本来是一件应该高兴的事情，但想到蚕武已死，这个苦命的孩子一出世便没有父亲，不由得悲从中来，伤心不已。不过，这个孩子也给鱼雁带来了希望和慰藉，使她从此有了情感与精神寄托。

鱼雁给儿子起了个乳名叫蚕儿。当她给蚕儿哺乳的时候，看着那酷肖蚕武的五官长相，心里顿时充满了母爱，却又隐隐地有点担忧，将来鱼凫王会如何对待蚕儿呢？鱼雁经历了这场血腥剧变之后，已经深知大哥鱼凫王的性格与为人。鱼凫王既然心狠手辣地射杀了蚕武，此后又派人不遗余力地追剿蚕青与柏灌王，又能否放过蚕武的儿子呢？鱼雁为此忧心忡忡，同时也暗下决心，如果连自己亲生的儿子都不能保全，她还活着干什么？鱼雁知道，她今后的生命意义，就是为了蚕儿而活着。无论多么艰辛，她都要将蚕儿抚养长大，从此以后这就是她生活的唯一目的了。

鱼凫王回到王宫，便知道了鱼雁生子的事情。鱼凫王有点惊讶，鱼雁真的为蚕武生了一个儿子啊！现在，他是这个外甥的大舅舅，同时也是这个蚕武遗腹子的杀父仇人。他该如何对待这个孩子呢？鱼凫王的情绪和想法都有点复杂。从巩固王位的角度考虑，他应该斩草除根，不留后患，而从亲情思量，他知道一旦这样做了，那就真的彻底伤害了妹妹鱼雁。毕竟鱼雁是自幼跟随他长大的亲妹妹啊！这使得鱼凫王产生了犹豫，有点不忍心下手。

鱼凫王去后宫看望了鱼雁和婴儿。一看到婴儿酷肖蚕武的长相，鱼凫王便心跳加速，眼光便显得有点异样。鱼雁注视着他，注意到了他那阴鸷的神态与目光。

鱼雁说：大哥啊，如果你欲加害这个孩子，就先把我杀了吧。

鱼凫王愣了一下说：雁儿，你为何这样说啊？

鱼雁说：我从你的眼中看出了你的想法啊！这是我的孩子，也是我的命根子。他还是个婴儿，什么都不懂。如果你连婴儿都不放过，那你更不能放过我啊！我自从嫁给蚕武就成了蜀山氏族的人了，就请大哥先杀了我吧！鱼雁说着，触动了内心的悲伤，不由得泪流满面。

鱼凫王有点尴尬，解嘲地笑道：雁儿你多虑了，我哪里有什么想法！

鱼雁流泪道：大哥你坐上了王位，又隆重祭祀了蚕丛王，对待蚕丛王的血缘后裔也要善待才好啊。上天也讲好生之德啊，如果绝人之后，那是最大的伤天害理，上天和诸神都会生气，会遭谴责。我是你的亲妹妹，我的孩子尚是婴儿，也是你的亲外甥，他的身上也流着我们鱼族的血脉啊，你就放过我们母子吧！

鱼凫王笑道：雁儿你真的多虑了，好好休养吧。

鱼凫王的神态和目光都变得柔和了，又看了看婴儿，转身离开了后宫。鱼雁一颗悬着的心，这才落下来，擦了泪，抱起婴儿，轻轻叹了口气。鱼雁知道，她先把丑话说在了前面，试探了鱼凫王的态度，看来鱼凫王暂时是不会伤害她和婴儿了。但她也深知大哥的性格复杂多变，说不定什么时候又有了坏主意，所以她仍要加倍小心才行。

鱼凫王回到王宫大殿，回味着鱼雁话中之意，觉得鱼雁很聪慧，真是不简单，竟然看破了他内心的想法。仔细想想，鱼雁说的也颇有道理，他已经篡夺了蚕丛王创建的蜀国，坐上了蜀王之位，又利用了蚕丛王的巨大影响来帮他巩固统治，对待蚕丛王的后裔子孙也应该善待才对。但鱼凫王觉得，所谓道理是一个方面，至于具体如何去做，则又是一个方面。为了王位，他可以凶狠地射杀蚕武，也可以由衷地尊崇蚕丛王，做这两种事情对他来说，都是时势使然，是理所当然之举。现在，鱼雁生下了蚕武之子，将来这个孩子长大了会不会为父复仇呢？纵使这孩子身上也流着鱼族的血脉，却仍然是蜀山氏族的后人，长大了也是要归宗认祖的。按常情推理，肯定是个潜在威胁啊。但这个孩子毕竟还是个婴儿，用不着操之过急，以后随便找个借口，要除掉此子还不容易吗？鱼凫王这样一想，便暂时放下了此事，准备留待以后再说了。

鱼雁亲自哺育蚕儿，处处提防着鱼凫王。蚕儿就这样一天天长大了。

柏灌王率领着众多侍卫和一支斟灌族人马，走进了岷江上游河谷。

很多年前，柏灌王曾来过这里。那是发生大地震的时候，柏灌王率着一些族人，前来帮助联姻的蜀山氏族人。现在重走此路，看到熟悉的山川草木，一切又恢复了常态，群山逶迤，林木青翠，野花灿烂，禽鸟欢鸣，柏灌王心里很是感慨。由以前的大灾难，联想到自己的大失败，柏灌王的情绪便有点复杂。常言说，留得青山在，何愁没柴烧？山川在大灾之后很快就恢复了原貌，他如今遭遇了失败，以后能否也重新崛起呢？柏灌王的心中燃起了希望，同时也交织着苦涩。他想，只要人在，将来一切都有可能。但世事多变，人生之路也如同面前的崎岖山道，会遇到很多曲折。以后的关键，就是看他如何把握和努力了。

柏灌王此行的目的，主要是为了寻找蚕蕾。根据打听到的消息，王城陷落后，一些逃亡的蜀山氏族人，又重返祖居之地，蚕蕾很可能也在其中。此行的另一个目的，则是为了斟灌族人撤退之后，需要寻找一个新的落脚之处。

自从蚕丛王率众大迁徙以后，原先栖息于此的很多部落都随同走了出去，岷江上游河谷已成为人烟稀少之地。柏灌王率领队伍跋涉了几天，连个人影也没有遇见。只有山林中的鸟兽会偶尔露面，好奇地看着这支行走的人马。柏灌王知道，当初没有迁徙的，尚有羌族和氐族，曾与蜀山氏族毗邻而居。羌族与氐族也是两个大部族，都有各自的传承与习俗，与蜀山氏族的关系也甚为友好。他这次率众而来，也有联络羌族与氐族的目的。如果能得到这两个大部族的支持，柏灌王的重新崛起就有了希望，就可以联络更多的部族共商和谋划复国大计了。

又走了一天，已经进入蜀山氏族先前的祖居之地了，仍然没有人烟。就在他们倍感纳闷之际，远处山间传来了砍伐树木的声音，这使得他们兴奋起来，只要找到樵夫或猎户，就可以询问情况了。柏灌王率人循声前往，看到有人正在砍伐树木搭建房屋。那些人也发现了动静，警惕地看着他们。当他们走近的时候，终于看清了，这些正是逃亡归来的蜀山氏族人啊。蜀山氏族人也看到了柏灌王，众人都倍感惊喜，不由得欢呼起来。蚕蕾正在附近的石室内休养，此时也闻声而出。蚕蕾一看到英姿飒爽骑在马上的柏灌王，便惊喜地喊了一声，眼中噙满了泪花，朝柏灌王跑了过去。两名侍女护持着蚕蕾，也跟着小跑起来。柏灌王也是惊喜万分，跳下马，快步迎了上去。蚕蕾的摔伤还没有完全好利索，跟踉跄着，扑进了柏灌王的怀里。

柏灌王和蚕蕾终于见面了，经历了生离死别，又再次相聚在了一起。

蚕蕾泪流满面，端详着柏灌王，问道：你真的平安脱险了？

柏灌王笑道：是啊，你也脱险了，现在我们都平安了。

蚕蕾泪眼婆娑地说：恍若隔世，就像做梦一样啊。

柏灌王心中也是分外感慨，这段时间经历了多大的变化啊，王城陷落了，王位也被篡夺了，蜀山氏族人和斟灌族人也被迫逃亡与迁徙了。回想起来，真的是像做了一场噩梦啊。唯一令人欣慰的是，他终于找到了失踪的蚕蕾，在生离死别之后，又终于重逢了。柏灌王觉得，这真是不幸中的万幸啊。柏灌王心想，前些天找不到蚕蕾时，他曾有点心灰意冷，现在和蚕蕾劫后重逢，他就再也不会悲观失望了。虽然王业遭遇了挫败，但只要他和蚕蕾在一起，号召两个部族的人们团聚在一起，将来依然是可以大有作为的。天地广阔，来日方长，只要有了信心，有了团结和凝聚力，什么事情都好办了。柏灌王的这些想法，使得他一下恢复了信念与活力。

柏灌王指挥队伍也在这里驻扎下来，协助蜀山氏族人修筑了房屋，并选择要隘，布置了防守。柏灌王安顿下来后，又派人出去联络撤退的斟灌族人，这些人也陆续来到了岷江上游河谷。驻扎在这里的蜀山氏族人和斟灌族人渐渐多了起来，依山傍水，修建了很多房屋，并修筑了寨墙与栅栏。为了防备不测，设防也随之更加严密。

柏灌王考虑，目前自己的力量还是弱小了，假若鱼凫王率兵进剿，恐怕自己难有胜算。要击败鱼凫王，自己还须有后援才行。于是柏灌王开始联络羌族和氐族，约了时间，和两个部族的首领见了面。

羌族和氐族的首领都感念蚕丛王当年的仁义与恩惠，与柏灌王晤面后，宰羊设宴，饮酒叙谈，回忆往事，相聚甚欢。两个部族的首领，得知蜀山氏族人和斟灌族人都遭遇了劫难，对鱼凫王的狡诈与凶狠都深感愤慨。他们分别向柏灌王赠送了羊群与牛群，还赠送了很多其他东西，对蜀山氏族人和斟灌族人劫后重建家园施予了援手。他们的慷慨与大方，使柏灌王很是感动。但是，羌族和氐族却不愿歃血结盟，也不打算协助柏灌王去和鱼凫王作战。就像当年羌族和氐族没有追随蚕丛王迁徙一样，如今他们仍然保持了各自的独立。这大概是由于部族的传承不同，部族心理与想法也有差异，都习惯了各行其是，故而宁愿友好相处，却不愿结成联盟。

柏灌王得到了羌族和氐族的援助，和两个部族的首领建立了友谊，就此而安居下来。羌族和氐族不愿歃血结盟，柏灌王当然也不能勉强，此事也就搁下了。其他撤离后进入周边山林的斟灌族人，有些就此而隐居了，也有一些眷恋故土的族人，过了一些日子又悄然返回了原先的住地。阿摩因为诸事未了，也暂时隐居在了山林里，没有去同柏灌王会合。柏灌王由于族人分散，力量有限，又未能得到其他部族的追随与支持，所以重振王业的希望也就变得渺茫了，只有随遇而安，成了一位失国后避居一隅的君王。在这种无奈的境况下，因为有蚕蕾相伴，两人恩爱有加，给了柏灌王无限的慰藉与温暖，柏灌王的心态也就渐渐平静下来，慢慢地习惯了山居生活，不再去思量那些宏图大略的事情了。

这样过了很多很多年，蜀国和中原王朝都发生了很多大事情。

后来西羌诞生了一位了不起的杰出人物大禹。当时天下发生了大洪灾，大禹率众治水，足迹遍及九州，经历了千难万险才终获成功，成了治水的大英雄。在大禹治水的那个时代，与羌族毗邻而居的斟灌族人，也义不容辞地参加了治水，后来有些斟灌族人还随同大禹迁居到了中原。再后来，斟灌族成了中原王朝的贵族，并又遭遇了意想不到的灾祸与变故。但这些事情发生的时候，已是柏灌王后代子孙的故事了。

第二十二章

鱼凫王举行了重大祭祀之后，效果甚佳，影响深远。

王城的百姓们都扶老携幼，前去观看和叩拜了蚕丛王神像。蜀国境内其他部族的民众，闻讯后也都纷纷前来，瞻仰神像。那些天，从蜀国各地前来王城瞻拜蚕丛王神像的人们，络绎不绝，使得王城如同遇到了重大节庆一样，分外热闹。王城的买卖也红火起来，街道上人流往来，店铺与作坊的生意大为兴旺。

这次重大祭祀带来的广泛反响，是鱼凫王起先所没有料到的。鱼凫王为此而深为高兴，更令他欣慰的是，祭祀了蚕丛王神像之后，果然不再做那些令他心惊肉跳的噩梦了。鱼凫王觉得，这些都是沟通诸神和尊崇蚕丛王在天之灵取得的效果，真的是太好了。看来他决意铸造神像的举措，确实是做对了，不仅赢得了各部族首领们的敬佩，也使得蜀国的民众有了精神寄托，增强了新王朝的号召力与凝聚力。更重要的是，有了诸神和蚕丛王在天之灵的护佑，从此以后他的王位自然也就更加稳固了。这些都应验了他的想法，也正是他所希望达到的目的。

鱼凫王为了巩固统治，借此机会又扩张了队伍，将一些沾亲带故的人员都招纳到了他的麾下。鱼凫王的人马数量大为增多，在几年之内，便拥有了一支相当强悍的军事力量。在武器配备上，除了刀剑和长矛，鱼凫王特别加强了弓箭的使用。他命令部众经常进行射技训练，使得部众大都成了善射之人。鱼凫王在王城内还专门设立了制作弓箭的作坊，以便充分保障部众的需求。作坊在制作技术上也有了很大的进步，制作的弓更加坚韧耐用，制作的箭矢也更加犀利，具有了更强的实用性和穿透力。鱼凫王自己特别喜欢使用强弓和长杆羽箭，他身边的侍卫们也个个都是使用弓箭的好手。使用弓箭从此成为鱼凫王部众的一大强项，无论是春夏驾船射鱼，或是秋冬到山林射猎，总是满载而归，收获甚丰。

自从祭祀之后，蜀国的农业连续几年都获得了丰收。收成好了，粮食多了，饲养的牲畜与家禽也多了，民众的生活有了改善，买卖交易也兴旺起来，社会也就随之变得繁荣了。鱼凫王遵循蚕丛王时代的做法，开始征收贡赋。蚕丛王时代的贡赋，其实还只是象征性的，鱼凫王对此则做了明确的规定，要求各部族都要按时缴纳，不得有误。在鱼凫王朝的强势统治下，各部族谁也不敢违逆，每到收获季节，便要筹集贡赋，送往王城。蚕丛王和西陵氏倡导的植桑养蚕和纺织丝绸，已经发展起来，大见成效，丝绸也就成了最重要的贡品。除此之外，珍贵的兽皮、精选的粮食、健壮的马匹与肥硕的牲畜，以及其他很多物品，也都是贡赋的重要组成部分。

这个时候，王城的玉器制作也兴旺起来。王城内原先只有一两家玉器作坊，后来又增添了好多家。这件事情，也是在蚕丛王时代就开始了，当时制作的玉器有限，主要是供王室欣赏或祭祀时使用。现在制作的玉器数量明显增多了，品种也更为丰富，鱼凫王委派亲信对玉器制作进行了管辖，对玉石开采也做了监控，其中挑选出来的精美制品全都呈献给了鱼凫王，其余的少量部分才赐给鱼凫族中的显贵与长老们。鱼凫王对玉器的兴趣日益浓厚，拥有的玉器数量也不断增多。因为玉石的开采与玉器的制作琢磨耗时费力，玉器的质地又温润华美，故而玉器也就成了珍贵的财富。玉器的价值和功能，不仅使人赏心悦目，可以收藏和赏玩，更重要的作用，仍是用以祭祀。人们认为，玉石是山川之精华，既是凡人所爱，也是诸神所好。在祭祀的时候，将珍贵的玉器敬献给诸神，是表达虔诚的最佳方式，也就最能获得诸神的欢心，往往能够取得最佳的效果。所以，在人们的心目中，拥有玉器，也就相当于拥有了通神的能力。当时的巫师们，都是深谙此道的。鱼凫王虽然并非巫师，却也深知通神的重要。这也是鱼凫王要大量制作玉器，并且垄断玉器的使用权之奥妙所在。

鱼凫王随着财富的增多和势力的增强，宫廷生活也变得浮华与奢侈了。

鱼凫王原先作为部族首领，娶了濮君的女儿为妻，生了两个儿子，分别取名为鱼雕和鱼鹞，如今已渐渐长大，成了年轻王子。鱼凫王成为盟主与蜀王之后，接纳了彭公献上的美妾，为他带来了快乐，成了他的后宫宠爱。鱼凫王的欲望由此而变得强烈起来，有了很多贪图享乐的想法，并付诸了实施。他让彭公又挑选了几位少艾，作为美妾的侍女。又从其他部族也挑选了几位佳丽，作为王宫侍女。彭公和一些部族首领为了巴结鱼凫王，都遵照旨意，将挑选出来的美女陆续送进了王宫。这样，王宫中的美女便多了起来。鱼凫王在大殿处理了王国大事之后，便回到后宫，由众多佳丽陪伴，后宫也就成了鱼凫王随心所欲的温柔之乡。

鱼凫王的日常生活由此而发生了很大的变化，成了权势极大而又喜欢享乐的君王。鱼凫王的两个弟弟已经分别拥有了各自的府邸，他们的生活也变得奢华起来。还有鱼凫族中的一些长老，以及鱼凫王的一些叔伯近亲，也都成了王朝新贵，过上了享乐的生活。这种情形持续久了，大家也就习以为常了，渐渐地形成了一个权贵阶层。这个阶层中的人，都穿着华美的衣服，拥有大量的田地和各种财富，走路时趾高气扬，习惯颐指气使，处处都显示着与其他民众的不同。各部族首领们因为忌惮鱼凫王朝的强势，凡事都避而让之，免得给自己招惹麻烦。这在一定程度上，也滋长了权贵阶层的无所顾忌，变得更加盛气凌人。

鱼凫王的势力强大了，对他阿谀奉承的人也多了，鱼凫王为此而常常沾沾自喜。他喜欢别人的顺从，喜欢放纵和享乐，觉得都是理所当然的事情。现在蜀国境内已经没有了反对他或敢于同他抗衡的人，蜀山氏族人逃亡了，斟灌族人也逃匿了，主要的对手都已销声匿迹。这使得鱼凫王充分领略了胜者为王的快乐，但有时觉得失掉了对手也难免有点寂寞。就像喜欢狩猎的人，林中一旦没有了野兽，狩猎者便会感到某种失落与郁闷，鱼凫王的寂寞便有点类似的意味。

鱼凫王毕竟是一位生性强悍而又性格复杂的枭雄，他的野心并未因为过上了享乐的生活而收敛，似乎还在膨胀。他联想到蚕丛王时代就开始了同远方邦国的交往，他也可以这样去做啊。他可以和远方的其他邦国交朋友，也可以根据情形出兵征服他们。这件事情做好了，蜀国的疆域就更加辽阔了，王朝的势力自然也就更雄厚了。鱼凫王想到这些之后，便开始谋划扩张疆域的事情，把目光投向了王城之外更远的地方。

就在这个时候，鱼凫王听到了廪君建立巴国的消息。巴国就在蜀国的东方，相距并不遥远。过去那里曾是荒僻之地，丘陵纵横，山岭逶迤，一些小部落就散居其间。现在廪君突然崛起了，在相邻的地方联合了诸多部落建立了巴国，意味着蜀国从此便有了一个不可轻视的邻邦。

巴国的出现，使鱼凫王有点惊讶和意外，他在以前还从没听说过廪君的事情，这是一位什么样的人物啊？能够创建巴国，显然是个了不起的豪杰。如果将来与蜀国为敌，对鱼凫王来说，那就是一个很大的威胁啊。鱼凫王对此当然不会掉以轻心，立即派出了一些心腹之士，乔装打扮，悄然进入巴国境内，对廪君的情况进行打探和了解。等到掌握了详情之后，鱼凫王就要谋划如何对付巴国了。

说到廪君，如何称雄和创建巴国，故事就多了。

当时有个叫武落钟离山的地方，居住着一些山民。那里地势荒蛮，群山苍莽，有河流与大江相通。山民们主要靠射猎与采摘为生，也捕鱼和种植，饲养家禽与牲畜，有的住在山洞里，也有的搭建了棚屋而居。

当黄帝和蜀山氏族联姻的时候，那里也出现了部落，那些部落都比较小，也没有什么名气，又地处偏僻，与外界少有交往，所以不为人知。到了蚕丛王时代，通过歃血结盟创建了蜀国，那里的部落却依然如故，仍旧默默无闻，故而蚕丛王、柏灌王、鱼凫王都不知道那里的情况。

很多年过去了，山民们聚族而居，人口渐渐多了起来。钟离山有两个大山洞，因为山岩的颜色不同，分别称为赤穴与黑穴。有一些部落就居住在山洞周围，其中巴氏部落占有了赤穴，而樊氏、曋氏、相氏、郑氏四个部落则共同占有了黑穴。这些部落的先民，选择穴居，主要是为了防备野兽，曾是一个很原始也是很有效的办法。但人口多了，穴居已满足不了需求，各部落的人们便在山洞周围搭建了棚屋或茅舍，后来又在这些住处四周竖立了栅栏，毗邻相连，形成了寨子。部落之间，常有来往，有时会共同狩猎，有时一些人会约了一起外出，关系通常比较友好，但有时也会闹矛盾，甚至发生争执。部落之间也相互通婚，久而久之，各部落中的一些家庭便成了姻亲。到了巴氏之子务相长大成人的时候，这种僻居一隅相安无事的情形发生了很大的改变。

务相是巴氏部落族长之子，诞生时，其母梦见一只白虎扑怀而来，吓得要死，起初以为是不祥之兆，后来看到儿子长得虎头虎脑，便取了个虎娃的奶名。务相天生异禀，自幼便臂力过人，喜欢约家族中和其他部落的同龄伙伴一起玩耍，相互角力称雄，成了小伙伴们中的大哥。务相性情豪爽，发威时虎目圆睁，高兴时纵声大笑，最喜欢登山射猎、下河捕鱼、骑马远行，还喜欢聚众游乐，与伙伴们赛马赛狗，以赌输赢。在狩猎时，务相有次曾施展神力，徒手搏虎，竟然擒获了那只斑斓猛兽，闻者都啧啧称奇，对务相大为折服。小伙伴们都喜欢追随务相，称他为"虎哥"，或戏称为"大王"。时间长了，大家都习惯听从务相的召唤，务相便成了大伙儿的领头人。后来，务相成了巴氏部落的年轻酋长，一些青年伙伴也成了其他各姓的首领继承者。

这一年的春暖花开之际，务相召集了伙伴们，一起在山林里游玩。

务相说：我最近遇到了一个从很远的地方来的人，说外面有很多部落都联合起来结盟了，变成了王国。我们为什么不结盟呢？我们也成立王国吧！

伙伴们都兴奋起来，跃跃欲试，有的问道：怎么结盟？怎么成立啊？

务相说：结盟就是要推举一位盟主，然后建立王国，盟主就是王国的君王了。

伙伴们说：那谁来做盟主和君王呢？

务相说：谁的本事大，谁就来做盟主和君王啊。

伙伴们纷纷赞同说：好啊，好啊。

伙伴们又说：我们这儿，究竟谁的本事大啊？

务相说：我们可以比试啊，立马就知道啦。

伙伴们问：怎么比试呢？

务相想了想说：这样吧，前面河畔有座神山，神山下边有个石穴，传说是神灵出没的一个神穴。我们都站在三十步外，拿出自己的刀剑来投，谁能将自己的刀剑投进神穴，谁的本事就大，你们说好不好？

伙伴们应声道：好啊，那我们就去投吧！

他们一起走到了河畔的神山前面，果然看到了那个神秘的石穴。

他们走近石穴，用脚步测量了距离，站在了三十步外。

务相让伙伴们先投。伙伴们看到那个石穴挺大的，三十步的距离也并不算远，要将刀剑投进去，岂不是很容易的事吗？于是摩拳擦掌，纷纷将佩带的刀剑拿在手中，站好了，相继投向石穴。有的投偏了，有的中途就掉落在了地上，一个也没有投中。伙伴们有点失望，看起来很容易，做起来却很难啊。这时候轮到务相投了，他们都看着务相。

务相执剑于手，昂然而立，祷告于心，祈求上天和神灵护佑。这时候阳光灿烂，和风轻拂，林间的鸟雀也停止了欢鸣，众人环立于侧，全都屏息以待。务相瞅准了，然后挥臂，用力将剑掷向了石穴。务相之剑，如有神助，不偏不倚，一下便投入了石穴之中。务相臂力过人，掷出的剑带着呼啸，只看到剑光闪过，随着一声清脆的金石之音，宝剑已插在了石穴中的石壁上。伙伴们又是惊讶，又是敬佩，情不自禁地发出了赞叹。

务相环顾众人，豪爽地笑道：我中了！按照约定，我就是君王了啊！

众人知道，约定如此，当然是不能违背的。但只凭掷剑于石穴，就决定了谁来当君王，似乎又有点过于简单了。众人心中又有点不以为然，有人说：这不过是你运气好啊，我们还应该再试一试，才知道究竟谁的本事大！

务相笑道：好啊，天意如此，再试不妨！

有人说：刚才是你出的主意，这次要我们出点子才行！

务相笑了笑说：好啊，那你们出点子吧！

众人便商量着怎么来试，大家七嘴八舌地说了好久，也没有好主意。后来有人想到了小时候玩过的土船，便说如果谁能乘坐土船过河而不沉，才真正是本事大，那谁就是君王了！其实大家都知道，泥土做的土船，到了水里就会溶化于水的，怎么能不沉呢？这本来就有点戏谑，大家谁也没有把这件事情当真，很显然是开玩笑的意思。只有务相很认真地点了头说：那我们就这样说好了啊，一言为定！

众人也都附和着说：说好了，一言为定！

务相说：我们现在就把土船做好，等下午太阳把土船晒干了，明天我们就可以乘坐土船过河了。

众人齐声说：好啊！明天见分晓！

于是大家分散开来，在河畔取了泥土用水搅和成了湿软的泥巴，开始各自制作土船。制作的方法其实并不复杂，要不了多久便大功告成了。午后阳光灿烂，众人制作的土船大小不一，就摆放在河滩上等太阳晒干。

务相制作的土船比众人的都大，花费的工夫也要多些。

众人肚子饿了，要回去吃饭了，约好了明天来比赛，便分散走了。

务相还在继续忙乎，到了午后，终于将土船做好了，又用湿泥细致地将船里船外抹平了。务相做的土船比较大，如果小了，怎么能承载人呢？何况务相身材高大，要乘船过河，肯定是要大一点的船才行。现在的关键是，用泥巴做的船，真的能入水不沉吗？这可是从来没有先例的啊！

务相坐在树下，望着阳光照晒下的土船。想到了小时候和小伙伴们捏泥做船玩耍的游戏，现在竟然要以此来考验本事了。就算春末夏初的太阳很强烈，一个下午能把土船晒干了，也不能保证明天就真的可以乘坐土船过河啊。怎么办好呢？务相在心中祷告诸神，希望能获得神灵的护佑。因为疲倦，务相打盹了，恍惚中他来到了一个烟雾缭绕的地方，一些老人正在制作和烧制陶器，那些夹砂泥巴做成的各种器皿，经过柴草的熊熊燃烧，便成了日常使用的陶罐、陶盆、陶碗、陶盏。务相出神地看着那些烧制而成的陶器，心里兴奋不已，难道这就是神灵的昭示吗？务相躺在树下，一觉睡到傍晚才醒。

太阳就要下山了，和风从林间吹来，务相从睡梦中醒来，翻身坐起，走到了河边。经过一个下午的风吹日晒，他制作的那个土船已经变得干燥了。务相拔了剑，砍了很多干枯的树枝和荒草，堆放在土船的四周。又将土船的下面也掏空了一些，放了干草与树枝。然后，务相便点着了火，开始烧烤土船。这样烧烤了有一个多时辰，中间还添了几次柴草，当夜幕升起的时候，土船已经烧成了陶船。务相用一根细棍轻轻地敲击着土船的边缘和底部，发出了坚硬的响声。务相的脸上露出了笑容，他清理了灰烬，弄平了地面，又和了一些湿泥涂抹在陶船的内外，使其看起来与众人的土船并无差异，然后用剑砍了一些青草铺放在土船的四周，收拾妥当了，这才离开河滩，回到了住地。

第二天上午，务相和伙伴们一起来到了河畔。天气晴朗，阳光灿烂，流淌的河水在阳光照耀下闪烁着斑斓的光点，林子里传来了鸟雀的欢鸣。那些做好的大小土船就摆放在河滩上，看上去都已经被晒得干硬了。这是一个很重要的时刻，等一会推船下水，就要决定谁是君王了。伙伴们对此并不认真，因为他们知道，土船到了河里肯定都是要沉入水中的，所以只是觉得好玩而已。只有务相与众不同，并未将此事当作儿戏，而是分外认真，不敢掉以轻心。

务相说：昨日说好了，今天一决胜负，现在就比赛啊！

伙伴们笑道：好啊！乘坐土船过河，就看谁的船能够不沉啊。

务相说：一言为定啊，谁的船不沉，谁就是君王了！

伙伴们大笑道：好啊，谁的土船能够不沉呢？如果我们的土船都沉了，难道你的土船不会沉吗？

务相说：如果我的土船真的不沉呢？

众人齐声说：那你就是君王了啊！

务相也笑道说：咱们说定了，绝无戏言啊！

众人哈哈地笑道：好啊！好啊！说定了！说定了！

务相一副胸有成竹、神闲气定的模样，挥手说：那我们就开始吧！

众人脱了衣服，赤着脚，将各自的土船推到了河边，然后继续推向河中。有的刚跳上土船，土船便沉了。有的土船一入水，便开始溶解，眼看着就成了一堆泥巴。众人嘻嘻哈哈地笑着，对此并不感到意外，只觉得好玩，觉得很开心。

这时轮到务相推船下水了，船缓缓地进入河中，务相上了船，用木棍撑着，将船划到了对岸。然后，务相又乘船划了过来。众人看到这个情景，都大为惊讶，有些目瞪口呆。这真的是太神奇了！他们的土船都沉没了，务相的土船为什么不沉呢？难道有神灵在暗自护佑着他吗？

务相离开船，上了河滩，对众人说：如何啊？

伙伴们你看我，我看你，都觉得有点不可思议，倍感惊奇。

务相走到众人面前，朗声说：天意如此，谁都不得违背！快快拜我为君王吧!

众人敬佩之心油然而生,平常就对务相尊崇惯了,常以虎哥与大王相称的,此时哪敢不遵,纷纷拜服于地,齐声道:既然是天意,那你就是我们的君王啦!

务相仰天大笑道:从今而后,我是君王,你们都是我的大臣!

务相又说:诸位以我为尊,我们要建立一个王国,就叫巴国吧!

众人齐声答应道:大王说了算,我们都听你的,就叫巴国啦!

务相又大声说:建国立业是件大事,我们也要搞个隆重的结盟仪式!

众人又齐声应道:好啊!大王说的对啊,搞个隆重的仪式吧!

于是务相吩咐众人分头准备,选择了吉日,召集了各个部族的人们,宰牛杀羊,祭祀天地,祷告诸神,举行了一个热闹而隆重的结盟立国仪式。

就这样,务相联合了巴氏、樊氏、曋氏、相氏、郑氏五个部族,通过结盟,建立了巴国。按照约定,务相担任盟主,参加结盟的各个部族都成了他的部属。务相赢得了众人的拥戴,为自己取了个名字叫廪君,当仁不让地坐上了王位,成了名副其实的巴国君王。

廪君创建巴国之后,拥有了各部族的力量,雄心勃勃,意气风发,立刻开始向外拓展疆域。武落钟离山这个地方,毕竟太狭小了,地理环境又过于荒蛮,要使得巴国迅速发展壮大起来,就得获取更为广阔的地域空间才行。廪君一坐上王位,很快就意识到了这一点。廪君略作谋划,便将想法付诸了行动。

廪君做的第一件事情,便是召集各部族,挑选人马,组建了队伍。接着便建造木船,准备出征。因为要跟随廪君去打天下了,伙伴们都非常兴奋,个个都摩拳擦掌、跃跃欲试。出发的这天,除了一些老弱妇孺留守家园,众人都携带了武器,或乘船,或步行,还用牲畜驮载了粮食和常用物品，离开了武落钟离山。

廪君率领队伍，浩浩荡荡，沿江而下，情形很是壮观。

几天之后，廪君率众来到了盐阳。这里是一个很重要的夷人聚居地，自古就以温泉产盐而闻名，也以产盐而繁华。夷人部落原先分散于西南各处，都是比较小的部落，后来有一个为首的部落占据了此处，逐渐地繁衍兴旺起来，召集了分散的族人，发展为一个较大的部族。夷人部族的老酋长病故后，其女继承了酋长之位，成了女首领。她虽是女流，却很有主见，擅长巫术，能呼风唤雨，被族人视为神女。老酋长在世的时候，在聚居地修建了很大的老寨。神女扩大了老寨的规模，指挥族人将老寨建成了夷城。神女对温泉也加强了控制，从生产、运输到管理，都增加了人手，出产的盐巴数量增多了，行销的范围也扩大了，夷城成了一个远近闻名的富庶之地。

廪君对夷城的富庶与地理位置的重要先前就已有所耳闻，他要拓展疆域，扩大王国，夷城显而易见是一个极其重要的目标。但究竟如何才能获取夷城，廪君心中还没有想好主意，反正先来了再说吧，然后根据情形再见机行事。廪君领着先行到达的人马，来到盐阳境内，便临近夷城驻扎下来。后面的队伍还在陆续集聚，大批人马沿江而下，首尾相继，浩浩荡荡，大有先声夺人之势。

神女早已接到探报，觉得廪君来者不善。神女召集了族人，将族群中年轻力壮者全都武装起来，布置在夷城的城门与险要之处，增强了守卫，以防不测。

这样过了几天，廪君并没有什么动静，但集聚的队伍明显增多了。廪君驻扎在附近，依山临水，筑营扎寨，既不派人前往夷城和神女联系，也没有离开的意思。这使得神女很纳闷，不知道廪君究竟想干什么。神女对廪君的情况所知不多，不明白廪君的真实意图是什么，也不知道廪君的性格为人，搞不清楚廪君率众前来究竟是善意还是恶意。神女反复猜测，心中充满了疑惑。如果廪君是来交往或做生意的，那自然要友好待之。如果廪君另有图谋呢？那就比较麻烦了，弄不好双方还要兵戎相见，后果就难以预料了。实际情形也明摆着，廪君为什么要率领这么多人前来呢？这里可是她的地盘啊！廪君跑到她的家门口来耀武扬威，这对夷城来说，无论如何也是一个莫大的威胁啊。神女自从成为女酋长以来，第一次遇到这样的事情，一边暗自担心，一边也对廪君萌生了好奇。

神女派出了几名心腹之士，化装成樵夫与渔民，悄然前去打探。过了两天，心腹之士陆续回来禀报，有的说看到了廪君，是位高大英武的年轻大汉；有的说看到廪君身边有一群身强力壮的年轻汉子，对廪君唯命是从；还有的说看到廪君和部下好像一直在商量什么，其他人员每天捕鱼采摘和砍柴做饭，不知道他们究竟想干什么，也不知道他们究竟会待多久。神女听了，心中更加纳闷了，觉得这样相持下去，终究不是好事情。神女按常情判断，廪君率领了这么多人驻扎在夷城附近，不管怎么说已经有了威胁之意，对此是绝不能掉以轻心的。神女由此而更加戒备了，同时对廪君萌生的好奇之心也变得更加强烈，有了亲自去见见廪君的想法。

神女起初还有点犹豫，后来神女听说廪君确实长得很英武，而且当了首领之后尚未娶妻，神女会见廪君的想法便变得越发强烈起来。神女于是主动派了使者前去拜见廪君，表达了神女要和他会面晤谈的意思。廪君似乎早已料到了会这样，在驻扎的地方接见了神女的使者，豪爽地说：好啊，我也很想见见神女啊，那就恭候神女大驾光临啦。随即和神女的使者约好了见面的时间，地点就定在了廪君的驻扎之处。使者返回夷城，向神女如实做了禀报。神女虽然不喜欢廪君反客为主，却也无可奈何，只有迁就廪君，决定亲自前去拜访廪君。

神女打扮了自己，带了礼物，还准备了美酒佳肴，率领几名侍女与一群心腹之士，出了夷城，骑马前往廪君的驻扎之地。廪君接到禀报，也带了一些部下，亲自在驻地外面迎候神女的到来。那天上午，天气晴朗，阳光灿烂，和风轻拂。天空飘着白云，江中绿水流淌，远处群山如黛，四周绿树环绕。附近的山林里，隐约地传来了鸟雀的欢鸣之声。廪君和神女就在江边一处开阔而又高敞的地方相见了。

神女看到廪君，眼光顿时一亮。廪君果然身材高大，仪表非凡。特别是廪君炯炯有神的目光，举手投足之间透露出的豪杰之气，使得神女大为心动，一下就喜欢上了廪君，有了与廪君共结良缘的冲动。神女本是女中英豪，此时眼中已充满柔情，脸色也顿时红润了，神态也洋溢着妩媚，说话的声音也比往常柔和了。

廪君先前早已听说了关于神女的一些传说，此时见面了，发觉神女果然不是一般的女人。作为女流之辈能身居酋长之位，还修筑了一座远近闻名的夷城，肯定是有些本事的，看来传言并非夸张。廪君不动声色地看着神女，且看神女说些什么。

神女目不转睛地看着廪君，微笑道：听说远方来了一位英雄，今日与君晤面，果然名不虚传！

廪君觉察到了神女目光深处的微妙，既有欣赏也有戒备，便笑笑说：在下哪是什么英雄，一介草莽而已。神女过誉了！

神女妩媚一笑说：这里很少有贵客临门，今日见君，令人高兴啊！

廪君说：在下来此，神女怎么会高兴呢？

神女微笑：独居寂寞，难得有贵客来此，当然高兴啊！

廪君哦了一声，觉得神女话中之意，很是微妙。

神女又说：这里原本荒僻，人烟稀少，自从先父于此聚族而居，族人才渐渐多起来。后来修筑了夷城，这里才变成了一个好地方。君率众来此，是否喜欢这里？

廪君想了想说：我来此地，也就是来看看吧，不知道是否会喜欢。

神女见廪君态度含糊，便又妩媚地笑着说：这里水中多鱼，其味鲜美，山林中野味也甚多，还有温泉，可以取水晒盐，远销四方，故而衣食无忧，百姓安居乐业，真的很好哦。这样的好地方，你难道不喜欢吗？

廪君说：确实是好地方啊，如果喜欢，怎么办呢？

神女笑道：那就长久住下来啊。

廪君说：我不过是客人，客人岂能久住？

神女微笑着说：如果我们联姻，就是一家人啦。

廪君说：我们怎么联姻呢？

神女故作羞涩说：你懂的嘛，还要明知故问……

廪君说：在下驽钝，没有听懂联姻之意，还请神女明示才好。

神女含情脉脉注视着廪君，坦言说：就是，我礼贤招婿，你做我夫君啊。

廪君打量着神女，目光如炬，哈哈笑道：如果这样联姻，你依然是夷城之主，而我却成了你的部属。你的打算是不是这样呢？

神女笑了笑，反问道：这样不好吗？

廪君说：对你来说，当然是称心如意，再好不过了。

神女仍带着笑，又问道：这样对你难道不好吗？

廪君摇头说：不好，不好。只能你下嫁于我，做我的部属才行。

神女略微愣了一下，随即笑道：原来你是想反客为主啊。

廪君说：如果真的要联姻，这是我唯一的条件，只能如此。

神女见廪君并未拒绝联姻，心里自然是高兴的。但廪君要她下嫁于他，从此做他的部属，这又是神女绝对不能接受的。她是远近闻名的夷城之主，而他不过是一个毫无名气的小部族首领，她主动向他提出联姻，已经是十分抬举他了，怎么能降尊屈贵去做他的部属呢？神女心里便有点不乐，甚至有点恼怒。

神女这么一想，神色便显得有点微妙和复杂了。

廪君目光炯炯，注视着神女的神态变化。

神女因为心中喜欢廪君，觉得廪君并未拒绝联姻，这已经令她大为心动，使她不乐的主要是联姻后两人的从属问题。神女又想，其实这也算不了什么，可以巧妙解决的啊。神女这么一想，脸上便又露出了妩媚。

神女略一思索，这时候已想到了一个主意，随即笑着说：只要联姻，我们就是一家人了。至于以后谁做主，可以慢慢商量啊。

廪君问道：怎么商量呢？

神女微微含笑，神态微妙，沉吟不语。

廪君说：请神女不妨坦言！

廪君这时已经看出神女是个很不简单的女人，显而易见是绝不会屈居人下的。廪君猜想，她刚才说以后慢慢商量，可能是打算着先联姻，然后再设法降服他吧？廪君的感觉和判断都很敏锐，果不其然，真的是被他猜中了。

神女微笑道：以后谁的本领大，就由谁做主啊，你看好不好？

廪君一笑，摇了摇头说：我是没有什么本事的人啊，看来你还是不愿下嫁于我。

神女说：只要你我联姻了，以后凡事都好商量啊。

廪君说：还是要先说好了才行嘛，若要联姻，必须是你下嫁于我。

神女见廪君如此固执己见，执意要反客为主，心中大为不快。如果换了是她部族之人，胆敢如此顶撞与冒犯她的话，她早就发作了。但是此刻面对的是廪君啊，情况不同，她的脾气再大也不能发作啊。谁让她一见到廪君，便情不自禁地喜欢上了这位高大英俊的不速之客呢。她想，自己不能因为一点不快而坏了联姻的大事啊，更何况她也真的到了婚嫁的年龄，再不嫁人她就一年一年老了。神女觉得，其实没必要再和廪君做口舌之争，只要联姻了，其他的事情顺理成章也都好说了。于是神女便妩媚地笑着，对廪君柔声说：我们喝酒吧！喝了酒再慢慢说。

廪君已明白神女的心思，豪爽地说：好吧，喝酒！

神女吩咐随从向廪君献上了礼物，就在晒面的地方摆上了带来的美酒佳肴。

廪君知道神女是有备而来，却之不恭，欣然接纳。神女带来的美酒，其味醇美，酒香飘溢。廪君还从未喝过这么好的酒，连饮数杯，不由得称赞道，真是好酒！神女见廪君好酒，心中更是喜欢，高兴地笑道：酒逢知己，开怀畅饮才好！廪君也笑道：好啊！难得一聚，当然是要喝个痛快！

廪君和神女开怀畅饮，不说联姻，只是聊些酿酒之类的话题。

两人就这样从中午一直饮酒到傍晚，夜幕降临时，酒宴这才结束。神女率领随从要返回夷城了，辞别时对廪君已是含情脉脉，有点难舍难分了。廪君已经有了醉意，对神女揖手送别，然后在部下陪侍下回到驻地，进了大帐，和衣而卧。

廪君虽然多饮了酒，但并未大醉，头脑仍是清醒的。廪君深知，他和神女的这次见面，关系重大，将会涉及他的巴国大业如何开拓发展。廪君回想了和神女的晤谈过程，对神女的印象有点复杂，不能说坏，但也不能说好。令他没有料到的是，神女一见他就直截了当向他提出了联姻，如果神女愿意下嫁于他，这当然就是一件大好事了。而神女的意图，显而易见是打算通过联姻让他成为神女的部属，这当然是他决不能接受的。廪君不知道接下来事情会如何发展，其结果究竟是好还是坏，他现在还无法预料。但有一点，廪君心里是清楚的，那就是他绝不会迁就或屈服于神女，事关大局的决定，必须是他说了算。

廪君想过之后，主意已定，这才坦然而眠，进入了梦乡。

第二十三章

　　神女酒后情热，心里老是想着凛君。

　　自从和凛君晤面饮酒之后，神女的脑海里便全是凛君高大孔武的影子。当晚神女回到夷城，夜里翻来覆去怎么也睡不着。能找个凛君这样的男人做自己的夫君，这正是神女盼望已久的啊！当神女主动提出之后，凛君便同意了，这岂不是上苍有意安排的缘分吗？虽然凛君要求神女下嫁于他，今后他要做主，但毕竟是两人之间的小分歧。一旦两人结为夫妻了，还有啥事不好商量吗？其实夫妇在一起谁做主并不重要啊，关键是，从今之后神女就有夫君陪伴了，就不会夜夜独眠了。神女正当鲜花盛开的年华，独眠是多么无趣啊。这天夜里，想到联姻之后的种种快乐，神女越发兴奋。神女心怀渴望，多么想此刻就和凛君相拥而眠啊。

　　神女心绪躁动，情热如焚，辗转难眠。神女想到了擅长的巫术，可以呼风唤雨，幻化而行，何不借用此法，前去和凛君幽会呢？只要成就了好事，其他顺理成章，不都好说了吗？

　　于是神女施展了巫术，将自己化为幻影，御风而行，来到了凛君的驻地。

　　凛君正在朦胧的睡梦中，隐约觉得有个女人走进了大帐，和他睡在了一起。女人香艳如花，柔情似水，主动和他肌肤相亲。凛君仿佛在做梦，发生的一切都像是梦中的事。那是一个如梦如幻而又令人陶醉的夜晚，他和那个女人在梦中欢爱，快乐如仙，两人仿佛融化在了一起，直到筋疲力尽，这才沉沉睡去。

早晨，廪君醒来，梦中的女人早已离去，身边却仍留着她香艳的气息。廪君很是纳闷，仿佛是做梦，却又像是真实发生过的事情，这究竟是怎么回事呢？廪君披衣起来，走到外面，看到驻地正笼罩在一片迷雾之中。回想着昨夜的艳遇，廪君百思不得其解，心中大为迷惘。琢磨了一会儿，廪君突然想到了神女。他早就听说神女擅长巫术，据传神女的巫术非常高超，不仅能呼风唤雨，甚至能幻化遁形。难道昨夜来和他梦中幽会的就是神女吗？如果不是神女，又会是谁呢？

这个推测，使得廪君顿生警觉。那种如梦似幻的快乐之感，顿时消失了。想到神女竟然有如此了得的本事，廪君不由自主地产生了忧虑。

整个白天，廪君都想着这件事情。如果不能降服神女，他要拓展巴国的宏图大略就会付之东流，化为泡影。而神女却能来去自如，玩弄他于梦幻之中，如之奈何？廪君不会巫术，不懂破解之法，一时计无所出，显得闷闷不乐。

转眼到了晚上，夜深人静之时。廪君入睡之后，神女故伎重施，前来和廪君幽会。廪君和神女在梦幻之境欢爱，神女主动，廪君被动，全都听凭于神女，廪君难于自主。神女欲望强烈，精力旺盛，乐此不疲，折腾通宵，弄得廪君疲惫不堪。到了清晨，神女才悄然离去。一连数日，夜夜如此。原本强壮如虎的廪君，也不堪如此折腾，明显消瘦了许多。

廪君心中纳闷，反复琢磨着应对与破解之法，终日郁郁寡欢。部属们也看出了廪君的变化，关心地询问廪君究竟发生了什么。廪君将樊氏、暺氏、相氏、郑氏四个部落头目召集在身边，将近日发生的神女前来幽会之事如实告之。几位部落头领都很惊讶，神女竟然能够幻化寻欢，有此本事真是匪夷所思。众人七嘴八舌，觉得神女这样做，如同妖孽，已经不是联姻，而是有意害人了。如果听凭神女胡作非为，这还了得？！于是大家都劝廪君，不能让神女的阴谋得逞，必须除掉神女才行。

廪君觉得几位部落头领所言甚是，其实他心中也已有此意。关键是，神女深夜而来，清晨即去，幻化无形，来去无踪，怎么才能除掉神女呢？神女最擅长的是巫术，廪君不懂巫术，对此显然毫无办法。廪君的长处是善于使用弓箭狩猎，要除掉神女，只有用廪君所长来对付神女了。

廪君与几位部落头领商量已定，随即做好了布置。

神女夜夜都去和廪君欢爱，放纵了身心，很是快乐。

神女喜欢廪君的健硕，贪图着每夜的销魂之乐，希望能将这种欢愉长久延续下去，对廪君产生了深深的爱意。因为心情愉悦，神女脸色红润，青春焕发，说话的声音和看人的目光都荡漾着迷人的光彩。神女现在对两人之间的小分歧已经不那么在意了，觉得有了这样的欢爱，和廪君联姻也就不成问题了。神女心想，如果再多几次欢爱，一旦怀上了廪君的孩子，那就真的是双喜临门了。那个时候再和廪君举行一个盛大的联姻典礼，也不算迟，而且会分外隆重。正是出于这个想法，神女白天在夷城休息，养精蓄锐，到了夜晚，便借用巫术，前去和廪君欢爱。那种如梦似幻的情境，那种如鱼得水的欢愉，使得神女深为陶醉，欲罢不能，把其他诸事都抛在了九霄云外。

神女的想象，非常美好，其实都是一厢情愿，与廪君的想法截然不同，相去甚远。神女沉浸在自己的幻觉中，哪里料到廪君对她已深为厌恶，已决意要除掉她了呢。过分的快乐，也会使人丧失警惕，疏于防范。神女便正是这样，夜夜前去和廪君欢爱，对联姻充满了幻想，根本没有意料到一次生死攸关的剧变就要发生了。

神女这天夜里，像往常一样沐浴后，换了艳丽的衣服，准备去和廪君幽会。就在神女即将出门的时候，她佩戴的一件玉佩突然掉落于地，摔得粉碎。这是神女最为心爱的珍贵之物，从她祖母传给她父亲，她父亲又传给了她，神女一直将此玉佩视为祖传珍宝。现在突然摔碎了，使得神女顿然一惊，倍感惋惜。出于本能，神女怀疑这似乎是个不好的征兆，难道会发生什么对她不利的事情吗？神女沉吟了一会儿，怎么也猜不透其中的玄机。究竟会遇到什么意料不到的事情呢？神女先是担心，接着又有点不以为然了，觉得凭她的本事和巫术，即使有什么不测之事发生，她也能应付自如，用不着害怕。神女于是出了门，使用巫术，遁形化身，御风而行，又来到了廪君的住处。

廪君已经做好了准备，正在大帐中等待着神女的到来。神女前来时，夜阑更深，月色朦胧，山林和江流都被笼罩在雾气之中。就像往常一样，所有的人这个时候都已睡了，除了大江的流淌声，万籁寂静。神女飘然而至，走进大帐，来到廪君身边，有奇特而迷人的香味在四周弥漫，撩拨着她神智痴迷，情欲涌动。神女宽衣解带，迫不及待地想和廪君亲热欢爱。就在她投怀送抱之时，一张大网突然向神女罩了过来。那是巴族狩猎时使用的大网，常用此法猎获猛兽。为了破解神女的巫术，廪君和部众们预先还将大网浸泡了狗血。神女大吃一惊，急忙撤身移步，躲避大网。神女的反应虽然快到极点，但也晚了一步，闪避不及，顿时被罩在了网中。

埋伏在大帐四周和守候在外面的部落头领们，听到动静，立即擂鼓呐喊，涌了进来。神女被浸泡过狗血的大网困住了，惊慌失措，竭力挣扎，却难于脱身。头领们手执弓箭兵器，涌了进来，将大网中的神女团团围住。外面还有众多部属，等候接应。

廪君这时候已摆脱梦境，恢复了清醒，跃身而起，威武挺立，目光炯炯，注视着被大网罩住的神女。廪君明白，此时已大功告成，稳操胜券了，多日来的郁闷随风而散，不由得畅快地舒了口气。廪君注意到了神女赤身露体困在网中，心有不忍，便将神女的艳丽衣服从网口递给了她。神女接过衣服，急忙穿在了身上。神女依然被困在网中，心中暗恨廪君设下了阴谋诡计，竟然使用捕猎野兽之法对她，但对廪君刚才的恻隐之心，眼中还是露出了一丝感激的眼神。

神女用深情的目光看着廪君，希望能打动廪君，将她从网中放出来。

廪君避开了神女深情炽热的目光，吩咐众人，将神女押到了大帐外面。

众人点燃火把，用绳索将神女连同大网捆缚在了一棵大树上，团团围住。

神女对廪君说：我乃夷城之主，是要和你联姻的女人，你怎么能如此对我？

廪君哼了一声，冷笑道：谁知道你是何人？用不着假扮夷城神女吧！

神女申辩道：廪君啊，我真的就是夷城神女啊，何需假扮？

廪君说：神女乃夷城酋长，怎么会如此鬼鬼祟祟，三番五次前来害我？！

神女柔声说：你我有联姻之约，情之所至，所以前来和你相会。

廪君神色威严，又冷笑一声说：联姻本来是一件光明正大的事情，汝之所为，形同妖魅，岂能容忍！

神女微红着脸说：本来我也是一番美意，想和你早成眷属，才出此下策。

廪君目光如剑，脸若冰霜，不以为然地哼了一声。

神女不由得面露愧色，低了头说：在下见识浅陋，如有冒犯之处，还望见谅！

廪君听了此语，打量着被捆缚住的神女，知道神女说的也是实话，所谓情有可原吧。廪君本来已打算要除掉神女的，但回想起数日来神女主动和他幽会，想到了两人如梦似幻的欢爱，心中又大为不忍，变得犹豫起来。现在怎么办呢？是将神女释放了，还是将神女关押起来？或者是按预先和部属们商量好的对策立刻除掉她呢？廪君有点迟疑不决。廪君先前对神女的巫术曾担忧不已，此刻擒获了神女，却又不知究竟如何处置这位执意要和他联姻的夷城女酋长才好了。

廪君的部属们手持兵器，高举火把，围成一圈，等候廪君下令。

神女面对这群如狼似虎的廪君部众，已经预感到了面临的不测之险。神女回想起出门前摔碎玉佩的征兆，此刻才恍然大悟，那是祖先神灵在向自己示警啊！可是自己却掉以轻心，独往独来，毫无防范。神女历来精明能干，还从来没有做过如此草率之举。神女心想，这都是由于情欲所惑啊！情欲诱人，情欲也害人。神女很懊悔，自己就是因为贪恋欢爱，才陷入了如此困境。唉！现在孤立无援，身边没有一个亲信或侍从可以帮她，族人们也都远在夷城不能解救她，真是呼天不应，叫地不灵，怎么办才好呢？

神女注视着神色平静的廪君，揣摩不透廪君的心思，不知道接下来廪君会如何对待自己。情形明摆着，此刻自己的生死安危，全凭廪君了。

山风吹来，火把照耀，廪君部众们的刀剑寒光闪烁。神女在众目睽睽之下，感觉着有一股杀气正弥漫在四周。神女尽量使自己保持镇定，柔声对廪君说：君乃天下英豪，你我有联姻之约，望君能体谅在下的一番眷恋之心。

廪君沉吟不语，心中仍在掂量着如何处置神女。

神女又说：你我联姻，实乃天作之合。今日在下见识了君的本领果然高强，令人佩服。联姻之后，我就是你的人了，凡事都由你说了算！

廪君哦了一声，下意识地问道：所言当真？

神女点头，连声说：诚心诚意，肺腑之言，绝无虚假。

廪君不以为然地摇了摇头，依然做思考状，不置可否。

神女刚才的表态，是想以此来打动廪君，以便化解目前的误会与尴尬处境。神女心想，如果真的和廪君联姻了，以后就由廪君做主，也未尝不可。所以神女所言，其实也是真话。但禀君听了，却不愿轻信，似乎并没有被此言打动。当初神女前来和禀君晤面，主动提出联姻，禀君也是赞同的，但前提条件是联姻之后他要做君主，要求神女成为他的部属。此刻神女明确表态接受了禀君的条件，按理说禀君应该高兴才是，但禀君觉得，神女是在被擒获后才说这番话的，恐怕言不由衷，而并非真心。禀君对神女接触尚浅，了解不多，并没有什么真正的好感。禀君当时答应联姻，也主要是出于创业大局的考虑。但此刻情形已大为不同了，神女已被他擒获，成了网中之物、阶下之囚，生杀大权就掌握在他的手中。考虑到神女的身份与能耐，以后真的要驾驭神女，要使神女心甘情愿成为他的部属，恐怕也不是说的那么容易和简单。禀君因为想得比较复杂，所以对神女所言将信将疑，顾虑甚多。

神女见禀君迟迟不语，恩威莫测，内心便真的慌乱起来。火把照耀下的那些刀剑，寒光逼人，凶多吉少，也使得神女惊恐难安。神女发觉自己确实不了解禀君，对禀君的性情脾气一无所知，此刻身陷绝境，真的是懊悔不已。神女由于慌乱而六神无主，想到自己年纪轻轻，生死安危悬于一线，难道就这样死于禀君部众们的刀剑之下吗？神女的眼泪不由自主地便流了出来。

禀君本想除掉神女，却难以决断。这时看到神女流泪了，心中不由一软。

神女毕竟是女中豪杰，见真情和承诺都打动不了禀君，便知道对禀君不能再抱幻想了。神女泪流满面，想到了自己擅长的巫术，现在能拯救自己的，也只能靠自己的本事了。于是神女微闭了双眸，凝神聚精，开始施展巫术。

有神秘的雾气从神女身边升起，迅速向四周弥漫。瞬息之间，周围一片迷茫。火把之光，如同萤火。仿佛只有一眨眼的工夫，被大网罩住捆缚在树上的神女便突然消失了。部众们惊讶不已，纷纷呐喊。禀君也有些吃惊，连大网与绳索都束缚不了神女，这真是太不可思议了！禀君心想，神女有如此法术，今夜被缚受辱，逃脱之后，来日必定不会善罢甘休。廪君刚才还犹豫不决，此刻终于明白，对神女这样的心腹大患，是决不能心慈手软的。

此时有部众呐喊起来，众人抬头看到那张大网正飘浮在迷茫的空中，有大群飞虫正围着大网飞翔。因为有绳索捆缚在大树上，大网虽然飞升起来却一时难以解脱，飞虫抬举着大网意欲飞去，还在竭力挣扎不停地晃动。神女虽然使用了巫术，却未能挣脱浸泡过狗血的大网，也未能摆脱绳索的羁绊。随着嘈杂的喊叫声，神女在慌乱中继续施法，雾气越发浓重了，将大网和飞虫都隐蔽在了浓雾之中。

廪君此时已执弓在手，朝着雾中飞虫射出了利箭。

部众们也都仿而效之，张弓搭箭，呐喊而射。

就像廪君率领部众们围猎的时候一样，使用的都是强弓利箭，无论多么厉害的猛兽，通常都难以逃脱箭矢如雨的锐利攻击。此时乱箭齐射，空中的飞虫与飘浮的大网也被强劲的利箭射中了，只听得一声惨呼，大网从空中跌落下来。飞翔的虫子如同幻影，顿时消失。弥漫的浓雾，也骤然散去了。这个时候，已是拂晓时分，天色渐渐亮起来，东方露出了绚丽的晨曦。

廪君和部众们看到，网中的神女已身中数箭，鲜血流淌，栽倒在树下。

神女目光绝望，用手指着廪君，欲言而止。过了片刻，便气绝身亡了。

廪君终于除掉了神女，不由得舒了口气。部众们都欢呼起来。

但廪君却毫无欣喜之感，心中反而觉得很懊恼，很郁闷，很伤感。

廪君的心情很矛盾，此刻面对神女之死，感受分外复杂。不管怎么说，神女只是想与他联姻，虽然做法有些荒诞和匪夷所思，但并非敌人，也不能算是坏女人。而他却对神女痛下杀手，用狩猎的手段捕获之，以狗血大网破解神女的巫术，又用强弓利箭射杀了神女。唉！其实和神女联姻也是可以的啊！为什么一定要将神女除之而后快呢？廪君这样想的时候，便感到了懊恼和伤感。但廪君转念一想，神女非等闲之辈，依仗非凡的巫术岂会屈居人下？为了创建巴国大业，自然要大刀阔斧除掉障碍，哪能优柔寡断呢？如果心有不忍，一旦为情色所迷惑，就会坏了大事啊！正是出于这种创业大局的思考，廪君顿时便又释然了。

廪君射杀神女之后，趁势夺取了夷城。

夷族本来比较分散，老酋长在位的时候，才逐渐会集在一起，开始聚族而居。自从神女继承了酋长之位，率众修建了夷城，控制了温泉，以鱼盐为业，这里才兴旺起来。夷族多年来安居乐业，平安无事，从未经历过争战。如今神女一死，夷族群龙无首，顿时又成了一盘散沙。当廪君兵临城下时，守城的夷人早已闻讯溃散。廪君没有遇到任何抵抗，便率众顺利占领了夷城。廪君随即指挥部属们驻扎于盐阳各处，扼守住了夷城周围的险要关隘，掌控了夷城通往各处的交通要道。夷城乃形胜之地，盐阳本来又比较富庶，神女积蓄了大量财富，如今皆归廪君所有。夷城盛产温泉之盐，而且有鱼稻之饶，廪君由此而获得了充裕的物产资源。廪君崛起，开创巴国，从此以后这里便成了巴国的一座重要都邑。

廪君占领夷城之后，大局已定，精心安排，给神女举行了一个隆重的葬礼。

廪君安排了庞大的送葬队伍，将神女安葬在了夷城外面温泉附近一个风景秀丽的地方。那天天气有点阴沉，夷城的百姓和夷族的很多族人都参加了葬礼。给神女送葬的时候，前面由巴国的壮士们开道，廪君骑马走在队伍中间，后面众人相随。放眼望去，旗幡招摇，逶迤数里，场面浩大，情景壮观。在夷城百姓的印象中，这是夷族有史以来的第二次大型送葬仪式了，神女葬礼的隆重程度，已远远超过了先前老酋长的葬礼。

廪君将神女安葬之后，又亲自为神女举行了祭祀。廪君在葬礼上宣称，神女和他本来有联姻之约，可惜未能如愿，成了巨大遗憾。廪君又说，这是天意如此，我们只能顺从上天旨意而行，虽然两情相悦，却难成眷属；如今神女芳年早逝，令人痛惜，永怀思念！廪君说到动情处，不由得湿润了眼眶，然后将香醇的美酒斟洒在了神女的墓前。参加葬礼的夷城百姓和夷族的族人们，看到廪君亲自送葬祭奠，又听到了廪君的这番话，都分外感动。虽然夷族对神女之死耿耿于怀，一些族人对廪君射杀神女怀有仇恨，却又因为廪君的强势而无可奈何，此时觉得廪君并非残暴之君，也是一个有情有义的人，所以怨恨与无奈也就随之而淡化了。

廪君为神女举办了葬礼，消息传播出去后，一些逃散的夷族之人，又陆续回到了盐阳。过了一些日子，廪君在夷城召见了夷族的长老们，设宴款待，以示慰问。廪君的部属首领们，也都一起参加了宴会。因为参加者较多，宴会也就成了一次大型聚会，气氛热闹，场面隆重。

廪君端坐上首，面对众人，举杯说：我们巴国有很多部落，虽然诸位族属不同，但大家都是巴国的臣民。从今以后，各族都归于一统，和睦相待，不得倚强凌弱，也决不许寻衅滋事。家有家规，巴国也要有巴国的规矩。若有不遵者，就要给予惩戒。俗话说，上下同心，其利断金。相信这个道理大家都是明白的。今天本王和诸位欢聚一堂，我们就这样说好了！

部属首领们都应声道：大王放心！谨遵大王旨意！

夷族的长老们也都随之说：大王说的对啊，今后我们都是大王的臣民，凡事都听大王的！

廪君很高兴，和众人开怀饮酒，谈笑风生。

酒过三巡的时候，随侍在夷族长老们身边的一位青年对廪君说：今日难得一聚，我想敬你一杯酒，大王觉得如何？

廪君高兴地说：好啊！

青年便起身离席，手执酒杯和盛酒的陶壶，走到了廪君面前。

廪君打量着这位夷族青年，看来年纪较轻，稚气未脱，五官相貌和神女颇为相像，眉宇间有英杰之气。青年也注视着廪君，目光冷冷的，神情肃穆，脸上一丝笑意也没有。廪君这时感受到了青年目光深处透露出的仇恨与杀气，心中不由一愣。

说时迟，那时快，青年借着斟酒的机会，从衣袖中抽出暗藏的利刃，突然朝着廪君刺了过去。青年显然是有备而来，利刃寒光闪烁，用力刺向廪君的心窝要害。廪君大吃一惊，就在这间不容发之际，略一侧身，避过了这致命一击。廪君天生神力，反应何其敏捷，未容青年换招，已轻舒猿臂，擒住了青年执刃的手腕，夺取了行刺的利刃，顺势挥臂将青年丢翻在了宴席前面的空地上。这一切都发生得极快，瞬息之间，这位青年的行刺便失败了。廪君的部属一拥而上，擒获了那名青年。夷族的长老们，也深感意外，个个坐立不安。刚才还是欢快的宴会，一下被这突然的行刺搅和了，场面顿时显得有点混乱。

廪君巍然坐在那里，挥挥手，让众人安静下来。

廪君并没有因为这件事情而乱了方寸，也不想因为这件突发之事坏了他谋划的大局。廪君威严地注视着那位青年，喝问道：你是何人？为何要行刺于我？廪君的几位部属也呵斥道：快快回答大王的问话！

那位青年虽然被擒拿了，却并无怯意，昂首道：我乃神女之弟，神女一片真心要和你联姻，你却凶狠无情，射杀了神女！神女死得实在冤枉啊，所以我要替神女报仇雪恨！

廪君这时才知道了，这位行刺的青年，原来是神女的同父异母之弟。夷族老酋长去世时，他年纪尚幼，神女将他抚养长大，故而他对神女的感情特别深厚。在神女被廪君射杀之后，他便决意不惜牺牲自己也要为神女复仇，所以才有了今天不顾一切的行刺之举。

廪君的部属们对那位青年呵斥道：你胆大妄为！胡说八道！神女使用妖邪之法，才害了自己！大王却对神女宽大为怀，将神女隆重安葬！

你今日胆敢当众行刺，也是找死啊！部属们有的已执刀在手，对廪君喊道：此人犯上作乱，大王下令吧，立刻将此人斩了，以儆效尤！

廪君目光炯炯，看到那些愤怒的部属们跃跃欲试，只等他下令，锋利的快刀就会将行刺者砍为肉酱。从心情来说，廪君也很想立刻就将此人斩首示众。但从大局考虑，廪君却产生了更多更长远的想法。廪君将目光投向那些夷族的长老们，因为刚才发生了这件意想不到的行刺之事，长老们此刻全都神色惶恐，心情忐忑，坐立不安。

廪君对夷族长老们问道：你们觉得如何发落此人才好？

夷族长老们面对恩威莫测的廪君，早已心生畏惧，面面相觑，谁也不敢为行刺者求情，都觉得神女之弟是必死无疑了。看到廪君在等着他们表态呢，却都噤若寒蝉，不敢吭气。空气仿佛凝固了。过了好一会儿，有人才低声答道：此人冒犯了大王，怎么处置，全凭大王定夺。

廪君略作沉吟，神色威严地说，按理说：此人胆敢行刺，本王应该将此人斩首示众。不过，念其忠勇，为姐复仇也情有可原，故而宽厚待之。神女之死，确实是咎由自取，天意如此，也怨不得我。其中缘由，已经讲得很清楚了，望诸位鉴谅！现在我不杀此人，将其放了，请你们这些年长者对其好好训诫，严加管束！本王对此可以既往不咎，但以后如果再有胆大妄为之举，那就要严惩不贷了！

廪君面对众人，目光如剑，又扫视了神女之弟一眼，随即吩咐部属们将其放了。部属们有点不解，怎么能将刺客释放了呢？但既然廪君下令了，也只有遵旨而行。

夷族的长老们看到廪君真的当众释放了行刺者，都出乎意料，大为惊讶，个个目瞪口呆。他们没有想到竟会这样，对廪君异乎寻常的宽厚做法不能不深感敬佩。愣了一会儿，他们都离席而起，不约而同地拜服于地，齐声说：感激大王的大恩大德！我等一定遵循大王旨意，约束本族，今后凡事都听命于大王，唯大王马首是瞻！

在场的其他部族成员，目睹了这一情景，对廪君也倍增敬仰。

廪君说：本王对各个部族都一视同仁，你们都是巴国的臣民，从今以后，都要各自约束，遵照王命，不得有误！

众人听了，都齐声应诺。廪君与众人又饮了一杯酒，宴会便结束了。

廪君召集的这个宴会，加上之前为神女举办的葬礼，都含有深意，效果甚佳。特别是廪君当众释放了行刺的神女之弟，更是出人意表，震撼了众人之心。廪君由此化解了夷族的敌意，也缓和了各个部族之间的纠纷与矛盾。宴会的形式比较随意，有的时候仅靠刀剑和武力都无法办成的事情，通过宴会则有意想不到的效果。廪君在这方面便做得很巧妙，充分展示了他的强悍与霸气，也显露了他的圆通和宽容。群龙无首的夷族，由此而接受了廪君的统辖，也成了他的部属。

廪君谋划创建巴国时，曾和樊氏、瞫氏、相氏、郑氏四个部落结盟，形成了一个牢固的共同体。樊氏、瞫氏、相氏、郑氏四个部落的年轻酋长都是廪君的亲密伙伴，自幼就是廪君的忠实追随者，可以同生死、共患难。廪君通过结盟与这些伙伴确立了君臣关系，并组建了队伍，拥有了一支开疆拓土的力量。现在夺取了夷城，占据了富庶的盐阳，招抚了夷族，廪君的力量迅速壮大了。此外还有一些陆续前来投奔廪君的小部落，也都被廪君欣然接纳，成了巴国的臣民。但廪君并未志得意满，也没有对此感到满足。廪君的志向很大，想要创建的是一个很大的巴国，他觉得这不过才刚刚开始而已，现在他占领的地盘还是太小了，还要继续扩张势力，统辖更多的部众，攻取更大的地域才行。

廪君为了实现自己的抱负，开始扩充兵力，给队伍配置了刀剑弓箭，还增添了长矛和长戈等武器。除了原先的部族队伍，廪君从归顺的夷族和投奔的小部落中也挑选了一些青壮年，补充到了队伍之中。没有多久，廪君的兵力便增多了一倍以上。

廪君又从亲信部众中挑选了一些精锐，组成了自己的卫队。这支卫队中的侍卫们，都身强力壮，个个骁勇，使用的刀剑上都铸刻了虎头纹饰，配备了专门制作的强弓和利箭。廪君出行的时候，便带着这支亲信卫队，彪悍的侍卫们紧随于后，骑着骏马，威风凛凛，气势夺人。有了这支精悍的卫队，廪君就不必担心遇刺了，不仅安全有了保障，还具有了威慑作用。廪君经常带着卫队巡视各地，每到一处，便召见当地的小部落首领，详细了解各种情况，与各处的部落首领们相聚叙谈，坦诚相待。廪君有时也带着卫队和部属们出去狩猎，常常猎获甚丰，满载而归。廪君对温泉的盐巴和夷城的酿酒，也委派了亲信部属管理。温泉的盐巴颗粒饱满，行销各地，远近闻名。夷城酿制的清酒，质地醇美，也很有名。在神女统辖夷城的时候，盐巴和清酒都是神女的专利，现在为廪君所掌控了，也为廪君带来了好处。盐巴可以获利，清酒为生活增添情趣，成为廪君喜欢的东西。

廪君的宽宏大度与奋发有为，使他的威望迅速扩大了。过了一段时间，又有一些较大的部落陆续投奔到了他的麾下。其中有的善于射猎，有的喜欢畜牧，有的人口较多，廪君和这些大部落的首领都结成了联盟，这些部落也都成了巴国的臣民。巴国就这样逐渐壮大起来，成了与蜀国毗邻的一个日渐强盛的大国。

第二十四章

鱼凫王派出的心腹之士，前往巴国打探情况，回来向他做了如实禀报。

鱼凫王对于廪君的崛起颇感惊讶，觉得不可掉以轻心，如果听任廪君壮大，以后就会成为自己的劲敌，所以绝不能置之不理。于是鱼凫王开始谋划，准备出兵，只要打败了廪君，就可以将巴国纳入自己的统治，蜀国就会变得更大更强。自从鱼凫王坐上王位之后，他的宏伟目标之一就是扩张疆域。现在出兵攻击刚刚建立的巴国，也正是他实现野心的一个大好机会。

鱼凫王召集几位弟弟和一些亲信大臣，商量进攻巴国的事情。鱼凫王的几位弟弟，对于出兵打仗，都倍感兴奋，个个跃跃欲试。亲信大臣们则反应不一，有的赞同，有的犹豫。赞同者是觉得打胜了会有很多好处，犹豫者是觉得胜负难料，万一打不赢呢，那又会给蜀国带来什么后果？鱼凫王对于胜负，其实已做了深思熟虑，觉得凭现在的势力，要打败刚崛起的廪君应该是很有把握的。蜀国部族众多，都在鱼凫王的统辖之下，而相比之下，廪君建立的巴国还只是个弱小之国。鱼凫王觉得自己兵力雄厚，自然是占据了绝对的上风。更何况鱼凫王训练过部众，在用兵和打仗方面屡获胜利，从未遭遇过挫折，锐气正盛。正是出于这样的考虑，所以雄心勃勃的鱼凫王便决意出兵进攻巴国。

鱼凫王开始紧锣密鼓地筹备出兵，从队伍组成到武器配备与粮草供应，都做了周密的安排。在兵力方面，鱼凫王亲自掌控的鱼凫族人马，是这次出征的主力部队，配备了强弓利箭和快刀长矛，人强马壮，骁勇善战，曾为鱼凫王夺取蜀国的王位发挥了重要作用。鱼凫王又下令征调了蜀国其他部族的兵力，由各部族首领率领，组成了几支队伍，分别让他们担任前锋、左翼、右翼、后卫，统一听从鱼凫王的指挥，跟随他一起出征。这样打起仗来，既有主力部队，又有辅助队伍，前后呼应，互相配合，获胜的把握就更大了。这么多的人马出征打仗，粮草配备也是一个不可忽略的大问题。鱼凫王下令，让各部族都为自己的队伍准备了粮食，并调配了武器。经过这些充分的准备，鱼凫王觉得时机成熟了，选了一个吉日，在蜀国王城设下宴席，与各部族首领们饮酒相聚，以壮行色，然后便下达了出征的命令。

鱼凫王率领部队，离开王城，向巴国进发。前面有哨兵与先锋队伍开路，大队人马紧随其后，后面是运输粮草和辎重的人员。鱼凫王亲率主力，居中指挥。这么多的人马，浩浩荡荡地前进，声势极为雄壮。蜀国的民众知道鱼凫王出兵了，都奔走相告，消息迅速传向了各处。

消息很快也传入了巴国，在两国交界的一些部落中产生了恐慌。廪君也听到了消息，立即派人前去打探。传播的消息很快得到了证实，蜀国的国君鱼凫王正率领大军而来，不久就会兵临城下。廪君创建巴国以来，还尚未经历过战争，现在鱼凫王突然大兵压境，对于廪君来说，无疑是个极大的挑战和考验。廪君的部属们也都得知了消息，不由得有些慌乱，都纷纷来见廪君，请廪君赶紧拿主意，看如何应对这个危险的局面。

廪君沉着如常，虽然心中也有点紧张，却没有丝毫畏惧。

廪君在之前就已听说了蚕丛创国的故事，也听到了关于鱼凫成为蜀国君主的一些传说。廪君知道，蚕丛是个非常了不起的伟大人物，鱼凫能坐上王位，也绝非等闲之辈。廪君本来设想，等到巴国壮大了，就要派出使者去拜访蜀国，将巴、蜀两国结为友好之邦。却没有想到，廪君的这个美好愿望尚未付诸实施，鱼凫王却已率兵而来，要进攻巴国了。怎么办呢？既然事与愿违，看来也只有兵戎相见了。

廪君迅速调集了本部族人马，召集了驻扎在各处的樊氏、曋氏、相氏、郑氏四个部落队伍，令归顺的夷族也组建了一支队伍听候调用。廪君将这些队伍集中在了一起，人数骤然增多，一下增强了廪君迎战强敌的底气。廪君又发布命令，号召巴国的臣民们，齐心协力，同仇敌忾，积极备战。廪君一方面加固夷城的防守，一方面又继续派人征调巴国的其他部落队伍，作为后援力量。

廪君当然不会坐等鱼凫王前来攻城，在做了这些紧锣密鼓的布置之后，便亲率各部族人马，前往巴国与蜀国的边境地区，迎战进犯之敌。两国的交界之处有一条大河，由北向南蜿蜒流淌，因位于巴国之西，故而巴国的部落习惯称之为"西河"，或干脆称为"巴水"。又因其河道曲折，沿途水流深浅不一，并汇集了很多小河支流，所以巴水在流经各处的名称并不一致，各处都有不同的叫法，例如在下游汇合了宕渠之后便称为"渝水"，然后便汇入了大江。在巴水中游以西，便是蜀国的疆域了。每逢盛夏雨多水涨，巴水便显得很宽阔，常会波涛汹涌；而在秋冬之际，水流平缓，使用木筏或竹排就可以过河了，两岸往来很是方便。如今正是秋季，庄稼刚刚收获，两岸的树木依然葱绿。廪君率着人马来到巴水中游迎敌，刚在巴水以东的台地上驻扎下来，鱼凫王的大队人马也来到了巴水河畔。

鱼凫王听说廪君已在对岸驻扎备战，立即骑着马，率领麾下各支部队的首领，在侍卫们的簇拥下，来到了河畔，侦察地形与敌情。这时廪君也骑马出营，一大群彪悍的卫队紧随其后，站在河畔高地上，与鱼凫王隔河相望。

鱼凫王看到廪君高大健硕，仪表非凡，器宇轩昂，威风凛凛，果然是一位非同凡俗的人物，心中不由得一愣。但看到廪君的队伍并不多，自己这方人多势众，在气势上自然又占了上风。鱼凫王扬鞭指着对岸，大声问道：你就是巴国的廪君吗？

廪君也正打量着对方，看到来者精悍英武，霸气横溢，身后人马众多，知道这就是蜀国的君主鱼凫王了。廪君在马上揖手，大声道：在下正是巴国廪君，想必阁下就是蜀国大名鼎鼎的鱼凫王了？

鱼凫王哈哈笑道：廪君果然不是一般人物，好眼力啊！

廪君谦恭地说：鱼凫王声威远播，天下何人不知，久仰啦！

鱼凫王听了，见廪君奉承自己，心中很是受用。扬鞭笑道：既然久仰，何不归顺本王？

廪君说：你是蜀国之王，我是巴国之君，我们和睦相处，做友邦不是更好吗？

鱼凫王说：也好，也不好。

廪君问：怎么叫好？怎么叫不好？

鱼凫王说：能和睦相处当然好，但也是一厢情愿。譬如两虎相邻，迟早必有一争，终究是势所难免的。

廪君说：事在人为，何必相争？还是和睦为上！

鱼凫王笑道：天下之事，总是强者称霸，胜者为王嘛！这才是上策，除此都是下策！

廪君略作沉吟，问道：依照阁下之意，两国相争，是不可避免了？

鱼凫王霸气十足地说：两虎相争，一较高下，也没有什么不好。

廪君说：阁下率兵而至，就是为此而来吗？

鱼凫王说：秋高气爽，野鹿肥美，来此会君，我和你一起狩猎好不好？

廪君曾听说过蜀国柏灌王狩猎遭遇剧变的传说，便含笑摇头说：在下不敢！

鱼凫王问道：为何不敢？

廪君说：在下胆小，害怕狩猎中遭遇不测。

鱼凫王见廪君语含嘲讽，顿时有点恼羞成怒，怒道：听你此言，很不友好哦！

廪君揖手说：岂敢，岂敢！大王声威震慑，在下惶恐而已！

鱼凫王见廪君谦卑，又哈哈笑道：惶恐没有用，还是归顺才好哦！

廪君正色道：那是不可能的。巴国和蜀国，都是堂堂之国，还是做友邦好啊！

鱼凫王说：我既然来了，和你相会于此，还是很想和你较量一下，你看好不好啊？如果我胜了，你败了，你是否归顺呢？

廪君说：如果你败了，那你又怎么办呢？

鱼凫王大笑道：我纵横天下，所向披靡，怎么会败啊？

廪君说：谋事在人，成事在天，胜负谁能料定啊？

鱼凫王盛气凌人道：那我们就一较高下吧！

廪君毫无畏惧地说：悉听尊便！

鱼凫王扬鞭勒骑，跃跃欲试。如果不是中间隔着一条宽阔的巴水，鱼凫王很想立刻就率领兵马冲杀过去。但巴水要有船筏才能渡过，要渡河进攻，还得费些工夫准备船筏才行。鱼凫王于是执弓于手，对廪君说：那我先射你一箭吧！说罢，便朝着廪君坐骑射出了一箭。鱼凫王臂力过人，使用的都是强弓利箭，想先给廪君一个下马威，所以不射廪君而瞄准了廪君坐骑的胸口。这支箭矢越过河面，凌空而至，眼看着就要射中廪君的坐骑了。廪君对鱼凫王一直心存提防，早已注意到了鱼凫王的射箭动作。廪君的反应何其敏捷，瞬息之间，已拔出宝剑，挥剑将射来的利箭斩为两截。因为鱼凫王射出的箭矢力量太大，此箭虽然被锋利的宝剑斩断了，前面的半截箭矢却仍带着惯性，略偏了一点，将廪君坐骑佩戴的一朵红缨射落于地。鱼凫王的部下见状都欢呼起来。廪君的下属，也啧啧称奇。这一幕发生得极快，真是强箭利剑，令人惊叹。

廪君此时也已手执弓箭，对鱼凫王高声说：来而不往非礼也，也让我回敬你一箭！只听得弓弦声响，廪君已朝着鱼凫王的头盔射出了强劲的一箭。廪君骑马竚立在河畔高地上，地形位置比巴水西面要略高一点，又是顺风，射出的箭凌厉异常，呼啸而至。说时迟那时快，鱼凫王躲避不及，头盔上的缨花已被射落。此箭余威犹劲，又射穿了鱼凫王身后的旗幡，才掉落于地。廪君的队伍，见状都齐声喝彩。鱼凫王心中不由得一惊，没想到廪君的射技如此厉害，此箭显然是手下留情，才只是射落了他的头盔缨花，如果廪君蓄意要射他咽喉与心窝，岂不取了他的性命？鱼凫王刚才的霸气和傲劲，顿时收敛了许多。

鱼凫王回过神来，敛色道：好啊，领教了！

廪君收了弓箭，揖手说：彼此彼此！

两人心中都明白，这次相互射了一箭，难分胜负，算是打了个平手。

这个时候，天色渐渐晚了，双方都勒骑而返，各自收兵回营。

鱼凫王与廪君的这次见面与比箭，使他越发明白了廪君确实是一位非同一般的人物。在鱼凫王见识过的英雄豪杰中，除了英明过人的蚕丛王，很难有其他人物能让他放在眼里，更不要说让他心生佩服了。但廪君似乎是个意外，说话不卑不亢，骨子里却透着强悍，特别是那凌厉强劲的一箭，使得他也不免有点心惊肉跳，这都说明廪君非同凡响。鱼凫王本来觉得，要攻取巴国，应该是一件比较容易的事情。现在见过廪君之后，才感到确实遇到了强劲对手，事情恐怕不会那么简单，他必须要多费些心血和精力才能获胜。鱼凫王这次率兵而来，目的就是为了击败廪君、攻取巴国，当然不会半途而废，也不会无功而返。再想想，廪君神奇的一箭也算不了什么，鱼凫王毕竟人多势众，真正的较量还没开始呢。鱼凫王沉思一番，主意已定，回营后便下令，立即筹集船筏，准备渡过河去，向廪君发起进攻。

鱼凫王人马众多，要渡河得准备很多船筏，这不是马上就能办好的，得花些时间才行。鱼凫王一边筹集船筏，一边派人沿河侦探地势，悄悄寻求其他渡河办法。

　　廪君驻守在巴水东侧，见鱼凫王筹集船筏，知道鱼凫王肯定要渡过河来，两国争战已不可避免。廪君虽然人少，却士气旺盛，昨天一箭射落了鱼凫王头盔上的缨花，使得部下大为振奋。有了这样高涨的士气，廪君对击败鱼凫王的进犯更增强了信心。廪君现在凭借巴水而守，以逸待劳，但巴水并非天堑，鱼凫王的人马随时都会渡河而来发起攻击，所以廪君也在积极备战。廪君天生神勇，对鱼凫王毫无畏惧，觉得只要众志成城，击败鱼凫王就有了底气和把握。不过，廪君有生以来尚未经历过大型的战争，对用兵打仗缺少经验，在迎敌作战的布置方面还是未免简单了。廪君将主力摆在了正面，将夷族和其他部落的队伍放在了两侧，认为这样可以强弱配合，相互呼应，足以和鱼凫王较量一番。廪君只注意了正面防守，却没有料到，鱼凫王不仅凶悍霸道，而且非常狡狯，除了正面渡河进攻，还暗中谋划了迂回偷袭。

　　廪君与鱼凫王隔河相持，双方都秣马厉兵，战事一触即发。

　　如此过了几天，鱼凫王已筹集了大批船筏，双方剑拔弩张，气氛越发紧张。

　　这天上午，鱼凫王指挥队伍，乘坐船筏，开始渡河了。廪君也指挥部众，手持弓箭长矛，在河畔严阵以待，准备开战。随着鱼凫王一声令下，大批的船筏满载士兵，开始横渡巴水，杀向对岸。那是鱼凫王派出的先遣部队，也是第一批发起试探性进攻的人马。鱼凫王骑马在岸上督战，吩咐亲信侍卫们擂响了十几面战鼓，后面的主力部队都齐声呐喊助威。一时间鼓声咚咚，喊杀声好似雷鸣，响彻云霄。船筏上的士兵也都呐喊着，无不奋勇争先，气势汹汹，杀向对岸。

　　廪君面对着气焰嚣张的强敌，丝毫没有畏惧。就在鱼凫王的先遣部队半渡之时，廪君下令放箭。廪君的部众早已准备好了强弓利箭，雨点般的箭矢立刻射向了鱼凫王渡河的人马。船筏上中箭之人纷纷落水。

鱼凫王见状，也下令射箭，掩护渡河。鱼凫王的主力部队随即向对岸射箭，千弓齐发，箭矢如雨，射向了廪君的部众。廪君的人马，同样无法躲避箭雨的攻击，不断有人中箭，栽倒于地。鱼凫王的先遣部队趁机奋力划船撑筏，在鼓声中呼喊着，加快渡河，冲向对岸，眼看着登上了河滩。

　　决战的关键时刻到了。廪君拔出宝剑，大喊一声，率众冲杀上去，敌我双方立刻厮杀在了一起。鱼凫王的先遣部队此时立足未稳，在河滩上遭到了廪君人马的凌厉攻击，明显处于下风，只有拼命抵挡。鱼凫王的主力部队这时候已经不能再射箭了，否则就会误伤了自己人。鱼凫王看到对岸混战，先遣部队被廪君的人马压制在河边，战况不利，一边命令后续队伍继续渡河，加快增援，一边亲自擂鼓，激励士气。廪君这边的部众也齐声呐喊，鼓声隆隆，杀气弥漫，刀剑的碰撞声与喊杀声交织在一起，响成一片。

　　这场厮杀持续了很久，开始是廪君占据上风，接着是鱼凫王的后续部队不断地渡河而来，加入了进攻。双方纠缠在一起，杀得天昏地暗，鲜血染红了流淌的河水，河滩上躺满了死者与伤者。

　　到了下午，双方仍厮杀得难解难分。这个时候，鱼凫王派出的迂回部队，已经从上游水浅的地方涉水而过，绕行到了廪君的侧面与背后，大声呐喊，向廪君的部众发起了袭击。廪君布置在侧面的是夷族与其他部族队伍，战斗力相对较弱，遇到鱼凫王部队出其不意的攻击，一下子慌乱起来，稍一接触，就溃散了，阵形顿时大乱。廪君没有料到会发生这种情况，此时遭到前后夹击，不由得大吃一惊。本来廪君亲率主力，抵抗鱼凫王的正面进攻，是明显处于上风的，现在腹背受敌，侧面阵形溃乱，形势便急转直下了。河岸那边，鱼凫王兴奋地擂鼓催战，督促主力队加快渡河，继续加强对廪君的进攻，很快占据了优势。

　　廪君开始败退了，看到鱼凫王的人马蜂拥而来，难于抵挡，只有率众突围而走。鱼凫王的迂回部队包抄阻挡，企图围堵廪君，对廪君前后夹击，围而歼之。但廪君何其神勇，匹马当先，彪悍的卫队紧随其后，率领部众一下就冲破了侧面敌人的围堵，朝着夷城撤退而去。鱼凫王的人马激烈厮杀了大半天，已经人饥马乏，加上不熟悉巴国的地形，不敢贸然追击，只有收兵整队，等候命令。鱼凫王这时也渡过河来，带着一大群侍卫，骑马巡视了一下战场，下令垒灶煮饭，打扫战场，救护伤员。

鱼凫王初战告捷，心里很是振奋。经过这场战斗，鱼凫王击败了廪君，渡过了巴水，进入了巴国。正如鱼凫王当初所预料的，蜀国人多势众，和弱小的巴国较量，自然是占了绝对的优势。接下来，就是乘胜继续进攻巴国的都城了。不过，在这次渡河进攻中，很多部众负了伤，需要安顿。于是鱼凫王命令部队在巴水以东扎下营寨，休整了几天，调配了粮草，补充了箭矢，并派人侦察廪君撤退后的去向。

鱼凫王很快得到了禀报，得知廪君已退守夷城，在各处要隘布置了严密的防守。鱼凫王同时也了解到，夷城也就是巴国的都城，是个很富庶的地方。鱼凫王兴奋地想，要征服廪君，就要攻取夷城。而只要夺取了夷城，巴国也就彻底败了，自然就归入了蜀国的疆域。

鱼凫王秣马厉兵，继续进军，直抵夷城，扎下营寨，准备发起攻击。

廪君初战失利，寡不敌众，如今能够坚守的，也只有夷城了。现在看到鱼凫王兵临城下，气焰嚣张，不可一世，一边积极备战，一边也倍感忧虑。

过了一天，鱼凫王就向夷城发起了进攻。夷城用木石与垒砌的土坯筑成，不同于一般的村寨，自然是易守难攻。鱼凫王以前曾奉蚕丛王之命攻取彭公的大寨，几乎不费吹灰之力，就大获成功。这次就不同了，廪君关闭了城门，率众据城而守，鱼凫王想要攻取夷城就不那么容易了。因为夷城的得失关系到巴国的生死存亡，廪君号召部众，激励斗志，已做好了同鱼凫王进行殊死较量的准备。鱼凫王野心勃勃，为了吞并巴国，对夷城势在必得。随着鱼凫王的一声令下，人马犹如潮水一般蜂拥而上，挥舞着快刀利剑，抬着竹梯和木梯，气势汹汹地扑向了夷城。廪君率众在城墙上用长矛和利箭迎敌，箭矢如雨，射翻了不少敌人。鱼凫王也下令朝城墙上射箭，掩护攻城。双方箭矢纷飞，喊杀声此起彼伏。这场激烈的攻防战，持续了几个时辰，双方互有死伤，僵持不下。到了下午，鱼凫王才下令收兵，准备隔日再战。

在之后的几天内，鱼凫王调集人马，打造战具，又多次向夷城发起攻击。廪君倾力防守，与攻城者激烈作战，一次又一次击退了凶狠的进攻。鱼凫王凶悍，廪君坚韧，攻者竭力争夺，守者倾力抵抗，双方都使出了浑身解数，难分胜负。

鱼凫王与廪君之间的较量，进行了旷日持久的攻防之战，由此形成了僵持状态。鱼凫王一时很难攻下防守严密的夷城，廪君也无法击退嚣张进攻的强敌。从形势看，鱼凫王这边人多势众，攻势凌厉，依然占据着显著的优势。廪君这边，兵力较少，明显处于劣势。但巴国的各部族都舍生忘死地追随廪君，夷城又相对坚固，易守难攻，暂时也不会沦丧于敌，还可以继续坚守下去。不过，这种情形持续久了，假若狡狯的鱼凫王采取了其他什么阴谋诡计，后果就难以意料了。廪君想到这些，便分外担忧。廪君深知，只有设法让鱼凫王退兵回国，巴国才能确保无虞。可是如何才能使强敌撤退呢？廪君却又别无良策。

这天夜里，廪君又绞尽脑汁思索对策，在榻上和衣而卧，翻来覆去，难以入眠。

廪君在朦胧之中，感到有人来到了身边。一股时有时无的香味，缥缈如烟，渐渐地包围了廪君。接着，身穿艳服的神女便出现在了廪君面前。就像以前神女前来和他幽会时的情形，神女朱唇含笑，柔情洋溢，双眸如星，看着廪君。廪君颇为疑讶，神女已中箭身亡，难道又复活了吗？神女幻化莫测，真是不可思议啊！在这个时候，神女突然现身，意欲何为呢？廪君顿时心情紧张起来。

神女这时微笑道：还记得我吗？

廪君说：你是神女？

神女颔首说：对啊。看来你并未忘记我。

廪君说：你此时前来，有何指教？

神女笑道：在下见识浅陋，哪里有什么指教。只是感念君王宽待舍弟，保全了我族的血脉传承，对舍弟有不杀之恩，理应报答。也感谢君王对在下的隆重祭祀，使我得以进入仙界，也应有所报效。所以前来见君，意欲助君一臂之力。但愿能解除君王目前的困境，以聊表谢忱。

廪君嗯了一声说：依你所言，怎么才能解除目前困境呢？

神女说：在巴水之滨，有一个善于使用长矛巨盾的部落，民间称为板楯蛮，能歌善舞，骁勇善战，若君王能与之结盟，破敌就不在话下了。

廪君说：我也听说过有此部落，但如何联络他们呢？

神女又说：板楯蛮早有归顺巴国之意，我已设法使他们投奔你而来。

廪君喜道：好啊！我一定推诚相待，与之结盟，定会善待此族！

神女微笑道：相信君王，好自为之！就此告辞，后会有期。

恍惚之间，有雾气升腾弥漫开来。神女说罢，便飘然而去，消失了踪影。

廪君有些惊讶，突然醒来，刚才竟是做了一梦。

廪君回想着梦境中和神女的对话，依然清晰在耳。神女所言，好像句句都很真实。但究竟是真是假，又很难确定，难免将信将疑。关于板楯蛮，廪君也早有所闻，并派人前去联络过。现在神女托梦于他，也和他说到了此事，真的是太奇妙了，也足见此事的重要。廪君心想，世间之事，往往有很多巧合，既然神女在梦中也和他说到了此事，那就抓紧再派人去联络吧。如果有了板楯蛮的归顺，巴国的力量就能加强，击败鱼凫王就有了胜算。

第二天上午，廪君召集部下，正在商量破敌之策，并要派人联络板楯蛮的时候，接到了禀报，说来了一个投奔他的部族，携带着长矛巨盾，人数很多。廪君心中大喜，神女所言非虚，果然是板楯蛮主动投奔他来了。

廪君立即亲率部下，迎接板楯蛮的到来。板楯蛮的首领是一位体格彪壮的年轻人，久仰廪君威名，早就想加盟巴国了。听说廪君正在同鱼凫王作战，心里痒痒，也想加入战斗，觉得这是一个好机会，便率领部众投奔而来。板楯蛮起先是七个小部落，各有姓氏，分别为罗、朴、昝、鄂、度、夕、龚七姓，因为相邻和相互联姻，后来成了关系密切的族群。为首者乃罗氏酋长，人称罗蛮子，其性格勇猛，力能搏虎，又为人豪爽，受到七姓的拥戴，成了族群首领。罗蛮子看到廪君亲自来迎接，赶紧揖手施礼，躬身道：在下罗蛮子，特来拜见君王！

廪君也施礼道：欢迎你啊，罗蛮子！你来得好巧啊！

罗蛮子说：听说鱼凫王侵犯巴国，特来助君破敌，凑个热闹！

廪君推诚道：好啊！早就听说你勇猛过人，有你相助，实在是太好了！

罗蛮子哈哈笑道：在下久仰君王英名，若不嫌弃，愿为君王冲锋陷阵！

廪君上前拉了罗蛮子的手，豪爽地笑道：得你加盟，实乃巴国之幸！

廪君和罗蛮子一见如故，颇有相见恨晚之感。两人并肩进了夷城。

廪君当即在夷城设下宴席，盛情款待罗蛮子和七姓中的头目。巴国的其他部族首领，也一起参加了宴会。廪君就在这次宴会上，和罗蛮子歃血结盟，板楯蛮正式成为巴国的重要族群之一，罗蛮子也由此成了廪君属下的一位大将。

巴国有了板楯蛮这支队伍的加入，势力立刻大增。廪君在宴会之后，又召集各部族首领一起分析战况，商量如何破敌。罗蛮子自告奋勇，愿意担任先锋。其他各部族首领受到激励，也竞相请战。廪君看到士气高涨，大为振奋，倍感欣喜。廪君审时度势，觉得这正是反击鱼凫王的大好时机，经过一番谋划，做好了与鱼凫王决战的布置。

鱼凫王率兵进攻巴国以来，已经几个月了，虽然顺利渡过了巴水，却无法攻破夷城。鱼凫王很想与廪君进行一场决战，以定胜负，否则这样拖下去，庞大的队伍在粮草供应等方面都会发生困难。可是，廪君坚守夷城，控扼了险要，巴国部众虽少，却异常顽强，使得鱼凫王无计可施，只能望城兴叹，一点办法也没有。随着战况的拖延，蜀国的人马日益疲惫，思乡与厌战的情绪越来越浓，伤病员的人数也逐渐增多了。鱼凫王对此很是无奈，既不能迅速攻取巴国，又不愿无功而返，故而左右为难，颇为焦虑。

这天上午，雾气弥漫，突然传来了战鼓声，从夷城直逼鱼凫王的营垒而来。鱼凫王先是惊讶，继而兴奋。看来是廪君主动出兵，前来攻营了。鱼凫王正盼望着与廪君决战呢，一决胜负的时机终于来临了。鱼凫王急忙传令，吩咐众多人马立即出营，迅速迎战。鱼凫王也骑了战马，手执弓箭，亲率主力队伍，在营垒正面匆匆忙忙地摆开了阵势，准备迎击巴国的进攻。

这时战鼓声越来越响，朦胧的雾气中，有一支奇特的队伍出现在了鱼凫王的视野中。只见来者都手舞足蹈，载歌载舞，仿佛不是来打仗，而是在举行一场欢庆活动。他们的穿着打扮也很别致，有的挥动长矛，有的舞动盾牌。有些盾牌上蒙了虎皮，长矛上镶了金纹，显得威风凛凛，灿烂耀目。他们在雄壮的歌声与鼓声中，三五成群，鱼跃而进。自从开战以来，这是从未有过的情景。蜀国的人马觉得好奇，都睁大了眼睛看来者表演。鱼凫王也大惑不解，很是纳闷，这究竟是怎么回事啊？两军交战，廪君竟然派出了一些唱歌跳舞的人走在前面，岂不好笑？鱼兕凫王这样想着，便觉得廪君也许是来投降，而不是来进攻的，心中窃喜不已。

载歌载舞的队伍越来越近，战鼓声也愈加激昂。他们不是别人，正是罗蛮子率领的板楯蛮勇士，主动请缨担任了廪君的先锋。罗蛮子和这些板楯蛮勇士，都身穿皮甲，手执长矛和巨盾，早已做好了冲锋陷阵的准备。这个时候，来到了阵前，齐声呐喊，犹如一阵平地卷起的旋风，突然朝着鱼凫王的人马冲杀过来。鱼凫王急令射箭，但板楯蛮有皮甲护体，有巨盾遮挡利箭，纵使箭矢如雨，也毫无畏惧。眨眼之间，罗蛮子率领板楯蛮勇士已杀入敌阵，挥舞着长矛巨盾，气势如虎，锐不可当。廪君亲率巴国的各支队伍，也紧随着冲杀过来。鱼凫王的人马顿时大乱，纷纷溃退。

巴国的前锋部队如同猛虎出柙，罗蛮子身先士卒，板楯蛮勇士们个个奋勇争先，在敌阵中横冲直撞，所向披靡。廪君的队伍也勇猛冲杀，好似暴发的山洪，滚滚而来。一时间鼓声如雷，杀声震天，攻势如潮，弥漫的雾气中仿佛四面八方都是巴国冲杀过来的队伍。鱼凫王的众多人马抵挡不住，阵脚已乱，就像溃了堤一般，仓皇奔逃。鱼凫王没有料到会这样，场面混乱，无法指挥，也被裹挟在败退的部众中，只能向后匆忙撤退。真是兵败如山倒，战场上到处是丢弃的刀剑、弓箭、衣物、营帐与辎重。鱼凫王溃退了数里，才又重新稳住了阵脚。廪君并未穷追不舍，而是及时收兵，带着战利品，返回了夷城。

廪君发起的这次反攻，出其不意，大获全胜，缴获了大量的兵器与辎重。鱼凫王则损兵折将，损失颇为惨重。更为要紧的是，经过这次交战之后，巴国士气高涨，蜀国的人马则士气低落。鱼凫王出兵以来，这是一次真正的大败仗。鱼凫王遭此挫折，本来企图攻取巴国的野心，也受到了极大的打击。廪君退回夷城后，鱼凫王率领人马又回到原来的营垒，重新驻扎下来，继续围困夷城。

鱼凫王其实心里明白，围困夷城已经数月，始终无法取胜，这不仅因为夷城太坚固了，易守难攻，也由于廪君坚忍不拔，很难对付。在经过这次决战之后，局势发生了明显的变化，鱼凫王已毫无优势可言，要想攻陷夷城显然是更加困难了。接下来怎么办呢？进攻难于获胜，撤退又于心不甘，鱼凫王心情矛盾，踌躇难决。

鱼凫王由于辎重损失，众多人马的粮草供应已明显不足。鱼凫王只有派人催促从蜀国运粮前来，却又因为路程远，道路坎坷，交通不便，一时远水难解近渴。如果长久这样僵持下去，鱼凫王这边的情况可能会更加不妙。目前最明智的做法，就是退兵。但鱼凫王天性强悍，从不服输，岂会甘心这次遭受的挫败？他很想同廪君再好好地较量一下，再来一次真正的决战。可是廪君似乎识破了鱼凫王的心计，反击获胜之后，便退回夷城，固守要隘，防守得更加严密，而不再轻易出兵。鱼凫王对此很无奈，一点办法都没有。

这样相持了数日，就在鱼凫王左右为难、心情焦虑之时，接到哨兵报告，廪君派了使者出城，来到了营垒前面，要面见鱼凫王。鱼凫王有点诧异，两军大战之后，廪君此时派使者来见他是什么用意呢？难道派人来下战书了吗？鱼凫王琢磨了一番，坐在大帐中，左右环立着如狼似虎的侍卫，摆好了威风凛凛的架势，这才吩咐卫士将巴国使者带进来。

廪君的使者走进大帐，向鱼凫王揖手施礼，恭敬地说：廪君派遣小人，特来面见大王，向大王请安问好。廪君说，敬佩大王是天下真正的英雄，大王来到巴国已久，辛劳疲惫，理应款待，特向大王献上美酒一坛，肥猪一头，以略表诚挚之意。跟随在使者后面的来人，随即将肥猪与美酒都抬进了大帐。

鱼凫王哦了一声，有点出乎意料。他没有想到廪君竟然会有这样的举措，不由得问道：两国交战，兵戎相见，廪君为何要送美酒与肥猪给我啊？

使者躬身道：启禀大王，这是廪君的一片友好诚意啊。廪君说，不打不相识，如果能与大王这样的英雄结为朋友，那将是人生一大快事！

廪君平生最喜欢做的事情，就是结识天下的英雄豪杰。廪君对大王十分敬佩，嘱托小人一定要告诉大王，愿与大王结为朋友，推诚相待，巴国和蜀国从此友好交往，祈盼大王应允才好！

鱼凫王听了，心情大为舒畅，放声笑道：哈哈，廪君果然非同寻常啊！

鱼凫王笑过之后，略一转念，已明白廪君派遣使者此番前来的用意，显然是想给他一个台阶，好让他很有面子地撤兵回国。鱼凫王知道，审时度势，这也确实是廪君的好意了，是打破目前僵局和困境的一个良策。不过，也不能就这样轻易答应了啊，哪能听凭廪君做主呢？鱼凫王眉头一皱，计上心来，便对使者说：美酒和肥猪我都收下了！廪君的好意，我也心领了！你回去禀告廪君，凡是交朋友，都得一起饮酒啊。如果廪君能出城与我相聚，和我一块儿畅饮美酒，那就是真正的朋友了！这也算是我的诚意了！但愿廪君不要辜负吧！

使者答应了，当即返回夷城，向廪君做了禀报。

第二十五章

廪君得知鱼凫王邀请他出城饮酒，立即召集部下，商量此事。

廪君在派使者给鱼凫王赠送美酒与肥猪的时候，对局势已做了通盘谋划。在反击大获全胜之后，罗蛮子和一些首领情绪高涨，又向廪君请战，要乘胜与继续围困夷城的蜀国兵马再打一仗，将他们彻底击垮。廪君对战局的考虑，却与部下不同。廪君觉得，鱼凫王吃了败仗，现在兵马疲惫，骑虎难下，退兵已经是迟早的事了，没必要再去交战了。更何况鱼凫王乃蜀国之君，虽然损兵折将，仍然是一位很强悍的对手。与其相互厮杀，拼个你死我活，还不如采用巧妙的方式，化干戈为玉帛，促使鱼凫王尽快撤兵回国为好。于是廪君便派出了一位能言善辩的使者，去面见鱼凫王，表达了从此友好交往的愿望。果然不出所料，使者回来汇报后，廪君便知道鱼凫王已经被使者的说辞打动了，终于同意两国成为友好邻邦了。但鱼凫王提出的相聚饮酒，似乎又有些微妙，会不会是鱼凫王借机设下的一个圈套呢？

廪君的部下对此议论纷纷，认为鱼凫王狡诈凶悍，不可轻信，还是不去为好。

廪君沉吟道：对鱼凫王既要提防，又要推诚，为了以后友好相处，纵使冒险一下也是应该的。

一些首领仍很担忧，劝谏道：鱼凫王吃了败仗，不会服输，定要报复。请君饮酒，很可能就是个阴谋啊。君王乃巴国主帅，岂能轻易赴险？万一有个闪失，如何是好？！

禀君神情坚毅，豁达一笑道：诸位不必担心，只要做好布置，多加戒备，就不会让他阴谋得逞。

众人见禀君胸有成竹，决心已定，也就不好劝阻了。

罗蛮子自告奋勇地说：届时由我率勇士陪同君王前往吧，如果鱼凫王胆敢设圈套，搞阴谋，那就血溅五步，先让他人头落地！

禀君点头微笑，心中也正有此意，英雄所见略同，可谓不谋而合。因为是敌我双方的主帅相聚饮酒，绝非等闲小事，故而必须周密筹划。禀君接下来便做了细致的安排，又派出使者去见鱼凫王，约好了相聚饮酒的时间，地点就定在夷城与营垒之间的开阔处。

鱼凫王对此没有提出其他要求，欣然答应了。

翌日中午，天气晴朗。禀君骑马出了夷城，罗蛮子陪伴于侧，侍卫们紧随于后，板楯蛮勇士们也跟在后面，列阵以待。鱼凫王这时亦出了营垒，众多卫士前呼后拥，部众于后也摆好了阵势，来到两军对垒的空旷处，与禀君相见。禀君见鱼凫王已来到约定的见面地点，便吩咐随从在空地上铺好草席，摆上了带来的美酒佳肴。

禀君向鱼凫王揖手施礼，恭敬地说：大王来巴国数月，一直未能宴请大王，深为抱歉。今日略尽地主之谊，同大王推诚相聚，饮酒畅叙，真是人生快事。巴蜀从此友好，实乃百姓之福啊！

鱼凫王哈哈笑道：禀君客气了！你是真心请我喝酒吗？

禀君谦恭地说：大王乃天下闻名的大英雄，威名远播，令人敬仰。能与大王相聚饮酒，本是在下的荣幸啊。禀君看了一眼昂首哈哈大笑的鱼凫王，又说：巴国酿制的清酒，味美甘醇，今日诚心宴请大王，愿与大王开怀畅饮！

鱼凫王说：你用美酒请我，其实是别有用心啊！

禀君说：大王言重了，愿闻其详！

鱼凫王说：饮了你的美酒，我就该班师回国了。这才是你的真实目的啊！

廪君听了，也笑道：大王英明！在下的心思，都被大王看穿了！

鱼凫王见廪君坦然承认，并不辩解，又言辞谦卑，句句都在奉承他，心中很是开心，不由得哈哈大笑。鱼凫王笑罢，大声说：那我们还等什么？下马喝酒吧！

廪君说：好啊！喝酒！随即跳下马来，对鱼凫王说，大王请上坐！

鱼凫王也下了马，走到席前说：廪君不必客气！

廪君与鱼凫王席地而坐，开始饮酒。双方的侍卫们都环立于后，戒备森严。这是一场很独特的聚会，两边列阵以待，杀气弥漫，大有一触即发之势，两国的君王和主帅却在阵前相聚饮酒，谈笑风生。这也可谓是巴、蜀两国有史以来的一件奇事，堪称千古佳话了。

鱼凫王饮了一盏清酒，称赞道：果然是美酒啊！

廪君说：大王喜欢就好啊，我已特地准备了几坛美酒赠予大王，以供大王回国途中饮用。

鱼凫王笑道：哈哈，看来为了享用你的美酒，只有班师啦！

廪君说：两国休战，从此和睦，百姓平安，让我再敬大王一盏！

鱼凫王说：本来想与你再好好打一仗的，如果继续决战，你说实话，谁会赢？

廪君说：你我决战，难分胜负，只会两败俱伤。

鱼凫王点头说：打仗靠实力，也要看运气，胜负难料倒是真的。

廪君说：你我已经较量过了，打仗会让部众死伤无数，百姓也深受其累。与其兵戎相争，血流成河，耗神费力，寝食难安，不如双方息兵休战，大家都安居乐业。

鱼凫王沉吟道：你讲的是有些道理。

廪君揖手道：大王明智，在下和大王所见略同，令人欣慰。

鱼凫王笑道：看来只有放下兵戈，以朋友相交了。

廪君说：兄弟之间，有时也会打架。但终究是弟兄，会和好如初。

鱼凫王说：哈哈，你这个比喻，说得好啊。

廪君说：能得到大王赞同，不胜荣幸啊！

鱼凫王放声大笑，继续同廪君喝酒。

鱼凫王其实并不甘心就此班师，他邀约廪君相聚饮酒，很想利用这个机会将廪君擒拿了，趁机攻下夷城。但他也知道，廪君并不傻，不会轻易上他的当。这会儿看到廪君身边的侍卫们个个都彪壮精悍，戎装持械，神色警惕，特别是为首的罗蛮子，双眸精光四射，手扶剑柄，伴随在廪君身边，寸步不离。一旦有变，罗蛮子和这些侍卫必定会拼死护卫廪君，说不定还要取他性命。前些天，鱼凫王在战场上已经领略过罗蛮子与板楯蛮的勇猛，如同群虎下山，威不可挡。鱼凫王的部下，虽然骁勇，却也吃了败仗。此刻板楯蛮中的勇士们就在不远处列阵以待，随时都会冲锋接应。而此刻的廪君则气定神闲，显然早有安排。鱼凫王看到这些，深知阴谋难以得逞，便打消了心中的非分之念。何况巴国清酒，确实甘醇味美，鱼凫王本是好酒之人，很久没有喝到这么好的美酒了，岂能不开怀畅饮？酒喝得多了，心情愉悦，很多想法也就随之发生了微妙的变化。鱼凫王觉得，能结交一个廪君这样的朋友，也未尝不是好事。加之廪君的推诚相待，话说得又十分在理，鱼凫王也就改变了初衷。因为话语投机，美酒助兴，两人的关系也真的变得亲近起来。

鱼凫王与廪君都是好酒量，两人喝完了一坛美酒，都有了醉意，这才揖手而别。廪君带着卫队，回了夷城。鱼凫王也在卫士们的簇拥中，返回了营垒。

第二天，廪君履行诺言，派人将几坛美酒送到了鱼凫王的营中。又过了一天，鱼凫王也如约率领众多人马撤离了营垒，启程班师，渡过巴水，返回了蜀国。

巴、蜀之间轰轰烈烈的战争，就这样结束了。

廪君用美酒化敌为友，促使鱼凫王退兵回国，可谓大获成功。

鱼凫王撤兵那天，廪君站在夷城的城墙上，居高远眺，看到蜀国的兵马偃旗息鼓，疲顿远去，心中很是感慨。在廪君接触过的天下英雄豪杰中，鱼凫王确实是一代枭雄，强悍过人，很难对付。廪君同鱼凫王交战数月，巴国势单力薄，已经岌岌可危，如果不是固守夷城，又得到神女托梦和板楯蛮前来相助，说不定真的要一败涂地了。廪君觉得，能够转危为安，实乃万幸。想到不再打仗了，百姓可以安居乐业，巴国渡过这个难关之后，从此可以繁荣发展，又倍感欣慰。

廪君在夷城设下宴席，召集巴国的各族首领，一起饮酒庆功。

这是巴、蜀两国开战以来欢庆胜利的一次大聚会。巴国各个部族的首领们，相聚一堂，杀猪宰羊，犒劳部众，大家欢欣鼓舞，场面分外热闹。

宴会开始后，廪君面向众人，举起酒盏说：你们都辛苦了！这次蜀国侵犯我境，全靠诸位奋勇，才击败敌军，获得成功！今日欢聚，这是本王敬诸位的第一盏酒！

各部族首领纷纷说：大王过奖了！都是大王的功劳啊！

廪君举盏说：这盏酒要特别敬罗蛮子和他的部下，勇当先锋，建立奇功！

罗蛮子说：多谢大王夸奖！在下率部追随大王，甘愿为巴国效力，听从大王驱使，都是应该的啊！

廪君朗声笑道：说得好啊！只要诸位齐心协力，都甘愿为巴国效力，就能击败强敌！巴国的国运，也一定会昌盛啊！

罗蛮子说：大王啊，其实我们的功劳都算不了什么，大王的功劳才是最大的啊！大王用几坛美酒，就使得不可一世的鱼凫王退兵回国了，真是神机妙算啊！

廪君笑道：这也是时势使然啊！鱼凫王吃了败仗，进退两难，这时给他个面子，自然就撤兵回国啦！

罗蛮子和各位首领听了，都齐声大笑起来。

廪君又举盏说：这盏酒要郑重地敬献给护佑巴国的神灵！特别感谢神女的在天之灵，托梦于我，助我破敌！祈愿神女在仙界永享快乐！

廪君举盏向天，神色虔诚，默默祈祷，然后将盏中美酒洒在了地上。

各位首领也都仿而效之，洒酒敬献神女。美酒的香醇，顿时飘散开来，整个宴会场所都充满了令人陶醉的酒味。这时出现了似有似无的雾气，弥漫在虚空中，仿佛幻化成了仙女之形，缥缈而舞，上下盘旋，瞬息消逝。众人见状，都啧啧称奇。也许是天人感应吧，好像神女真的显灵了，这更增加了众人对她的敬意。

廪君对此也觉得神奇，对神女的奇妙巫术与幻化无形感受尤为深切。宴会之后，廪君仍在想着此事。廪君固守夷城，挫败了鱼凫王，而夷城本乃神女所建啊。如果没有这座坚固的夷城，实力弱小的巴国，说不定就被强悍的鱼凫王吞并了。廪君又想到神女托梦于他，教他破敌之法，不仅使板楯蛮主动投奔于他，还在出兵反击那天变幻了漫天迷雾助战，才使他出其不意获得了胜利。廪君使用的清酒，其酿造之法，也是肇始于神女，由神女精心酿制而成，后来此法得以传承，才有了真正的巴国美酒。廪君用美酒化敌为友，追本溯源，也与神女有着莫大的关系啊。唉，神女啊神女，你对巴国的贡献可谓大也！当初真的是错怪了神女啊！

廪君又回想起先前的事，想到神女主动与他联姻，夜里前来与他幽会，都充满了柔情蜜意，可是自己却没领这个情，还因为疑惑和担忧而射杀神女。唉！廪君想到此事，内心深处就格外歉疚，觉得错怪并射杀神女是最令人懊悔的事。有些事情一旦做错，便无法挽回了。错杀神女，便正是如此。而使人意想不到的是，神女遇害后仍然以德报怨，托梦帮他，助阵破敌，使得廪君终于渡过难关，挫败了鱼凫王，转危为安，获得了胜利。所以廪君在庆功宴会上向神女在天之灵敬献美酒，表达的正是这份真切之情。

廪君对神女心存感激，不久又举行了一次隆重的祭祀，以纪念神女。

传说祭祀之后，凡是君王所求，神女便会显灵，每次都十分灵验。又传说，神女钟情于廪君，和廪君在梦中又多次相会，重修前缘。但廪君身在凡间，神女已入仙境，云霄分隔，殊途遥迢，终究是缥缈的梦幻而已。后来廪君娶了王妃，生了王子和公主。据传王妃的容貌与神女颇为相似，也许纯属巧合。但祭祀神女，因为廪君的倡导，每年都要举行，从而成了巴国的一个习俗，由此代代流传。

从此以后，巴国的民众对神女都格外尊崇，说起神女的故事，总是津津乐道。

自从战胜鱼凫王之后，廪君的威望大为提升，受到了巴国民众的由衷拥戴。随着巴国的日渐强盛，廪君又在巴国境内选择形胜之地，修建了几座王城，分兵驻扎，控扼要害。廪君大刀阔斧，从容谋划布置，巴国的势力不断强大，已成为足以和蜀国分庭抗礼的大国。廪君也就成了一位威名远扬、令人敬仰的巴国君王。

鱼凫王率领兵马，从巴国撤退，回到了蜀国王城。

鱼凫王这次出征巴国，无功而返，使得蜀国消耗了大量的人力物力。跟随鱼凫王出征的各个部族，在战争中都死伤了不少人，对鱼凫王颇有抱怨，但慑于鱼凫王的凶悍，谁也不敢公开表露出来。

精明的鱼凫王对此其实还是有所觉察的，班师回到王城后，他吩咐设下宴席，召集了各部族首领，一起饮酒庆功。鱼凫王的目的，一是犒劳一下这些跟随他出征的头目，二是也好给蜀国民众一个冠冕堂皇的说法。说是庆功，不过是个借口，其实除了死伤与疲劳，哪有功可庆呢？但鱼凫王要做的事情，即使颠倒黑白，谁也不能反驳。如果同鱼凫王唱反调，那就要倒霉了。蜀国各部族中的那些头目，都知道鱼凫王的霸道与德行，对此当然也是心知肚明。

鱼凫王在宴席上坐于上首，目光炯炯地扫视着众人，举盏说：本王与诸位出征巴国，得胜归来，今日欢聚，一醉方休啊！说罢，饮了盏中美酒。众人也都举起酒盏，一饮而尽。

鱼凫王又说：这次出征，收获甚大！诸位都是功臣！

在座的各部族首领听了，都有些摸不着头脑。

鱼凫王又扫视了一眼众人，对坐在近侧的彭公说：彭公啊，你是蜀国大臣，你说对不对啊？

彭公率领彭族人马随同鱼凫王出征，也是备尝艰辛，身心疲惫，有点无精打采。此时见鱼凫王询问，心中不由一愣，不知怎么回答才好。但彭公毕竟是老于世故之人，略一琢磨，猜到了鱼凫王的话外之意，便强打精神，赶紧点头说：大王所言甚是！功劳最大的，当然是大王了！我们追随大王，能够凯旋，都归功于大王啊！

鱼凫王双眼放光，兴奋地问：为什么这样说？

彭公欠身说：大王这次出征，威震巴国，在下说的都是实话啊。

鱼凫王笑笑说：强兵压境，巴国势弱，岌岌可危，确是实情。

彭公知道鱼凫王的嗜好，于是满脸虔诚，又投其所好说：大王威风凛凛，吓得廪君惶惶不可终日，卑躬屈膝向大王求饶呢。如果不是因为大王仁慈为怀，一发怒，肯定将巴国灭了。大王真的了不起啊！

鱼凫王心情大悦，哈哈大笑道：说到廪君，也算是一位人物，英雄相惜嘛，所以放他一马。

彭公连声称赞道：是啊，是啊，大王高明啊！

在座的各部族首领见状，也都随声附和。虽然言不由衷，也要倍加称颂。

鱼凫王听了众人的奉承话，自然是分外欣慰。他心里也明白，众人嘴里说的和心中想的，并不一致。但只要众人能够这样尊崇他、追随他、称颂他，他也就获得了莫大的满足。更重要的是，他需要各部族首领的绝对服从，对他的一切决定与作为都要言听计从，只有这样，他才能随心所欲地操纵和掌控他们。鱼凫王坐在蜀国王位上，也才能稳固如山，继续行使他巨大的权力，去实施他的宏图大略。

在这次宴会上，善于察言观色的彭公又说了一些称颂之语，各部族首领纷纷向鱼凫王敬酒。鱼凫王因为高兴，开怀畅饮，众人也喝了很多酒。大家酒喝多了，情绪随之兴奋起来，原先埋藏在心中的抱怨也被酒稀释了，把部众的死伤也就暂时抛在了一边。因为毕竟班师了，不再打仗了，所有的失利与损兵折将已经随之成为往事，众人终于有了一种走出战争的轻松之感。

这次宴席之后，各部族首领便率众返回了各自的属地。

鱼凫王回到王宫后，有王妃与宫女伺候，饮酒作乐，心情甚好。

回想起这次率兵出征，鱼凫王觉得还是很有收获的。虽然没能征服巴国，与廪君交战数月各有胜负，却也体面而归，说是凯旋，也不为过。鱼凫王在宴会上当众说廪君算是一位人物，倒也是真话。鱼凫王以前除了敬佩蚕丛王，对其他人是从不放在眼里的。这次出征巴国，与廪君争锋，竭尽全力反复较量，虽有小胜，却无法攻取夷城，使得鱼凫王终于明白廪君确实是一位势均力敌的对手。后来廪君主动敬献美酒，化敌为友，卑辞结好，更使鱼凫王对廪君刮目相看，有了惺惺相惜之感。鱼凫王劳师动众，没能征服巴国，却结交了廪君这样一位非同凡响的豪杰，巴、蜀两国从此成为和睦邻邦，其实也是好事。鱼凫王想到了这些，便觉得还是有所收获，可谓不虚此行。

鱼凫王很喜欢廪君赠送的巴国清酒，其味醇美，令人陶醉。撤兵回来，过了几个月，廪君又派人运带了几坛美酒，千里迢迢，从巴国来到蜀国王城，赠给了鱼凫王。廪君同鱼凫王饮酒之后就已明白了鱼凫王的嗜好，所以投其所好再次赠送美酒，以便加深双方的友好关系。鱼凫王很高兴，也特地挑选了几件礼物，回赠给了廪君。从此以后，两国之间常有使者往来，廪君和鱼凫王也确实成了相互敬重的朋友。作为两国之君，鱼凫王与廪君先是打仗，后来放弃争战，相互友好交往，不仅是时势使然，也是最明智的选择。在巴、蜀历史上，这也可谓是一段佳话了。鱼凫王的雄霸，廪君的强势，战则两败俱伤，和则相安无事。这种化敌为友、和平往来的情形，持续了很多年，营造了一个长期宽松的环境，使得巴、蜀民众都大受其益。不过，巴、蜀的关系比较复杂，两国之间的争战，后来又曾多次发生，但那已是鱼凫王与廪君后世子孙之间的故事了。

鱼凫王喜欢饮酒，蜀国酿酒也由来已久，但蜀人稻米酿制的主要是醴酒或浊酒。自从饮了巴国的清酒之后，鱼凫王觉得清酒比蜀中的米酒更为醇美，便召集了蜀国中的善酿之人，组成了专门酿酒的作坊，吩咐他们仿而效之，也要酿造出更好的酒。

蜀国的酿酒师们都是聪明人，遵命而行，认真琢磨了一番，没有多久，果然酿造出了类似的美酒。酿酒作坊马上将新酿出来的美酒，兴高采烈地送进了王宫，献给了鱼凫王。

鱼凫王得知新酿出了美酒，很是高兴，当即开坛试饮。鱼凫王饮了几盏，仔细品尝，觉得新酿之酒比起以前所酿是好了许多，但同廪君赠送的美酒相比，仍有不足。鱼凫王先是微笑饮酒，饮过之后却皱了眉头，感到不满意，甚至有些不乐，下令酿酒师们要酿出更好的酒来才行。酿酒师们本来是要讨好鱼凫王的，哪知道反遭谴责，个个诚惶诚恐，只能遵命而行。

酿酒师们回到作坊后，又开始琢磨，从选用酿酒的原料着手，到酿造的整个过程，反反复复试验了很多办法。这样过了很长时间，花了很多心血，果然酿出了更好的酒。新酿出的蜀酒，确实醇美，但在酒的风格特点上，与巴国清酒依然有一些区别。酿酒师们已经很努力了，却也很无奈，猜测其中也许有着水土方面的原因，或许还有某些保密的酿酒诀窍吧？酿酒的惯用方法，通常谁都知道，但要酿出精妙的美酒，其中肯定是有奥秘的。巴国清酒别有韵味，香美怡人，那是神女的秘传。蜀国的酿酒师们琢磨不透，一时还掌握不了其中的诀窍。因为不得要领，故而反复改良酿造，却难见成效，无法使鱼凫王满意。

鱼凫王见迟迟酿造不出理想的美酒，心里很不高兴，下令将为首的酿酒师傅囚禁起来，准备处以刑罚。酿酒师傅的家人大为恐慌，担心当家的被鱼凫王砍了头，于是四处找人，设法营救。可是谁有本事能够劝说鱼凫王呢？酿酒师傅家人认识的都是普通百姓啊，除非王宫中有人帮忙才行呢。

说来凑巧，鱼雁这天从王宫出来，遇见了徘徊在王宫门口的酿酒师傅家人。鱼雁见一个妇女带着一个小孩子，神色惶恐，面容哀戚，觉得很是诧异，便上前关心地询问发生了什么事情，为何如此伤心。鱼雁不认识这位妇人，妇人却是见过鱼雁的，知道鱼雁是鱼凫王的妹妹，当即便跪在了鱼雁面前，流泪哀求鱼雁，一定要救救她的丈夫。

鱼雁赶紧将她搀扶起来，询问是怎么回事。

妇人便将酿酒发生的事情，向鱼雁细说了一遍。

鱼雁有点惊讶，对于兄长鱼凫王的做法，深感不妥。因为妇人再三哀求，鱼雁便答应了帮她，争取说服鱼凫王，将她的丈夫释放回家。妇人当即又跪下，向鱼雁磕了头，千恩万谢地走了。鱼雁深知鱼凫王的脾性，经常做一些有违常情与匪夷所思的事情，因为想喝特制的美酒，竟然怪罪酿酒师傅，显然是太荒唐了。但鱼凫王一旦要做什么，是谁都难于阻止的，很多事情上都如此。鱼雁明知很难劝说鱼凫王，但看到妇人伤心欲绝的样子，只有先答应了，至于结果如何，那就不得而知了。

鱼雁看着妇人牵着小孩子离去的背影，不由得深深叹了口气。

鱼雁很自然地联想到了自己和蚕儿的情形，一旦成为孤儿寡母，那种日子将会是多么痛苦与艰难。天下做母亲的，谁不心疼自己的孩子呢？如果酿酒师傅被杀，他的妻儿将会无依无靠，从此生活窘迫，甚至陷入绝境。唉，可怜天下父母心啊！鱼雁对此深有感触，岂能坐视不救？可是，接下来怎么办呢？

鱼雁回到王宫中，心中反复琢磨着此事。鱼雁心存善念，既然答应了那位妇女，肯定是要设法帮忙的。但怎么帮呢？直接去见大哥鱼凫王吗？如果鱼凫王不听，反而弄巧成拙，又如何是好？还有没有其他更为妥善的办法呢？鱼雁思量了一会儿，依然想不出什么好的主意。

这样过了好几天，鱼雁看到鱼凫王在王宫里天天和爱妃们在一起饮酒作乐，突然有了一个想法，觉得不妨一试。鱼凫王原先娶了濮君的女儿为妻，成为蜀王之后，又选纳了新的王妃，现在后宫佳丽颇多。鱼凫王喜欢美酒，也喜欢美女，闲来无事，最喜欢做的事情就是在宫中和爱妃们畅饮美酒，寻欢作乐。鱼雁知道，鱼凫王的爱妃有好几个，其中最受宠的就是彭公献的那位美姜春兰了。鱼雁与春兰虽然交往不深，但在王宫中经常见面，说话还算投机，觉得春兰是个可以信赖和求助之人。何不请春兰代为进言呢？鱼凫王不一定听从鱼雁的劝谏，但对爱妃的枕边之语，也许是会采纳的。鱼雁找了个机会，在后宫见了春兰，悄悄地细说了此事。春兰听了，很是感慨，当即答应了鱼雁，表示一定见机行事，设法帮这个忙。春兰是个聪慧的女人，陪伴鱼凫王已久，深知鱼凫王的脾性，略一思索，心中便有了主意。

这天下午，风和日丽，鱼凫王和后宫佳丽们又在一起饮酒。宫女们摆好了美酒佳肴，在旁边尽心伺候着。有几位妙龄宫女，穿着轻柔的丝绸衣裙，在席前翩翩起舞，为鱼凫王歌舞助兴。鱼凫王有这些美艳的粉黛陪侍，开怀饮酒，很是开心。

春兰陪伴在鱼凫王身边，柔声说：大王今日快活，多饮才好。

鱼凫王哈哈笑道：好啊，好啊，有兰儿陪我，美酒佳人，当然快乐！

鱼凫王宠爱春兰，喜欢将春兰称为兰儿。春兰妩媚而又乖巧，经常运用房中术，将鱼凫王伺候得心花怒放，欲仙欲死，所以也就成了最受宠的妃子。鱼凫王喝得高兴了，吩咐将廪君赠送的一坛美酒也拿了上来。此酒存量已经不多，所以都有点舍不得喝了。鱼凫王平常所饮，都是蜀国酒坊酿造的酒。

春兰微笑着，故意问：大王，此酒有什么不同吗？为何如此喜欢？

鱼凫王说：兰儿，这是巴国廪君赠送的清酒啊，是不是特别醇美？

春兰陪着鱼凫王饮了一盏，摇头说：巴酒虽美，却比不上蜀酒香醇。

鱼凫王有点不解，哦了一声说：兰儿，此话怎讲？

春兰柔声说：巴酒味美漂浮，蜀酒香醇可人。美酒会伤身，醇酒可健体。所以兰儿觉得还是蜀酒比巴酒好，大王应多饮蜀酒，定会强健如虎，快乐似仙。

鱼凫王听了，大为欣喜，连连点头，开心地哈哈大笑。

春兰又说：有这么好的蜀酒，供大王天天享用，大王的福气真是好啊！

春兰偎依在鱼凫王身边，将酒盏斟满蜀酒，妩媚地笑着说：兰儿再敬大王一盏！

鱼凫王高兴地嗯了一声，搂着春兰，举起酒盏，一饮而尽。

鱼凫王前些日子喜欢廪君赠送的巴国清酒，而对酒坊酿造的蜀酒不满意，主要是出于一种新鲜口感与饮酒兴趣而已。此时听了爱妃春兰的一番说辞，觉得颇有道理。再饮蜀酒，感到果然不错，酒味香醇，并不逊色，饮了之后确实有通体舒坦之感。便称赞道：兰儿说得对啊！听了爱妃此言，从此以后，是要多饮蜀酒了！

春兰又举盏说：祝贺大王啊，饮了蜀酒，赛似神仙！

鱼凫王哈哈大笑，将春兰搂在怀里，开怀畅饮，直到夜阑，方入寝宫醉眠。

第二天，鱼凫王便释放了酿酒师傅，不仅不再惩罚，而且奖励了特制的玉牌，以示地位的提升，使之成为御用的酿酒师。鱼凫王还特地在王宫大殿召见了酿酒师傅，吩咐他要继续精心酿造蜀酒，不得有误。要求将专门酿造的蜀酒，必须定期送入王宫，以供鱼凫王经常饮用，如果酒味更加香醇，将会给予重赏。酿酒师傅由祸转福，很是感激，叩谢了鱼凫王，遵命而行，拿着玉牌离开王宫，先回家见了妻儿。妇人见丈夫平安回来，不由得喜出望外，心中对救助丈夫脱险的人，真是感激涕零。酿酒师傅接着便去了作坊，跟随他一起酿酒的人们也很惊喜，对鱼凫王态度的转变，都感到分外兴奋。

鱼雁在王宫里，很快也知道了这件事情，颇感欣慰。鱼雁后来见到了春兰，问她是如何劝说鱼凫王的？春兰微笑道：我没有劝说一句话啊，就是夸奖蜀酒好，大王听了非常开心，就是这样啊。鱼雁搂了春兰，笑着点头，觉得春兰真是聪慧过人。经历了这件事情，鱼雁与春兰的关系自然而然变得密切起来，春兰称呼鱼雁为姐姐，鱼雁将春兰视同小妹。空闲之际，两人常会晤面，相互说一些私密的话儿。有的时候，两人有什么心事，也会商量一下，相互照应。鱼雁与春兰这种友好的关系，对两人都大有好处，在后来王宫中发生的一些事情里面发挥了微妙的作用。

酿酒师傅回到酿酒作坊后，遵循鱼凫王的命令，继续精心酿酒。

蜀国的酿酒，从蚕丛王的时候就兴起了。蚕丛王与诸多部族首领歃血结盟，创立蜀国，在盛大的祭祀活动中就共饮美酒，并将美酒献祭诸神，祷告天地，取得了奇妙的效果。献祭美酒可以欢娱神灵，畅饮美酒足以添助豪兴。一代雄风，由此而始。到了鱼凫王时代，王室饮酒成风，酿酒也就更为兴盛。王城内，有了专门为王宫酿酒的御用酒坊，同时也出现了为贵族和其他阶层酿酒的许多小酒坊。因为鱼凫王喜欢饮酒，而导致了王城酿酒之风的盛行。王城的商贸与餐饮，也因之而兴旺起来。王城的制陶作坊也增多了，出现了各种精心制作的酒盏、酒坛、酒碗。蜀王爱酒，自然也影响到了下属。在蜀国的其他诸多部族中，也大都仿而效之，自上而下地形成了一股酿酒之风，在蜀国境内广为流行。各部族由于酿酒的方法略有差别，因而酿出的酒也丰富多样、各具特色。有时候一些部族酿出了好酒，就会装在精致的酒坛里，派人专程送到王宫，恭敬地献给鱼凫王，以借此取得鱼凫王的好感。每年秋季，收获了谷物之后，更是酿酒的大好时节，从各处进贡送进王宫的美酒就更多了。鱼凫王从此有了喝不完的美酒，兴之所至，有时也会召集亲信与部族首领们饮酒，即席点评。哪个部族进贡的美酒香醇可口，鱼凫王就会奖勉有加，甚至会减轻该部族的贡赋以示鼓励，如果对哪个部族的贡酒感到不满意，就会责而罚之。鱼凫王喜怒无常，经常在酒席上随意奖惩，对蜀国的很多军政事务也是漫不经心地就处理了。各部族首领们都畏惧鱼凫王的强悍和霸道，无论对与错，都要恭敬遵循。时间久了，众人也就习以为常了。

　　鱼凫王更多的时候仍是和后宫佳丽们饮酒作乐，终日乐此不疲。王宫里经常酒香飘溢，王城也因大量酿酒而成了一座酒香之城。这种好酒之风的盛行，消磨了鱼凫王的雄心壮志，从此很少再去想开疆拓土的宏图大略，而是转变成了贪图享乐。王室家族成员，也都沉湎于荣华富贵，纵情声色，享乐成风。酒的作用，确实奇妙，而饮酒之风的流行，也在蜀国形成了深远的影响。

第二十六章

　　鱼雁委托春兰，设法释放了酿酒师傅，对此颇感欣慰，却并不快乐。

　　自从蚕武遇害，大哥鱼凫王坐上蜀国王位之后，鱼雁在王宫中的处境就变得微妙起来。鱼雁原来在鱼凫部族中，曾是鱼凫王最喜爱的妹妹。后来蚕丛王和鱼凫家族联姻，鱼雁嫁给了王子蚕武，从此便生活在了王宫中。舒适的王宫生活，和蚕武情感的融洽，那是鱼雁有生以来最快乐的时光。蚕丛王去世以后，部族关系与王宫生活似乎都发生了微妙的变化。接着便发生了意想不到的血腥杀戮，恍如一场噩梦。蚕武死了，蚕青走了，柏灌王也撤离了王城，不知去向，原来平静祥和的日子顿时发生了天翻地覆的变化。鱼凫王在刀光剑影中占据了王城与王宫，出于手足之情，鱼凫王让鱼雁继续住在王宫中。虽然依旧是昔日的王宫，但一切都变了，鱼雁再也感觉不到舒适，内心只有难言的痛苦与无奈。她痛恨大哥鱼凫王精心策划和操纵的这场阴谋，为了篡夺王位而害死了那么多人，甚至亲手用长杆羽箭射杀了蚕武，真的是心狠手辣，凶残到了极点啊！鱼雁悲愤难言，在弄清了蚕武被害的真相之后，在她的心目中，鱼凫王已由大哥而变成了一个十足的恶魔。这场惊天剧变，破坏了鱼雁的人生，也在鱼雁的心中投下了浓重的阴影。鱼雁感觉如同做了一场噩梦，所有的幸福与快乐都化为了泡影。

　　几个月之后，鱼雁在王宫中生下了蚕武的儿子蚕儿。那天鱼凫王去后宫看了鱼雁和蚕儿，目光异常。鱼雁从鱼凫王阴鸷的神态中，看出了他的戒备与狠毒。鱼雁泪流满面，把话挑明了说，如果他想斩草除根害蚕儿，那就请他先杀了她吧。鱼凫王尴尬地笑了笑，解嘲说她想多了，宽慰了她几句，然后转身走了。鱼雁知道，她把丑话说在了前头，一针见血道地破了鱼凫王的心机，暂时保全了蚕儿。但鱼凫王为人多疑善变，不知何时又会滋生坏念头，所以她必须格外小心，处处提防着才行。生活在这样的状况中，鱼雁经常担忧蚕儿的安危，提心吊胆，忧虑重重，内心充满了苦闷，人也不知不觉就变得憔悴了。鱼雁就生活在这种难言的痛苦与无奈之中，抚育着悄然长大的蚕儿。

这次发生的酿酒事件，使鱼雁很自然又联想到了自己的处境。鱼雁很想离开王宫，另外找个地方生活。只要待在王宫里面，她和蚕儿就随时处于鱼凫王的监视之下，稍有不慎，很可能就会惹恼了鱼凫王，发生意想不到的变故。鱼雁的这种担忧，如同一个难于驱散的阴影，一直笼罩在她的头上，拂之不去，成了一个折磨她的心病。时间长了，鱼雁设想了很多离开王宫的办法，比如远走他乡，或者隐居民间，只要摆脱鱼凫王的阴影，从此母子平安，不再担惊受怕就行。蚕儿正在一天一天长大，相貌举止越来越像蚕武。有几次，鱼雁注意到鱼凫王遇见蚕儿时的目光总是有些异样，她的心一下就揪紧了，想离开王宫的念头也就更为强烈了。

究竟怎样才能摆脱这种令人忧虑的处境呢？鱼雁想到了柏灌王的时候，曾在王城内为蚕武修建了宅院，准备让蚕武和鱼雁搬去居住。那时，柏灌王和蚕蕾已入住王宫，为蚕武修建的宅院尚未完工，紧接着便发生了那场惊天剧变。事变导致了改朝换代，蜀国从此成了鱼凫王的天下。鱼雁后来曾去那所宅院看过，已经大体上修建好了，后来便一直闲置在那里。如今时过境迁，王宫不宜久居，为什么不搬到那所宅院去住呢？

鱼雁找了个机会，在王宫内面见了鱼凫王。

鱼雁说：大王啊，你为什么对几个哥哥那么好？

鱼凫王说：怎么啦？我对你也是一样的好啊！

鱼雁说：几个哥哥都有各自的府邸，可是我呢？

鱼凫王哦了一声说：你住在王宫里面，不是比他们更好吗？

鱼雁说：王宫里面是很好，但我也想要一所自己的宅院。

鱼凫王笑道：这好办啊，赐给你一所宅院就是了。

鱼雁说：就把柏灌王修建的那所宅院赐给我吧。

鱼凫王听了，神色有点沉吟。关于那所宅院，他是知道的。此刻触及往事，使他油然想到了柏灌王与蚕武。他依靠精心策划的阴谋和残忍的手段，在夺取王位的过程中大获成功，但发生的一切毕竟太血腥了，总觉得冥冥之中似乎有怨恨的眼睛在瞪着他。那是他的忌讳，所以他平常很少去回顾往昔之事。

鱼雁又说：大王啊，那所宅院本来就是我的，你就赐给我吧！

鱼凫王沉吟了一会儿，点头说：既然你执意想要，那就赐给你吧！

鱼雁露出笑容说：大哥你真好。又施礼道：多谢大王恩赐！

鱼凫王的话，在蜀国如同圣旨。有了鱼凫王的允诺，鱼雁便名正言顺地拥有了那所宅院。她吩咐仆人，将那所宅院收拾了一下，加固了大门，粉刷了墙壁，添置了日常用具，并在院内种植了一些竹木花草。过了几天，鱼雁带着蚕儿和几位侍女，离开王宫，搬进了宅院。从此以后，鱼雁和蚕儿便居住在了这所宅院里，有了一个相对独立和安静的场所，一个纯粹属于他们母子的家。

环境的改变，对鱼雁的心情果然很有好处。她现在饭吃得香了，觉也睡得稳了，脸色也减少了一些憔悴，而多了一些红润。鱼雁身边的几个侍女，跟随她多年了，都是她的心腹，对她忠心无二。王宫中原来服侍西陵氏的几个宫女，都是蜀山氏族女孩，也跟随鱼雁搬到了宅院里，尽心尽力帮她抚育蚕儿。鱼雁和蚕儿生活在这所宅院内，平常就关闭了大门，尽量不与外界往来。鱼雁喜欢这种安静的隐居生活，除了偶尔去一下王宫，和春兰说说话，很少再和其他人交往，连鱼凫族中的几位哥哥与亲属也不怎么往来了。鱼雁觉得，这样可以减少很多麻烦，不引人注意，以确保蚕儿的平安。

鱼雁自从经历了那场事变之后，命运与人生都发生了转变，情感和想法也有了很大的变化。她一下看穿了很多东西，觉得哪怕是兄弟姊妹之间的亲情关系中，也隐藏着许多虚伪与丑恶。为了野心与权欲，什么都做得出来，哪怕使用阴谋诡计也在所不惜，一旦冲突爆发，便露出凶狠的嘴脸。大哥鱼凫王就是这样啊，为了夺取王位，手段多么残忍啊。鱼凫王以前曾是鱼雁最敬重的兄长，可是现在却成了她最需要提防的人。还有另外几个哥哥，都是鱼凫王的爪牙，鱼雁对他们也心存戒备，丧失了敬意与信任，再也没有了从前的那份亲切之感。

鱼雁现在唯一的情感寄托，就是蚕儿了。蚕儿一天天长大，相貌酷肖蚕武，常使鱼雁不由自主地回忆起和蚕武在一起的那些日子。鱼雁只要想到蚕武的遇难，心中便充满了悲切。蚕武被鱼凫王利用，成了鱼凫王夺取王位的牺牲品。蚕儿是蚕武留下的唯一血脉，她一定要将蚕儿好好抚养成人，不能让蜀山氏的首领家族断了血脉啊。鱼雁觉得，只有这样，她才对得起待她胜过亲生父母的蚕丛王和西陵氏，也算是对他们恩重如山的报答了。

鱼雁现在可以安静地生活，暂时免除了顾虑。随着蚕儿的长大，鱼雁也想到了将来的一些问题。譬如要不要将蚕儿送回蜀山氏族，让蚕儿认祖归宗，继承蚕丛王的酋长之位？总不能让蚕儿永远隐居民间，终生默默无闻吧？蚕儿毕竟是蚕丛王的嫡孙啊。蚕丛王是创建蜀国的伟大人物，蚕儿是伟人之后，蚕武遇难后，自然应该由蚕儿继承和享有首领的地位与名分啊。鱼雁想到这些，便觉得只有等到蚕儿继承了蜀山氏族酋长之位，才算完成了她的心愿，这也是蚕丛王在天之灵托付给她的使命与任务吧。但鱼雁也有顾虑，假若蚕儿以后知道了蚕武被害的真相，蚕儿会找鱼凫王报仇雪恨吗？如果那样，将会发生甥舅之间的血腥厮杀，无论结果如何，都是鱼雁不愿意看到的。鱼雁想的多了，心中便又有点矛盾，有点纠结，有了一些莫名其妙无法排遣的烦恼。

鱼雁虽然隐居生活，尽量减少与外界的接触，但对王宫中的动静还是清楚的，对王城内的各种传闻也是知道的。王城内的传闻，大都是对现在鱼凫王朝的一些议论，还有一些其他部族的情况。关于蜀山氏族的去向，却很少听到。鱼雁因为想到了将来蚕儿要认祖归宗，预先就得做些安排，便派了几名侍女，穿了普通乡民的衣服，出了王城，到各处去打听蜀山氏族的消息。那时蚕青带着蜀山氏族人已远走他乡，散居于西南广袤的区域内。侍女们走了很多地方，却不得其详，只打听到了一些零星的传闻，回去告诉了鱼雁。她们猜测，也许是为了防备鱼凫王的追剿吧，所以听到的传闻都有点神秘和玄虚，将蜀山氏族的真实详情隐藏在了迷雾之中。鱼雁有点无奈，只有以后再慢慢打听了。

鱼雁看着蚕儿一天天长大，心里充满了希望，颇有欣慰之感。蚕儿逐渐懂事了，鱼雁开始教授蚕儿各种本事，教他射箭、骑马、剑术，并教他很多常识与道理。鱼雁觉得，蚕儿将来要成为蜀山氏族的首领，必须具备过人的本领才行，所以从小就要细心培养。蚕儿长得健壮，天资却并不聪颖，虽然对有些本事学得很快，但有些方面却又显得比较笨拙。鱼雁的耐心很好，不厌其烦地教导蚕儿，一心要把蚕儿训练成一个杰出的人，觉得这是她义不容辞的责任。

鱼雁经常向蚕儿讲述蚕丛王的故事，蚕儿听了，有时会睁大了天真的眼睛，有时会高兴地笑，有时会好奇地提出一些问题，有时会追问故事后来的发展。鱼雁讲述的这些故事，都是西陵氏、蚕武、蚕蕾告诉她的，也有她从蜀山氏族人中听来的。在鱼雁嫁给蚕武以后，她也就成了蜀山氏族人。她在王宫里生活的那些年，目睹了蚕丛王许多非同凡响的作为，对蚕丛王充满了敬佩。鱼雁小的时候，父母就亡故了，她是在兄长们的照顾下长大的。蚕丛王和西陵氏待她甚好，使鱼雁真正体会到了久违的父爱和母爱，鱼雁为之而感动，自然而然滋生了深厚的情感。

在她的心目中，蚕丛王既是慈祥的父亲，又是威严的蜀王，更是天神一样的伟人。蚕丛王开创了蜀国，与各部族结盟，共谋大业，协同发展，促使了王城的兴旺繁荣，也为民众带来了好处。遗憾的是，蚕丛王逝世得太早了，继位的柏灌王还没有坐稳江山，就被鱼凫王夺走了王位。这个翻天覆地的变故，给蜀山氏族造成了巨大的灾难，也给鱼雁带来了难以言说的痛苦。如果不是有了蚕儿，鱼雁真不知怎么活下去。现在，蚕儿使她有了寄托，恢复了信心，看到了希望，使得灰暗的生活中出现了阳光。

鱼雁知道，蜀山氏族是个坚韧顽强的部族，经历了灾难，以后又会重新崛起的。蚕丛王的时候，就经历过大地震与大迁徙，后来不是变得更强大了吗？这就是蚕丛王常说的，艰难困苦玉汝于成，灾难不足畏，也就是对人的磨砺。鱼雁觉得，这个道理真好，讲得多么透彻啊。鱼雁给蚕儿讲述蚕丛王的故事，就是想以此来熏陶蚕儿，将蚕儿也培养成蚕丛王那样坚强而又杰出的人物。

鱼雁平常教导蚕儿，小心翼翼，但还是引起了鱼凫王的注意。

鱼雁有次去王宫，和春兰说话，遇见了鱼凫王。

鱼凫王问道：听说蚕儿会骑马射箭了，是吗？

鱼雁不由得一惊，答曰：小孩子喜欢游戏，都是闹着玩的。

鱼雁回答得轻描淡写，心中却很警觉，感到分外紧张。鱼凫王连蚕儿骑马射箭的事都知道了，由此可知是一直派人监视着她和蚕儿呢。

鱼凫王笑笑说：好啊，骑马射箭，也是我们鱼凫族的遗风嘛。

鱼雁点头嗯了一声，尽量做出一副轻松的样子。

鱼凫王又说：以后王宫狩猎，让蚕儿也跟着玩吧。

鱼雁的心一下绷紧了，含糊地说：蚕儿还小呢。

鱼凫王看她一眼，哈哈一笑，去忙其他事了。

鱼雁那天从王宫回来后，把鱼凫王的话又琢磨了一番，联想到发生剧变之前的那场狩猎，不由得惊出了一身冷汗。鱼凫王的心机太深了，鱼雁告诫自己，必须倍加提防，切不可大意。鱼雁仍像往常那样，隐居在自己的宅院里，从此更加小心了。

　　鱼凫王过着快乐的王宫生活，每天都有美酒供他畅饮，有后宫佳丽陪他寻欢作乐，这种享乐的日子就像流水一样，不知不觉好多年就过去了。鱼凫王有时也带着侍卫们去狩猎，特别是春秋两季的时候，骑着马，前呼后拥，在田野与山林里驰骋，使人觉得分外惬意。

　　鱼凫是擅长射猎的部族，无论是骑马狩猎，或是驾舟射鱼，都是鱼凫族人的强项。鱼凫王往年也是过惯了这种狩猎与捕鱼的生活，射技超人，强悍无比，练出了一身过人的本事。自从夺取了王城，坐上了蜀国的王位，鱼凫王的日常生活便发生了巨大的改变，鱼凫族的地位也有了根本性的变化，鱼凫王的几个弟弟和亲属们都成了蜀国的贵族，过上了养尊处优的日子。他们现在已经不需要依靠狩猎与捕鱼来获取食物了，蜀国的民众都要向王城缴纳税赋，各个部族也会向王朝进贡，这就足以使鱼凫王和家族安享荣华富贵。鱼凫王现在的射猎，已经变成了游乐活动，目的已不在于获取猎物，与往昔的部族生活相比，有了本质的不同。现在鱼凫王走到哪里都气势煊赫，跟随着众多的侍卫与随从，排场很大，沿途的民众都驻足而视，敬畏不已。临近的一些部族首领，得到消息，也会小心翼翼，率人出来迎候。

　　鱼凫王有时心血来潮，也会率着卫队在蜀国境内巡视。这本是蚕丛王时代的传统，蚕丛王喜欢通过视察来了解民间疾苦。到了柏灌王的时候，因为执政时间太短，尚未继承这个传统，王朝就被颠覆了。现在鱼凫王也采取了这个做法，觉得蚕丛王真是英明啊，这样可以加强对蜀国的掌控，可以对众多部族行使蜀王的权力。在鱼凫王的心目中，蚕丛王是唯一使他心生畏惧的君王，也是他最为敬佩的伟大人物。鱼凫王夺取了蚕丛王创建的王国，又把蚕丛王当作了模仿的榜样，这也是鱼凫王的聪明之处。鱼凫王的凶悍，与他的狡猾，以及他的聪明，常常是交织混合在一起的，由此而形成了他性格的复杂。鱼凫王在性情方面，复杂多变，常会做出一些匪夷所思的举措，使人难以预测。所以他的下属，以及各部族首领，对鱼凫王都心怀忌惮，不敢大意。

鱼凫王的几个儿子也长大了，都住在王宫中。鱼凫王离开王城外出的时候，有时会吩咐儿子同行，跟随他一起巡视或射猎，来增加他们的见识，提高他们骑马射箭的本事。鱼凫王的长子鱼雕和次子鱼鹞，都是原配濮氏所生。还有几个幼子，则是其他王妃所生了。鱼雕与鱼鹞都长得很健壮，有一身好力气，从小就开始骑马，喜欢比赛射箭，很多方面都继承了鱼凫王的特点。有些本事，仿佛是与生俱来的，自幼耳濡目染，不用教就会了。在性格方面，长子鱼雕比较强势，这一点和鱼凫王的霸道比较相似；次子鱼鹞较为灵巧，似乎更多地遗传了鱼凫王的狡诈与聪明。鱼凫王以往对这两个儿子不怎么管，从小由濮氏抚育，很少过问他们的成长。那时鱼凫王的心思与精力都在应付蚕丛王上了，后来又谋划篡夺王位，对家里的事自然无暇顾及。现在鱼凫王成了大权在握的蜀王，又渐渐地老了，很自然地就会想到以后王朝的延续，对两个长大的儿子也就多了一些关注。

濮氏是鱼凫王的原配夫人，当年濮氏因为是濮族首领的女儿，曾是很多部落酋长之子的求婚对象。后来濮君比武招亲，鱼凫王夺冠称雄，而成了濮君的女婿。濮氏为鱼凫王生了两个儿子，鱼凫王坐上了王位，成了盟主与蜀王，濮氏也名正言顺地成了王后。现在鱼凫王有了新的爱妃，后宫佳丽甚多，已经不再和濮氏睡在一起了，但濮氏的王后地位却是不会改变的。鱼凫王和濮氏在后宫经常见面说话，商量或者吩咐一些家族里的事情。有一天，濮氏向鱼凫王说到了要给长子鱼雕定亲娶妻之事。

濮氏说：大王啊，雕儿长大了，要给他定亲了吧？

鱼凫王点头说：是啊，雕儿大了，是应该给他定一门亲事了。

濮氏说：我看到大王整天都忙大事，所以提醒大王一声。

鱼凫王说：你不说，我倒真的有点忽略了呢。这事是该办了。

　　濮氏说：只要大王把这事放在心上，就好办了。

　　鱼凫王问道：关于雕儿的亲事，你是不是有了主意？

　　濮氏说：我哪有什么主意，全靠大王你做主呢。

　　鱼凫王想了一下说：雕儿娶亲，那是要找个大部族首领之女才行呢。你觉得和哪个部族联姻比较好？

　　濮氏说：我常年都待在宫中，难得出门，哪里知道啊。

　　鱼凫王点点头，知道濮氏说的都是实情。濮氏对外面的很多事情，是从来不过问的，无论鱼凫王做什么，濮氏从不反对，只是附和与顺从，而这也正是濮氏表面愚笨、内在聪明之处，是濮氏能够稳居王后之位的关键原因。濮氏如果早有主意，或者显得很有主见，那就反而会使得鱼凫王不快活了。

　　鱼凫王沉吟道：容我和弟弟们商量一下，再听听大臣们的意见。

　　濮氏赞同说：对啊，雕儿是蜀国王子，联姻娶妻也是一件不小的事儿，若能听听弟弟与大臣们的建议，来确定婚事，那是最好不过了。

　　鱼凫王觉得濮氏说的有理，给长子定亲，他以前有些忽略，现在才开始考虑这件事情，一时还拿不定主意，先听听家族亲属与近臣们的想法，当然是有用处的。

　　过了几天，鱼凫王便召集几位弟弟和一些大臣到王宫大殿议事。鱼凫王的大弟鱼鹊和二弟鱼鸦，还有老臣彭公等人，都应邀而至。鱼凫王开门见山地说了关于王子鱼雕的婚事，要听听他们的意见。几位弟弟和大臣们很久没有聚在一起议事了，听了鱼凫王的话，都有点兴奋。他们心中明白，王子联姻娶亲是喜事儿，商量此事可以畅所欲言，无论说对说错，都不要紧，不会遭到鱼凫王的责怪。所以便议论纷纷，各抒己见，显出了他们的热情，场面也因此而有些闹热。

　　鱼鹊说：适才有人说了一些可以联姻的部族，我觉得与其找个酋长之女，还不如娶一位国君的公主呢。鱼雕可是我们蜀国的王子啊，应该娶一位公主，这才和王子的尊贵身份相配啊！

鱼凫也附和说：对啊，虎配虎，鹿配鹿，王子是要娶公主才对！

大臣们听了鱼凫王两位弟弟的提议，也纷纷附和，表示赞同。

鱼凫王说：诸位所言，都是好意。娶个国君的公主，当然也未尝不可。

鱼鹊和鱼凫高兴地说：对啊，对啊，大王说的对啊！

鱼凫王扫视了一眼众人，问道：诸位觉得，哪位国君的公主合适呢？

大臣们互相交换着眼神，一时也说不出个究竟来。

鱼凫王的目光落在了彭公的身上，问道：彭公啊，你是老臣啦，见多识广，知道的比较多，你说说看。

彭公想了想，恭敬地说：启禀大王，在下想起蚕丛王的时候，曾派遣柏灌去访问远方的邦国。就在巴国的东方，还有一个大国，好像是楚国吧，听说那个国君有好几个公主呢。大王不妨派遣使者，前去联络，若能联姻，王子迎娶公主的好事就成功了。

鱼凫王点头说：是有这么回事，就是太远了，中间还隔了个巴国。

彭公小心翼翼地说：是啊，是有点遥远，全凭大王定夺呢。

鱼鹊说：远怕什么，派遣使者，骑马多走几天就行啦。

鱼凫说：如果联姻成功，我们和东方的那个大国就是亲家了。以后两国一起出兵，从东西两边夹击，就可以攻取巴国啦！

鱼鹊笑着说：三弟想得真是远，把两国联姻之后的事都想到了！

鱼凫王沉吟道：派遣使者，倒是不妨一试。要途经巴国，就怕廪君从中作梗呢。

鱼鹊问道：为什么要担心廪君作梗啊？

鱼凫王说：廪君此人，胆大心细，你们想到的，他也会想到。

鱼凫说：我们联姻，与他有什么关系？他怎么会想到以后的事呢？

鱼凫王说：廪君非等闲之辈，岂会不懂我们联姻的意图？

鱼鹊问：那怎么办呢？难道就此作罢不成？

鱼鸦说：大王，我们派出的使者，可以绕道而行啊！

鱼凫王哈哈一笑说：看来你们都是赞同此事的，那就不妨一试吧。

鱼凫王又问彭公：此事是你提议，你还有什么高见吗？

彭公赶紧揖手施礼道：在下驽钝，见识短浅。大王英明，高瞻远瞩，我们都听大王的！

鱼凫王很高兴，哈哈笑道：好吧，这事就先议到这儿。

朝会结束，鱼凫王的弟弟和大臣们都走了。鱼凫王独自待在大殿里，又思量了一番，觉得两位弟弟和彭公都言之有理，蜀国的王子自然是应该迎娶一位大国的公主才对，于是便拿定了主意。

鱼凫王任命了一位精明能干的随从为使者，又挑选了几个人，组成了一支出使的队伍，配备了马匹，携带了礼物，派遣他们前往楚国，去联络两国联姻的事。因为要途经巴国，鱼凫王吩咐他们见机行事，务必小心。使者接受了任务，准备妥当后，便率着这支精干的小队伍出发了。

濮氏也知道了这件事，对鱼凫王的联姻安排感到高兴，但也有些担心，觉得蜀国与楚国隔了那么远，使者此去能否成功，还是一个未知数。万一不成，又怎么办呢？鱼雕已经长大成人，眼看着就到了娶亲的年龄，还不如就近找一个部族酋长的女儿呢，这样就不会耽搁了。濮氏很想同鱼凫王说说自己的想法，但又怕说得不恰当反而会招致鱼凫王的不快，所以好几次话到口边又忍住了。她想，鱼凫王是个很有主见的人，既然对此事已有谋划，还是听从鱼凫王的决定吧。

鱼凫王派遣的使者出发后，走了几天，便进入了巴国境内。从蜀国前往东方的楚国，中间隔着巴国，那是必经之途，要绕道避开巴国是很不现实的。使者晓行夜宿，沿途询问，兼程赶路。使者得知，要去楚国，通常都是顺着大江往东，大路或小道都是如此。相比较而言，小路荒僻崎岖，野兽出没无常，会遇到很多难以预测的危险，走宽敞的大路当然更方便一些。因为使者一行骑马而行，所以便明智地选择了走大路。而选择了这条路线，不可避免就要经过夷城。

廪君很快就知道了蜀国派遣使者的消息，派人悄然监视着使者的行踪。当使者临近夷城时，廪君预先派出的队伍正等着他们的到来，很客气地将使者请进了夷城。说是请客，当然是客套的说法，实际上是拦截了鱼凫王的使者，阻止了他们东行，不让他们去和楚国联姻。廪君深知，如果蜀国和楚国联姻了，那就是将巴国包围了，形成了前后夹击之势，假若将来一旦形势有变，对巴国是非常不利的。廪君远见卓识，谋事深远，自从得到消息便猜透了鱼凫王的意图，因为担心这种情形的形成，所以一定要阻止蜀楚的联姻。如何才能达到目的呢？廪君当然不会使用简单粗暴的做法，而是采取了一个柔软高明的策略。

廪君亲自接见了鱼凫王的使者，并设宴款待，请使者饮酒。

廪君和颜悦色地问道：巴蜀是友好邻邦，我赠送的美酒，鱼凫王还满意吧？

使者恭敬地回答：巴国美酒，鱼凫王非常喜欢，赞不绝口呢。

廪君高兴地说：等你回去时，再多带些美酒给鱼凫王吧！

廪君向使者殷勤劝酒，使者连饮了几盏，赞誉说：巴国美酒，名不虚传！多谢大王美意！

使者以前跟随鱼凫王，虽然早就知道巴国清酒的美名，却很难有这样畅饮巴国美酒的机会，何况是廪君亲自向他敬酒，心中受宠，对廪君倍增好感，很是开心。

廪君陪使者饮酒，试探着问：鱼凫王这次派你前来，好像另有使命？

使者委婉地说：鱼凫王听说东方还有一些邦国，所以派小人去看看。

廪君趁机说：我也听说，鱼凫王派你出使，是打算和楚国联姻吧？

使者有点惊讶，哦了一声，不知廪君是如何得知这个消息的。

廪君注意到了使者困惑的神态，哈哈一笑，然后正色说：你若去楚国，只能白跑一趟了。你知道为什么吗？因为楚国公主，已经嫁给巴国王子了。巴楚相邻，相互联姻，已捷足先登，蜀国迟了一步呢。

使者听了，将信将疑，又觉得廪君所言，不会是假话，一下愣住了。

廪君又笑一笑说：不如巴蜀联姻吧，把我的女儿嫁给鱼凫王的儿子吧！

使者也露出了微笑说：蜀国的王子，能娶巴国的公主，当然不胜荣幸！

廪君哈哈笑道：巴蜀成为亲家，这样就是皆大欢喜了！

使者也赔着笑，迎合说：是啊，是啊，这真的是天大的好事呢！

廪君说：那就拜托你回禀鱼凫王吧，先定亲，再迎娶，这事就这样定了吧！

使者审时度势，觉得也只能这样了。使者心想，去楚国行程遥远，与其白跑一趟，还不如就按廪君说的办呢。反正此行的目的是为了联姻，蜀国的王子，无论是娶楚国的公主，或是娶巴国的公主，其实都是一样的。比较而言，楚国远在东方，未免太远了一点。巴国和蜀国却是近邻，现在关系也很友好，两国联姻，以后走亲戚也方便得多啊。使者这样一想，觉得于情于理都是好事，便自作主张，爽快地答应了廪君的嘱托。

廪君很高兴，热情招待使者在夷城住了几天，准备了很多礼物和好几坛美酒，让使者回去带给鱼凫王。廪君又特地派了心腹侍从，陪同鱼凫王的使者同行，以示巴国的诚意，一起前往蜀国王城，去面见鱼凫王，以确定巴蜀联姻这件事情。

使者回到蜀国王城，将此行情况，向鱼凫王如实做了禀报。

鱼凫王听了，大为惊讶。正如他所判断的，廪君果然非同寻常，竟然抢先在蜀国之前和楚国联姻了。鱼凫王又有点纳闷和不解，廪君好像什么都知道，对蜀国派遣使者前往楚国的意图似乎很清楚，他是怎么猜到的呢？这些都成了鱼凫王心中难以解开的疑问。鱼凫王打算与楚国联姻的计划受挫，当然有些不快。但获得了廪君赠送的好几坛美酒，却又十分高兴。廪君以前派人赠送的美酒早已喝完了，现在又有巴国美酒可以畅饮了，岂能不开心？这可是他特别喜欢的美酒啊！至于巴蜀联姻，廪君主动提议将巴国公主嫁给蜀国王子，也不失为一件好事。不过，鱼凫王对此还要好好考虑一下，仔细权衡一下利弊，再做决定。

鱼凫王当天在后宫设宴，和爱妃们一起畅饮巴国美酒。

春兰依偎在鱼凫王的身边，问道：大王为何如此开心呢？

鱼凫王说：爱妃，我觉得还是巴国的美酒好喝啊。

春兰询问缘由，鱼凫王便将情形告诉了春兰。

春兰笑曰：巴酒，蜀酒，都是好酒。大王如果和廪君联姻了，以后就可以随便喝两种酒了。

鱼凫王哈哈笑道：那倒是啊，联姻了当然可以经常喝巴酒了！

春兰本来是很随意的一句奉承话，却触及了鱼凫王喜欢巴酒的嗜好，开始倾向于和廪君联姻了。

濮氏在后宫也听说了廪君派人赠送巴酒和希望联姻的事，找了个空闲时间，面见了鱼凫王，询问其中详情。鱼凫王向濮氏简略地说了一下情况，征询道：你觉得如何？濮氏说：雕儿能娶巴国的公主，当然很好啊，这是门当户对的好事呢。鱼凫王沉吟道：据我所知，廪君的女儿年纪尚幼，还要等个两三年才能迎娶呢，你觉得这样好吗？濮氏说：等个两三年又有何妨啊，迎娶之前恰好可以从容做些准备嘛。鱼凫王又说：廪君主动提议此事，会不会有所企图？濮氏说：廪君主动提出巴蜀联姻，那是他敬佩你和巴结你嘛，大王担心什么呢？鱼凫王想了想，点头说：那倒不用担心什么，蜀国强盛，巴国弱小，廪君也就是想加深友邦关系罢了，也是出于防备之心，为了让蜀国以后不再图谋巴国吧。鱼凫王又哈哈一笑说：既然你们都赞成，认为巴蜀联姻是好事情，那就答应了吧。濮氏喜悦地说：大王英明，把廪君的心思都看透彻了！大王能这样决定，真是太好了！濮氏的赞同态度，也促使鱼凫王下了决心，将巴蜀联姻的倾向，变成了决定。

第二天，鱼凫王在王宫大殿召见了廪君派来的心腹侍从，答应了和巴国联姻，请他回国后转禀廪君。作为礼尚往来，鱼凫王也安排酒席，盛情款待了巴国的客人。鱼凫王还准备了一份厚重的礼物，作为定亲的聘礼，带往了巴国，赠送给廪君。

廪君的心腹侍从返回巴国夷城后，向廪君做了禀报。廪君得知鱼凫王答应了联姻，心中大喜。不久又派出了使者，前往蜀国王城，同鱼凫王商量了巴蜀联姻的一些具体设想与安排，譬如何时迎娶，以及迎娶的过程，如何操办婚礼等等。

经过两国使者的多次出使商谈，巴蜀联姻这件大事终于确定了。巴国和蜀国的关系，由此而进入了一个新的阶段。由此开始，两国经常互派使者，友好交往明显增多，民间相互走动和经商贸易就更为频繁了。这很自然为两国都带来了好处，促使了蜀国的繁荣，也促进了巴国的兴旺。

第二十七章

　　鱼凫王随着王朝的发展与势力的增强，有点不满足于现在的统辖状态了，觉得王宫太小了，王城也太小了。这座王城和王宫，都是蚕丛王时期修建的，那时看起来好高大好雄伟，一晃很多年过去了，现在王朝壮大了，就觉得无论是王城或王宫都显得狭小和局促了。鱼凫王的家族，人口众多，后宫佳丽也多，为了适应现在的王朝情形，当然是应该修建一座更为宏大的王城才对啊，王宫也要更加宽敞和华丽才会舒服啊。鱼凫王自从萌生了这个想法，又考虑到三年之后王子鱼雕要迎娶巴国公主，修建一个新王都的愿望便变得强烈起来。

　　鱼凫王率领着一大群侍卫与随从，出了王城，在蜀国境内巡行。

　　鱼凫王这次出行，除了例行的巡视，主要还是想选择一个理想的地方，以便修建宏伟壮丽的新王都。鱼凫王在前呼后拥下巡行了几天，绕行了一大圈，果然不虚此行，看中了一个地方。这里地势高畅，远处是林木茂盛的山丘，附近是绿草如茵的原野，有宽阔的绿河流淌而过，足以灌溉肥沃的土地，还有湿地和池泽，鱼鸟甚多。这里距离老王城也不算很远，骑马只有半天的路程。以后如果定居在这里，出行和交通都会很方便，既可以兼顾对老王城的掌控，也有利于新王都的发展。这里便于栽种庄稼和捕鱼打猎，物产丰富多样，确实是个好地方。特别是这里的绿河非常宽敞，由岷江上游分流出来，在这里平缓地流过，河水清澈见底，到了下游又与岷江汇合。因为栖息于河畔的野鸭特别多，这里的百姓于是将绿河俗称为野鸭河。鱼凫王很喜欢这条河流的名称，绿色是春天的景象啊，而春天是兴旺的季节，野鸭与鱼凫也是很有缘分的啊，岂不就是一条鱼凫王的河流吗？鱼凫王觉得，这也许是天帝与众神有意的安排吧，如果选址在这里修建新的王都，一定会兴旺发达！

鱼凫王为自己的直觉而倍感兴奋，他骑马立在河岸高处，双目炯炯发光，扬鞭指点着远近的山水林木，对随从人员说：这里好啊！看这山水，看这河流，真是气象不凡！蚕丛王在岷江之畔修建了王城，我也要在绿河之畔建造一座新王都！

随从人员都称赞道：大王功勋盖世，是要有一座新王都才对！

鱼凫王听了，哈哈大笑道：好啊，新王朝嘛，自然是要有新王都！

鱼凫王决心已定，便下令调集蜀国的人力物力，开始在绿河之畔修建一座气势恢宏的新王都。这是一项前所未有的大工程，既要精心部署，又要倾其国力才能完成。新王都规模宏大，王宫区域主要由鱼凫族人来修建，并征召了其他各部族的人员来修筑高大的城墙，同时还要修建多处贵族府邸、大臣们的独立宅院、大量的居民住宅、各类作坊、交易的集市、商铺与饭铺之类，以及铺设城内的街道。等到这些建好之后，在城外也要有居民区，还要有烧制陶器的土窑，要有冶炼的工场，运输与储放玉石材料的场所，以后还要有墓葬的区域。这样一件大事，参与者众多，持续的时间肯定比较长，必须有专人负责才行。在鱼凫王的亲信中，最受信任的自然是两位弟弟鱼鹊和鱼鸦了。鱼凫王随即任命了大弟鱼鹊来监管新王都的修建，原来的王城护卫则仍由二弟鱼鸦担任。鱼凫王的命令下达之后，各部族首领都知道了这件事情，不敢怠慢，都遵命相继派人前来协助。参加修建新王都的人员，都携带了筑城的工具和衣物粮食，从各处赶来。这些民工陆续抵达之后，在河畔搭建了茅舍与棚屋，暂时驻扎下来。这里原是一处荒僻的地方，因为这些民工的到来，顿时变得热闹起来。

鱼凫王亲自划定了新王都的占地范围，指定了新王宫的位置。因为有蚕丛王创建的王城提供借鉴，所以新王都仍是仿照以前的王城模式，只是扩大了整体布局，特别是扩大了新王宫的面积，比以前大了好几倍。按照鱼凫王的要求，王宫里面同样要有宏伟的大殿，要有更为宽敞华丽的后宫。这是鱼凫王最为关注的事情，特别叮嘱了鱼鹊，要他负起责任，务必精心修建，决不能草率。鱼鹊明白了鱼凫王的心思，深知此事的重要，自然是满口答应。

诸事齐备，动工在即。鱼凫王觉得，这是蜀国极为重要的一件大事，也是他坐上王位以来最重大的一件举措了。鱼凫王考虑到新王都的修建，势必关系到将来王朝的命运，所以在动工兴建之前，先要举行一个隆重的祭祀活动，要祷告天地，祈求诸神护佑，为将来的这座新王都带来福祉。鱼凫王想到了祭祀，并不奇怪。自从蚕丛王开创蜀国以来，凡是遇到重大事情，都要举行祭祀活动，这早已形成了一个传统。鱼凫王擅长射猎，却不会巫术，也不知道如何沟通诸神，对祭祀天地的奥妙也似懂非懂，但对蚕丛王许多非凡的做法却心生敬仰，继承了蚕丛王时期的很多传统。特别是在祭祀庆典方面，鱼凫王夺取王位之后，便以蚕丛王为榜样，很快就学会了举办此类活动，懂得了以此来凝聚人心和扩大影响。这也是鱼凫王的精明过人之处，一旦明白了祭祀活动的好处，便进入了心领神会的境界。

鱼凫王的命令下达后，很快就在野鸭河畔筑建了一座高大的祭坛。

举行祭祀的这天，天气晴朗，阳光灿烂，参加祭祀的鱼凫族人已经准备好了献祭的物品，列队以待。应邀前来参加祭祀活动的各部族首领也都到了，被安排在祭坛前面等候。被征召前来参加筑城的人们，都聚集在祭坛周围，怀着好奇而兴奋的心情，准备观赏这次非同寻常的祭典。临近中午时分，鱼凫族人擂响了大鼓，吹响了牛角号，旗幡随风招展，场面分外热闹。这时，在雄壮的鼓角声中，传来了疾驰而至的马蹄声。远处出现了马队，那是鱼凫王来了。

鱼凫王身穿王服，头戴王冠，腰佩宝刀，在一群彪悍侍卫的前呼后拥中，从王城方向快马加鞭而来。鱼凫王的侍卫们也都衣着鲜明，犹如一阵旋风，由远而近，吸引着人们的眼球。鱼凫王这几年岁数增长，双鬓已显灰白，但雄风依旧，强悍如昔，性情做派都一如既往，霸气不减当年。鱼凫王一路疾驰，来到祭坛前面，这才勒住坐骑，敏捷地跳下马来。鱼凫王环顾了一下四周，手扶刀柄，沿着台阶，健步登上了高大的祭坛。侍卫们也都下了马，在台阶两侧守护。各部族首领与众人都仰目观望，屏息以待，热闹的场面骤然变得肃穆了。

鱼凫王站在高大的祭坛上，视野骤然开阔。眺望西北方向，远处有青黛色的群山，逶迤连绵，近处有苍翠的树林，可以看到鸟儿飞翔。流淌的绿河，泛着鲜亮的波光，由远处而来，穿越树林向东南流去。回转身来，向东南眺望，可以望见东方有起伏的丘陵，南方有池泽湿地与旷野。鱼凫王登高远眺，大好景象都汇于眼底，联想到不久的将来，这里将会崛起一座雄伟繁华的新王都，这里将成为他统治蜀国的枢纽，不由得豪情满怀，兴奋不已。

鱼凫王面向列队以待的鱼凫族人做了个手势。几名鱼凫族人将献祭的物品抬上了祭坛，摆放妥当。一切准备都已就绪，祭祀便正式开始了。鱼凫王居高临下，又环顾了一下祭坛四周观望的众人，进行献祭仪式，然后面朝苍天，虔诚祷告，沟通诸神。此时正值中午，艳日当空，流淌的绿河波光闪烁，和风从远处吹来，祭坛上的旗幡随风猎猎飘扬。祭坛下面的众人，在静谧和神秘的气氛中，都屏息仰望着鱼凫王。鱼凫王似乎已进入了与诸神对话的通灵境界，时而做出一些夸张而又奇妙的动作，时而喃喃自语，给人以高深莫测之感。阳光照射在鱼凫王的王冠上，显得金光灿灿，艳丽的王服也格外引人注目，越发衬托了祭祀天地诸神的庄严玄妙气氛。这样持续了好一阵子，鱼凫王才从这种故作神秘的状态中回归到了现实世界。

鱼凫王舞动双手，舒展了身体，对众人大声说：刚才本王已禀告天公，祈求诸神护佑。诸神告诉本王，这里山水俱佳，实乃形胜之地。此处汇聚了天地灵气，是上天特意安排给本王的一块风水宝地啊！前些日子，诸神托梦给我，要我在这里修建一座新王都。本王遵照诸神之意，于此动工，新建王城！事成之后，王朝兴旺，百姓富庶，天下祥和！这是天大的好事情啊！感谢老天爷！感谢诸神！

鱼凫王的祭祀表白，同从前蚕丛王的祭典有很大不同。蚕丛王与诸神的沟通是水乳交融的，达到了出神入化的地步。鱼凫王继承了蚕丛王的做法，但模仿的只是皮毛，离蚕丛王的境界还相差甚远。不过鱼凫王也别有特点，他的神情和声音都很有蛊惑力，向众人传递和渲染了一种神秘的情绪。鱼凫王往往能将虚构的故事说得活灵活现，使得众人信以为真。这次也不例外，通过隆重的祭祀，让众人都认为在这里修建新王都，是天公和诸神的旨意。鱼凫王从众人仰望的目光中，看到了大家对神灵的敬畏与信服，知道自己的目的已经达到了。鱼凫王目光炯炯，朝着鱼凫族人，又做了个有力的手势。鱼凫族人随即又擂响了大鼓，吹响了号角，以宣告这次盛大祭祀活动的圆满结束。

雄壮的鼓角声骤然响起，传向四方，惊动了树林里的鸟群。有一些羽毛斑斓的鸟儿，振翅而翔，在绿树与蓝天白云之间盘旋，然后飞向了青黛色的远山。

这个情景，也成了吉祥的征兆，为这次祭祀活动增添了喜庆色彩。

鱼凫王健步走下台阶，在侍卫们的护卫下，骑马离开了祭坛。

各部族首领也都带着随从，跟随着鱼凫王去了王城。

鱼凫王已经在王城准备好了宴席，要和各部族首领饮酒相庆。

隆重的祭祀结束之后，新王都的修建就随之开始了。

鱼鹊带着自己的一班人马驻扎在了野鸭河畔，负责监督整个建筑工程的进展。鱼鹊是鱼凫王的大弟，是鱼凫王夺取蜀国王位的得力助手，也是鱼凫王最为信任的亲信。鱼凫王派他来建造新王都，也充分说明了对他的信赖。鱼鹊开始颇为兴奋，不久便觉得这是一项苦差事。因为住在这荒僻的野鸭河畔，每日除了监督众人筑城，吃喝玩乐都极不方便。自从鱼凫王坐上王位之后，鱼鹊成了蜀国的贵族，过上了养尊处优的享乐生活。鱼鹊在王城拥有自己的府邸，每天都有很多仆从伺候，出入有护卫跟随，走到哪里都是一呼百应。这种显赫而又快乐的日子过久了，便养成了一种颐指气使的心态。在鱼鹊的心目中，除了尊崇大哥鱼凫王，其他人是全都不放在眼里的，很有些一人之下、万人之上的感觉。如今被鱼凫王派来修建新王都，实在是太辛苦了，时间一长，便觉得很烦恼。可是王命在身，又不敢违背，只有勉为其难了。

新王都布局恢宏，首先要修筑高大而又坚固的城墙，围成近似四方形的一圈。这种高大的城墙，主要靠夯土修筑，中间要加一些树枝、稻草与藤蔓之类植物，以增加城墙的坚韧与结实，一层一层地叠加夯筑上去，直至全部建成。修建这样的城墙，主要是为了王都的防守，同时也可以防备水患。从前蚕丛王修筑了王城，就抵挡了岷江的泛滥，安然渡过了灾难。新王都的修建当然也不会例外。如果将来有异族侵犯，或者遭遇洪水暴发，新王都可以依仗高大坚固的城墙而加以抵挡，足以确保城内居住者安然无恙。所以修建新王都，首先就是要修筑城墙，这是头等重要的事情。夯筑城墙，需要就近大量取用泥土，还要去远处砍伐树枝，工程量浩大。从事筑城的主要是从各部族征召来的人员，鱼鹊给他们分别布置了任务，分段而筑，这样合拢以后，就大功告成了。

位于新王都里面的王宫也由鱼凫族人开始修建了。新王宫同样也要修筑围墙，虽然没有城墙那么宏大壮阔，却也相当的高大，而且异常坚固。新王宫里面的建筑需要大量的木材，也派人去附近的森林里砍伐了，然后驱使牛马拖拉运输到了施工的地方，以供建筑大殿和后宫房屋使用。修建大殿需要一些特别粗壮的柱子，需要到更远的山林里寻找砍伐，运输也要耗费更多的人力和畜力。建筑大殿还需要很多石材，也需要到山中采集。这些都是很辛劳很麻烦的事情，需要一项一项地认真完成。运输需要的马匹和牛，也陆续调集而来。

修建新王都的人员，数量众多，后勤供应也是一项不可忽略的事情。各部族征召而来的民工，带来的粮食很快就吃完了，情况禀报给了鱼凫王，于是从王城运来了粮食以解燃眉之急。鱼凫王马上又传令给各部族，要他们迅速运送粮食物品到野鸭河畔，以保障各类人员的需求，不得有误。鱼凫王召集各部族的人力物力财力，来实施他的宏图大略，已经不止一次，早已成了惯例。各部族首领接到命令后，不敢懈怠，全都遵命而行，纷纷派人运送。有些部族还来了一些岁数大的妇女，在野鸭河畔留住下来，专门为筑城人员煮饭洗衣服。后来，有些年轻的家属因为挂念丈夫，也追寻来了，还带来了孩子，协助自己的男人一起筑城，并在野鸭河畔搭建了窝棚，晚上就全家挤住在一起。这样的日子，异常辛苦，繁重的劳动日复一日，但谁也不敢擅自离去。众人全都努力筑城，只有等到将新王都建成，完成王命才能返回家乡了。

　　时光易逝，鱼鹊监管新王都的修建，转眼之间半年多时间就过去了。高大的城墙已初具规模，王宫的城墙也基本完工，大殿已用石材垒砌了基础，接着就要立柱建房了。鱼鹊每天都要巡逻一番，视察一下施工的进展，然后便待在驻扎的地方，有时独自饮酒，有时去河畔捕鱼，有时会带着一群卫士骑马去林中射猎，将捕获的野猪、野鹿、野兔之类用来改善饮食。鱼鹊在野鸭河畔待得久了，虽然可以用饮酒和射猎来消磨时光，但还是觉得很枯燥很无聊。驻扎在这荒僻之地，吃的用的都很简陋，哪里比得上在繁华的王城府邸中舒适好玩呢？但鱼鹊重任在身，岂能擅离职守？偶尔回一下王城都不敢待久了，生怕被鱼凫王责怪。

　　这天中午，王子鱼雕从王城骑马来到了驻地，前来看望鱼鹊。

　　鱼鹊看到王子来了，很是高兴，立即吩咐仆人设宴款待。

　　鱼雕说：二叔啊，父王说你辛苦啦，派我来看看你！

　　鱼鹊笑道：督建新王都嘛，辛苦也是应该的啊！

　　鱼雕带来了几头肥猪与大羊，还有新酿的蜀酒，都是犒劳品，让随从人员交付给了鱼鹊。鱼鹊开心地笑着，陪着鱼雕视察了正在修建的城墙和新王宫。鱼凫指点着说：王宫建好之后，还要修饰一番，要弄得很华丽，住在里面那才舒适！鱼凫又说：等新王宫建好了，到你大婚的时候，王宫里面张灯结彩，一定热闹得不得了！鱼雕听了，想到以后要迎娶巴国的公主为妃，将来鱼凫王老了，自己还会继承蜀国的王位，这座新王都实际上也就是为他所建的，心里便分外兴奋。

宴席已经备好，有鸡鸭，有鱼，有新鲜野味，虽然条件简陋，却还算丰盛。鱼凫请鱼雕入席，殷勤敬酒。鱼雕在王宫里住久了，来到这里，感到新鲜，兴趣益然。鱼雕也向鱼凫敬酒，两人盏来杯往，甚是开心。在鱼凫族中，鱼雕是鱼凫王的长子，鱼凫是鱼凫王的大弟与重臣，两人地位特殊，颇有相互借重之意。叔侄二人平常各自住在府邸与王宫中，难得一聚，这次饮酒，是个聊天的好机会，饮了几盏，以酒助兴，话便多了起来。

鱼雕问道：二叔啊，你随父王出征过巴国，廪君此人如何？

鱼凫说：廪君不简单，大王说过，廪君也是一位英雄豪杰。

鱼雕又问：廪君如果同父王相比呢？谁更强大？

鱼凫笑道：当然是大王啦，但也不能小看廪君啊。

鱼凫回忆起了鱼凫王与廪君比赛射箭的事，向鱼雕讲述了当时巴蜀争战的过程，后来阵前饮酒，和谈撤兵，都是使人难忘的往事。

鱼雕说：大婚之时，我是否要去巴国迎娶公主呢？

鱼凫说：那要看大王的安排了，也许会让你去边境迎娶。

鱼雕说：我倒愿意去巴国的王都夷城迎娶呢，也好见见廪君。

鱼凫笑曰：两国联姻，成了亲戚，但大王是不会让你深入险地的。

鱼雕有点不解，问道：这是为什么呢？

鱼凫说：你是蜀国王子啊，若去巴国，万一被廪君扣留了怎么办？

鱼雕说：廪君将公主都嫁给我了，岂会扣留我？

鱼凫笑道：身为国君，都是谋事深远之人，如果廪君将你软禁在巴国，蜀国就会受到要挟。大王对此自然会有顾忌，所以不会让你去巴国的。

鱼雕想了想说，这么说，这事还真有点复杂呢。

鱼鹊说：联姻之事，大王会将一切都安排妥当的，你不用操心。

鱼雕点头说：有父王操办，有二叔关怀，哪还用我操心呢。

鱼鹊听了，哈哈笑道：王子贤明，蜀国之福！

鱼雕听了鱼鹊的夸奖和奉承，心中高兴，也放声笑起来。

宴席之后，下午鱼鹊又陪同鱼雕去林中射猎，临近傍晚才尽兴而返。

这次叔侄小聚之后，鱼雕回了王城，鱼鹊继续在野鸭河畔督建新王都。

过了一个多月，鱼雕又来看望鱼鹊，两人又是饮酒聊天。因为有美酒助兴，可以无话不谈，鱼雕觉得很投缘。鱼雕已渐渐长大，到了婚娶的年龄，心理上和性情上，都发生了许多微妙的变化。鱼雕现在最关心的有几件事情：第一件事就是迎娶巴国公主，因为时期未到，还要继续等待，故而给了他很多遐想，从巴国公主的身材相貌到岳父廪君的态度与关系，都使他常常猜测和联想。第二件事情就是以后住进新王都的生活，也给了他很多遐想。第三件事情就是将来王位的继承，也是他最关心的了。按理说，他是鱼凫王的长子，等到鱼凫王百年之后，由长子继承王位是顺理成章的事。但鱼凫王有好几个儿子，现在喜欢的爱妃又多，可能还会给鱼凫王生下王子，鱼凫王究竟会将王位传给哪位王子，谁也说不准。鱼凫王的性情又复杂多变，经常喜怒无常，常会做出一些出人意料的决定。鱼雕想到了这些，心中难免有所顾虑，思考再三，便觉得要找个真心诚意帮他的人，协助他谋划王位的继承才行，二叔鱼鹊便成了他选择的依靠对象。鱼鹊是鱼凫王最信任的重臣，如果鱼鹊帮他，那就大事可成了。鱼雕虽然年轻，还是懂得策略的，通过几次和鱼鹊接触，前来拜望相聚，一起饮酒聊天，自然而然就和鱼鹊加深了感情，关系也就比以前更加亲密了。两人在聊天的时候，渐渐地就谈到了将来的一些事情。

鱼雕试探地问：二叔，我们鱼凫族是不是长者为尊？

鱼鹊回答说：是啊，长者为尊，强者为王，历来如此。

鱼雕轻轻地嗯了一声。

鱼鹊注意到了鱼雕微妙的神情变化，见鱼雕欲言又止，不由得问道：你的话好像没说完呢。你刚才想问的，究竟是什么啊？

鱼雕笑了笑，沉吟地说：就是随便问了一句而已。

鱼鹊想了想说：我们鱼凫族的传统，谁是老大，谁就是首领。

鱼雕问：继承首领之位，那也要老首领指定才行啊，是否如此？

鱼鹊笑道：当然啦，肯定要老首领指定，才能继承啊。

鱼雕叹了口气，不易觉察地摇了下头。

鱼鹊看了鱼雕一眼，笑道：你是不是在担心什么啊？

鱼雕说：我担心什么呀？有什么要担心的？

鱼鹊说：当然是关于王位的继承了。

鱼雕压低了声音说：二叔，不敢乱说啊，父王得知了要怪罪的。

鱼鹊说：你我私下说话，没有外人，不用担心。

鱼雕还是不放心，随即屏退了左右侍从，这才对鱼鹊说：二叔啊，父王如果喜欢哪位王子，以后就会指定哪位来继承王位，是不是这样？

鱼鹊说：道理上是这样。不过你不用担心，将来王位继承，肯定是你。

鱼雕说：为什么肯定是我？我觉得，父王好像更喜欢其他王子呢。

鱼鹊说：你是大王的长子啊，将来当然是由长子来继承蜀王之位啊。

鱼雕说：可是父王并没有确定啊，父王将来一定会这样做吗？

鱼鹊说：是应该让大王早些确立此事才好。你不要担心。

鱼雕施礼道：二叔你真好！拜托二叔了！

鱼鹊笑道：有机会我会提醒大王，尽早确立此事。

鱼雕敬酒施礼，再次向鱼鹊表示了感谢。继承王位，对于鱼雕来说是至关重要的一件大事，鱼雕希望得到鱼鹊的帮助和支持，明白了鱼鹊的态度，并听到了鱼鹊的亲口承诺，自然是分外高兴。心中感激，溢于言表。

　　鱼鹊也很高兴。他知道了鱼雕的心思，觉得帮鱼雕继承王位本来也是顺理成章的事情，等将来鱼雕成了蜀王，他便是大功臣，会备受倚重，对他来说也是大好事啊。鱼鹊这么一想，内心也十分兴奋。

　　又过了两个多月，鱼雕和鱼鹊又再次相聚，饮酒聊天时，又说到了这件事情。这次说的比上次更深入了许多，很多想法都不谋而合。

　　鱼鹊毕竟比鱼雕老成了许多，跟随鱼凫王多年，深知见机行事的重要，确立王位继承这件大事，不是闹着玩的，如果随便去和鱼凫王说就不好了，必须找个合适的机会才行。反正现在也无须着急，鱼凫王尚未衰老，鱼雕也还年轻，所谓来日方长，以后看情况吧，慢慢办就可以了。

　　鱼雕也知道欲速则不达，知道鱼鹊肯定会帮他，心中也就踏实了许多。

　　春去秋来，又过了一年多，新王都终于建成了。

　　新王都规模宏大，目前建成的不过是城墙、王宫、贵族府邸、大臣宅院、作坊与街道等主体工程，还有许多空间和余地，尚需慢慢完善。但这些后续事情，都是需要入住之后才去做的。现在主体建筑已经建好了，接下来就是迁都了。

　　鱼凫王接到鱼鹊禀报后，很是高兴，随即带着卫队和随从人员，前去视察。鱼凫王来到新王都，先看了建好的王宫，然后登上了高大的城墙。鱼凫王放眼远眺，看到了青黛色的远山与流淌的绿河，蓝天白云下的秋天旷野色彩斑斓。有这样宽阔而多彩的背景作为衬托，越发显示了新王都的宏伟壮观，一种气象万千之感油然而生，心中真是说不出的兴奋。

鱼凫王指点着，对随从们说：这才是个真正的王者之都啊！

陪侍在旁边的鱼鹊说：大王说得对，名副其实的新王都！

鱼凫王说：贤弟啊，新王都建成了，你立了一大功！

鱼鹊说：大王过奖了，臣弟奉命督建，都是大王的英明啊！

随从们也都附和着说：大王英明决策，选址建都，功勋盖世！

鱼凫王哈哈笑道：这里是风水宝地嘛，也是天遂人愿！

鱼凫王视察了之后，便颁布命令，开始迁都。

这次迁都，不仅仅是王室成员和贵族阶层的搬迁，平民百姓也是要随之迁徙的。所以都城的迁徙，就成了一件比较烦琐的大事情，持续了很多天，才大致完成。因为这次搬迁，原来在老王城与新王都之间有条小道，由于众多的人群和马匹牲畜往来行走践踏，因此而变成了一条宽阔的大路。鱼凫王率领王室与百姓迁往新王都之后，老王城并没有成为空城，鱼凫王在老王城内还留下了一些住户。也有一些是不愿离开老王城的，比如鱼雁便不愿搬迁，获得了鱼凫王的同意，依然留住在原来的宅院中。迁徙之后，因为老王城内的居民少了，显得有些空空落落的，原来繁华热闹的景象，一下变得清冷了。鱼凫王也没有放弃老王宫，王宫里的人都跟随鱼凫王搬走了，但里面仍保留了一些常用的设施，并留下了一些守卫人员。鱼凫王将这里作为了王朝的一个别宫，平常宫门紧闭，暂时闲置在那里。

新王都在大量人员入住之后，很快就热闹起来。鱼凫王为了增添新王都的人气，又传令鱼凫族的一些部落也迁到了新王都的附近。新王都周围的住户渐渐多了起来，参加新王都修建的各部族民工，有些返回了家乡，有些留了下来，成了新王都近郊的居民。随着人口的逐渐增多，日常的物品交易也多了起来，新王都成了蜀国最大的集市中心。在集市上交易的东西，有粮食、禽蛋、牲畜、鱼虾、猎物、果蔬、用具、木材、玉石，也有衣服和丝织品，从吃的到用的几乎无所不有，还有从外地贩运来的盐巴、干货、珠宝、稀奇古怪的装饰品之类，可谓丰富多样。日常交易者，除了当地的民众，从各处来此进行商贸活动的人也很多，往来络绎不绝，一派繁荣兴旺的景象。

鱼凫王住在新的王宫里面，感觉确实比以前宽敞舒服多了。新王宫不仅有豪华的大殿，后宫也修建得异常华丽。宫殿大了，房间多了，有专门宴饮和歌舞助兴的场所，更有奢华的寝宫。里面的卧榻、帷帐、摆设用具，都焕然一新。居住在这样华丽舒适的新王宫里，鱼凫王又添置了很多设施，又从各部族挑选了一些能歌善舞的美艳少女作为宫女，专门在后宫宴乐时表演歌舞。后宫里面的珍玩之物也渐渐增多了，有鱼凫王从各处搜集来的，也有各部族首领为了巴结和逢迎鱼凫王而主动进贡的珍稀物品。美酒的酿造，鱼凫王也设立了专门的御用作坊，并添了人手，以保障每日饮酒的需求。

鱼凫王终日享乐，过着奢华的生活，各项开销都日渐增多。为了满足需求，鱼凫王扩大了税赋的征收。后来，对新王都的集市交易，也要收取费用了。这些事情，鱼凫王委派了亲信人员专门办理，将所有的收入都提供给王朝挥霍使用。百姓对此很无奈，但也只有遵从，不敢违抗。从外地来到新王都交易的人，对鱼凫王朝的这些做法，也深感头疼，很有怨气，却又无法抗争和违背。鱼凫族的贵族们，则享有着各种特权，无论是在王城内或是在蜀国境内的其他地方，走到哪里都趾高气扬。这些贵族穿着鲜亮的衣服，骑着肥壮的骏马，出行时带着卫士和随从，对待平民百姓态度蛮横，如果有谁惹恼了他们，便会遭受责罚。蜀国的民众经常会受到鱼凫王朝贵族们的欺负，滋生了不满，积累了很多怨恨，却又无可奈何。百姓都很怀念蚕丛王时代的日子，那个时候，蚕丛王和西陵氏亲自教民养蚕植桑、耕种五谷，上下和睦，互相友好，生活过得多么平静啊。现在鱼凫王统治蜀国，一切都变样了，生活变了，风气变了，部族人与人之间的关系也变了，出现了各种纠葛，充满了复杂的矛盾。

鱼凫王沉湎在享乐的日子里，对民间的情形浑然不觉，看到的全是繁荣，听到的都是颂扬。鱼凫王不关心民间疾苦，但对各部族首领们的情况则始终严密监控，如果他们有什么异常举动，鱼凫王立刻就知道了。鱼凫王觉得，只要各部族的首领们都顺从王朝，天下自然就太平了，他也就可以高枕无忧地安享荣华富贵了。但鱼凫王的提防之心，并没有因此而减弱，他对那些酋长们并不信任，尤其是对那些较为杰出的部族首领更是不放心，秘密安排了监视，防备他们就像防备虎豹似的，不敢掉以轻心。鱼凫王自己就是靠阴谋而夺取了王位，因此也非常担心别人会搞诡计来颠覆他，所以必须严加提防，而且采取了很多措施，包括很多秘密的不为人知的监视。鱼凫王的亲信密探，会定期向他禀报，从而使他对各部族的情况都了如指掌。鱼凫王现在出游和巡行已经明显减少了，在王宫中寻欢作乐，已成为他习以为常的生活。

　　时光流逝，转眼又过了一年，已经到了王子鱼雕大婚的日子。
　　蜀国的王子迎娶巴国的公主，对于巴蜀两国都是非常重要的大事情。鱼凫王派出了迎亲的队伍，在新王都为鱼雕安排了一个排场很大的奢华婚礼。廪君为公主准备了丰厚的陪嫁物品，派遣了送嫁人员，一路护送，离开巴国王都夷城，乘船渡过巴水，来到了蜀国。遵照鱼凫王的旨意，王子鱼雕在巴蜀接壤的边界迎接巴国公主。鱼雕等待公主离船登岸后，两人施礼相见，然后一起骑马而行。鱼雕第一次和公主见面，公主正值妙龄，相貌端秀，穿着艳丽的服装，英姿飒爽，使得鱼雕大为欣喜。巴国公主第一次出远门，未免忐忑，看到蜀国王子年轻俊朗，热情相迎，紧张的心情这才轻松了许多。两人骑马行走在迎亲队伍和护送人员中间，前呼后拥，来到了蜀国的新王都。民众扶老携幼夹道而观，欢迎巴国公主的到来。华丽的王宫内张灯结彩，喜气洋洋，异常热闹。前来参加婚礼的各部族首领骑着骏马，带着随从，已相继到达，向鱼凫王送上了贺礼。为了防备万一，鱼凫王事先已在新王都内外安排了兵力，在几处城门和一些要害之地部署了驻守的队伍，并加强了王宫的护卫。蚕丛王为蚕武迎娶鱼雁的时候，曾发生过濮氏兄弟叛乱之事，鱼凫王记忆犹新，自然要引以为戒，所以也做了很多防范。但这次鱼凫王显然是多虑了，一切都平安无事，什么意外也没有发生。

婚礼进行得很顺利。王子和公主拜了天地，向鱼凫王和王后濮氏行了叩拜大礼，然后欢欢喜喜入了洞房。鱼凫王安排了丰盛的宴席款待嘉宾，美酒佳肴，觥筹交错，欢聚一堂，其乐融融。参加婚宴的嘉宾，主要是前来贺喜的各部族首领、王室成员、鱼凫族的亲友，也有一些是鱼凫王的亲信近臣，都是些有身份的人。鱼凫王平日威严莫测，众人对鱼凫王都怀有畏惧与忌惮，很难得有这样聚会饮酒的机会。今日喜庆，王子大婚，鱼凫王显得分外高兴，众人也放松了心情。酒酣兴浓之时，鱼凫王又安排了歌舞助兴，气氛越发热闹。鱼凫王与众多嘉宾宴饮终日，都带了醉意，这才尽欢而散。

濮氏这天也特别高兴，给长子鱼雕热热闹闹地办了婚礼，终于完成了她的一个心愿。特别是鱼雕迎娶的是巴国的公主啊，看到公主长得端秀，举止神情中透着英气，濮氏更是喜不自禁。又看到来了那么多贺喜的嘉宾，也使人格外兴奋。当然也有遗憾，这么盛大的婚礼，却没有濮氏家族的人前来参加。濮氏联想到蚕丛王时代，濮氏兄弟谋反失败后便举族远遁了，从此失去了联系，心中便会涌起一丝淡淡的忧伤。但毕竟往事如烟，成败兴衰也是天意，内心深处的那丝忧伤，也就被冲淡和融化在了喜庆的气氛中。

第二十八章

　　鱼凫王决定让鱼雕夫妇去老王宫居住，将原来的王城让鱼雕统辖。

　　鱼凫王的这个决策，主要是出于一个统筹的考虑。王子鱼雕已经成婚了，给他一个王宫，也是应该的。让鱼雕统辖老王城，也是一个很好的磨炼，可以使鱼雕积累管理王城的经验，慢慢地成熟起来。等到以后鱼凫王老了，将王朝交给鱼雕就会比较放心了。鱼凫王的另一个考虑是不能让老王城荒废了，将它交给鱼雕经营，看看鱼雕能否使这座冷清的老王城重新焕发生机，兴旺起来。这对鱼雕来说也是一个锻炼和展现才能的机会，同时也是一个必要的考验。这些都是鱼凫王的深谋远虑，是在王子大婚之后采取的一个重要措施。鱼凫王仍像往常一样沉湎于享乐生活，和众多爱妃们寻欢作乐的时候，已经有了一些力不从心之感。他觉得自己真的变老了，所以需要预先做出一些必要的安排，这既是时势使然，也是鱼凫王自认为很重要的明智之举。

　　年轻的鱼雕新婚宴尔，对鱼凫王的决定深感诧异。鱼雕并不了解鱼凫王的深意，离开华丽的新王宫搬回冷清的老王宫去住，觉得仿佛被鱼凫王放逐了，心中产生了很大的抵触情绪。但鱼凫王的旨意，是谁也不能违抗的，鱼雕也不例外，必须遵循。于是，鱼雕和公主便遵命而行，带着一些仆从和侍女，从新王都来到了老王城，住进了老王宫。

　　老王城中的居民现在很少，老王宫中的仆从和护卫也不多，所以显得非常的冷清和悠闲。居住和生活在这样的环境中，远离了很多喧闹和繁杂的事情，可以放松身心，修身养性，又可以自由自在地过日子，本来是一件好事情，但鱼雕却不会这样去想，只觉得很委屈，很憋闷，很烦恼。鱼雕很自然地联想到了以后王位的继承问题，觉得鱼凫王很可能不会让他继承王位了，否则为什么要这样放逐他呢？这个猜测，使得鱼雕心情大为灰暗。鱼雕平常习惯了热闹的生活，对老王城的冷清与寂寞也感到很不适应。鱼雕熟悉的亲友们大都居住在新王都，留居在老王城的只有鱼雁和蚕儿母子了，但鱼雁平日深居简出，经常关闭着宅院大门，不与外界交往，与鱼凫族人的往来也极少。鱼雕在老王城内既无亲属又无朋友，也使他觉得很不好玩。鱼雕喜欢热闹，不喜欢这种孤家寡人的状态，时间久了，便深感无聊，心中的烦恼也与日俱增，在无奈中备受煎熬。

鱼雕忧心忡忡地过了一些日子，实在忍不住了，便骑着马，带了几名护卫和随从，悄然回到新王都，前去拜望二叔鱼鹊。鱼鹊在奢华的府邸中热情接待了鱼雕，宰鸡杀羊，烹调佳肴，拿出了最好的美酒，和鱼雕饮酒欢叙。

鱼鹊说：好久没见了，难得一聚，今日我们叔侄痛快饮酒啊！

鱼雕感叹说：二叔，老王宫好寂寞的，父王为何让我去那儿住啊？

鱼鹊也不懂鱼凫王为什么要做出这样的安排，想了想说：总是有大王的道理吧。

鱼雕说：父王把老王城给了我，以后王位就要传给别人了吧？

鱼鹊有点疑讶，啊了一声，问道：为什么要这样想？

鱼雕说：道理明摆着呢，父王好几个儿子，不会什么都给我啊。给了我老王城，王位自然就要传给其他王子了吧。

鱼鹊沉吟了片刻，不知如何回答才好。按常理分析，鱼雕说的似乎有点道理。在子女众多的家族里面，当家的肯定不会将所有的好东西只传给一个儿子，自然是要分而传之的，这是血缘关系决定的，也是人之常情。但王位的传袭，与财产的继承不同，有着极大的区别。王位事关大局，涉及王朝的延续，鱼凫王肯定不会掉以轻心的，应该是传给他最信任和最喜欢的一个王子吧？但哪位王子是鱼凫王最喜欢和最信任的呢？除了长子鱼雕，还有其他几位王子呢，这真的有点说不清楚了。由此可见，鱼凫王以后究竟会将王位传给谁，目前确实是一个很大的谜。

鱼雕说：二叔，你一定要帮我哦。

鱼鹊点头说：我一定尽力而为。

鱼雕来见鱼鹊的目的，就是想获得鱼鹊的支持。见鱼鹊态度十分肯定，很爽快地答应了帮他，心情顿时开朗了许多。

鱼鹊和鱼雕继续饮酒叙谈。关于王位继承之事，叔侄二人已经商谈过多次，结成了同盟。这次又悄悄商量了好久，还谈到了一些步骤和细节。鱼鹊觉得，鱼雕是鱼凫王的长子，将来继承王位，把握还是比较大的。不过，鱼鹊又深知鱼凫王的心思复杂多变，喜怒无常，经常会做出一些匪夷所思的举措，譬如突然命令鱼雕夫妇去老王宫居住，就有点使人费解。由此联想到王位继承这件事情，确实很难猜测鱼凫王的真实想法。看来目前情况复杂，只有见机行事了。

两人饮酒密谋之后，鱼雕便又悄然返回了老王宫。

就在这年的春夏之际，鱼凫王突然患病了。

鱼凫王的病情有点突然，也有点沉重。鱼凫王躺在寝宫的卧榻上，满脸倦容，浑身无力，同往昔相比判若两人。曾经充满霸气而又强悍无比的鱼凫王，此时已由猛虎变成了病猫。几名爱妃和一些后宫佳丽，轮流守候在鱼凫王身边，尽心尽力地照顾着鱼凫王。王后濮氏也常来看护，请了鱼凫族中擅长医药的长老，设法为鱼凫王治疗疾病。王后与爱妃们虽然想尽了办法，鱼凫王的病情却毫无起色，反而变得更加沉重了。王后担忧不已，爱妃们则心生恐慌，万一鱼凫王有个三长两短，她们失去了依靠，以后该怎么办呢？

鱼凫王大病的消息传了出去，在鱼凫族人中也引起了一些慌乱。他们担心，一旦鱼凫王病死了，如果蜀山氏族人和柏灌王卷土重来，其他部族也趁机闹事，鱼凫族的麻烦就来了。鱼凫王夺取蜀国王位的时候，杀害了很多蜀山氏族人，柏灌王也被迫逃到了其他地方，鱼凫王如果死了，鱼凫族群龙无首，有了这样的机会，他们能不回来报仇雪恨吗？还有其他诸多部族，原来都是蚕丛王的追随者，随时都会响应蜀山氏族人和柏灌王，所以鱼凫族人的担忧，也就难免了。

住在老王宫里的鱼雕得知父王病重，也感到了紧张和慌乱。鱼雕一心想继承王位，可是关于王位的传授，鱼凫王迄今都没有明确表态。如果鱼凫王突然死了，王子们势必争夺王位的继承权，鱼雕就会遇到很多麻烦，能否稳操胜券，就成了一个大问题。鱼雕越想越是担忧，带了护卫和随从，快马加鞭地赶到了新王都，径直去了鱼鹊的府邸。

鱼雕有点焦急地说：二叔啊，听说父王病得很重，怎么办呢？

鱼鹊见到神情惶惑的鱼雕，便明白了鱼雕的来意。鱼鹊说：大王病得有点突然，现在族里的长老们正在为大王治病呢。

鱼雕问道：父王的病能治愈吗？

鱼鹊说：说不准，有点危险。

鱼雕焦虑地说：万一父王不行了，王位继承怎么办？

鱼鹊说：如果大王病故，当然是你来继承王位了。

鱼雕问：这是父王的意思吗？可是父王并没有明确表态啊。

鱼鹊想了想说：大王的态度是不太明朗。

鱼雕说：现在的情形有点急迫，不能再等了，怎么办呢？

鱼鹊略作沉吟，说：这样吧，你先进宫去探视一下。稍微晚一点，我也去见大王，问问大王，然后再说怎么办吧。

鱼雕心想：也只有这样了，便去了王宫，看望躺在病榻上的鱼凫王。

鱼凫王正在寝宫中昏睡，几位爱妃守候在鱼凫王的旁边。平日鱼凫王和爱妃们在一起寻欢作乐的时候，王子们和其他人都是不能随便进入寝宫的。现在鱼凫王卧病于榻，为了预防不测，更是加强了寝宫的守卫。鱼雕走到寝宫门口，便被鱼凫王的侍卫们挡住了。侍卫对鱼雕说：没有鱼凫王的允准，谁都不能随便进入。鱼雕徘徊在寝宫门外，很是无奈，却隐约地听到了鱼凫王的爱妃们在里面小声说话，爱妃们年幼的儿子好像也在里面。鱼凫王不让其他人入内，却让幼子与爱妃们陪伴，这意味着什么？鱼凫王如果有什么遗嘱，肯定也是和爱妃们商量决定了，那些争宠的爱妃们岂会愿意将王位拱手送给鱼雕呢？鱼雕这么一推测，心情便变得异常复杂，在寝宫门外徘徊了一会儿，转身去见王后濮氏。经过弟弟鱼鹋住的地方，看到鱼鹋和三叔鱼鸦待在一起，正在附耳低语，好像在商量什么。鱼雕一愣，难道他们两个也是在密谋王位继承之事吗？鱼雕的心中顿时紧张起来，觉得目前的情形真的是太复杂了。

濮氏住在自己的宫室里，心力交瘁，一副六神无主的样子。看到鱼雕来了，濮氏上前拉住鱼雕的手说：雕儿啊，你父王现在病得很重，如何是好啊？

鱼雕说：母后啊，我也是才听说父王病重了，特地赶来看望父王的。可是，父王的侍卫为何不让我进寝宫呢？

濮氏说：你父王不想随便见人，那是因为探视的人多了，他心里烦躁。

鱼雕哎了一声，问道：父王的病现在究竟如何？还能治好吗？

濮氏叹了口气说：我把族里懂医药的长老们都请来了，想尽办法，尽心治疗，却不见起色。你父王从来没有得过这么重的病啊，把我的心都操碎了。濮氏说着，面露哀戚，抬起衣袖擦起了泪花。

鱼雕说：假如父王的病无法治愈，那怎么办才好呢？

濮氏含泪摇头说：我也不知道如何是好，只有听天由命了。

鱼雕很想问问母亲关于王位继承的态度，但看见濮氏如此神态，惶惑无措，知道说也无用，便忍住了。鱼雕只有说些闲话，宽慰了母亲几句，陪着待到了晚上，然后离开王宫，又去了鱼鹋的府邸。

鱼鹊下午到王宫去见鱼凫王，也同样被侍卫们挡回了。卧病于榻的鱼凫王现在好像谁都不愿见，连王子与王室的贵族们也不例外。鱼凫王吩咐了侍卫，侍卫们便遵令而行，严密守护，任何人都不得随便进入寝宫。鱼凫王为什么要这样做呢？也许是为了清静休养，也可能是另有其他微妙的缘故吧，总之是不愿见人。被挡驾的人都感到纳闷，暗自推测，不得其解。众人只知道鱼凫王病得很重，但究竟病情如何，则不得而知，成了一个很大的谜。这也很自然地引起了鱼雕和鱼鹊的猜测。

　　鱼雕说：我们现在连父王的面都见不到，情况太复杂了，令人担忧啊！

　　鱼鹊也深有同感，推测说：也可能是大王身边几个爱妃的主意吧？

　　鱼雕说：我觉得弟弟鱼鹬好像也在谋取王位，几个爱妃也企图掌控大权。我们不能袖手旁观啊，如果等他们阴谋搞成功了，我们就吃大亏了！

　　鱼鹊说：是啊，情形如此，不得不提防呢。

　　鱼雕说：我们得预做准备才行啊。

　　鱼鹊说：好，先做布置，有备无患嘛。

　　鱼雕和鱼鹊所谓的准备和布置，主要就是暗中筹集兵力。两人密谋了一番，当天便商定了办法。鱼雕住在老王宫，掌控的只有一些护卫人员。鱼鹊是鱼凫王的心腹大臣，率领的兵力较多，便将自己下属的一支队伍派往了老王城，交给鱼雕指挥使用，名义上是加强老王城的防卫，实质上是让鱼雕拥有了兵马。这样，鱼雕有了可以直接指挥的队伍，增强了实力，底气也就壮了，必要的时候，就可以先下手为强。等到鱼凫王驾崩之时，鱼雕就可以立即率兵进驻新王宫，鱼鹊也拥兵呼应，蜀国的王位当然就是鱼雕的了。两人还商量了其他几个关键环节，比如每天派人去王宫内探听鱼凫王的病情，随时相互通气，一旦鱼凫王病重不治，便迅速采取行动。同时也密切监视王子鱼鹬和三叔鱼鸦的动静，以防不测，确保万无一失。做了这些周密安排之后，鱼雕才悄然返回了老王城。

鱼雕在老王城调集兵力，按照密谋，开始加紧准备。

　　鱼雕现在拥有了鱼鹊调派给他的一支队伍，加上原来的老王城驻守人员，还有自己的卫士和随从，胆气一下就壮了，继承王位和执掌大权的欲望也随之而变得更加强烈了。鱼雕一方面在暗中加快准备，一方面密切关注着形势变化，等待着新王都的消息。他觉得，现在的关键就是如何及时而又迅速地把握时机，一旦鱼凫王病故，他就会立即采取行动。鱼雕年少气盛，觉得只要自己有了足够的力量，掌控王位就犹如探囊取物。他也想到了可能发生的一些事情，万一其他人也来争夺王位怎么办呢？他对自己说，那只有先下手为强了！无论是谁，只要是妨碍和阻挠他的人，他都要毫不犹豫给予打击和清除。这也显示了鱼雕的性格中颇有鱼凫王的一些影子，可能是血缘遗传的关系吧，既有强势与凶狠，也有狡猾。鱼雕虽然急于继承王位，但在鱼凫王还没有去世之前，却不敢轻举妄动。

　　那几天，鱼雕在老王城中辗转等待，新王都却风平浪静，迟迟没有什么消息传来。鱼雕有点按捺不住了，很想再去探个究竟。这时，鱼鹊派了一个心腹侍从来见他，说鱼凫王最近吃了族中长老们捣鼓的仙药，病情变得更复杂了，要他继续耐心等待。鱼雕以前曾听说过仙药的传说，有起死回生的功效，难道族中长老们真的能捣鼓出这样的仙药吗？鱼凫王的病情会因此而好转？鱼鹊说的复杂显然包括了各种可能，鱼雕的心情也因此而变得复杂起来。鱼雕很想找个人聊聊，不由得想到了姑姑鱼雁，她就住在老王城内的宅院里，平常深居简出，不妨去看看她啊。

　　于是鱼雕便去了鱼雁住的地方，叩开大门，走进了宅院。

　　鱼雁看到干子鱼雕来访，颇为诧异，客气地说：今儿贵客临门，真是难得。

　　鱼雕施礼道：与姑姑同居一城，闲来无事，特来拜望姑姑。

鱼雁说：寒舍简陋，恐有怠慢，请王子包涵。

鱼雕说：姑姑不必客气，有很多事情，要向姑姑请教呢。

鱼雁说：我孤陋寡闻，所知甚少，王子言重了。

鱼雕略作寒暄，便问道：姑姑听说过仙药的传说吗？

鱼雁想了想说，好像有这个传说。

鱼雕又问：仙药真的能使人起死回生吗？

鱼雁说：传说而已，谁会信以为真呢？

鱼雕说：我们族里的长老们会做仙药吗？

鱼雁说：这个我就不知道了。

鱼雕没有打听到什么，不免有些失望。

其实鱼雁说的也是实情，关于仙药这个传说，她以前是听到过的，但是否真有其事就不得而知了。鱼雁平日深居简出，与族中亲属来往甚少，和长老们接触就更少了。长老们怎么会做仙药呢？也许是故弄玄虚吧。鱼雁有些纳闷，又有些不解，王子鱼雕为什么要向她打听这件事情呢？她打量着身穿华服的鱼雕，琢磨着他来访的目的，心中充满了疑问。她突然联想到了患病的鱼凫王，难道鱼雕询问此事与鱼凫王有关吗？便试探着问道：听说大王患病了，是大王派你来问此事的吗？

鱼雕见鱼雁如此询问，就不好隐瞒实情了，只有笑了笑说：姑姑，父王前些日子患了重病，据说吃了长老们调制的仙药而使得病情更复杂了，我因为纳闷不解，所以特地来向姑姑讨教。

鱼雁哦了一声，竟然被自己猜中了，真的与鱼凫王的病情有关呢。

鱼雕注视着鱼雁的神态，又试探着问道：姑姑，你说父王吃了仙药之后，究竟会怎么样？

鱼雁略做沉吟，反问道：你希望大王怎样呢？

鱼雕知道，因为鱼凫王杀害了蚕武，鱼雁对鱼凫王是心怀怨恨的，自己不正可以利用这种家族矛盾，让鱼雁来支持自己夺取王位的继承权吗？这样一想，鱼雕心中不由得兴奋起来。鱼雕已经有了二叔鱼鹊的支持，如果能使姑姑鱼雁也支持他的话，那他夺取王位继承权的成功把握就更大了。

鱼雕开门见山地说：姑姑，如果父王病重不治，你希望谁来继承王位呢？

鱼雁心中有点惊讶，摇摇头说：我怎么知道呢？这事与我无关啊。

鱼雕既然问了，便直截了当地说：我是鱼凫族的王室长子，理当继承父王的王位，姑姑你会支持我吗？

鱼雁这时才终于明白了鱼雕的来意，想了想，点头说：支持啊！

鱼雕高兴地说：太好了，姑姑，你的支持，真的太重要了！

鱼雁说：王子言重了，我既无能耐又无本事，是个无用之人。

鱼雕揖手说：姑姑谦虚啦，你见多识广，以后很多事都要仰仗你啊！

鱼雁见鱼雕如此表达，也就不好再说什么，只有含糊应承，虚与周旋了。

鱼雕觉得此行收获很大，稍坐片刻，随即告辞，返回了老王宫。

鱼雁送走了鱼雕，关闭了宅院大门，回到屋内，将刚才同鱼雕的对话又回味了一番。鱼雁觉得，鱼雕的突然来访，透露了两个非常重要的信息。其中一个是鱼凫王确实患了重病，另一个是鱼雕正在谋划继承王位。鱼雁静下心来，将这两个消息仔细掂量了一番，觉得一旦鱼凫王病故，鱼雕与其他王子争夺王位，蜀国又将大乱，这岂不是一个可以利用的机会吗？

鱼雁自从住进这所独立的大宅院，就全心抚育蚕儿成长，准备让他以后认祖归宗，去继任蜀山氏族的酋长。如今蚕儿已长大了，成了一位英姿勃勃的青年，不仅擅长骑马射箭，还擅长剑术。鱼雁倾心传授蚕儿本领，可谓用心良苦。想到蜀国本是蚕丛王创建的，后来被鱼凫王使用阴谋诡计篡夺了王位，不仅赶走了柏灌王，还残忍地杀害了蚕武，如今鱼凫王也终于到了病重将亡的时候，可谓天道循环，恶人终会有报应，终究难逃一死，鱼雁的心中便油然有了一种痛快之感。

鱼雁觉得，蜀国的王位本来是属于蜀山氏族的，其实根本不应该让鱼凫王的儿子来继承，应该归还蜀山氏族才对。如果鱼凫王病重不治，突然死了，岂不正是夺回蜀国王位的一个好机会吗？这样既替蚕武报了血仇，又恢复了蚕丛王的正统传承，使蜀山氏族再次执掌王权，可谓一举数得啊。在蚕丛王的后裔中，蚕儿是正宗嫡孙，如今已长大成人，英姿勃发，等到认祖归宗了便会成为蜀山氏族的酋长，也理所当然应该是蜀国王位的继承者。鱼雁想到自己这么多年精心抚育和培养蚕儿，不就是为了让蚕儿将来继承蚕丛王的大业吗？她对蚕儿寄托了多么高的期望啊，现在机会来了，岂能轻易放过？只要把握好这个机会，本来就属于蜀山氏族的王位，便可以失而复得了！

鱼雁有点兴奋，但认真想想，很快又冷静下来。鱼雁这些年经历了许多的大喜大悲，是见过大世面的人，她觉得这件事情并非想象的那么简单，若想复国，仅仅靠她和蚕儿母子二人的努力是不行的，尚需蜀山氏族和更多的力量才行。现在蜀山氏族远在他乡，蚕青和蚕蕾，以及柏灌王也都去向不明，鱼雁母子势单力薄，而鱼凫族人多势众，一旦动手，则胜负难料，所以还是要沉住气，静观其变才好。反正等到鱼凫王死了，诸王子相互争夺王权，必定乱象丛生，局势会变得异常复杂，到时候再寻找机会，看情况变化再说吧。

鱼雁思量了一会儿，觉得倒也不妨先支持鱼雕，等他和其他王子相互争斗到两败俱伤之时，便可取而代之。所谓螳螂捕蝉，黄雀在后是也。鱼雁心中有了主意，也开始在暗中加紧准备，同时又派了心腹侍女，再次去打听和联系散居他乡的蜀山氏族，谋求后援积蓄力量，以便东山再起，伺机复国。

鱼雁对蚕儿的训练，也增添了内容，着意培养蚕儿的勇敢、冷静、坚毅，希望蚕儿成为一个大无畏的男子汉。鱼雁告诉了蚕儿许多待人处世之法，使他的心智逐渐成熟起来。鱼雁给蚕儿讲述了许多蚕丛王的故事，准备适当的时候，就将身世告诉他。等蚕儿知道了蚕武之死，就会激发出复仇雪恨之心。鱼雁知道，等到那个时候，就要真正开始实现复国的愿望了。鱼雁同时心里也清楚，要做成这件大事，免不了会有一番新的生死较量，会遇到很多难以预测的巨大风险。但纵使有危险，也要一试，她精心培养蚕儿这么多年，不就是为了实现这个目的吗？

这也是鱼雁的性格使然，决定了她的想法和行动。

鱼凫族的人有一种骨子里的强悍，鱼雁也不例外，想要做成的事情，便会坚决去做。但鱼雁与几位兄长毕竟不同，鱼雁的复国愿望，并非为了野心，更多的仍是出于大义。鱼雁认为，自从她嫁给蚕武，便成了蜀山氏族的人，继承蚕丛王的遗愿，维护蜀山氏族的利益，是她义不容辞的责任。正是出于这种动机，鱼雁下了决心，要不遗余力地去实现她的目的。

鱼雕在老王城内暗中布置，只等时机一到，便要夺取王位。

鱼雕一方面悄然筹集兵力，一方面派了心腹在新王都密切监视着王宫内的动静。鱼鹊也在关注着王宫内传出的消息，随时派人转告鱼雕。两人都在等待机会，一旦鱼凫王病情恶化，便会联手行动，迅速出兵，占领王宫，从而执掌王权。

鱼雕和鱼鹊的计划颇为周密，但他们没有料到的是，鱼凫王虽然病情严重，但派出的密探却没有闲着，其实也一直在监视着他们，把他们的一举一动都报告了深居在宫中养病的鱼凫王。

鱼凫王自从患病之后，便深居不出，且加强了王宫的警卫与戒备。鱼凫王这样做，也是出于本能和经验。常言说防人之心不可无，平常他就处处提防，现在身体不适，更要严加防范了。鱼凫王防备的主要是蜀山氏族、斟灌族，担心这两个大部族会卷土重来，因为柏灌王和蚕青至今去向不明，很可能就藏在暗处，在等待着反扑的机会呢。鱼凫王对蜀国的其他诸多部族也不放心，一直怀有戒心。对于王室成员和鱼凫族中的亲属，鱼凫王也是担心多于信任。鱼凫王最担心的是害怕失去对王权的掌控，首先是忧虑敌对力量的反扑，其次是担心各部族会被利用，正因为疑虑重重，所以布置了密探，采取了很多严密的防范。

　　鱼凫王采取的这些措施，深藏不露，由于不让人随便探视，故而增添了他病情的神秘性，也使他获得了一段时期的清静休养。鱼凫王吃了很多药物，特别是吃了族中长老们配制的仙药，经过调理，病情渐渐地有了起色，出现了好转的迹象。不过，鱼凫王的身体依然很虚弱，经常会做一些莫名其妙的噩梦。这天鱼凫王接到了密探的禀报，得知了鱼雕与鱼鹊的动向，心中颇为惊讶，甚至觉得有点难于置信。难道自己的亲儿子和亲兄弟也会来夺取王位，对他下手吗？鱼凫王油然联想到了当初怂恿蚕武夺取王位，蚕武利用狩猎之机对柏灌王痛下杀手，然后他又预先安排了伏兵，趁机射杀了蚕武的事，不由得惊出了一身冷汗。他们曾经都是关系密切的亲戚啊，可是脆弱的亲情，都湮没在了血腥之中。野心可以使人疯狂，为了夺取王位，一旦变得疯狂了，什么事情都做得出来啊！当初自己策划过的阴谋，如今自己的亲儿子和亲兄弟亦如出一辙，也要同样来对待他了。哎呀，真是人心难测啊！这样一想，鱼凫王大为紧张，顿时从病榻上坐了起来。这可是生命攸关的事情啊，若是他们阴谋得逞，那就不得了啦！

　　鱼凫王顾不得自己患病已久、身体虚弱，立刻加派密探，严密监视，并迅速布置了应对措施。过了一天，鱼凫王还是不放心，又派心腹侍卫，悄悄调集了精锐兵力，加强了对新王都和王宫的护卫。鱼凫王觉得，有了这些周密安排，假如发生什么不测，也足以应对，有备无患。此后几天，鱼凫王仍然思量着此事，密探每天都向他报告监视的情况，却迟迟不见鱼雕与鱼鹊有什么动静。鱼凫王有点不耐烦了，突然心生一计，觉得与其被动等待事件的发生，还不如主动诱惑他们一下，看看他们究竟会怎样行动？如果他们真的要动手谋反，那他就可以及时处置，免得老是顾虑着此事，弄得自己闷闷不乐。

于是，鱼凫王又突然躺倒在病榻上，两眼翻白，喘息不止，故意做出一副病重垂危的状态。伺候在鱼凫王身边的几位爱妃见状都慌乱起来，有的因为担忧害怕而小声哭泣，有的手忙脚乱地赶紧派人去请族中长老前来救治。宫女们也有些慌张，个个都是忐忑不安的样子。

鱼凫王垂危的消息，立刻从王宫中传了出去。

鱼雕得知消息，立即派人联络鱼鹊。鱼鹊也听到了宫中传出的消息，迅速派人转告了鱼雕。这段时期，他们两人都在密切关注着王宫中的动静，只等鱼凫王病危不治，便要出兵占领王宫。现在鱼凫王病危的消息果然传了出来，鱼雕既紧张又兴奋，觉得机会终于来了，不由得摩拳擦掌，跃跃欲试。这可是实现自己继承王位的大好时机啊！鱼雕一心要抢占先机，不愿让别的王子钻了空子，于是立即召集队伍，当夜便率兵从老王城出发，准备第二天清晨便到达新王都，出其不意地占领王宫。与此同时，鱼雕派出心腹，骑着快马，提前通知了鱼鹊，让鱼鹊也勒兵以待，做好接应的准备。鱼雕还派了心腹去见鱼雁，请鱼雁和蚕儿也随他去新王都，协助他占领王宫，夺取王位。鱼雁和蚕儿迟迟不至，鱼雕等不及，便独自率兵出发了。

鱼雕率着队伍连夜行军，于第二天清晨到达了新王都。

这时东方天际露出了鱼肚白，天色渐渐亮了起来，胭脂般的晨曦染红了天际的云层，也给野鸭河畔宏大的新王都披上了玫瑰般的色彩。鱼雕骑马走在前面，来到了城门前，吩咐身边的随从叩响了关闭的城门。守卫新王都的士兵看到是王子鱼雕来了，便打开了城门。鱼雕率兵很容易就进入了王都，立即加快步伐，向着王宫而去。城内的居民大都还在睡眠中，曦光朦胧的街道上看不到什么人影，他们急促的脚步声打破了拂晓时分的清静，有些宅院内传出了鸡啼与犬吠之声。

戒备森严的王宫此时宫门紧闭，高大的围墙内似乎隐约有人走动，又仿佛没有什么动静。往常这个时候，王宫大门已经打开了，今日却还关闭着，气氛也有点异常，显得有些神秘。鱼雕一边派人去催促鱼鹊接应，一边指挥队伍围住了宫门。

鱼雕琢磨着，难道弟弟鱼鹬和三叔鱼鸦已经捷足先登，占领了王宫吗？

鱼雕这么一想，便有点着急了，顾不得等待鱼鹊的到来了，觉得应该尽快进入王宫才对。鱼雕立即命令士兵敲打宫门，如果里面不开门，便准备强行撞开宫门冲进去。士兵们手持刀剑和长矛，开始用劲敲击厚重的宫门。清脆的撞击声骤然响起，打破了清晨的宁静。王宫内也立即传来了杂乱的脚步声和兵器碰撞声。紧接着，紧闭的宫门便从里面打开了。鱼雕率领队伍，一拥而入。士兵们挥舞着刀剑和长矛，跟随着鱼雕，直接朝着寝宫冲去。在鱼雕的印象中，寝宫是鱼凫王的休息场所，除了王妃和宫女，只有少数几名侍卫，只要占领了寝宫，控制了病危的鱼凫王，也就等于掌控了王权和局势。可是鱼雕哪里知道，他获得的信息和采取的行动全都错了。守卫寝宫的人员早已增添了，都是鱼凫王身边的精悍侍卫，已经做好准备，个个持械以待，挡住了鱼雕与士兵们的进路。这时宫中的其他守卫队伍也突然从大殿和后宫两侧涌出来，将鱼雕和士兵包围起来。

鱼雕见状，不由得慌乱起来，没想到王宫中竟然埋伏着这么多的护卫人马，这可是他始料未及的啊。但事势至此，已容不得犹豫和退缩了。鱼雕呐喊一声，率领士兵开始强行攻击。守卫寝宫的侍卫们个个如狼似虎，那些埋伏在宫中的也都是鱼凫王的精锐人马，一交手便占据了上风。不过，众人都知道鱼雕是王子，谁也不敢伤着王子，自然是要让他三分的。于是，双方相互拼斗，一时难分胜负，僵持不下。王宫外面，这时也传来了杂乱的呐喊声和奔跑的脚步声。鱼雕猜测，可能是鱼鹊率领队伍赶来接应了，顿时胆气倍增，率兵猛攻，一心要占领寝宫。

就在这时，突然听到一声大喝。鱼凫王头戴王冠，身穿王服，手执宝刀，骑在马上，带着几名贴身彪悍侍卫，威风凛凛地从寝宫中走出来。鱼凫王用寒光闪烁的宝刀指着鱼雕与士兵们，厉声喝问道：你们要谋反吗？

鱼雕大惊失色，慌忙说：孩儿不敢谋反，孩儿听说宫中有变，特来护卫父王！

鱼凫王怒气冲冲地呵斥道：既然不是谋反，还不快快放下武器！

鱼雕这时哪敢违抗，只有弃剑于地。他带来的士兵们，见状也都将兵器放在了地上，全都束手待擒。刚才还僵持不下的情形，鱼凫王一露面便迅速收场了。

鱼凫王率领大队彪悍的侍卫，来到王宫外面。这时鱼鹊派出的接应队伍，也被鱼凫王预先布置好的人马包围了。鱼凫王威风凛凛地出现在了众人面前，随着鱼凫王的威严呵斥，众人都停止了拼斗。因为双方都是鱼凫族的人马，虽然各有头领，却都在鱼凫王的统帅之下，这时鱼凫王亲自当众发出了命令，谁敢不听从呢？一场王室内部夺取王权的纷争与厮杀，就此匆匆忙忙地结束了。

新王都内的居民们，被清晨的厮杀声惊动了，都受了惊扰。有的跑出来看热闹，有的四处奔走相告，还有的产生了恐慌，准备携家外逃。这时看到这件突然发生的事件被鱼凫王迅速平息了，围观的民众松了口气，这才纷纷散去，居民区很恢复了往常的平静。太阳升起来的时候，城内街道上的行人多了，宏大而又繁华的新王都内又渐渐热闹起来。

鱼凫王返回王宫，当即囚禁了鱼雕，并传旨免去了鱼鹊的兵权。

鱼凫王平定了这场宫闱之变，仍不放心，随即开始追查所有的参与者。

第二十九章

　　鱼凫王大病初愈，坐在王宫大殿华贵的王座上，开始审讯鱼雕。

　　大殿内外都站着彪悍的侍卫，气氛肃穆，戒备森严。自从发生了这场意想不到的事变，王宫的防卫措施便更加严密了。对新王都的守卫部队，鱼凫王也加强了控制，将调动和指挥各路人马的兵权，都牢牢地掌握在了自己的手中。

　　鱼凫王注视着鱼雕，鱼雕跪在阶下，一副失神落魄的样子。

　　鱼凫王呵斥道：不肖逆子！你胆大妄为，竟敢谋反！

　　鱼雕申辩说：启禀父王，孩儿对父王一片忠心，岂敢谋反。孩儿听说宫中发生了变故，所以才赶紧率兵前来护卫父王的！

　　鱼凫王冷笑道：你率兵攻打寝宫，哪里是护卫？是要夺取王位吧！

　　鱼雕叩首说：父王啊，孩儿对父王忠心耿耿，天地可鉴！

　　鱼凫王说：休要诡辩！我且问你，你说宫中有变，是指什么？

　　鱼雕说：孩儿听说，父王病情突然变重，有人趁机生变，所以前来护卫。

　　鱼凫王说：哼！有人？是你在趁机生变吧？除了你，谁敢这么大胆？

　　鱼雕说：父王啊！孩儿确实是为了护卫父王才率兵而来的！孩儿如果做错了，请父王重责，孩儿甘愿受罚！

　　鱼凫王说：你肯定是做错了，我也当然是要责罚你的！

　　鱼凫王看着跪在面前一脸沮丧的鱼雕，心中不由得爱恨交加。爱，是因为鱼雕毕竟是自己的嫡长子。恨，是因为儿子也竟敢率兵攻打寝宫，企图趁他病危之时夺取王位，真是胆大妄为啊。前者是骨肉之情，后者是王权之争，形若水火，纠缠在胸中，使得鱼凫王的心情异常矛盾。如果是他人谋反，鱼凫王会毫不手软地将其杀之而后快。但发起宫闱之变的鱼雕，却是他的长子啊，是将来要继承王位之人，他怎么处置才好呢？鱼凫王既恼怒，又矛盾，内心犹豫不决，倍感纠结。

鱼凫王狠狠地瞅着鱼雕，又喝问道：和你谋划此事的，还有谁？

鱼雕又叩首说：启禀父王，没有人和孩儿谋划此事。

鱼凫王说：你休得狡辩，你多次和鱼鹊秘密往来，难道不是在暗中谋划吗？

鱼雕有些慌乱，不知道鱼凫王是怎么发现的。但事情到了这个地步，只有否认到底了，一旦承认自己曾和二叔鱼鹊谋划夺取王位，那就彻底完蛋了。鱼雕拿定了主意，跪在阶下，连连叩首说：孩儿有时见二叔，就是喝酒小聚而已，从没有谋划过什么事情。孩儿和二叔从小亲近，所以来往稍微多一点。请父王明鉴！

鱼凫王冷笑一声，又问道：你和鱼雁是否也谋划过此事？

鱼雕摇头说：孩儿和姑姑很少来往，哪里会谋划什么事情。

鱼凫王见鱼雕什么都不承认，心中很是恼怒，呵斥道：难道要我对你用刑，你才如实招供吗？

鱼凫王随即示意身边的侍卫，将刑具抬上了大殿。那是一张楠木大凳，几条牛皮鞭子。施刑时，将受罚者捆缚于凳上，用牛皮鞭子抽打，轻则皮开肉绽，重则死去活来。即使再强壮的汉子，一旦被施于这种鞭刑，也会痛楚万分。几名如狼似虎的侍卫，这时已卷起了衣袖，只等鱼凫王一声令下，便会遵令而行。

鱼雕见状，顿时面如土色，心中惊骇，汗流浃背，伏在阶下，连连叩首。哭泣道：父王啊，孩儿错了！但孩儿真的不敢谋反啊，请父王明鉴啊！

鱼凫王看到鱼雕这副样子，心中有点发软，却依然恼怒难消。

就在即将动刑之时，王后濮氏突然来到了大殿，三步并作两步，急匆匆地走到王座前，跪在了鱼凫王面前。濮氏流泪叩拜道：大王啊，雕儿犯了过错，我也难辞其咎。是我教导无方，才使得雕儿鲁莽行事，冲撞了大王，犯下如此大错啊。请大王先责罚我吧！

鱼凫王见王后濮氏前来求情，有点意外，也有点无奈，情形顿时发生了转折。

鱼凫王觉得，王子鱼雕胆敢发动宫闱之变，犯下如此弥天大错，当然要严惩不贷了。但对王后濮氏，还是要顾全面子、礼敬三分的。濮氏毕竟是位贤惠的王后啊，跟随他几十年了，小心翼翼，始终如一，从无奢求，此时出面为长子鱼雕求情，所言也颇在理。鱼凫王看到王后濮氏说得情真意切，神情又是如此哀伤，不觉黯然动容。鱼凫王略作沉吟，对鱼雕的审讯，只有就此作罢。

鱼凫王叹了口气，挥挥手，吩咐将鱼雕押了下去，继续软禁。

过了一天，鱼凫王在王宫中召见了鱼鹊。

鱼凫王根据密探的禀报，知道鱼鹊曾参与鱼雕的谋划。但鱼雕和鱼鹊暗中谋划的内容和细节，密探并不清楚。因是两人单独密谈，究竟谈了些什么，外人都无从得知。鱼凫王对此深感好奇，觉得必须弄清其中的真实情形，才好了结此事。想到亲生儿子与王叔竟然暗中勾结，策划谋反，便感到莫名的恼怒。但审问鱼雕时，鱼雕却矢口否认，这使得鱼凫王对密探的禀报也产生了疑惑，如果鱼雕和鱼鹊真的只是喝酒，那就不能贸然审问鱼鹊了。毕竟是同胞手足啊，万一错怪了鱼鹊，岂不伤害了兄弟感情？鱼凫王对几位弟弟的性情特点，还是比较了解的，都是勇猛有余而智谋不足。鱼鹊也就是一介武夫而已，一直都跟随着鱼凫王，听从他的指挥，在鱼凫王夺取王位的过程中曾立下了大功。鱼鹊后来又遵命督建了新王都，也是一件大功劳。鱼鹊不是一个有心计的人，难道会谋反吗？鱼凫已经是王朝重臣，享有着诸多荣华富贵，谋反对鱼凫又有什么好处呢？鱼凫王在心中斟酌了一番，正因为鱼凫曾是自己信任的亲兄弟和王室贵族，所以对鱼凫不能使用审问的做法，而是采取了传令召见的方式。

鱼凫接到鱼凫王的传旨，知道鱼凫王要追究他了。鱼凫原以为支持鱼雕继承王位，本是一件顺理成章的事情，根本没有料到事件的发生竟会如此复杂。鱼凫在被免去兵权之后，又得知了鱼雕被严刑审问，心中很是害怕。但事到如今，怕又有什么用呢？只有坦然面对了。鱼凫骑了马，带了两名随从，来到了王宫。

鱼凫王端坐在王座上，神态威严，目光炯炯，注视着走进来的鱼凫。

鱼凫揖手施礼，恭敬地说：愚弟奉旨前来拜见大王！

鱼凫王不怒而威，问道：你知道本王为什么要召见你吗？

鱼凫说：愚弟驽钝，猜测可能是为了王子鱼雕的事吧。

鱼凫王说：你既然直言不讳，那就说说，你和鱼雕私下商量了什么？

鱼凫说：启禀大王，愚弟和王子鱼雕曾说过继承王位的事情。

鱼凫王立刻竖起了耳朵，追问到：怎么说的？细述详情！

鱼凫说：自从大王患病，王子鱼雕忧心忡忡，很是担心大王能否康复，也很担心王室因此发生变故。因此说到了王位继承的事，我们都祈祷大王战胜病魔，早日康复。愚弟认为，王子鱼雕忧国忧民，心地坦诚，并无丝毫阴谋恶念，那是大王后继有人啊！现在大王果真平安如初，这真是蜀国的福气啊！

鱼凫王听了，沉吟道：你说的都是实情吗？

鱼凫说：愚弟驽钝，岂敢撒谎？说的句句都是实话！

鱼凫王说：既然没有阴谋恶念，为什么鱼雕要率兵前来攻打王宫？

鱼凫说：王子鱼雕可能是听说大王病危，担心生变，前来护卫大王的吧。

鱼凫王沉吟不语，觉得鱼鹊和鱼雕所言大致相似，也许真的并非谋反。转念一想，又觉得此事疑问实在是太多了，一时也不知如何判断是好了。

鱼鹊又说：启禀大王，愚弟有个想法，不知该不该说？

鱼凫王目光锐利地看着他，示意道：你说吧，请直言！

鱼鹊于是鼓足了勇气，揖手说：愚弟想到了蚕丛王的时候，蚕丛王如果把王位直接传给长子蚕武，也许就天下太平了。可是蚕丛王却异想天开，临终之前召集了大臣们，竟然把王位传给了女婿柏灌王，结果呢……

鱼凫王沉吟道：我懂你的意思，你是想说，我应该把王位传给鱼雕，对吧？

鱼鹊叩首说：大王英明！大王深谋远虑，鱼凫王朝一定会兴旺发达！

鱼凫王听了奉承话，心里总是高兴的，冷漠的脸上终于露出了一丝笑意。但这丝笑意，转瞬之间便又消失了。鱼凫王掂量着鱼鹊所言，不以为然地摇了摇头说：哪有什么深谋远虑，顺势而为就行了！

鱼凫王话是这么说，但在心里还是觉得鱼鹊的提醒是颇有道理的。

鱼凫王其实原来也考虑过王位传承的事情，虽然没有明确宣布将来由谁来继承王位，但鱼雕是长子，自然是首位人选。鱼凫王随即又想，继承王位也不能着急啊，我还健在，你们就在盼望继承王位的事情了，甚至有点迫不及待了，在私下里妄自猜测，这不就是野心与图谋吗？假若我真的病危了，恐怕你们就要毫不犹豫地夺取王位了吧？鱼凫王这么一想，心中又有点不乐了，脸色顿时又变得阴沉起来。

鱼鹊注意到了鱼凫王微妙的神态变化，心中不免忐忑。但该说的话已经说了，何况自己也没有做什么对不起鱼凫王的事情，接下来鱼凫王会怎么对待自己，也就只有听天由命了。

鱼凫王沉吟地端坐在王座上，心中虽然不乐，却也觉得鱼鹊并没隐瞒什么，何况这个追随自己多年的二弟，也不是心眼很多的人。于是也不想再问下去了，便做了个手势，结束了这次召见。

鱼鹊也松了口气，拜辞了鱼凫王，离开王宫，骑马返回了府邸。

鱼凫王走出大殿，回到后宫，看到王后濮氏正等着他呢。

濮氏小心翼翼地说：大王，有件事情，想请大王恩准。

鱼凫王问道：什么事情？

濮氏说：雕儿被软禁在宫中已经几天了，巴国公主不放心，派人来见我。我想，还是放雕儿回老王宫去住吧，让他们小两口团聚，还像以前那样生活吧。这样，事情也就平静了。恳请大王恩准！

鱼凫王想了想，沉吟道：你觉得这样好吗？

濮氏说：雕儿年轻不懂事，难免犯错，大王宽宏大量，相信雕儿以后会改的。巴国公主也还贤淑，以后也会规劝雕儿。大王啊，为了天下太平、国家安康，你就宽厚待之吧！让雕儿回老王宫去住吧！

鱼凫王斟酌了一会儿，点头说：好吧，那就按你说的办吧。

濮氏施礼道：大王英明！雕儿和公主会感激的，拜谢大王啦！

鱼凫王打量了一眼濮氏谦卑的样子，知道濮氏为鱼雕求饶，是单纯出于母子之情。而他考虑的则是王室利害关系，让鱼雕回老王城居住，既顺水推舟给了王后面子，也可以平息各方的猜疑和忧虑，也算是处理这件宫闱之变的一个变通办法吧。鱼凫王随即传令释放了鱼雕，让他回老王宫和巴国公主团聚。同时又重新委派了得力心腹，负责老王城的守卫，暗中加强了对老王宫的监控。这样安排，虽然没有严惩鱼雕，实际上却是剥夺了鱼雕的权力，王子鱼雕从此成了失宠闲居之人。

鱼凫王处置了这件宫闱之变，身心疲惫不堪。这天午后，回到寝宫，躺倒在王榻上便昏昏睡去。几位爱妃守护在旁边，对他尽心伺候。宫女点燃了香料，让奇异的香味弥漫在四周，以利于鱼凫王的睡眠。又准备好了仙药，等鱼凫王醒来时饮用。

鱼凫王渐渐进入了梦境。这时天色渐暗，四周一片朦胧，鱼凫王浑身轻飘飘地骑在马上，仿佛来到了一个云雾缥缈的林木茂盛之处。突然，身材高大浑身血污的蚕武从茂林深处出来，挡住了去路，对他喊道，还我命来！张弓搭箭，朝他射来。鱼凫王惊慌失措，无路可逃，眼看着强劲的利箭带着呼啸之声就要射穿他的心口了，鱼凫王惊恐到了极点，不由得大叫一声，从马上栽倒下来。这时鱼凫王翻身醒了，原来又做了一场噩梦。

鱼凫王挣扎着坐了起来，发现自己竟然被吓出了一身冷汗。

爱妃和宫女们赶紧过来伺候，给鱼凫王更衣，请他饮用熬制好的仙药。

鱼凫王回忆着这个噩梦中的可怕情景，虽然是个梦，却仍旧心有余悸。鱼凫王不由得想到了当初射杀蚕武时，蚕武用手指着他恨声责问，那副死不瞑目的样子，真的令人终生难忘。如今蚕武梦中前来复仇，说明蚕武阴魂不散啊。类似的噩梦，鱼凫王已经做过好几次了，每次都使得他惊恐不已。如此以往，总不是个事，怎么办呢？

鱼凫王想到了先前夺取王位之后，曾梦见蚕丛王怒斥他篡夺江山，手持神杖朝他当胸击来，蚕武也紧随其后用箭射他。后来鱼凫王福至心灵，铸造了神像，修筑了祭坛，对蚕丛王进行了隆重的祭祀，取得了意想不到的良好效果。迁都的时候，那些神像都留在了老王城，原先的祭坛也都保留在那里。如今住到了新王都，为了遏制噩梦，那就再铸造一次神像吧，然后在新王都再修筑一个更为宏大的祭坛，以便对蚕丛王和诸神举行隆重的祭典。鱼凫王这么一想，便有点兴奋，主意已定，当即传令，让三弟鱼鸦负责督办这两件事情，要求尽快做好。

鱼凫王喝了熬制的仙药之后，精神好了许多。想到患病以来，深居宫中已经很久了，现在大病初愈，不妨出去走走。在新的神像与祭坛尚未做好之前，应该先到蚕丛王的陵园去祭拜一下，也顺便给蚕武祭祀一下，免得他的亡魂老在梦中追杀自己。鱼凫王相信，祭祀一下，总是会起作用的。他还想在祭祀的时候，要在蚕武的墓前责问一下蚕武的亡魂，既然蚕武你射杀了柏灌王，那别人将你射杀了又有什么错？蚕武你又有什么理由对此纠缠不清呢？鱼凫王主意已定，随即准备了祭品，又派人传旨给鱼雁，要她带上蚕儿，一起去蚕丛王陵园参加祭祀。

鱼凫王带着大队侍卫，骑着骏马，出了新王都，来到了蚕丛王陵园。

位于远郊的蚕丛王陵园，四周栽种的林木已经长得很茂盛了，周围遍布野草，草丛中绽放着星星点点的野花。平常这里少有人来，显得格外静谧。突然到来的大队人马打破了这儿的宁静，栖息在林子里的鸟儿被惊动了，飞了起来，在陵园上空盘旋着，飞向了远处青黛色的山林。林木深处有野兔和小鹿，也遁入了茂密的灌木丛中。随从人员清除了陵园中的一些杂草，侍卫们在四周布置了警戒。

鱼凫王下了马，走到蚕丛王陵墓前，吩咐侍从摆上了祭品。

这时鱼雁和蚕儿也骑马赶来了。鱼凫王派出的使者与几名侍卫，一直跟随在鱼雁与蚕儿左右。鱼雁当天接到鱼凫王的旨意后，便心生顾虑，不知道鱼凫王葫芦里究竟装的什么药，为什么要在这个时候突然来祭拜蚕丛王呢？联想到前不久发生的宫闱之变，鱼雁很庆幸自己那天没有参与鱼雕的草率行动，幸亏自己沉住气没冲动，否则就成替罪羊了。鱼雁深知鱼凫王狡狯而又强悍的性格，他可以放亲生儿子一马，但对他人是决不会手软的。这次突然要搞祭祀，会不会又是鱼凫王的一个诡计呢？鱼雁虽然有很多顾虑和担忧，却不能抗旨不遵，心想也只有见机而行了，便随同鱼凫王的使者与侍卫，和蚕儿骑马来到了蚕丛王陵园。

鱼凫王看到鱼雁和蚕儿来了，注意到蚕儿已长大成人，仿佛转眼之间，便变成了一位英姿飒爽的健壮青年，心中不由一愣。特别是蚕儿的高大身材和五官长相，酷肖蚕武，眉宇之间透露出一股英雄之气，更使鱼凫王暗自惊诧。蚕儿虽然是自己的亲外甥，却是蚕武的遗孤啊，如果知道了其父被射杀的真相，以后会不会来报这个不共戴天之仇呢？鱼凫王顿时感到脊背上冒出了一股寒意。

鱼凫注意到了鱼凫王异样的目光和阴冷的神色，赶紧示意蚕儿，向鱼凫王谦卑施礼，毕恭毕敬地说：雁儿和不肖子蚕儿，奉旨前来，拜见大王！

鱼凫王从沉思中回过神来，颔首道：来了就好，一起祭拜蚕丛王吧！

鱼凫说：好啊，我们听从大王的安排！

鱼凫王做了个手势，祭拜随即开始。众人分列而站，都跟随鱼凫王向蚕丛王的陵墓行了叩拜之礼。接着，又拜祭了并列于侧的西陵氏陵墓，然后对旁边的蚕武之墓进行了祭祀，并祈祷了诸神保佑。

鱼凫王亲自在蚕武墓前摆上祭品，点燃了香料，做了祭拜。

鱼凫王祝颂道：蚕武啊，生死有命，天意如此，你就好好安息吧！

鱼凫和蚕儿跪在蚕武墓前，也做了祭拜。想到蚕武的惨死，鱼凫不觉泪流满面。蚕儿看到母亲流泪，若有所悟，心中也充满伤感。

鱼凫王停顿了一下，又祝愿道：诸神有灵，护佑我朝，定当重谢！今后若有亡魂作祟，天地不容，必定严惩！说罢，拔出随身佩带的宝刀，左右挥舞了几下，狠狠地插在了墓前，以显示自己的勇武与无畏。

鱼凫王祭祀已毕，站起身，对鱼凫说：有件事儿，要问你一下。

鱼凫察言观色，暗生警惕，答曰：大王要问什么？

鱼凫王说：雕儿前些日子见你，你们曾秘密谋划，对吧？

鱼凫心中惊讶，鱼凫王果然狡狯，连鱼雕上次去见她的事情都知道了。由此可见鱼凫王的密探，真是无所不在啊！秘密谋划是个大罪名，当然是不能承认的。更何况鱼雕见她，也只是寻求她的支持，她也只是虚与委蛇而已。鱼凫这么一琢磨，便回答说：大王言重了！我和王子鱼雕同住在老王城，王子闲居无事，上次登门看我，聊了几句家常话，然后就走了。哪有什么秘密呀，更没有所谓的谋划了！

鱼凫王诈道：雕儿都承认了，你岂能否认？

鱼凫说：确实没有的事呀，我否认什么呢？

鱼凫王冷冷一笑，神色狡狯，不怀好意地扫视着鱼雁和蚕儿。

鱼雁注意到了鱼凫王那双虎狼似的目光，不由得流泪道：大王啊，你如果想治我的罪，哪里用得着寻找借口。你如果看我不顺眼，就在这里把我杀了吧！

鱼凫王有点尴尬，自嘲地笑笑说：只是顺便问问你罢了。

鱼雁想到了鱼凫王的凶恶与蚕武的被害，心中悲愤，哭道：大王啊，你刚刚祭祀了蚕丛王和蚕武，就想在陵园里治我的罪了！你何必责问，干脆动手吧！

鱼凫王无奈地挥了挥手，解嘲道：你多虑了。好啦，回朝吧！

鱼凫王上了马，率领大队侍卫，前呼后拥地返回了新王都。

鱼雁和蚕儿也骑马而行，直接回了老王城。

鱼雁知道，自己这次和蚕儿又算躲过了一劫。她猜测鱼凫王一直都在寻找机会，只要有了合适的借口，就会对她和蚕儿下手。因为蚕儿是蚕武的遗孤，鱼凫王担心蚕儿长大了为父亲复仇，一直都想伺机斩草除根呢。一看到鱼凫王那双阴冷的目光，鱼雁便深知自己与蚕儿处境的险恶了。今天因为理由不充分，又被鱼雁机警地将话说在明处，一语道破了他的心机，所以鱼凫王未能得逞，只有悻悻而返。但鱼凫王是不会就此作罢的，鱼雁告诫自己，今后更要处处提防，提高警惕才行。

蚕儿陪伴鱼雁，一直沉默不语。蚕儿第一次参加这样的王室活动，当天对蚕丛王与蚕武的祭祀，以及鱼凫王的跋扈和鱼雁的伤心流泪，给了蚕儿异常强烈的感受。回到老王城，进了宅院之后，蚕儿便忍不住问道：母亲，你今儿为什么哭得如此伤心？鱼凫王为什么要企图治你的罪？究竟是因为什么？

鱼雁将蚕儿带进内室，这才说：蚕儿啊，有些话，我应该告诉你了。

于是，鱼雁将蚕儿的身世、以前发生的恩怨故事，都告诉了蚕儿。很多年了，鱼雁一直隐忍着，把巨大的痛苦独自装在心中，不想让蚕儿从小就在仇恨中长大。但现在，已经不能不告诉蚕儿了。蚕儿已经长大成人了，只有让蚕儿知道了真相，才能更好地提防鱼凫王的阴险与毒辣，也才能为以后归宗复国做更充分的准备。

蚕儿听了母亲的讲述，内心深感震撼。他这时才终于知道了，蜀国原来是爷爷蚕丛王创建的，后来鱼凫王竟然杀害了自己的父亲蚕武，篡夺了蜀山氏的江山。蚕儿这才懂得了母亲为什么要处处提防鱼凫王，明白了母亲抚育他的艰难，也领悟了母亲精心传授他武艺和本事的良苦用心。

鱼雁流泪道：蚕儿啊，以前不愿让你知道，是为了让你平安成长。现在你长大了，我把这些都告诉你了，是想让你明白，蜀山氏族英雄辈出，是个很了不起的伟大氏族啊。而你是蚕丛王的嫡孙，以后认祖归宗、重新复国的希望，都寄托在你的身上呢。你要树雄心，立壮志，将来才能做一番惊天动地的大事业！

蚕儿咬牙切齿地说：杀父之仇，不共戴天，我一定要除掉鱼凫王！

鱼雁说：你今后任重道远，务必小心谨慎，千万不可莽撞啊。

鱼雁又说：鱼凫王狡狯凶狠，你现在只能把这个念头深藏心中。仇恨要报，更重要的是复国！这些都要等待时机，不能草率。时机未到，决不能轻举妄动。对鱼凫王，更要处处提防，不可大意。

蚕儿握紧了拳头，答应道：母亲叮嘱，我都记住了！

鱼雁看着蚕儿凝重的神色与坚毅的目光，又说：你要继续好好习武，不可懈怠。本事高强了，就无所畏惧了，才能纵横江湖，统辖天下！

蚕儿毅然说：孩儿一定加倍努力，决不辜负母亲的殷切期望！

鱼雁点了点头，颇感欣慰。现在她终于将隐藏在心中的话都告诉了蚕儿，今后蚕儿就会为了复国的目标努力去做了。她相信事在人为，也相信蚕丛王在天之灵会护佑蚕儿。当前，她和蚕儿仍要等待机会。至于机会何时来临，得以实现目标，那就要看天意了。鱼雁对此苦心经营，充满了企盼。

鱼凫王祭祀了蚕丛王与蚕武之后，回到王宫，继续喝药休养。

鱼凫族中很早就有关于仙药的传说，据说吃了仙药就可以百病不侵，而且能够长生不老。但这些不过是传说而已，人们谁又会相信呢？鱼凫族中有几位长老对此深感好奇，闲着无事，便开始捣鼓这些药物，常年乐此不疲，后来竟然真的弄出了名堂。这次鱼凫王突患重病，鱼凫族长老们专门为鱼凫王调制的仙药，虽然并非如同传说的那样神奇，却也是颇有功效的。仙药采用了很多种珍贵的药物精心调制而成。譬如其中的灵芝、首乌、甘草之类，都有延年益寿的效果。这些药物，大都是从山林中采摘而来，凝聚了天地日月的精华，对祛除邪祟和治疗疾病，确实有些妙用。鱼凫王服用之后，身体果然好了起来，精神也变得旺健了，逐渐恢复了往昔的状态。

这时候，鱼鸦正在奉命督造新的神像。鱼鸦很努力，但进展却颇为缓慢。这倒不是因为鱼鸦办事不力，主要还是由于铸造的过程非常复杂，不是一时半会儿就能办好的。首先是要去寻找和开采矿石，接着要翻山越岭、长途跋涉运输到新王都，然后在一个很大的工场内，要用很多坩埚冶炼。这时候要有专门的人手，仔细雕刻和制作神像的模型与泥范，这些都要提前准备好。等到泥范准备就绪，矿石也冶炼成了铜液，这时候就可以浇铸了。然后，等待铸好的神像冷却，除去泥范，还要打磨加工，个别地方还要加以修补。总之，各种工序非常繁复。又由于这次铸造新的神像，按照鱼凫王的要求，要比以前的体量更加雄伟高大，数量也比以前有所增多，所以耗费的人力和物力也就更多了，需要更长的时间才能完成。

鱼凫王一边休养，一边耐心等待。新的宏大祭坛这时也开始修建了，同样是一个很大的工程，调集了很多人力来做这件事情。等到神像铸造成功之后，那时祭坛也建好了，鱼凫王就要举行一场更为隆重的祭祀了。鱼凫王的目的，是要通过祭祀，祈祷诸神，祷告天地，从而获得天地和诸神的护佑，使他健壮如初，长久稳坐王位，更好地统治蜀国，也更好地享受快乐。

这天，鱼凫王接到禀报，北方有个大国，派遣了使臣来访。

蜀国和这个北方大国，疆域毗邻，也算是友好邻邦了。因为两国之间有高峻连绵的群山相隔，交通不便，交往较少。但相互还是知道一些情况的，两国的百姓也常有走动和商贸往来。鱼凫王的名声早就传到了邻邦，北方大国君王的作为，鱼凫王也早有所闻。听到有使臣来访，鱼凫王格外重视，立刻传旨接见。

鱼凫王在王宫大殿里布置了威武而又气派的场面，接见了这位远道而来的使臣。使臣长途跋涉，风尘仆仆，向鱼凫王献上了觐见的礼物，有白玉璧一双、青玉虎一对，还有一对经过加工了的犀牛角和羚羊角，都是很珍贵的物品。鱼凫王坐在华贵的王座上，看到使臣呈送的这些礼物，很是惊喜，同时心中也颇诧异，心想邻国一定是有什么大事要求助于我吧，否则为何要赠送这些价值连城的东西给我呢？果然不出所料，这位使臣施礼觐见后，便直截了当地说明了来意，他们的国家遭到了商国暴君的欺负，特地派出使臣联络邻国友邦，请求出兵相助，希望能够联手打败商族暴君，事成之后，定当重谢。

鱼凫王问道：贵国君王，都联络了哪些邻国和友邦啊？

使臣说：还联络了巴国和其他一些友邦。

鱼凫王问道：巴国廪君答应出兵了吗？

使臣说：廪君已答应出兵了。其他友邦也答应相助呢。

使臣又说：但最重要的，还是要恳请大王支持啊。蜀国兵强马壮，天下无人不知，大王的英名更是如雷贯耳。小臣奉命出使，我国君王久仰大王威武，再三叮嘱小臣要向大王诚挚致意。大王若能派兵相助，天下都会响应，那我们就稳操胜券了！

鱼凫王听了这番奉承之语，心情大悦，点头说：好啊！

使臣叩谢道：得道多助，天下幸甚！多谢大王啦！

446

鱼凫王随即示意，先安排使臣住下，然后设宴款待。

鱼凫王接见结束后，虽然当面答应了要支持这个北方大国，内心却有点犹豫。派兵出征，可不是一件小事情，还得仔细考虑一下才好。譬如，使臣所言，廪君也答应出兵了，究竟是真是假呢？几国联合帮助这个北方大国，可是从未有过的事情啊。其中的利弊，也得好好琢磨一下。

说来也巧，就在鱼凫王犹豫不决之时，廪君派人来见鱼凫王，送来了新酿的巴国美酒。鱼凫王接见了廪君的使者，顺便询问了出兵之事。廪君的使者回答，确有其事，廪君准备派遣一支巴国部队，就要择日出发了。鱼凫王听了，证实了北方使臣所言非虚，打消了心中的疑惑。廪君的使者还给公主带来了一些礼物，都是公主自小喜欢的巴国特产。自从巴蜀两国联姻，常有使者往来，巴国的使者来得更多一些，这也是廪君对公主的关心和挂念使然。廪君的使者受到了鱼凫王的款待，允准去老王城见了公主，然后便返回了巴国。

北方大国的使臣又拜见了鱼凫王。鱼凫王这次是真的答应了，决定出兵相助。鱼凫王考虑，既然巴国和其他友邦都参与了，自己岂能袖手旁观？参与一下，肯定是一个明智的选择。不过这种参与也是有限度的，派遣一支精锐小部队就可以了，老谋深算的鱼凫王当然不会动用蜀国的主力。那么，派谁率领队伍出征呢？这又成了鱼凫王需要费心考虑的一个问题。

鱼凫王思考了一番，召见了三弟鱼鸦。鱼凫王说：我想派你率兵出征，你意下如何？随即把北方大国派使臣前来求助，他已准备出兵相助的事，简略地告诉了鱼鸦。

鱼鸦听了，犹豫了一下，揖手道：启禀大王，小弟奉命督造神像和祭坛，尚未完工呢。这两件大事都无比重要，我这时哪里走得开嘛？大王啊，不如派遣二哥鱼鹊去吧，他闲着无事，又善于领兵打仗，派他去肯定比我强啊！

鱼凫王哦了一声，沉吟道：让我再斟酌一下吧。

鱼凫王觉得，鱼鸦说他脱不开身，倒也是实情。心里当然也明白，鱼鸦是不想出远门，也不想担风险。领兵出征打仗，既要长途跋涉，还要与敌人厮杀，是很辛苦也很危险的事情，鱼鸦找借口不去，显然是在耍滑头呢。不过，转念一想，二弟鱼鹊确实是个领兵的人才，派鱼鹊去，应该是比鱼鸦更合适一些。自从上次发生了宫闱之变，鱼凫王便免去了鱼鹊的兵权，王子鱼雕也随之成了失宠闲居之人。现在，何不趁此机会，让他们将功补过呢？这么一想，鱼凫王便有了新的主意。

　　鱼凫王主意已定，随即召见了二弟鱼鹊。鱼凫王坐在王宫大殿华贵的王座上，对奉旨而来的鱼鹊说：二弟啊，我要派你辅佐王子鱼雕，率兵出征，前去协助北方之国，合力击败商族暴君。此事重大，相信你定能扬我蜀国军威，然后凯旋！

　　鱼鹊先是愣了一下，继而倍感兴奋，应道：大王如此信任，这是愚弟的荣幸啊！哪怕赴汤蹈火，也在所不辞！

　　鱼凫王颔首道：好啊，你有此信心，一定会不辱使命！

　　鱼鹊说：大王放心！什么时候出发呢？

　　鱼凫王说：还要做些准备，抓紧弄好，就可出发了。

　　鱼鹊接受了任务，拜辞出殿，返回府邸，便开始准备率兵出征了。

　　鱼凫王接见了鱼鹊之后，便传旨给王子鱼雕，要他也做好准备，和鱼鹊一起率兵出征。鱼雕感到有点意外，不明白为什么父王要派他率兵远行？难道其中又暗藏什么玄机吗？鱼雕一时揣摩不透鱼凫王的深意，却又觉得能够借此机会外出，结交一下诸国的英雄豪杰，可以扩大眼界增长见识，何尝不是好事？更何况，鱼雕已厌倦了目前的这种闲居生活，终日待在老王宫内，就像猛禽被关在笼子里一样，无聊得发慌。现在机会终于来了，可以飞出牢笼，振翅高翔，无论如何也是一件好事情啊。鱼雕这么一想，便很爽快地接受了任务。

　　按照鱼凫王的旨意，很快组建了一支千人左右的队伍，都是身强力壮、英勇善战的青壮年，配备了弓矢与刀剑长矛，还配备了一些马匹。

虽然人数不算很多，却也是精锐之师。鱼凫王将这支队伍交给王子鱼雕和王室大臣鱼鹊统率，前去支援北方大国，既可以张扬蜀国的军威，也足以保障鱼雕和鱼鹊安然无恙，又不至于让鱼雕和鱼鹊掌握过多的兵力，可谓一举数得。这也充分显示了鱼凫王的老谋深算，鱼凫王在这些事情上面，是从不会掉以轻心的。

鱼鹊掌管这支队伍后，又启奏鱼凫王，筹集了必备的衣物、粮食和军需，对相关的后勤接援，也做好了相应的安排。诸事齐备，选择好了吉日，在新王都举行了一个誓师出征仪式后，鱼雕和鱼鹊便辞别鱼凫王，率领队伍离开新王都，与北方大国的使臣同行，开始了这次非同凡响的援外行动。

鱼雕和鱼鹊率军北行，由此踏上了远征之路。

第三十章

鱼凫王喝了仙药，经过调养，身体逐渐康复了。

时光过得很快，自从派兵出征，转眼之间，几个月便过去了。铸造新的神像，修建新的祭坛，这两件大事仍在进行中。新王都现在变得比以前繁华了，经常有从蜀国各地前来的民众，在这里交易各类物品，进行买卖。从纺织品、农产品、牲畜、家禽、鱼虾、猎物，到生活用品和各种工具，无所不有。新王都内有很大的交易市场，纵横交错的街道上有很多作坊和商铺，这为买卖提供了便利，对各地的民众都产生了吸引力。来往的人多了，新王都自然就热闹起来了。鱼凫王朝原来规定，商铺之类都要定期缴纳税赋，在集市交易的小商小贩们可以不缴纳税赋，但有时也是要收取一些费用的。有关税赋与收取费用的事情，专门由鱼凫王的亲信办理。鱼凫王病重的时候，很多事情都有所松懈，接着又发生了宫闱之变，使得王室人心惶恐，也松懈了特权的行使。这对民众倒成了好事，因为放松了管辖，市场自由了，也宽松了，来新王都做买卖和交易的人也就多了起来。

鱼凫王的身体逐渐康复，待在王宫里闲着无聊，这天带着侍卫登上了城墙。恰逢新王都集市交易之日，鱼凫王看到城内城外熙熙攘攘，民众往来不绝，人气旺盛，很是热闹，便询问随从人员：为何如此热闹？随从人员回答说：王都是天下枢纽，所以老百姓都喜欢来这里做买卖，凑热闹。鱼凫王说：好啊，热闹了是好事，但是不能生乱。随从们都赶紧说：大王放心，一定加强监管。鱼凫王想起来，对新王都的护卫和管辖，都委派有亲信负责，已经很久没有人向他禀报了。这一方面说明新王都平安无事，另一方面也透露了亲信们的懈怠。鱼凫王随即传达旨意，对新王都要加强管理，不能大意。亲信们岂敢怠慢，立刻派人巡查，对进入都市做买卖的外来人员加强了监控。

这天临近中午，鱼凫王刚回到宫中，便接到禀报，说发现有人在王都内的大街上销售铜器。鱼凫王颇感惊讶，将矿石冶炼成铜，然后铸造神像，这是王朝的特权啊。是谁的胆子这么大？竟然私自冶炼铸造了铜器，还公然在王都的街上出售？鱼凫王命令将人带到王宫来，要亲自看看，究竟是个什么人物。

侍卫将一对年轻夫妇带进了王宫大殿。男的身材高大，气宇轩昂，女的端庄秀气，两人都穿着简单，乡民装束。侍卫喝令两人跪在阶前，将他们出售的铜器和一些农产品摆在了旁边。鱼凫王坐在王座上，扫视着两人，目光落在了那些铜器上，都是一些使用的农具。

鱼凫王喝问道：你们是何方人士？

男的答曰：我们都是蜀国乡民。

鱼凫王又问：你们是哪个部落的？

男的回答：我们就住在山林乡野里，没有部落。

鱼凫王问：你们哪儿来的这些东西？

男的答曰：都是自己做的。

鱼凫王问：做这些干什么？

男的回答：用来种地。

鱼凫王问：为何拿到王都来？

男的说：方便众人种地啊。

鱼凫王看到这对夫妇虽然跪在阶前，却毫无畏惧之色，特别是此人答话时始终不卑不亢，心中很有些不乐。鱼凫王皱了皱眉头，又问道：你叫什么名字？

男的说：杜宇。

鱼凫王又问：她呢？

男的说：朱利。

鱼凫王哦了一声，觉得这两个名字很陌生，也很普通。

鱼凫王斥责道：你们胆子不小啊！

杜宇和朱利都看着神色威严的鱼凫王，一时也不知说什么好。

鱼凫王又呵斥道：你们这样做，是犯忌的，不行啊！

杜宇和朱利不敢吭声，不明白究竟犯了什么忌讳。

鱼凫王又喝问：王朝要收贡，你们缴纳了吗？

杜宇和朱利不懂王朝的规矩，从未纳贡，只能沉默，无言以答。

鱼凫王见两人跪在阶前并不争辩，虽然很想惩戒两人，却也没有什么充足的理由。因为蜀国各地的乡民带着各种东西到王都来自由交换或销售，都是很正常的现象，这两个人销售的铜器虽然犯忌，也还是情有可原吧。关于纳贡，也主要是各部族首领缴纳给王朝，蜀国的乡民们通常是不会单独前来缴纳的。但百姓来王都销售东西，当然还是要收取费用的。鱼凫王略作沉吟，便挥了挥手，示意侍卫们将两人赶出了大殿，让他们离开王都。那些铜器，自然是收缴和留下了。

杜宇和朱利面对着那些如狼似虎的侍卫，岂敢申辩，只有匆匆走了。

鱼凫王放走了杜宇和朱利，绝不会料到这两个人竟然会成为他最强劲的对手。就在几年之后，杜宇和朱利便悄然崛起，出其不意地给了鱼凫王致命一击，暴风骤雨般地夺取了蜀国的王位。

这时大殿外面突然响起了雷声，一场雷阵雨就要来临了。

突兀的雷声震耳欲聋，使得鱼凫王心中一震，他有点纳闷，这是什么征兆呢？

鱼凫王觉得自己真的是老了，现在听到雷声都会双耳嗡嗡作响，一颗心咚咚乱跳，这可不是好兆头啊。鱼凫王心想，也许是自己病后初愈，又有点劳累的缘故吧？鱼凫王随即离开大殿，回了后宫，由爱妃们伺候他休息。

杜宇和朱利离开了新王都，骑着马匆匆而去。

他们带去新王都的铜器，以及一些农产品，全部被没收了。值得庆幸的是，他们的几个随从和马匹留在了外面，未遭盘问和关押。他们一出王宫，便和随从会合，骑上马迅速离去了。他们没有料到，这个繁华的王都，百姓们并不自由，鱼凫王朝的淫威竟然如此严重。他们快马加鞭，终于离开了这个是非之地，走出几十里之后，才暗自松了口气。

朱利想起那些被没收的东西，便气愤不已，恨得咬牙切齿。冶炼矿石和铸造这些铜器，可是花费了不少工夫的啊。朱利恼怒地说：那个鱼凫王太霸道、太无理了！

杜宇淡然一笑说：是啊，但是这个鱼凫王已经老迈了，也昏聩了。

朱利看他一眼，问道：听汝此言，那又怎样？

杜宇说：太阳到了黄昏，就会落山。鱼凫王朝如同朽木，也快完了。

朱利说：话虽如此，但他岂会自己垮塌？

杜宇说：那就砍伐一下，并非难事。

朱利问：你想怎样？取而代之吗？

杜宇笑笑说：难道不可以吗？

朱利注视着杜宇炯炯的眼神和豪气满怀的样子，一下子明白了杜宇的想法。杜宇决心取代鱼凫王，可谓壮志凌云啊，使得朱利的侠义之气与雄心壮志也像火焰一样被点燃了。

朱利说：当然可以啊！有志者事竟成嘛，关键是怎么做。

杜宇说：天下无难事，有心就能成功。回去后，我们就好好谋划一下。

朱利颔首道：好啊！

杜宇环顾四野，用马鞭指点着远近的山林说：如此大好江山，不能辜负了天下的英雄豪杰啊！鱼凫昏迈，王朝衰败，推翻他已势在必行！

朱利双目放光说：从长计议吧，但愿如此！

杜宇挥了下马鞭说：看天色雷雨就要来了，我们加快赶路吧。

杜宇和朱利催马疾驰，随从们紧随其后。一行人很快走远了。

杜宇和朱利居住的地方，名叫江源，是蜀国境内一处山清水秀、物产富庶之地。这儿是杜宇的故乡，朱利是从朱提的梁氏部落来到这里的。她那时一个人带着宝剑行走江湖闯荡天下，来到了江源，遇见了杜宇，对杜宇一见倾心。两人刚见面时，曾比试过剑术，较量过武艺，朱利虽然武艺很好，但杜宇似乎更胜一筹。杜宇天生俊才，自小喜欢习武，长年坚持不懈，已经练就了一身好本事。杜宇虽然没有什么财产，既没有牛羊马匹，也没有宅院城堡，更没有仆从与权势，几乎什么都没有，但慧眼识珠的朱利却看出了杜宇的与众不同，看到了杜宇内在的英杰之气，看到了杜宇宽广的胸襟和非凡的抱负，看到了杜宇尚未施展的巨大能耐和超群的本事。朱利于是毫不迟疑地爱上了杜宇，把自己献给了英俊而又强壮的杜宇。或许是天定姻缘，杜宇对朱利也是一见钟情，两情相悦，于是两人便结为了夫妻。

杜宇和朱利结合之后，曾一起到朱提小住了一段时间，随后又返回了江源。梁氏部落在朱提是一个大家族，族人众多，喜欢习武，在当地的势力颇为强大。他们很早就发现了这里的矿石可以冶炼成铜器，也可以打造刀剑。杜宇来到这里小住，也学会了此法，掌握了冶炼与锻造技术。杜宇高大俊朗，豪爽慷慨，酒量很好，加上武艺非同寻常，使得朱利的兄长和梁氏部落中的其他头面人物都很喜欢杜宇。杜宇的气场很强大，言谈举止充满魅力，相聚一段时间后，梁氏族人对杜宇的喜欢，很快转变成了对他的敬重。当地有以武为荣、崇尚豪杰之风，一些其他部落的人，也纷纷和杜宇结交，杜宇由此而拥有了很多追随者。

杜宇和朱利返回江源的时候，带回来了一支由追随者组成的精悍人马。虽然人数不多，却个个都擅长武艺，有着很强的战斗力。杜宇在江源一边开垦农田种植五谷，一边放牧马匹，饲养家畜，同时还铸造铜器，经营商贸，积蓄力量。江源这个地方，原来曾有一些蛮横的土豪，看到杜宇的经营发展大有后来居上之势，不由得心生嫉恨，处处与杜宇为难。但这些土豪岂是杜宇的对手？被杜宇毫不手软地收拾了几个，使得他们大为震慑，只有甘拜下风，乖乖地归顺了杜宇。还有周边其他地方的一些乡民，因不满恶豪欺负，也纷纷投奔到了杜宇的麾下。杜宇不动声色地建立了自己的部落，隐居在江源的偏僻之处，悄然发展，短短几年，就势力大增，迅速壮大起来。

杜宇和朱利经历了新王都的遭遇之后，决心取代鱼凫王，由此而开始了精心准备。首先是扩招人马，其次是刻苦训练武艺。他们除了练习剑术，还苦练近身格斗。杜宇和朱利都深知武艺的重要，一旦与对手厮杀起来，这将是最终取胜的关键因素。谁的剑术高明，谁的格斗与搏击本领高强，谁就会占据上风。两人相互切磋，夏练三伏冬练三九，功夫都大为长进。他们同时还练习骑马射箭，对强弓利箭的使用达到了得心应手的程度。功夫不负有心人，两人都练就了一身好本事。特别是杜宇，在剑术方面出神入化，身怀绝技，成了绝顶高手。在此期间，杜宇和朱利也加强了对部众的训练，还派人前往朱提，又召集和组织了一大批人马，悄悄地进入蜀国，驻扎在了江源。这些人马经过训练，也日渐强悍起来，成了一支骁勇善战的队伍。

杜宇和朱利懂得冶炼和铸造铜器，对这项技术也给予了充分的利用。为了防身，在格斗中确保胜算，他们采用精炼而成的小铜片，以牛筋贯孔相叠，制成护身软甲。这种软甲非常轻便和坚固，刀剑和箭矢都难以击穿。这在当时，无疑是一项很了不起的发明，在后来发挥了非常重要的作用。他们还铸造了许多刀剑，其中有一些反复淬火，经过千锤百炼，成为极其坚韧而又锋利的利器。杜宇擅长剑术，使用的宝剑寒光逼人，挥洒自如，锐不可当，剑锋指处，所向披靡。杜宇为宝剑配制了剑鞘，每次出门，都是佩剑而行。类似的宝剑，杜宇和朱利后来又专门锻制了几柄，长短不一，经常换着使用。

杜宇和朱利还派出一些精明的心腹人员，化妆成乡间百姓、樵夫、猎人、渔民，前往新王都，密切关注着鱼凫王朝的动静，打探和了解到了许多情况。对鱼凫王的日常行动与嗜好习惯、新王都的布防与队伍驻扎、王宫的侍卫与防卫情形、平常出入王宫的人员与运送的东西、城内的居民与街道布局，以及王朝权贵们的各种信息等等，杜宇和朱利都有了深入的了解。他们在掌握了这些详细情况之后，也就明白了鱼凫王的老谋深算，建造的王宫非常坚固，又位于新王都的核心区域，各种防卫都相当严密，驻扎在新王都内外的兵力也较多，他们若想要攻进王城并强行占领王宫，必定会遇到凶悍的抵抗，很难有获胜的把握。要想推翻鱼凫王朝，只有耐心等待时机了。他们深知，鱼凫王不会永远都待在王宫内，总会有外出的时候，比如去巡视、去狩猎、去游乐，等等。那时，鱼凫王离开了建造坚固而又防守严密的王宫，虽然仍有随从人员和侍卫伴随，却不会有王宫防卫那么严密。他们可以率领精锐部众，出其不意地发起袭击，以迅雷不及掩耳之势擒杀鱼凫王，然后乘胜攻入王城占领王宫。只要鱼凫王一死，那么鱼凫王朝就会树倒猢狲散，顿时土崩瓦解。杜宇和朱利对此深信不疑，现在要做的，就是继续精心准备，并耐心等候时机。

就在杜宇和朱利紧锣密鼓地进行周密部署之时，鱼凫王却依然沉湎于美酒声色之中。鱼凫王一直担忧和防备的，主要是那些大部族，譬如蜀山氏族、斟灌族、彭族、濮族，以及曾追随蚕丛王结盟建国的一些氏族与部落。濮族在蚕丛王的时候，就因叛乱失败而逃散了。蜀山氏族与斟灌族也失去王位而败逃，隐居在了西南的某些地方。这些都是鱼凫王的心腹大患，说不准什么时候又会卷土重来，鱼凫王对此也就格外提防。此外还有彭族，也是人数众多的一个大部族。不过彭公此人，年岁已高，比较识时务，对鱼凫王又特别逢迎和巴结，经常向王宫进献财宝与美女，所以鱼凫王对彭公比较信任，没有什么好担心的。另外还有一些较大的部落，鱼凫王曾派了密探，暗中长期进行监视，任何动静，鱼凫王都了如指掌。鱼凫王纵使老谋深算，也有疏忽之处。他从未料到，暗中还有新近崛起的部族，而即将同他争夺天下的英雄豪杰，就在这个部族之中。

时势正在发生微妙的变化，鱼凫王对此却浑然不觉。

鱼凫王的后宫佳丽颇多，最喜欢的仍是春兰。这是彭公献给鱼凫王的一位美妾，入宫之后，因懂得房中欢爱之术而深得鱼凫王的宠爱。春兰服侍鱼凫王已经很多年了，就在鱼凫王越来越衰老的时候，春兰发现自己怀孕了。春兰选了个机会，在鱼凫王饮酒之后心情特别愉悦之际，将此事告诉了鱼凫王。鱼凫王听了，觉得能和爱妃生个小王子，当然是好事情，很是高兴。鱼凫王对春兰说：好啊，老来得子，这是喜事啊。春兰依偎在鱼凫王的怀里说：这是大王的福气好嘛！鱼凫王搂着春兰，开怀大笑。春兰见鱼凫王开心，自然也是倍加快乐。

鱼凫王命令三弟鱼鸦负责督造新的神像，经过了较长时间的冶炼与制作过程，也终于要完成了。这次铸造的神像，数量较多，体量也比以前的要大了许多。其中精心铸造的大巫之像，与蚕丛王颇为神似，头戴华贵的王冠，身穿华丽的王服，赤足站立于祭坛之上，显示出威严的王者气势，其神情与形态便是蚕丛王祭祀天地诸神结盟建国时的生动写照。其他的神像，也千姿百态，栩栩如生，伴随在大巫之像左右，形成了一个群体，主次分明，相得益彰，蔚然壮观。因为采集的矿石有限，冶炼加工的过程也非常复杂而又麻烦，很多神像都只铸造了头部，身躯则采用了木雕与泥塑，同样达到了很好的效果。众多的神像铸造成型后，剔除了泥范，然后进行了仔细的打磨加工。有一些头像作为王朝显贵与长老首领的象征，还特地在脸部镶嵌和粘贴了金箔，以显示其身份的尊贵。有几个特别巨大的面具，作为天神、猎神、山川森林土地之神的象征，凭借想象铸造的形态极其夸张，在额际与头部还配备了奇特的装饰，有点像举起的象鼻与耸立的鹿角，显得匪夷所思而又精妙异常。这些神像，精雕细作，神采奕奕，比以前的神像具有了更大的视觉冲击力，乍见之下便给人以强烈的震撼。

鱼鸦在铸造这些神像时，采用了粘贴金箔之术，可谓是一个奇妙的创举。鱼鸦由此产生了联想，吩咐擅长冶金和捶揲金箔的匠人，选用坚韧的木芯包裹以金箔，特地为鱼凫王制作了一柄金杖，在杖身雕刻了鱼鸟与射箭的精美图案，献给了鱼凫王，既可以平时把玩，也可以在举行祭祀或庆典时使用，以此弥补鱼凫王夺取王位之后却得不到神杖的遗憾。鱼鸦了解鱼凫王的心思，并懂得巴结鱼凫王，此举自然是深得鱼凫王的欢心。

与此同时，鱼鸦还负责修建了一座宏大的祭坛，经过了较长时期的施工，这时也已建造完工。祭坛十分高大，可以沿着石阶而上，登高眺远，气势恢宏，在这样的祭坛上祭祀诸神，场面与情景一定会特别壮观。

鱼凫王觉得，这几件都是好事情，很巧地凑在了一起，真是天作之美啊。

鱼凫王准备举行一个盛大的祭祀活动，来庆祝这些神像的铸造成功，并庆贺自己老来得子。他要召集各部族首领们，向他们展示这些神像，通过这些神像和祭祀活动来加强蜀国的结盟传统。鱼凫王对此已经有了经验，以前在老王城的时候，祭祀蚕丛王就使他尝到了好处，他相信这次的效果会更好。

鱼凫王将祭祀活动的筹办也交给了三弟鱼鸦负责，吩咐鱼鸦抓紧进行。筹办这样的大型活动，说起来简单，其实各项准备还是比较复杂的。其中最重要的，首先是场面的布置。按照鱼凫王的想法，不仅要气氛隆重，而且要充分展示神像的奇妙，给人以震撼之感。其次是防卫布置，安排军队和侍卫们做好各种预防措施，绝不能掉以轻心。过了一个多月，祭祀的各项准备已经大致就绪。鱼凫王随即传令各部族首领，约定了时间，要求他们届时全都来参加这次祭祀活动。

爱妃春兰这时对鱼凫王说，再过一个月，她就要临产了，大王不如等到生了小王子之后，再举行隆重的祭祀活动，那样效果会更好啊。春兰又说，那时感谢天地诸神，同时为大王和小王子祈福，就名正言顺了。鱼凫王听了，觉得有道理，对春兰说：好啊，兰儿，那就按你说的办吧。鱼凫王于是又派人传令各部族首领，改变了原定的时间，至于什么时候举行隆重的祭祀活动，让他们等候他的旨意。

鱼凫王朝令夕改，使得各部族首领都有些纳闷。原来的鱼凫王可不是这样的啊，有令必行，谁都不敢违抗。现在的鱼凫王好像变了，变得有点颠三倒四，又有点犹豫不决了。首领们对此产生了猜测，有的觉得鱼凫王是不是变得老迈糊涂了？有的则预感着鱼凫王朝好像就要发生某种变化了。

暗中一直密切注视着鱼凫王朝动静的杜宇和朱利，也探听到了这一情况。他们觉得鱼凫王要举行祭祀活动，会吸引各地民众前往观看，岂不是一个可以利用的机会吗？他们可以率领人马混在民众中前往祭祀场所，乘机发动袭击，出其不意地擒杀鱼凫王，然后占领王城，乘胜夺取王位，就大功告成了。但仔细一掂量，便觉得不妥。鱼凫王举行这样的大型祭祀，一定会出动军队，还有大批的侍卫们跟随着，此外鱼凫王还召集了各部族首领一起参加，场面浩大，人多势众。他们若贸然发动袭击，必定会引发混战，结果很难预料，获胜的把握并不大。如今鱼凫王突然又改变了主意，情况似乎发生了什么变化。于是杜宇和朱利便耐下心来，静观其变，继续等待以后更为合适的机会。

鱼凫王铸造神像、准备举行盛大祭祀的消息，传播的范围很广，隐居在山林里的神巫阿摩和一些斟灌族人也得知了。阿摩对此感到了好奇，鱼凫王铸造的究竟是些什么样的神像？鱼凫王将这些神像用于祭祀又是什么用意？会起到什么作用呢？回想蚕丛王开国以来，在蚕丛王和柏灌王的时代都没有这些做法，鱼凫王的葫芦里究竟卖的是什么药呢？阿摩一时揣摩不透，便打算悄悄地前往王城一探究竟。阿摩已经很多年没去王城了，而且听说鱼凫王朝又修建了新王都，何不借此机会去看个明白，同时也可以了解一下当前蜀国的形势与各部族的情况。

自从鱼凫王夺取王城，柏灌王率部逃亡之后，阿摩便一直隐居在僻静的山林里。后来有一些逃散的斟灌族人也陆续汇聚在了阿摩的身边。阿摩隐居在这里，一边静心修炼，一边关注着山林外面的世事变化。蜀国的王位被鱼凫王夺去了，蚕丛王传授给柏灌王的神杖，象征着王权，却依然掌握在阿摩的手中。阿摩对发生的巨大变故感到很无奈，同时也有些许不甘心。阿摩深知柏灌王的聪明正直，蚕丛王当初是多么器重柏灌王啊，所以将王位传给了柏灌王。遗憾的是，柏灌王不懂世故，忽略了人心的险恶，因为疏于防范，而遭到了鱼凫王的算计。聪明正直失败了，阴谋诡计却得逞了，真是世事难料啊。

阿摩经历了这些之后，对世事的多变与人性的复杂，有了很多更深切的认识。阿摩那时并不甘心失败，心中仍怀有辅佐柏灌王东山再起的愿望，但是逃亡的斟灌族已经势单力薄无能为力了。复国的愿望虽然难以实现，阿摩藏在心中的这个想法却一直没有泯灭。后来，阿摩心中的遗憾与无奈，渐渐变成了一种预感。阿摩觉得人世间充满了变数，既然鱼凫王能篡夺王位，难道别人就不能推翻鱼凫王朝吗？自从蚕丛王创建了蜀国，王位便成了一个巨大的诱惑。蜀国本来是蜀山氏族和斟灌族的天下，转眼就被鱼凫王夺去了。如今的鱼凫王朝就能确保江山不变吗？想夺取王位的，大有人在啊！蜀国的部族很多，其中藏龙卧虎者甚多，说不清什么时候就改朝换代了。阿摩经过长时间的修炼，法术比以前又长进了许多，同时也增强了对世事的预感。阿摩想去王城看看，这也是一个比较重要的缘由。阿摩经过一番准备，选了个晴朗的日子，带了几名随从，化装成乡野山民，离开隐居之地，悄然去了王城。

关注着鱼凫王朝各种消息的，还有出征在外的鱼雕和鱼鹊。

他们率兵出征，前去协助北方之国，同其他诸国军队汇集在一起，合力击败了商国暴君。当北方之国的统帅率领诸国联军逼近商国王都的时候，商国暴君才闻讯仓促应战，匆忙调集了队伍，在王都前面的田野里摆开了应战的阵势。决战的时候，场面还是比较激烈的。在震耳欲聋的战鼓声中，北方之国的统帅挥舞大旗，指挥队伍发起了勇猛的进攻。士气旺盛的诸国联军排山倒海而来，商国的士兵瞬间就崩溃了。

鱼雕第一次领兵远征，也是第一次参加大型战争。无论是长途跋涉的辛苦，或者是战争的残酷，都给了他有生以来最为深刻的体验。曾经不可一世的商国暴君，在诸国联军的猛烈攻击下，摆下的阵势不堪一击，如同洪水溃堤，顿时兵败如山倒，丢盔弃甲，狼狈而逃。商族暴君见大势已去，身陷绝境，自焚而亡。一场诸多小国与大国暴君的生死较量，轻易就结束了。北方之国乘胜占领了商国的都城，取代了商国的政权，建立了新的王朝。

鱼雕出征的时候，曾担心战争免不了会有伤亡，万一自己在作战中阵亡了，那就成了父王有意派他出征的牺牲品。他知道，父王对那次宫闱之变一直是耿耿于怀的。父王没有杀他，也没有将他关在牢狱中，也许是不愿背上残暴的恶名吧？常言道，虎毒不食子，父王也许正是由于这个缘故而放了他一马吧？父王表面上宽宥了他的莽撞与过失，却又派他率兵前往遥远的北方之国，同强大凶狠的商族暴君打仗，而且只给了他一千多名士兵。带领这么弱小的一支队伍和虎狼之师打仗，岂不是有意让他去送死吗？父王的心机其实很明显，一点都不难猜透。鱼雕因此闷闷不乐，开始作战时，更是忧心忡忡。不过，这场战争的进展，完全出乎他的意料。他的担忧与恐惧，很快就在多国联军奋勇争先的呐喊声中化解了。鱼雕没有想到，小部队的战斗力竟然如此勇猛，多支小部队联合在一起，便组成了一股无坚不摧的强大力量。鱼雕对父王的抱怨，随着局势的变化，也渐渐淡化了。

鱼雕很庆幸这么容易就获得了胜利，同时也很感慨。商国曾是一个势力强大的国家，经常欺凌其他小邦邻国，如今一下就垮台了。可见强悍与弱小，都是会变化的啊。天下大事，兴亡更替，常常是眨眼之间就发生了。鱼雕目睹了商国暴君的败亡，看到了诸多小国部队获胜后的欢欣鼓舞，特别是巴国来的将士们更是载歌载舞，自然也是倍感兴奋。鱼雕兴奋的是多国联军的胜利，感慨的是商国的败亡。鱼雕由此而联想到了蜀国的诸多部族与父王的强势，谁知道以后什么时候也会发生变化呢？说不清究竟是什么缘故，鱼雕竟然隐隐地产生了一些担忧，觉得父王性情强悍而不知收敛，肯定也会招致其他部族的嫉恨啊。鱼雕转而又想，在父王强势的统治下，蜀国各部族企图作乱的可能性目前还是比较小的，其实最大的隐患仍是蜀国王位的继承问题，一旦父王年老病故，王子们相互争夺王位，各部族乘机叛乱，局势的变化就很难预料了。鱼雕想到这些，内心便又有些郁闷和纠结。

伴随鱼雕出征的二叔鱼鹊，因为经历过很多大事情，又曾跟随鱼凫王出征巴国同廪君打过仗，所以对战争的感受自然是不一样的。鱼鹊打了胜仗，也感到高兴，觉得很爽。鱼鹊天性嗜好一些血腥的东西，比如狩猎、射鱼、屠牛宰羊之类。率兵打仗也是鱼鹊比较喜欢做的事情。当鱼凫王传旨给他，命令他陪伴鱼雕领兵出征，鱼鹊很爽快地就接受了任务。不过，这次出征，长途跋涉，异常辛苦，也使他尝尽了苦头。鱼鹊的岁数也大了，长时期的颠沛流离，使他日渐疲顿，不知不觉便有了积劳成疾的迹象。在作战的时候，鱼鹊率兵冲锋，身先士卒，虽然立下了大功，却也负了轻伤。鱼鹊腿上中了箭，经过治疗，并无大碍，行动却受到了影响，此后走路就有些不便，只能骑马而行了。

战争结束后，北方之国的君王，大宴宾客，犒劳参战将士，并论功行赏，对诸国联军给予了丰厚的赏赐。蜀国、巴国和其他诸国的将领们相聚了几天，然后便启程离开，开始返回各自的国家。

鱼雕和鱼凫率领着出征的部队，踏上了返回蜀国的路程。沿途要翻山越岭，路程颇为遥远。出征之时，有北方之国的使者带路，走的是捷径，为了按时和诸国部队会合，经常昼夜兼程，没费什么周折就到达了。这次他们率兵返回，没有向导，在错综复杂的路径中行走，有几次都差点迷失方向，绕道走了很多冤枉路。好在时间充裕，没有什么任务，无人催促，可以从容行军。所以他们也就不急于赶路，每天走上几十里，便扎营休息，遇到了合适的地方，就多住几天，以便休整部队，养精蓄锐。鱼凫腿上的箭伤，尚未痊愈，也需要休息治疗。

　　途中他们翻越了连绵的崇山峻岭，到达了一处开阔的平坝。这里河水清澈，林木茂盛，山川秀美，土地肥沃。这里的地势虽然没有蜀国境内的平原那么广袤辽阔，却也是个非常适宜居住和繁衍生息的好地方。鱼雕和鱼凫在这里扎下营寨，决定多住几天。他们派遣了一些士兵，去林中射猎，去河中捕鱼，用获得的山果野味补充军需。他们发现，这里的原住居民非常稀少，只要驻兵于此，就可以将这里拓展为蜀国的疆域。这个想法，使他们很是兴奋。于是鱼雕和鱼凫便商量着，等他们南行回国时，不妨留下几百名士兵于此，建造城寨，占领此地，一方面可以为蜀国开疆拓土，一方面也为自己留下回旋的余地。鱼雕觉得，自从那次宫闱之变以后，父王对他便产生了很深的猜忌，父王派他率兵远征去打仗就似乎别有用心，谁知以后又会发生什么事情呢？就算父王真的宽容了他，等到将来父王病故，其他王子继承了王位，他在王城也很可能会待不下去的。那个时候，他不妨离开蜀国，到这里来立足啊。他在这里可以自由自在地生活，一切都由他自己做主，这真的是一个很好的退路呢。

　　鱼雕的想法，得到了鱼凫的赞同。鱼凫也很担心鱼凫王的猜疑和多变，万一发生了什么变故，有个立足的地方总比没有退路好。于此住了几天之后，他们发现这里确实是个很不错的地方，值得好好经营一番。鱼雕和鱼凫经过谋划，觉得既然要在这里长远发展，首先要做的就是修建城堡，才有利于驻守。于是选择了筑城的地址，并委派了心腹亲信负责此事，并决定留下一半的人马长期驻扎在这里，使这里悄悄地成为他们将来的退守之地。

又过了一些日子，他们听到了鱼凫王准备举行盛大祭祀的消息，并得知了鱼凫王的爱妃又生了一位小王子。鱼雕和鱼鹊由此猜想，在他们离国远行的这段时期内，蜀国显然又发生了很多事情，王朝的形势似乎也发生了某些变化。听到的这些消息，使他们想到了王都的家人，也想到了因为局势变化将会带来的微妙影响，当即决定还是先回蜀国。无论如何，家人总是要团聚的。至于祸福安危，等到面见了鱼凫王，根据情况再考虑去留吧。

鱼雕和鱼鹊于是启程，带着几百人的队伍，又踏上了回国的路程。

第三十一章

鱼凫王的爱妃春兰临产了，却生不下来，难产。

王后濮氏和一群宫女们在后宫产房内伺候着春兰，已经一天一夜了，仍然束手无策。春兰躺在榻上呻吟着，被疼痛折磨得死去活来。如果再拖下去，大人和孩子就都危险了。

鱼凫王也很焦虑，有点坐卧不安。等到第二天，鱼凫王走进后宫产房看望春兰。看到春兰憔悴而痛苦的样子，鱼凫王心疼不已。

鱼凫王俯身问道：爱妃啊，怎么办才好啊？

春兰喘息着说：大王啊，我不行了，去请彭公来，我想见他……

鱼凫王听了，一时没有弄明白，看着春兰，满面狐疑之色，哦了一声。

春兰看着鱼凫王，声音虚弱，恳求说：彭公懂医术，也许会有办法……

鱼凫王这下听清了，立刻点头说：好。

鱼凫王随即派了两名侍卫，骑着快马，前往彭族聚集之地，去请彭公。

彭公这些年住在自己的城寨里，深居简出，颐养天年。这天突然间鱼凫王派遣了心腹侍卫来请，得知情况紧急，不敢懈怠，顾不得年纪已大，当即骑了马，带了几名随从，跟着鱼凫王的两名侍卫，快马加鞭，一路疾驰，赶到了新王都。

彭公走进王宫，恭敬地拜见了鱼凫王。鱼凫王已经很久没有召见彭公了，这时见彭公须眉已白，气喘吁吁，态度谦恭如昔，便上前亲切地拉了彭公的手，一起向后宫走去。彭公有点受宠若惊，鱼凫王如此待他，这可是从来没有过的啊。鱼凫王对彭公无须提防，自然也不用隐瞒什么，一边走一边将爱妃春兰难产之事告诉了彭公，请求彭公一定要施展医术，以确保春兰和小王子平安。彭公听了，明白了事情的原委，一颗悬着的心这才落了下来，连连点头。其实，彭公在医术方面，精通的主要是房中术与养生术，对女人生孩子之类懂的并不多。但既然春兰想到了他，请他来救她，鱼凫王也信任他，礼遇他，恳请他，彭公自然是要尽力而为了。

彭公随着鱼凫王走进了后宫产房，看到了难产的春兰。春兰已经被疼痛折磨得奄奄一息，一见到彭公，泪水便涌了出来，微弱地喊道：彭公救我……

彭公见状，心情不免有些难过，安慰道：不要焦急，我会帮你。

彭公对鱼凫王揖手道：大王，如果我为春兰接生，怕有失礼之处。老臣担心，冒犯了大王，不知如何是好啊。

鱼凫王知道彭公话中之意，此时救人要紧，哪里还顾得了许多，脱口说：彭公啊，请你来，就是要你为爱妃接生啊！你不必顾虑，赶紧救人吧！

彭公揖手说：大王如此看重信任老臣，老臣感激涕零，自当竭尽心力为大王效劳啊。老臣遵命，这就开始接生。能否请大王和王后先行回避等候消息？

鱼凫王颔首道：好。随即和王后濮氏离开产房，去寝宫休息。

彭公屏退了左右，留下几名宫女做助手，开始为春兰接生。

彭公回想当初送春兰入宫的时候，春兰正当芳龄，美艳如花。春兰在宫中陪侍鱼凫王很多年了，如今怀孕临产，难产主要是年龄大了的缘故。彭公抚摸着春兰隆起的肚皮，嘱咐春兰务必放松了自己，不要紧张，又让春兰调整了仰躺的姿势，慢慢用力。彭公的抚摸仿佛具有某种魔力，春兰的疼痛顿时减轻了。彭公接着开始按摩春兰的几处经络与穴位，并采用了推拿之术，为春兰催生。彭公的医术果然很有奇效，这样过了一个多时辰，春兰逐渐放松了精神，也松弛了身体，顺利地生下了一个男婴。也许是因为难产的原因，男婴的脸色青紫，彭公拎着婴儿的双腿，在婴儿的屁股上用力拍打了一下，婴儿才发出了啼哭声。彭公看到春兰和婴儿都平安无事，终于如释重负，赶紧指挥宫女们，用温水为婴儿洗浴，为春兰更换干净衣服，将产房中的污秽东西收拾干净。

鱼凫王待在寝宫中焦虑地等待消息，这时听到产房中传出了婴儿洪亮的啼哭声，不由得大喜过望。鱼凫王和王后濮氏随即来到产房，看到春兰平安，婴儿健壮，自然是格外高兴。鱼凫王对彭公说：爱卿劳苦功高，多亏了你啊！

彭公因为施展医术，劳神费力，已有些疲惫不堪。这时振作精神说：这都是大王的福气啊！老臣无能，尽力而已，何足称赞？恭贺大王啊，上天又为大王送来了一位小王子，可喜可贺啊！

陪侍在旁边的宫女们这时也都齐声向鱼凫王称贺。

彭公又说：大王啊，小王子骨骼清奇，相貌俊秀，声如鹰啸，这是豪杰之相！将来必当大任！老臣衷心祝贺大王啊！

鱼凫王听了，心情大悦，哈哈大笑道：好啊！那就叫鱼鹰吧！

彭公揖手施礼道：大王高明！鹰击长空，子承父业，这个名字好啊！

彭公善言，深知鱼凫王的脾性和心理，很会利用机会，也很会说话。彭公的用意，如此夸奖小王子和奉承鱼凫王，自然是为了增强春兰与小王子在王朝的地位。春兰本是彭公送进王宫的人，春兰得宠，对彭公肯定也是大有益处的。彭公说的这些话，仿佛挠着了鱼凫王心中的痒痒儿，自然是格外中听，使得鱼凫王心花怒放。

鱼凫王当即传令，厚赐彭公。并安排了丰盛的宴席，盛情款待彭公。

鱼凫王和彭公在宴席上喝酒聊天，晤谈甚欢。鱼凫王说到了铸造的神像，以及即将举办的盛大祭祀。彭公趁机又称赞鱼凫王，说正是因为鱼凫王敬仰诸神，所以上天才特地赐福鱼凫王，让他老年又添了一位小王子。彭公说，这是鱼凫王的高明之举，才有此福报。鱼凫王喜笑颜开，觉得彭公说的句句中听，对彭公所言深信不疑。两人一直喝酒到深夜，才尽兴而散。彭公在新王都住了一宿，第二天才骑马离开，在几名随从的陪伴下，带着鱼凫王恩赐的礼物，返回了自己的城寨。

　　鱼凫王老年得子，听了彭公的称赞之语，觉得也许真的是诸神有灵。鱼凫王心想，他这次精心铸造了诸多神像，上天便给他添了一位小王子，这样的巧合，难道仅仅是偶然吗？其中必有玄机啊。鱼凫王由此决定，祭祀活动一定要举办得非常隆重才好。为了慎重起见，他要先去看看祭坛的布置与神像的排列，也好先祈祷一下，感谢诸神的庇佑。

　　这天午后，天气晴朗，阳光灿烂。鱼凫王骑着马，离开王宫，身边跟着一大群彪悍的侍卫，前呼后拥，出了新王都，前往宏大的祭坛，视察祭祀活动的筹办情形。

　　王都郊外野鸭河畔，宏伟高大的祭坛耸立在蓝天白云之下，在远处青黛色的群山与郁郁葱葱的树林衬托下，显得异常壮观。诸多的神像前些天就已搬运到了祭坛上面，早已排列就绪，并罩上了丝绸。在神像群体的四周，还拉上了帷幕。等到正式举办祭祀的那天，要由鱼凫王亲手揭幕，诸多神像才会展露真容。这是遵照鱼凫王的谋划，由三弟鱼鸦操办，做出的一个精心安排。鱼凫王心里明白，这样做了，在祭祀的时候，才会产生震撼的效果。

　　鱼凫王铸造神像和即将举行盛大祭祀活动的消息早已传播出去，蜀国的诸多部族和百姓们都得知了。很多人对此产生了极大的好奇，经常有人前来探望，想一探究竟，先睹为快。因为祭坛上的神像被帷幕遮挡了，祭坛的四周还安排了警卫守护，好奇者只能远远地观望一下，而不能接近。这越发增加了神像群的神秘感，也增添了祭坛的吸引力，使得祭坛周围每天都有一些好奇的人前来游荡眺望。

鱼凫王骑马来到祭坛，鱼鸦已经提前站在石阶前恭候了。

鱼鸦揖手迎接，谦恭地说：小弟恭候大王光临！

鱼凫王问道：你都安排好了吗？

鱼鸦说：小弟遵照大王的吩咐，都已准备妥当。

鱼凫王环顾四周，仰头望了一下祭坛，颔首道：好，上去看看。

鱼凫王下了马，在鱼鸦和心腹侍卫的陪伴下，拾阶而上，登上了祭坛。

鱼凫王走进帷幕，拉开丝绸，看到了那些排列有序的神像，不由得眼睛一亮。那些青铜铸造的神像千姿百态，个个都栩栩如生，形神兼备。在这些青铜头像群的中间，摆放了三件体量巨大、形貌奇特的头像，他们都雕铸出纵目而视的特征，双眼之间的额头上还凸立着一条展翅飞翔的云龙，矫健而又诡异，好似自天而降，又仿佛要飞入天空。在最显著的位置，端立着一件形态伟岸的青铜神像，头戴王冠，身穿华袍，双臂抬起，活脱脱是正在向诸神献祭的开国蜀王蚕丛啊。在祭坛上还耸立着一排粗实的木桩，这些由楠木制成的木桩多达五十余根，每一个桩头都装上了姿态各异的青铜头像。木桩上还挂上了铜铃与彩幡。这些众多神像集合在一起，便形成了一种令人震撼的气势，使人顿时产生肃然起敬之感。

这些神像铸造完工之时，鱼凫王在铸造作坊内就已看过了，但此时却别有一番感受，觉得这些神像果然精美异常，非同凡响。鱼凫王面对神像，心中暗自祈祷，希望诸神保佑，等到祭祀之日，一定隆重献祭。

鱼凫王看过了神像，站在高大的祭坛上，环顾四野，纵目远眺。面对着丽日蓝天，看到如此大好江山，心中很是感慨。鱼凫王觉得，人逢喜事，诸事顺畅，自己的疾病仿佛全好了，精神也旺健了许多。

就在鱼凫王准备走下祭坛的时候，突然看到一道奇异的亮光，从下面眺望祭坛的人群中闪烁而出。鱼凫王心中一惊，那是灿烂的阳光照射在神杖上发出的反光啊！鱼凫王呆立在石阶上，立刻回想起了蚕丛王手持神杖举行祭祀的情景。那是很多年前的事情了，当时艳阳照射着神杖，发出了璀璨的光彩，使得所有仰望蚕丛王的人都目瞪口呆。蚕丛王手持的神杖，从此成为王权的象征。后来蚕丛王将王位和神杖都传授给了柏灌王，柏灌王坐上了王位，而将神杖交给了巫师阿摩掌握。再后来，鱼凫王夺取了王位，却没有得到神杖，柏灌王远走了，阿摩与神杖也消失了，从此渺无音讯。现在，奇异的神杖怎么会突然出现在祭坛下面的人群中呢？难道是阿摩带着神杖又到王都来了吗？

　　鱼凫王凝神观察，看到人群中有一些乡民，其中一人果然很像阿摩。鱼凫王有点惊讶，又有点兴奋，当初自己一心想获得神杖，曾派了很多人搜索阿摩而遍寻不得。如今阿摩手持神杖送上门来了，真是太巧了，岂能放过？鱼凫王当即吩咐身边的侍卫，指着祭坛下面的人群说：快去把他们抓起来！千万不要让阿摩逃走了！

　　侍卫们遵令而行，沿着石阶跑了下去，把那群人给抓了起来。

　　祭坛周围还有一些看热闹的乡民，见状一哄而散。

　　鱼凫王也匆匆走下祭坛，来到跟前，仔细查看，侍卫们抓获了一些好奇的乡民，却哪里有阿摩的身影？侍卫们审问被抓的乡民，这些都是普通百姓，对于阿摩的情况，自然是毫不知情的。

　　鱼凫王有些纳闷，明明看见阿摩手持神杖站在人群中啊，怎么会突然不见了呢？鱼凫王琢磨了一下，如果阿摩这时往山林逃匿，目标会很显眼。放眼眺望，远近已无人影。这里只有离王都最近，猜测阿摩很可能是随着散去的人们躲进了王都吧。鱼凫王于是立即传令，搜索王都，务必找到阿摩，将其抓捕起来，绝不能再让阿摩逃走了。鱼凫王又特别叮嘱侍卫，最重要的是一定要缴获阿摩手持的神杖！

　　彪悍的侍卫们骑着快马，疾驰而去，开始在王都的各条街道上搜索。

470　|

鱼凫王在心腹随从的护卫下，当即返回了王宫，等候搜索的消息。

　　搜索持续到了晚上，侍卫们搜寻了王都内的每条大街小巷，仔细盘查了往来的行人，却一无所获。消息传进王宫，鱼凫王十分纳闷。难道是自己眼花了？站在祭坛上看到的阿摩只是一个幻觉吗？鱼凫王回忆了一下当时的情景，太阳照射在神杖上发出的那道耀眼的反光，那是千真万确的事情，绝不会看错的啊。唯一的可能，就是阿摩又神秘地藏匿了起来，也许就躲藏在附近的某个地方吧？鱼凫王于是又传令下去，动用了王都驻守的部队，扩大搜索范围，哪怕掘地三尺，也要将阿摩与神杖找出来！

　　由于反复搜索和盘查，新王都笼罩在紧张的气氛中。城中的居民不知道发生了什么事情，家家关门闭户，人人惶恐不安。由各地前来新王都的百姓，也都受到了盘问，有些被怀疑与阿摩有关系的乡民，还被抓住关押起来。紧张与惶恐，就像传染病一样，由新王都向周边蔓延。

　　鱼凫王的做法，引起了百姓的恐慌。搜索虽然毫无结果，盘问却发现了一些蛛丝马迹。有人说，好像看到阿摩和一些人并未在新王都停留，只是穿城而过，直接去了老王城。鱼凫王得到禀报，大为兴奋。老王城曾是蚕丛王和柏灌王的都城，也是阿摩最为熟悉的地方。阿摩潜藏在老王城内，应该是顺理成章的事啊。鱼凫王心想，现在知道了阿摩的藏身之地，一定不能放过！纵使阿摩狡猾，也让他插翅难逃！

　　鱼凫王立即调集军队，迅速包围了老王城，开始逐家逐户地搜查。鱼凫王一心要抓获阿摩，对神杖志在必得。所以这次的搜查，真的是前所未有，异常严密，对任何嫌疑都不会放过。鱼凫王做出了这些安排之后，仍不放心，又决定亲自出马，去老王城坐镇指挥，以便随时掌控消息，确保万无一失。

　　当天下午，鱼凫王便率领着大队侍卫，前呼后拥地赶到了老王城。

　　阿摩出于好奇之心，前去了解鱼凫王铸造神像和即将举行祭祀的情形。

阿摩没有料到，在新王都郊外的祭坛周围，竟然撞见了鱼凫王。当鱼凫王登上祭坛时，阿摩就站在好奇的人群中远远地眺望着。就在阿摩转身准备离去时，神杖在艳阳下发出的璀璨反光惊动了鱼凫王。鱼凫王看到了手持神杖的阿摩，阿摩也看到了鱼凫王那副惊讶的神态。阿摩敏感到了鱼凫王即将采取的行动，快速离开了人群，带着几名随从一路小跑着，进了新王都。机警的阿摩没有在新王都内停留，顺着大街穿城而过，沿着一条熟悉的小道向着老王城而去。阿摩的判断是对的，鱼凫王当天在新王都内派兵大搜查，幸好及时离开了，逃脱了鱼凫王的抓捕。

阿摩来到了老王城，打算在这里短暂停留一下，然后返回隐居之地。

老王城依然是往昔的模样，但从鱼凫王朝迁都之后，这里就成了一座冷冷清清的旧城。阿摩一走进老王城，便油然地有一种亲切感，毕竟在这里待过很多年啊，这里的城墙、王宫、府邸、街道、民宅、院落，都是那么熟悉。当初发生的很多事情，都浮现在了眼前。王宫还是以前的样子，宫门关闭着。城内有阿摩曾经住过的院子，闲置多年，已经荒废了。往事有些不堪回首，阿摩每当回想起柏灌王遭遇的巨变，回想起王城的陷落和逃亡，心中便充满了无奈与遗憾。很多事情，本来是不该发生的，可是却无可奈何地发生了。老天喜欢捉弄人啊，冥冥之中，似乎自有定数，纵使英雄豪杰，也会有挫折和失败，常常事与愿违，难以和天意抗争。蚕丛王的病故，柏灌王的大意失国，都令人扼腕啊。阿摩想到这些，便有说不出的感慨和叹息。

阿摩得知，鱼凫王朝迁到了新王都，王公贵族也都随着迁走了，只有鱼雁和蚕儿还留居于此，住在当初柏灌王为蚕武修建的宅院里。虽然鱼雁是鱼凫王的亲妹妹，但鱼雁与鱼凫王之间却因蚕武之死而造成了很深的矛盾。那时蚕武为了坐上王位，曾对柏灌王痛下杀手，结果却成了鱼凫王的牺牲品。蚕武死后，留下了遗孤蚕儿，很多年过去了，现在蚕儿应该长大成人了。阿摩想去见见鱼雁，看望一下蚕儿，顺便了解一些情况。阿摩这次匆匆来到老王城，打算短暂停留一下，这也是阿摩事先考虑过的一个缘由。不管怎么说，蚕儿毕竟是蚕丛王的嫡孙，与鱼凫王有不共戴天的杀父之仇，岂会泯灭了心中的仇恨，永远隐居于此而不再过问世事呢？如果将来有复国的可能，鱼雁和蚕儿显然是不会袖手旁观的。阿摩还想打听一下蚕青的消息，通过鱼雁了解一些情况。

鱼雁带着几名随从，找到鱼雁和蚕儿的住处，叩响了宅院的大门。

鱼雁看到阿摩来了，有点惊讶，深感意外。鱼雁问道：你怎么来了？

阿摩手持神杖，施礼说：好多年没见面了，特地来看望你啊！

鱼雁看到阿摩手中的神杖，便油然地想到了蚕丛王和西陵氏，想到了柏灌王和蚕蕾。当初和蚕武结婚后，生活在王宫中的情景，也顿时浮现在了脑海中。鱼雁的眼睛，不由自主地有些湿润。

鱼雁将阿摩迎进屋内，施礼请坐。问道：柏灌王和蚕蕾都好吧？

阿摩说：他们都安然无恙，住在一个比较远的地方呢。

鱼雁哦了一声，领首说：只要平安无事，那就好啊。

阿摩说：世事变化无常，平安确实是最重要的。

鱼雁对此当然深有同感，叹口气说：是啊。

阿摩问：那次剧变之后，蚕青也失去了消息，不知道情况如何？

鱼雁说：你们也没有他的消息吗？我已多年没有联系上他了。

阿摩说：倒是听说蚕青远走隐居了，成了蜀山氏族的首领。

鱼雁说：是吗？蜀山氏族有蚕青当首领，也很好啊。

阿摩说：我也仅仅是听说，详情如何，则不得而知。

鱼雁说：唉，如今天各一方，见面都不容易了。

阿摩注意到鱼雁有些黯然神伤，知道鱼雁回想起了伤心的往事。

阿摩说：那时鱼凫攻破了王城，我们都撤走了。太后西陵氏病故之后，举行的葬礼也未能参加，很是遗憾。

鱼雁回忆起了那时发生的许多事情，眼中不由得噙满了泪花。鱼雁叹息说：母后葬礼之后，我和蚕青在陵园还见了一面，后来便失去了联络。一晃都很多年了，唉！

阿摩知道鱼雁说的都是实情，看来对蚕青的情况，确实所知甚少。

阿摩问道：听说蚕儿都长大了，这些年，你们一切都好吧？

鱼雁说：托蚕丛王在天之灵的护佑，我们母子也还好啊。

鱼雁随即将蚕儿从其他房间唤了过来，吩咐说：蚕儿啊，快来拜见神巫阿摩。

蚕儿以前就听说过阿摩的故事，现在看到阿摩手持神杖，一副仙风道骨，神采奕奕地坐在面前，赶紧上前，恭敬地向阿摩施礼。

阿摩也起身施礼，夸道：蚕儿相貌堂堂，一表人才啊！

阿摩这时端详着蚕儿，觉得蚕儿的相貌和神态都酷肖蚕武，仿佛是一个模子刻出来的。阿摩油然联想到当初蚕武的蠢笨与遇难，心中很是感慨。那场剧变，实际上都是因为蚕武企图夺取王位引起的。蚕武违背了蚕丛王的遗嘱，野心膨胀，想当蜀王，结果中了鱼凫的圈套，最终自己反而被鱼凫残害了，成了牺牲品。

阿摩感叹着，那些都是往事了。巨大的遗憾，永远留在了过去的时光里。如今蚕武的遗孤蚕儿已经长大成人，作为蚕丛王的嫡孙，蚕儿身体中流淌着蜀山氏族的血脉，眼神和举止都透露出了一股英杰之气。阿摩有一种直觉，深知像蚕儿这样的人物，肯定不会甘于平庸和寂寞的，也绝不会忘记恩怨和使命。谁知以后又会发生一些什么事情呢？

阿摩称赞蚕儿本是寒暄之语，鱼雁听了却颇为开心。

鱼雁很久没有这样和过去的熟人晤谈了，话匣子一旦打开，要说的话儿便多了。鱼雁觉得，阿摩是蚕丛王器重和尊敬的神巫，对阿摩无须提防什么，有些事情还可以商量一下。接下来又说到了一些大家都熟悉的话题，说到了蚕丛王创建蜀国的许多非凡故事，说到了蚕丛王铸造的神杖和结盟祭祀，说到了西陵氏的仁慈和蚕蕾的聪慧，说到了柏灌王的继位与失国，也说到了鱼凫王的阴险与狡诈，还说到了以后是否会有复国的可能？

蚕儿坐在旁边听着母亲与阿摩的谈话，加深了对过去很多事情的了解，内心的感受很是复杂。特别是鱼凫王的凶恶与蚕武的被害，触动了蚕儿的复仇之心，使得蚕儿暗自发誓，以后无论如何，一定要光复祖业，为父亲报仇雪恨！

时光易逝，不知不觉便到了晚上。

夜色渐深，外面突然传来了急速的马蹄声和奔走的脚步声。

仆人跑进来向鱼雁禀报，鱼凫王带兵包围了老王城，正在挨家挨户搜查呢。

鱼雁顿时紧张起来，用疑问的目光看着阿摩，一时不知如何是好。

阿摩知道鱼凫王是因他而来，但没有料到鱼凫王竟然这么迅速就发现了他的行踪，而且来得这么快。

阿摩随即站起身说：我这就告辞，离开这里，不要拖累了你们！

鱼雁点头说：好，我不留你了。等以后有机会再见面吧。

阿摩带着几名随从朝着大门走去，但这时鱼凫王的军队已经包围了宅院，大门外面已被封锁了，火把照耀如昼，四周都是持刀执械的士兵，哪里还能走得出去呢？

形势凶险，情况异常紧张，宅院内的人都惴惴不安。

阿摩从门口退回，对鱼雁说：事已至此，你看怎么办？

鱼雁此时反而镇定下来，说：没有他法，只有随机应变了。

阿摩说：要离开这里也并非难事，你和蚕儿愿意和我们一起走吗？

阿摩的意思，是说到了万不得已的时候，还是可以施展法术遁走的。

鱼雁没有听懂阿摩话中之意，以为是突围而走，摇头说：恐怕不行吧。

这时外面人声嘈杂，又来了大队人马，骤然响起了急促的敲门声。

鱼雁听声音，猜测可能是鱼凫王亲自带人来了。鱼凫王人多势众，仅凭阿摩与几名随从，加上鱼雁和蚕儿，若要强行突出重围，无疑是以卵击石，想要安然脱险，显然是不可能的。不动武，也许还有回旋的余地。这时，鱼雁想到了宅院中有个密室，那是前些年她为了预防万一而悄然修建的，建造得非常隐秘，外人谁也不知道，现在正好可以发挥作用了。鱼雁知道，是祸躲不过，怕也没有用。鱼凫王要抓的显然只是阿摩，如果前来搜查，她只有尽量掩护，掩护不了，她也没有办法。今日之事，无论结果如何，只有听天由命了。这么一想，鱼雁心中反而坦然了，脸上也没有了畏惧之色，准备从容应对。

鱼雁安排阿摩一行躲进了密室，然后站在院内，吩咐仆人打开了大门。

鱼凫王派兵在老王城内大肆搜索，情形紧张，人心惶惶。

调集而来的军队行动非常迅速，一到老王城就分头搜查了大街小巷和很多民宅，包括一些废弃的院子，并特地查看了老王宫，都没有什么发现。士兵在搜查时还盘问了很多人，听到有人说，好像看到阿摩一行去了鱼雁的住处。士兵们闻讯立刻包围了鱼雁居住的宅院，并将消息马上禀报了鱼凫王。

鱼凫王得知后，立即亲自出马，带着一大群彪悍的侍卫，来到了鱼雁的住处。

鱼凫王走进宅院，侍卫们跟在身后，一些士兵举着火把，将院落照耀如昼。

鱼雁迎上前来问道：大王，为何夤夜来此？

鱼凫王扫视了一下院落，虎视眈眈地看着鱼雁说：特地来看看你啊。

鱼雁施礼道：大王用心良苦，多谢大王惦念！

鱼凫王不冷不热地笑笑说：顺便有点事儿，要问你一下。

鱼雁说：大王若有什么话儿，请直说吧。

鱼凫王不想兜圈子了，开门见山地说：阿摩是否来了这里？

鱼雁故作不解道：大王说的是谁？

鱼凫王说：就是那位替柏灌王执掌神杖的神巫阿摩。

鱼雁反问道：我于此深居简出，神巫阿摩怎么会来这里？

鱼凫王说：有人说，阿摩来了这里。

鱼雁说：大王会相信吗？阿摩来这里干什么呢？

鱼凫王说：所以要问问你啊。

鱼雁说：大王带了这么多人来，是否要搜查一下啊？

鱼凫王说：如果阿摩在这里，请他出来见我就可以了，何必搜查？

鱼雁说：反正我说的话，你也不会相信，你还是搜查一下吧。

鱼凫王注视着鱼雁的神情，看到她一副坦然平静的样子，心中便有些纳闷了。难道阿摩没有来这里吗，否则鱼雁怎么一点都不紧张呢？但有人看见阿摩来了这里，也不会是无中生有吧？鱼凫王这么一琢磨，觉得疑问甚多，既然来了，岂能放过？便说：好吧。那就不客气了！随即挥了下手，示意侍卫们分头查看。狐假虎威的侍卫们立刻遵命而行，分散开来，在大宅院内开始了严密的搜查。

鱼雁顿时紧张起来。那个密室，非常隐秘，阿摩等人藏在里面应该是安全的。但鱼凫王精明过人，他的手下如果仔细搜查每一处，万一发现了怎么办呢？

鱼凫王注意到了鱼雁神态中的微妙变化，冷笑道：你有点不安啊？

鱼雁反唇相讥说：我是不安啊，大王权倾天下，连妹妹都不放过！

鱼凫王听出了鱼雁话中有刺，脸色有点尴尬，摇了摇头说：话不能这么说嘛，时势使然吧。

鱼雁心存恨意，知道鱼凫王性情凶狠，从来都是不择手段的。

就在这时，房内传出了刀剑的撞击声。蚕儿手持宝剑，走了出来。一些侍卫企图阻挡他，都被蚕儿挥剑击倒在地。又有很多侍卫涌上来，要阻止他。蚕儿怒斥道：你们横行无道，欺人太甚！蚕儿威猛似虎，剑气如虹，侍卫们连连后退。

鱼凫王看到高大矫健、手持利剑的蚕儿，犹如蚕武再世，突然出现在面前，不由得大吃一惊。

已经长大成人的蚕儿，不仅身材相貌酷肖蚕武，那炯炯的目光和勇猛无畏的神态，还有精湛的剑术，都使得鱼凫王深感意外，惊讶不已。才几年不见啊，过去的稚气少年转眼就变成了青年豪杰。蚕儿的眼神与剑术，都使鱼凫王感到了一种难以形容的可怕。鱼凫王看到，蚕儿的眼中透出了复仇的欲望，蚕儿手中的利剑更是闪烁着寒光与杀气。使得鱼凫王的坐骑也受了惊吓，连连倒退。

鱼凫王慌忙勒住坐骑，喝问道：你是蚕儿吧，想干吗？

蚕儿怒道：我还要问你呢，深更半夜，来此做什么？

鱼凫王自从称王之后，还没有人敢这样同他说话，心中甚是恼怒。这时诸多侍卫迅速聚集在了身边，人多势众，围住了蚕儿。鱼凫王扬鞭指着蚕儿，冷笑一声，呵斥道：蚕儿啊，你好大胆！本王要做什么，还要向你说明吗？

蚕儿心中隐藏的仇恨与愤怒受到了刺激，如同干柴遇到烈火，顿时熊熊燃烧起来。为父复仇的心念，更是一发而不可收。蚕儿目光如炬，挥剑指着鱼凫王说：诸神在上，天理昭昭！人在做，天在看！反正你明白，我也明白！哪里还用说什么呢？今日休怪我了，都是你逼的！

蚕儿说罢，跃身上前，持剑奋力朝着鱼凫王刺去。

蚕儿的步伐极快，眨眼之间，寒光逼人的宝剑已刺到了鱼凫王的胸前。

众多彪壮的侍卫竟然阻挡不及，眼看着蚕儿这一剑就要取了鱼凫王的性命。

鱼凫王大惊失色，魂魄俱散，吓得差点从马背上栽倒下来。但鱼凫王毕竟不是等闲之辈，赶紧闪身躲让，在间不容发之际避开了这致命的一剑。几名心腹侍卫，这时都奋不顾身上前阻挡。其他侍卫也蜂拥而上，与剑术超群的蚕儿展开混战。场面顿时乱成一团，刀剑的碰撞声、呵斥声、厮杀声，响成了一片。

　　鱼雁对此深感意外，怎么也没有料到，竟然会发生这样一幕。虽然蚕儿的复仇之举，迟早都是要做的，但不应该是这个时候啊。鱼凫王率兵而来，人多势众，蚕儿此时突然发难，纵使剑术精湛，也肯定难以获胜啊！鱼雁没想到蚕儿会这么冲动和草率，这时已无法阻挡，只有听天由命了。

　　鱼雁此时被一群侍卫逼在了一边，已失去了行动的自由，只能袖手旁观，而不能协助蚕儿，真是说不出的焦忧。场面混乱，情形瞬息万变。鱼雁看到混战中的蚕儿已明显落了下风，想到鱼凫王的凶残，联想到蚕武当初的遇难，估计今日蚕儿也必然凶多吉少，一时心如刀绞，不由得泪流满面，胸中充满了绝望。

　　蚕儿经过多年刻苦训练，练就了一身好本事，特别是对宝剑的使用，更是出神入化。蚕儿早就想为父亲报仇雪恨了，今日阿摩来访，更激发了他的复仇之念。当蚕儿看到鱼凫王率兵闯入宅院，强行搜查，欺人太甚，忍无可忍，便冲动地拔剑出手。蚕儿步履矫健如风，第一剑未能击中鱼凫王，接着又挥剑连击，每一剑都刺向了鱼凫王的要害。此时涌上来的侍卫已经越来越多，挡在了鱼凫王的前面，将蚕儿包围了起来。蚕儿毫无畏惧，越战越勇，接连刺倒了多名侍卫，继续冲向鱼凫王。但鱼凫王身边的这些侍卫，都是精心挑选的彪悍壮士，数量众多，经过多年磨砺也是个个武艺高强，很快就占据了优势。在鱼凫王的督视下，侍卫们挥舞着快刀和长戈，犹如凶恶的狼群一般，从四面猛攻蚕儿。

　　蚕儿毕竟年轻，一时气盛而贸然出手，根本没有去考虑后果。蚕儿刺杀鱼凫王不成，自己反而成了被攻击的对象。几个回合下来，蚕儿虽然用剑刺倒了多人，自己却也多处负了伤。凶悍的侍卫们将蚕儿紧紧地包围在中间，用长矛连刺，痛下杀手。蚕儿奋勇拼杀，身负重伤，用剑指着鱼凫王喊道：暴君！杀父之仇，不共戴天！今日我复仇不成，你也绝不会有好下场！苍天有眼，以后一定会有人找你算账的！蚕儿喊罢，又身中数矛，终于壮烈地倒下了。

鱼凫王见状，悲痛欲绝，大叫一声，冲了过去，也被阻挡的侍卫用矛刺倒于地。

鱼雁鲜血流淌，挣扎着喊道：蚕儿啊，我的蚕儿！我来陪你了！

鱼雁又指着鱼凫王咒骂道：老贼！天道循环，你不会有好下场的！

侍卫们的长矛又乱纷纷地刺了过来。鱼雁神色悲愤，气绝身亡。

几名侍女想救助鱼雁，也都被侍卫们用刀矛砍倒或刺翻在地。连躲闪的仆人也未能幸免于难，全被砍杀了。凶悍的侍卫们杀得兴起，见人就砍，毫不手软。宅院内尸横遍野，弥漫着浓重的血腥气。

一场意外发生的激烈拼杀，终于惨烈地结束了。

鱼凫王惊魂甫定，看了一眼躺倒在血泊中的蚕儿和鱼雁，脸上浮出了残忍的冷笑。蚕儿曾是他的一个心病，多年来他老是担心着蚕儿长大成人之后会为蚕武复仇，果不其然啊！现在终于斩草除根了，从此可以不用担忧了！他因此而觉得分外兴奋，心中竟然充满了一种难以形容的快感。

鱼凫王舒了口气，指挥手下人，在宅院内继续搜查。现在的关键，是务必找到和抓住阿摩，这才是鱼凫王此行的真正目的。只要获取了神杖，那就大功告成了。

搜查持续了很久，侍卫们将每一个角落都仔细翻查了，仍旧毫无发现。

鱼凫王有些无奈，阿摩究竟在哪里呢？这成了一个难解的谜。

鱼凫王疲倦了，到了后半夜，才于心不甘地率众离去。

夜深人静，月明星稀。刚才还是刀光剑影的深宅大院，此时已悄无声息，只留下了遍地的尸体。激烈厮杀后的场面，一片狼藉。

阿摩和随从开始躲在密室里，当鱼凫王指挥侍卫们在宅院内进行搜查的时候，阿摩担心万一密室被发现了，就会因此而拖累鱼雁。于是阿摩便施展法术，悄然遁走了。这时密室已空无一人，不怕鱼凫王搜查。可是鱼雁并不知情，蚕儿也过于冲动，贸然出手，草率复仇，由此铸成大错。

阿摩遁走后，有些心神不宁。按照原定计划，他还要去拜谒一下蚕丛王陵墓，然后再返回隐居之地的。他有一种不好的预感，觉得鱼雁和蚕儿很可能会出大事。冥冥之中，仿佛有一个神秘的声音在对他说，神巫啊！你不能这样一走了之啊！

阿摩考虑了一下，带着随从，使用遁术，在拂晓时分又回到了鱼雁的宅院。面对眼前惨烈的情景，阿摩大为震惊。这是他绝没有想到的，也是绝不愿看到的啊。

阿摩走到鱼雁与蚕儿的遗体前，流泪道：怪我啊，不该来此，引来了鱼凫老贼，残害了你们母子啊！阿摩深为自责，泪流不止。

阿摩知道，结局如此，已无法改变。鱼雁和蚕儿未能复仇，反而悲壮而死。复国的愿望，也以悲剧告终。世界上的很多事情，都充满了遗憾啊！他现在唯一能做的，就是妥善安葬鱼雁和蚕儿了。阿摩和随从一起，从屋内找来了丝绸，裹好了鱼雁与蚕儿的遗体，随即施展法术，来到了蚕丛王陵园，将两人的遗体葬在了蚕武墓的旁边。

阿摩在蚕丛王陵墓前焚香膜拜，做了祭祀与祈祷，然后才离去。

翌日上午，鱼凫王派兵前往鱼雁的宅院，去就地挖坑掩埋尸体。士兵发现鱼雁和蚕儿的遗体不见了，赶紧禀报了鱼凫王。

鱼凫王闻讯大惊，下令追查。结果不了了之，成了一个悬念。

第三十二章

鱼凫王自从除掉了鱼雁与蚕儿之后，又开始做噩梦了。

朦胧之中，死不瞑目的蚕武、披头散发的鱼雁、手持利剑浑身鲜血的蚕儿，相继出现在鱼凫王的面前，愤怒地向他索命。继而又有一些面目狰狞的鬼怪，驱使着一群张牙舞爪的猛兽，朝他扑来，吓得他躲闪不及，魂魄俱散。

鱼凫王吓醒了，心中惊恐不已。连续做这样的噩梦，绝非好兆头。

鱼凫王回顾以往的经历，每次噩梦来袭，似乎都与他的杀戮有关。他射杀蚕武之后，就连续做了很多噩梦，后来铸造神像搞了祭祀，才得以平安。这次他杀害了蚕儿和鱼雁，一个是他外甥，一个是他亲妹妹，都惨死在侍卫们的长矛之下，于是噩梦便又来了，弄得他心神不宁，寝食难安。按理说，他率兵去搜查的目的，是要获得阿摩的神杖，结果却发生了这个意想不到的事件。不过，这事发生了也好啊，蚕儿死了，终于除掉了他的一个心病。如果等到以后蚕儿的剑术更加高明了，要为蚕武复仇，一旦出其不意行刺他，那就很可怕了啊。想到这一点，鱼凫王便有点庆幸。使他大为不快的是，又让神巫阿摩走掉了，未能获得梦寐以求的神杖，这才是他心中真正的遗憾。

鱼凫王目睹，蚕儿死得惨烈，鱼雁也悲壮被害。但这些也怪不得他啊，都是不可避免，注定要发生的。鱼凫王深知其中的利害关系，王位之争，复仇之念，都是水火不相容的事情，不是你死，就是我活，岂能

482

妥协？那天夜里，如果不是侍卫们骁勇强悍，那他就会被蚕儿的利剑刺倒在地，牺牲的可能就是他了。想到当时的那一幕，蚕儿的剑术如此精湛，侍卫们蜂拥而上才阻挡住了蚕儿的行刺，鱼凫王仍然后怕不已。蚕儿和鱼雁死了，也是天意如此吧，怨不得他心狠手辣啊。鱼凫王这样思量着，精神上便有了一点释然。可是鱼雁和蚕儿却阴魂不散，不断地出现在他梦中，反复骚扰他，又使得鱼凫王深感头疼。这样的噩梦，连续做了很多次，有时他从他梦中惊叫着醒来，连侍寝的爱妃都受了惊吓，脸色苍白，手足无措。鱼凫王受够了噩梦的折磨，却又无计可施，为此烦恼不已。现在每到夜里，他就有些害怕。唉！究竟怎么办才好呢？

鱼凫王决定抓紧举行盛大祭祀，祈祷诸神的护佑，以求消灾弭患。

经过一番紧锣密鼓的精心准备，隆重的祭祀活动终于如期举行了。

同若干年前的那次大型祭祀活动一样，整个祭祀活动过程的安排都如出一辙，不同的是祭祀的地点变了，上次是在老王城外，这次是在新王都的近郊。上次用的是蚕丛王时代的祭台，这次使用的是新建成的祭坛，比以前的祭台当然是更加宏伟高大了。还有这些精心铸造的众多神像，也更为神奇壮观了。准备献祭给诸神的供品，也更加丰盛了。这次祭祀的规模，也就更为隆重和盛大了。

蜀国的各部族首领接到鱼凫王的旨令，都如期而至。首领们穿了新装，骑着马，率着随从，带了贺喜的礼物，从各地赶到了新王都。他们都知道，这次举行了祭祀之后，还要祝贺鱼凫王老年得子，为小王子的诞生搞一个满月庆贺。他们参加这样的庆典活动，当然不能空手而来，肯定是要向鱼凫王进献礼品的。为了讨鱼凫王的欢心，首领们都用了心思，各显其能，带来的礼品珍奇多样，可谓琳琅满目。

从各地还来了很多民众，前来观看祭祀活动的盛况。老百姓都喜欢看热闹，特别是对那些新铸造的神像更是怀着强烈的好奇心，想趁机先睹为快。陆续来到新王都的，既有普通平民百姓，也有隐藏在民间的英雄豪杰。杜宇和朱利带着一些人，化装成乡民，也悄然来了。

因为来的人多了，新王都内外人流涌动，热闹异常。

鱼凫王调动了部队，加强了祭祀场所的警戒与护卫。新王都的布防也加强了，王宫更是守卫森严，如临大敌。最近连续发生了一些事情，使得鱼凫王忧虑重重，所以更加要严加防范，不敢掉以轻心。鱼凫王对这次祭祀活动做了精心谋划，除了安排严密的防范，还派遣了巡逻的队伍，在新王都内外监视行人，预防不测，一旦发现形迹可疑者，便立即抓捕。鱼凫王回想起蚕丛王时期，也是这样的，凡是大型活动，都安排得非常周密。鱼凫王对此早已心领神会，每次祭祀都勒兵以待，以便确保万无一失。

鱼凫王特地选择了一个吉日，来举行这次隆重的祭祀。这天早晨，旭日东升，朝霞满天，果然是个好天气。各部族首领和民众，在上午已经汇聚在了祭坛周围。接近中午，鱼凫王身穿王服，头戴王冠，在大队侍卫的簇拥下，骑马出了王宫，威风凛凛地疾驰而来。护卫在祭坛两侧的士兵们，擂响了大鼓，吹响了号角，气氛骤然热闹起来。鱼凫王大步流星，沿着石阶，登上了高大的祭坛。各部族首领们站在祭坛下面，还有众多看热闹的民众，都仰首翘望，屏息以待。

鱼凫王站在祭坛上，傲然四顾，威风八面，很有些志得意满。祭祀乃国家大事，只有身居王位者才有这个崇高的权力啊！鱼凫王夺取王位之后，这是第二次行使这个崇高的王者权力了，眺望山川壮丽、王都雄伟，看到祭坛下面万民敬仰，心中真是说不出的感慨。通过祭祀可以沟通诸神，可以强化对万民的统治，这个传统实在太妙了！每次举行盛大祭祀，鱼凫王都会自然而然地想到蚕丛王，那份对蚕丛王的敬畏之感仿佛又回到了胸间。

鱼凫王又回想到了上次祭祀之后，鱼雁于当天生下了蚕武的遗腹子蚕儿。而在这次举行祭祀之前，却发生了意想不到的行刺与杀戮，他果断地除掉了鱼雁与蚕儿。这两件事情都非同小可，都和隆重的祭祀联系在了一起，实在是有点巧合啊！难道冥冥之中，自有天意吗？

鱼凫王此时的心情颇为复杂，既感到得意，又有点怅然。因为快步登上高大的祭坛，走得急了，竟然有些喘息，毕竟年纪大了！山风从远处吹来，满面都是凉意。鱼凫王站了一会儿，这才缓过劲来。想到两次祭祀，相隔了很多年，经历了那么多的风风雨雨，他也渐渐老了，如今年老体衰，精力已经不如以前了，不由得大为感叹。上次祭祀，他还满怀雄心壮志，这次祭祀，则只求诸神保佑平安了，心境的变化竟然如此显著。唉！时光易逝，世事无常，这才是最无可奈何的事情啊！

就在隆重的祭祀活动即将开始的时候，天气突然起了变化，浮云蔽日，云层变浓，远处有乌云渐渐飘了过来，原来还晴朗的天色顿时变得阴沉了。鱼凫王发现天公不作美，觉得有点不妙，不敢耽搁，一声令下，随从人员迅速撤走了祭坛上的帷幕。揭开了神秘的面纱，众多精美的神像立刻展现在了人们的面前。这些精心铸造而成的神像群，姿态各异，栩栩如生，光彩照人，整齐有序地排列在祭坛上。在乌云渐浓的天穹下，神像群显得无比奇异，洋溢着神奇的魅力，一下就吸引了所有人的眼睛。祭坛下面观望的人群，顿时发出了阵阵赞叹和欢呼。

按照预先安排，随从人员向神像献上了丰盛的供品。

这时大雨即将来临，天色越发暗淡。远处出现了闪电，并隐隐地有雷声在响。

鱼凫王匆匆行了祭拜之礼，祈祷了诸神，雨点便开始飘落下来。天有不测风云，人有旦夕祸福，天公仿佛在有意刁难和嘲弄鱼凫王，闪电雷鸣，倏忽而至。鱼凫王虽然对祭祀的整个过程都做了精心安排，却忽略了对突变天气的应对之策。看到大雨骤然降临，鱼凫王的随从人员都有些慌乱。陪侍在旁边的鱼鹈，也有些手忙脚乱，不知如何是好。有几名机智的侍卫，撑开了帷幕，权作雨伞，让鱼凫王避雨。

祭坛下面围观的人群，这时纷纷躲雨，四散奔走，混乱不堪。有的相互呼唤，有的冒雨向王都跑去，有的被踩掉了鞋，有的掉了东西也忘了捡。刚才还是人群拥挤、分外热闹的场面，瞬间便跑光了，空荡荡的没有了人影。

鱼凫王仰天叹息，一场盛大而隆重的祭祀，就这样在混乱中结束了。

鱼凫王淋了雨，慌乱中王冠差点掉落于地，王服也被雨打湿了，贴在了身上。雷电交加，大雨如注，使得鱼凫王如同落汤鸡，失去了往昔的威风，显得有些狼狈。鱼凫王沿着湿滑的石阶，在雨中走下祭坛，骑上了马，在侍卫们的护卫下，冒雨匆匆驰回了王宫。士兵也随之撤走了，留下了一座宏伟的祭坛，寂寞地耸立在风雨中。还有那些神像，仍留在祭坛上，接受着大雨的洗礼。

闪电撕破了乌云，照亮了诸多神像的脸部。神像全都眨着眼睛，仿佛在雨中流泪，在电闪雷鸣中露出了诡异的笑容……

鱼凫王淋了雨，又加上祭祀草草结束，人群一哄而散，心情大为不乐。

大雨中断了祭祀，使得鱼凫王有一种不祥的预感。天公不作美，诸神似乎也不眷顾他了，这些都不是好兆头啊。他本想通过这次隆重祭祀以获得诸神护佑，结果却出人意料，与愿望大相径庭。他的好运难道都耗光了吗？本来当天还要举办盛宴，为小王子庆贺满月，也只有推迟了。鱼凫王心绪不宁，拧着眉头，一脸阴沉。随从人员都小心翼翼，察言观色，生怕惹恼了喜怒无常的鱼凫王，招致不必要的麻烦。

鱼凫王回到后宫，由宫女侍候着更了衣，走出寝宫，准备用膳。这时看到王后濮氏正在伤心哭泣，鱼凫王大为诧异，喝问道：天道无常，不就是下了场雨嘛，你哭什么啊？

濮氏擦泪说：大王啊，今日有濮族的人来了，方才得知，两位兄长濮山、濮岭都已身故，老父亲濮君也已患病仙逝了，故而伤心落泪。濮氏说罢，心中悲恸，忍不住又泪流满面，伤心不已。

鱼凫王嗯了一声，有点不耐烦地说：听说都死了好多年了，哭什么哭！

濮氏惊讶地说：大王啊，你早就知道了吗？为啥一直不告诉我呀？

鱼凫王说：虽然早就听说了，是真是假却无法核实，怎么好告诉你呢？

濮氏听了，黯然神伤，流泪不止，却也不好再说什么。

鱼凫王见濮氏伤心，心情也大受影响，匆匆结束了用膳，便回了寝宫，去见爱妃春兰和小王子鱼鹰。鱼鹰刚吃了奶，躺在摇篮里睡呢，被鱼凫王的脚步声惊醒了，哇的一声哭了起来。春兰赶紧去哄，过了好一会儿，鱼鹰才止住哭声，又睡了。鱼凫王不断遇到哭声，觉得很扫兴，不由得深深叹了口气。

此后连续多日，鱼凫王都闷闷不乐，情绪烦躁，经常莫名发火。

春兰陪伴在鱼凫王身边，轻柔地抚摸着鱼凫王袒露的肚腹，乖巧地问道：大王何事烦恼？是小女子侍候不周，还是小人们做错了什么？

鱼凫王摇头说：那倒不是，爱妃不必顾虑。

春兰说：那么，大王为什么不快乐呢？

鱼凫王说：就是心情烦闷罢了。

春兰说：大王也许是在宫中闲居久了，才会这样。

鱼凫王说：也许是吧。不知何故，最近郁闷得很。

春兰说：大王如果出去巡视，或者狩猎，散散心，也许就好了。

鱼凫王点头说：爱妃说得对呀，很久没有狩猎了，不妨去山林里走走。

鱼凫王听了爱妃春兰所言，觉得颇有道理，便传令下去，准备搞一次狩猎。

春兰本是无心之语，随口说说罢了，鱼凫王却当真了。鱼凫王历来刚愎自用，无论什么事都要自己拿主意，不喜欢听取别人的进谏，但对爱妃春兰的话，却常常言听计从。这也可能是春兰深知鱼凫王的脾性与心思，说的话特别投合鱼凫王的嗜好，加上春兰声音悦耳，吐气如兰，每逢有话要说，总是依偎在鱼凫王的怀里，使鱼凫王心里特别舒坦，自然就听进去了。但鱼凫王哪里料到，这次狩猎危机四伏，竟然招致了一场袭击。就像若干年之前，他替蚕武策划的狩猎，导致了柏灌王的败亡和蚕武的被害。如今天道循环，鱼凫王听取爱妃春兰之语，安排的这次狩猎，也同样导致了王朝的颠覆。天下诸事，常有巧合。鱼凫王始料不及，虽有预兆，却疏于防范，于是一场惊天之变，便不可避免地发生了。

杜宇和朱利得悉鱼凫王外出狩猎，便知道动手的机会终于来了。

鱼凫王这次狩猎，只带了一群侍卫，还有一些鱼凫王朝的亲信大臣和亲属子弟陪同。军队都待在新王都的驻地内，卫队也留在了王宫。鱼凫王轻装简行，原打算就是散散心而已，等他到了山林里，骑马射猎，有了久违的快乐之感，便又想多待几天。

鱼凫王选择了一处临近溪涧、林木茂盛的地方，搭建了帐篷，暂时露宿下来。侍卫们燃起篝火，将猎获的野鹿、野猪、野兔宰杀了，架在火上炙烤。随从们携带有美酒和食物，也拿了出来。鱼凫王喝着美酒，吃着烤熟的野味，听着山林深处传来的猿啼鸟鸣，仿佛又回到了从前，年轻时候的渔猎生活是多么自在啊。自从坐上王位之后，常年住在华丽的王宫内，远离了山林，忽略了往昔的快乐。鱼凫王一高兴，便想到了爱妃春兰，何不将她也接来同住两天呢？鱼凫王喝了酒，身边便离不得女人，随即派了一名侍卫回王宫去接春兰。

杜宇和朱利密切注意着鱼凫王的动静，一直在寻找动手的时机。他们决心推翻鱼凫王，为此已经做了精心的准备。聚集在他们身边的壮士不断增多，经过严格训练，组建成了一支骁勇善战的队伍，秣马厉兵，歃血以待，只等机会来临，便会给鱼凫王以致命打击。杜宇和朱利非常谨慎，将队伍驻扎在隐秘之处，布置了多重岗哨，严防消息外泄。鱼凫王对此浑然不觉，杜宇和朱利对鱼凫王的行踪则了如指掌。当鱼凫王外出狩猎，在山林中野营露宿的消息传来后，杜宇和朱利便当机立断，做出了果断的决定。他们要用迅雷不及掩耳之势进行袭击，出其不意地擒杀鱼凫王。

　　傍晚时分,杜宇和朱利穿了软甲,身佩宝剑,带上了强弓利箭,率领着全副武装的精锐人马出发了。临行之前,杜宇特地挥剑斩杀了公鸡,和部众喝了血酒,誓师壮行。杜宇对部众说:今日之行,义无反顾!胜者为王,败者为寇!吾与诸位共勉!部众们群情激奋,齐声说:我们誓死追随杜主!除掉鱼凫,万死不辞!

　　这天夜里,月明星稀,天气凉爽,为人马夜行提供了很大的便利。路程的远近,沿途的情况,都是早就打探好了的。为了这次行动,杜宇和朱利做了精心而细致的谋划,预先将很多要点和细节都考虑好了。一旦机会来临,所有的布置和安排,都会立刻发挥作用。

　　杜宇和朱利率领部众,骑着快马,沿着小道疾行,于夜半时分到达了鱼凫王的宿营地点,悄悄地将鱼凫王的驻地包围了。这时正是人们最疲倦的时刻,鱼凫王的随从人员都已睡了,跟随来狩猎的王公大臣和亲属子弟们亦进入了梦乡,侍卫们也放松了警惕。林中月光朦胧,万籁寂静,只有拴在树木间的马匹偶尔喷着响鼻,附近的溪涧传来了淙淙的流水声。杜宇和朱利带着部众,宝剑出鞘,张弓搭箭,迅速向鱼凫王的帐篷逼近。鱼凫王布置在帐篷外面的岗哨,此时听到了动静,正抬头张望,尚未喊出声来,便被眼疾手快的朱利射杀了。另外几名游动的岗哨,也被利箭射倒了。此时再不动手,更待何时呢?!杜宇呼哨一声,骑马挥剑,冲进大帐,部众们如同一群猛虎,紧随其后,对鱼凫王痛下杀手。朱利率领众多壮士,分头行动,开始迅速围剿鱼凫王的随从人员。

　　鱼凫王被惊醒了,持刀跃身而起,大呼一声:何方蟊贼?大胆狂徒!卫士们快快替我拿下!喊声惊动了周围的侍卫们,纷纷赶来救驾。双方随即展开了激烈的厮杀和格斗。此时宿营地内一片混乱,呼喊声和砍杀声四起,慌乱的王公大臣和鱼凫族子弟从睡梦中惊醒,惊慌失措,逃避不及,纷纷被砍倒在了血泊中。

　　鱼凫王与侍卫们拼死抵挡,冲出了帐篷,边战边退,被杜宇率众包围在了林中空地上。杜宇和朱利有备而来，此时人多势众，气势如虎，志在必得，包围圈越围越紧，断绝了鱼凫王的所有退路。鱼凫王毕竟是一代枭雄，虽已势穷力孤，仍然凶狠异常，拼杀得极其顽强。这是鱼凫王有生以来最激烈的战斗了，也是他迟暮之年的最后一场生死之战，故而竭尽全力。鱼凫王的亲信侍卫们也皆非等闲之辈，竭力厮杀，护卫着鱼凫王，在困境中仍企图突围而走，发起了好几次反扑。杜宇武艺高强，宝剑何其锋利，将那些冲上来的侍卫接连刺倒于地。朱利的射技十分了得，强弓连发，接连射倒了鱼凫王身边的多名侍卫。杜宇和朱利的部众们也都勇猛善战，武艺高强，越战越勇，占据了绝对优势。这场殊死之战持续没有多久，鱼凫王身边的侍卫们已全部壮烈战死，最后只剩下了鱼凫王独自一人。

杜宇指挥部众点亮了火把，将林间空地照耀如昼。鱼凫王被围困在空地上，神色沮丧，以刀柱地，傲然而立。火光照耀下，众多壮士，虎视眈眈，刀剑如林，杀气逼人。鱼凫王见事已至此，知道自己已难逃一死，不由得慨然长叹。

朱利和手下壮士们的强弓利箭，已瞄准了鱼凫王，蓄势待发，只等杜宇一声令下，便会立刻取了鱼凫王的性命。鱼凫王曾以善射而闻名于世，如今却要命丧箭矢之下了，英雄暮年，其心也衰。想到自己称王数十年，执掌王权，横行天下，曾颐指气使，不可一世，此刻却成了孤家寡人，何其悲哀。鱼凫王瞬间又想到他为了夺取王位而射杀的蚕武，想到了被他追杀的柏灌王，想到了前不久被他杀害的鱼雁与蚕儿，现在他也遭了报应，难道这也是天意吗？鱼凫王又想到自己多年来对各部族都严加防范，结果却百密一疏，遭到了意想不到的暗算和袭击，真是说不出的懊悔、恼怒和悲愤，心境复杂而又灰暗到了极点。

杜宇跳下马，持剑走上前，目光炯炯地睥睨着穷途末路的鱼凫王。

鱼凫王打量着杜宇，觉得有点面熟，喝问道：你是何人？竟敢犯上作乱！

杜宇朗声说：还记得被你蛮横训斥、没收铜器的人吗？

鱼凫王愣了一下，恍然大悟，叹息道：可惜当初放走了你啊，留下了祸患！

杜宇冷笑道：暴君当政，为非作歹，岂能长久？其实你才是真正祸害天下之人啊，却妄称蜀王，今日死到临头，也是咎由自取！

鱼凫王恼怒道：听你口气，如此狂妄，是要来夺取王位的吧？！

杜宇气宇轩昂，大声说：蜀国是蚕丛创建，王位乃天下公器，被你窃取多年，人神共愤。我现在要替天行道，取而代之，有何不可？

鱼凫王色厉内荏，怅然不已，知道大势已去，却依旧不甘心束手就死。

鱼凫王还想做垂死一搏，持刀指着杜宇和众人说：你们靠人多取胜，不算英雄！如果你敢和我单打独斗，赢了我手中宝刀，我输得心服，从此以后，王位就由你来坐！你敢不敢较量啊？！

杜宇豪气万丈，哈哈大笑道：好啊，王者之战，一言为定！

杜宇持剑而上，和鱼凫王进行了一场非同寻常的单独较量。

朱利本想射杀了鱼凫王，这场袭击就胜利结束了。现在见杜宇要和鱼凫王单独格斗决定胜负，虽然深知杜宇剑术超群，仍不免有点担心，生怕杜宇有所闪失。鱼凫王可不是一般的人物啊，勇力与功夫早已天下闻名。但杜宇豪言已出，也就不好阻止了。朱利只能箭在弦上，始终瞄准了鱼凫王，准备随时协助杜宇，取了鱼凫王的性命。

杜宇胸有成竹，觉得鱼凫王已成了网中之鱼，此时同鱼凫王比试一下武艺，也未尝不可。作为多年修炼武艺之人，杜宇真的很想领教一下鱼凫王的本事，毕竟是王者之战啊，这样的机会以后是再也不会有了。鱼凫王称霸多年，也算是一位了不得的英雄人物，让他败在剑下，死得心服口服，那就等于给了鱼凫王一个体面的结局。正是杜宇的豪迈与胆识，才答应了和鱼凫王的生死较量。

杜宇和鱼凫王的搏击开始了。杜宇王剑术高超，鱼凫王刀法纯熟，两人你来我往，七八个回合下来，竟然不分胜负。鱼凫王毕竟老了，虽然年轻时力能搏虎、勇冠群雄，但现在却是力不从心了。稳操胜券的杜宇并不想一剑就将鱼凫王刺死，尽量让鱼凫王施展平生能耐，以便让鱼凫王输得心服口服。两人又斗了几个回合，杜宇身手矫捷、步步紧逼，剑术精湛，气势如虹。鱼凫王的步法则开始凌乱，刀法中的破绽毕露。鱼凫王败局已定，心情绝望，感慨万千，终于明白了杜宇武艺的高强，自己的败亡已不可挽回，再做任何垂死挣扎都没有用了。当杜宇最后凌厉一击，将锋利的宝剑刺透鱼凫王胸膛时，鱼凫王低头看到胸口涌出的鲜血，竟然悲壮地笑了。这场王位更替的生死较量，就这样结束了。鱼凫王弃刀于地，轰然倒下。一代枭雄鱼凫王就这样躺倒在血泊中，壮烈地走到了生命的尽头。

观战的部众们发出了欢呼，朱利松了口气，脸上露出了欣慰的笑容。

杜宇拔出宝剑，在鱼凫王的王服上擦掉了血迹，跳上马，对部众们说：鱼凫已死，还有余孽未除，不能给其以喘息之机！现在让我们直捣老巢，去占领王宫吧！

部众们群情振奋，斗志昂扬，齐声道：好啊，这就去把鱼凫的老窝端了吧！

杜宇和朱利都懂得兵贵神速，深知把握战机的重要性。他们袭击得手，杀掉了鱼凫王之后，没有休息和停留，便又立即动身，率领部众，骑着快马，朝新王都疾驰而去，开始了另一场规模更大，也更为激烈的突袭行动。

杜宇和朱利率领的精锐人马，在黎明前夕到达了新王都。

奔驰在前面的一些壮士已经特地换上了鱼凫王侍卫的服装，并打着鱼凫王出行时常用的旗帜，在前面引路开道。新王都平时宵禁，此时城门还紧闭着。先遣的壮士们大声呼唤道：大王有令，快快开门！几名守护城门的士兵观望了一下，在朦胧的晨曦中望见了熟悉的旗帜和人马，以为是鱼凫王的队伍回来了，岂敢怠慢，毫不迟疑地就打开了城门。壮士们一拥而入，杀掉了守护城门的士兵，立刻控制住了进出新王都的要道。

杜宇率众驰向王宫，也用同样的方式，喊开了紧闭的宫门。

守卫王宫的卫队尚未回过神来，杜宇率领着壮士们已蜂拥而入。这场突袭，如同狂风暴雨，出其不意，骤然而至，攻势猛烈，锐不可当。卫队慌乱抵抗，纷纷被砍翻于地。王宫范围宽大，杜宇率众剿灭了守卫宫门与大殿的侍卫，迅速杀向了后宫。后宫门口也有侍卫守护，都是鱼凫王的心腹死士，进行了拼死抵挡。但任何顽抗都已无法改变局势，激烈的厮杀只持续了一会儿就结束了。后宫中乱成一团，宫女们四散躲避和奔逃。王后濮氏和王子鱼鹮也慌乱而逃，一些宫女与仆人跟随在他们身后，恰好被朱利撞见了。朱利从其华丽的穿着猜出了两人的身份，当即执弓在手，连射数箭，弓弦响处，箭不虚发，已将濮氏与鱼鹮等人射倒在地。朱利抓住一名宫女，询问了一下，不出所料，被她射杀的果然是王后与王子。朱利很兴奋，手持宝剑，率领着一群如狼似虎的壮士，在王宫中搜查鱼凫王的其他亲属子弟，遇到抵抗者便格杀勿论，必除之而后快。

这场充满了血雨腥风的厮杀，很快就结束了。华丽的王宫中杀气弥漫，尸横遍野。王宫中的鱼凫王亲属与卫士们都被斩杀了，只剩下了几名面如土色的妃子和一些瑟瑟发抖的宫女。也有一些从王宫的后门逃走的，杜宇和朱利忽略了对王宫后门的堵截，使得一些鱼凫族人趁乱逃离了王都。鱼凫王的爱妃春兰与小王子鱼鹰，便在混乱中逃出了王宫，侥幸躲过了劫难。

朴宇和朱利很顺利地占领了王宫，没有休息和停留，紧接着又率众袭取了新王都内的几处重要府邸。其中最重要的一处，便是鱼凫王三弟鱼鸦的豪宅，壮士们破门而入，将鱼鸦给擒杀了。其他一些鱼凫王朝的权贵，也被朱利指挥的部众抓获斩首了。鱼凫是鱼凫王最亲信的王室大臣，直接掌管着新王都的守卫部队，鱼凫一死，部队就成了无人指挥的一盘散沙。这些都是杜宇和朱利经过详细侦查，预先周密谋划好的。按照既定步骤，他们的突袭大获成功，一举杀掉了鱼凫王，紧接着又除掉了鱼凫王的王子与亲弟，鱼凫王朝的彻底覆败也就成了定局。居住在新王都内的鱼凫族人，在这场突然降临的血腥屠杀中全都溃散而逃。一个曾经依仗王权享有各种荣华富贵的大部族，多年来过惯了骄奢淫逸的日子，已经失去了居安思危的应变能力，几乎是转眼之间就土崩瓦解了。

接下来最棘手的一个问题，就是如何解决鱼凫王的部队了。杜宇审时度势，一方面率众做好了厮杀的准备，一方面采取了一个非常大胆的做法，派遣了几名壮士，持了鱼凫王的宝刀与鱼鸦首级，前往部队驻地，大声晓示，宣告了鱼凫王已死，鱼鸦已被斩首，愿意投诚的留下，不愿投降的解散。士兵们人心涣散，见首领已死，谁还愿意留在兵营呢？顿时一哄而散。

杜宇听了壮士禀报，开怀大笑。这个结果他已预料到了，果然如此啊。

此时旭日东升，朝霞满天。杜宇和朱利率领部众，占领了王宫，控制了新王都。几乎是一夜之间，蜀国发生了翻天覆地的剧变。鱼凫王朝的统治结束了，蜀国的江山，从此成了杜宇和朱利的。

春兰带着小王子鱼鹰，趁着混乱，逃离了新王都。

在这场剧变即将发生之前，鱼凫王派侍卫去接爱妃春兰，想让春兰陪侍在狩猎野营的地方住几天。春兰很高兴，立刻收拾了几件常用的衣物，准备随侍卫前往。因为天色已晚，夜里骑马赶路不便，春兰便想翌日一早出发。春兰醒得很早，马匹和行装都准备好了，接她的侍卫已整装待发。春兰梳洗了一番，抱起小王子鱼鹰，正在喂奶呢，就在这时外面发生了激烈的厮杀，传来了惊恐的呐喊与慌乱的奔跑声。王宫内顿时乱成了一片，妃子与宫女们如同热锅上的蚂蚁，四散奔逃。春兰觉得大事不妙，抱着鱼鹰，惊慌而走。她听到厮杀声是从前面传来的，便穿过寝宫走廊，向王宫的后门跑去。那名侍卫也很机警，牵着马紧随于后，出了王宫后门，将春兰和鱼鹰扶上了马，立即疾驰而去。朱利率人在后宫中快速搜查，春兰他们稍微晚一步，就难以脱身了。机警的侍卫护卫着春兰和鱼鹰，穿过几条僻静小巷，避开了杜宇的部众，从另外一个城门逃离了新王都。

春兰抱着鱼鹰，在侍卫的保护下，一路东躲西藏，逃进了山林。他们很快就得知鱼凫王已遭到袭击遇难，王子们与王公大臣也大都被杀了的消息。鱼凫王朝从此垮台不复存在，往昔的所有荣华都成了过眼烟云。春兰面朝鱼凫王遇难的地方，泪流满面，大哭了一场。这场惊天剧变，真是太突然了啊，使得春兰悲伤不已。如今鱼凫王已死，刚满月的鱼鹰就没了父亲，她成了逃亡的鱼凫遗孀，以后怎么办呢？春兰这时突然想到了彭公，她未入宫之前，曾是彭公最喜爱的小妾，是彭公将她献给了鱼凫王。现在她走投无路，只有重新投奔彭公了。于是春兰抱着鱼鹰，与侍卫绕道而行，辗转来到了彭族的聚居地。

彭公年事已高，居住在大寨内颐养天年，对纷繁的世事已不大关心。这天见到春兰怀抱鱼鹰，匆匆而至，神色沮丧，大为惊讶。彭公起身迎接，询问春兰发生了什么？春兰便将发生的一切叙述了一遍。彭公听了，心头震惊不已。过了好一会儿，彭公才镇静下来，略做沉吟，随即吩咐仆从，准备宴席，款待春兰，并安排了洁净舒适的房间，让春兰暂且住下。春兰有了安身之处，心情也就渐渐平稳了，但内心深处的悲恸与忧虑，却纠结于胸，难以排遣。

彭公老于世故，这场意想不到的惊天剧变，虽然与他无关，却也十分担忧。他发觉自己真的是老了，对外面发生的众多事情竟然毫不知情，岂不糊涂？彭公随即派人，前往王都打探消息，又派人了解其他部族的反应。

彭公根据了解到的情况，觉得杜宇仿佛从天而降，一举就杀掉了凶悍的鱼凫王，并以迅雷不及掩耳之势斩杀了鱼凫王的亲属子弟与诸多权贵大臣，实在令人惊讶。可见杜宇是位了不起的人物，在手段的强悍与血腥方面，甚至超过了鱼凫王啊。接下来，杜宇是否就要清理鱼凫王朝的其他大臣了？彭公想到自己多年来巴结鱼凫王，现在又收留了鱼凫王的爱妃春兰与小王子鱼鹰，一旦遭到杜宇追查，那就糟了。彭公顾忌于此，不由得忧心忡忡，思前顾后，竟然不知如何是好。

春兰住了一些日子，渐渐察觉了彭公的不安与忧虑。这天，春兰和彭公单独相处，春兰主动与彭公亲近，想以此来试探一下彭公。春兰柔声细语地说：彭公啊，我好想和你重享鱼水之欢。彭公婉言道：兰儿，你是王妃啊，我不能再和你做房中之事。春兰说：我曾是你心爱之妾啊。彭公苦笑道：那是往事了。春兰说：你不接纳我了，是不是担心我会连累你啊？彭公沉吟道：那倒不会，你无须担心。春兰察言观色，揣摩不透彭公的心思，总觉得彭公对待她已经没有了从前的亲密之情，却增加了对她的戒备与防范。春兰开始有点纳闷，渐渐地也就猜出了其中的缘故。春兰知道彭公一贯明哲保身，假若杜宇追查，彭公会怎么办呢？

春兰不敢深想，一旦想的多了，便有些绝望。又过了几天，风声日渐紧张，杜宇果然派人追查逃亡的鱼凫王亲属了。眼看杜宇的人就要到彭族大寨来了，春兰注意到彭公看她时眼神不定，又听到彭公暗暗叹气，便知道情况不妙。春兰做了一个噩梦，梦见鱼凫王鲜血淋漓地拥她入怀，惊恐醒来，想到因为她提议鱼凫王外出狩猎，才导致了鱼凫王遇袭被杀，不由得泪流满面，悲恸不已。

春兰抱着鱼鹰，哭了一场，悄然叫来了侍卫，嘱咐说：你是鱼凫王生前最信任的人，我现在将小王子托付给你，你带着他速速离开此地，逃到山林里去吧！此处危险，不能再待了！侍卫说：王妃啊，小人护卫你和小王子一起离开吧！春兰说：不行，我留下拖延彭公，你和小王子才能安全脱险！快走吧！去和其他鱼凫族人会合，将小王子好好抚养长大！拜托你啦！侍卫知道情形紧张，不敢耽搁，便抱了小王子鱼鹰，用丝绸系在前胸，骑了马，悄悄离开了大寨，一溜烟走了，从此遁入了山林。侍卫保护着小王子鱼鹰，后来会合了一些逃亡的鱼凫族人，一起在深山密林里隐居起来。等到鱼鹰长大之后，又发生了很多惊心动魄的故事，那是后话了。

春兰梳妆打扮，去见了彭公。春兰说：彭公啊，蜀国现在有了新的君王，你把兰儿献进王宫吧。彭公诧异道：兰儿，何出此言？春兰似笑非笑地说：这样做了，彭公和兰儿都可以继续安享荣华富贵，岂不两全其美？彭公叹息道：兰儿啊，你把世事想得太简单了！春兰哈哈一笑，流泪道：和你开玩笑呢，我本来就是头脑简单之人啊！彭公说：兰儿，你想怎样？春兰说：彭公啊，兰儿为了报答你，从此不再拖累你了！说罢，将一盏预先备好的毒酒一口喝了下去。酒中的毒性立刻发作了，春兰呻吟着，栽倒于地，顿时香消玉殒。

彭公呆立着，一时惊愕无语，想阻止也来不及了。

彭公没有料到，春兰竟然也有这样的烈性子。其实他只是担忧罢了，并未决定把春兰交给杜宇啊。他很犹豫，还不知道究竟怎么做才好呢。春兰这样做，等于使他解脱了困扰。这既是春兰对他的误解，也是春兰的一番良苦用心。春兰最后所言，如同匕首，刺得彭公心头流血，感慨万千，惆怅不已。

过了好一会儿，彭公的眼泪才慢慢流淌出来……

第三十三章

　　杜宇和朱利住进了宏伟华丽的王宫，迅速掌控了蜀国的局势。

　　他们为了推翻鱼凫王朝，之前曾做了精心的筹划，当巨大的成功终于来临的时候，仍使他们感到说不出的激动和高兴，豪情满怀。这一切真的来之不易啊，他们为此暗中准备了多少年，付出了多少心血，冒了多大的风险啊！但胜利终于来临了，来得实在太迅猛太顺利了。就像做梦似的，昨天还是鱼凫王朝，今天早晨醒来，已经王位易主，蜀国已成了杜宇和朱利的天下。

　　杜宇面临着巨大的胜利，却并未被冲昏头脑。他似乎天生就是做君王的人物，很快就适应了角色的变换。他现在已经穿上了王服，身佩宝剑，举手投足之间，显得更加神采奕奕，气度非凡。他的部众，遵照他的命令，已分别行动，严密控制住了新王都的各处城门，四处搜查鱼凫王的余孽，并开始招兵买马，扩大队伍。朱利挑选壮士，组建了卫队，负责王宫的护卫。朱利又派人去朱提与江源，招募亲友和乡民，以壮大力量。要统治蜀国，抓紧扩充人马壮大队伍，当然是第一要务了。其次要做的重要事情，就是继续剿灭鱼凫王的残余爪牙，尽可能斩草除根，彻底肃清反扑与复辟的可能。

　　杜宇胸有成竹，从容地部署和指挥着这些重大行动，一切都很顺畅。王都经历了这场惊天剧变之后，已经恢复了平静。蜀国的各大部族也风平浪静，没有因之而发生骚动。但杜宇心里明白，这样的平静只是表面现象，各种矛盾都暂时隐藏在了平静之下。夺取王位之后，如何坐稳江山，其实要做的大事还很多，而其中最为关键的，当然就是人心的归向了。如何才能获得民众的拥戴？怎样才能赢取各部族的团结呢？这成了杜宇反复思考的问题。

这天上午，天气晴朗，阳光明媚。杜宇和朱利骑了马，带了一群卫士，出了王都，在郊外巡视。他们来到了高大宏伟的祭坛前，看到那些神像依然排列在上面。杜宇想起了那天鱼凫王举行祭祀的情景，他和朱利当时就站在围观的民众中间，仰望着神像和鱼凫王。他们那天乔装成乡民，冒险来到王都，主要是想看看祭祀的盛况，也想乘机多了解一下鱼凫王朝的情形与王都的布防。谁也没有料到，盛大的祭祀才刚刚开始，一场大雷雨就突兀而来，顿时引起了莫大的混乱。围观的民众哄然而散，鱼凫王也狼狈而走。杜宇觉得，雷电交加就像是天公的预兆啊，可知鱼凫王气数已尽，天下就要大变了！后来发生的一切，也确实如此啊。

杜宇下了马，身手矫健地登上了祭坛。朱利跟随在杜宇后面，也快步登了上来。杜宇登高眺远，视野骤然开阔，看到远方的群山和近处的田野都尽揽眼底，看到王都雄伟江山壮丽，不由得豪情满怀，倍感振奋。

杜宇收回眺望的目光，观看着祭坛上的神像群，诸神像栩栩如生的造型、神秘的姿态、绝妙的表情、精湛的工艺，真是开了眼界，他既感到惊讶，又大为感叹。杜宇和朱利也擅长冶炼与铸造，懂得采矿和制作铜器的诀窍，但若要铸造出这么多精妙绝伦的神像，绝不是轻而易举就能办到的事情，不知道要耗费多少人力物力呢。鱼凫王铸造的这些神像，可谓前无古人，堪称是一个了不起的创举。不过，鱼凫王除了耗费人力、物力，并没有赢得民心，也没有获得诸神的护佑，反而很快就结束了统治。杜宇此时面对神像，心中突然有了一种豁然开朗的感悟。

杜宇说：你还记得那天我们来此观看祭祀的情景吗？

朱利说：当然记得，天公不作美，你说雷雨是个征兆，鱼凫王败象已露。

杜宇说：是啊！天意如此，改朝换代，自有定数嘛！

朱利笑道：你料事如神，真的被你说对了。

杜宇说：你看，鱼凫王造了这个祭坛，就是为了改朝换代使用的！

朱利笑着说：哈哈，今天登临祭坛，你想到了什么啊？

杜宇微笑道：今日瞻仰神像，我觉得鱼凫王还是很不简单。他能不惜耗费财力，做了这么多奇妙的神像，就很了不得啊。

朱利瞅了杜宇一眼说：你不是说鱼凫王是暴君吗？窃取王位，人神共愤，必欲除之而后快。怎么又夸奖鱼凫王了呢？

杜宇说：鱼凫王是暴君啊，所以必须推翻，取而代之。但鱼凫王还是很有些本事的，能用武力与祭祀威震天下，就非同小可，还是值得敬佩的。

朱利问道：你的意思，究竟是什么啊？

杜宇沉吟道：我在想要不要给鱼凫王建一个陵园，搞一个隆重的葬礼。

朱利想了想，点头说：我明白你的想法了，可以啊！

杜宇高兴地说：你赞同了，那我们就这样做吧！

杜宇和朱利经常是心有灵犀一点通的。杜宇的想法是，鱼凫王毕竟是一代蜀王，建个陵园，也就正式宣告天下，旧的王朝结束了，新的王朝开始了。举行葬礼，自然是要邀请蜀国各个部族首领都来参加的，这也是团结各部族的绝妙理由和大好机会啊。同时，也可以借此安抚人心，平息乱象，恢复稳定，从而在百姓的心目中，树立新王朝的统治者是一位仁义之君的形象。杜宇的谋划可谓深远，朱利一下明白了杜宇的想法，对此自然也是心领神会。

杜宇又说：看到这些神像，便有震撼之感，也很使我感慨。

朱利哦了一声，问道：你感慨什么呢？

杜宇说：想到鱼凫王花了多少精力，铸造了这些神像，希望借此获得诸神的护佑，结果却适得其反，岂不令人感慨和叹息。

朱利说：是啊，要想坐稳江山，长治久安，得靠百姓爱戴，天下归心才行。只想依靠神像，那是鱼凫王的昏聩啊。

杜宇笑道：说得对啊！所以我想，先给鱼凫王修建陵园搞个葬礼，然后将鱼凫王铸造的这些神像也都给他埋了吧！

朱利想了想说：这么多精湛的神像，埋了是不是有点可惜？

杜宇问道：难道你还想供奉这些神像吗？

朱利笑笑说：那当然不会了。如果继续供奉这些神像，岂不是要生活在鱼凫王朝的阴影里了？

杜宇说：所以把神像埋了，鱼凫王朝也就彻底终结了。

朱利嗯了一声，点头称是。

杜宇说：我们不要神像，照样也能举行祭祀和登基庆典！

朱利说：好啊，就按你说的办吧！

杜宇又说：以后我们要多铸农具，五谷丰登，天下富庶，百姓就会安居乐业！

朱利点头说：我俩想到一起了，到了那时，就是太平盛世了！

杜宇豪迈地笑道：哈哈，那就这么定了！

杜宇谋划已定，取得了朱利的赞同，随即开始布置实施了。

杜宇要做的这两件事情之一，选择地点给鱼凫王建个陵园，很容易就办好了。杜宇派人将鱼凫王的遗体葬进了陵园，将鱼凫王的王后、王子、王室成员和亲属的尸体也陪葬于此。鱼凫王陵园的格局，比起蚕丛王陵园的规模要略小一些，在风水气势上也要略逊一筹。杜宇有意这样安排，因为蚕丛开国，而鱼凫窃位，对于蜀国王位的继承便有了一个合情合理的说法。接着，杜宇准备将鱼凫王先后两次铸造的神像，分别挖坑埋了。这样做，既彻底终结了鱼凫王朝的影响，也表达了对前朝蜀王们的敬重，充分展示了新朝的宽宏与仁义。

杜宇打算要做的另一件大事，相对就要复杂一点了，事先必须做好充分的准备。杜宇思考，给鱼凫王举办了葬礼，然后就要举行祭祀与庆典了。最关键的当然是登基庆典了，他要召集各部族首领们都来参加。在登基庆典上，杜宇要宣告天下，正式成为蜀王。王位的继承，有很多方式，既有传授的，也有夺取的。蜀国的前几位蜀王，柏灌王是蚕丛王亲自传授的，鱼凫王则是使用阴谋夺取的。现在杜宇采用了奇袭手段，也同样夺取了王位。怎样才能使自己获得的王位合情合理，并赢得各部族首领与民众的拥戴呢？杜宇对此思考良久，油然想到了神巫阿摩。关于蜀国的前朝故事，杜宇曾做过详细了解，知道蚕丛王在结盟建国时，曾铸造了一柄象征王权的神杖。后来蚕丛王将王位和神杖一起传授给了柏灌王，柏灌王坐上了王位，而将神杖交给了神巫阿摩掌握。鱼凫王篡位之后，柏灌王远走了，神巫阿摩隐居了。现在杜宇坐上了王位，如果能将隐居的神巫阿摩礼请出山，获得阿摩的辅佐，那杜宇成为新的蜀王就名正言顺了。想想看吧，鱼凫王虽然篡夺了王位，却始终没有得到神杖，而神杖一旦又重新出现和归属了杜宇王朝，自然就会天下归心，从此获得百姓的衷心拥戴。杜宇还听说，神巫阿摩法术高深莫测，新的王朝若有此人相助，那就如虎添翼了啊。杜宇想到这些，便有些激动，决心无论如何，也要找到神巫阿摩，务必将其请出山来。

杜宇叫来了心腹之士朱岚，面授机宜，将寻找神巫阿摩的任务交给了他。

杜宇叮嘱说：朱岚啊，神巫阿摩乃当世奇人，你无论如何，一定要找到他，将他请出山来。事关大局，务必抓紧办好，不得有误！

朱岚说：大王放心，小人全力以赴，万死不辞！一定不负大王重托！

朱岚领命出宫，当天便出发了。朱岚本是朱利的族人，因为崇拜杜宇的雄才大略和非凡功夫，当年投奔杜宇麾下，跟随在杜宇身边已经多年。在杜宇的众多心腹之士中，朱岚忠心耿耿，机智勇猛，深得杜宇信任。杜宇将这个重要任务交给应变能力很强而又善于办事的朱岚，还是比较放心的。他相信朱岚，定会不负所望。

朱岚率领几名壮士，佩带弓箭宝剑，骑着骏马，带着专门准备的珍贵重礼，离开王都，进入了山林，前去寻找隐居的神巫阿摩。他们根据打听到的消息，只知道阿摩隐居在西山深处，却不清楚具体的隐居地点。西山范围广阔，峰峦逶迤，沟深林密，野兽出没，人烟罕见。要找到隐居的阿摩，犹如大海捞针，绝非易事。朱岚一行，白天在山林中转悠，夜晚就露宿在溪畔，渴了喝山泉，饿了吃干粮和野味。这样寻找了多日，依然渺无踪影。怎么办呢？王命在身，纵使困难再多，也不能轻易放弃，空手而归啊。

这天傍晚，就在朱岚一行疲顿不堪，已经到了山重水复疑无路的时候，他们在悠然的山风中闻到了炊烟的味道。有炊烟，就必有人家啊，朱岚和随行的壮士都兴奋起来。山风是从溪涧上游吹来的，放眼望去，正是群山深处，林木更加幽深的地方。夕阳尚未下山，天空白云缭绕，有彩鸟在盘旋飞翔，隐隐地还传来了虎啸猿啼之声。朱岚一行，立刻沿着溪畔隐约的小道，继续往前跋涉，决心一探究竟。他们在小道上发现了有人走过的痕迹，这就表明这里曾有人出入，增强了他们的推测和判断。他们越往溪涧上游行走，越发感到了此处环境的奇特，山清水秀，峰回路转，很有些神秘莫测之感。

这时夕阳染红了晚霞，朱岚一行绕过山崖，眼前豁然开朗，看到了林木中有数间精致的屋舍。附近巨树参天，碧瀑飞挂，溪水清澈，潺潺流淌。这里别有洞天，恍若仙境，显然就是神巫阿摩的隐居之地了。朱岚大喜过望，苍天不负有心人，终于找到了啊！随即上前，叩门求见。

阿摩隐居于此，继续修炼法术，本领日渐高深。数日前，阿摩曾做了一个梦，梦中电闪雷鸣，两只神鸟在风雨中相搏，胜者化为五彩杜鹃翱翔，负者变成野鸭坠地而亡。阿摩醒来，便预感到天下有大事要发生了。阿摩自从上次出山之后，便派了一些斟灌族人，经常打探山外的消息，凡是蜀国发生的大事，阿摩很快就知道了。这次新王都发生的惊天之变，也迅速传入了山中。鱼凫王朝的突然终结，使得阿摩很是感叹，善恶终有报应，兴衰更替，天意难违啊！阿摩没有料到的是，推翻了鱼凫王朝的杜宇，竟然这么快就派人前来拜见他了。以前鱼凫王派人搜寻多年，都无法找到他，杜宇派人却找到了他的隐居之地，似乎冥冥之中，也是自有定数啊。

朱岚见到了仙风道骨的神巫阿摩，恭敬地叩拜于地。

阿摩打量着来人，未容朱岚开口，便说：你是杜宇王派来的吧？

朱岚大惊，叩拜道：神巫真是绝代高人，天下大事，无所不知啊。

阿摩猜测着来人的意图，从来人的神情举止，已经猜到了几分。

朱岚恭敬地说：小人正是杜宇王派遣，特地前来拜见神巫。说罢，示意随从壮士，将带来的珍贵礼物呈献在了阿摩面前。朱岚说：大王敬仰神巫，让小人带来了一点见面礼，敬请神巫笑纳！

神巫说：杜宇王客气了，无功不受禄，实在惭愧！

朱岚见阿摩并未婉拒礼物，随即开门见山说明了来意。朱岚施礼道：神巫法术高深，名闻遐迩。大王仰慕已久，诚恳邀请神巫出山相助！

阿摩沉吟道：我隐居已久，不问俗事，出山又能做什么呢？

朱岚说：大王想请神巫担任国师，蜀国的祭祀、庆典，都请神巫主持。

阿摩听了，心中颇为欣喜，脸色依然平静如常，不易觉察地"哦"了一声。

朱岚察言观色，恳请说：神巫啊，大王有了您的辅佐，就能如鱼得水，从此大展宏图，建立千秋伟业！常言说，英雄相惜，人神相通，风云际会，天意如此啊！

阿摩心有触动，问道：杜宇王真的认为是天意如此吗？

朱岚说：大王一举除掉了暴君，若有神助，当然是天意了！

朱岚又说：大王雄才大略，胸襟开阔，爱才若渴，诚心诚意礼请神巫出山相助。小人身负王命，辗转多日，终于见到了神巫，这也是天意啊！

阿摩对此颇有同感，双目发亮，微微颔首，表示了赞同。

朱岚进而说：小人恳请神巫，明日就动身吧！大王在王都准备隆重迎接神巫呢！

阿摩沉吟道：天色已晚，你先住下。此事不急，从长计议吧。

朱岚见阿摩的态度有点模棱两可，一时猜不透阿摩的真实心思，此刻夜幕降临，也只有先住下再说了。

阿摩其实已被说动了，没有一口答应，主要是想再好好考虑一下。因为出山辅佐杜宇王，这件事情确实太重大了，涉及治国安邦平天下，草率不得。

阿摩回想从前的经历，曾深得柏灌王的敬重，他对柏灌王也是忠心耿耿。遗憾的是，柏灌王被鱼凫算计，丢了江山，阿摩纵使法术高深也无力挽回狂澜，由此成了隐居之人。如今换了朝代，阿摩是否出山辅佐新王呢？出山当然是可以的，阿摩的法术和本事从此就有了用武之地。否则岁月耗尽，徒有豪情壮志，真的是浪费了自己的绝世能耐。关键是，杜宇是否诚心邀请和真的敬仰神巫？杜宇是否真心实意要让阿摩以后担任蜀国神巫和国师？其中更要紧的是，杜宇已身居王位，以后神巫执掌神杖，王者统辖万民，神巫主持祭祀沟通诸神，各自手握大权，两人能否长期和谐共处？一旦发生矛盾又会怎样？阿摩考虑到了这些，因而有些迟疑。这些担忧和顾忌，都需仔细掂量，深思熟虑才好啊。而且，阿摩觉得也不能答应得太爽快了，免得让杜宇王看轻了自己。

阿摩款待朱岚一行吃了晚饭，安排住下，一夜无话。

翌日上午，朱岚又求见阿摩，想敦促阿摩尽快动身，一起前往王都。阿摩的弟子对朱岚说：神巫要闭关修炼，请你们先回去吧。朱岚有点惊讶，满腹疑问，明明看到阿摩面露欣悦颔首赞同了，怎么又变了呢？朱岚请弟子致意阿摩，请求面谈。弟子走进阿摩练功的大屋，过了片刻，出来说：神巫正在修炼，不便见面。你们还是先回王都吧！朱岚见不到阿摩，又不能强行闯入，心中犯了难，这可如何是好啊？杜宇王还在王都等候迎接神巫呢，自己如果请不动神巫，哪里有颜面回去见杜宇王呢？

朱岚随即跪在了阿摩的屋外，以表达虔诚。这也是没有办法的办法了。

一天过去了，阿摩的屋内毫无动静。又过了一天，朱岚依然跪在那里。阿摩的弟子端了一碗水放在朱岚面前，对朱岚说：你还是喝点水吃点东西吧。你的心意，神巫已经知道了。朱岚说：大王敬仰神巫，特地派遣小人恭请神巫出山，虔诚之心，天地可鉴。如果请不动神巫，小人无颜回去面见大王，只有自刎于此，剖肝沥胆，以表心意了。弟子说：神巫说过，此事不能急，尚需从长计议啊。

朱岚跪在阿摩屋外，到了第三天，仍然没有结果。朱岚悲壮地叹了口气，大声说：神巫啊，小人无奈，请不动大驾，只有自刎了！拳拳之心，敬请神巫鉴谅！说罢，拔出了随身佩带的宝剑，朝着王都方向做了叩拜，然后横握宝剑，准备自刎。

就在这时，屋门开了，一道神异的亮光闪过，宝剑被神杖挡住了。

神巫手持神杖，对朱岚说：你的良苦用心，令人感动，起来吧。

朱岚叩谢道：只要能请动神巫，出山辅佐大王，小人就是献出性命也是值得的！

阿摩叹息道：想不到杜宇王身边竟有如此忠勇之士！

朱岚终于获得了阿摩的允诺，答应一起出山，不由得大喜过望。阿摩吩咐弟子收拾了行装，略做准备，随即便启程了。朱岚和随行壮士们一起，小心翼翼地伺候着神巫，骑了马，离开了隐居之地，穿越曲折的小道，走出了幽深的西山。

朱岚派了一名壮士，快马加鞭，先把消息传回王都。杜宇接到禀报，也是喜出望外，当即传令下去，召集部众，做好了隆重迎接的准备。

这天上午，阳光明媚，神巫阿摩在朱岚一行陪同下，来到了王都。

杜宇和朱利已率众在城外恭候，迎接神巫的到来。这时看见神巫骑在马上，手握神杖，身后有弟子伴随，果然是仙风道骨，仪表非凡。杜宇满面欣喜，跳下马来，上前两步，向阿摩揖手施礼，恭敬地说：久仰神巫，高风亮节，遐迩闻名，今日相聚，不胜荣幸！

　　阿摩看见杜宇身材高大，气宇轩昂，神色虔诚，声音洪亮，果然是英雄豪杰、王者之相啊。阿摩霍然心动，对杜宇的好感油然而生。

　　阿摩也下了马，手持神杖，与杜宇施礼相见，谦恭地说：大王客气了，有劳远迎啊。

　　杜宇兴奋地说：神巫乃绝世高人，能出山相助，这是本朝的大喜事啊！

　　阿摩说：大王过奖了，我乃隐居之人，徒有虚名，实在惭愧。

　　杜宇见阿摩谦和，心中更加高兴，随即让朱利也上前施礼相见。

　　杜宇和朱利同神巫阿摩初次相见，虽然才说了几句话，却一见如故。这也是英雄襟怀，豪杰性情，惺惺相惜，缘分如此吧。杜宇的气场与魅力，已经深深打动了阿摩，打消了阿摩的所有顾虑和犹豫。阿摩觉得，杜宇的雄才大略和敢作敢为，在很多方面都超过了柏灌王。杜宇一举除掉了鱼凫王也实在是大快人心，替阿摩清除了心中的块垒。所以尽心尽力辅佐杜宇，也就成了阿摩心甘情愿的选择。

　　杜宇和朱利将阿摩迎接进了王宫，安排了丰盛的宴席，为阿摩接风洗尘。他们饮酒欢叙，谈论国事，所见略同，非常投机。阿摩得知杜宇为鱼凫王修建了陵园，举行了葬礼，心中大为敬佩，这事做得如此大度而又多么高明啊。又得知杜宇埋掉了鱼凫王铸造的所有神像，更觉得杜宇见识超群，其胸襟和豪情都超越了古人，处处都显示了王者气象，真的非常了不起，令人景仰啊。阿摩对杜宇心生敬意，更加坚定了辅佐杜宇创建伟业的信心。

　　杜宇对阿摩也是敬重有加，给予了最高的礼遇。鱼凫族人逃亡之后，王都内有很多空出的府邸宅院，杜宇挑选了一套最好的，作为神巫府邸，赠给了阿摩。

阿摩当天住进了府邸，从此成了杜宇王朝的神巫与国师。

杜宇咨询了阿摩，选择了吉日，准备举行隆重的祭祀和登基庆典。

这场盛大的活动，就要由阿摩主持举行了。杜宇派人传令蜀国各部族首领，届时齐聚王都，共襄盛举。在杜宇发动突袭夺取王都之初，各部族首领都有些惊慌和忐忑。当杜宇为鱼凫王建了陵园，用王者之礼安葬了鱼凫王之后，众人悬着的心才逐渐平静下来。紧接着，他们听到神巫阿摩成了杜宇王朝的国师，使得各部族首领都倍感惊喜。因为阿摩手持有蚕丛王铸造的神杖，鱼凫王篡夺王位之后曾千方百计地想要夺取神杖却难于遂愿，现在阿摩和神杖又现身了，甘心辅佐杜宇，成了蜀国的国师和神巫，这可是一件了不得的大事情啊。这也说明杜宇确实非同寻常，能耐超凡，不能不使人敬佩啊。

杜宇先声夺人，各部族首领接到命令，都恭敬地答应了。

神巫选择的吉日，果然风和日丽，天气晴朗，碧空如洗。王都外的高大祭坛，已经整修一新。从王都前往祭坛的道路，也重新铺设了沙土。这天上午，祭坛周围插上了鲜艳的旗幡，在轻柔的和风中猎猎飘扬。祭祀用的物品，都已准备妥当。整个场面都布置好了，负责戒备和警卫的部众提前出发，分列在祭坛两侧，以防不测。前来参加祭祀和登基庆典的各部族首领都已到达，身穿各式服装，聚集在祭坛前，等候杜宇和神巫的到来。很多喜欢看稀奇的民众，也闻讯而至，汇集在了周围，使得人气旺盛，场面宏大，分外热闹。

杜宇今天一早就沐浴更衣，穿上了崭新的王服，骑着骏马，精神焕发，显得格外威武。朱利也穿戴一新，依然佩带了宝剑和弓矢，骑马相随，显得越发英姿飒爽。杜宇和朱利出了王宫，先到神巫府邸接了阿摩，然后一起出了王都，往祭坛而来。彪悍的王宫卫队也都骑着马，紧随于后，威风凛凛。各部族首领和围观的民众，看到杜宇如此威仪，气势逼人，果然名不虚传。又看到神巫阿摩手持神杖，神采奕奕，仙风道骨，飘然而来，个个都肃然起敬，暗自赞叹。

杜宇和阿摩在祭坛前下了马，沿着台阶，一起登上了祭坛。

几名侍卫擂响了大鼓。鼓声隆隆，旌旗招展。三通鼓罢，场面顿时安静下来。众人翘首观望，屏息以待，祭祀就要开始了。杜宇和阿摩站在高大的祭坛上，面向众人，巍然肃立。杜宇恭敬地向阿摩做了个请的手势，今天的祭祀是要神巫主持的，王者恭请，既是礼节使然，也表达了杜宇对阿摩的优礼相待，处处都显示了对神巫的尊崇。阿摩微微颔首，以示答谢，随即上前一步，当仁不让地站在了最显著的位置。

阿摩手持神杖，极目眺望，思绪如潮，感慨万千。遥想很久以前，蚕丛王亲自主持祭祀，开创了蜀国。之后蜀国兴亡更替，迄今已换了几代蜀王。将神巫与国王分别由两人担任，这是柏灌王时代开始的，现在杜宇也继承了这个传统。而真正由神巫来主持国家的祭祀与庆典，阿摩还是第一次，而且是杜宇王朝的首次盛典啊。今日居高临下，看到那么多人都仰望着他，想到神巫的地位竟然如此崇高，阿摩心中的感受自然非同寻常。但阿摩并未因此而忘乎所以，他很清醒地知道，真正的主角仍是杜宇，王权才是最大的实权嘛。杜宇坐了王位，又能如此尊崇神巫，使得神权与王权密切配合，相得益彰，这也正是杜宇的过人之处啊。阿摩抑制住内心的兴奋，聚精会神，缓缓地举起了手中的神杖。

在灿烂阳光的照耀下，神杖焕发出了璀璨的光芒。阿摩高举神杖，开始祷告天地，然后祈祷诸神。祭坛下面仰望的人群，充满了好奇。随着阿摩的转身，神杖上反射出的亮光，晃耀着人们的眼睛，仿佛有某种神秘的力量，渗入了人们的心灵。景仰之情与敬畏之心油然而生。阿摩祈祷之后，开始了献祭。神巫的弟子们，手捧祭品，依次登坛，虔诚地将祭品放了祭台上。两名弟子点燃了香料，奇异的香味袅袅升起，随着和风向四处飘溢，所有参加祭祀的人都闻到了沁人心脾的香味。

就在这种神奇的意境中，阿摩大声宣称：祝贺吾王，除暴安良！诸神护佑，荣登王座！天地有灵，和谐安康！风调雨顺，万民共享！祝愿蜀国，从此兴旺！各族团结，共创辉煌！同德同心，更加富强！阿摩的声音浑厚苍劲，为祈祷与祝福之辞增添了穿透力。民众听了神巫的祝词，不约而同地将目光投向了杜宇。有王宫随从人员，手捧锦盒，走到了杜宇身边。

杜宇上前一步，面朝大众，从锦盒中取了王冠，戴在了头上。

杜宇身材高大，面容俊朗，举止英武，豪气洋溢。他穿着崭新而又华丽的王服，此刻戴上了灿烂耀眼的王冠，犹如天神降临，越发显得威武，魅力无穷，光彩照人。

杜宇朗声笑道：神巫说得好啊！今日大庆，吾登基称王！天佑蜀国，希望从此以后让天下百姓都过上兴旺富裕的好日子！杜宇声如洪钟，神采飞扬，话语虽然简洁，却打动了各部族首领与民众的心，激起了共鸣。杜宇作为新的蜀王，展示王者风采，使人深为折服，表达的心愿也使得部众首领与民众充满了希望。

这时有五彩的鸟儿从空中飞来，飞过了壮观的祭坛和人群，然后飞向了远处彩云缭绕的山林。和风中传来了鸟鸣，好似仙音缭绕。在场的民众都大为惊讶，这可是从未有过的吉祥之兆啊！真是太神奇了！

当鼓声又响起来的时候，在场的人们都发出了欢呼。

盛大的祭祀和登基庆典，顺利结束了。

就在杜宇正式称王之后，鱼雕和鱼鹊率领着数百名士兵，远征归来，辗转回到了蜀国。临近新王都的时候，民众都诧异地看着他们，他们这才得知鱼凫王朝已经覆灭，蜀国已经改朝换代，两人都大为震惊。发生如此惊天动地的剧变，对他们来说，实在是太意外太恐怖了，他们立刻敏感到了处境的危险。

鱼雕毕竟年轻，既惊恐，又慌乱，忙询问鱼鹊：怎么办？如何是好？

鱼鹊也有些惊慌失措，答曰：大王遇害，我们只有赶紧逃走了。

鱼雕啊了一声，脱口问：往哪儿逃呢？

鱼鹊说：好在我们留了数百人马在途中啊，就去那儿吧。

鱼雕知道，两人这时只有数百士兵，可谓势单力薄，要想对抗强势的杜宇是不可能的，唯一的选择只有逃走了。幸好他们已将数百人马留在了途中，正在修筑城寨，现在就成了一个很好的退路。可是想到马上逃走，鱼雕又有些不甘心，这么远归来，难道连自己的女人都不见上一面，就又匆匆忙忙地远走高飞吗？自从他娶了巴国公主之后，住在老王城内，两情相悦，公主也就成了他最亲密的人。鱼雕出征在外的时候时，经常想念公主，此时近在咫尺，岂能不见？就是要逃走，也要把公主带上一起走啊。

鱼雕对鱼鹊说：北逃是个好主意，但我得去老王城，把公主也带走。

鱼鹊想了想，觉得这样太危险了，但也不便阻止，只有同意，叮嘱说：你务必小心，晚上去老王城吧，见了公主，就连夜离开！千万不能耽搁！

鱼雕点头答应了，和鱼鹊约了会合的地点。等到傍晚暮色渐浓的时候，鱼雕带了一些亲随，悄悄地绕道去了老王城。

这个时候的老王城，早被杜宇王的部众控制了。巴国公主在鱼凫王朝覆灭后，也随着鱼凫族的人逃亡了，从此不知去向。鱼雕不明情况，贸然潜入老王宫，没有见到巴国公主，却惊动了杜宇王派驻在老王城的人。鱼雕被发现后，与守城者发生了冲突，惊慌而逃。守城者随后追击，进行抓捕。因为有鱼鹊的接应，使得鱼雕暂时摆脱了追击，两人慌不择路，带着士兵，向北仓皇逃窜。追击者抓获了一名被箭射伤的鱼雕随从，审问得知了逃跑者的身份，赶紧将情况报告了杜宇王。

杜宇王接到禀报，立刻派了几支人马，连夜出发，分头拦截追捕。

朱岚带着一支人马，于拂晓时分追上了逃跑的鱼雕。这时的鱼雕已经人困马乏，看到追兵来了，更是慌不择路，如同惊弓之鸟。朱岚纵马急追，指挥手下壮士从两侧包抄，与鱼雕展开了厮杀。鱼雕自幼生活在王宫中，本事有限，武艺也很平常，哪里是朱岚和壮士们的对手呢？但兔子急了也要咬人，生死攸关，鱼雕拼命抵抗，手下的士兵也拼死护着鱼雕，边战边逃。双方混战，纠缠厮杀，格斗了很久，朱岚终于一剑刺穿了鱼雕。鱼雕胸口血流如注，从马上栽倒下来。鱼雕的士兵见主将已死，顿时瓦解，有的被杀，有的落荒而逃。

鱼鹊因为腿上受过箭伤，岁数大了，骑马奔逃，走了岔道，只有几名亲随跟在身后。听到后面激烈的厮杀声，知道追兵来了。鱼鹊想加快逃走，又牵挂着鱼雕，便勒骑返回接应。鱼鹊隐身在草丛中，目睹了朱岚刺倒鱼雕的情景，心头惊恐，痛惜不已，便执弓在手，朝着朱岚狠狠地射出了一箭。鱼鹊已老，功夫犹在，暗中射出的这一箭，使人猝不及防，竟然射中了朱岚的要害。鱼鹊比较狡猾，乘乱迂回而逃，躲过了拦截和追剿。此后昼伏夜行，辗转向北逃窜，到达了留驻有数百名士兵的地方。鱼鹊经历了这次剧烈的变故，虽然侥幸保全了性命，心头却已绝望，精神颓废，身体日渐衰老，过了一年多就病死了。留驻在此的鱼凫族士兵们，不可能再回蜀国，也没有其他地方可去，从此便在这里居住下来，安家繁衍，渐渐地发展成了一个新的部族。为了混淆视听，他们以鱼族自称，并在鱼旁加了个弓，称为是善于使用弓箭的鱼族。因为他们从此悄然隐居，与世无争，倒也相安无事。此后这个新的部族，与其他部族又逐渐扩大了交往，也发生了一些故事，那都是后话了。

且说朱岚中箭倒地之后，部下上前救援，终因伤重而壮烈牺牲了，跟随的壮士们都悲愤不已。这时其他几支追击的人马也相继赶来了，会合在一起，对溃逃的余敌进行了搜索。这里的地形比较复杂，沟壑很多，野草丛生。他们抓获了几名躲藏的鱼凫族士兵，其余的已逃得不见踪影。

朱岚的牺牲，使得杜宇王和朱利都深为悲伤，特地为其建墓竖碑，以示纪念。

　　杜宇王得知已擒杀了鱼凫王的长子鱼雕，很是高兴。鱼凫王朝余孽已除，其余的就不足为虑了。杜宇王吩咐将鱼雕也葬入了鱼凫王陵园，并举行了葬礼。

　　曾经辉煌的鱼凫王朝，至此便彻底结束了。突然崛起的杜宇王朝，一切都才刚刚开始。历史在继续前行，社会在继续发展，一个更加波澜壮阔的时代，已经揭开了序幕。英雄豪杰，风云际会，许多更为绚丽多彩的故事，也随之要开始了……

后　记

　　《梦回古蜀》是笔者构思创作的"古蜀传奇"三部曲之一。

　　古蜀历史上，有关于蚕丛、柏灌、鱼凫、杜宇、开明的记载，通常被认为是古蜀国的五个王朝。传世文献中对蚕丛、柏灌、鱼凫的记载文字特别简略，在扬雄《蜀王本纪》中只有寥寥几句话，常璩《华阳国志》也不例外，记述得极其简单。譬如扬雄《蜀王本纪》说："蜀之先称王者，有蚕丛、柏濩、鱼凫、〔蒲泽〕、开明。是时，人萌，椎髻左衽，不晓文字，未有礼乐。从开明已上至蚕丛，积三万四千岁。"又说："蜀王之先名蚕丛，后代名曰柏濩，后者名鱼凫。此三代各数百岁，皆神化不死，其民亦颇随王化去。鱼凫田于湔山，得仙。今庙祀之于湔。时蜀民稀少。"[①]常璩《华阳国志·蜀志》说："蜀之为国，肇于人皇，与巴同囿。至黄帝，为其子昌意娶蜀山氏之女，生子高阳，是为帝（喾）〔颛顼〕；封其支庶于蜀，世为侯伯。历夏、商、周，武王伐纣，蜀与焉。其地东接于巴，南接于越，北与秦分，西奄峨嶓。地称天府，原曰华阳。"又说："有周之世，限以秦、巴，虽奉王职，不得与春秋盟会，君长莫同书轨。周失纲纪，蜀先称王。有蜀侯蚕丛，其目纵，始称王。死，作石棺石椁，国人从之，故俗以石棺椁为纵目人冢也。次王曰柏灌。次王曰鱼凫。鱼凫王田于湔山，忽得仙道，蜀人思

---

　　① 见《全汉文》卷五十三，〔清〕严可均校辑《全上古三代秦汉三国六朝文》第 1 册第 414 页，中华书局影印出版，1958 年 12 月第 1 版。

之，为立祠。"①

　　关于古蜀历史，能够查阅的文献记载，其实也就是《蜀王本纪》和《华阳国志》等古籍了。通过扬雄和常璩的记述，可知古蜀历史上确实有过蚕丛、柏灌、鱼凫三个王朝，但这三个王朝的史迹却比较模糊，汉代的扬雄和晋代的常璩都所知甚少，只留下了一些传说的影子。到了杜宇时代，古蜀的历史才逐渐变得清晰起来，所以扬雄和常璩对杜宇的记载要稍多一些。鳖灵取代杜宇建立开明王朝之后，史实更加明朗，因而对开明王朝的记述也就更为详细了。

　　由于文献记载的语焉不详，后人对古蜀的了解常常云遮雾绕，特别是对蚕丛、柏灌、鱼凫时代充满了猜测。蚕丛是如何开国的？鱼凫又是如何兴邦的？最早的古蜀先民栖居于何处？他们是如何进入成都平原的？蚕丛时代发生过一些什么故事？柏灌记载甚少的缘故究竟是什么？鱼凫是如何取代蚕丛与柏灌而建立王朝的？古蜀时代的社会生活情形如何？那个时代是否经历过迁徙与战争？古蜀王国的疆域以及同周边邻国的关系怎样？等等，有很多疑问，都成了不解之谜。

　　要揭开古蜀历史之谜，考古资料就成了我们很重要的依据。王国维先生曾倡导研究古史要用"二重证据法"，将考古材料与古代的文献典籍相互印证，互相补充，运用于中国古代史的探索之中。陈寅恪先生也认为"取地下实物与纸上之遗文互相释证"，是值得充分肯定的治学方法。从考古发现看，成都平原上发现了新津宝墩古城遗址群，揭示了早在4000多年前的蜀地就已出现了早期城市文明的曙光，可见传说中的蚕丛时代并非子虚乌有。广汉三星堆遗址的考古发掘揭示，3000多年前这里已经有了规模宏大的王都，整个遗址的分布范围约达12平方公里。特别是三星堆一号坑、二号坑出土的青铜雕像群和大量精美文物，终于揭开了古蜀神秘的面纱，露出了璀璨的面容。根据考古工作者和学

---

　　① 见［晋］常璩撰，刘琳校注《华阳国志校注》第175页、第181页，巴蜀书社，1984年7月第1版。

术界的判断与研究，一号坑的年代相当于殷商早期，二号坑的年代相当于殷商晚期。三星堆一号坑、二号坑的考古发现，在海内外引起了轰动，充分说明了古蜀文明的灿烂辉煌，告诉我们在商周时期甚至更早，成都平原就有了繁荣兴盛的古蜀文化。

新津宝墩古城遗址群和三星堆都城遗址的考古发现，充分地说明了古蜀王国是确实存在的，不仅有大型的中心聚落，而且有占地面积非常宽广的王城，有宫殿，有各种民居，有玉器作坊与冶炼作坊，有烧制陶器的土窑，有祭祀场所，有墓葬，有进行交易的地方，等等。考古发现的这些众多古城遗址，充分印证了传世文献中有关古蜀历代王朝的记载。我们还由此可知，在蚕丛、柏灌、鱼凫时代，成都平原上古蜀王国的社会生活已经比较繁荣，已经有了初期的社会制度，有了昌盛的祭祀活动，有了相当高超的青铜铸造技术，同周边区域和远方的其他邦国也有了较多的交流往来。如果站在更为宏观的角度来看，可知位于长江上游的岷江流域也是中华文明的重要发源地之一，拥有同中原和黄河流域一样悠久而发达的历史文化。这也充分说明了长江和黄河都是中华文明的摇篮，可见成都平原古城遗址群与三星堆考古发现的意义是非常重要的。

通过考古发现，印证了古蜀王国的真实存在，应该是没有什么疑问了。但考古发现揭示的古蜀文明，与传世文献记载中的古蜀王朝，却很难在年代与时间上给予明确的划分或对应。很难准确地说，哪个早期古城遗址是属于蚕丛时代的，哪个早期古城遗址又是属于鱼凫王朝的，我们对此最多只能做一些推测。而这种推测和判断，虽然有考古资料作为科学依据，但对应古蜀王朝却依然是朦胧而不清晰的。这说明，考古也有其局限性，揭示的只是部分物质遗存，而并非全部历史。通过考古发现，我们所能看到的，不过是古代王朝华丽而朦胧的背影，或者是古代先民留下的一些踪迹与遗存，或者是遥远的早期社会遗留的残缺信息而已。毋庸讳言，这些出土资料都极其珍贵，透露的信息也极为重要，但对于要详细而真实地了解古蜀历史，特别是了解古蜀历代王朝的发展历程与兴衰更替，显而易见是不够的。所以说，考古发现既使人深感庆幸，也常常给人以很大的遗憾。早期的古蜀王国，当然还有更多的历史内容，包括曾经发生过的很多故事，都湮没在了时间的长河之中，我们只有去继续发掘，去深入研究，或者依据这些考古发现而去推测，或者充分发挥我们的想象了。

另一个重要的问题，是古蜀王朝与中原王朝如何对应？考古发现对此有所揭示，但也依然有着很多未解之谜。譬如，蚕丛王朝，究竟是对应黄帝时代，还是尧舜或大禹时代呢？又比如，关于古蜀的柏灌王朝，应该对应中原哪个王朝呢？有学者认为因为柏灌率领部族跟随大禹治水去了中原，所以柏灌王朝的时间很短；又有人认为中原的斟灌族，就是由柏灌的族人演化而来的，如果此说和假设成立，那就应该是夏朝的事情了。那么古蜀的鱼凫时代呢？又应该对应中原的哪个王朝呢？鱼凫是柏灌之后执掌古蜀政权的，文献记载古蜀曾参加过武王伐纣的军事行动，如果是鱼凫时代的事情，其年代就应该到了西周时期了。其后是古蜀历史上的杜宇王朝，又对应中原王朝的哪个时期呢？是西周还是春秋时期发生的王朝更替呢？考古工作者和学者们对此曾有过很多分析和看法，大都见仁见智，但也都是推测而已，并无定论。中原王朝从黄帝到夏商周的时间跨度很长，古蜀历代王朝如果与之对应的话，那也是相当漫长的了。由此来看，蚕丛不是一个朝代，而是有好几代蚕丛王，鱼凫王朝也应该是延续了很多代，相继有很多代鱼凫王才对。但蚕丛王朝和鱼凫王朝究竟延续了多长时间？其间究竟继位了多少代蜀王，从鱼凫一世到鱼凫末代君王是否都叫鱼凫王？我们就不得而知了。诸如此类，疑问很多。由于古蜀历史的有关记载格外简略，也由于考古发现常常具有很大的偶然性，地下出土材料也总是有着明显的局限和不足，从而使得古蜀王朝与中原王朝的对应始终处于笼统和迷茫之中。

古蜀历史正因为有很多未解之谜，所以近代以来在成都平原和四川境内相继有了三星堆、金沙遗址等重大考古发现，从而激发了人们的浓郁兴趣，吸引了海内外众多学者对古蜀历史与相关的考古发现进行了多方面的研究和探讨。近年来在这个研究领域，已经取得了相当丰硕的成果。随着很多考古材料的整理出版，对古蜀的研究还在继续深入发展。笔者对古蜀研究也充满了浓厚的兴趣，二十多年来投入了很多精力，做了许多力所能及的探讨，相继撰写出版了多部学术著述，发表了数十篇学术论文。正是这些研究，使笔者对古蜀历史产生了很多思考，有了许多心得体会。但笔者并没有仅仅满足于对古蜀历史和考古发现所做的学术研究，觉得还可以采用文学的形式，来叙述古蜀历史故事，描绘古蜀王国的社会生活与传奇人物，讲述古蜀历代王朝的兴衰更替。学术研究的是文明形态，文学描述的是人物故事，二者各有侧重，可以从不同的角度将古蜀历史展现在读者面前。

将古蜀作为一个重大的历史题材，来进行文学创作，确实是一个很大的诱惑，同时也是很大的挑战。这个诱惑与挑战激励着笔者，使笔者产生了创作"古蜀传奇"三部曲的想法，并由此而开始了长达二十多年的酝酿构思和创作准备。为什么要把古蜀作为"传奇"，并采用三部曲的形式来表现呢？这主要是由古蜀历史的特点决定的，首先是传说的色彩很浓，其次是时间跨度比较漫长。文学创作对历史题材有很多表现手法，譬如演义，就是以前采用较多的一种创作形式。传奇与演义有所不同，在发挥想象和虚构的空间方面，可以更加灵活和宽阔，对于传说中的古蜀应该是比较适宜的一种叙述方式。在时间跨度上，"古蜀传奇"三部曲的第一部《梦回古蜀》讲述蚕丛、柏灌、鱼凫的故事，第二部《金沙传奇》叙述杜宇与鳖灵的传奇，第三部《五丁悲歌》描述开明王朝末代蜀王与秦并巴蜀的过程。笔者想从历史的发展顺序上来分为三部曲，每部的人物故事各有特色，前后衔接，从而形成一个历史长卷，以此来展现波澜壮阔的古蜀历史与兴衰更替。后来的构思与创作，也正是这样进行的。

文学创作需要发挥丰富的想象力，需要故事情节方面的虚构。历史题材的长篇小说创作也是如此，同样需要想象与虚构。但虚构和想象必须建立在史实之上，这样才能准确而真实地描述历史上的人物和事件，才会尽可能接近历史的真实，对历史做出正解。对于"古蜀传奇"这样一个重大历史题材，笔者觉得更要慎重和严谨，应力求避免不负责任的"戏说"，力求排除对古蜀的歪解和对读者的误导。笔者始终认为，对创作要多一点敬畏之心，对历史更要多一些实事求是和尊重，这应该是对作者最起码的要求了。笔者正是这样要求自己的，也努力这样去做了。也正是基于这种思考，在动笔创作之前，笔者对古蜀历史做了尽可能深入的研究，力求去伪存真、接近真相，并逐渐形成了自己的心得和看法。特别是对古蜀历史传说中的几位蜀王和重要人物，也尽可能进行了梳理与探讨，有了较为清晰的认识。

　　一、关于蚕丛

　　根据古代文献透露的信息，蚕丛是古蜀王国的开创者。

　　古代文献中有黄帝与蜀山氏联姻的记载，说明古蜀的历史确实是非常久远的。司马迁在《史记·五帝本纪》中记载："黄帝居轩辕之丘，而娶于西陵之女，是为嫘祖。嫘祖为黄帝正妃，生二子，其后皆有天下：其一曰玄嚣，是为青阳，青阳降居江水；其二曰昌意，降居若水。昌意娶蜀山氏女，曰昌仆，生高阳，高阳有圣惪焉。黄帝崩，葬桥山。其孙昌意之子高阳立，是为帝颛顼也。"[①] 这段记载中提到了黄帝与古蜀的两次联姻，先娶西陵之女为正妃，又为其子娶了蜀山氏女。关于西陵与蜀山氏，通常认为西陵是一个地名，蜀山氏应该是族名，都和古蜀有着密切的关系。值得注意的是，西陵的地理位置究竟在哪里？蜀山氏与蚕丛又是什么关系？这都是我们需要弄清的问题。

---

　　① 见［汉］司马迁撰《史记》第 1 册第 10 页，中华书局校点本，1959 年 9 月第 1 版。

据学者们研究，西陵就在古蜀的岷江河谷，如邓少琴先生认为，西陵就是蚕陵，黄帝所娶西陵氏女当为蚕陵氏女，蚕陵就是今天的四川旧茂州之叠溪。[①] 叠溪西面有蚕陵山，根据当地口碑流传，叠溪城北山上有蚕丛墓，蚕陵山之名便与此有关。由于年代久远，蚕丛墓究竟在蚕陵山的何处，已难以寻觅。但民间传说由来已久，绝非凭空杜撰。后来的文献史料，对此也有一些明确的记述。例如《蜀水考》卷一就记述说：岷江"南过蚕陵山，古蚕丛氏之国也"[②]。《蜀中名胜记》卷六对蚕丛的遗迹也做了记述。学者们对叠溪与"蚕陵"都非常关注，认为这里很可能就是蚕丛的发迹与建国之地，大都深信不疑。特别是研究古蜀历史的几位著名学者，对此就做过深入的探讨和明确的推论。例如蒙文通先生对巴蜀古史做过深入研究，认为"可能古代蚕丛建国即在蚕陵"[③]。任乃强先生也认为，叠溪发现古碑有"蚕陵"字，"可以肯定蚕丛氏是自此处发迹的"[④]。蒙文通先生、任乃强先生、邓少琴先生，都是近现代研究古蜀历史的权威学者，他们认为以茂县为核心区域的岷江上游河谷是蚕丛故里，应该是古蜀历史上一个真实可信的重要史实。现代的考古发现，如营盘山遗址，以及在岷江上游河谷的一些考古调查和发掘，对此也给予了充分的印证。由此可见，蚕陵与古蜀的密切关系，应该是没有什么疑问的。但蚕陵是否就是西陵，似乎并不那么简单。关于西陵，后来又有人提出了不同的看法，认为西陵应是丘陵地区，而非深山大川或平原江河湖泽之区。有人认为位于四川盆地北部低丘地区的盐亭，很可能便是嫘祖的诞生地西陵。[⑤] 中国历史上很多著名人物的出生地都有附会与争论，很多地方都以伟人故里为荣，而且喜欢在这方面大

---

① 见邓少琴《巴蜀史迹探索》第136页，四川人民出版社，1983年6月第1版。

② 见［清］陈登龙撰《蜀水考》卷一，第6页，巴蜀书社，1985年4月第1版。

③ 见蒙文通《巴蜀古史论述》第76页，四川人民出版社，1981年8月第1版。

④ 见任乃强《四川上古史新探》第59页，四川人民出版社，1986年6月第1版。

⑤ 因为盐亭境内自古就有西陵山、西陵寺等古地名，不仅考古揭示史前时代就已是农桑之地，而且历代祭祀嫘祖的庙宇有上百处之多。盐亭为此曾举办过研讨会，学者们见仁见智，各有推测，看法不一，颇有争论。

做文章，这也是一种较为常见的文化现象。

通过司马迁《史记·五帝本纪》的记载，可知蜀山氏和黄帝是同时代的重要部族与杰出人物。如果说黄帝是中原地区的部族联盟首领，那么蜀山氏就应该是蜀地最大的部族了，所以才会相互通婚和联姻。联姻是上古时期部族之间增进团结和扩大势力的重要手段，黄帝立四妃生二十五子就是和各部族联姻的结果。[①] 学者们认为，中国上古时期分散在黄河流域、长江流域、西羌、东夷、北方戎狄和南方蛮夷地区的原始部族数量众多，并出现了一些占据不同地域的部族联盟。这些部族联盟或部落集团，最初都带有血缘性的特点。相互之间产生矛盾和发生战争，造成了各部落集团的不断分化和重新组合，形成了规模更大也相对稳定的地缘性部族联盟。如传说中的共工九部和以熊、罴、貔、貅、䝙、虎为图腾的黄帝六部，便都属于部族联盟。传说中的炎、黄部族联合集团，与蚩尤部落集团发生的战争，也属于这种性质，经过长达三年的战争，炎黄联盟才取得最终的胜利。黄帝在黄河流域和长江中下游建立起了庞大的部族联盟，成了上古时期一位伟大的领袖，受到了各个部族的尊崇。黄帝在继续扩大疆域和巩固统治的过程中，除了战争，更重要的是采取了联姻的方式。正是这些重要的联姻，促使了部族的融合，使得黄帝日益强盛，也使得联姻的部族获得了兴旺发展。

与黄帝同时期的蜀山氏，很可能是岷江上游最早养蚕的部族。有学者认为，蜀山氏因为长期养蚕和纺织丝绸，后来便以蚕为族名，称为"蚕丛氏"。蚕和蜀，其实都是和养蚕密切联系在一起的。《说文解字》解释蜀字，就是"蜀，葵（桑）中蚕也"的意思。[②] 以蚕作为族名，说明古代蜀人很早就发明和驯养桑蚕了。学者们大都认为，正是因为这个原因，蜀山氏又被称为"蚕丛氏"。任乃强先生就认为，蜀字像蚕之

---

① 《史记·五帝本纪》记述，黄帝有二十五子，皇甫谧云：黄帝的元妃是西陵氏女嫘祖，此外还娶有次妃方雷氏女、次妃彤鱼氏女、次妃嫫母。见《史记》中华书局校点本第 1 册第 10 页。

② 见［汉］许慎撰，［清］段玉裁注《说文解字注》第 665 页，上海古籍出版社，1988 年 2 月第 2 版。

形，盖即原蚕之本称也，"是故蜀山氏，即古人加于蚕丛氏之称也。其义皆谓最先创造养蚕法之氏族。西陵氏女子嫘祖得其法，转施之于中原地区。故其子娶于蜀山氏。疑西陵氏居地与蜀山氏近，故传其术于中原独早。然则蚕丛氏在黄帝之先已养蚕矣。"①任乃强《四川上古史新探》中也论述，蜀山氏是最早"拾野蚕茧制绵与抽丝"的部族，到了"西陵氏女嫘祖为黄帝妃，始传蚕丝业于华夏"②。尽管这些见解各有推测，都是一家之言，却也说明了嫘祖蚕桑文化和古蜀文化千丝万缕的关系。

养蚕带来了部族的兴旺，也促使了古蜀的崛起。这个时期，在世界上的其他地方，人们的穿着仍以兽皮、编织的毛织品和麻布为主，还不知道有丝绸这样美妙的东西。黄帝决定和岷江流域的蜀山氏联姻，其中必定有一些关键的原因，除了双方都是大部族，扩大地理疆域与引进养蚕纺织也应该是很重要的因素。黄帝娶了出生于西陵的嫘祖为正妃，从而将发源于岷江流域的种桑养蚕和纺织丝绸技术带到了中原。嫘祖显然是一位非常重视养蚕的杰出女性。嫘祖成为黄帝的正妃后，随黄帝居于华夏，将蚕桑丝绸这一伟大发明从发源地传播到了黄河流域中原地区，进而推广到了全国，对后来人们的穿着和生活产生了深远的影响。由于嫘祖的地位和贡献，因而成为后人崇拜祭祀的偶像。成书于西周战国时代的《礼记·月令》记载古代有祭享先蚕的习俗和礼仪制度，"后妃齐戒，亲东乡躬桑，禁妇女毋观，省妇使，以劝蚕事。蚕事既登，分茧称丝效功，以共郊庙之服，无有敢惰。"③《周礼·内宰》也有"中春，诏后帅外内命妇始蚕于北郊"④的记载。古本《淮南子》有"《蚕经》

---

① 见［晋］常璩撰，任乃强校注《华阳国志校补图注》第 220 页，附录"蚕丛考"，上海古籍出版社，1987 年 10 月第 1 版。

② 见任乃强《四川上古史新探》第 44~48 页，四川人民出版社，1986 年 6 月第 1 版。

③ 见《礼记正义》卷十五，［清］阮元校刻《十三经注疏》上册第 1363 页，中华书局影印出版，1980 年 9 月第 1 版。

④ 见《周礼注疏》卷七，［清］阮元校刻《十三经注疏》上册第 685 页，中华书局影印出版，1980 年 9 月第 1 版。

云：黄帝元妃西陵氏始蚕"①的记载。唐代杜佑《通典》和宋代郑樵《通志》说历代祭享先蚕就是隆重"祭奠先蚕西陵氏神"②，也就是将嫘祖尊为蚕神的意思。《路史·后记》也说"黄帝之妃西陵氏女曰嫘祖，以其始蚕，故又为先蚕"。《纲鉴易知录》也记述说"西陵氏之女嫘祖……始教民育蚕，治丝茧以供衣服……故后世祀为先蚕"。这些重要典籍的记载，也充分说明了嫘祖与蚕桑丝绸的关系，很好地印证嫘祖从岷江流域将蚕桑丝绸传播到中原和全国的史实。

黄帝对蜀山氏非常重视，司马迁《史记·五帝本纪》说黄帝后来分封两个儿子玄嚣（青阳）、昌意分别居于江水与若水，并为儿子昌意娶了蜀山氏女，可知黄帝和蜀山氏又有了第二次联姻，进一步巩固了两个大部族的亲密关系。司马迁博学广闻，很有见识，记载的这些史实，应该是有所依据和真实可信的。常璩对古蜀历史做过认真研究，在精心撰写的地方志书《华阳国志·蜀志》中就赞同和采用了司马迁的记述，也说"蜀之为国，肇于人皇，与巴同囿。至黄帝，为其子昌意娶蜀山氏之女，生子高阳，是为帝喾［颛顼］；封其支庶于蜀，世为侯伯。历夏、商、周，武王伐纣，蜀与焉"③。常璩的这个记述，同《史记·五帝本纪》《尚书·牧誓》等记载都是一致的，也认为古蜀历史非常久远。值得注意的是，常璩说到了古蜀国的开始，以及黄帝和蜀山氏的联姻，都是属于同一个时期的事情。但是，古蜀国的创始者究竟是谁？蜀山氏和后来的蚕丛氏究竟是什么关系？常璩说的又有些含糊和模棱两可了。《华阳国志·蜀志》接着又说："有周之世，限以秦、巴，虽奉王职，不得与春秋盟会，君长莫同书轨。周失纲纪，蜀先称王。有蜀侯蚕丛，其目纵，始称王。死，作石棺石椁，国人从之，故俗以石棺椁为纵目人

① 见《授时通考》卷七十二引。参见黄剑华著《天门》第118页，四川人民出版社，2001年8月第1版。
② 见［唐］杜佑撰《通典》第2册第1290页，中华书局校点本，1988年12月第1版；见［宋］郑樵撰《通志二十略》上册第631页，中华书局校点本，1995年11月第1版。
③ 见［晋］常璩撰，刘琳《华阳国志校注》第175页，巴蜀书社，1984年7月第1版。

冢也。"从这段记述的字面意思看，蚕丛称王似乎是西周时期发生的事情，这同黄帝与蜀山氏联姻的年代，中间相距的时间显然是太长了。而据扬雄《蜀王本纪》所说，蚕丛是古蜀国最早称王者，"蜀王之先名蚕丛，后代名曰柏濩，后者名鱼凫。此三代各数百岁"，那蚕丛创建蜀国和称王显而易见是远在西周之前的故事了，而并非到了西周时期才开始建国称王。总之，汉代扬雄《蜀王本纪》中对古蜀历史讲得很笼统，有很浓的神话传说色彩。常璩《华阳国志》则剔除了许多传说中的荒诞成分，而力图将古蜀王朝与中原王朝的历史对接起来。常璩的努力当然是有道理的，但对蚕丛、柏濩、鱼凫时代的了解实在太少，故而记述得依然很笼统，在时间的对应上有些推测和说法也并不准确。

这里还应该提到司马迁《史记·三代世表》中的记述与注释，司马迁说，五帝、三代之记，因为太古老久远了，"自殷以前诸侯不可得而谱"，但"蜀王，黄帝后世也"则是确定无疑的。在注释文字中，据唐代张守节正义说："蜀之先肇于人皇之际，黄帝与子昌意娶蜀山氏女，生帝喾，立，封其支庶于蜀，历虞夏商。周衰，先称王者蚕丛，国破，子孙居姚、嶲等处。"张守节于此说蚕丛在周衰之后先称王，显然是引用了常璩所言。而据唐代司马贞索隐，认为《史记·三代世表》此处说的蜀王应该是指杜宇。①我觉得，杜宇王朝正对应西周晚期，司马贞索隐说的应该是很有道理的。而常璩所言，以及张守节正义的注释引用，显然将蚕丛创建的蜀国与蚕丛称王的时间以及后来杜宇王朝的故事搅混了，说得并不准确，是不足为据的。

参照学者们的研究，从时间上看，蚕丛上承蜀山氏，是蜀山氏以蚕为族名后的转称，大约和黄帝之后的帝喾、尧、舜属于同一个时期。其后的柏濩大约和尧、舜、大禹属于同一个时期，鱼凫王朝的时间跨度可能比较长，历经了夏商周。将古蜀的前三代王朝，以此来对应中原王

---

① 见［汉］司马迁撰《史记》第 2 册第 507 页，中华书局校点本，1959 年 9 月第 1 版。

朝，应该是一种比较合理的推测。蚕丛成为岷江上游的部族首领，为众多大小部落共同尊崇，除了本部族的强大和影响，与黄帝的联姻和获得支持，也是一个很重要的原因。学者们认为蚕丛在叠溪建都开国，成为古蜀国的开创者，显然也获得了黄帝的赞同和支持，所以很顺利地就发展起来了。根据古籍记载透露的信息，上古时期在岷江流域和西南地区还有羌、氐、濮、彭等部族，以及斟灌族、鱼凫族等，都是比较大的部族或氏族。显而易见，蚕丛能够联盟诸多部族，执掌牛耳，创建蜀国，与蜀山氏部族自身的强盛，以及黄帝的联姻支持，都是密不可分的。

岷江上游河谷是蚕丛的故里和崛起之地，扬雄《蜀王本纪》佚文有"蚕丛始居岷山石室中"[①]之说，联系到后世传说的蚕丛事迹大多在岷江上游，可知蚕丛起初可能是栖息于岷江河谷地区以牧业为主兼营狩猎与养殖的部族，后来才由岷江河谷逐渐迁入成都平原。考古发现也揭示了岷江上游河谷曾是古蜀先民的栖息地，譬如营盘山的考古发现，以及岷江上游河谷发现石棺葬多达上万座，便给予了充分的印证。位于茂县城郊不远的营盘山遗址，背靠群山，岷江环绕流过，台地平缓，视野开阔，遗址就位于开阔的台地上，面积有 15 万平方米。考古发掘揭示，这里曾是 4000 多年前的古蜀先民聚居地，有祭祀场所，还有墓葬区，留下了大量的石棺葬。而距离茂县 40 多公里的叠溪，有着开阔的河谷和险要的地形，控扼着岷江上游的交通要冲，是一处非常重要的形胜之地，所以这里成了古蜀先民非常重要的聚居地。

蚕丛后来迁徙进入成都平原之后，叠溪作为蚕丛故里，依然是古代蜀人心目中的圣地。在后来的古蜀王朝中，祭祀活动非常兴盛，其中有一项非常重要的祭祀活动，就是祭祀神山。例如三星堆出土的一件玉璋上，就刻画有古代蜀人祭祀神山的情景。而神山指的就是蜀山。说得明确一点，叠溪的蚕陵山便是古代蜀人心目中的神山。因为蚕丛是从这里

---

① 据《古文苑·蜀都赋》章樵注引，见刘琳《华阳国志校注》第 181 页注【二】，巴蜀书社，1984 年 7 月第 1 版。

崛起并创建蜀国的，而且传说蚕丛的王陵也在这里，所以神圣的蚕陵山便成了古代蜀人心目中永恒的崇拜象征。古代蜀人由此而形成了魂归天门的观念，扬雄《蜀王本纪》记述说李冰为蜀守时，"谓汶山为天彭阙，号曰天彭门，云亡者悉过其中，鬼神精灵数见。"[1]常璩《华阳国志》也记载李冰为蜀守时，说"冰能知天文地理，谓汶山为天彭门，乃至湔氐县，见两山对如阙，因号天彭阙。仿佛若见神，遂从水上立祀三所，祭用三牲，珪璧沉濆。汉兴，数使使者祭之"[2]。后来的《水经注·江水》中也有相同记述，说岷山是大江泉源，"至白马岭而历天彭阙，亦谓之为天谷也。秦昭王以李冰为蜀守，冰见氐道县有天彭山，两山相对，其形如阙，谓之天彭门，亦曰天彭阙。江水自此已上至微弱，所谓发源滥觞者也。"[3]岷山也就是蜀山，古人认为这里是大江之源，也是古蜀先民的发祥之地。这些记载，都说明了岷江上游的蜀山在古代蜀人心目中的重要性，而天彭阙作为天门观念的象征，也就成了崇尚与祭祀的对象。

蚕丛后来举族迁徙了，这是古蜀历史上非常重要的大事。蚕丛为什么要率领部族离开祖居之地？为什么要放弃岷江上游河谷，而选择了成都平原作为新的定居之地？其中的原因究竟是什么呢？这些疑问，都是我们需要弄清的问题。笔者觉得，迁徙的原因可能是多方面的，其中最关键的至少有两大原因：一是发展所需，二是灾害所迫。

首先从发展所需方面来看，蚕丛初期以岷江上游河谷为主要活动区域，以发展粗耕农业和养殖畜牧为主，促使了人口的繁衍和部族的兴旺。蚕丛崛起之后，开始筹划创建蜀国，团聚了其他诸多部族，成为盟主和大首领。随着蚕丛威望的提高，以及对外界联系的扩大，归顺蚕丛

---

①见《全汉文》卷五十三，[清]严可均校辑《全上古三代秦汉三国六朝文》第一册第415页，中华书局影印出版，1958年12月第1版。又参见《寰宇记》卷七十三；林贞爱校注《扬雄集校注》第318页，四川大学出版社，2001年6月第1版。

②见[晋]常璩撰，刘琳校注《华阳国志校注》第201页，巴蜀书社，1984年7月第1版。

③见[北魏]郦道元撰、王国维校《水经注校》第1035~1036页，上海人民出版社，1984年5月第1版。

的部族逐渐增多，叠溪一带就显得比较狭小了。岷江上游河谷的生存环境比较狭窄，耕地本来就稀少，其他资源也相对较少，随着古蜀族人口的增多与势力的扩充，已难以满足日益增长的需求，所以必须开拓疆域，寻求更为广阔的发展空间才行，迁徙也就成了顺理成章的事情。正是由于发展所需，出于长远的综合考虑，于是蚕丛率领蜀族与其他追随的众多部落，开始向岷江下游迁徙，进入了地域更加开阔、生态环境更为良好的成都平原。

　　其次从灾害所迫方面来看，一个更为严重与急迫的问题，很可能是当时发生了大地震，对蜀山氏和诸多部族的生存环境造成了破坏和危害，而且这样的大地震每隔几十年便会发生一次，也促使蚕丛下决心率领族人迁出了岷江上游河谷。古代文献记载中就透露有地震的信息，如《古本竹书纪年》说黄帝"七十七年，昌意降居弱水……一百年，地裂"，殷商时期也发生过"地震""瞿山崩"①。又如《谷梁传》曰："梁山崩，壅河三日不流。"《汉书》曰："成帝时，岷山崩，壅江水，江水逆流。"②《水经注·江水》也说："汉延平中岷山崩，壅江水三日不流。"③《国语·周语上》也记载说："幽王二年，西周三川皆震。伯阳父曰：'……夫国必依山川，山崩川竭，亡之征也……'是岁也，三川竭，岐山崩。十一年，幽王乃灭，周乃东迁。"④这个记载说西周幽王时候发生了大地震，引发了后来的改朝与迁都，由此也可见大地震造成的重大影响。岷江上游河谷自古就是地震多发地段，例如20世纪30年代发生的大地震，曾形成叠溪海子，堰塞湖溃决后对下游造成很大的危害。2008年"5·12"汶川地震，对岷江上游河谷居民造成的危害更是有目共

①见《古本竹书纪年》第41页、第60页、第62页，《帝王世纪·世本·逸周书·古本竹书纪年》，齐鲁书社，2010年1月第1版。
②见［宋］李昉等撰《太平御览》第1册第192页、第193页，中华书局影印出版，1960年2月第1版。
③见［北魏］郦道元撰、王国维校《水经注校》第1036页，上海人民出版社，1984年5月第1版。
④见［周］左丘明撰《国语》上册第26-27页，上海师范学院古籍整理组校点，上海古籍出版社，1978年3月第1版。

睹。所以，大地震促使了蚕丛的迁徙，应该是一个关键性的原因。

蚕丛率族迁徙，离开了岷江上游河谷，进入了开阔的成都平原之后，开始择地筑城而居。迁徙和筑城，都是蚕丛时代很英明的举措，不仅改善了各部族的生存环境，也为古蜀带来了兴旺。传世文献对此虽然缺少记载，考古发现却给予了较多的印证。成都平原发现了许多早期古城遗址，有新津宝墩古城遗址、都江堰芒城遗址、崇州双河古城遗址、崇州紫竹古城遗址、郫县古城遗址、温江鱼凫城遗址等多座，其年代大约在新石器时代晚期，距今大约有4500~3700年。考古发掘揭示，古代蜀人往往根据河流的走向与附近地势特点来选择修筑城址，宝墩文化早期古城遗址与三星堆古城便有这种显著特征。金沙遗址也沿袭了这一传统，同样显示出了滨河而居的特点。古代蜀人滨河而居不仅对生活有种种便利，而且也是有益于发展农业生产的一种选择。众多的河流与充沛的水资源，有利于灌溉种植水稻和其他农作物，也有利于捕鱼，为古代蜀人的繁衍生息提供了极大的便利；但当发生自然灾害、洪水来临时，也给滨河而居的古蜀国都邑造成难以想象的危害。有学者认为，宝墩文化一些早期古城不留城门的斜坡状城垣，便体现了古蜀先民防治水患的意识。

古代蜀人在成都平原上修筑城市和都邑，最初是从靠近岷山的西北部边缘地带开始的，然后沿着岷江支流河道两岸台地逐渐向平原腹心地区推进。最初修筑的早期城市规模较小，后来不断扩展，到殷商时候的三星堆古城已蔚为壮观。商周时期的金沙遗址更是规模宏大，这不仅与先后选址筑城的地理条件有关，也与不同时期古蜀国或古蜀族人力和物力资源的强弱有着较大的关系。位于成都平原西部边缘的芒城遗址可能是古代蜀人走出岷山进入成都平原后最早修筑的一座古城，其平面布局呈方形，有内外两圈就地取土斜坡夯筑的城垣，尚有保存至今的残垣清晰可见，整个城址面积大约为10.5万平方米。与之相似的有崇州双河古城遗址，城垣也分内外两圈，夯筑方式也一样，该城址整个面积约10万平方米。其附近有崇州紫竹古城遗址，面积约20万平方米。从地理位置上看，芒城遗址位于文井江古河道的上游，双河古城遗址则位于文井江中游的味江河与泊江河汇合处。文井江古代又称"西河"，是岷江流经成都平原的一条重要支流。再往下游，在西河即将汇入岷江处的附近，有新津宝墩古城遗址，仍处于成都平原的西南边缘，整个城址呈东北—西南向的长方形，城垣也是采用斜坡堆筑的形式人工夯筑而成，占地面积在 60 万平方米以上。同时期的早期古城遗址还有郫县古城遗址与温江鱼凫城遗址，这两座古城遗址在地理位置上已处于成都平原的腹心地带。郫县古城遗址的城垣亦采用斜坡堆筑而成，残垣至今保存较好，整个城址面积约 31 万平方米。温江鱼凫城遗址的城垣也是采用斜坡堆筑方式夯筑而成，整个城址面积约 32 万平方米。①

关于古代城邑，通常认为是人类社会生活发展到一定阶段的产物。根据文献记载透露的信息，古城的出现可以上溯至夏代之前乃至传说中的黄帝时代。《史记·封禅书》便记载有"黄帝时为五城十二楼"②之说，《吕氏春秋·君守篇》则有"夏鲧作城"③的说法，《世本·作篇》也有"鲧作城郭"④的记载，《淮南子·原道训》说："昔者夏鲧作三仞之城。"⑤《吴越春秋》佚文说："鲧作城以卫君，造郭以居人（《初学记》作'守民'），此城郭之始也。"⑥这说明早期城郭的出现，一是卫君，二是守民，都是为了保护统治者与部族的利益。据闻一多先生"天问疏证"考证，认为鲧作城即龟作城，很可能是从成都平原上开始的。徐中舒先生也认为："鲧是夏禹的父亲，为夏之所出。西汉人屡称'大禹出西羌'，而《世本》又言'夏鲧作城郭'，是城郭之修筑，在

---

① 见江章华《成都平原的史前城址与史前文化》，《寻根》1997 年第 4 期第 10~13 页；江章华、颜劲松、李明斌《成都平原的早期古城址群——宝墩文化初记》，《中华文化论坛》1997 年第 4 期第 9~12 页；黄剑华《古蜀的辉煌》第 62~67 页，巴蜀书社，2002 年 4 月第 1 版。

② 见［汉］司马迁撰《史记》第 4 册第 1403 页，中华书局校点本，1959 年 9 月第 1 版。

③ 见《二十二子》第 688 页，上海古籍出版社，1986 年 3 月第 1 版。

④ 见《帝王世纪·世本·逸周书·古本竹书纪年》第 70 页，齐鲁书社，2010 年 1 月第 1 版。

⑤ 见《二十二子》第 1206 页，上海古籍出版社，1986 年 3 月第 1 版。

⑥ 见［汉］赵晔著，张觉译注《吴越春秋全译》第 444 页，贵州人民出版社，1993 年 9 月第 1 版。

居于山岳地带的姜姓或羌族中，也必然有悠久的历史。城垣的修建，在低地穴居则为防水的必要设施，在山岳地带也为防御猛兽侵袭的屏障。这都是我们祖先在与自然做斗争中积累下来的丰富经验。"[①]传世文献中的这些记载，和学者们的相关探讨，有助于我们了解蚕丛时代修建城邑的目的和作用。也由此可知，成都平原早在大禹建立夏朝之前就开始修筑城邑了。

考古发掘揭示，成都平原上这些古城遗址的年代确实非常悠久，它们与黄河流域中原地区以及长江下游等地发现的古城遗址不同，在占地面积与筑城方式上都有明显的区别。根据考古人员的判断和学者们的研究，它们都是古蜀时代早期城址，与中原夏商时代古城显示出了不同的特色。这些古城遗址说明，这个时期成都平原已经出现了早期城市文明的曙光，也揭示出当时散居在成都平原与西南地区的部族很多。有学者认为，早期古蜀国的构成，可能就是通过部族结盟而建立起来的酋邦式国家，从而形成了共主政治局面的出现。蒙文通先生曾精辟地指出："蜀就是这些戎伯之雄长。古时的巴蜀，应该只是一种联盟，巴、蜀不过是两个霸君，是这些诸侯中的雄长。""可见巴、蜀发展到强大的时候，也不过是两个联盟的盟主。"[②]古蜀国部族众多，结构比较松散，这种多部族联盟的形式，正是古蜀国与中原和其他地区在社会结构方面的不同之处。当时的部族有哪些？从文献记载透露的信息看，比如氐族、羌族、濮族、斟灌族、鱼凫族、彭族、僰人等等，都是比较重要的部族，此外还有西南夷众多的土著部落，都和古蜀国有着密切的关系。

蚕丛显然就是当时获得诸多部族拥戴的盟主，是统辖古蜀各个部族与氐族的很有威望的大首领。笔者觉得，蚕丛在岷江河谷很可能尚处于筹划创建蜀国阶段，率众迁徙进入成都平原筑城而居之后，条件更加

---

① 见徐中舒著《论巴蜀文化》第86~87页，四川人民出版社，1982年4月第1版。
② 见蒙文通《巴蜀古史论述》第30页、第31页，四川人民出版社，1981年8月第1版。又见《蒙文通文集》第二卷《古族甄微》第199～200页，巴蜀书社，1993年4月第1版。

成熟了，这才和诸多部族歃血结盟，把创建蜀国的宏图大业真正付诸了实施。岷江上游河谷的蚕陵，很可能是蚕丛王先祖的葬地，而并非蚕丛王的陵园所在。蚕丛举族迁徙到了成都平原，修筑王城，结盟建国，称王执政，使古蜀国获得了繁荣发展。蚕丛王逝世之后，按常理推测，也可能就葬在了王城附近。蚕丛王的葬具，使用石棺石椁，根据扬雄和常璩的记载说法，应该是没有疑问的；举行隆重的葬礼和盛大的"魂归天门"祭祀活动，也是非常可能的。但蚕丛王的石棺石椁是否归葬蚕陵，因为长途跋涉兴师动众绝非易事，而且也有违蚕丛举族迁徙义无反顾的初衷，可能性究竟有多大，就不得而知了。数千年之后的成都平原，虽然考古发现了古蜀国的许多早期古城遗址，也遗存有后来的望帝陵与丛帝陵（后世人们为纪念和祭祀杜宇、鳖灵而修建了望丛祠），但前三代蜀王的王陵究竟在何处，已无从寻觅，早已湮没无存了。

后世为了纪念蚕丛，曾修建有蚕丛祠，有些地名也与蚕丛有关，并称蚕丛为青衣神，有些地方还修建了青衣神庙，传世文献对此记载颇多。在岷江穿越丛山进入成都平原的地方，自古以来曾有"蚕崖关""蚕崖石""蚕崖市"等古地名，便与蚕丛氏南迁的史迹有关。《宋本方舆胜览》卷五十一记述："成都古蚕丛之国，其民重蚕事，故一岁之中二月望日鬻花木蚕器于其所者号蚕市。"古代成都曾修建有蚕丛祠以祭祀教人养蚕的蚕丛氏："蜀王蚕丛氏祠也，今呼为青衣神，在圣寿寺。"[①]《大明一统志》卷六十七也说："蚕丛祠在府治西南，蚕丛氏初为蜀侯，后称蜀王，教民桑蚕，俗呼为青衣神。"卷七十一又说青神县又名"青衣县，盖取蚕丛氏青衣以劝农桑为名"，当地修建有"青衣神庙，在青神县治北，昔蚕丛氏服青衣，教民蚕事，乡人立庙祀之"[②]。《蜀中名胜记》卷十五也记述说：青神县的得名与蚕丛有关，"青神者，以

　①见［宋］祝穆撰《宋本方舆胜览》第11册，上海古籍出版社影印线装本，1986年1月第1版。
　②见［明］李贤等撰《大明一统志》下册第1043页、第1102页、第1106页，三秦出版社，1990年2月第1版。

蚕丛衣青，而教民农事，人皆神之，是也。"① 因为蚕丛是古蜀国的开创者，数千年之后人们仍在怀念他倡导养蚕和教民农事的功绩，对后世的影响可谓深远。蚕丛应该有后代子孙，但情况如何，则比较模糊。从古籍相关记载透露的信息看，蚕丛将王位传给柏灌之后，柏灌即位不久便被鱼凫夺走了王位，柏灌只有离开王城迁徙到其他地方，蚕丛的子孙很可能也迁徙他乡了。文献记载古代西南地区有青衣羌国，或称青衣国，栖居于大渡河流域和青衣江畔，从习俗与称谓推测，很有可能便是蚕丛后裔中的一支。

总之，蚕丛是一位非常了不起的杰出人物，雄才大略，顺应时势，从而创建了古蜀国，也就成了古蜀历史上的第一代蜀王。蚕丛很可能既是族名与人名，也是古蜀国第一个王朝之名。至于蚕丛王朝延续了多少代？蚕丛统治古蜀国究竟有多久？蚕丛王朝与周边邻国有过什么交往？蚕丛时代发生过哪些精彩故事？由于文献记载的语焉不详，我们其实都所知甚少，只能推测和想象了。

二、关于柏灌

柏灌是蚕丛之后的蜀王，是古蜀国第二个王朝的统治者。据扬雄《蜀王本纪》记述："蜀王之先名蚕丛，后代名曰柏濩。"常璩《华阳国志·蜀志》则说蚕丛先称王，"次王曰柏灌"。扬雄记述的柏濩，与常璩记载的柏灌，一字之差，可能是后世文献在传抄上出现的问题，使字形发生了讹变，显然是指同一个人。蒙文通先生就认为"濩"是字误，应是古籍传写之误②。常璩记载的柏灌，可能更准确一些。

扬雄和常璩的记述，透露了柏灌是古蜀国的第二代蜀王，但记载只有寥寥数字。关于柏灌在蚕丛之后是如何继承王位的？柏灌统治古蜀国的时间有多久？柏灌有些什么作为？柏灌的兴衰与去向又是怎样？《蜀

---

① 见［明］曹学佺著《蜀中名胜记》第219页，重庆出版社，1984年10月第1版。
② 见蒙文通著《巴蜀古史论述》第42页，第81页，四川人民出版社，1981年8月第1版。

王本纪》与《华阳国志·蜀志》都语焉不详，说得极其笼统和含糊，因此成了古蜀历史上一个很大的谜。

学者们研究古蜀历史，对此曾做过探讨，提出了一些看法。有学者认为，柏灌率领族人后来跟随大禹治水，迁往了中原，很可能是史籍中的"斟灌氏或即蜀王柏灌，被夏征服后，变为夏的同盟部族，一直随夏东迁……这样，我们可以解释一个问题，为什么蜀王柏灌，看不见他在蜀的事迹和踪影？第二代蜀王应该是有辉煌事迹的，现在却找不到有关他的史迹，原来他就是斟灌氏，迁到中原去了"①。这个看法颇有见地，因为大禹治水首先就是从蜀地开始的。根据《禹贡》和《蜀王本纪》等古籍记载，西蜀岷江在五帝先秦时代曾是水患比较严重的地区，《禹贡》中数次提到大禹由"岷山之阳，至于衡山""岷山导江，东别为沱""岷嶓既艺，沱潜、既道"②，说明大禹曾花了大量精力对岷江进行过治理。有学者认为，大禹导山治水的办法在岷江流域取得了成功，进而才变成了整个中原的治水措施，并推广到了九州。这种见解是很有道理的。古代文献中说大禹"西兴东渐"，考古发现对此已有较多的印证。大禹治水的过程中间，有跟随他的本族队伍，也有追随的其他部族，获得了广大民众的拥护，应该是比较真实可信的史实。由此推测，斟灌族和大禹的关系比较密切，随同大禹治水并去了中原，确实具有较大的可能性。

关于柏灌，还有学者认为司马迁《史记·秦本纪》记述，秦人的祖先曾"佐舜调驯鸟兽，鸟兽多驯服，是为柏翳"③，认为柏灌与柏翳都是称号，都崇鸟，故而应有某种渊源，推测柏灌氏很可能是经营关中地区的秦先公派往古蜀的镇守者，也应该是秦人。④这个推测，将柏灌视

①见谭继和《禹文化西兴东渐简论》，《四川文物》，1998年第6期第12页。
②见［清］胡渭著《禹贡锥指》卷九、卷十一下、卷十四下的考述，邹逸麟整理，上海古籍出版社，1996年12月第1版。
③见［汉］司马迁撰《史记》第1册第173页，中华书局校点本，1959年9月第1版。
④据何崝先生《柏灌考》文稿中的论述。

为外来守蜀者，而并非蜀地的土著部族，在年代上也比大禹时代要晚了许多，也是颇有新意的一家之言。但是文字考古，必须要有其他更多的资料来支持和印证，才有说服力。据扬雄《蜀王本纪》所言，在蚕丛、柏灌、鱼凫时代，古蜀国还是"椎髻左衽，不晓文字，未有礼乐"的状态，所以根据文字称呼来推测柏灌的族源，还是难免有牵强之感。在时间上，柏灌是否和秦人的先公同时代？古蜀是否很早就已为秦人所据有？这些都是很大的疑问。此外，还有一些学者提出了其他不同的分析看法，见仁见智，莫衷一是，颇有争论。总而言之，由于古代史籍中对柏灌的记载语焉不详，所以学者们提出了各种推测，也是百家争鸣的正常现象。正因为学者们的看法都是推测之见，所以柏灌的故事，也就给我们留下了很大的想象空间。

传世文献关于中原斟灌族的事迹，在《古本竹书纪年》与《左传》等古籍中有比较简略的记载，其中似乎也隐藏了很多故事。《古本竹书纪年》有斟灌与斟寻的记载，既是地名，也是氏族名，都是夏朝发生的事情。《古本竹书纪年》说"帝太康，元年癸未，帝即位，居斟寻"，又说"羿人居斟寻"。在帝相"八年，寒浞杀羿，使其子浇居过。九年，相居于斟灌""二十六年，寒浞使其子帅师灭斟灌。二十七年，浇伐斟鄩，大战于潍，覆其舟，灭之"。又说"斟灌之墟，是为帝丘"，后来"伯靡自鬲帅斟鄩、斟灌之师以伐浞"，"于是，夏众灭浞，奉少康归于夏邑。诸侯始闻之，立为天子"。[1]在寒浞杀羿和相继发生的政变中，斟灌族也深受其害，后来斟灌族的遗民又协助夏朝王室灭掉了寒浞，建立了少康政权。由此可见，斟灌族与夏王朝的密切关系，可谓非同一般，由来已久。《左传》襄公四年也记载了历史上发生的这件事情，说寒浞杀羿，夺取了羿的妻妾，生了浇与豷，"使浇用师，灭斟灌及斟寻氏"，后来"靡自有鬲氏，收二国之烬，以灭浞而立少康"。这

---

① 见《古本竹书纪年》第52~54页，载《帝王世纪·世本·逸周书·古本竹书纪年》，齐鲁书社，2010年1月第1版。

里说的"收二国之烬",是说召集了斟灌族与斟寻氏两国的遗民,组成军队,从而消灭了寒浞,扶助少康即位,重新恢复了夏王朝的统治。《左传》哀公元年也说到了这件事情,说"昔有过浇杀斟灌以伐斟鄩,灭夏后相",后来消灭了寒浞,才"复禹之绩",终于又复兴了夏禹的事业。[①]

文献中的这些记述,都是发生在大禹建立夏王朝之后的事情,其时间在于夏代的太康与少康之间。根据夏代帝系表,大禹是夏王朝的开国帝王,其后是启、太康、仲康、相、少康,都是子承父业,形成了世袭制度。通过这些记载透露的信息,可知当时在中原地区确实是有一个斟灌族的,和夏王朝的关系特别密切,一直和王室毗邻而居,荣辱与共。由此联想,这个斟灌族,会不会就是跟随大禹治水从古蜀国迁居华夏的斟灌族呢?

我们在前面已经提到,大禹治理九州水患是先从岷江治水开始的,当时大禹召集了很多民众参加治水,柏灌很可能也率众参与了治水,并跟随大禹去了中原。古籍文献中关于柏灌的记载甚少,也许与此有着较大的关系。但柏灌作为蚕丛王之后的古蜀国第二代王朝的统治者,仅仅因为协助大禹治水,就会轻易放弃蜀王之位吗?柏灌不做蜀王也不统治蜀国了,而率领部族离开蜀国跑去外地治水,若按常理推测确实有点不可思议,其中显然另有隐情。

笔者认为,蚕丛和柏灌的关系应该是比较融洽的,所以蚕丛才将王位传授给了柏灌。柏灌很可能是蚕丛王朝的一位贤能之臣,也不排除斟灌族与蜀山氏族有姻亲关系,很可能柏灌深得蚕丛王的信任和倚重,因此成为第二代蜀王。但柏灌很可能疏于权谋,忽略了对其他觊觎王位者的防范,也缺少驾驭群雄的能力和手段。古蜀国在柏灌继承王位以后,很可能不久便发生了激烈的王位之争,当时比较强悍的鱼凫很可能采用

---

① 见《左传全译》(王守谦等译注)下册第1483页,贵州人民出版社,1990年11月第1版。

武力或者发动了政变，从而攻取了王城并夺取了王位。从史书记载看，王位之争从上古以来就经常发生，不乏其例。比如《史记·夏本纪》《韩非子·外储说右下篇》《战国策·燕策》《楚辞·天问》等书记载，夏禹去世前将帝位禅让给益，三年后，夏禹的儿子启为禹守丧期满，谋夺帝位，被益拘禁，后来启逃脱，杀益得位。这个故事，就是一个比较典型和有名的例子。由此联想和推测，古蜀时期或许发生过类似的王位之争，也是很有可能的，应该是情理中事。

柏灌失国之后，这才不得已率众而走，从此远徙他方，也可能隐居了。进一步分析推测，柏灌继承王位不久便发生了政权的颠覆与王朝的更替，其时间应该和蚕丛王朝相去不远，很可能是大禹治水之前就已发生的故事了。若按时代推算，后来跟随大禹治水去了中原的斟灌族，很可能并非柏灌王亲自率领本族民众，而是柏灌王的后代子孙追随大禹参加了治水，由于深得大禹的信任和重用而举族迁徙，这样就解释得通，也更加合情合理了。

总而言之，因为古蜀国的朝代与历史在古籍中缺少明确记载，有些文献中的记述也过于简略，语焉不详，我们很难确定其世系编年，因此也很难准确地和中原帝王世系相互对应。我们所能做的，也就是一个大致的推测而已。

三、关于鱼凫

鱼凫是古蜀历史上很重要的一个部族，继蚕丛与柏灌之后统治了蜀国，是古蜀历史上第三个王朝。

扬雄《蜀王本纪》和常璩《华阳国志·蜀志》都有"鱼凫王田于湔山"的记载，任乃强先生考证说："湔水，今彭县北海窝子河是也，出'关口'注于沱江（郫河），古称'湔水'。""海窝子，古称瞿上。"秦以前，岷江上游与成都平原的交通皆取道于湔水山谷。认为蚕丛部族自岷江河谷逾土门之山入山南之草原至瞿上，逗留甚久，至鱼凫时，当已下入成都平原，但这里很可能仍是鱼凫族的一个重要活动区域，经常"渔猎垦牧于湔水湔山之间"。鱼凫原为鸟名，是善于捕鱼之鸟，鱼凫族以此为名，透露了对渔业的崇尚，说明是一个嗜好渔猎的民族。所以古蜀国在鱼凫王朝时期，还是渔猎为主的社会，后来到了杜宇时代，才进入了农业社会。[①]

由于文献记载的简略和语焉不详，我们对于鱼凫族和鱼凫王朝的了解都很有限，所知甚少，而且有很多未解之谜。譬如鱼凫是如何取代柏灌而继承王位的？鱼凫王朝的都邑在哪里？鱼凫王朝修建过规模宏大的王城吗？鱼凫王朝究竟延续了多久？鱼凫王统治古蜀国时期有些什么作为？鱼凫王朝是否参加过战争？鱼凫王朝是如何被杜宇王朝颠覆而败亡的？鱼凫族的遗民后来去了哪里？等等，诸如此类，各种疑问，都需要我们加以分析，进行探讨。

首先探讨一下鱼凫是如何建立第三代古蜀王朝的。会不会是柏灌将王位禅让给了鱼凫呢？众所周知，我国上古尧、舜时期曾有禅让之说，但到了大禹建立夏朝之后，就已变成了子承父业的家天下。如果说蜀山氏与黄帝、嫘祖同时代，其后蚕丛建立了古蜀国，到了柏灌继承王位的时候，其时间相当于尧、舜时期，蚕丛王与柏灌王之间很有可能通过禅让或指定方式来合法继承王位。但是，柏灌王朝与鱼凫王朝的交替，其时期已在尧、舜之后，显然不大可能再有禅让了。何况柏灌王朝的时间很短，柏灌王即位不久便被鱼凫取代了，也透露了王位的更替绝非禅让所致，而是另有隐情。我们由此推测，最大的可能就是鱼凫族在当时日渐强盛，已成为雄霸一方的强大部族，在古蜀国内的势力已远远超过了斟灌族，然后强悍的鱼凫族便夺取了王位，鱼凫成了新的蜀王。其中当然也不排除鱼凫采取了阴谋政变与武力夺取王位的可能。总之鱼凫王取代了柏灌王，成了古蜀王朝的最高统治者。

<hr>

① 见［晋］常璩撰，任乃强校注《华阳国志校补图注》第119页，又见第221页附录"蚕丛考"中所述，上海古籍出版社，1987年10月第1版。

其次是鱼凫王朝的都邑在哪里。唐代卢求《成都记》说："古鱼凫国，治导江县。"明代曹学佺《蜀中名胜记》卷六引用了这个记述，说蜀汉时刘备将这里设置为都安县，属汶山郡，周武帝并入益州之郫，唐初改为盘龙县，又改为导江县，孟蜀改导江为灌州。[①] 宋代罗泌《路史前纪》卷四也有"蚕丛纵目，王瞿上。鱼凫治导江"的记述。由此可知，导江是秦并巴蜀之后的县治名称，其具体位置，大约在现代的灌县（今称都江堰市）南一带。上面引用的这些记述透露，古蜀国的鱼凫族可能就居住在导江一带，鱼凫王朝也可能在这里建立过最初的都邑。但这些都是唐代诗人与宋代文人记述的说法，传说的色彩很浓，只能姑妄言之姑妄听之。此外还有一些关于鱼凫的传说，宋孙寿《观古鱼凫城诗》自注云：温江县北十五里有古鱼凫城。刘琳先生说："据嘉庆《温江县志》，在县北十里，俗称古城埂。"[②] 根据考古发现，温江确实有鱼凫古城遗址，其时代大约始筑于新石器晚期，后来延续使用的时间非常久远，蜀汉时期仍被使用，唐宋时期城址尚存。导江和鱼凫城，可能都是鱼凫王朝使用过的早期都邑。此外还有瞿上城，可能始于蚕丛王朝，到了鱼凫王朝，也在使用。由此推测，鱼凫王朝的早期城邑可能不止一处，但规模都比较小。

这里顺便要说一下瞿上的地理位置。前面已提到任乃强先生认为海窝子就是瞿上所在，瞿上亦是彭县北的重要关口，有的地理志书指为天彭门。[③] 宋代罗泌《路史前纪》卷四说："蚕丛纵目，王瞿上。"罗苹注曰："瞿上城在今双流县南十八里，县北有瞿上乡。"罗苹的说法，显然是对瞿上的另一种解释了。刘琳先生说："按其方位，在今双流县南黄甲公社境牧马山上。新津文化馆藏县人李澄波老先生实地考察后

① 见［明］曹学佺著《蜀中名胜记》第83页，重庆出版社，1984年10月第1版。
② 见［晋］常璩撰，刘琳校注《华阳国志校注》第182页注【四】，巴蜀书社，1984年7月第1版。
③ 见［晋］常璩撰，任乃强校注《华阳国志校补图注》第221页附录"蚕丛考"中所述，上海古籍出版社，1987年10月第1版。

的手稿记载：'瞿上城在今新津县与双流县交界之牧马山蚕丛祠九倒拐一带。'与《路史》所载大体相合。"① 瞿上究竟是在彭县北的海窝子，还是在双流与新津交界的牧马山一带？两种说法不同，而且两地相距颇远，学者们对此也看法不一，并无定论。我觉得任乃强先生的看法是颇有道理的，罗苹的解释臆想的色彩较重。因为古蜀邈远，史实迷茫，所以后人常有附会。《路史》顾名思义，就是道听途说的历史，很多记载都比较杂乱，并不可信。总而言之，两种说法并不一致，都是推测，只能作为研究古蜀历史的参考。瞿上城究竟在哪里，目前依然是个很大的谜。

鱼凫王朝统治古蜀国的时间比较久长，这个时期已经像夏王朝一样实行王位世袭制度了，从第一代鱼凫王到后来的末代鱼凫王，很显然延续了很多代。《古文苑》章樵注引《蜀纪》说："上古时，蜀之君长治国久长。"说的便应该是古蜀国鱼凫王朝时期的情形。考古发现在这方面也提供了大量的资料，给予了很好的印证。随着社会的发展和人口的繁衍，鱼凫王朝的势力日渐强势，于是又择地修建了规模更为宏大的王城。三星堆古城应该就是鱼凫王朝所建的一座新都城，其规模的宏大和占地面积的广阔（约达2.6平方公里），充分展示了鱼凫王朝鼎盛时期的一种兴旺景象。考古发现揭示，三星堆遗址分四期，依次约当新石器时代晚期、夏代至商代前期、商代中期或略晚、商代晚期至西周早期。三星堆遗址先后延续的时间可能有几百年，出土有大量与鱼凫族有关的陶器之类，都属于鱼凫王朝的遗存。特别是三星堆遗址出土有大量鸟头勺柄，长喙带钩，极似鱼鹰，通常都认为与鱼凫族有关。我们在前面已提到，关于鱼凫，本是巴蜀先民驯养以捕鱼的一种带鹰钩嘴的水禽，又名鸬鹚，鱼凫氏以鸟为族名，可见是早期崇尚渔猎的民族。三星堆遗址出土了数量可观的带鹰钩嘴鸟头形器柄，对鱼凫族的传说无疑是很好的印证。三星堆一号坑所出金杖上的图案，有人头、鸟、鱼，鸟的形象，

① 见 [晋] 常璩撰，刘琳校注《华阳国志校注》第183页注【三】，巴蜀书社，1984年7月第1版。

与勺柄上的鸟头一致，因此学术界普遍认为这是鱼凫族的文化遗存。三星堆二号坑出土的大量青铜雕像和器物，显而易见也是鱼凫时代的文物，说明当时的青铜文明已经达到了相当灿烂辉煌的程度。三星堆一号坑与二号坑的年代，学者们认为"一号坑相当商文化的殷墟早期，二号坑相当殷墟晚期"[①]，两坑年代相差约百年以上，出土的青铜人像与人头像在衣冠发式和造型上都基本一致，也是对鱼凫王朝世袭制度的一个有力印证。这些制作精美的青铜雕像群，应该是当时古蜀国各部族首领和王公贵族阶层的生动写照，不仅生动地展示了各部族联盟的情形，同时也说明了当时祭祀活动的昌盛，为我们深入了解古蜀国的历史与社会提供了珍贵的资料。

再者是鱼凫时代的作为如何。概括地说主要表现在两个方面：一是修建了新的王城，二是拓展了疆域。新的王城就是三星堆古城了，这座规模宏大的都城使得这里成为古蜀国的交通枢纽和经济文化中心，对促进古蜀国的兴旺繁荣显然起到了非常关键的作用。鱼凫王朝最为昌盛的夏商时期，古蜀国的疆域曾东达川东、鄂西，西至成都平原边缘的雅安、汉源，也许还包括了川北、汉中一部分。从地名上考察，川东、川南、川西的一些地方都有与鱼凫相关的地名，大概都是其统辖过的区域。鱼凫王朝对疆域的拓展，显然超过了蚕丛时代，这很可能与鱼凫王朝拥有较强的军事力量也有较大的关系。三星堆二号坑出土的青铜神树底座上雕刻有身穿铠甲的武士像，该像雕刻于神树的底部，作下跪祈求状，应为武士参加祭祀时的形象。这对于鱼凫王朝建立有军队，应该是一个重要的印证。鱼凫王朝拥有军队，对征服周边的其他部族，就会发挥很重要的作用，广袤的西南地区可能都臣服于鱼凫王朝的统治之下。当时廪君创建的巴国也很强势，鱼凫王朝是否和相邻的巴国发生过征战，就不得而知了。也可能鱼凫王和廪君互有讨伐，巴蜀之间曾有过战

---

① 见李学勤《三星堆饕餮纹的分析》，《三星堆与巴蜀文化》79页，巴蜀书社，1993年11月第1版。

争，后来又和平相处，改善了关系，双方甚至有过联姻，其间可能发生过很多故事，因缺少文献记载，我们对此只能猜测了。从考古资料看，巴蜀两地出土的器物比较多，但缺少文字的发现，不像殷墟有甲骨文，通过出土的大量卜辞可以比较准确地了解到殷商王朝的很多历史事件，而巴蜀却没有类似的文字，只有出土的一些兵器上面刻有图像或巴蜀图语。迄今发现的巴蜀图语，已有上百个之多，但时间已晚至战国时期，而且大都含义模糊，复杂难解，尚未破译。所以我们对鱼凫和廪君时期的巴蜀关系，了解甚少，当时发生过的历史事件与故事始终是笼统的、朦胧的或模糊的。对于研究者来说，这是一个很大的遗憾，也是很无奈的事情。

据古籍记载，在商周之际，古蜀国曾派兵参加了武王伐纣的行动。《尚书·牧誓》说当时有"庸、蜀、羌、髳、微、卢、彭、濮人"参与了军事行动，①在八个西南部族中，蜀是排列在前面的。当时的军队编制，有千夫长、百夫长，使用的兵器有弓箭、戈、矛、盾、刀剑之类。《古本竹书纪年》也有周师伐纣的记述，"冬十有二月，周师有事于上帝。庸、蜀、羌、毛、微、卢、彭、濮从周师伐殷。""遂东伐纣，胜于牧野，兵不血刃而天下归之。"②蜀王派军队参加了周武王灭纣的战争，学者们大都认为，这应该是鱼凫时代的事情。但从时间上推测，显然不是第一代鱼凫王，而是鱼凫王朝中期或后期发生的事情了。常璩《华阳国志·蜀志》对此也做了明确记载："蜀，世为侯伯，历夏、商、周，武王伐纣，蜀与焉。"又说："有周之世，限于秦、巴，虽奉王职，不得与春秋盟会。"卷十二也说："及周之世，侯伯擅威，虽与牧野之师，希同盟要之会。"③这些记载说明，鱼凫王朝统治的古蜀国，

---

①见［清］阮元校刻《十三经注疏》上册第 183 页，中华书局影印出版，1980 年 9 月第 1 版。

②见《古本竹书纪年》第 78 页、第 79 页、第 81 页，载《帝王世纪·世本·逸周书·古本竹书纪年》，齐鲁书社，2010 年 1 月第 1 版。

③见［晋］常璩撰，刘琳校注《华阳国志校注》第 175 页、第 181 页、第 891 页，巴蜀书社，1984年 7 月第 1 版。

曾是西南地区一个实力比较雄厚的诸侯国，鱼凫王朝派兵参加武王伐纣后，仍同周王朝保持着密切关系，但因受阻于秦、巴两国，所以很少参加中原盟会之类的活动。这也揭示出，鱼凫王朝确实延续了很多代，一直到后来，才被大力发展农业的杜宇所取代。常璩说的春秋盟会，从时间上推测，也可能是杜宇成为蜀王之后的事情了。

关于鱼凫王朝和中原王朝的关系，还应该提一下文献记载中的彭祖。常璩《华阳国志》卷十二说："孔子'述而不作，信而好古，窃比于我老彭'。则彭祖本生蜀，为殷太史。"①孔子所述，见《论语·述而篇》。关于彭祖，《世本》中有"在商为守藏史，在周为柱下史，寿八百岁"②之说。《史记·五帝本纪》也提到了"彭祖"，与大禹、后稷等人"自尧时而皆举用"，索隐与正义曰彭祖自尧时举用，历夏、殷封于大彭；《史记·楚世家》也记述了彭祖。③《大戴礼记》卷九亦有"商老彭"之称，认为是殷朝的贤大夫。④顾颉刚先生指出："老彭是蜀人而仕于商，可以推想蜀人在商朝做官的一定不止他一个。古代的史官是知识的总汇，不论自然科学和社会科学，他应当都懂。蜀人而作王朝的史官，可见蜀中文化的高超。古书里提到蜀和商发生关系的，似乎只有《华阳国志》这一句话。可是近来就不然了。自从甲骨文出土，人们见到了商代的最正确的史料，在这里边不但发现了'蜀'字，而且发现了商和蜀的关系。"顾颉刚先生综合了各种记载后认为"可知古代的巴蜀和中原的王朝关系何等密切"⑤。

常璩《华阳国志·蜀志》说："彭祖家其彭蒙。"彭蒙即彭亡，是当地的山名，又称彭望山，《寰宇记》称为彭女山，其地理位置就在今

① 见 [晋] 常璩撰，刘琳校注《华阳国志校注》第 897 页，巴蜀书社，1984 年 7 月第 1 版。
② 见《世本》第 3 页，载《帝王世纪·世本·逸周书·古本竹书纪年》，齐鲁书社，2010 年 1 月第 1 版。
③ 见 [汉] 司马迁撰《史记》第 1 册第 38 页，第 39 页注〔二〕，第 5 册第 1690 页，第 1691 页注〔四〕，中华书局校点本，1959 年 9 月第 1 版。
④ 见 [清] 王聘珍撰《大戴礼记解诂》（王文锦点校）第 178 页，中华书局校点本，1983 年 3 月第 1 版。
⑤ 见顾颉刚《论巴蜀与中原的关系》第 19 页、第 31 页，四川人民出版社，1981 年 5 月第 1 版。

彭山东北十余里双江镇背后。《元和郡县图志》卷三二说："彭亡城，亦曰平无城，彭祖家于此而死，故曰彭亡。"[①] 成都平原周围以彭命名之地不止一处，可能都与古代彭人有关。刘琳先生推测说，彭人是参与周武王伐纣的西南八部族之一，《元一统志》谓"彭州（彭县）即古彭国"。或有所本，彭人"疑本在成都平原周围，与蜀人并存或为蜀人所灭"[②]。中原传说彭族曾封于彭城，《汉书·地理志》就说："彭城，古彭祖国也。"[③] 其地在今江苏铜山县。又俗传彭祖从唐尧时活到殷末，寿八百余岁。如《列仙传·彭祖传》就说："彭祖者，殷大夫也。""历夏至殷末，八百余岁，常食桂芝，善导引行气，历阳有彭祖仙室。"[④] 这个记载，不仅说彭祖长寿，而且将彭祖仙化了，成了神仙人物。《水经注》卷二十三也记述说彭城"即殷大夫彭祖之国也（宋本作老彭之国）"，后人在彭城修建有彭祖楼，"下曰彭祖冢，彭祖长年八百，绵寿永世，于此有冢，盖亦元极之化矣。"[⑤] 中原传说的彭祖与《华阳国志》记载古蜀国鱼凫时代的彭祖是否为一人，两者究竟是什么关系，这是一个谜，曾引起了不同的解释和猜测。尽管这些记载都具有很浓的传说色彩，但古代彭人是一个较大的部族，应该是不争的史实。彭族比较活跃和兴旺的时代，正是鱼凫王朝统治古蜀国的鼎盛时期，由此推测彭族与鱼凫王朝的关系，可能也是较为密切的。

关于鱼凫王朝的结束，又是怎么发生的，《蜀王本纪》记载说："鱼凫田于湔山，得仙，今庙祀于湔。"透露出鱼凫王是在湔山田猎的时候，突然仙化了。常璩《华阳国志·蜀志》说："鱼凫王田于湔山，忽得仙道，蜀人思之，为立祠。"湔山是都江堰附近的山林之地，田猎也就是王者的狩猎了，仙化则是一种很含蓄的说法，当然不是成了神

---

①见［唐］李吉甫撰《元和郡县图志》第807页，中华书局，1983年6月第1版。
②见［晋］常璩撰，刘琳校注《华阳国志校注》第275页注【六】，巴蜀书社，1984年7月第1版。
③见［东汉］班固撰《汉书》第6册1638页，中华书局校点本，1962年6月第1版。
④见王叔岷撰《列仙传校笺》第38页，中华书局，2007年6月第1版。
⑤见［北魏］郦道元撰、王国维校《水经注校》第760~761页，上海人民出版社，1984年5月第1版。

仙，而是从此不知去向，莫名其妙地消失了。也有学者认为："《蜀王本纪》和《华阳国志》所说鱼凫田于湔山，是指其军事行动，而忽得仙道则是隐括其败入湔山，当是被杜宇战败后退走湔山，并不是说鱼凫都于此。"或认为《蜀王本纪》说的鱼凫"仙去"与三代蜀王"皆神化不死"，其实"均为战败而亡之义。所谓'猎于湔山'，也颇与古籍'天子狩于某''王者狩于某'的笔法相类，都是史家为王者避讳之辞，实指王者遇难或逃亡"[①]。这个分析，是颇有见地的。杜宇崛起之后，采取军事行动，击败了鱼凫王，这本是情理中事。值得注意的是，当时鱼凫王作为古蜀国的统治者，拥有比较强大的军队，怎么会突然败亡呢？首先推测，杜宇很可能隐秘地积蓄了自己的精锐力量，并采取了袭击的方式，这才出其不意地击败了鱼凫王。如果进一步推测，杜宇很可能就是趁着鱼凫王在湔山田猎的时候，发起了突然攻击，鱼凫王猝不及防，因此而战死或败亡了，这种可能性应该是存在的。其中当然也有很多疑问，都成了不解之谜。总而言之，由于鱼凫王的突然"仙化"失踪，鱼凫王朝也就此终结了，古蜀国江山易主，杜宇从此成了新的蜀王。

鱼凫王朝败亡之后，鱼凫族人的去向也是一个值得关注的问题。从四川境内和周边区域的考古资料看，在陕西宝鸡茹家庄发现有弴国墓地，很可能就是鱼凫族人的墓葬。据考古报告介绍，在宝鸡地区茹家庄、竹园沟、纸坊头等处发掘出土的一批西周时期弴国墓葬，呈现出一种复合的文化面貌。学者们认为有三种文化因素并存，"居址和墓地的出土遗物从各个不同的侧面揭示出商周时期传统的周文化同西南地区早期蜀文化、西北地区寺洼文化（主要是安国文化类型）的有机联系，展现出一幅五彩缤纷的历史画面。毫无疑问，这对于研究当时的民族关系、文化交流与融合都具有重要意义。"[②]值得注意的是茹家庄一、二

[①] 见段渝《四川通史》第一册第33页、第51页，四川大学出版社，1993年10月第1版。
[②] 见卢连成、胡智生《宝鸡弴国墓地》上册第6页，文物出版社，1988年10月第1版。

号墓出土的小型青铜人像，那夸张的握成环形的巨大双手，完全继承了三星堆青铜立人像双手造型的风格。强国墓地发现有大量的丝织品和刺绣制品遗痕，还发现有许多玉石制作的蚕形饰物，显示了墓葬主人对蚕图腾的尊崇。这些出土文物浓郁的早期蜀文化特征告诉我们，居住在这里的很可能是古代蜀人北迁的一个部族。有学者认为，从各种文化现象分析，强氏文化"是古蜀人及其文化沿嘉陵江向北发展的一支，是古蜀国在渭水上游的一个拓殖点"①。也有学者认为，鱼凫王朝覆灭后，鱼凫族四散逃亡，有一部分鱼凫族人辗转北上，到达了宝鸡，建立了强国。无论是拓殖点，还是逃亡后的隐居地，只是时间上的早晚，都与鱼凫族人有着密切的关系，应该是没有多大疑问的。这些鱼凫族人，从西周初期开始便长期生活于此，形成了一个相对独立的方国，从称谓到日常生活，都保持着自己的习俗和文化特色。他们和当地以及西北地区的居民常有往来，很可能还有了通婚，又由于和中原周王朝的关系比较密切，后来便逐渐被中原文化融合了。

鱼凫王朝覆灭之后，并非鱼凫族人都北逃了。也有一部分鱼凫族人逃进了蜀国的山林，或是流亡到了西南各地，后来等到局势平静，又逐渐回到了原先生活的地方，或者留居在了川西地区，成为杜宇王朝的顺民。扬雄《蜀王本纪》对此便有记载，先说鱼凫王仙化后，"其民亦颇随王化去"，说的便是鱼凫族人的逃亡之事；又说杜宇"乃自立为蜀王，号曰望帝，治汶山下邑曰郫，化民往往复出"②，记述的便是一部分鱼凫族人归顺了杜宇王朝。杜宇自立为蜀王后，以农业兴国，大力拓展疆域，使古蜀国的繁荣达到了鼎盛，获得了西南地区各部族的拥戴，被尊崇为"杜主"。鱼凫族人失国之后，鱼凫王的子孙是否尝试过复国，或者是否策划过复仇的行动，我们不得而知。但雄才大略的杜宇，

---

① 见屈小强、李殿元、段渝主编《三星堆文化》第601页，四川人民出版社，1993年12月第1版。
② 见《全汉文》卷五十三，［清］严可均校辑《全上古三代秦汉三国六朝文》第1册第414页，中华书局影印出版，1958年12月第1版。

不会对鱼凫族人赶尽杀绝，则是显而易见的。所以，相信晚期蜀地居民中，有一部分是鱼凫族后裔。

四、关于廪君

廪君是巴国的开创者，根据文献记载和考古资料推测，廪君创建巴国的时间，可能略晚于蚕丛时代，而和古蜀国的鱼凫王朝属于同一个时代。

从文献记载看，巴族也是很古老的部族，由起源于西南地区的很多原始部落，组成了古代的巴人族群。如《山海经·海内经》就说："西南有巴国，大暤生咸鸟，咸鸟生乘釐，乘釐生后照，后照是始为巴人。"[1]学者们通常解释大暤就是伏羲，而伏羲与女娲都是神话人物，巴人为伏羲的后代，当然是一种神话色彩很浓的传说。《世本·氏姓篇》则记述了巴人先祖廪君创国的传说，说："廪君之先，故出巫诞。巴郡南郡蛮，本有五姓：巴氏、樊氏、暡氏、相氏、郑氏，皆出于武落钟离山。其山有赤、黑二穴，巴氏之子生于赤穴，四姓之子皆生黑穴。"当时"未有君长，俱事鬼神，廪君名曰务相，姓巴氏"，与其他四姓互相赌胜，巴氏子务相掷剑中石、乘土船浮水不沉，众皆叹服，"因共立之，是为廪君"。后来又率众乘船来到盛产鱼、盐的地方，射杀了盐水神女，"廪君于是君乎夷城，四姓皆臣之，世尚秦女。"[2]

《后汉书·南蛮西南夷列传》也采录了此说，做了大致相同的记述："巴郡南郡蛮，本有五姓：巴氏、樊氏、暡氏、相氏、郑氏。皆出于武落钟离山。其山有赤黑二穴，巴氏之子生于赤穴，四姓之子皆生黑穴。未有君长，俱事鬼神，乃共掷剑于石穴，约能中者，奉以为君。巴氏子务相乃独中之，众皆叹。又令各乘土船，约能浮者，当以为君。余姓悉沈，唯务相独浮。因共立之，是为廪君。乃乘土船，从夷水至盐

---

① 见袁珂校注《山海经校注》（增补修订本）第514页，巴蜀书社，1993年4月第1版。
② 见《世本》第53~54页，载《帝王世纪·世本·逸周书·古本竹书纪年》，齐鲁书社，2010年1月第1版。

阳。盐水有神女，谓廪君曰：'此地广大，鱼盐所出，愿留共居。'廪君不许。盐神暮辄来取宿，旦即化为虫，与诸虫群飞，掩蔽日光，天地晦冥。积十余日，廪君伺其便，因射杀之，天乃开明。廪君于是君乎夷城，四姓皆臣之。"并说："廪君死，魂魄世为白虎。巴氏以虎饮人血，遂以人祠焉。及秦惠王并巴中，以巴氏为蛮夷君长，世尚秦女。"①在后来的一些类书和地理书中，譬如《太平御览》卷七六九，《水经注·夷水》中，也都引用了此说。这些记述虽然传说的色彩很浓，但也透露了早期巴人是联络了其他一些部族而建立巴国的，并有白虎崇拜之习俗。崇虎是巴人习俗中的一大特点，巴人喜欢双结头饰，因而被称为"弜头虎子"。巴人使用的青铜剑、青铜矛上，常雕铸有双结的人像。②有学者认为，现在的土家族即为古代巴人的后裔。

　　《世本》与《后汉书·南蛮西南夷列传》中的记述，是了解巴人起源与廪君创建巴国的重要依据。但这段记述中的关键情节，颇有疑问，例如廪君的土船怎么能入水不沉呢？泥土做的船不沉，还能载人，确实有些不可思议。如果加以推测，也许廪君堆放柴火，将土船烧制成了陶质的船？类似于低温烧制而成的陶器，当然可以在水中不沉，而且可以载人了。这说明了廪君的聪明，但也只是一种推测而已。又譬如廪君射杀盐水神女的记述，神女能够变化飞行，也好似神话情节一样。但其中也有一些真实的成分，如盐水神女主动提出要和廪君联姻，廪君和神女同居了十多天却不同意结婚，并伺机将神女射杀了，乘势夺取了盐阳和夷城，便很可能是廪君创建巴国过程中真实发生过的事情。《水经注》卷三十七说，在夷水（清江）下至盐阳的地方，有石台，"疑即廪君所射盐神处也"，但"事既鸿古，难为明征"③。这个传说故事透露了廪君显然是个很有主见和韬略的人，而且很有本事，也非常能干。我们也

---

　　①见［南朝·宋］范晔撰《后汉书》第10册第2840页，中华书局校点本，1965年5月第1版。
　　②见邓少琴《巴蜀史迹探索》第48页，四川人民出版社，1983年6月第1版。
　　③见［北魏］郦道元撰，王国维校《水经注校》第1161页，上海人民出版社，1984年5月第1版。

由此可知，廪君崛起之后，既有和其他部族的联盟，也有征战和攻取，从而迅速扩张了势力，成了很有威望的巴国君王。

关于廪君崛起的时代，如何和中原王朝对应？究竟是什么时候？文献记载没有细说。至于巴氏的传承关系，史籍中也是语焉不详。还有就是巴族的起源，也有些含糊不清。至于巴氏与其他部族的关系，传世文献中倒是有一些比较简略的记载，应该属于联盟与臣属形式。例如常璩《华阳国志·巴志》说："巴国远世，则黄、炎之支。"又说巴国："其属有濮、賨、苴、共、奴、獽、夷、蜑之蛮。"[①] 由此可知，廪君蛮可能是巴人的主体族群之一，此外还有其他一些氏族与部落，比如濮人与賨人等，都是巴国的重要部族，通过联盟形式，尊崇廪君为君王，共同组成了巴国。据《后汉书·南蛮西南夷列传》记载，秦汉时期嘉陵江流域有善于射虎的板楯蛮，板楯蛮有罗、朴、昝、鄂、度、夕、龚七姓，[②] 也是巴国的重要族群之一。巴国因为是由多个族群构成的国家，所以既有崇拜白虎的氏族，也有畏惧白虎和射杀白虎的部族。学者们对巴人的起源和部族形成，历年来做过很多研究，提出过一些不同的看法。有认为清江地区，或认为陕南汉江流域，还有认为嘉陵江流域、长江三峡地区等，都是巴人的早期发祥栖居之地。学者们这方面的文章与著述颇多，见仁见智，都很有见地。总之，西南地区部族众多，巴人的发祥之地确实有多处，可能经过长时期的联盟与联姻，才逐渐形成了巴国。到了文献记载中的廪君时代，巴国的历史才终于明朗起来，开始建立政权，并有了早期的都城。

巴与蜀是古代西南地区的两大部族和邦国，由于地域相近，文化习俗相同，古人常将巴蜀连称。常璩《华阳国志·巴志》记述，巴、蜀肇始于人皇之时，"华阳之壤，梁岷之域，是其一囿，囿中之国则巴、蜀矣"，到大禹治水、重新划分九州的时候，"命州巴、蜀，以属梁州"，

---

① 见［晋］常璩撰，刘琳校注《华阳国志校注》第101页、第28页，巴蜀书社，1984年7月第1版。
② 见［南朝·宋］范晔撰《后汉书》第10册第2842页，中华书局校点本，1965年5月第1版。

后来大禹"会诸侯于会稽，执玉帛者万国，巴、蜀往焉"。又说"周武王伐纣，实得巴、蜀之师"①。按照常璩的说法，巴国的出现，应该是和古蜀国同时的，而依据其他文献记载来看，其实是古蜀国创建在前，巴的创建可能要略晚一点。也就是说，蚕丛可能比廪君略早，鱼凫和廪君可能是同时代的。关于周武王伐纣的记载，《尚书·牧誓》记述协助周武王伐纣的有"庸、蜀、羌、髳、微、卢、彭、濮人"，这些都是比较大的部族，才有实力出兵参与伐纣，其中有蜀，却未言有巴。《华阳国志·巴志》则称："周武王伐纣，实得巴、蜀之师，著乎《尚书》。巴师勇锐，歌舞以凌殷人，前徒倒戈，故世称之曰'武王伐纣，前歌后舞'也。武王既克殷，以其宗姬封于巴，爵之以子。"常璩说巴也和蜀一起参加了周武王伐纣的军事行动，也许另有所据，亦可能是一种推测。按照时间推算，这是古蜀国鱼凫王朝时期发生的事情，也正是廪君崛起创建巴国之后，当时巴国与蜀国相邻，也是相当强大的部族和邦国，派兵协助周武王伐纣，应该是可能性很大的一个史实。

常璩说的"巴师勇锐，歌舞以凌殷人"，反映了当时巴人的尚武之风，这种尚勇之风在汉代仍有突出表现。常璩《华阳国志·巴志》说："阆中有渝水，賨民多居水左右，天性劲勇，初为汉前锋，陷阵，锐气喜舞。帝善之，曰：'此武王伐纣之歌也。'乃令乐人学之，今所谓'巴渝舞'也。"②《后汉书·南蛮西南夷列传》将廪君和武落钟离山五姓称为巴郡南郡蛮，将渝水（嘉陵江）流域的巴人称为板楯蛮夷，又称为巴郡阆中夷人，说在秦昭王时"能作白竹之弩，乃登楼射杀白虎"，而闻名于世，又说："世号为板楯蛮夷，阆中有渝水，其人多居水左右，天性劲勇，初为汉前锋，数陷阵。俗喜歌舞，高祖观之，曰：'此武王伐纣之歌也。'乃命乐人习之，所谓'巴渝舞'也。遂世世服从。"③

---

① 见［晋］常璩撰，刘琳校注《华阳国志校注》第20页、第21页，巴蜀书社，1984年7月第1版。
② 见［晋］常璩撰，刘琳校注《华阳国志校注》第37页，巴蜀书社，1984年7月第1版。
③ 见［南朝·宋］范晔撰《后汉书》第10册2842页，中华书局校点本，1965年5月第1版。

《后汉书·南蛮西南夷列传》与《华阳国志·巴志》的记述大致相似，称谓略有不同，但史实则是一致的。在川东地区发现的汉代画像上，就描绘和刻画了巴人动作劲勇、刚健有力的舞蹈情景，例如綦江二蹬岩崖墓刻画的巴人舞、重庆璧山出土汉代石棺上刻画的巴人舞等，[①]就是很好的例证。四川宣汉县罗家坝遗址出土有较多的青铜兵器，器形有青铜钺、青铜剑、青铜矛、青铜镞等，也反映了当时巴人的尚武之风。

关于巴国的疆域与都邑，据常璩《华阳国志·巴志》所说，巴国的范围"其地东至鱼复，西至僰道，北接汉中，南极黔、涪"。由此可知巴国的地域范围，大致是北起汉中，南达黔中，西起川中，东至鄂西。其主要的活动区域，则分布在四川盆地东部与鄂西等地区。尤其是嘉陵江流域和渠江流域，是巴人的主要栖居地。汉水上游陕东南地区与大巴山之间，以及长江三峡地区，也都是巴人活动的重要范围。《华阳国志·巴志》又说："及七国称王，巴亦称王。""巴子时虽都江州，或治垫江，或治平都，后治阆中。其先王陵墓多在枳。"[②]由此可知巴人曾在重庆、合川、阆中等处相继建立过都城。从其他文献记载看，《史记·张仪列传》正义引《括地志》："巴子城，在合州石镜县南五里，故垫江县也。巴子都江州，在都之北，又峡州界也。"[③]民国《合川县志》也有"今（合州）州治之南，地名水南，俗谓之故城口，即巴子别都也"的记载。巴人为什么要建多处都城？推测可能与巴族自身的发展，以及巴与楚曾多次发生战争，都有一定的关系。譬如《华阳国志·巴志》说"巴、楚数相攻伐，故置扞关、阳关及沔关"，就是例证。

蜀国和巴国很可能曾结为联盟，郑樵《通志·氏族略》引盛弘之《荆州记》说："昔蜀王栾君王巴蜀，王见廪君兵强，结好饮宴，以税

① 见《中国美术分类全集·中国画像石全集》第7册《四川汉画像石》图三七、图一六四，山东美术出版社、河南美术出版社，2000年6月第1版。

② 见［晋］常璩撰，刘琳校注《华阳国志校注》第25页、第32页、第58页，巴蜀书社，1984年7月第1版。

③ 见［汉］司马迁撰《史记》第7册第2282页，中华书局校点本，1959年9月第1版。

氏五十人遗巴蜀廪君。"注释说:"按文义,'遗'下'巴蜀'二字应为衍文。"[1] 这是说廪君时候的巴蜀友好,所言蜀王栾君可能是鱼凫王朝某代君王之名。可见巴、蜀在先秦时期关系应该是比较密切的,由于地域相邻的关系,在文化与经济上的往来一直比较频繁。《华阳国志·蜀志》说杜宇教民务农,巴国也受到了很大的影响,"巴亦化其教而力务农,迄今巴、蜀民农时先祀杜主君"[2],也是一个较好的例证。

巴、蜀虽然友好,但也常闹矛盾,甚至发生过战争。我们知道,蛇是巴人的族徽,象是蜀人崇尚的动物。《山海经·海内南经》有"巴蛇食象"之说,就隐约地透露了巴、蜀之间复杂的关系,曾发生过争战。从文献记载看,《华阳国志·巴志》就有"巴、蜀世战争"的记载,文献中还有"蜀王据有巴、蜀之地"的记述。[3] 这些记载透露,强势的鱼凫王朝很可能向东拓展疆域,曾与廪君打过仗。之后到古蜀国开明王朝时期,也曾东扩疆土,占据过巴国的部分地区。史籍中还有"昔巴、蜀争界,久而不决"[4] 的记述,也说明巴、蜀之间在疆域方面的相互争夺由来已久。

巴国的东面是楚国,两国的关系也较为密切。文献记载,巴与楚常常结成同盟,以维持各自的地位和利益。譬如楚与巴曾联合讨伐位于河南南阳一带的申国,在鲁文公十六年又联手灭掉了位于鄂西(今湖北竹山一带)的庸国。联盟带来的好处,是使双方都获得了壮大。但巴与楚也常闹矛盾,有时候还要发生战争。例如双方出兵伐申时,楚文王使巴军惊骇,而导致了巴与楚关系的破裂。《左传》与《华阳国志》都记载了此事,究竟是什么原因则没有详说,总之巴人非常生气,转而出兵伐楚,在津地(今湖北江陵一带)将楚军打得大败,楚文王也因此而病死

---

① 见[宋]郑樵撰《通志二十略》上册第197页、第207页,中华书局校点本,1995年11月第1版。
② 见[晋]常璩撰,刘琳校注《华阳国志校注》第182页,巴蜀书社,1984年7月第1版。
③ 见《太平寰宇记》卷七二引《蜀王本纪》。
④ 见《太平寰宇记》卷一三六引李膺《益州记》。参见蒙文通《巴蜀古史论述》第24页,四川人民出版社,1981年8月第1版。

了。这是鲁庄公十八年（公元前676年）发生的事件，到了鲁哀公十八年（公元前477年），巴人又再次伐楚，包围了楚国的鄀邑（今湖北襄阳附近），这次巴人就没有那么幸运了，楚国派出了三位能干的将领，击败了巴军。这是巴、楚之间两次比较大的战役，其他各种小型摩擦可能就更多了，《华阳国志·巴志》说"巴、楚数相攻伐，故置扞关、阳关及沔关"，《水经注·江水》也有"昔巴、楚数相攻伐，藉险置关，以相防捍"[①]的记载，就如实地反映了这种状况。《华阳国志·巴志》又说"巴子时虽都江州，或治垫江，或治平都，后治阆中"，巴国多次迁徙都城并建立了陪都，很可能也与巴、楚战争而引起的形势强弱变化有关。在此之后，巴与楚又曾采用联姻的方式，来改善两国的关系。《史记·楚世家》与《左传》昭公十三年，均说楚共王有巴姬，并有巴姬埋璧立嗣的记述，巴姬就是巴国嫁于楚国的宗室女。[②]据《华阳国志·巴志》记载"战国时，尝与楚婚"，说明巴国与楚国的这种联姻通婚关系，从东周春秋一直延续到了战国时期。

自20世纪以来，在古代巴国的区域内有很多重要考古发现，对先秦时期巴人的社会生活情形、崇尚习俗、文化特色，给予了大量的揭示和印证。譬如这些地区出土的青铜器和青铜印章，大量使用巴蜀符号，就属于典型的巴人器物。出土的青铜錞于，也是典型的巴人重器。例如重庆涪陵小田溪巴人墓葬出土的虎钮錞于、铜钲、编钟等，就是巴国王室的遗存。湖北枝江、宜昌等地出土的巴式青铜器，以及长江巫峡和鄂西巴东等地出土的大批巴国青铜兵器，也充分印证了巴人在这些地区的栖居与活动。考古出土的巴人青铜錞于多以虎为钮，就表达了使用者是以白虎为图腾的廪君后裔。这些考古发现的巴人兵器，以及出土的青铜錞于等，对研究巴人、巴文化、巴国历史都是非常重要的资料。应

---

① 见［北魏］郦道元撰，王国维校《水经注校》第1064页，上海人民出版社，1984年5月第1版。

② 见［汉］司马迁撰《史记》第5册1709页，中华书局校点本，1959年9月第1版。见王守谦等译注《左传全译》下册第1233页，贵州人民出版社，1990年11月第1版。

该指出的是，蜀文化有三星堆、金沙等大遗址，但巴文化迄今尚未有大遗址的考古发现，这无疑使全面深入透彻地了解巴国历史受到了局限。所以，我们对廪君和巴国早期历史的了解还是有限的，对于很多未解之谜，也只能想象和推测了。

五、关于杜宇和朱利

杜宇在古蜀历史上，继蚕丛、柏灌、鱼凫之后建立了第四王朝。杜宇取代鱼凫之后，自立为蜀王，大力发展农业和拓展疆域，使蜀国的经济、文化、社会生活都大为繁荣，号称望帝，是一位非常杰出的人物。

传世文献中对杜宇的记载，比蚕丛、柏灌、鱼凫要多一些。但其中一些记载也有较浓的传说色彩，比如关于杜宇的出生，扬雄《蜀王本纪》说："后有一男子，名曰杜宇，从天堕止。"说得很含糊，使人不得其解。若从字面看，"从天堕止"似乎就是天生英才之意了。常璩《华阳国志·蜀志》干脆略去了传说，记述得更加简明了，只说："后有王曰杜宇，教民务农，一号杜主。"这些记载确实过于简单了，杜宇的出生地，杜宇的部族由来，杜宇早年的经历，杜宇自立为蜀王之前的作为，杜宇是如何取代鱼凫王朝的，都成了一个谜。

关于杜宇和朱利的结合，也是一件很重要的事情，在杜宇崛起的过程中显然发挥了重要作用。扬雄《蜀王本纪》说："杜宇，从天堕止。朱提有一女子名利，从江源井中出，为杜宇妻。"[1]北魏郦道元《水经注·江水》引来敏《本蜀论》也沿袭了这一说法："望帝者，杜宇也，从天下女子朱利，自江源出，为宇妻。遂王于蜀，号曰望帝。"[2]常璩《华阳国志·蜀志》说："时朱提有梁氏女利游江源，宇悦之，纳以为妃。"朱利究竟是什么地方人？学者们对此曾有不同的理解和说法。扬

---

①见《全汉文》卷五十三，[清]严可均校辑《全上古三代秦汉三国六朝文》第1册第414页，中华书局影印出版，1958年12月第1版。
②见[北魏]郦道元撰、王国维校《水经注校》第1045页，上海人民出版社，1984年5月第1版。

雄《蜀王本纪》关于杜宇与朱利的记述，传说的色彩很浓，因文字断句和读法的不同，很容易使人产生误解。如有的学者将其断句读为"杜宇，从天堕，止朱提，有一女子名利，从江源井中出，为宇妻"。进而认为杜宇是从朱提（今云南昭通）来的，朱利是江源（今崇州）人。但常璩说得很清楚，朱利应该是朱提人，是梁氏部族之女，后来可能行走江湖，入蜀游览，到了江源，结识了在当地发展农业的杜宇，两情相悦，成了杜宇的王妃。常璩是崇州人，是一位严谨的史学家，如果朱利真的是江源（崇州）土著，常璩是决不至于说错。朱利和杜宇都是古蜀历史上的著名人物，地方志书对待名人皆会以此为荣，哪有将家乡名人说成是其他地方之人的道理呢？所以，关于朱利的来历，常璩显然做过考证，说得很明确，朱利是朱提梁氏女，我们还是应该相信常璩的记述。明代曹学佺《蜀中名胜记》说成都府北三十里，有天回山，扬雄《蜀记》以杜宇自天而降，号曰"天璇"，认为天回山的原意便与"天璇"的传说有关，显而易见杜宇就降生于此。到了后世，唐玄宗幸蜀返跸之后，土人呼为"天回"，才附会成了天回镇也。[①]总之杜宇和朱利在江源联姻了，杜宇得到了朱利和梁氏部族的支持，并因之而崛起，后来成了新的蜀王。

杜宇是如何战胜和取代强悍的鱼凫王的？这是古蜀历史上一件很重要的大事，文献中对此缺少记载，语焉不详，也是一个很大的谜。从《蜀王本纪》与《华阳国志·蜀志》记述"凫王田于湔山，忽得仙道"透露的信息猜测，杜宇很可能是利用鱼凫王狩猎时疏于防范的机会，采取了突然袭击的方式，击败或杀死了鱼凫王，从而夺取了王位。在此之前，杜宇应该有一个较长时期的谋划和准备，而且都是悄然进行的。杜宇秘密地积蓄了力量，很可能暗中训练了壮士，组织了精锐的队伍，做好了充分准备，等到时机来临，杜宇这才有可能骤然出击，出其不意攻

---

① 见［明］曹学佺著《蜀中名胜记》第40页，重庆出版社，1984年10月第1版。

其不备，一举而大获全胜。但这些也都是分析猜想，其中的真实情形与过程怎样，究竟发生了哪些事情，都不得而知，我们只能通过想象去推测而已。

杜宇成为新的蜀王之后，曾大力提倡耕、牧、工、商，拓展蜀国的疆域，常璩《华阳国志·蜀志》说杜宇"教民务农，一号杜主"，在成都平原的腹心地带郫县建立了都邑，并将蚕丛时代的瞿上城作为别都，成为当时华夏中国一方相当繁荣昌盛的区域。到"七国称王"的时候，"杜宇称帝，号曰望帝，更名蒲卑。自以功德高诸王，乃以褒斜为前门，熊耳、灵关为后户，玉垒、峨眉为城郭，江、潜、绵、洛为池泽，以汶山为畜牧，南中为园苑。"①这时的蜀国疆域，是一片相当广阔的领域，除了成都平原和川西盆地的丘陵地带，还囊括了汉中平原以及贵州、云南的大部分地区。由此可知，杜宇是一位很有作为的蜀王，也是古蜀历史上第一位称帝的君王。

杜宇身居王位的时间比较长久，扬雄《蜀王本纪》说他"积百余岁"。后来蜀国发生了大水灾，杜宇任用鳖灵治水，其间与鳖灵之妻发生了恋情，由此而导致了蜀国王位的更替。扬雄《蜀王本纪》说："鳖灵治水去后，望帝与其妻通，惭愧，自以德薄不如鳖灵，乃委国授之而去，如尧之禅舜。鳖灵即位，号曰开明帝。"②王朝的更替，当然不会这么简单，其中必然有许多曲折的过程，发生了很多传奇而又惊心动魄的故事。这些都是非常好的创作素材。关于这个题材，作为"古蜀传奇"三部曲之二，我已创作了《金沙传奇》长篇小说，这里就不多说了。

通过以上对文献记载和考古资料的梳理，我们对古蜀历史，以及古蜀时代的一些著名人物，已经有了大致的了解。

总的来说，传世文献对古蜀历史的记载确实很有限，有些记载又

---

①见［晋］常璩撰，刘琳校注《华阳国志校注》第182页，巴蜀书社，1984年7月第1版。
②见《全汉文》卷五三，［清］严可均校辑《全上古三代秦汉三国六朝文》第1册第414页，中华书局影印出版，1958年12月第1版。

语焉不详或者过于笼统，因而使得古蜀历史人物云遮雾绕，隐藏在了时隐时现的帷幕后面。考古发现提供的出土资料，对揭示古蜀时代的文化面貌与历史真相，起到了非常重要的作用。但考古资料与传世文献的相互印证，依然有很多难以对应的环节，使我们看到的不过是一些湮没的文明痕迹和朦胧的古代背影而已。消失在历史深处的古蜀历代王朝，究竟是什么形态？古蜀时代的那些诸多杰出人物，究竟有些什么作为？蚕丛、柏灌、鱼凫三代蜀王发生过什么精彩的故事？都是我们非常感兴趣而且想竭力弄清楚的问题。因为关于古蜀的记载实在太少，所以只能通过研究和推测来加以弥补了。总而言之，迷雾般的古蜀历史，确实给我们留下了太多的未解之谜，同时也给了我们广阔的想象空间。

创作"古蜀传奇"三部曲，文献记载和考古资料始终是最重要的依据。只有在这方面多花力气下足功夫，才能奠定一个坚实的基础。有了这个基础，才能从文学创作的角度去推测和想象，才能衍生出丰富的灵感，也才能避免不负责任的胡说八道。笔者这里较为详细地列举了诸多资料，目的也就是想使读者了解古蜀历史，了解文献记载中的古蜀传说和考古发现揭示的古蜀文明，了解古蜀的许多未解之谜究竟是怎么回事。笔者想将这些史料依据和创作的基础都如实地告诉读者，从而和读者真诚分享笔者的创作思考，笔者相信这对阅读这部作品或许会有益处。

这里还想介绍一下创作构思。如何把握"古蜀传奇"这个重大题材，如何描述古蜀历史上的这些杰出人物，始终是笔者想得比较多的几个问题。笔者对此曾做过深入的思考，在动笔之前做了较长时期的酝酿构思，反复斟酌，仔细推敲，前后经过了二十多年的时间来进行创作的准备。笔者觉得，首先是要把握故事的真实性，对古蜀历史做出正解；其次是要把握人物的复杂性，将古蜀人物的性格与命运，力求写得深刻而又逼真；再者是要把握故事情节的传奇性，将蚕丛、柏灌、鱼凫三代蜀王的兴衰更替，写得既在意料之外又在情理之中。这是笔者对自己提出的几点要求，也这样努力去做了，从酝酿构思到开始创作，都是由此而进行的。

笔者觉得，创作"古蜀传奇"三部曲，既要充分尊重史料中的相关记述，又要充分发挥想象力，将二者很好地结合起来，力求构思的精妙，这是写好作品的关键。不言而喻，这是很有难度的事情。其难度之一，是史料的局限，使你不能过分放纵想象，所有的故事情节都必须符合古蜀历史发展变化的逻辑。其难度之二，是人物的描述，蚕丛创国、柏灌继位、鱼凫兴邦，这三代蜀王都是非常杰出的人物，但性格肯定不会一样，也肯定都不是完人，他们的雄心、才干、韬略、行为方式，以及缺点与毛病等等也不会相同，如何把握这些人物的性格特征，确实是要煞费苦心的。将蚕丛、柏灌、鱼凫都描写成古蜀历史上的伟大杰出人物，当然是有依据的，但也毫不回避他们性格的复杂性，包括发生过的阴险与残酷。文学创作毕竟不能等同于历史，文学是需要虚构的，要通过想象讲述许多连贯的故事来描述人物。在时间的衔接上，真实的历史过程可能经历了几代人，而虚构的文学创作则会将故事浓缩在紧凑的范围内。文学讲述的，是剪辑过的历史，虽然力求逼真，但也只能达到神似而已。这也是笔者在这里需要坦诚告诉读者的，但愿这部作品能增添大家对古蜀人物故事的了解，同时也希望不要因此对古蜀历史的久远与漫长发展过程产生误解。通过史料和想象的结合，按照自己的构思，蚕丛是古蜀国的创建者，是一位具有雄才大略的英雄豪杰。蚕丛之后，柏灌与鱼凫之间，发生过王位之争，情况相对就复杂多了。关于王位之争，曾是古代历史上经常发生的事情，史籍中关于这方面的记载甚多，古蜀历史显然也不能例外。权力的诱惑，是导致王位之争最大的根源。而人性的复杂，善恶的较量，也是导致很多事情骤然发生的重要原因。在古蜀国蚕丛、柏灌、鱼凫时代，围绕着王位之争发生的诸多事情，或豪情万丈，或纷争纠葛，或诡异神秘，或血腥残酷，或惊心动魄，或令人扼腕，便正是这部作品中所要讲述的传奇故事了。

经过长时间的酝酿构思和辛勤笔耕，终于完成了这部长篇小说。但愿这部作品能赢得读者的喜爱，倘此，就是笔者最大的欣慰了。

2016 年仲秋　于天府耕愚斋